中学 红色文学经典阅读丛书

JIE FANG ZHAN ZHENG
解放战争（三）

王树增 著

人民文学出版社

图书在版编目（CIP）数据

解放战争.第三卷/王树增著.—北京：人民文学出版社，2020（2020.7重印）
（中学红色文学经典阅读丛书）
ISBN 978-7-02-015529-3

Ⅰ.①解… Ⅱ.①王… Ⅲ.①纪实文学—中国—当代 Ⅳ.①I25

中国版本图书馆CIP数据核字（2019）第166275号

策划编辑	脚　印
责任编辑	王　蔚
装帧设计	崔欣晔
责任印制	王重艺

出版发行　人民文学出版社
社　　址　北京市朝内大街166号
邮政编码　100705
网　　址　http://www.rw-cn.com

印　　刷　北京华宇信诺印刷有限公司
经　　销　全国新华书店等

字　　数　439千字
开　　本　890毫米×1290毫米　1/32
印　　张　17.625　插页1
印　　数　5001—8000
版　　次　2020年4月北京第1版
印　　次　2020年7月第2次印刷

书　　号　978-7-02-015529-3
定　　价　46.00元

如有印装质量问题，请与本社图书销售中心调换。电话:010-65233595

出 版 说 明

2019年，时值中华人民共和国建国七十周年，我们推出这套"中学红色文学经典阅读丛书"，目的是使今天的青年学生，能在课余领受优秀文学作品熏陶的同时，了解先辈为了民族解放、中华人民共和国的诞生，为了能有一个和平建设和学习的安逸环境，前赴后继，慷慨献身的伟大事迹。

"中学红色文学经典阅读丛书"含长篇小说和长篇纪实文学两个部分，都是经过时间检验的、有广泛影响的、昂扬向上的优秀文学作品，大多有几代人的口碑。我们选取作品的方向，一是适合当今青年学生的品德教育和素质培养，二是适合当今青年学生的文学写作及文学鉴赏水平的提高。

"中学红色文学经典阅读丛书"，包括"中学红色文学经典阅读丛书"中的单个品种，都具有长久出版的基础，因此，我们也热切希望青年读者能在学习之余，为我们这套丛书，包括丛书中的单个品种，提出宝贵的建议。

人民文学出版社编辑部

2019年4月

目　　录

第十三章　淮海战役:惊人的态势 …………………………… 1
　　　　　王老汉游击队 ………………………………………… 1
　　　　　蹂躏战术 ……………………………………………… 22
　　　　　惊人的态势 …………………………………………… 42
　　　　　沉闷的晚宴 …………………………………………… 63
　　　　　黄维:上尉司书方正馨 ……………………………… 82

第十四章　淮海战役:勇敢地向前进 ………………………… 101
　　　　　战争罪犯的名单 ……………………………………… 101
　　　　　将革命进行到底 ……………………………………… 116
　　　　　邱清泉:让他崩溃好了 ……………………………… 135
　　　　　勇敢地向前进 ………………………………………… 150

第十五章　平津战役:坦克驶过东交民巷 …………………… 173
　　　　　文章要从西线做起 …………………………………… 173
　　　　　隔而不围,围而不打 ………………………………… 195
　　　　　风雪中矗立的枕木 …………………………………… 213
　　　　　天下人会提壶送酒欢迎你 …………………………… 230
　　　　　金汤桥 ………………………………………………… 250
　　　　　坦克驶过东交民巷 …………………………………… 270

第十六章　钟山风雨起苍黄 …………………………………… 286
　　　　　特别注意缉拿匪首蒋介石 …………………………… 286

1

钟山风雨起苍黄 ………………………………… 306
　　　榴花原是血染红 ………………………………… 328
　　　最后的故园 ……………………………………… 348

第十七章　熟透的李子 …………………………………… 370
　　　熟透的李子 ……………………………………… 370
　　　关中决战 ………………………………………… 391
　　　一片孤城万仞山 ………………………………… 410
　　　悠远的驼铃 ……………………………………… 429
　　　凌乱的海滩 ……………………………………… 447

第十八章　士兵的山河 …………………………………… 466
　　　大迂回大包围 …………………………………… 466
　　　金门岛 …………………………………………… 484
　　　给解放军长官磕个头 …………………………… 503
　　　大陆的最后一战 ………………………………… 522
　　　士兵的山河 ……………………………………… 542

第十三章　淮海战役：惊人的态势

王老汉游击队

在某种程度上讲，一九四八年十一月中旬，是高涨的作战积极性把黄维的第十二兵团引入了绝境。

华东野战军全力围歼黄百韬兵团时，淮海战场上另外三个国民党军的重兵集团，始终是毛泽东关注的重点：在碾庄圩以西、徐州以东，邱清泉的第二兵团、李弥的第十三兵团和孙元良的第十六兵团，负责向东进攻以解救黄百韬，同时防卫徐州；在徐州以南，刘汝明的第八兵团和李延年的第六兵团，奉命沿津浦铁路北进参加会战；在徐州的西南方向，黄维的第十二兵团从河南境内的驻马店地区出发，不断东进向徐州靠近。由于华东野战军的顽强阻击，东进的邱清泉和李弥两兵团被迫停滞在碾庄圩西面的大许家，孙元良兵团因为徐州防务不敢轻易出动，于是，徐州附近的三个兵团近距离地扭结成一个坚硬的集群；而沿着津浦路北进的刘汝明和李延年两兵团，特别是李延年兵团，由于惧怕遭遇分割围歼，推进得十分迟缓；只有黄维兵团，始终在不顾一切地东进，以至最终形成孤军插入淮海战场的态势。因此，在黄百韬兵团被围歼的过程中，积极东进的黄维越来越成为注视的焦点——从淮海战场的全局看，国民党军第十二兵团进展的态势，将成为共产党方面如何进行淮海战役第二阶段作战的重要决策参数。

按照中央军委九月间作出的决定,歼灭黄百韬兵团后,华东野战军应以五个纵队的规模,向东攻占海州、新浦、连云港和灌云地区,以"打通山东和苏北的联系"——从这一计划上看,华东野战军向东运动至苏北地区,带有撤离中心战场休整部队的意向。但是,随着黄百韬兵团的被围,国民党军在徐州附近摆出了决战的态势,毛泽东遂对战役的发展作出新的判断:如果黄百韬被歼后,蒋介石将徐州战场上的兵力撤至蚌埠以南,华东野战军和中原野战军即向徐蚌线推进;如果蒋介石不将徐州战场上的兵力南撤,华东野战军和中原野战军即可寻机歼灭黄维和孙元良兵团,"使徐州之敌完全孤立起来";如果黄百韬被歼之后,黄维兵团尚未赶到徐州附近,可以将其阻击在中途,把作战目标指向邱清泉、李弥两兵团,割裂黄维与邱清泉、李弥两兵团之间的联系,"完成攻徐作战之战略展开"。

为了达成这一战略目的,十一月十三日,中央军委电令华东野战军在围歼黄百韬的同时,部署阻援部队,诱使企图解救黄百韬的邱清泉、李弥两兵团不断向东深入——"使其跑不掉,然后徐图歼灭之。"这一战略设想的核心是:在吃掉黄百韬的同时,华东野战军必须将邱清泉、李弥两兵团与徐州割裂开,并准备下一步围歼这两个兵团。这也是国民党军向碾庄圩的增援能够缓慢推进到大许家附近的原因,只不过无论是邱清泉还是李弥,都没有意识到华东野战军阻援部队不断主动放弃阵地的真实意图。因此,淮海战役第二阶段作战的最初设想,基本上围绕着歼灭邱清泉和李弥两兵团的思路展开的。为此,中原野战军准备抽派几个纵队给华东野战军,参加续歼邱清泉和李弥的作战,并主动要求在南面担负阻击黄维兵团北上的任务。

但是,围歼黄百韬兵团的作战,牵扯着华东野战军的大部兵力,从邱清泉、李弥的侧翼插进去将其与徐州彻底隔开的作战,始终没有达成目标。

这时候,在战场的南面,黄维兵团已经推进到安徽西北部的太和、阜阳地区。

中原野战军指挥员进行了仔细的研究，认为黄维兵团下一步的动向可能有三种：一是暂停；二是出亳州、涡阳向永城，或出涡阳、蒙城向宿县；三是向东开至蚌埠，以护卫南京。根据这一分析，他们向中央军委提出"如黄维出永城或宿县，我以集中一、二、三、四、六、九及华野三、广（两广纵队）共八个纵队，歼击黄维"的建议。理由是："黄维在远道疲惫、脱离后方之运动中，只先来三个军七个师，其中强师只有三个。"但先决条件是，华东野战军在十六日以前能"消灭黄百韬三个军以上"，然后"抽调出三个纵接替陈谢四纵及华野三、广纵之任务，或现在就有余力能够接替，以便我们及时调动这三个纵队作战"。中央军委复电表示，"我诱邱、李东进，断其后路之计划，恐不一定能实现"。一切要等华东野战军歼灭黄百韬、中原野战军攻占宿县之后，"才能决定下一步作战方针"。

十八日，黄维兵团东进至蒙城附近；李延年兵团正向蚌埠开进；刘汝明兵团则由蚌埠向宿县前进，准备担负蚌埠至宿县之间的铁路守备任务。根据这一态势，淮海战役总前委认为，歼灭黄百韬之后，华东野战军如果不进行休整，接着打战斗力很强的邱清泉、李弥两兵团，"诚非易事"。同时，中原野战军需要阻击黄维、刘汝明和李延年三个兵团，也相当困难。如果续歼邱清泉、李弥两兵团的作战陷入僵持，中原野战军又没有把握同时阻敌三路重兵，那么无论华东野战军还是中原野战军都可能陷于被动。因此，总前委向中央军委提出，放弃打邱清泉和李弥的计划，转打孤军插入战场的黄维兵团。

但是，拥有十二万人马的黄维兵团不是弱敌。

黄维兵团刚刚编成不久，下辖第十、第十四、第十八、第八十五军以及第四快速纵队。其中的第十八军，即原整编十一师，是国民党军"五大主力"之一，装备精良，作战能力强，现任军长杨伯涛；第十军，即原整编第三师，曾被歼灭过，后以原整编十一师十八旅为基干重新组建,军官均由十八旅调来,十八旅旅长覃道善为现任军长;第十四军,即原整编第十师,前任军长罗广文曾任第十八军十八师师长,在相当长的时间内,这个军总是和第十八军一起行动,战斗力与第十八军相仿,现任军长熊绶春是黄维的黄埔同学和同乡;快速纵队由第十八军——八师配属的战车坦克部队组成,师长尹钟岳兼快速纵队司令官。以上各部队基本出自同一渊源,关系融洽,有共同作战的意识。从这一点上讲,黄维兵团中只有第八十五军是个例外。与其他军长均为陈诚派不同,第八十五军现任军长吴绍周属何应钦派,这使这支部队不但作战风格与其他部队不同,而且与其他部队之间存在着严重隔阂——黄维不能有效掌握的第八十五军,不久就以惊人的战场之举,致整个兵团于死地。

此时,从第十二兵团普通官兵的角度讲,有一点是一致的,大家都对作战目的和作战方针不甚明了。兵团组建之后,奉白崇禧命令进入河南"扫荡"中原解放区,部队在伏牛山里"往返奔波,雨雪载途,人马俱感疲惫。特别是快速纵队因道路不良,机械和燃料损耗甚大,急需休养整顿"。本以为"扫荡"完毕就会南下回家,可又奉命向苏北的徐蚌战场推进,而且"不得以任何借口迟延行动"。于是,兵团除把生病负伤的官兵和笨重的行李辎重送回武汉之外,绝大多数军官的家眷们也留在了武汉。大军匆匆出发,挂念妻小担心前途的心绪自此弥漫。

蒋介石给黄维的命令是:"徐州会战业已开始,情况至为紧急。黄兵团应兼程急进,务期于十三日前到达指定地点。"

黄维兵团东进之路比伏牛山里好不了多少。路途上横着南汝河、洪河、颍河、西淝河、涡河、北淝河、浍河等一条条大河,这给战车、坦克、重型火炮、汽车和大量的胶皮大车行军带来很大的困难。更大的困难是解放军的跟踪和阻击。兵团一开始行动,各个方向的追击、侧击、阻击不断地袭扰而来,行军路上的道路和桥梁一再被毁,这令官兵们越走越觉得前面充满危险。

当中原野战军占领宿县之后，黄维兵团已成为淮海战场上一个显眼的作战目标。只是黄维自己无法意识到这一点，蒋介石更是看不出这一点。

应该特别指出的是，作战积极的黄维兵团即使推进到涡河边了，依旧归国民党军国防部直接调遣。虽然奉命进入徐蚌战场，但黄维兵团从来没有被划归徐州"剿总"指挥。因此，远道而来第十二兵团的官兵都不清楚，他们如此拼命赶路去靠近那个与自己没有任何关系的徐州，到底是为了什么？

但是，阻击他们的中原野战军官兵明确地知道他们为什么而战。

在涡河北岸，一个名叫桑金秋的连长在阻击阵地上被第十八军——八师发射来的炮弹炸倒了。醒来时，桑连长想站起来继续指挥战斗，但是他已站不起来，满口的血让他说不出话来，他不让人把他抬下去，认为只要自己还在阵地上就是对全连的鼓舞。他爬到战壕边，用手指在壕壁上写着：一排长蒋歧凤代我指挥。写完了，他仰面倒下，满眼是灰蒙蒙的天空，耳边是剧烈的枪炮声和厮杀声。他的头部还在汩汩地流血，他想到了死亡。

二十三岁的桑金秋是河南濮阳人，为了不饿死，十九岁那年参加了共产党领导的军队。他还不知道"推翻旧世界"的道理，只是感受到了官兵同甘共苦的温暖。第一次参加作战时，他很害怕，在老班长的鼓励下，扔出了第一颗手榴弹。在邯郸战役中，他所在的部队阻击着国民党军一个师的进攻。副连长牺牲之后，全连的干部和班以上骨干全死了，一百多人的连队只有二十四名战士还活着。桑金秋平生第一次看见了什么叫死亡。当上级命令他们撤下去的时候，他又哭又喊："这么多人都死了，我们不能下去，死就死在一起！"那次战斗的残酷场面令他终生难忘：夕阳下，与敌人尸体相叠在一起的八十多个战友，他们昨天还和自己一起吃饭，一起睡觉。从阵地上下来后,桑金秋变了一个人,只要遇见敌人,就想打个痛快,他已经不在乎自己的死活了。部队南下大别山,他和几十名伤员与大部队离散。他们偷袭了敌人的一个仓库,搞到几十条麻袋,从此,这支小部队的官兵人人裹着麻袋与敌人周旋。他们吃过山里各种各样的树叶和野草,流浪了半年之久,当终于与大部队会合时,一纵的指挥员们抱着他们哭成了泪人。而他的团长说的一句话让他刻骨铭心:"我们是共产党的队伍,为的是给人民打天下,天塌地陷也打不垮!"

桑金秋,一个贫苦农民的孩子,一个解放军年轻的连长,在那条名叫涡河的大河边,准备为了人民的解放"光荣"了,他在等待自己血流殆尽的时候。阻击战还在残酷地进行,黄维兵团炮火猛烈,密集的机枪子弹下雨一样,前边的人倒了,后面的继续往上冲,钢盔连成片黑压压地涌动着。眼看敌人要冲上阵地了,机枪组长于金山端着机枪跳出战壕,二排长王常林和五班的战士乘势发动了反冲锋。不一会儿,营教导员上来了,命令卫生员把桑金秋抬下去。躺在担架上的桑金秋,看见了夕阳辉映下血红色的涡河。野战手术之后,他被支前民工往后方转运,一直运到距濮阳不远的一个村庄里。桑金秋突然想家了,参军四年,他从来没有回过家。房东老乡知道了他的心思,跑到他的家乡传了信。几天后,父亲来了。父亲说,母亲想他想得眼泪都哭干了,但是听说儿子当了连长,父亲又高兴得大哭一场。桑金秋把自己仅有的一块钱塞给父亲,他说:"告诉我妈,儿子打仗就是为了所有的穷人都不挨饿!全国就要解放了,仗打完了我就回家,让她等着我!"

桑金秋连长说这番话的时候,黄百韬兵团被华东野战军全歼。

淮海战场上的态势发生了惊人的变化。

杜聿明被刘峙叫去商量对策。刘峙说他打算放弃徐州向西撤退。杜聿明在地图上看了一会儿,认为刘峙对战局的估计过于悲观。他对刘峙说:"目前还未到考虑这一方案的时候。如果能集中兵力,再调五个军加到李延年兵团,且同黄维兵团南北夹攻,打通津浦路这一段,是上策。其次是将徐州三十万兵力与黄维兵团协同一致,安全撤到淮河两岸,亦不失为中策;但在目前情况下,已不像十一月那样可以安全撤退,万一撤退不当,在野战中被消灭,反不如坚守徐州尚可以牵制敌人南下。而且,战守进退的决策,关系到整个国家的军事前途,目前我不敢轻率地出主意,必须由老头子本着他的企图下决策。"刘峙听了杜聿明的意见后,"嘴唇动了几下,表示很为难的样子,但未说什么"。

二十三日上午九时,蒋介石接到黄百韬兵团覆灭的战报。

两个小时后,南京国防部开会研究徐州战守进退问题。

何应钦、顾祝同等都认为:"如果把这批精锐部队输光,就再也没有力量与共军较量了。"因此,主张徐州全部主力退守淮河。但是,作战厅长郭汝瑰提出,退守淮河首先要回答三个问题:一、苏北方面淮阴如何守备,是不是放弃?二、徐蚌间的交通如何打通?必须要等交通线打通之后,才能决定徐州主力转移问题。三、前两个问题决定之后,才能决定蚌埠和淮河一线如何守备。于是,暂时休会,派飞机去徐州接刘峙、杜聿明和徐州"剿总"参谋长李树正来南京。

应该说,黄百韬兵团被歼之后的几天,是淮海战场上的局势最微妙的时刻,作战双方的决策层都在紧急磋商下一步的行动,因为稍有延迟便可能造成被动。但是,至少在二十三日这天的下午和晚上,国民党军最高决策层的紧急磋商休会了。

就在这一天,共产党方面作出了重大的战略决策。

二十三日晚二十一时,毛泽东为中央军委起草的电报发往淮海战场。这封电报的重要意义在于提出了"隔断徐蚌,歼灭刘峙主力"的战役设想。淮海战役进行至此,将国民党军徐州军事集团全部隔离在长江以北加以全歼,这一宏大战役目标的最终确定使淮海战役整体战略规划清晰了。

还是这一天,晚二十二时,刘伯承、陈毅、邓小平也向中央军委发出了一封意义重大的电报,电报的内容是:围歼黄维兵团。此时,在淮海战场上,黄维兵团的作战积极性,与其他停滞不前等待蒋介石最终决定的兵团相比,实在是过于显眼了,好像生怕被共产党方面忽视了似的,这种危险的孤军冒进着实令人费解。该兵团的先头部队凶猛地突击中原野战军的浍河防线,在一个叫南坪集的地方与阻击他们的第四纵队打得昏天黑地,其中的一支部队已经突破浍河向纵深发展。淮海战役总前委提出的战役预想是:以中原野战军全部及华东野战军一部首先歼灭黄维兵团,以华东野战军主力阻击徐州方向的增援之敌,并争取歼灭李延年、刘汝明兵团各一部:

粟、陈、张并报军委:

一、今日敌十八军从上午到黄昏,在坦克二十余辆掩护下,向我南坪集阵地猛攻竟日。我虽伤亡较大,但未放弃一个阵地。另敌一个多团,于午后到南坪集以东十里处突过浍河。

二、我决心放弃南坪集,再缩到南坪集十余里处布置一个囊形阵地,吸引十八军过河展开,而以四、九两纵吸住该敌,并利用浍河割断其与南岸三个军之联系。同时,于明夜以一、二、三、六纵及王(中原野战军第十一纵队司令员王秉璋)张(中原野战军第十一纵队政治委员张霖之)十一纵向浍河南岸之敌出击,求得先割歼其两三个师。

三、我们因九纵须协同四纵抓住主力十八军,故决心使用王张十一纵由东向西突击,以利割裂敌人,同时饬令华野二纵在西寺坡车站南北构筑工事,阻击可能西援之李延年兵团及刘汝明部。

四、歼击黄维之时机甚好,因李延年、刘汝明仍迟迟不进。因此,我们意见除王张十一纵,请粟(粟裕)陈(陈士榘)张(张震)以两三个纵队对李(李延年)、刘(刘汝明)防御,至少以四个纵队参入歼黄维作战,只要黄维全部或大部被歼,较之歼灭李、刘更属有利。如军委批准,我们即照此施行。粟陈张意见亦请速告。

刘陈邓
梗（二十三日）二十二时

二十四日上午,刘峙、杜聿明和李树正被接到南京,蒋介石召集的会议继续进行。对于国防部作战厅提出的徐州主力向南进攻,李延年的第六兵团和黄维的第十二兵团同时向宿县进攻,"南北夹击以打通徐蚌间交通"的主张,刘峙和李树正没有异议。杜聿明也大致同意,但他建议以李弥的第十三兵团先击退共军,控制运河线后再回师向南,不然恐怕侧后会出现威胁。蒋介石认为分歧不大,让杜聿明立即回徐州部署打通津浦线作战。杜聿明提出了一个让蒋介石最头疼的问题:兵力不足。"必须再增加五个军,否则万一打不通,黄兵团又有陷入重围的可能。"蒋介石要求杜聿明"先回去部署攻击",他说:"五个军不行,两三个军我想法子调。"

杜聿明当即飞回徐州。他认为,如果能够得到几个军的加强,南北夹击打通津浦路应该不成问题,而只要津浦路一通,徐州战场上的主力就可以全部南撤,这样至少可以避免黄百韬那样的命运。

飞机飞临黄维兵团上空的时候,杜聿明与黄维进行了简短的地空通话。黄维说:"当面敌人非常顽强,应想办法,这样打下去不是办法。"杜聿明说:"今天老头子已决定大计,马上会对你下命令的,请你照令实施好了。"

回到徐州,杜聿明命令孙元良把徐州防务交给李弥,于二十五日开始与邱清泉兵团一起向宿县方向攻击前进。

就在杜聿明下达作战命令的时候,毛泽东为中央军委起草的电报到达淮海战役总前委:

刘、陈、邓并告粟、陈、张：

梗二十二时电悉。

（一）完全同意先打黄维；

（二）望粟陈张遵刘陈邓部署，派必要兵力参加打黄维；

（三）情况紧急时，一切由刘陈邓临机处置，不要请示。

军委

二十四日十五时

刚刚下达了打通津浦路作战命令的蒋介石心情郁闷，因为如何处理黄百韬兵团的后事是一个棘手的问题。黄百韬是"徐蚌会战"中第一位全军覆灭而且死于战场的兵团级将领，处理不好会对军心产生巨大的负面影响，更重要的是，如何处理党内的舆论、桂系的诋毁以及国际视听，这些都关乎自己地位的稳固。显而易见，照常规将战败的责任直接推到黄百韬身上，至少在大战仍在进行的时刻不合时宜，必须把黄百韬的尸骨找到运回南京厚葬，并追授上将军衔发放厚恤以安抚家眷和军心。问题是，内部的所有指责都可以想办法消除，国际舆论如何应对？

同在这个晚上，毛泽东也没有睡意。淮海战役即将进入第二阶段作战，平津战役的筹划也已接近最后决策阶段，繁重的工作完全打乱了毛泽东的作息节奏，但昼夜不眠并没有令他感到疲惫。在给淮海战役总前委发出电报之后，他提笔给清华大学一位名叫吴晗的年轻教授写回信——在超乎寻常的繁忙中，毛泽东竟饶有兴趣地读完了吴晗写的《朱元璋传》：

两次晤谈，甚快。大著阅毕，兹奉还。此书用力甚勤，掘发甚广，给我启发不少，深为感谢。有些不成熟的意见，仅供参考，业已面告。此外尚有一点，即在方法问题上，先生尚未完全接受历史唯物主义作为观察历史的方法论。倘若先生于这方面加力用一番功夫,将来成就不可限量。

淮海战场上大决战的态势已经形成。

中原野战军和华东野战军将合力作战,封闭徐蚌地区国民党军的所有主力,先围歼黄维兵团,然后再解决刘峙和杜聿明指挥的部队,不让其退到长江以南去;而国民党军虽然制定了向淮河两岸退却的计划,但是为了顺利撤出,必须再向这个战场增加兵力,以保持住一条撤退的通道。此时,共产党方面投入战场的兵力已达六十多万,国民党方面投入的兵力多达八十余万,总计近两百万的兵马交错在一起,形成了一个错综复杂的巨大战场。

淮海战役总前委的部署是:以中原野战军第四、第九纵队,豫皖苏军区独立旅位于宿县以西、浍河以南的南坪集地区,与黄维兵团保持接触,并逐步将该敌引诱至浍河以北,利用浍河割断敌人。第一、第二、第三、第六纵队和刚刚归建的第十一纵队,隐蔽集结在浍河以南的曹市集、五沟集、孙疃集、胡沟集一线,待黄维兵团在浍河以南处于半渡状态时,分别由东西两翼实施向心突击,配合正面各攻击纵队将黄维兵团分割围歼。同时,华东野战军第七纵队和特种兵纵队一部归中原野战军指挥,参加歼灭黄维兵团的作战。而华东野战军第二、第六、第十、第十一、第十三纵队,位于宿县、西寺坡地区,阻击李延年、刘汝明两兵团北援,力争歼灭其一部,保障中原野战军侧背安全;第一、第三、第四、第八、第九、第十二、鲁中南、两广纵队以及冀鲁豫军区独立第一、第三旅位于徐州以南夹沟至符离集之间,横跨津浦路两侧构筑阻击阵地,阻击邱清泉和孙元良两兵团南援。

围歼黄维兵团的作战如果成功,就可以使徐州的杜聿明集团陷于孤立,也可以让华东野战军主力在围歼黄百韬之后得到短暂的休整,以便下一步在淮海战场上集中力量攻击杜聿明集团。但是,虽然有华东野战军的南北阻援,围歼黄维兵团的任务毕竟需要中原野战军独立完成。这也就是毛泽东后来将淮海战役比成一锅"夹生饭"

的原因:"淮海战役打得好,好比一锅夹生饭,还没有完全煮熟,硬是被你们一口一口地吃下去了。"——无论在全局上还是在局部上,国民党军都占据着兵力和武器装备的优势,在这种情况下进行大规模的战略决战,中原野战军压力巨大。

中原野战军参战部队只有七个纵队和三个旅,部队自大别山转出后,未能得到及时的补充,从兵力上讲,除了第一、第四纵队各有九个团外,其余的纵队只有六个团,九纵只有五个团。平均下来,每个纵队只有一万五千至一万六千人左右,其中的第二、第十一两个纵队仅有一万两千多人。这也就是说,整个中原野战军,可以参战的总兵力约十二万人,与对手黄维兵团的总兵力持平。但是,就武器装备而言,中原野战军与黄维兵团差距巨大。在大别山的时候,因为部队终日转战和大量的减员,重武器都被埋在了山里,重炮也都被炸掉了。目前,除有限的几十门山炮、野炮、步兵炮和两百多门迫击炮外,部队的基本作战武器是轻重机枪、马步枪和手榴弹,而且弹药严重不足。这样一支部队,独自攻击国民党军强大的作战兵团,在以往的历史上还从没有过。

野战军司令员刘伯承在干部会上告诫大家:"打仗总有主攻方向和牵制方向,总有吃肉和啃骨头。过去我们顿顿吃肉,现在啃一回骨头就受不了的样子,这是什么思想?这是什么思想方法呢?我要告诉大家,不要以为上回啃了骨头,这次就让你吃肉。要准备这次啃骨头,下次还啃骨头,第三次还是啃骨头!"政治委员邓小平则代表中原野战军表达了这样的决心:"这是决战,要把蒋介石的脊梁打断,即使在这场决战中,中原野战军全部打光,其他各路大军也能渡过长江去,解放全中国!"邓小平提出了"拼老命"的口号,要求"人人都要有烧铺草的决心"——中原地区的百姓有个习俗,人死了之后要把他睡过的铺草拖到野地里烧掉,所以人死了也叫"烧铺草"。

刘伯承、陈毅、邓小平准备"烧铺草"。

二十二日,他们率领淮海战役总前委指挥部从豫北开始移动,二十三日到达临涣集以东的小李家村,并在那里安营扎寨。小李家村位于宿县至徐州的铁路与徐州至阜阳的公路之间,是国民党军黄维兵团、邱清泉和孙元良两兵团以及李延年和刘汝明两兵团三路大军南北夹击的会合点——世界战争史上还没有过这种将战役最高指挥部设在战场的核心地区,战役高级指挥员和他们的士兵们近在咫尺的先例。徐州的刘峙和杜聿明如果知道刘伯承、陈毅、邓小平此时所处的位置,该如何感想?

中原野战军第四纵队奉命与黄维兵团死死纠缠,以引诱黄维兵团一步步地进入包围圈,同时为其他部队赢得战役展开的时间。

四纵司令员陈赓对官兵们说,野战军主力在大别山苦战一年,相比之下,四纵兵强马壮,理应多承担艰苦的作战任务,多打硬仗。他亲自带领各级指挥员到南坪集地区察看地形,最后决定由旅长刘丰和政治委员胡荣贵率领十一旅坚守南坪集主阵地,十旅为右翼,九旅为左翼,十三旅为预备队。

南坪集是蒙城至宿县公路上的一个集镇,紧靠浍河南岸,集镇的背后是一座大石桥,桥上可以通过坦克和重炮,这里是东进的黄维兵团必须突破的地方。

二十三日,黄维兵团以第十军在左、第十四军在右、第十八军居中、第八十五军随后跟进的攻击阵形,在坦克和飞机的支援下,突破十三旅三十八团的前沿阻击阵地,向南坪集猛扑过来。上午八时,第十八军的三个团,在八架飞机和二十辆坦克的掩护下,向十一旅正面阵地发动多路突击。第十八军的突击显示出精锐部队强大的火力威力,重炮倾泻着炮弹,坦克成排地驶过开阔地抵近射击,然后以火焰喷射器、机枪和自动化步枪为先导,步兵随之发起集团冲锋。十一旅三十一团三个营的阵地同时受到攻击,最多的时候敌人的正面攻击队伍多达五路。十一旅集中炮火极力压制敌人的火力,反坦克小组抱着炸药包和集束手榴弹冲向坦克,坦克越过沟堑时,预先放置的柴草被点燃,整个前沿烈火熊熊,浓烟滚滚。八连张小旦排位于前沿的突出阵地上,工事很快就被炮弹炸平,排长负重伤,三个班长全部牺牲,卫生员魏树荣带着剩下的几名战士顽强地固守阵地。正面攻击受阻后,黄维把攻击重点转向东侧,企图迂回南坪集侧背强渡浍河,但受到三十二团的坚决抗击。

下午,敌人将空中和地面火力全部集中在南坪集西侧杨庄前沿上,特别是三十一团二营六连坚守的宽约四百米的地段。六连的工事全部被炸塌,全连暴露在裸露的阵地上。一排和二排很快只剩下几个人,所有的连排干部全部伤亡,最后由党员战士张开指挥战斗。一个营的敌人以火焰喷射器开路,从三排阵地上突进来。阵地两侧的五连和十一连全力用交叉火力封锁突破口,但敌人的后续部队蜂拥而入,一直冲到杨庄阵地的背面,这里距离二营指挥所仅有几十米,距离三十一团指挥部也不过两百米。危急时刻,三十一团团长梁中玉抓起两颗手榴弹,率领预备队冲了上去。阵地上的树木已全被炸断,十几辆坦克正向二营指挥所集中射击,炮弹落在了指挥所的工事顶上。梁团长喊着二营长的名字:"祁大海!祁大海!"营教导员杜守信从硝烟中跑过来,他腰上别着几颗手榴弹,手里提着一只汽油瓶,正准备去打敌人的坦克。杜教导员报告说,营长去六连阵地了。梁团长经过迫击炮阵地时,对炮兵们说,打完了炮弹,和我一起向六连阵地上冲!预备队赶来后,一班长高凤山提着机枪冲到杨庄村口时中弹倒下,副班长孙水平喊:"决心给班长报仇的跟我上!"炮兵连和预备队很快冲进杨庄与敌人混战在一起,逐屋的争夺战演变成白刃肉搏,这是国民党军士兵最惧怕的作战方式,他们开始潮水般地往村外跑,一名士兵正要架设火焰喷射器,被排长曹国华一把夺了过来,副班长孙水平的刺刀同时插进了这名士兵的后背。

大雨突然倾泻而下,地面上流淌着鲜红色的雨水。

梁中玉团长刚为夺回阵地松口气,旅指挥部的电话便追了上来,命令他们撤退到浍河北岸。梁团长有些迟疑,旅参谋长王砚泉在电话里喊:"你们已经完成了任务!后面的口袋已经布置好了,让敌人过河,把我们的背水一战变成他们的背水一战,明白了没有?"——中原野战军四纵十一旅在浍河南岸顶了整整一天,伤亡巨大。撤退时,梁中玉团长几次回望浍河南岸,回望他的许多官兵永远倒下的地方:"我们冒着大雨,沿着泥泞的道路向浍河北岸转移了。在雨雾弥漫的夜色里,在广阔的田野上,到处燃烧着一堆堆的火光,敌人猬集成一堆堆,度过这漫漫长夜。炮火逐渐稀疏了,刹那间,大地显得很安静。但是透过南方的夜空,透过敌人烧起的黯淡的火光,我仿佛听见了大军行军的脚步声,我仿佛看见铁钳已在敌人的身后合拢。"

此时,中原野战军三纵位于孙疃集,一纵位于郭家集、界沟集,二纵位于白沙集,六纵和陕南军区十二旅位于曹市集,十一纵位于胡沟集,这是一个袋装形的巨大的阵地,只等黄维兵团在浍河边处于半渡状态的时候,发起两翼向心突击。

二十三日夜,黄维兵团第十八军军长杨伯涛命令十一师强渡浍河,开辟桥头堡阵地。虽然当面的解放军已经撤退,但该师工兵营长还是在指挥架桥时被打死了。当先头部队在几个渡口强渡成功后,第十军和第十八军开始了大规模的渡河。

二十四日中午,黄维兵团指挥部进驻南坪集。

至此,国民党军第十二兵团被浍河分成了两半:第十、第十八军已到浍河以北,第十四、第八十五军尚在浍河以南。

突然,第十八军十一师搜索队传回一个令人不安的消息:"在至宿县的公路上有共军大部队在运动,公路两侧还发现了鱼鳞式阵地,阵地的纵深很大,看上去是供大兵力使用的。"同时,第十军方面也发现大批共军正由西向东直插侧背方向。更可怕的消息是:浍河南岸的第八十五军军长吴绍周报告说,第八十五军从蒙城出发时留下一些伤兵,准备顺涡河送往蚌埠,现在所有的伤兵都已被俘,只有几名轻伤员逃了出来——蒙城已被共军占领。

一切迹象表明,兵团似乎处境不妙。

二十四日晚,黄维召集军事会议。他问第八十五军军长吴绍周和第十八军军长杨伯涛:"兵团的任务是要打到宿县,与徐州的杜聿明会师。看现在的情况,我们应该怎样打法,才能完成任务?"吴军长不吭声,杨军长则认为,共军似乎大军云集,布置了天罗地网,看来他们放弃涡河和浍河阵地都是有意为之,目的就是诱我深入,现在我们已经成了"不着边际的孤军",只不过还没到"被四面包围的绝境"。杨伯涛坚决反对继续执行蒋介石的作战命令,说如果继续打下去,只能在共军的大纵深阵地里"越陷越深",大兵团在没有后方的情况下作战绝对是死路一条。杨伯涛建议:"趁共军还没有对我形成包围,兵团星夜向固镇西南的铁路线靠拢,到固镇八十多里,急行军一气就可以赶到,在那里一方面可以取得后方补给,一方面可以与李延年兵团合股,然后再沿着津浦路往北打,这样可以立于不败之地。"吴绍周当即表示同意。黄维在屋子里转来转去犹豫不决,直到午夜十二点,他终于决定第十二兵团全线撤退:"我认为难以击破当面的解放军,即使攻击再有进展,解放军仍然是节节阻击,而我军则处于解放军的袋形阵地之内,态势不利,特别是北淝河和涡河,成为我军背后的障碍和威胁。如果坚持战斗,将会被解放军困死。因此,决定终止战斗,脱离当面的解放军,向铁路线固镇方向转移。"

但是,等杨伯涛部署完转移事项回到兵团部汇报时发现黄维又犹豫了。原来,黄维派军作战处长去给第八十五军送转移命令,但是这个处长连同他乘坐的吉普车一起失踪了,黄维认为,必须要确知这个处长失踪的真正原因后才能有所动作。杨伯涛只好命令第十八军就地等待。

黄维兵团在浍河两岸不进不退的局面一直持续到二十五日

中午。

还是没有查清军作战处长到底上哪去了。

南坪集附近的公路上已经出现了少量的解放军部队,黄维只有决定不顾蒋介石的作战命令全兵团向宿县以南的固镇转移。

转移命令下达的时候已经是下午十六时。

黄维从感到处境不妙到正式下令转移,中间过去了十几个小时,这十几个小时的犹豫不决让黄维后悔莫及。

中原野战军发现黄维兵团有缩回去的迹象,立即全线迅猛出击。第一、第二、第三纵队从西北和西面,第四、第九纵队从东北和北面,第六纵从南面,第十一纵从东南面,同时向黄维兵团猛扑过来。

第十八军是黄维兵团行动最迅速的一个军,二十五日傍晚十八时,他们就从浍河以北撤到了浍河以南一个叫双堆集的村庄。杨军长很想连夜行军,一举突出包围圈,可是战车、坦克以及数百辆汽车无法夜间行军,于是黄维决定在双堆集附近宿营。此时,第十二兵团各军的分布位置是:第十八军主力和快速纵队在双堆集,该军所属的四十九师和骑兵团在罗集的东南;第十军位于南坪集东南地区;第十四军到达东平集以西的浍河南岸;第八十五军在南坪集以南;兵团司令部位于双堆集东北的一个小村庄里。

入夜,黄维意识到了局势的急剧恶化:第八十五军遭到猛烈袭击,一个团长被打死,部队一度陷入混乱;第十四军到达浍河南岸后,未能按照兵团命令沿浍河占领阵地,导致解放军渡过浍河展开攻击,第十四军仓促迎战中被冲得七零八落,向南撤退的官兵直接冲进了一一四师师部所在的村庄,一一四师师长夏建勋急忙组织部队阻击,好容易控制了部队,但是他的一个团被解放军截断,团长朱达失踪,只零星跑回来少量官兵,该师的炮兵部队和辎重部队也全部被掳走了。第十军军长覃道善见势不妙,命令十八师和七十五师派部队收容第十四军的溃兵,但派出的部队都受到了攻击。

同样心绪不安的是位于双堆集附近的第十八军军长杨伯涛。自兵团从河南驻马店地区出发进入淮海战场以来,他一直认为整个兵团走在一条自投罗网的路上,为此他多次提醒他的司令官黄维:第一,进入淮海战场后,不断拾到共军的传单,"整个篇幅充满鼓舞动员的文字,宣示这一次是打垮蒋介石、解放全中国决定性的一战",还有就是"看你黄维哪里逃"。第二,共军的动作有点反常。过去刘邓和陈粟两军都是各自为战,现在却紧紧地靠拢在一起,显然企图不小。第三,过去共军一贯采用侧击、尾击、突然袭击等变化多端的运动战术,而这次采取的是迎头堵击,堡垒式的坚固工事到处可见,显然有打硬仗的味道。第四,这次共产党方面动员军队和民众的工作空前广泛,各地地方武装和民兵都云集到徐海地区来了。比如,一份情报清楚地表明,桐柏山区一个名叫"王老汉游击队"的武装,已经跟在第十二兵团的后面进入了淮海战场。由此可见,第十二兵团处境非常严峻。现在,经过一天的混乱,部队被"局促于双堆集",结局很可能是"深陷泥淖"。

二十五日这天,中原野战军已将黄维兵团的四个军合围在宿县西南以双堆集为中心东西不到十公里、南北不到五公里的地区内。

黄维终于意识到,他和他的兵团已经落入陷阱。

黄维时年四十四岁,他出生在江西贵溪一户贫苦农家,少年时就显示出坚韧的性格和勤奋的品质。师范毕业后在家乡当教员。二十岁那年,黄埔军校首次秘密招生,他在中共党员方志敏的帮助下,虽然个子矮小但还是被军校录取了。在黄埔期间,他成绩优秀,毕业后留校担任区队长,曾率黄埔生跟随蒋介石参加东征、北伐,因作战勇敢迅速升为团长。后受到时任第十八军军长陈诚的厚爱和信任,被提拔为旅长、师长,其间曾奉命赴德国深造。抗战爆发后,率第十八军六十七师参加淞沪抗战,战斗中该师四〇二团阵地仅剩一角,面对日军的凶猛冲杀,官兵誓死不退直至全部阵亡。一九三八年,黄维升任第十八军军长,蒋介石送给他一张六寸照片,上面写着:"培我将军惠存"——黄维,号"悟我"——不是蒋介石写错了,而是有意为之,"培我者,培养我也"。黄维自此改号"培我"。

黄维带兵严厉,治军有方,清廉自律,口碑颇佳。但因是陈诚派的将领,多次受到何应钦的排挤,一九四〇年,他辞去第五十四军军长一职,改任青年军编练总监部副总监。黄维心平气定,他为培训入伍生的军官学校写校歌,那座学校位于江西横峰县莲荷村,从歌词上看想必是在战火中依然保有美丽的地方:

　　山青青,水洋洋,
　　莲荷山水青,
　　莲荷山水长。
　　中华儿女来四方,
　　操戈执戟聚一堂。
　　聚一堂,练刀枪,
　　远征三岛来还乡。
　　来还乡,永不忘,
　　莲荷山水青,
　　莲荷山水长。

两个月前,黄维出任第十二兵团司令官,这是国民党军内部矛盾互相平衡的结果,当时,黄维任新制军官学校校长兼陆军第三训练处处长。新组建的第十二兵团的基本部队是第十八军,胡琏是第十八军军长,还曾指挥过第十军,因此理应由胡琏出任兵团司令官。但是,第十二兵团驻扎在华中"剿总"白崇禧的地盘上,白崇禧对第十八军和这个军的后台陈诚成见甚深,对胡琏也"屡有攻击",这就迫使蒋介石不得不另外考虑司令官的人选。他征求了正在养病的陈诚的意见,陈诚推荐了自己派系的骨干黄维。由于陈诚与何应钦之间、白崇禧和陈诚之间矛盾错综复杂,这一推荐遭到何应钦和白崇禧的反对,但是参谋总长顾祝同表示支持,于是任命最终确定。黄维去南京面见蒋介石,表示自己"离开部队久了,带兵有困难"。蒋介石说:"打仗是现在最重要的任务,不把共产党消灭,所有事情都办不了,你不能从你个人来考虑。"而被任命为副司令官的胡琏心里不服,声称牙痛跑到上海治病去了。黄维最后对蒋介石说:"打完了这一仗,我还是回去办学校,第十二兵团司令仍应给胡琏。"

二十五日夜,蒋介石获悉黄维兵团被围。

此时,全国战局的持续恶化令蒋介石忧心忡忡:东北林彪大军已有入关迹象,张家口地区大批的解放军正在调动,所有情报都显示那里大战在即;在西北战场上,胡宗南连日与彭德怀苦战之后,其主力第七十六军军长李日基竟然被捉走了——国民党军的司令官和军长们总是被俘的状况已无法控制,但第七十六军的遭遇也过分离奇:第一任军长廖昂在清涧战役中被俘,第二任军长(即整编七十六师师长)徐保在宝鸡被打死,现在的第三任军长李日基又在永丰镇被王震部的官兵活生生地堵在了窑洞里。以上情况仅仅发生在一年多的时间之内,胡宗南的仗到底是怎么打的?

二十七日,毛泽东以中原野战军司令员刘伯承、华东野战军司令员陈毅的名义,为新华广播电台撰写广播稿,规劝黄维下令投降:

宿县南坪集国民党军第十二兵团司令官黄维将军及所属四个军军长、十一个师师长、各团营连排长及全体士兵们:

现在中国人民解放军中原野战军司令员刘伯承将军、华东野战军司令员陈毅将军向你们讲话。

国民党第十二兵团司令官黄维将军及黄将军所属全兵团官长士兵们:我们和你们都是中国人。你我两军现在在打仗。我们包围了你们。你们如此大军,仅仅占住纵横十几华里内的六七个小村庄,没有粮食,没有宿营地,怎么能够持久呢?不错,你们有许多飞机、坦克,我们在这里连一架飞机一辆坦克也没有,南坪集的天空是你们的,你们想借这些东西作掩护向东南方面突出去。但是,你们突了两天,突破了我们的阵地没有呢?不行的,突不出去的。什么原因呢?打仗的胜败,不决定于武器,而决定于人心。我们的士兵都想打,你们的士兵都不想打,你们将军们知道吗?还是放下武器罢。放下武器的都有生路,一个不杀。愿留的当解放军,不愿留的回家去。不但对士兵、对下级军官、对中级军官是这样,对高级将领也是这样,对黄维也是这样。替国民党贪官污吏打仗有什么意思呢?你们流血流汗,他们升官发财。你们送命,他们享福。快快觉悟过来罢。放下武器,我们都是一家人。打内战,打共产党,杀人民,这个主意是蒋介石和国民党定下的,不是你们多数人愿意的,你们多数人是被迫打仗的。既然如此,还打什么呢?快快放下武器罢!过去几天,我们还只是布置包围阵地,把你们压缩在一片豆腐块内,还没有举行总攻击。假如你们不投降,我们就要举行总攻击了。我们希望黄维将军仿照长春郑洞国将军的榜样,为了爱惜兵士和干部的生命起见,下令投降。如果黄维将军愿意这样做,着早派遣代表出来和我们的代表谈判投降办法。你们保证有秩序的缴枪,不破坏武器和装备,我们保证你们一切人的生命安全和随身财物不受侵犯。何去何从,立即抉择。切切此告。

刘伯承　陈毅

黄维不会投降。

正面作战是军事较量,他不惧怕。

被俘后,曾有人问他,为什么在南坪集受到阻击后,不迅速向固镇、蚌埠方向转移,还积极地抢渡浍河,导致后来陷入重围,黄维高声说:"我还想打嘛!"但是,至少在一九四八年十一月下旬那些清冷的日子里,黄维感到了困惑:"兵团部对于徐州地区的战况,一直没有得到国防部及其他上级的指示,兵团部的无线电通讯始终没有和刘峙、杜聿明取得联络,只不过推断徐州在大战而已。至于双堆集战场,是秋后毫无隐蔽物的广阔平原,所占据的村落都是土墙茅草盖的小房子,老百姓已逃跑光了,当地几乎毫无可以利用的物资,不仅无法征集粮食,就连燃料、饮水和骡马饲料,都极为困难。"

无法知道那个时候,黄维是否还有攻击浍河防线时的作战积极性。

国民党军第十二兵团已失去脱离战场的一切可能,十二万装备精良的大军落入了从四面八方赶来的无数支"王老汉游击队"的罗网之中。

蹂 躏 战 术

十一月二十六日下午十七时,国民党军第八十五军一一〇师师长廖运周刚刚到达双堆集附近,黄维就派人来把他找到兵团部。

黄维对廖师长说:"刚才空军侦察报告说,午后十五时,共军对我兵团的包围圈已经形成,他们正在构筑工事。你对此有什么主张?"

廖师长说:"司令官有何决策尽管下命令,我师保证完成任务。"

黄维说:"我想乘敌立足未稳,打他个措手不及。因此,决定每个军挑一个师,四个主力师齐头并进,迅猛突围。"

廖师长说:"司令官的决策英明。我师请求打头阵,愿当开路先锋!我们既然能攻占共军堡垒式工事和河川阵地,现在突破共军临时构筑的掩体当然不在话下。我请求立即回去准备行动!"

一时间,黄维对眼前这位他并不熟悉的师长的勇气感到有些意外。

从国民党军队内部派系和渊源上讲,廖运周所在的第八十五军不在黄维的势力范围内。第十二兵团组建的时候,与黄维私交甚好的国民党军第九绥靖区司令官李良荣自告奋勇,表示愿意出任第十二兵团副司令官,并把自己的基本部队第二十八军带过来。经过黄维和李良荣两人的共同请求,蒋介石发布了调动命令。但是,由于第二十八军隶属白崇禧的华中"剿总"建制,部队被白崇禧扣住不放,接着李良荣又被蒋介石调任福建省府主席,于是,国防部临时以第八十五军替代第二十八军编入黄维兵团,并经何应钦提名,任命第八十五军军长吴绍周为第十二兵团副司令官兼第八十五军军长。这个改变依旧得到了蒋介石的批准。可是,白崇禧又扣住第八十五军不放。第八十五军的前身,是国民党中央军教导师一部,一九三七年由第十三军的第四师和八十九师组建而成,首任军长王仲廉。部队组建后,参加了徐州会战、武汉会战、宜枣会战、长沙会战等战役。内战爆发后,第八十五军被调往山东,先后参加蒙泰战役、孟良崮战役和阻击刘邓大军南下大别山作战。调入第十二兵团之前,该军下辖二十三、一一○和二一六师。这支原属于何应钦派系的部队,纳入白崇禧的华中"剿总"序列后,白崇禧计划让该军防守汉口大门,而将自己的桂系部队收缩在内线,因此他不愿意把这个军划归给黄维。为了扣住这个军,白崇禧把第八十五军编入他的第三兵团序列,调到湖北东北部的广水、应山方向去了。黄维不能刚上任就少一个军,因此向蒋介石反复力争,国防部也坚持要白崇禧把第八十五军"吐"出来——"几费周折,白崇禧才把这个军吐出来",可是他"吐"得很慢。当黄维率第十二兵团已向淮海战场出动的时候,该军还以交接防务为名在湖北境内迟迟不动,经过黄维的反复催促才勉强出发。出发时,军长吴绍周对前方情况一无所知,所带粮草弹药也严重不足,所以一路走走停停,直到十一月二十一日才到达安徽阜阳,比黄维规定的归建时间晚了半个月。因为部队没带粮食,当地又征不到粮食,黄维兵团渡沙河时架的桥也被拆毁了,收音机里又传来黄百韬已被包围的消息,吴绍周不愿意再往前走了。但是,黄维不断地发电催促,第八十五军只好饿着肚子赶路,二十四日由蒙城赶到赵集附近,由此被彻底拉入了淮海战场。

始终担心无法控制第八十五军的黄维,在二十六日下午,被眼前这位名叫廖运周的师长的果敢精神感动了。这正是需要有部队为全兵团拼命的时候,也是全兵团迅速突围出去的最后时机,连自己的嫡系部队第十八军都没有哪个师长能够在关键时刻表现出如此的忠诚与勇敢,如果此次整个兵团能在一一〇师的冲锋下一鼓作气突出罗网,那么这个廖师长将成为自己军事生涯中的最难忘的人——国民党军第八十五军一一〇师师长廖运周的行动,很快就会让黄维刻骨铭心。

"我于一九二七年,经孙一中、靖任秋同志介绍加入中国共产党。同年八月在叶挺第二十五师七十五团参加南昌八一起义。"——尽管共产党方面在情报收集、政治策反和在敌方营垒内安插秘密党员方面有着丰富的经验和惊人的建树,但在国民党军一线作战部队内部,一名资深的共产党员能够隐藏如此之久,并被逐步提升至师长的位置,其大胆、耐心和智慧令人惊叹。

黄埔毕业的廖运周自一九二八年起,就接受党组织的委托秘密从事地下兵运工作。一九三七年,廖运周所在的部队开赴河南焦作,与豫北管区合并成师,当时的豫北管区的司令官张轸,北伐时曾是以程潜为军长、林伯渠为党代表的第六军的一名师长,因此政治立场是反蒋的。廖运周迅速与党组织取得联系,党组织交给他的任务是:"在这个部队隐蔽精干,发展势力,掌握兵权。"自那时起,廖运周一直隐蔽在一一〇师,历任团长、旅长、副师长和师长等职。这一漫长的潜伏过程是艰辛和危险的。内战爆发后,晋冀鲁豫中央局国民党军工作部的秘密联络员进入河南新乡一一〇师驻地,见到廖运周。经过反复研究,决定一一〇师的行动计划是:"在有解放军接应的前提下举行起义,起义前的任务是收集军事情报。"一九四六年九月,第八十五军奉命出动,掩护第五军向徐州移动。一一〇师在河南民权县刚下火车,官兵们就听见了剧烈的枪声——刘伯承、邓小平率领的部队正在攻击位于郑庄寨的第八十五军军部。军长吴绍周在电话里呼叫一一〇师火速增援,廖运周很想利用这一机会与刘邓的司令部取得联系,但是情况不明,缺乏渠道,只能向吴绍周报告说自己也受到了包围,正在激战之中,以拖延增援军部的行动。天亮之后,刘邓部因攻击效果不佳,战斗伤亡严重,被迫撤离战场。廖运周立即向军长报告了这一情况,以致吴绍周以为是一一〇师经过"英勇作战"把围困军部的共军打跑了。后来,邓小平托人告诉廖运周:"郑庄寨战斗是有意不打一一〇师,而专打第八十五军军部,目的是为了牵制第五军,使他不能开往徐州,打了第八十五军起了牵制作用,这就是胜利。至于我军有损失,那与你们无关,你们是无能为力的。"

一九四七年,一一〇师开赴山东战场,邓小平随即指示,将一一〇师地下党的关系转到中共华东局。同时,陈毅也再次强调:"当前搞情报比起义贡献大。"这一年的夏天,一一〇师地下党委正式成立,廖运周任书记,副官处副官的刘浩任副书记。他们开始整顿队伍,凝聚进步力量,把顽固派分子排挤出去,将一大批年轻军官团结在身边。这期间,国民党军豫北战场作战计划和蒋介石重点进攻山东解放区的作战计划及电报密码,都是由他们搞出来然后送至距一一〇师驻地最近的解放军部队的。秋天,一一〇师地下党组织关系转入中原军区,邓小平的指示是:"积极准备,耐心等待,在最有利的时机起最大的作用。"

让一一〇师的秘密党员和准备与蒋介石分道扬镳的进步军官继续隐蔽下去是困难的——"有的同志逐渐流露出一些急躁情绪,对长期隐蔽在敌人内部缺乏耐心"。而随着国共两军决战态势的日益明显,开赴一线战场作战似乎不可避免,于是隐蔽下去的危险性越来越大，特别他们搞不清楚什么时候才是"最有利的时机"。邓小平说："组织上没有忘记你们，只是目前还没到时机，起义要在军事上、政治上起最大的作用。不是万把人、几千支枪的问题，你们要考虑到全局，不应计较局部得失。"——第八十五军一一〇师，是一颗埋藏在国民党军作战部队中的定时炸弹，引爆必须等待能够带来最烈破坏效果的时机。

一九四八年九月，第八十五军划归第十二兵团，奉命进入徐蚌战场。一一〇师地下党委再次开会，认为起义的有利时机可能到了。但是，全师官兵不愿出动的情绪也让廖运周有些着急，因为部队拉不出去，战场起义的计划就会落空。他破例发给所有官兵每人三个月的薪金和大米，并允许官兵到汉口、广水等地探一次亲，之后部队才勉强出发。第八十五军突破浍河后，黄维意识到兵团已陷入包围圈，军长吴绍周去南坪集开会回来，连夜向师长们布置转移行动："共军有纵深配备，正在向我军两侧迂回，我军将被包围，现在黄司令官已下决心转移。第八十五军主力放在南坪集附近，占领阵地，向西北警戒，掩护第十八军和第十军转移。待两军通过后，第八十五军经罗集向固镇以西地区集结。兵团司令部在第十八军后跟进。"吴绍周告诉廖运周，一一〇师暂归黄维直接指挥，向湖沟集方向武力搜索。

廖运周很着急，因为黄维已经察觉危险正准备逃脱，可当下没有把情报送出去的条件。他对吴绍周军长说："为什么把我师划归黄维直接指挥？这样分割使用有诸多不便。为什么要第八十五军掩护第十八、第十军转移？他们各自掩护直接转移不是更好吗？第八十五军由赵集直接开往固镇西北地区不是更好吗？"这种挑拨的话让吴绍周沉默了好一会儿，吴军长最后说："武力搜索的兵力可大可小，把你的三二八团给我留下当预备队吧！"——吴绍周的这一决定让廖运周很满意，因为一一〇师目前只有三二八团不好掌握，廖运周一直担心这个团会是起义时的一个麻烦。

二十五日拂晓，廖运周集合部队准备出发，吴绍周派人来通报说，军作战处长郑家兴乘吉普车给一一〇师送命令时，在师部附近被共军连人带车捉走了，一一〇师原地待命。晚上，一一〇师奉命赶到双堆集。廖运周见到了黄维，主动要求承担突围前锋的任务——廖运周的想法是，只有担任前锋，才能与第十二兵团的其他部队脱离开，而一一〇师如能在突围时举行战场起义，很可能致使黄维的整个突围计划瓦解。从黄维那里回来后，廖运周让师侦察连副连长、秘密党员杨振海立即出发。杨振海要直接找到解放军前沿部队接上头，请他们在一一〇师突围处的左翼"闪开一个口子"，等一一〇师过去后再将口子重新封上。

二十六日晚上，黄维异常紧张，明天的突围成功与否，关系到整个兵团的生死。此刻，他与李延年、刘汝明之间的距离不算远，他很怀疑共军能将他的十二万人马合围起来，而四个师的强大兵力并排突击，遭到阻挡是肯定的，但还没有突不出去的道理。黄维唯一的担心来自他所熟知的国民党军无法克服的弊端：在危急时刻，谁也不愿意损失自己的部队去配合或援救友邻。一旦明天突围受阻，兵团将被围在双堆集地区，即使共军吃掉自己不那么容易，但友邻部队增援不力，官兵作战意志消沉，重蹈黄百韬兵团的覆辙也不是没有可能。在这个夜晚，黄维第一次意识到：自己如此积极地进攻作战，是不是犯了个鲁莽的错误？

廖运周派出去的侦察连副连长杨振海，很快就被中原野战军第六纵队十二旅的前哨捉住了。六纵当天与黄维兵团打了整整一天，特别是十二、十六和十七旅的杨庄、李庄、葛家庄前沿阵地，终日都处在激战之中，虽然阵地没有被突破，但是官兵伤亡很大。入夜，黄维兵团退缩双堆集后，前沿的硝烟还未散尽，一个国民党军军官就闯了进来，要不是这个军官不断地强调有紧急机密情报要送给前线首长，弄不好就被打红了眼的十二旅官兵当场打死了。纵队司令员王近山得知消息后,命令把"俘虏"送到纵队指挥所审问。杨振海一进指挥所,作战参谋武英立刻喊道:"老伙计!你还没死呀!"不明内情的王近山司令员听说这是刘邓首长派到一一〇师做地下工作的同志,觉得在前沿发生这样的事真是出人意料。

杨振海拿出一份黄维兵团突围计划图。这份作战图让王近山感到明天将有大战,因为黄维准备用四个师强行夺路,且国民党军第十二兵团所有的火炮和从南京派来的飞机将全力助战。当听说一一〇师准备起义,要求为其让开通道的时候,王近山和六纵政治委员杜义德一时不知该如何答复。首先,他们对廖运周不甚了解,不知道一一〇师的起义是否有诚意。其次,即使起义是真心实意的,但敌人四个师向纵队前沿发起进攻,如果给一一〇师让开一个口子,万一其他敌人趁机冲出,将是一个巨大的麻烦。另外,谁能保证一一〇师没有顽固军官,万一廖运周控制不住部队,把他们也放了过来,他们一旦调转枪口从我军的背后进攻,只有四个旅的六纵如何对付得了强大兵力的前后夹击?如果让黄维兵团从六纵的阵地上跑了,这就出大事了。

王近山、杜义德立即请示野战军首长,刘伯承、邓小平当即指示:"要不惜任何代价,坚决粉碎黄维的突围,同时要严密组织,保证一一〇师起义成功。"邓小平还特别提到:"廖师长在汉口的家属,我们安排转移,请他放心。"六纵指挥员立即部署迎接一一〇师起义的具体事项:为了以防万一,不能让起义部队进入村庄,须在阵地纵深地域划出一条通道让其通过。而十六、十七旅将位于起义通道两侧占领阵地,如果起义部队中途哗变,两侧同时开火;如没有发生哗变,就集中火力消灭跟在一一〇师后面的敌人。王近山对杨振海交代:一、一一〇师的行动必须提前一至两个小时,争取在敌人全线突围之前把队伍拉出来;二、起义部队必须沿划定的通道出来,如果越界就会遭到火力打击;三、起义部队出来之后,须到指定地点集合。杨振海提出,在起义部队通过的通道边沿须标上路标,同时,派人进入一一〇师帮助把部队带出来。

六纵派出的人是作战参谋武英。武英化装成农民,与杨振海一起在前沿部队专门为他们制造假象的枪炮声中,接近了第八十五军的阵地,武英当即被哨兵扣押送往一一〇师师部。

此时,已是二十七日凌晨。

获悉情况后,廖运周再次到了黄维那里,他有一个难题需要化解,即黄维布置四个师齐头并进突围,如果一一〇师被安排在中间,将很难单独地脱离战场。廖运周对黄维说:"四个师齐头并进不如用三个师好,把第十八军的主力师留在兵团作预备队,可随时策应第一线的作战。我师先行动,如果进展得手,预备队主力师可以迅速跟进,扩大战果。"黄维再一次受到感动,眼前的这位师长不但勇挑重担,而且还能为兵团整体考虑,于是,他拍着廖运周的肩膀说:"还是运周兄,好同学(黄埔同学)!你要什么我就给你什么,坦克、榴弹炮随你挑!第十八军的一一八师在后面跟进,掩护你们!"廖运周见黄维没有丝毫怀疑,进一步说:"我已经派便衣深入敌后,如果发现空隙,我们准备利用夜色提前行动。"黄维的嘱咐是:"有机会你就前进,要当机立断!"

在武英的建议下,一一〇师分为四路纵队,按正常速度前进。最前面的三二九团,由武英、杨振海和团长刘协候率领;三三〇团为后卫;后卫的后面再放一个可靠的连队负责收容;中间,是由师部、直属队的炮兵营、运输营、特务连、化学炮连、通讯连、工兵连组成的队伍。

廖运周必须向军官们宣布起义的决定了。

在双堆集附近黑暗的旷野中,一一〇师营以上军官聚在一起。

我开门见山地说:"现在,我们已被解放军全部包围了,黄百韬被消灭,蒙城、宿县被占。蚌埠的李延年不敢前进。我们是援兵没有,退路已无,弹粮即尽,解放军却在不断地增援,这样下去我们只能坐以待毙。蒋介石对人民犯下了滔天罪行,我们为什么还要为他卖命?共产党、解放军的所作所为大家都很清楚。很多人要求我利用朋友关系(当时还不能公开我们的身份)给解放军写封信,为我们提供方便,使我们脱离战场,投靠解放军,举行起义。现在,我们已派杨振海与解放军联系上了,见到了他们的南线司令员,解放军对我们将采取的行动非常欢迎。你们赞不赞成这样做?"话音刚落,大家就异口同声地说:"我们赞成!"接着,我向大家宣布了行军序列,并提出下列要求:一是以四路纵队按解放军规定的路线急行军。解放军保证不向我们开枪,也不允许任何人向解放军开枪。同时公布了与解放军的联络信号和我们官兵左臂上的标志。二是任何人不许掉队,走不动就用车拉。三是要严守秘密。四是不愿意走的现在可以提出来。其实这不过是给每个人的心上加一个砝码,估计他们就是不愿走,谁也不敢提出来。大家都说:"愿意跟老师长走!"

起义部队的标志是:一律在左臂上扎白毛巾或白布。

通过通道的标志是:沿途插着高粱秆。

两军接触时的联络信号是:打三发枪榴弹。

天已经放亮,初冬的浓雾笼罩着田野。黄维兵团开始了强行突围,由一一○师开路,后面跟着其他两个师。一一○师的行军路线,从双堆集到预定的集合地点吴大庄和西张庄,距离大约有十五公里。一一○师的三二八团被留在黄维身边,师部和两个步兵团总人数约有五千多人。黄维在步话机中不断地询问廖运周突围进展,廖运周一律回答"一切顺利"。但是,险情还是发生了。接近六纵阵地的时候,按照事先的约定,三二九团发射了三颗枪榴弹。可六纵阵地上没有任何反应,左翼第十八军的队伍躁动起来。杨振海立即跑到第十八军那里,解释说一一○师正在偷袭共军阵地。这边一一○师跑起来,大约跑了十分钟,前方阵地上的机枪突然开始猛烈扫射,手榴弹也跟着飞了过来。先头部队慌忙准备还击。武英立即让刘团长不要还击,命令部队卧倒,然后他绕了个大圈子向六纵阵地上猛跑。跑上阵地,碰见十二旅副政治委员张子明,武英说:"怎么搞的?不是事先通知了起义的事,而且还规定了信号,为什么还要开枪?"张子明回答说:"早上雾大,没有看见信号。再说你们的时间比规定的晚了一个多小时!"就在这时,一一〇师身后枪炮声大作:跟在他们后面的第十八军的突围部队,在没有任何思想准备的情况下遭到六纵的猛烈伏击。黄维在步话机中的语调开始变得疑惑起来。他大声呼喊廖运周:"长江,长江,你到了哪里?"廖运周回答:"武昌,武昌,我们到了赵庄,沿途畅行无阻!"黄维喊:"跟着你们的十八军的那个师,遭到密集的火力袭击,伤亡很大!"早晨七时二十分,一一〇师跑成了八路纵队,最终到达指定地点——吴大庄和西张庄村附近。

  吴绍周军长在步话机中询问廖运周的位置,廖运周回答说:"我们被共军包围了,请求增援。向导死了,因此无法判明本师现在的具体位置。"然后,他命令全师所有步话机一律关闭,电台停止使用。飞机飞到一一〇师队伍的上空,开始了不顾一切的猛烈扫射,看来吴绍周和黄维都已经意识到了什么。一一〇师的士兵躲进一片树林里,他们还不清楚起义之事,不知道飞机为什么要轰炸自己,更不清楚他们是否已经"突围成功"。喘息平静之后,他们发现树林里的草丛中有很多粗布口袋,打开一看,是大米、白面、猪肉、粉条、盐巴和白菜,许久未吃饱的一一〇师官兵们顿时欢呼起来。

  从起义兵力上看,老资格的共产党员廖运周带出来的人不算多,但是,在淮海战役第二阶段作战初期,一一〇师的战场起义发生在黄维兵团试图突围的关键时刻,这对黄维的心理打击是沉重的,对国民党军士气的挫伤更是致命的。徐州"剿总"总司令刘峙后来说:"第一一〇师师长廖运周叛变,是加速黄维兵团失败之关键。"

  二十七日拂晓,一一〇师脱离战场后,突围与反突围的战斗愈加激烈。

六纵的作战位置在双堆集的东南,是黄维向李延年和刘汝明两兵团靠拢的最直接的方向,因此这里承受着阻击黄维兵团的巨大压力。二十五日午夜,第十八军偷袭了六纵十七旅五十团的阵地,敌人一度打进村来,在四十九、五十一团的增援下,五十团经过艰苦反击把敌人赶了回去。二十六日,第十八军再次在坦克和飞机的助战下,向六纵指挥的陕南军区十二旅三十五团阵地发动攻击,小刘庄一度失守,又是进行艰苦的反击才夺回。二十七日,一一○师通过之后,包围圈上的通道即被六纵封死,跟在一一○师后面的国民党军突围部队继续强攻,向十二旅防御的小李庄、杨庄等阵地发动猛烈突击。坚守小李庄的一营在营长李更生的指挥下,不顾坦克已经迂回到身后的威胁,与突入村庄的国民党军反复争夺阵地。飞机在小李庄上空低空扫炸,坦克引导步兵强行推进,狭窄的阻击阵地上平均一分钟落下十发以上的炮弹。残酷的战斗进行了一个白天,最后时刻,双方在前沿枯萎的茅草中拼了刺刀,一营的干部和骨干几乎伤亡殆尽,全营两百多人最后只剩下四十多人,阵地犹在。

在廖运周起义的同时,中原野战军命令各纵队趁势迅猛出击,进一步压缩黄维兵团。各纵队在白天出击了。国民党军的B-29轰炸机投下重磅炸弹,强击机尖叫着俯冲轰炸,地面的炮火十分猛烈。九纵各旅在混战中与突围的国民党军展开了村庄争夺战。四纵向突围之敌出击后,当面的国民党军措手不及仓皇后退,四纵官兵随即猛追,连克十余个村庄,三十团的一营和二营竟然插入纵深袭击了第十四军军部。

二十八日傍晚,刘伯承、陈毅、邓小平致电中央军委报告战况:

(一)经昨感(二十七)日夜作战,已将敌压缩至东西十五里、南北四五里的长窄狭小地区。敌曾以大量飞机、坦克,多次猛攻我六纵阵地,企图打开通路,向东南方逃走,均被一一击退,且俘敌三百余人。我由西向东由北向南压缩,部队亦甚勇猛,但因天气昏暗,部队混乱,敌亦因突围未成,依托原有阵地顽抗,故我目的今俭(二十八)日拂晓前停止攻击,共已俘虏约二千人。另最先逃出至大营集之四九师一个多团,已被我全歼。

(二)敌之基本意图,似仍为向东南突围,但突围不成,则只有死守待援。刻遇到之最大困难是十万大军拥挤于狭小地区,天冷露营,没有饭吃,空投数量极小,士气甚低,遭我阻击和炮击伤亡不小,队形亦已混乱。

(三)现我们从敌人固守着眼,正等待弹药到达,即于后艳(二十九)夜开始攻歼敌人,采取集中火力,先打一点,各个歼灭的战法。

(四)我们六个纵队,从十九[皓]日涡阳阻击起,到今二十八[俭]晨止,共伤亡不过六千人,士气很高。加上华野七纵及炮兵配合,全歼该敌确有把握,但须十天左右时间才能完成。原来根据敌人总突围及廖起义的情况,估计可以迅速解决战斗,此种情况业已改变。

(五)华野七纵因敌改成固守,故仍留用为总预备队。

黄维兵团在最初的突围行动中,损失最大的是第十四军。这个军的各师都遭到猛烈阻击。军长熊绶春正为收拢部队着急上火的时候,参谋长梁岱突然出现在他的眼前,这让他几乎认为自己产生了某种幻觉。四天前,梁参谋长在浍河南岸的战斗中失踪,官兵们在战场上只捡到他的皮包,熊绶春认为他阵亡了,一面让士兵到处寻找他的尸体,一面给汉口的后方基地通报消息,同时刻不容缓地给梁夫人发了抚恤金——在淮海战役中,国民党军第十四军参谋长梁岱的遭遇可谓奇特,他先后被解放军俘虏两次。在浍河南岸,他没被打死而是被俘了,那时他刚到第十四军上任不久,第十四军的官兵大多还不认识他,因此他把自己伪装成军部书记员,最后居然没被解放军审查俘虏的干部甄别出来。解放军干部问这个"军部书记员",敢不敢回到第十四军去,如果敢就可以放他回去,条件是要替解放军带几封信。梁岱答应了。夜里,解放军干部又来了,给他三封信,一封给黄维,一封给熊绶春,一封给第十四军八十三师师长张用斌,信被缝进梁岱的棉衣襟下。然后,几个解放军战士把他送到前沿阵地,指着前面的一个小村庄说:"那里就是第十四军军部,那边是你们部队的前哨,到了那里,你说是自己人,他们就会让你过去的。"梁参谋长沿着解放军指的方向开始往前爬,第十四军的前哨发现他时,说什么也不相信他是军参谋长:"不许动!什么参谋长!参谋长早就阵亡了!"梁岱因此在前沿被扣留了一夜,蹲在一堆稻草里几乎被冻僵。直到天亮之后,前哨才与军部联系上,军长熊绶春立即让前沿部队的团长送梁岱回军部。

"我一进门,熊绶春立即抱住我哭了起来。"

梁岱身上带的是劝降信,信的大意是:放下武器,就有生路,顽抗到底,死路一条。

熊绶春看了信之后,连同给黄维和张用斌的信一起撕了。

第十四军八十五师二五五团政工室主任洪雨卿日记:

十一月二十七日我们在白大庄溃退下来,共军的追击炮火打得非常密的时候,我就倒在地上,这样由共军的子弹里逃了出来。他们(指二五五团官兵)满地乱奔乱跑伤亡了许多……逃出活命后,清查人数,我政工室的干事李维沛阵亡了,第三连连指文宪锡及第五连连指陈维基负伤了。团部里的官兵伤的、亡的、被俘的有好多。大家逃到兵团司令部村子前面的田中集合,这时团长也收集些零星队伍来了,他说了几句话,带着部队就走了。这时天又黑了,前面有共军,后面的村子兵团部不准我们过去,没有指挥官的官兵困守在田野里,求进不得,望归不得,只有死路一条了。兵团部的大炮坦克对着共军,共军的机枪大炮对着兵团部,我们这六七百没有指挥官的人马就在这两方枪炮口的中央,如果双方要开火,我们夹在这中间会被打成肉酱。有些官兵在这种危险的情况下,吓得哭哭啼啼,我这时仰卧在田中,只有听天由命。听说我们军部亦被冲散,军长失踪了,师部也弄得溃不成军,第十师也被打得乱七八糟,二五三团团长阵亡,队伍散了,我团第一营营长罗凤阳负伤,第三营孙亘营长负伤逃跑,只有第二营尚有点力量,但所有的机关枪都丢光了,照这看来,第十四军是被打垮了。天已经黑了,我只穿一件大衣,身上冻得发抖,这时我心里千头万绪,伤心地流出泪来。

按照淮海战役总前委的部署,此时,华东野战军主力在黄维兵团的南北两个方向上,负责阻击邱清泉、孙元良兵团南下和李延年、刘汝明兵团北上,以粉碎国民党军打通津浦路南撤的企图,并将黄维兵团彻底孤立起来。

邱清泉的部队还没有从增援黄百韬的战场中完全撤出,接到南下命令的那一刻他的心绪立刻变得十分糟糕。第五军军长熊笑三对兵团参谋长李汉萍说:"邱先生这次不知道为什么这样消沉。过去每次作战都是大叫大喊,要杀这个要杀那个,神气十足,这次连话都不愿意说了。"邱清泉虽不再大叫大喊,但依旧是满腹怨恨:"这打的是什么仗?怎么要我同时执行两项任务呢?大概不把我打光,他们是不甘心的。"——邱清泉所说的"他们",除了指向徐州的刘峙、杜聿明之外,恐怕更多的是指向南京的蒋介石,因为蒋介石的命令十分严厉,要求他的第二兵团一天之内到达宿县北面的符离集,以期与黄维兵团会合。邱清泉认为这简直是天方夜谭。

在华东野战军的坚决阻击下,尽管沿着津浦路东侧南下的邱清泉兵团以决一死战的态势向前攻击,但是在付出很大伤亡之后,连续攻击四天只推进了十多公里,从江苏徐州附近进入安徽北部的褚兰一线后,部队便无论如何也推进不了了。

与邱清泉相比,沿津浦路西侧向黄维兵团靠近的孙元良似乎积极许多。孙元良的第十六兵团在八月间以第四十七军为基本部队改编而成,原下辖第四十一、第四十七、第九十九军,但第九十九军很快就被调去守备蚌埠,并改归李延年的第六兵团指挥,因此孙元良实际上只指挥着两个军。之前,根据蒋介石退守淮河的计划,十月底,第十六兵团从郑州撤退,第九十九军移防蚌埠,军主力则移至河南商丘,准备作为守淮总预备队。但是,十一月初,当获悉黄百韬兵团被围后,徐州"剿总"命令第十六兵团迅速东进,担任徐州南面的守备任务。孙元良十分恼火,认为刘峙"坐失主动与敌决战的良机,而今又完全处于被动";同时,他认为消灭黄百韬的不是共产党军队而是南京国防部——"国防部对敌情算不清,对共军企图断不明,要部队白白送死,实可叹息。粟裕主力十几个纵队南下,离新安镇一百里时,还不让黄百韬西行集结徐州,反而要他掩护第四十四军,贻误良机,为了救一个军而害了五个军。这样指挥,安有不败?现在共军正在整理部署,如果我们再犹豫不撤,将来只能坐以待毙。"孙元良极力主张将徐蚌主力尽快撤离战场,"能救多少算多少",留得青山在不怕没柴烧。此刻,蒋介石向南攻击的命令很符合孙元良的主张,因此第十六兵团前进的积极性颇为高涨,官兵们都认为这样就可以远离那个危险的徐州了。

二十四日,孙元良兵团向宿县方向发起攻击,他声称自己的战术是"钻隙迂回,囊括席卷"。黄昏,第四十一军一二二师三六五团袭占孤山集以北,那里是华东野战军阻击部队的前沿阵地,三六五团随即揳入笔架山主阵地。夜晚,第四十七军一二五师占领官桥以北的高地。二十五日,第四十一军一二四师攻占白虎山、孤山集。一二二师在孤山集东南的纱帽山,受到华东野战军第三纵队的顽强抵抗,三六四团在炮火掩护下的攻击数次受挫。这时,南京来的一个中外记者团到达战场,刘峙和杜聿明要求孙元良在记者们面前打出个样子来。于是，当记者团登上第四十一军位于白虎山的指挥部时，孙元良集中兵团所有的山炮、野炮和化学炮一齐向纱帽山轰击，飞机也投下大量的燃烧弹，整个纱帽山完全被硝烟和火焰所覆盖。当面的华东野战军阻击部队再次后撤。配合攻击的一二五师趁机攻占纱帽山附近的几个高地和津浦线上的四堡火车站——虽然"钻隙迂回，囊括席卷"的战术没有得以施展，但孙元良认为至少在二十五日这天第十六兵团的表现还算完美。

但是，从二十六日开始，攻击就不那么顺利了。一二二师三六五团推进到卢村砦、三六四团推进到园山时，突然遭遇猛烈反击，残酷的拉锯战随即展开，并持续了整整两天。孙元良开始惶恐了：黄百韬兵团被歼后，粟裕部主力正在迅速南下，如果自己在此地长时间僵持，不仅不能与黄维、李延年兵团会师打通津浦路，而且徐州主力很可能也落入包围之中，那时就要重蹈黄百韬的覆辙了。特别是，听说在左翼并肩推进的邱清泉兵团进展很缓慢，自己可不能一不留神成了冒进的孤军。二十七日，孙元良把他的预备队一二七师加强到第四十一军的侧翼，企图打开一个缺口冲过纵深阻击地带，到达宿县与黄维、李延年会师。但是，一二七师遭到前所未有的顽强阻击。尽管这天正值南京的立法委员们到战地观战，但第四十一军每一次攻到卢村砦的围墙下，都会被凶猛的火力反击回来。孙元良觉得在南京大员们面前很丢面子，而那些立法委员个个都被近在咫尺的残酷拼杀惊得目瞪口呆。

节节阻击孙元良兵团的，是由华东野战军第九纵队、两广纵队和冀鲁豫军区独立第一、第三旅等部队组成的西路阻击集团。而在卢村砦一线阻击的，是战斗力和装备都相对薄弱的两广纵队。两广纵队只有三个团，每个团只有两个营，其中二团在之前的战斗中伤亡两百多人，还没有得到补充，三团是新组建的部队，大多数是济南战役后新补充的国民党军被俘官兵，还没来得及进行整训。纵队严重缺少重武器，每个团只有三门旧式山炮。在前两天的阻击战中，从纱帽山阵地撤退时，三连班长曾发腿部负伤无法行动，在血流殆尽之前，他一个人在战壕里用机枪和步枪轮流射击，直到子弹打光，当国民党军冲到他跟前时，他拉响了藏在身上的最后两颗手榴弹。二十八日，两广纵队以一团防守卢村砦和瓦房，二团防守大方山和黄山，三团防守秤砣山。上午七时，孙元良兵团向两广纵队二线阻击阵地发动猛攻。一个小时后，第四十一军在第二次冲锋时突破一团坚守的瓦房阵地，一团经过惨烈的反击夺回部分阵地，但到上午九时因伤亡巨大被迫再次放弃。第四十七军攻击大方山，在那里阻击的二团四连连长、副指导员和所有的班排干部、骨干全部伤亡，大方山失守了。这使得敌人可以直接攻击卢村砦，卢村砦一旦失守，孙元良兵团就可长驱直入与黄维兵团会合。纵队命令二团不惜一切代价夺回大方山。二团组织起四个连的兵力，在团营炮火的支援下，在一团和三团各一个连的加强下，十时三十分发起反击，三十分钟血战后，大方山阵地被夺回。战斗中，包括五连长曾福在内的四名连级干部负伤，副连长陈玉麟和四连副指导员刘观胜阵亡。

  卢村砦是孙元良兵团攻击的重点。两广纵队连续打退敌人的多次冲锋，随着坚守在阵地上的官兵不断牺牲，下午的时候阵地出现难以支持的迹象。孙元良集中了大量火炮，野马式战斗机也全力助战，对卢村砦实施轮番轰击，不但前沿阵地上的工事全部被毁，卢村砦全村的房屋都已被炸平。在最困难的时刻，上级发来电报，严令不准后退，并通报说第九纵队正在向卢村砦增援。黄昏，孙元良以两个团的兵力全力猛扑，一团团长彭沃表示，包括他在内，全团哪怕只剩最后一个人，也要死在阵地上。五连二排在排长林权的率领下坚守在前沿，当敌人冲上阵地的时候，全排跃出战壕发动反冲锋，冲锋中林权中弹倒下，全排近乎疯狂地与敌人展开搏杀。反复的争夺中，一团营连干部十三人伤亡，全团除一个排还保持着建制外，其他各连还活着的战士只能编成一到两个班。最后时刻,纵队警卫连、侦察连和文工团以及所有的机关后勤人员全部划归一团指挥。晚上二十时,警卫连和侦察连刚上去就遭遇敌人的再次攻击,瞬间伤亡近三十人。二十八日晚至二十九日拂晓,孙元良兵团一反常态,整夜攻击不止。天亮时,敌人再次组织大兵力向大方山、卢村砦发动轮番冲击,这时候九纵的主力部队赶到了战场。

二十九日,孙元良和邱清泉的攻击势头明显减弱。

仍然深陷包围圈的黄维万分惊愕,因为距离他最近的李延年、刘汝明两兵团不但没有积极增援反而开始退缩了。

二十五日,刘汝明兵团的第五十五军和李延年兵团的第九十九军,距离黄维已经不足四十公里。但是,顾祝同突然飞临战场上空,命令部队立即撤回浍河南岸,并一定要炸毁浍河上的新马桥。李延年和刘汝明都不清楚发生了什么事,不清楚为什么要撤退。通过浍河桥时,官兵人心浮动,争相抢渡,发生了因拥挤死伤或落水死亡的严重事件。部队刚撤到浍河南岸,顾祝同又命令两兵团按原路前进。刘汝明顿时火了,派参谋长去蚌埠当面质问坐镇指挥的顾祝同:"大军已经前进六十多里了,无缘无故地撤回来,现在为什么又要前进?"顾祝同窘迫地在地图上指来指去,但还是没有解释清楚:"据空军侦察,共军四个纵队正在由泗水、灵璧方面向南挺进,这样我援军侧背就大受威胁,故命令大军撤到浍河南岸,然后以浍河为依托,再向前推进,才能安全可靠……"——顾祝同所说的"共军四个纵队"向南挺进,其实是国民党军溃散部队、地方民团和官吏们混在一起逃离战场的人流。此时,黄维兵团已经处于危境,增援行动却朝令夕改,大军往复人困马乏,国民党军官兵们怨声载道。二十九日,刘峙从徐州刚到蚌埠,刘汝明就告状说,李延年兵团的第九十九军推进缓慢,导致他的第五十五军目前过于前突。刘峙给第九十九军军长胡长清打电话,要求他快速前进,胡长清竟然一言不发把电话挂断了。

刘峙苦笑地对刘汝明说："他把电话撂了。"刘汝明惊讶地发现刘峙连自己的嫡系部队都指挥不了了。

黄维自知突围无望，决定固守待援。

第十二兵团的防御部署是：第十八军守双堆集，担任纵深防御；第八十五军向西南防御；第十四军向东及东北防御；第十军向南及东南防御。兵团部位于双堆集以北的小马庄。同时，在双堆集与金庄之间修筑临时机场，以求空中补给。黄维还下令把所有的汽车装满泥土，与坦克一起排成一字长蛇，构成城墙样的防御工事。

包围黄维兵团的中原野战军也改变战术，采取"地堡对地堡，战壕对战壕"的办法，稳扎稳打，逐步攻击，以大规模的迫近作业，把交通壕一直挖到敌人的防御前沿，攻占一村巩固一村。

黄维开始布置一种被他称为"踩躏战术"的局部作战：

> 在开始的几天中，每天都抽调一至三个有力团配以战车和炮兵的火力，向解放军的阵地据点突击，第八十五军的部队也一再向双堆集以东解放军所占领的村庄突击，有的被攻占了，有的并未攻下。当时的企图是以攻为守，想扩大所占地区和阵地据点，借以振作士气和俘虏解放军人员以取得情报，并抢掠一些可以吃的东西，企图用这种不断对有限目标的小规模突击的踩躏办法，给解放军造成伤害。但是，军、师长们宁愿把兵力麇集于狭小地区之内，不敢疏散兵力，扩大阵地。因此，对于一些村庄，有的攻下后又把部队撤回，有的白天攻下，晚上又被解放军反攻夺走，以致形成拉锯战。

毫无疑问，黄维的"踩躏战术"给双方士兵带来了肉体和精神的残酷踩躏。双堆集周边的战场是没有任何隐蔽物的平原，村庄稀落，树木很少，双方士兵只要一接战便立即处在近距离的射杀中。阵亡士兵的尸体混杂在一起，等到天黑下来的时候，双方都派出人员寻找和运回,开始还在相遇的时候再次爆发战斗,后来便各自行事了。第二天,新一轮的厮杀在这片血迹未干的土地上重新开始。

蹂躏战术的结果是,黄维兵团的作战地域不但没有扩大,反而被逐渐压缩在以双堆集为中心的狭窄地区内。整个兵团的十二万人马中,已有三万人被歼或起义,只有第十八军的十一师和第十军的十八师还是完整的部队,其余部队均残缺不全,黄维能够掌握的机动突击兵力仅剩七到八个团。

第十四军八十五师二五五团那个爱写日记的政工室主任洪雨卿记述道:

二十八日:我们好容易挨到天亮,我带着被冲散收容起的官兵找着了部队,田野和沟渠中打死的、烧死的官兵遍地都是。我们就地加强工事,同敌人只相距一亩地而对峙着。昨天早晨吃了点红薯和菜豆等,到今晨才到村子里找了两个烂的生红薯吃。田地里、房子里、坪里到处都睡的是人,团部各室的官兵都挤在团长住的一间小屋里,我和连长睡在地上,草都没有一根,夜里脚冻得发痛时,常起来走来走去。

二十九日:我们被围困在这里已经四天了,打得弹尽粮绝,人马吃的东西都发生了恐慌,官兵们都说:"我们的生命是过一刻算一刻,过一时算一时。"两天来都吃的红薯和红萝卜,死了的骡马都剥皮吃了。再围两天,我们连红薯根也没的吃了。勤务兵花国负伤哭回来了,我将他送到伤兵住的地方去,几百伤兵都睡在那里呻吟啼哭,没人理会他们。我团的伤兵围着我说:"我们两天都没有东西吃,长官替我们想办法呀!"然而各人都是难保自身,我又有什么办法想呢?

三十日:被包围在这田地里要吃没吃要住没住的,一切都感到不安。十二时我到伤兵处,伤兵哭的哭,叫的叫,满地睡着都是人,有的伤兵一天只吃一碗黄豆和一碗稀饭,有些伤兵竟没有吃什么。傍晚时,忽然飞来一颗炮弹,将墙炸倒半边,砖头泥土飞了我满头满脸,当时我的脑筋被炸晕了,我旁边的一个卫兵被炸死了,杨副官受了伤。我想在前几天在大白庄没有死,那是第二世为人,今天这是第三世为人。

身经百战的刘伯承,将眼前的战局视为一个胃口很好的人上了宴席,于是嘴里吃着一块,筷子里夹着一块,眼睛又盯着碗里的一块。他说:"我们现在的打法,就是吃一个(黄维兵团),挟一个(杜聿明集团),看一个(李延年、刘汝明两兵团)。"从淮海战役总前委指挥部所在的小李家村延伸出来的电话线,连接着中原野战军和华东野战军各纵队,中原野战军各纵队之间也互相接通了电话,这些电话线把双堆集如同蜘蛛网包裹猎物一样包裹起来,其周长已经达到七十公里——深陷重围的黄维兵团覆灭,只是时间的问题了。

惊人的态势

十二月一日,双堆集上空嗡嗡响了一阵,一架小型飞机降落了,从飞机上下来的是那个借口牙疼一直待在上海的第十二兵团副司令官胡琏。

胡琏的突然出现让黄维有些感动,毕竟谁都知道这个时候深入战场的危险,可是,胡琏带来的消息却将黄维推入无法排解的痛苦和困惑之中——蒋介石下达了新的命令:徐州主力绕开黄维兵团全面撤退,黄维兵团须在双堆集牵制共军主力,掩护杜聿明集团的左侧背,以便该部迅速向蚌埠集中。

黄维顿时不知所措。

原来的计划不是从白崇禧那里调几个军增援徐蚌战场吗?不是南北大军对进夹击,解救第十二兵团于重围,同时打通津浦路以退守淮河吗?不是需要扩大所占范围,击溃当面共军,以求突围而出与刘汝明、李延年两兵团会合吗？如果没有理解错的话,原来的计划全然不算数了,现在的决定意味着以牺牲第十二兵团为代价,换取杜聿明集团的安全撤退。说得更明白点,就是南京国防部决定舍弃自己和十多万官兵的身家性命。黄维怎么都不相信这是真的,而胡琏告诉他这是老头子亲自拍的板。

徐蚌战场的态势并没有按照蒋介石的预想演变:从白崇禧那里调几个军增援遭到阻碍,从徐州南下的孙元良兵团遇到阻击不能前进,从蚌埠北上的李延年兵团攻击未成已开始后退,孤零零地身陷双堆集的黄维兵团被包围得越来越紧。

十一月二十八日,蒋介石再次电召杜聿明到南京开会。

杜聿明到达南京后,先与顾祝同在蒋介石官邸内的小客厅单独谈了一阵子。杜聿明问:"原来决定再增加几个军,为什么连一个军也没有增加？弄到现在,形成骑虎难下的局势。"顾祝同说:"你不了解,到处牵制,调不动呀!"杜聿明有些恼火:"既然知道不能抽调兵力决战,原来就不该决定打!令黄维兵团陷入重围,无法挽救!目前挽救黄维的唯一办法,就是集中一切可集中的兵力与共军决战,否则黄维完了,徐州不保,南京也就危险了!"顾祝同情绪低落:"老头子也有困难,一切办法都想了,连一个军也调不动。现在决定放弃徐州,出来再打,你看能不能安全撤出？"杜聿明马上明白蒋介石又变了。这一变,结局必然是黄维完了,徐州也完了。在无法增加兵力的情况下,打下去已经不可能,守徐州也没有把握,那么要变就彻底变!杜聿明对顾祝同说:"既然这样困难,从徐州撤出来问题不大。可是,要放弃徐州,就不能恋战;要恋战,就不能放弃徐州。如果'放弃徐州,出来再打',就等于把徐州的三个兵团也送掉了。现在只有让黄维守着,牵制住共军,将徐州的部队撤出,经永城到蒙城、涡阳、阜阳间地区,以淮河为依托,再向共军攻击,以解黄维兵团之围。"——顾祝同明白,现在以什么方式"解黄维兵团之围"都没有用了,徐州主力能够安全撤出就算万幸,哪里还有再打回去的道理?

这时候,何应钦来了,进来就问:"怎么样?就不能打了么?"杜聿明把上述意见又向何应钦重复了一遍,何应钦沮丧地说:"也只好这样了。"杜聿明请求何应钦和顾祝同不要把这个方案拿到会上讨论,顾祝同明白个中含义:"会后我同老头子说,你同他单独谈。"——一九四八年春,顾祝同上任参谋总长时,杜聿明曾告诉他,郭汝瑰与解放军有联系,决不能让他当作战厅长。当时顾祝同说:"你不要疑神疑鬼,郭汝瑰非常忠实,业务办得很好。"可是,随着国民党军作战计划的不断落空,在军事形势危在旦夕之时,顾祝同面对杜聿明的提醒不得不格外小心。

蒋介石披着黑色斗篷来了,他向大家点点头说:"好好,就开会。"

在杜聿明的记忆里,这次会议开得乱糟糟的:

> 照例由第三厅厅长郭汝瑰在敌我态势图前报告作战计划。他说:"目前共军南北两面皆为兼顾纵深工事,我徐蚌各兵团攻击进展迟缓,如继续攻击,旷日持久,徒增伤亡,不可能达到与黄维兵团会师之目。建议徐州主力经双沟、五河与李延年兵团会师后西进,以解黄维兵团之围。"他还滔滔不绝地讲了这一案的理由。我有点忍不住,就大声问郭汝瑰:"在这样河流错综的湖沼地带,大兵团如何运动,你考虑没有?"一时会场乱糟糟地大吵大笑。有人问我:"左翼打不得,右翼出来包围攻击如何?"我说:"也要看情况。"刘斐在旁边给我打气,连说:"打得!打得!"又有人问我:"你的意见如何打?"我笑而未答。经过一阵乱吵乱嚷,才沉静下来。顾祝同对蒋介石说:"要光亭(杜聿明)到小会议室谈谈。"

杜聿明和蒋介石进了小会议室。

任凭别人怎样嚷嚷,留在会议室里的何应钦和顾祝同一声不吭。

无法得知杜聿明在小会议室里与蒋介石说了些什么。

蒋介石从小会议室出来之后,首先问空军副总司令王叔铭:"今天午后要黄维突围的信送去没有?"王叔铭回答说还没有,蒋介石说:"不要送了。"然后,他问大家还有什么意见没有,谁也没有再说话,于是散会。

至少在此时,蒋介石接受了杜聿明从徐州全面撤退的建议。

至于黄维兵团,实在是万不得已,只有当作一个牵制解放军并准备最终舍弃的棋子了。

杜聿明返回徐州,开始布置撤退。

可以肯定地说,作出这样的决定,是蒋介石的无奈之举。除了战场上部队攻击不力等因素外,最大的无奈,是作为三军统帅的他竟然已经无法有效地调动军队了。

与蒋介石作对的,是他的政治宿敌白崇禧。

此时,在平津地区,傅作义指挥的约五十万兵力实际上已经处在被包围的状态;在长江以南的广大地区内,没有一个完整而有战斗力的军;剩下的只有白崇禧的张淦兵团和胡宗南、宋希濂指挥的几个军了。蒋介石曾计划空运胡宗南的第一军到徐州,但是胡宗南的部队被彭德怀的西北野战军苦苦纠缠着,而且空军也表示没有这么大的运力,同时胡宗南本人坚决反对将自己的主力调走,于是这个计划作罢。尽管当初调黄维兵团进入徐蚌战场时遭到白崇禧的极力阻挠,但是蒋介石没有别的办法了,只能再次试图从华中"剿总"所属的部队中抽调两个军增援徐蚌战场,他选中的是驻守在湖北荆门的宋希濂的第十四兵团。

蒋介石连续发出几封加急电报,命令第十四兵团下辖的第二十、第二十八军立即开赴武汉集结,并要求宋希濂迅速赶到南京当面接受任务。消息传来,第二十军全军躁动。第二十军原属川军序列,军官和士兵绝大部分是四川人，当初跟随宋希濂调往鄂西时，全军官兵都很高兴，因为距离四川很近了，现在让他们开赴距离四川越来越远的徐蚌地区，无疑是个晴天霹雳。而更重要的是宋希濂本人颇为迟疑。之前，一个在徐蚌战场上待了半年的记者告诉过他："前途很不乐观。军事上国军完全处于被动，对于共军行动几乎是个瞎子，而共军对于国军则了如指掌。尤其糟糕的是，政治上的腐败无能和军队纪律太坏，弄得老百姓怨声载道。"宋希濂思虑再三，觉得"与其贻误于将来，不如慎之于事先"，于是以"对徐州方面情形不熟悉"为由，去电蒋介石请求他收回成命。蒋介石马上回电宋希濂："今后战争重点在徐蚌。徐蚌为首都门户，党国安危所系，希吾弟毅然负此艰巨，迅即赴徐与刘总司令及各将领妥善部署，勿再延迟为要。"宋希濂只好从荆门乘汽车到沙市，然后再乘船到达武汉，当面向华中"剿总"总司令白崇禧请示。

白崇禧将宋希濂带进他的办公室。他告诉宋希濂，东北地区林彪的部队很快就要入关，徐州方面局势已难以收拾。然后，他很私密地提示宋希濂：到南京后可极力请求免调，实在不行就千方百计地拖延。白崇禧表面的理由是：自黄维兵团被调走之后，武汉地区只剩下一个张淦兵团以及鲁道源、张轸、陈明仁的几个军了。这些部队中，除张淦兵团的第七、第四十八军还有战斗力外，其余部队大多是临时编成的，尚不具备作战能力。如果宋希濂的部队再被调走，武汉地区就会"显得更加空虚"。而且，徐蚌战场上刘伯承、陈毅的部队加上地方武装兵力可至百万，即使宋希濂的部队加入进去也不可能解徐州之围，更何况时间已经来不及了。而宋希濂体会到白崇禧的真实意图的是如下一番情景：

  白站起来，走到墙上挂的一幅大地图面前，以很兴奋而又带有几分自信的语气说："我们如保有武汉，必要时可同共军进行和谈，即万一武汉保不住，亦可退据湖南、广西、云贵及四川一带,保有西南半壁,以和共军抗衡。只要能拖延一个时期,国际局势一定会起变化,我们将来可得到大量的援助,主要是美国的援助,则事情还大有可为。"

白崇禧确实有了蒋介石一旦崩溃、由桂系出面维持局面的野心。华东野战军吃掉黄百韬兵团后,他对他的作战处长覃戈鸣说:"他们(蒋介石)快完了,我们(桂系)不能为他陪葬。要一百八十度地向左转,李任潮(李济琛)或许可以作桥梁,可以试一试。"——白崇禧的所谓"试一试",是指在蒋介石掌握的国民党军与共产党领导的军队血拼之时,桂系趁机保存和扩大实力,采用备战与和谈两种手段与共产党方面周旋,以期保有桂系主宰的半壁江山。白崇禧认为,经过两年多的战争,利用共产党的力量削弱蒋介石权势与实力的目的已基本达到,目前除了以第一军为骨干的胡宗南集团、以第五军为骨干的邱清泉兵团和以第十八军为骨干的黄维兵团之外,蒋介石手上已经没有多少可以机动作战的嫡系部队了,桂系获得话语权的时候已经到了。此刻的白崇禧似乎有些忘乎所以,以致他犯了一个低级的错误,即忽视了宋希濂这个黄埔出身的将领与桂系没有任何历史渊源和利益关系——"他的意图很明显,就是希望蒋介石仅存的主力部队在徐蚌地区被消灭。到那时,蒋介石非滚蛋不可。蒋走后由李宗仁取而代之,这正是四月间副总统竞选时,桂系使用了种种手段和大量金钱要李宗仁当选的目的。我心想,那时成了你桂系的天下,哪里还有我宋希濂的地位呢?"

宋希濂到达南京后,立刻将白崇禧的话报告给蒋介石。蒋介石全神贯注地听宋希濂汇报,"对于每一段话,每一细节,以及白崇禧当时的表情,都问得很详细"。宋希濂还注意到一个细节,即蒋介石握住了他的手——"这是生平以来第一次,蒋介石对我们这样的部属和学生是从来不握手的"。接着,蒋介石对宋希濂吐露了肺腑之言:"这次叫你们来,主要就是要把你们兵团的全部力量东调增援徐蚌地区的作战,来挽救目前所处的不利形势。自黄埔建军二十多年以来,我们革命事业的危机,从未有过如今天这样的严重。现在徐蚌地区所进行的决战,关系党国的存亡。希望你的部队尽速东开,加入战场后,先以全力解黄维兵团之围,然后再会同徐州的部队,击破共军,稳定战局,巩固首都和长江以南地区,这是非常重要的。"宋希濂提到部队的调运及补给,蒋介石说顾总长会专门开会商定。临别,蒋介石又嘱咐宋希濂:"最要紧的就是越快越好。"

蒋介石为调动白崇禧辖区内的部队费尽周折。白崇禧极力利用四川籍官兵的思乡情绪煽动第二十军抗命,同时他告诉华中"剿总"运输司令部,没有他的命令决不允许将该军装船调运。尽管蒋介石一再发电催促,白崇禧就是不予理睬。顾祝同派国防部第三厅副厅长许朗轩飞至武汉,面见白崇禧恳谈后还是无效。许副厅长动用了自己的老师、白崇禧的参谋长徐祖贻的面子,第二十军才勉强开始移动。而当第二十八军调动时,白崇禧同样坚决不同意,迫使顾祝同亲自出面周旋,白崇禧的态度依旧模棱两可。蒋介石无奈,下令调第十三绥靖区的第二军,白崇禧的反对态度更加强硬。那时,第二军九师已经在汉口集结完毕,白崇禧派出警卫部队把运载该军的轮船看守起来,任何物资都不许装运上船。最后,蒋介石亲自打电话给白崇禧,两人的口气越来越强硬,最后竟然吵了起来——"蒋骂白不服从命令,白说'合理的命令我服从,不合理的命令我不能接受',双方交锋了几十个回合,一次电话讲了半个多钟头,毫无结果。蒋介石气得满脸通红,将电话机使劲往桌子上一摔,用他的宁波土话骂了声'娘希匹'。白崇禧命令集结在沙市的第二军军部不许开赴武汉,同时命令汉口的九师开回沙市去。这样一来,其他部队自然更不能调了。"

最终,蒋介石从白崇禧手中调出投入淮海战场的部队,除了目前已经被包围的黄维兵团之外,只有第二十军缓慢移动到了淮海战场的南端，对于缓解徐蚌地区国民党军的危机没有起到任何作用。而被蒋介石耳提面命增援淮海战场的宋希濂，在白崇禧的严令下又回到了他在湖北荆门的原驻地。

从纯粹的军事角度看，白崇禧强调长江防线的安全，缺少常识上的依据。淮海地区已呈两军绞杀的状态，双方投入的兵力已近决战规模，而决战意味着孤注一掷的最后一搏。因此，白崇禧未必不清楚这个浅显的道理：对于长江防线的最佳防守，只能是在淮海地区与对手尽一切力量决一死战，最大程度地杀伤交战对手的有生力量，而不是坐等江北完全失利后再死守一条大河。尽管这条大河是长江，但江北陷落，主力尽失，所谓的长江防线必然形同虚设。这个浅显的道理被后来的历史所证实。在这种情况下，白崇禧只强调自己防区的守备，置淮海战场上的国民党军主力于不顾，如果不是桂系集团盼望着蒋介石垮台，还能又有什么更合理的解释呢？事后曾有人问过白崇禧，为什么拒绝去华东任职，拒绝向淮海增兵，如果他能够去华东指挥，并能迅速调主力进入战场，徐蚌会战的结局或许不会这样糟糕。白崇禧的回答十分坦率："不糟又怎样？打胜了还不是老蒋的天下！老蒋的成功！北伐时我打的胜仗还少吗？结果怎样呢？现在叫他也尝尝失败的滋味。"——就执政的国民政府而言，副总统代表的派系处心积虑地盼望着总统指挥的作战失败得越彻底越好，在如此荒谬的现实中，国民政府所谓的"戡乱战争"还怎么能打下去呢？

十二月一日，黄维兵团被围困生死难料，徐蚌战场没有得到任何增援部队，侧翼无从部署兵力进行有效保障，徐州国民党军主力的撤退就在这种情况下仓皇开始了。

两天以前，中央军委致电华东野战军，对徐州之敌可能要向两淮或武汉逃跑作出预测，后来又估计敌人也有可能从连云港逃跑。华东野战军接到电报后立即开会研究，有人提出把主力放在徐州以东及两淮，以防意外；也有人主张围死徐州，不让杜聿明的主力出来。

粟裕认为,徐州之敌必会逃跑,但经过连云港逃跑,由于受到船只和背海作战的限制,可能性不大;经过两淮逃跑,受河川纵横不利于大兵团运动的限制,可能性也不大;只有沿着津浦路西侧南下这一条路,因为那里地势开阔,道路平坦,可以与位于蚌埠附近的李延年、刘汝明兵团呼应,还可以有机会解救黄维兵团。因此,华东野战军主力应呈弧形部署在徐州以南津浦路两侧地带,不把徐州围死,诱使杜聿明离开坚固工事环绕的徐州城,将其包围在野外加以歼灭。

杜聿明制定的大撤退路线,正是粟裕预测中的这条路。

为避免引起混乱,徐州主力撤退计划是在绝对机密的情况下制定的:十一月三十日晚,以全面进攻迷惑共军,第十三兵团派遣一个师先行占领徐州以西与安徽交界处的萧县,第二兵团担任后卫掩护,第十六、第十三兵团主力以及兵团直属部队、徐州警卫司令部指挥的地方军警部队,一律在黄昏时出发。撤退的路线是:第一步到达安徽与河南交界处的永城附近,第二步到达津浦路以西、蚌埠与宿县之间的蒙城、涡阳、阜阳地区。撤退需"以滚筒战术逐次掩护进行"。所谓"滚筒战术",即各兵团形成圆筒式态势,以应对解放军四面八方的包围。各部队须携带七日给养、五百公里油料和弹药,到达阜阳以前中途不补给。

但是,让杜聿明最终绝望的是,尽管一再强调保密,但是所有的部队和整个徐州城还是事先知道了撤退的消息,城市瞬间陷入巨大的混乱之中。首先是各部队官兵抢购绳索扁担,征用车辆。接着,国防部保密局派来从事破坏的人不知为什么提前行动了,爆炸重要设施和物资的声音惊动了所有的市民。徐州警备司令亲自率人到各公私银行查封现金,到了银行才发现早已人走楼空——巨富者的撤退居然能够早于军队,这让杜聿明十分吃惊:"老头子钱就是命,连泄露军情都不顾,叫我怎能打胜仗!"接着,一些军官化装成伤员擅自潜逃和用重金贿赂飞行员乘机逃走的事情接连发生。徐州市面已经大乱,"在撤离前三天,几十万人麇集在市内,有顶房卖屋的,有卖家具衣物的,有在街头抢劫的,有在戏院放手榴弹捣乱的,徐州市府有烧公文的。二十九日,天尚未黑,商店已关门大吉。三十日,散兵游勇、流氓地痞、土豪恶霸在街上横行,将领官吏各色人等拥拥挤挤,汽车轧死市民已无人过问。这一天,徐州'剿总'开始烧毁公文与地图,整日车辆滚滚,人心惶惶,大有大难临头之势"。

三十日晚,徐州国民党军各部队只接到了一个立即出发"经萧县永城撤退到滁县"的简单通知。没有撤退路线、行军序列和撤退区域的划分,大部分官兵并不知道滁县在什么地方。由于时间仓促,人心惶惶,导致整个撤退混乱不堪。徐州"剿总"军官教导队出发时,已经没有人指挥,十三个大队只集合起五个就开拔了。第七十七军军长王长海对集合起来的工兵营、通讯营、特务营说:"赶紧走!赶紧走!"之后自己跳上汽车就没影了。大量的伤员拦住卡车要求上去,但是没有人理睬他们。补给司令部储存的大批武器也没能运走,仓库里的粮食还有很多,于是命令一律焚毁。徐州城顿时火光冲天,浓烟滚滚。国民党军官兵们为了轻装,把大量的枪支弹药和军装被服遗弃在街道上,被遗弃的还有两辆坦克,其中的一辆竟然没有熄火,突突地轰鸣了一整夜,直至油料耗尽。

本来是危急之时的军事行动,结果却犹如整个城市在搬家。跟随国民党军一起撤退的,还有徐州国民党党部机关人员以及被裹挟的大批青年学生和市民,总数达到三十多万人。这些由各色人等组成的人流,附着在撤退军队的后面,不但致使道路严重堵塞,而且这个巨大累赘令军队的撤退速度严重下降。

杜聿明的恼怒无法遏制,他已经意识到,徐州主力的撤离行动从一开始就变成了仓皇逃跑:"执行撤离徐州计划,怕泄露企图无法撤出,在南京会议上对作战厅长郭汝瑰都未作说明。可是我离开南京当日,即有人通知国民党在徐州的政治、经济、党务各部门要尽先撤退。于是徐州机场一时拥挤不堪,连刘峙本人也未能先走,一直等到二十九日早晨才起飞……第十三兵团先遣萧县之一师行动迟缓,尚未确实占领萧县……第十六兵团三十日也未照命令对解放军佯攻,反而退守孤山集、笔架山、白虎山之线,当晚解放军攻占孤山集……三十日晚,因各部队拆撤电线,误将对指挥部联络电线拆乱,对各兵团电话均不通,一直到十二月一日早晨指挥部撤走时亦未通话……由于第十六兵团误将掩护部队撤退日期提前一日,在三十晚即撤退,这时解放军已追至萧县附近,所有后尾人员全部被俘,一日晚徐州解放。"

在杜聿明从徐州撤退的当日,华东野战军发布《全歼当面敌人争取战役全胜的政治动员令》,指出敌人放弃徐州的意图已明,要进行带有决战性质的作战:

> ……我华野全军的任务:第一步,是在黄维兵团未被歼灭前,坚决阻击由徐南援之敌,及可能由蚌再行北援之敌,保证中原兄弟兵团侧翼安全;第二步,当徐州之敌倾巢南犯,或向西南犯窜,或图由两淮逃走,则应不顾一切,不惜任何伤亡代价,坚决的干脆的予以全部歼灭,不让敌人逃到江南……这次淮海战役是一个带有决战性质的战役。如果我们全歼黄维兵团取得第二个大胜利,对于江北战局将是有决定意义的胜利,而全歼邱、李、孙兵团的决战胜利,对于全国战局将是有决定性意义。中央早已指出,这样就等于基本上解决了蒋介石的主力,中国问题在军事上也获得了基本解决。这一个决战,将是我军在江北最关重要最有决定意义的一仗,也是我军在江北最大和最后的一仗……

为此,华东野战军提出的口号是:

"配合兄弟兵团,争取全歼黄维兵团的大胜利。"

"全歼邱、李、孙兵团,争取淮海战役的全胜。"

"勇猛、坚决、干脆、彻底的全歼敌人,不让敌人逃到江南去。"

"整理组织,充实战力,大胆提拔基层干部,准备一战再战。"

"在具有决定意义的伟大决战中,为人民立大功。"

十二月一日拂晓,华东野战军前沿部队和抵近徐州的侦察部队纷纷报告:杜聿明主力已经撤退。粟裕、陈士榘、张震立即命令第一、第二、第三、第四、第八、第九、第十、第十一、第十二纵队和鲁中南、两广等十一个纵队以及冀鲁豫军区独立第一、第三旅采取多路多梯队平行追击、围追和超越拦截的战法猛追猛打。华东野战军各纵队在"路标就是路线,枪声就是目标,追上就是胜利"的口号下,开始了淮海战役中最大规模的追击和堵截作战。

冀鲁豫军区部队位于徐州至萧县公路东侧,他们最早发现了杜聿明集团的撤退。一日凌晨,军区司令员赵健民带着几个参谋赶到阵地前沿,看见了令他们惊讶不已的情景:望不到头的车队拥挤在公路上,车与黑压压的步兵混杂在一起向前滚动。赵司令员立即向野战军副参谋长张震报告,张震让他们不要马上阻拦敌人,等杜聿明的主力彻底脱离徐州后,再实施攻击。二日凌晨,张震打电话告诉赵健民,说徐州已被渤海纵队占领,现在可以实施攻击了。冀鲁豫军区部队立即扑上去,截住了徐州"剿总"联勤总部的车队,五十多辆十轮大卡车以及车上的辎重完整无损地被缴获。

冀鲁豫军区独立第一旅奉命向前追,况玉纯旅长突然发现前面一片灯火,官兵们都以为是支前民工大队上来了,况旅长却在嗡嗡的马达声中觉得有点不对劲儿。他登上一个小高地,这才看清公路上灯火杂乱,汽车灯、手提的马灯、手电筒和火把照亮夜空。况旅长立即命令部队停止前进,各团指挥员跑步到旅部开会。这时,侦察排带回来一个俘虏,审问后弄清楚了:当面的敌人是邱清泉的第五军,这个军的四十六师已经过去,四十五师和二〇〇师跟在四十六师的后面,军榴弹炮营和兵团部两侧有两个团掩护,后面就是杜聿明的大部队了。况旅长顿时紧张起来。第五军是支老牌部队,打起仗来骄横无比。眼下,独立第一旅只有两个多团的兵力,旅政委率领的直属队还未赶到,参谋长带人组织后勤运输去了——"我觉得我们这支部队好像海上参加捕鲸的一只小木船,突然发现大鲸鱼要从这一角突围,而我们的捕鲸船和巡洋舰都不在这里,我们这只小木船如何下手?"团长和政委们都来了,大家吵成一团,有的主张等主力来了再打,因为敌我力量悬殊太大,打起来后果不好;有的主张立即扑上去,把敌人打乱了再说。吵了一阵之后,意见很快得到统一:决不能让杜聿明从自己的眼皮底下走过去,虽然可能打不赢他们,但可以扭住他们不放,就是把独立第一旅打光,也要把敌人拖住等待主力到达!

冀鲁豫军区独立第一旅是一支地方部队,是由县大队和区游击队组成的队伍,官兵绝大多数是冀鲁豫平原上土生土长的翻身农民,他们手里拿的是简陋的武器和自己制造的手榴弹和大刀。但是,此时置身战场的每一名干部和战士,都被刚刚传达的"政治动员令"鼓舞着:这是长江以北最后的决死一战,打胜了,全国的胜利便可以预期;打败了,胜利的日子不知会延迟到哪一天。为了胜利的到来,如果这个时候胆怯了,如何对得起父老乡亲,如何称得上是毛泽东的战士?

凌晨二时,两发红色信号弹升空。

独立第一旅两个团的官兵呐喊着向当面强大的、几十倍于己的敌人扑了上去。一团扑上公路,公路上的车队顿时熄灭了灯光,然后手电筒和火把也熄灭了,片刻混乱之后,机枪咯咯地响了起来,步枪也响成一片。一团的官兵没有恋战,扑向前面一个叫青龙集的要点,迎头占领了阻击阵地。三团也向另外一个方向扑上去,抢占了一个叫襄山庙的要点。两个团南北呼应,瞬间就把公路横切出一个六公里宽的裂口。第五军很快就发现撤退的道路已被割断,仅仅沉寂了片刻,大量的照明弹升起来,汽车灯也随之打开,坦克和装甲车轰鸣着组成战斗队形,开始向青龙集和襄山庙发动猛烈反扑。

邱清泉不相信解放军的主力会这么快追上他。从徐州撤退的时候,他很得意地耍了个手腕,命令骑兵第一旅旅长张荣率领部队反方向出击,以此迷惑解放军。但是,骑兵旅在徐州以东大约五十里的地方遇到阻击,骑兵们仅仅打了一下便拍马往回跑。没有任何迹象表明,华东野战军上了邱清泉的当,他们根本没有理会这支跑来跑去的骑兵。追赶第五军主力时,骑兵旅的马匹跑得浑身是汗,骑兵们说再照这样跑下去,没等追上主力就要吃马肉了。当这支骑兵追到襄山庙附近时,正碰上冀鲁豫军区独立第一旅三团,骑兵们立即被打散了。

在青龙集和襄山庙两处阻击阵地上,独立第一旅的官兵被邱清泉的第五军团团围住。除了当面的二〇〇师之外,已经走过去的四十五、四十六两师也回头加入了战斗,敌人成团的冲锋一拨接一拨,阵地上的肉搏战反反复复。当阵地再次被突破后,特务连连长把棉衣一扒,端着刺刀向敌人冲上去。官兵们的刺刀捅弯了,就抱住敌人乱咬,用脚踢,用铁铲子砸。肉搏的时候,官兵们大喊:"别当美国人的走狗了!""给蒋介石卖命犯不着!"但是,第五军是支能打硬仗的部队,阵地上到处是厮打咒骂声。最后时刻,独立第一旅预备队三营的官兵耐不住性子要求出击,况旅长问他们准备往哪个方向出击,他们说要往邱清泉的兵团部里冲,这个回答令况旅长心头一震,说:"把爆破组全带上!"

在搏杀的最后关头,国民党军冲击阵形中落下来几发重磅炮弹,独立第一旅的官兵们喊起来:"主力来啦!"最先赶到的是华东野战军第三纵队,接着是第一纵和两广纵队。一纵司令员叶飞见到独立第一旅幸存下来的官兵时,拿出缴获的美国香烟招待大家:"敌人瞧不起你们这地方部队,可你们不到一个旅就把一个兵团扭得团团转！"

自三日晚开始，华东野战军不顾敌人的总兵力大于自己，不顾体力严重透支和后勤供应无法跟上，全军上下如同在一场大歼灭战之后追击残敌一样狂追不舍。"全国的胜利就要来了！蒋介石就要完蛋了！"在不分昼夜的奔跑中，灿烂无比的胜利曙光始终在官兵们的前方闪烁。各纵队的建制很快就乱了，各部队都在各自为战，追上杜聿明尾巴的，咬住不放，死缠乱打；插入敌人序列中的，四处开花，乱搅乱闹；有的部队甚至跑到了杜聿明大部队的前面，迎头阻击，拼死不让。十二纵司令员谢振华在一个高地上看见了令他终生难忘的情景："乌云笼罩着天空，大地灰蒙。杜聿明所属的汽车、辎重、摩托车、坦克、炮队、马车、大车，部队和家眷，散乱无序，人马嘈杂，向西南逃窜。"部队袭击了杜聿明的直属队，顷刻俘虏数百人，夺下重炮六门和六十多辆重型卡车及一辆吉普车，当听说这辆吉普车是刘峙的专用车时，官兵们几乎把吉普车翻了过来希望把刘峙捉住。

四纵追上了李弥兵团的第八军，第八军是杜聿明指定的掩护部队，但他们根本没有执行掩护任务，并且跑得飞快。由于公路堵塞，他们干脆下了公路在野地里行军。四纵在追击中以昼夜六十多公里的速度奔跑，不少官兵因为饥饿和困倦摔倒在路边的沟里，最后，他们在萧县以西的郝汉楼一带接敌，实施攻击后得知敌人是第八军的四十二师。四纵十师三十团不顾一切发起进攻，俘获四十二师副师长以下两千有余。在一个叫阎闾的村庄里，四纵和反击的第八军展开剧烈的争夺战，前沿被国民党军突破后，整个村庄被燃烧弹烧成一片火海，二营教导员号召全营官兵拼到最后一个人。官兵们人人身上的棉衣都着了火，他们在地上打几个滚后，浑身冒着烟就拼起了刺刀。正打得激烈的时候，有部队来增援，相互并不认识，一问是两广纵队的一个侦察连，这个连奔跑到这里，见有战斗就主动参加。第八军的反击被打退后，丢在阵地前的尸体足有四百多具。国民党军第七十七军军部和特务营与四纵七十六团二营并行赶路,天黑,双方谁都没有发现有什么不对劲,幸亏营部通信员觉得他身边走着的人自己根本不认识,于是二营开火了,第七十七军军部一下子乱了,二营乘势抓了三百多人。正打得热闹,一个军官骑马跑来训斥道:"你们是哪一部分的?都是自己人,不赶紧走在这里吵嚷什么?"营部通信班长詹美玉上前抓住军官的腿将其拉下马,军官大喊:"我是副军长许长林!"——当许副军长发现自己当了俘虏之后,立刻表示要见陈毅,声称陈毅是他的同学,詹美玉说:"我们司令员很忙!我也很忙!"

聂凤智指挥的九纵在追击中不断受到敌机轰炸,官兵们恨得咬牙切齿。部队两天两夜始终在奔跑,跑着跑着,与撤退的国民党军混在一起了。其中一个团竟然在国民党军的序列中又走了大半夜,敌我双方都没有察觉,后来侦察营的人发现了这一情况,居然悄悄地把这个团从敌人的序列中又带了出来。二十五师七十四团三营跑进一个村庄准备休息一下,营长披着件缴获的美式陆军短大衣刚躺下,有个士兵跑来要卸他所在的房屋的门板。他问:"哪个连的?"士兵回答:"我是八连的!"三营长说:"把你们连长叫来!"连长被叫来了,却是个头戴大盖帽的国民党军军官。三营长的警卫员一步上去下了这个国民党军连长的枪,门外顿时乱了,国民党军士兵大喊:"我们被共军包围了!"三营官兵这才知道和敌人住进了同一个村庄,于是立即打起来。三日拂晓前,二十七师刚把米下锅,就接到了继续追击的命令,他们用锅里没熟的米饭和纵队直属队换了点干粮立即出发,终于在芒砀山与一纵的追击部队会合,彻底封住了杜聿明集团撤退的道路。

在所有的撤退部队中,数李弥的第十三兵团跑得最快。三十日从徐州附近出发时,李弥对第九军三师师长周藩说,徐州这几十万人怎么走得动?让我们在后面掩护,不是叫我们当替死鬼吗?我决定不和他们走在一起,避开萧永(萧县至永城)公路,直接向薛家湖走,不在他们的后面挨打,从他们的右翼绕过去,看谁跑得快。杜聿明给李弥兵团规定的撤离时间是十二月一日,李弥给部队下达的撤退时间却是十一月三十日,这个所谓的掩护部队瞬间就成了整个徐州国民党军主力逃跑的前锋。为了跑得更快一些,李弥有意切断了与杜聿明的联系,让杜聿明根本找不到他和他的第十三兵团。二日,第十三兵团已经跑到距徐州百里之外,李弥依旧说没有过危险区,要等过了薛家湖才算相对安全。他对参谋们说:不要和他们(指杜聿明和邱清泉)黏在一起,一有情况大家都走不了。如果他们没有冲出去,我们冲出去了,我们就算成功了。黄昏,第十三兵团跑到洪河集,李弥发现前面有灯光,命令部队停止前进。通讯营在路边发现了电线,通讯营长把电话机接在线上,听见杜聿明正在电话里问附近的部队"李弥在哪里",监听电话的副官脱口说了句"在这里",于是李弥不得不接听电话了。杜聿明愤怒地质问李弥:"为什么不和指挥部联系?为什么不执行'剿总'命令?"李弥说他不知道指挥部在哪里,也没有接到任何命令。实际上,命令就在他的参谋长吴家钰的口袋里。

杜聿明到达一个叫孟集的地方后,与李弥兵团的第九军撞在了一起。第九军应该在后面担任掩护,因此杜聿明又奇怪又生气:"你们为什么和指挥部走在一起了?你们的司令到底在哪里?谁叫你们提前撤退的?马上带部队回去占领原来的掩护阵地!"第九军军长黄淑不得不带领部队往回走,没走多远就与追击他的解放军遭遇了。李弥得知后,命令第九军不要理睬杜聿明的命令,边打边往回撤,但是第九军已经被解放军纠缠住,根本无法脱离战场。李弥不禁火冒三丈:"他们为了保存自己,把我们连累上了,可以走时不让走,现在想走走不了。我们就失败在这些人手里!"

三日,杜聿明所在的孟集混乱到了极点。

四周都有枪声。在邱清泉的右翼,一个撤退前在徐州刚组建的补充旅莫名其妙地失去了联络,第十六兵团派出一个团去寻找,联络官进了一个村庄后遇到一位军官,那个军官说:"我们就是补充旅,十分欢迎,请贵团进村休息。"联络官信以为真,通知全团进村,刚进去就被缴了械,原来那个军官是一个解放军干部冒充的。而第二兵团的一个后卫营,遇到解放军的一支大部队,营长急中生智冒充共产党军队,竟然也躲过了一劫。李弥兵团第八军的两个团在混乱中自己和自己打起来,双方都出现了严重的伤亡,打到天亮才从服装上辨认出对方。在孟集附近的村庄里,所有的房屋都住满了人,到处是车辆、散兵和从徐州跟随而出的男男女女老老少少,后续到达的部队只能露营。但是,刚住下来,就有报告说解放军打进来了,究竟从哪打进来的,打进来多少部队,谁也说不清,于是整个孟集人心惶惶,草木皆兵。杜聿明的住处有一座碉楼,指挥部第二处处长李剑虹为了安全上去查看,结果吓了一大跳,碉楼里竟然藏着几个带着手榴弹的来路不明的武装人员,审问了半天也没弄清楚他们到底是解放军的便衣还是共产党的民兵,这令杜聿明感到十分恐惧。天黑了,孟集村里突然枪声大作,人呼马叫,满村都是"抓八路"的叫喊声。东面的部队报告说"当面之敌攻击甚烈",西面的部队报告说"共军已窜到我附近",混战最后蔓延到杜聿明的住所门口。杜聿明不断地给邱清泉打电话,命令他带部队前来增援,邱清泉派出几辆坦克在孟集周围巡逻穿梭,坦克兵心存恐惧,边巡逻边开炮,流弹落在孟集村里,造成了更大的混乱。天快亮的时候,枪声停止了,打得最积极的是指挥部特务营,特务营长杜宝惠是杜聿明的侄子,他声称"共产党军队到了,不打不行",但是谁也没有见到解放军的任何影子,只看见几具"似农民非农民的尸体",而在孟集村外露营的坦克兵和辎重兵倒是被打死不少。杜聿明命令查清责任,最后查明的结果是:几名电话兵在夜里查看线路时,相互之间为了联络,不断地喊"来了!来了!"结果,被担任警戒的特务营听到了,以为解放军的追击部队来了,于是开了枪,并逐渐演变为一场大混乱。

令杜聿明心烦意乱的,还有邱清泉固执地要求停下来,因为走在后面的第五军四十五师师长郭吉谦报告说,他们已被华东野战军压缩包围,眼看就要被歼灭了。邱清泉立即命令第七十二军派一个师回头增援。第五军军长熊笑三、第七十军军长高吉人、第七十二军军长余锦源极力反对,他们认为四十五师的任务是掩护兵团主力撤退,发生战斗和受到损失很正常,兵团主力应该继续撤退,如果停止行动回去解救四十五师,主力部队岂不成了掩护部队?弄不好就成了黄百韬,会导致全军覆没。邱清泉坚决不同意,他说:"牺牲别人可以,郭吉谦是我的战将,在苏北、鲁西、豫东一带屡立战功,如果今天不将他救出重围,将士会寒心,都会骂我没良心,将来谁还会为我作战?"于是,邱清泉兵团停了下来。

正当杜聿明焦头烂额之际,蒋介石的作战命令到了:不准再撤退,立即解救重围中的黄维兵团——在南京当面达成以黄维兵团牵制共军、掩护徐州主力全面撤退的计划时,杜聿明就曾反复强调"要撤就不打,要打就不撤"的原则,何以在自己走到半路的时候又变卦了?如果要和共军打,何不在工事坚固又有给养保障的徐州打,偏偏要等自己走到荒郊野外的时候再打?这不是明明要把自己往共军已经张开的嘴里送吗?

蒋介石的命令是飞机空投下来的一封亲笔信:

> 据空军报告,濉溪口之敌大部向永城流窜,弟部本日仍向永城前进,如此行动,坐视黄兵团消灭,我们将要亡国灭种,望弟迅速令各兵团停止向永城前进,转向濉溪口攻击前进,协同由蚌埠北进之李延年兵团南北夹攻,以解黄维兵团之围。

杜聿明的第一个念头就是不执行这个命令,按照原计划继续向永城方向撤退,等主力撤到淮河附近之后,再发动攻击解救黄维兵团。但是,片刻之后他又犹豫了:"万一沿途被解放军截击,部队遭受重大损失,又不能照预定计划解黄维之围,蒋介石势必迁怒于我,将淮海战役失败的责任完全归咎于我,受到军法制裁。这样,我战亦死,不战亦死。"杜聿明用电话将蒋介石信中要旨通知各兵团,令部队就地停止,各司令官到指挥部来商讨决策。

于是,从徐州撤出的国民党军,在出发后第三天到达孟集的时候,原地停了下来。这一停顿是致命的——蒋介石再次改变预定计划,最终铸成了杜聿明集团的悲惨命运。

所有的指挥官看了蒋介石的手令,"都十分惊慌,默不发言"。只有邱清泉表现强硬,他认为可以按照蒋介石的命令,从位于萧县西南方向的濉溪口打下去。接着他就发了脾气,指责李弥的第十三兵团在萧县掩护不力,导致后续部队的车辆遭受重大损失。李弥派来参加会议的副司令官陈冰不服气,说这是孙元良的第十六兵团掩护部队过早撤退造成的。杜聿明追问孙元良的意见,孙元良因为惧怕邱清泉不敢说退,表示他听从命令。于是,邱清泉为杜聿明打气,说他可以担任主攻。杜聿明让大家把信再看一遍,他说:"我们敢于负责就走,不敢负责就打,这是军之生死之地、存亡之道,不可不慎重。"大家再看蒋介石的手令,都认为措辞强硬,只有打了。于是杜聿明制定了攻击部署:第二兵团主攻,第十三、第十六兵团负责侧翼掩护。

会议散了之后,杜聿明复电蒋介石表示执行命令,并请求空投粮食和弹药。

接着,国防部的正式命令到达:

(一)浍河方面李延年兵团正面之共军已大部北窜。据空军侦察,濉溪口、马庄一带西窜之共军不足四万,经我空军轰炸,伤亡甚重。(二)贵部应迅速决心于两三日内解决濉溪口、马庄一带之共军,此为对共军各个击破之唯一良机。如再迟延,则各方面之共军必又麇集于贵部周围,又处于被动矣,此机万不可失。万勿再向永城前进,迂回避战……

后据情报证实,国防部命令里所说的空军的轰炸,炸的根本不是解放军部队,而是当地赶集的老百姓。杜聿明明白了,何应钦、顾祝同等人并没有始终如一地支持自己,而是任由郭汝瑰随便摆布蒋介石却坐视不管——"蒋介石所以变更决心,是被郭汝瑰这个小鬼的意见所左右。"

杜聿明在孟集耽误整整一天,他后来才后悔自己"太懦怯,不果决"。但在当时,他的想法是:"逃也晚了,打也无望。想来想去,觉得江山是蒋介石的,由他去罢。"

蒋介石的回电到达:"无粮弹可投,着迅速督率各兵团向濉溪口攻击前进。"

邱清泉火了:"国防部混蛋!老头子也糊涂!没有粮弹,几十万大军怎能打仗?"

粟裕发觉杜聿明集团有向濉溪口攻击前进以便向黄维兵团靠拢的迹象后,决心集中华东野战军的全部主力围堵杜聿明,乘其立足未稳、阵脚混乱之际,在南面实行坚决阻击,在东、西、北三面实施猛烈突击,"截堵其向西南突窜道路,压迫其向北、向西北,并先集中主力楔入其纵深,割歼其后尾一部,而后再分批逐次各个歼灭之"。在上报中央军委的同时,粟裕、陈士榘、张震即刻命令山东兵团政治委员谭震林、副司令员王建安指挥第一、第四、第九、两广纵队及冀鲁豫军区的两个旅,由北向南猛烈攻击,以求楔入敌之纵深;苏北兵团司令员韦国清、副政治委员吉洛(姬鹏飞)指挥第二、第八、第十一纵队,由西南向东北实施攻击,第十纵队司令员宋时轮、政治委员刘培善指挥第三、第十和鲁中南纵队,由东南向西北攻击,布置纵深阻击阵地,坚决阻敌南窜。

四日凌晨,当邱清泉兵团开始向濉溪口方向实施突击时,杜聿明突然发现就是这一天的原地停止,致使华东野战军不但追上了他,插入了他的左右两翼,而且已经绕到了他的前头——从徐州撤出的国民党军主力已经被四面包围了。

一九四八年十二月五日,淮海战场上出现了一种令人心惊的态势:中原野战军和华东野战军将国民党军的两个重兵集团分别包围在狭窄的地域之内:中原野战军包围的黄维兵团总兵力达十多万人,华东野战军包围的杜聿明集团(邱清泉、李弥、孙元良兵团)总兵力达数十万之众。从局部的兵力对比上看,实施包围并且企图将对手全歼的解放军并不占据优势,武器装备和火力强度也与对手存在着不小的差距。包围既成事实,能否吃掉却令人担心。更令人不安的是,被包围的两个国民党军重兵集团相距很近,随时可能冲破包围合成一股;且在这两个包围圈的边缘,还有国民党军的两个兵团(刘汝明、李延年兵团)随时准备冲进来。一旦敌人三股合流,将成为一个巨大的军事集团,这个集团即使不发动有计划的决战,抱成一团滚动起来也很难分割阻挡。

此时,在淮海战场的北面,林彪率领的百万大军已经越过古老的长城进入华北地区,一场被称之为"平津战役"的规模巨大的作战业已开始。

战争进行到一九四八年底,中国共产党人所领导的军队显现出惊人的意志和勇气,当然,还有前所未有的献身精神和决一死战的英雄气概——对于淮海战场上的共产党官兵来讲,凛冽寒风中的大战已经近在眼前。

沉闷的晚宴

内战爆发以来,国民党军第十八军军长胡琏始终作战强硬。他虽然在与黄维竞争第十二兵团司令官时没有取胜,但即使作为第十二兵团的副司令官，他的升迁速度在黄埔第四期中也是出类拔萃的。他之所以得到蒋介石的特殊信任，除了在抗战期间指挥作战有出色表现外，内战爆发后所显示出的坚决与凶猛也表明了他对蒋介石的绝对忠诚。第十二兵团奉命调往淮海战场时，他没有跟随兵团行动，有议论说他是因竞争兵团司令官失败在闹情绪。但是，当第十二兵团深陷重围之际，他竟然回到了部队，在战火纷飞的双堆集来往穿梭，完全可以逃离绝地的他最后时刻留在了黄维身边，并奇迹般地乘坐一辆牛车从重围中脱身而出，这令这位四十一岁的少壮派陆军中将的经历充满传奇色彩。

胡琏是被蒋介石从上海召到南京的，因为蒋介石发现在这样生死攸关的时刻，胡琏仍然没有和他的部队在一起。胡琏赶到南京，以标准的军人姿态站在蒋介石面前。蒋介石问他有什么办法能使第十二兵团的处境转危为安。胡琏当即表示愿意飞赴双堆集，鼓舞士气并协助黄维指挥作战，蒋介石对胡琏的勇敢精神感到十分满意。他给了胡琏八个字："固守下去，苦斗必生。"然后，蒋介石亲自安排了一架小型飞机送胡琏飞往双堆集。天气不好，可胡琏进入战场的心情迫切，他对第三厅厅长郭汝瑰说，明天一早就飞，"我认为做人应当'临难勿苟免'。"胡琏与郭汝瑰私人关系不错，曾多次向郭汝瑰表示他的人生理想就是做曾国藩那样的能够拯救国家危亡的大英雄，但郭汝瑰却不以为然，认为胡琏"其志可悯，不辨是非"。

十二月一日，胡琏在双堆集降落。

得知杜聿明准备从徐州撤退，第十二兵团必须牵制刘邓部主力，掩护杜聿明大部队的侧翼，满腹困惑的黄维不知如何才能在这个没有补给的包围圈中固守下去。双堆集的局势正在迅速恶化，解放军的包围圈逐渐压缩，自知死期不远的黄维劝胡琏飞回南京去，说他在南京联络和催运空投比在战场上的作用更大。胡琏表现坚定："被共军四面包围，已是家常便饭，我们现在只要打下去，共军还是一下子吞不了我们的。"黄维甚至想到了兵团覆灭之后的事情,认为千兵易得,一将难求,胡琏还年轻,没有必要和自己一起死在战场上,如果能保全性命,还可以为第十二兵团十多万官兵料理善后。在黄维的反复催促下,也为了去南京催促空投事宜,胡琏从双堆集飞走了。

四日,胡琏在南京再次面见蒋介石,说他和黄维打算突击刘伯承的第一、第二纵队防线,然后向西面的蒙城、涡阳方向突围。蒋介石没有同意,命令他们向东南攻击,配合李延年兵团夹击刘邓部。当胡琏报告了双堆集内的危急情境后,蒋介石又改口说,可以依情况自行决定攻击方向,局部歼灭当面共军,以待李延年兵团夹击而来。胡琏没有反驳蒋介石,尽管他知道李延年兵团已被死死阻击在曹老集一线,根本谈不上什么南北夹击。

胡琏决定飞回双堆集。五日天阴下雨,飞机不能起飞。南京的冬季潮湿清冷,街头"百物下跌,一片凄凉情景"。就在胡琏等待天气好转的时候,蒋介石收到黄维的电报:"黄维五日以竟日惨战粮弹尽绝,过去几日所投粮不足所需十分之一,弹不足三分之一,官兵日食一餐尚不得饱。须急速空投以维士气。"蒋介石感冒了——"官邸汇报时,他不时地鼻子抽缩,我在他背后就座,疑惑他是伤感在抽泣,及到他反过身来问话,才见他面无伤感的表情。"

六日,胡琏飞回双堆集后对黄维说,老头子同意突围,"不要管杜聿明,也不要指望李延年"了。

黄维陷入更深的困惑之中:"我们对蒋的上述指示,感到莫名其妙,以为蒋的方寸已乱,已经没有整个部署,而是零碎应付了。我们认为如果只是自行突围,将会不可收拾,至少要空军有力掩护,否则宁可坚持下去,打一天算一天,以免杜聿明立即跟着垮台。"

黄维和胡琏都明白,突围无望,坚守也是时日无多,只有"打一天算一天",因为中原野战军对第十二兵团的蚕食进攻使双堆集的境况每分每秒都在恶化。

黄维兵团被围后,几乎每天都尝试突围,导致残酷的拉锯战在各个方向持续不断。这是国民党军中有较强战斗力的部队,特别是胡琏的第十八军,作战凶悍,意志顽强。但是,黄维不得不面临一个严峻的问题,那就是维持大军作战的给养日渐缺乏。在不断紧缩的狭窄的包围圈里,挤满了部队、伤员和阵亡官兵的尸体,平原上没有可供隐蔽的障碍物,伤员只好挖地洞躲藏起来。兵团所控制的村庄越来越少,所有的汽车都装满土当成了野战工事,汽车下壕沟里的官兵忍受着饥饿的煎熬。尽管南京尽力向双堆集空投粮食和弹药,但毕竟数量有限,而且由于飞机不敢低飞,有限的空投准确度很差,相当一部分成了解放军的给养。更让黄维兵团官兵们恐惧的是,每当夜幕降临,解放军官兵就带上工具,隐蔽地向前沿运动,在距离两军战斗线约五六十米的地方,他们排成一条长龙,然后先挖散兵坑,再挖可以站立行走的交通壕。黄维的官兵想尽了办法,使用炮击、出动坦克企图阻止解放军的这种行为,但是解放军土工作业的规模实在是太大了,根本无法全面顾及,只能眼看着包围圈四周的坑道和壕沟越挖越近——中原野战军的这种耐心蚕食犹如猎人在缓慢地收网。

在密如蛛网的战壕里,中原野战军各纵队开展了"吃苦耐劳比赛"。干部们反复强调,既要修好工事,又要减少伤亡。一纵三旅七团三班战士刘青云掩体修得好,机枪被打坏了,自己却没有受伤,于是受到表扬。一纵还把拍下来的战地照片印出来,贴在香烟盒上,香烟是后方军民慰问前沿送来的,吸烟的官兵都知道香烟送上来不容易,弄不好会付出生命的代价,因此都说"吸一支烟要打倒一个敌人"。就在包围圈里的黄维的官兵忍饥挨饿的时候,在几十万支前民工的帮助下,大量的食物被送上中原野战军的阵地。各部队的炊事员为让官兵吃上热饭热菜想尽了办法,送饭筐的底部铺上麦秸,上面盖上两床棉被,菜都装在小罐子里。官兵们最喜欢吃的是肉包子和肉饼,不断有国民党军的散兵受不住肉包子的诱惑跑过来,把枪扔在一边抓起包子就吃。

争夺村庄的战斗每天都在进行。每丢失一个村庄后,国民党军的溃兵就往双堆集跑,使本来就拥挤不堪的双堆集因此更加混乱。中原野战军不断发动袭击,炮弹和子弹可以直接打到包围圈的核心地带,每一发炮弹落下来都要死一批人。新的攻击开始的时候,突然一声巨响,一种比大炮还要厉害的又圆又大的东西在双堆集上空爆炸,刺眼的火焰冲天而起,鹿砦和工事、泥土和死尸一起飞上天空。"共军使的是什么?"国民党军官兵惊惶地互问。这种被称做"飞雷"的东西,是中原野战军的特殊发明。它是用铁皮卷成一个大弹丸并装上炸药雷管,然后安放在一个设有发射器装置的特质大木筒或是经过改装的汽油桶里,使用时先瞄准目标,再利用筒内发射火药的冲击力将大弹丸射出。这种弹丸重二十多斤,爆炸的杀伤力极大。

让国民党军官兵感到头痛的,还有密密麻麻的标语牌和到处散发的传单。其中有一种传单,是介绍解放军的俘虏政策的,被国民党军官兵称为"八路通行证",凡是逃过来的国民党军官兵,几乎人人都拿着这种"通行证"。解放军官兵趴在前沿没完没了地喊话、打快板、唱歌:"李延年、刘汝明,蚌埠逃,杜聿明又被饺子包,黄维的粮草吃完了,你们还是缴枪把命保!""太阳一出白天到,我们又要开饭了。白面花卷红烧肉,请你们过来吃个饱!"一个名叫张明虎的国民党兵跑来了,后面的机枪追着他扫射,解放军官兵一边用机枪掩护他一边喊:"别怕!再跑三十米你就解放啦!"终于跑进战壕的张明虎显然是饿坏了,他先吃了一张油饼,又吃了四个花卷和两张高粱饼,接着喝了一大罐子热汤,最后才停下来吸上解放军干部递过来的旱烟袋。"你们是好人。"张明虎说。他说他从前在家给东家扛长工,身边的解放军官兵纷纷向他介绍说自己从前是铁匠、木匠或者是佃农——"原来都是一条裤子一根绳。"当天晚上,张明虎就参加解放军对一个村庄发起的进攻。天亮的时候,大家发现张明虎没回来,都以为他光荣了,正难过的时候,张明虎蹦蹦跳跳地回来了,肩上多了挺机枪,兴高采烈的样子。

五日,刘伯承、邓小平下达《对黄维作战总攻击的命令》,命令是以给陈赓、谢富治、陈锡联、王近山、杜义德的电话形式下达:

十一时五分下达命令如下:

一、敌黄维兵团经我半月作战,已损总兵(力)至少三分之一,战斗部队至少损失五分之二,其主力十八军[包括十八师]亦已残破,这是我各部队英勇作战的重大结果。

二、根据总的作战要求及当面实际情况,颁发命令五条如下:

甲、从明鱼日(六日)午后四时半开始全线对敌总攻击,不得以任何理由再事延迟。

乙、陈谢集团(陈赓、谢富治指挥的第四、第九、第十一纵队及豫皖苏独立旅)务歼沈庄、张围子、张庄地区之敌,锡联集团(陈锡联指挥的第一、第三纵队和华东野战军第十三纵队)务歼三官庙、马围子、玉王庙、许庄之敌,王杜集团(王近山、杜义德指挥的第六纵队及华东野战第七纵队和陕南军区十二旅)务歼双堆集以南玉王庙、赵庄及以西南周庄、宋庄之敌,并各控制上述地区,然后总攻双堆集,全歼敌人。

丙、总攻战斗发起后应进行连续攻击,直到达成上述任务为止,不得停止或请求推迟。

丁、各部应不惜以最大牺牲保证完成任务,并须及时自动的协助友邻争取胜利。

戊、对于临阵动摇贻误战机分子,各兵团、各纵队首长有执行严格纪律之权,不得姑息。

(三)本命令用口头直达连队。

命令中所说的"不得以任何理由再事延迟",指的是各部队反复要求把战壕挖得距离敌人近些再近些,因为平原上作战没有任何隐蔽物可以利用,一旦发起攻击官兵在冲过开阔地时往往伤亡巨大,这一要求因为土工作业的规模太大致使总攻时间一推再推。现在,在双堆集的西北方向,被包围的杜聿明集团已开始突围,企图向黄维兵团靠拢,华东野战军正在苦苦地阻击,尽早歼灭黄维兵团已经刻不容缓。

对双堆集的总攻部署是:陈赓、谢富治指挥东集团,向双堆集以东地区攻击;陈锡联指挥西集团,向双堆集以西攻击;王近山、杜义德指挥南集团,向双堆集以南攻击。

六日十六时三十分,血战开始。

陈赓指挥的东集团自包围黄维的那一刻起,就承受着巨大的压力。因为这里靠近津浦铁路,能够最快地向刘汝明、李延年两兵团靠拢,因此黄维兵团不断地试图从这个方向突围,东集团官兵在顽强的阻击中不断地向前压缩,但战斗中部队出现了很大伤亡。总攻发起前,陈赓跑遍了所有的出击阵地现场检查,还特意与支援他们作战的华东野战军四门榴弹炮的指挥员通了电话,因为炮弹不足,陈赓要求在火力准备时齐射,以造成瞬间火力上的震慑作用。同时,他告诉冲击部队,榴弹炮只能打几发,等炮弹打出去之后,前沿的火力要一起开火,使敌人不知道咱们缺炮弹。最后,他来到四纵重点攻击的李围子村的正面,这里距离前沿只有四十多米,国民党军的炮火十分猛烈。陈赓计算了一下,连同华东野战军支援的火炮,他能够集中起来的重火器仅有榴弹炮六门、野炮四门、山炮十三门、"飞雷"发射器十五个。检查完了,陈赓一转身,看见通讯连的战士正跟着他拉电话线,陈赓说:"不需要拉了,我已经不起作用了,只有观战了!"

李围子村里的国民党军是第十四军十师。之前,四纵曾对李围子村发起过三次攻击都没有成功。总攻开始之后,各种重火器猛烈发射，李围子村的外围工事大部分被摧毁，四纵官兵乘势发起冲击，二十九团突破西北角的阵地，二十八团三连冲到鹿砦前遭到守军两个连的反击和火焰喷射器的杀伤，连长牺牲，战士王小四浑身是火，他滚向当面的敌人拉响了手榴弹。三次冲击后，三连只剩下了一个班，在指导员的率领下，依旧保持着冲击阵形。二十八团一连从三连的左侧投入战斗，直接攻击守军的核心阵地。三十一团和三十二团二营也相继突破前沿向纵深发展。战斗很快蔓延到李围子村内，近距离的搏杀进入最残酷的阶段。

此时，一个被四纵官兵称为"老班长"的炊事员萧建章倒在了前沿，这让官兵们异常难过。萧建章是一九四二年入伍的老同志，是战士们最信任的老管家，无论多么艰难的时刻，只要看见老萧的身影，战士们心里就踏实许多。平日，战士们有话都愿意对老萧说，特别是老萧给他们包包子的时候，一边包一边与官兵们念叨着，话语温和如同父亲。近几天，战士们眼看着老萧瘦了下去，他说送上前沿的粮食和肉都是用命换来的，自己是个伙夫没资格吃。尽管老萧蒸的肉包子咬一口直流油，挑上阵地时冒出来的香味打老远就会飘过来，但是他挑着担子的身影已经开始摇摇晃晃了。总攻开始前一个小时，老萧把包子蒸好了，他吃了个高粱面窝窝头，挑着担子又上了前沿。走到李围子村口的时候，天上的敌机来了，几梭子就把老萧打倒了，他趴在饭筐上，血流在盖着包子的棉被上。战士们扑上来，不停地喊着"老班长，老班长"，老萧眼睛里的光逐渐地暗淡下去，嘴里不断地嘟囔："几点啦？几点啦？"战士们哭着说："老班长，你放心，天黑之前不拿下李围子，你就白心疼我们了！"在黄昏的旷野上，老萧的身体逐渐冷了下去。

对双堆集总攻开始九十分钟后，李围子村被攻占，第十四军十师师部和两个团被全歼，国民党军官兵被四纵猛烈的攻击吓傻了，做了俘虏还到处乱跑乱喊："打惨了！打惨了！"乱跑乱叫的时候，看见他们的师长张用斌身负重伤,被解放军官兵抬着出了村。张师长是被从另一个方向攻击的一纵一旅二十八团一连一排机枪班长陈文打倒的。二十八团在突击的时候,突击队员一个跟一个倒下,陈文所在的三班,三名机枪弹药手两个倒下一个掉了队,只剩下陈文一人。他扑进战壕里,三名国民党兵抓住了他,他不顾一切地与敌人扭打在一起,突然一个高个子军官跑来了,边跑边喊:"不要乱!不要乱!我是师长!"陈文瞅准空隙一梭子打过去,大个子军官倒下了,那三个国民党兵瞬间傻眼了:"师长负伤了!师长负伤了!"

九纵和十一纵打的是张围子,这里的国民党守军十分凶悍,其中的第十军七十五师二二三团被胡琏命名为"青年团",战斗力很强。张围子是双堆集东侧的重要支撑点,可以得到双堆集内兵团炮兵的火力支援,因此在硬对硬的战斗中,守军大多宁死不退。九纵和十一纵分别从不同方向实施突击。九纵二十六旅七十八团刚从河南赶到淮海战场,思想准备不足,也没有周密组织步炮协同,导致最初的攻击失利。连续两次冲击失利后,二十六旅旅长向守志汲取教训,将交通壕向前延伸了四五米,把平射炮抵近前沿,充实了突击队的力量。冲击再次开始,突击队突破前沿,连续击退守军的三次反击。七十六团三连,全连最后只剩下九班长郝俊和通信员马绍孔等十七名官兵,他们自动编成两个突击班,由指导员周福祺率领,拿下了最后一个地堡。战斗中,七十八团参谋长陈鸿汉、七十六团三营教导员路光华牺牲。十一纵将炮兵阵地前移,迫击炮发射的炸药包由五至六公斤增大到六至八公斤,纵队的半数迫击炮都被调来专门发射炸药包。九十二团发起攻击后,遭到密集的炮火拦截,副团长何炳确和突击营长牺牲,九十一团团长李光前和该团突击营长也相继负伤。八日凌晨,张围子被攻占。

在西集团攻击方向,三纵刚刚结束一场血战,地点在一个名叫杨大庄的村庄附近。那里也是黄维兵团企图突围的重要方向,敌人不断地使用四个团以上的兵力突击三纵九旅二十六团的阵地。二十六团被团团包围后,坚守阵地的官兵反复反击,最终前沿失守,二十六团后退村内,仅占据着村子西南的一角。二十六团的勤杂人员全部投入了战斗,用刺刀与敌人在村内逐院逐屋争夺,最后在四纵的增援下,将冲击的国民党军打退。总攻开始后,三纵攻击的重点是马围子村,这是由三个相距几十米的自然村落组成的村子,在此据守的是国民党军第十军十八师五十二、五十三团。三纵七旅十九团攻击东马围子,八旅二十二团攻击西马围子、二十五团攻击中马围子。十九团一举突破前沿,俘虏守军营长以下官兵百余名,但是,向纵深发展的时候遭遇困难。在守军的猛烈反击下,十九团七连长李家海牺牲,全连最后只剩下两名新战士和三名伤员。二十二团冲入守军主阵地时,因遭到火力封锁前进受阻。在投入预备队后,冲击部队和突击队拥挤在一起造成更大的伤亡,攻击被迫停止。

在双堆集,作战双方都知道,战斗到了最艰苦的时候。此刻,黄维兵团是否能够坚持下去,已成为牵引淮海战场战局变化的关键因素:如果在短时间内增援不力,黄维无法坚持而被歼灭,已被围困的杜聿明集团便会凶多吉少,因为那时已经腾出手来的中原野战军必将加入到围歼杜聿明的战场上来。同时,无论是包围黄维兵团的中原野战军,还是包围杜聿明集团的华东野战军,其中的任何一方一旦出现攻击无力,乃至被敌人反击突破,将不可避免地陷于战场被动,黄维与杜聿明于南北两面实施反包围的可能性不是没有。

虽然胡琏带来了蒋介石的最新命令,但黄维依旧没有下定突围的决心,他仍寄希望于李延年兵团的北进和杜聿明集团的南进。

李延年兵团奉命从蚌埠地区北上向双堆集靠拢,因遭到华东野战军六纵和地方武装的阻击,推进迟缓。为了解救黄维,蒋介石的儿子蒋纬国亲率战车部队加入淮海战场,分别支援第九十九军和第五十四军由蚌埠以北的曹老集地区发动新的进攻。五日晚,中原野战军第二纵队赶到，在曹老集以北构筑起又一道阻击防线。就在中原野战军主力对双堆集发动总攻的那天，国民党军第五十四军以坦克为先导，向二纵四旅的阻击阵地发起猛烈进攻。四旅的官兵利用简易工事顽强阻击，以巨大的伤亡代价节节抵抗，尽一切可能迟滞敌人的推进速度，至八日撤至严家圩和集南崔一线。但是，自九日开始，无论国民党军的空中火力、炮兵火力及战车火力如何凶猛，就是无法再向前推进一步。二纵官兵就像打不绝一样，阻击阵地上一拨人牺牲又一拨人上来，虽然敌人的进攻昼夜不停，但二纵官兵在阵地上誓死不退。蒋纬国的战车部队受到围攻，一辆战车被击毁，乘员全部被俘，战车指挥官被打死。蒋纬国火冒三丈，要求把被击毁的战车连同指挥官的尸体夺回来。第五十四军军长阙汉骞只好命令部队重新开始攻击，但是，攻击中一九八师的一个副团长被打死，五百多名官兵伤亡。战斗结束后，阙汉骞认为这里是沼泽地区，不适合战车作战，将蒋纬国的战车部队客气地送走了。蒋纬国后来说："我们是尽人力以听天命。这样的大战，关系国家存亡，绝非少数人勇敢能挽回战局的。"

在双堆集的西北方向，杜聿明集团按照蒋介石的命令开始向南进攻，以执行解救黄维兵团作战计划。华东野战军在东、西、北三面积极进攻，在南面顽强阻击，试图逐步收缩包围杜聿明集团的包围圈。五日晚，邱清泉的第二兵团进至濉溪西北的青龙集、陈官庄以西、以南地区，但是，担任掩护的孙元良的第十六兵团的阵地被突破，华东野战军攻入了第十六兵团的纵深阵地。同时，在东北方向担任掩护的李弥的第十三兵团阵地也遭到攻击，华东野战军官兵如同一把锋利的尖刀，插入了第十三兵团与第十六兵团的接合部——崔庄阵地。驻守在这里的国民党军，是李弥兵团的第九军二五三师。战斗刚一打响，二五三师团长孔志坚擅自率部撤逃。第九军军长黄淑严令一六六师预备队恢复阵地，待一六六师终于恢复阵地时，率部进攻的副师长刘君立被击毙。李弥暴怒,下令黄军长将孔团长押送兵团部枪决。

邱清泉命令第七十军一三九师的一个团去增援被包围的第五军四十五师,当郭方平团长率部赶到襄山庙时,当面华东野战军一纵、三纵、九纵的攻击部队已经撤退。邱清泉要求四十五师师长郭吉谦赶紧西撤,说十几万部队都在等着他呢。五日早晨,四十五师到达孟集以东的旷野中,邱清泉命令郭吉谦立即攻击孟集西边的几个村落,解救被围困的四十六师的一个团。郭师长说:"部队行动了一夜,未曾休息,早饭都不曾吃,请求缓一些时间。"邱清泉没有答应。郭吉谦只好命令一三三团在左翼主攻,一三四团在右翼助攻,师指挥所和一三四团指挥所在一起,一三五团为预备队。当一三三团就要突入解放军的阻击阵地时,却被从另一个村庄里冲出来的解放军官兵反击下来。一三三团团长姜铁志之前在解救黄百韬的战斗中攻击不力,邱清泉曾声称要枪毙他,因此当他的团再次溃败下来之后,他在电话里向郭师长报告时竟然号啕大哭,说他的团新补充的兵太多,一见解放军就往回跑,怎么撑也撑不回去,请求长官宽恕原谅。天快黑时,尽管右翼的一三四团攻击略有进展,但郭吉谦担心天一黑解放军会发动大规模反击,于是决定不打了。邱清泉接到战报后很无奈,他让四十五师撤下来转入防御,把四十六师调上去与当面的解放军对峙——此时,华东野战军已经攻到距孟集以西只有一公里的地方,这对置身在孟集村内的杜聿明的指挥部和邱清泉的兵团部构成了巨大威胁。入夜,邱清泉的兵团部搬往陈官庄,杜聿明的指挥部也开始转移。

六日,杜聿明的指挥部向夏砦移动。中午时分,路过李石林村,孙元良和邱清泉神色紧张地找到他,说要商讨下一步的行动计划。于是,三个人一起到了李弥的兵团部,开始了各怀心思的紧张磋商。自徐州撤退之后,部队损失兵力已近三万,目前各军位置混乱,官兵士气普遍低落,对于蒋介石下达的解救黄维兵团的作战命令,几个人都认为显然已经无法执行。孙元良主张放弃解救黄维的行动立即突围,他说:"目前林彪已率大军南下,我们进攻进展迟缓,掩护阵地又处处被突破,再战下去前途不乐观,现在突围尚有可为。将在外,君命有所不受。目前只有请主任(杜聿明兼任徐州'剿总'司令部前进指挥部主任)当机立断,才可拯救大军。"邱清泉当即表示赞同:"良公的见解高明。"李弥一直没有表态,直到最后才说:"请主任决定,我照命令办。"

杜聿明内心的矛盾难以排解。他认为,如果三天前按照"将在外,君命有所不受"这句话办,不顾黄维兵团而全速撤退,便不是眼下这种处境了,顺利突围保全住徐州主力,也算是对得起老头子。可是,现在恐怕晚了。眼下各部队都已处在被围态势中,万一突不出去,部队被打散,重武器丢光,这样既违抗了命令,也不能保全部队,还有什么脸面去见老头子?三天前,在孟集见到蒋介石的手令时,极力主张解救黄维兵团,甚至请求担负主攻任务的邱清泉显得有些尴尬,他不断地说:"亡羊补牢,犹未晚也。"杜聿明接下来的话还是模棱两可:"只要能打破一方,一个兵团突破一路,还有一线曙光,我也同意。万一各兵团打不破共军,反不如照他的命令坚持打到底,老头子有办法就请他集中全力救我们出去,否则我们只有为他效忠了事。在我判断,林彪入关后南下,至少还要一个月,在这一个月之内,我们牵住共军,请老头子调兵与敌人决战,还是有希望的。如果目前林彪已南下,老头子调兵也来不及了,关键就在这里。"杜聿明说完之后,在场的将领谁也没表示愿意为蒋介石效忠,反而开始讨论如何利用空隙逃出包围圈。杜聿明最后的表态是:"只要大家一致认为突围可以成功,我就下命令。但各兵团必须侦察好突破点,重武器和车辆非至不得已时不能丢掉,笨重物资可先破坏。你们能做到这一点,我就可以下命令。"

这天下午十五时,杜聿明集团做出了分散突围至阜阳集中的决定。

所有的将领都不曾想到分散突围会有被各个歼灭的危险。

从军事角度上看,这一决定是极其荒谬的:虽然受到围困,但未到分崩离析之际,况且尚有巨大的兵力和优势的武器可以实施集团作战。在这种情况下,只有更加紧密地协同作战,才可能置于死地而后生,哪怕是牺牲一部分兵力,但至少可以保全相当一部分兵力。仅就这一点而言,黄维之所以能坚持到现在,正是与他没有仓促地决定突围,而是死死地抱成一团抵抗有关。军事上的任何突围,都会给对手提供猛烈分割围歼的机会,这是万不得已时孤注一掷的举措。更何况,杜聿明采取的不是全力突击一点破茧而出,而是各个兵团分头突围。

这一决定,导致了六日晚国民党军徐州主力内部的巨大混乱。

首先是杜聿明的指挥部乱了。杜聿明决定甩掉机关和后勤人员轻装突围,消息走漏后,引起机关和后勤人员的极度恐慌。指挥部办公室中将主任郭一予非常气愤,只得自己想办法另谋生路。他认为自己与陈毅是老同学,如果能够与陈毅接上头,生命也许会有保障。再说,解放军优待俘虏的政策谁都知道,何不前往投降?他当即约政务处长左偕康面谈,左处长也持有同样的主张。然后,他们又与跟随杜聿明出逃的徐州市各机关负责人商量,大家也都表示赞成。于是,杜聿明指挥部机关人员和国民党徐州党政机关人员临时组成了一个队伍,取名叫"非战斗人员还乡队",他们决定走到解放军的阵地上去投诚。出发前,特别规定谁也不准携带武器,如果发现携带武器就要逐出本队。这是一支人数巨大、情绪慌乱、组织松散的类似难民的队伍,集合起来很不容易,出发的时候更是人声鼎沸。刚走出几里地,就遇到突围的国民党军与阻击的解放军发生战斗,"非战斗人员还乡队"被夹在战火中间混乱了一阵之后,没有被打死的全都跑了回来。

然后是李弥的立场发生了动摇。李弥回到兵团部后开会布置突围,但军官们普遍说准备不足,最好等到天亮以后再说。派出去的侦察队回来报告说,东北方向解放军的部队很多,而且工事坚固,恐怕无法突出去。这时,杜聿明的电话来了,询问侦察的结果,李弥表示他的兵团突围出去很困难。接着是邱清泉的立场发生了一百八十度的转弯,他给杜聿明打电话说:"坏了!坏了!今天攻击全无进展,西面和南面共军阵地重重,无法全军突围,简直是自我毁灭!这样做如何对得起老头子?"邱清泉的突然变卦令杜聿明措手不及,也令正在部署突围的第二兵团参谋长李汉萍十分不解,李参谋长的分析是:首先,邱清泉一贯持有一个奇怪的想法,那就是解放军打仗坚持不过十天,只要自己能够坚持十天,解放军一撤就等于自己打了胜仗。其次,他不敢突围。在以往与解放军的作战中,邱清泉一向图谋保存自己的实力, 九四八年六月豫东会战时,正因为他的部队迟迟不进,才导致了区寿年兵团最终覆灭,为此他受到蒋介石的处分。在向徐州以东攻击的时候,也正是因为他和李弥都没有不顾一切拼死相救,又导致了黄百韬兵团的最终覆灭。现在,黄维兵团处在被包围中,即使他侥幸突围成功,最终结果还是等于见死不救,这一次蒋介石也许不会再饶恕他了。再其次,突围具有极大的冒险性,不突围而固守待援,不但可以避免因违抗蒋介石的命令受到军法处置,而且暂时不会殃及自己的生命安全——"邱清泉实际上很怕死"。

杜聿明意识到突围计划要泡汤了。他马上与李弥取得联系,李弥立即表示同意邱清泉的建议。但是,当杜聿明给孙元良打电话的时候,第十六兵团部的电话已经不通了。

六日晚上,距离孙元良兵团阵地最近的李弥兵团的官兵听见了剧烈的爆炸声,那是孙元良兵团的官兵正在炸毁大炮和多余的弹药。然后,孙元良兵团所在的高楼方向炮火连天——孙元良急不可待地单独突围了。

孙元良兵团的单独突围简直就是一场灾难。此时,第十六兵团总兵力约为三万两千多人,按照以师为单位的突围计划,顺序为:一二二师打头,接着是第四十一军军部、一二四师、兵团部、一二五师和第四十七军军部,一二七师担任后卫。各部队将重武器和装甲运输车全部炸毁,并规定避免与解放军的阻击部队硬打,要求采取钻空隙迂回的战术。黄昏十七时,兵团部移动到一二五师师部的位置,孙元良本人到达第四十一军军部,接着突围行动开始了。走了不久,兵团部和直属队的队伍就被第四十七军炮兵的马匹冲乱了。官兵们逃跑心切,撤退的方向本来是向北,但越走越往西,四处响起剧烈的枪炮声,人喊马嘶,惊天动地。更可怕的是,当先头部队与阻击的解放军接战后,附近的部队不但根本没有突围的迹象,在通过邱清泉的第五军防线的时候,第五军竟然向孙元良的突围部队猛烈开炮,孙元良兵团受到解放军和邱清泉的前后夹击,在黑夜中顿时乱成一团。兵团副参谋长熊顺义与孙元良失散,逃跑中遇到一二七师三八〇团团长孟达观,他只有跟着这个团继续逃跑,半夜时分逃到第五军的纵深阵地,这才知道其他两个兵团改变了突围计划,根本没有行动。此时,在第五军阵地的北面,炮声、机关枪声大作,照明弹、信号弹腾空而起。熊副参谋长想,若不趁此机会突出去,待在第五军寄人篱下的日子不好过,于是带领三八〇团继续向西突。谁知刚走出第五军二〇〇师的前沿阵地,该师的大炮机枪就向他们开火了——"打得死伤枕藉,惨不忍睹。虽经一再向熊笑三交涉,但均无结果。拂晓后,我率领该团残部重返包围圈中。"

漆黑的夜晚,孙元良兵团的溃兵受到冀鲁豫军区部队、豫皖苏军区部队、民兵和老百姓的追击和搜捕。冀鲁豫军区三分区部队在夏邑东南的张屯追上了孙元良兵团第四十七军一二五师一部,俘敌一千五百多人,缴获重机枪二十多挺、轻机枪四十多挺、步枪五百多支,并在俘虏中查出了一二五师师长陈仕俊和副师长黄崇凯。豫皖苏军区一声令下,民兵和百姓立即张开大网,在各个路口布置了岗哨。他们在户庙子地区截获逃敌数百人,俘虏二十多名军官,其中有第四十一军副军长李家英。枣集区民兵排长王克进抓到了两个穿着老百姓衣服的人,经过审查,是第四十一军军长胡临聪和一名工兵营长。为此,豫皖苏军区奖励给王克进耕牛一头。颍阜县黄岗区副区长贾守让带领三名民兵夜间巡逻,一下子就截住三十多名国民党军溃兵。蒙城县的一个老人在路上拾粪的时候,看见三名国民党军逃兵经过,举起粪铲子就喊"缴枪不杀"——这把粪铲子至今陈列在淮海战役纪念馆里。

最终,孙元良兵团除一二二师师长张崇文、一二四师师长严翊逃跑外,第四十一军军长胡临聪、副军长陈远湘、参谋长刘伯余,第四十七军军长汪匣锋、副军长李家英、参谋长李传霖,一二五师师长陈仕俊、副师长黄崇凯,一二七师师长张光汉均被俘。

跑回包围圈里的熊顺义见到了杜聿明,杜聿明让他收容部队。被收容的官兵不愿意让打他们的邱清泉的第五军收容,都往第七十四军跑,结果第五军差点与第七十四军打起来。最后杜聿明裁定,孙元良兵团残部一律归第七十四军军长邱维达指挥。熊副参谋长一共收容了一万六千多人和数百匹骡马——孙元良兵团在这个混乱的晚上损失了约一半人马。

始终和孙元良在一起的兵团参谋长张益熙跑到第七十四军阵地上的时候,由于身负重伤已经奄奄一息,他请求邱维达让医生带着盘尼西林来救他,并说他中弹负伤之后孙元良扔下他跑了。

谁也不知道孙元良跑到哪里去了。

孙元良兵团突围之后,杜聿明的防线出现了缺口,邱清泉命令第五军四十六师去封堵这个缺口。四十六师实际上是由杂牌部队改编的,该师的军官都是第五军调来的,因此官兵之间隔阂很大。四十六师刚冲上去就被打了回来,尽管师长陈辅汉亲自拿着手枪督战,但士兵们根本不知道他是谁,陈师长反被溃兵乱枪击中负了伤。

放弃突围计划的杜聿明集团,自七日起反复向陈官庄的东南方向攻击,企图冲过华东野战军的阻击线,沿津浦路以西南下与黄维兵团会合。攻击战最激烈的地方,是位于陈官庄东面的鲁楼村,这里是杜聿明靠近黄维的必经之路。担任攻击的部队是邱清泉的第七十军和第七十二军。战斗进行得十分惨烈,鲁楼村在交战双方之间数次易手。华东野战军十纵打了两天之后,由于部队伤亡很大,十一纵官兵上了阵地接着打。邱清泉命令第七十军九十六师派出两个营,掩护担任主攻的第七十二军再次发动正面进攻。九十六师二八八团团长周德宣亲率两个营配属两辆装甲战车向鲁楼村的西侧发起助攻。装甲战车引领步兵一路推进到鲁楼西南面的村庄边沿,但是遭到土堤上十一纵官兵的凶猛侧击,二八八团的两个营伤亡惨重,一辆装甲车被击毁。邱清泉获悉还没攻下鲁楼村,大发雷霆,扬言要法办二八八团团长周德宣。九十六师师长邓军林极为不满,他对邱清泉说:"九十六师担负的任务是侧面攻击。如果司令官指定九十六师担任主攻鲁楼的任务,我便立即回去部署。"——邓师长言下之意是:为什么不法办担任主攻却久攻不下的第七十二军?于是,邱清泉再也不提法办周团长了。

第十六兵团司令官孙元良终于有了消息。

孙元良在突围中曾经被俘,他谎称自己是名中尉副官,在混乱的战场中居然逃脱了。十八日,他终于逃到信阳车站。在候车室里,他给驻守信阳的第五绥靖区司令官兼河南省府主席张轸打电话,请求张轸帮助他向蒋介石报告。张轸让国防部保密局豫南站长秦舞基前去接待。秦舞基安排孙元良去了第五十八军军部,然后他向南京国防部保密局汇报了孙元良的情况。第二天,蒋介石命令孙元良经汉口到南京听候处理。后来,孙元良在四川重新组建第十六兵团,并仍然出任兵团司令官兼任重新组建的第四十一军军长。如今,已经很少有人知道这个昔日的国民党军陆军中将为何许人也,但在他的七个子女中,行五的儿子却被广泛熟知。老五原名孙仲祥,做了电影演员之后,又名秦汉。

八日,胡琏又从双堆集飞了出来,再次回到南京站到蒋介石面前。这位浑身散发着硝烟气味的将领向蒋介石建议,必须立即命令黄维兵团突围,因为再不突围就来不及了。胡琏陈述的如下理由让蒋介石动了心:第十八军和第十军都是党国中坚,特别是第十八军,干部都是有用之材,如果损失殆尽,对于党国来讲是莫大的损失。当日,蒋介石给黄维及所属各军军长们写了亲笔信,同时签署了给黄维兵团的"嘉奖令"。蒋介石在给黄维的信中说:"决用空军全力拯救你的突围,可径行同空军总部联络。"

晚上,蒋介石请胡琏和宋希濂在他的官邸吃饭。在座的还有参谋总长顾祝同、参谋次长林蔚、空军副总司令王叔铭以及蒋介石的儿子蒋经国。吃饭的时候气氛沉闷,谁也不愿意多说话。饭后,在会客厅里放映了一部电影,影片的名字是《文天祥》。电影放映完毕,蒋介石站起来向在场的人点点头,然后低着头缓步上楼去了。

宋希濂对那个晚上的情景终生难忘,他甚至说,那个晚上的气氛导致他在一年后被解放军追得走投无路时想到了自杀:

> 我们一起待了三个多钟头,蒋介石几乎没有说什么话,很似李后主"无言独上西楼,别是一股滋味在心头"的情景。当时,我被这幕悲剧所感动,几乎掉下泪来,默默地走出蒋的官邸,坐在汽车上一路想着:"老头子多可怜呀!"当一九四九年十二月十九日我率残部逃到西昌,被解放军围困于大渡河畔走投无路时,曾有过举枪自杀的意图,正是这种思想的反映,正是这部《文天祥》影片的影响。

文天祥,南宋大臣,率军抗击元军南侵兵败,退入广东。一二七八年在五坡岭(今广东海丰北)被俘。次年被押解到大都(今北京),元廷万般利诱威逼均不从,六年后被斩于柴市。狱中作"留取丹青照汗青"之传世诗句。

无法知道,此时此刻,蒋介石为什么要请他的高级将领和他一起回望数百年前那位为南宋朝廷凛然赴死的前人?

黄维:上尉司书方正馨

十二月九日,中原野战军和华东野战军依旧在双堆集四周艰苦作战,向黄维兵团核心阵地的每一步推进都要付出生命代价。

中原野战军六纵和华东野战军七纵攻击大小王庄,守军是国民党军第十八军一一八师,一一八师即胡琏指挥过的原整编十一师一一八旅,是内战爆发以来解放军遇到的强硬对手之一。黄昏,华东野战军七纵二十师五十八团在炮火的掩护下强行攻击,击溃一一八师三五二团,占领大王庄。第十八军十一师三十三团随即协助三五二团发动反击,双方在血腥的搏斗中反复争夺阵地,最后华东野战军因伤亡太大退出战斗,只剩替换上来的五十九团的一部分官兵坚守在大王庄的西南角。指挥攻击的中原野战军六纵司令员王近山和政治委员杜义德命令十六旅四十六团增援。十日凌晨四时,四十六团参谋长张超指挥一营和三营分四路向大王庄反扑,政治委员钟良树指挥二营在侧翼火力掩护。四十六团是著名的"夜老虎团",长于夜战和近战,官兵们刚冲进大王庄就与国民党军拼了刺刀,最终把敌人再次赶出大王庄。但是,几个小时之后,天亮了,第十八军的重炮轰击持续了五十分钟,将大王庄炸成一片火海,然后两个团的国民党军再次冲上来,大量的坦克在两侧迂回,华东野战军的五十九团和中原野战军的四十六团腹背受敌。敌人的坦克在阵地旁来回碾压,四处开炮,五十九团和四十六团官兵缺乏反坦克武器,数量有限的火箭弹很快就打光了,轻、重机枪全被打坏,机枪手也全部牺牲。四十六团一营长高俊杰指挥战士们用爆破筒和集束手榴弹打坦克,但是收效甚微。一营二连排长张大兴多次负伤,全排二十五名战士最后仅剩两人,但依旧守在战壕中誓死不退。残酷的拉锯战一直打到黄昏,双方战死者的尸体堆了一层又一层。华东野战军七纵二十师六十团加入一个营后,巩固了大王庄阵地。

中原野战军六纵十六旅四十六团一营教导员左三星,是大王庄战斗的幸存者之一,他对那天的惨烈战况刻骨铭心:

> 大王庄原是个有四十多户人家的小村庄,无数的炮弹已经差不多把它轰成了废墟。战斗一开始,我们就觉得不对劲儿,这股敌人凶狠异常,成堆地上,剩了单个的也敢上;有炮时上,没有炮时也敢上;枪法也准得很,拼刺刀也厉害……仗打完了,我到处打听,这才知道上来的是黄维的第十八军三十三团,名不虚传的"老虎团",打日本人时就很厉害,蒋介石还给他授过勋,打起中国人也忒狠……敌人靠他们的坦克在中午冲进了村庄。我们与他们逐屋争夺,先打枪,后打手榴弹,最后拼刺刀。三十三团那狗日的,还硬是和我们个顶个!当时守大王庄的是华野七纵五十九团一营和我们中野六纵四十六团一营和三营,华野那个一营三连是个老功臣连,这回全拼光了,营长哭得眼睛都淌血呀!泣不成声地说:"可惜我的三连呀!"……我的身边全是尸体,敌人的,我们的,每个人都是拼刺刀拼死的。我实在没劲了,就对通信员说:"看看敌人又上来没有?"……干部们不是牺牲,就是负了重伤。我们二连四班长王凤鸣就将阵地上两个野战军三个营的人都组织起来,说:"跟我来。"数数人,仅仅只有二十一个了……敌人的冲锋又一次被打下去。我身边连小声哼哼的声音都没有了,全牺牲了……大王庄很静,静得听得见血往黄土

里渗的吱吱声。打起仗来什么都忘了,这会儿我心里突然很难过,牺牲得太多了!三十米外一个人好久没动,我以为是尸体,突然,他动了一下,我一看,是三营长吴彦生。他们三营也只剩下他一个了……敌人又打炮了,我们一看,撞见鬼了!只见黑压压地拥上来一大片,鬼叫鬼叫地冲了过来,三十三团还真打不完!我心里想,这下真的要和阵地共存亡了……正在这时,华野的增援部队来了,好整齐的队伍,一个个小伙子白净清秀,正副班长清一色的卡宾枪、冲锋枪,一百五十多人迅速占领有利地形,阻击敌人。原来,我们六纵都没有部队派了,华野七纵首长将纵队警卫连使上了,真是打得倾家荡产呀!……不过这回敌人没那么经打,虽然人多,但也给打下去了。后来我看了第十八军军长杨伯涛写的文章,原来三十三团也打光了,后来上的全是第十八军的汽车兵、后勤兵,连伙夫、马夫都上了。可是我们也伤亡大啊,这一百五十多人的警卫连撤下来的时候,我站在村口数了数,只剩下十七个了……

大王庄被攻占后,小王庄守军惊慌起来。

驻守小王庄的是国民党军第八十五军二十三师,师长黄子华。这个师由湖南军阀的地方部队改编,拿该师官兵们自己的话讲:"我们师和整个第八十五军在黄维兵团中是最受歧视的部队。"特别是第八十五军一一〇师起义后,二十三师的无线电收音机被封闭,对空联络电台被禁止使用,师部通往军部的电话和文件"都必须经过第十八军转接"。由于改换的地空联络信号无人告知二十三师,导致国民党军飞机轰炸了这个师的阵地——"六十七团副团长陈乃光被炸成重伤"。同样,也许是一一〇师战场起义的缘故,解放军对二十三师的攻击似乎手下留情。尤其是华东野战军七纵十九师攻占小王庄附近的小周庄后,二十三师师部所在的小王庄完全暴露在七纵的炮火打击之下,但是七纵没有发动猛烈进攻,只是前沿阵地上标语插得更多了，喊话也更起劲了："你们廖师长过来了，你们也过来吧！不要再给蒋介石卖命了！我们这里有大白馒头吃！"国民党兵正饿着肚子，解放军把热腾腾的大米粥送到前沿，国民党兵吃完了，把粥桶和碗都给砸了，送饭的解放军战士只是笑了笑，并没有生气。师长黄子华不断接到解放军的劝降信。副师长周卓铭对黄子华说："我们不能坐以待毙，一一〇师能起义，为什么我们不能？"黄子华决定派人去解放军那里找廖运周了解情况。派去的副官杨耀华不久就回来了，说："解放军确实很好，热情诚恳，并已派人同来。"黄子华对解放军提出了条件："我们有很多伤病官兵不能同走，要请解放军设法安置"；"我们的后方在武汉"，为家眷的安全，"暂勿将投诚的消息宣布"；投诚后，"官兵的去留根据个人的意愿"等等，解放军全都答应了。九日晚，按照预先规定的方案，二十三师官兵开始向解放军阵地移动。移动前，黄子华担心他的军长吴绍周受牵连，想把军长也带出来，于是派周副师长去第十八军军部，找滞留在那里的吴绍周，可直到规定的移动时间到了，也没见周副师长回来。后来才知道，根本不信任第八十五军的第十八军士兵，说什么也不让周副师长通过警戒哨靠近第十八军军部。

国民党军第八十五军二十三师参加投诚的部队有：师直属部队和所属的六十七、六十八、六十九三个团，二一六师六四八团残部，第八十五军直属辎重团和卫生大队的一部，共计一万人。

十日凌晨，依旧与解放军对抗的国民党军第八十五军，只剩下二一六师的两个团了。但是，黄维兵团的两个主力军，即第十八军和第十军依旧在顽强抵抗。

中原野战军三纵攻击的马围子村是个坚固的据点，国民党军守军是第十军十八师。三纵的攻击自六日开始，屡次攻击均未得手。对面的十八师五十二团原属第十八军，后划归第十军，初级军官强硬，士兵作战凶狠。九日，三纵再次攻击马围子，十九团在炮火的协同下突破东马围子的一角,二十三团连续三次冲锋都遭到守军密集火力的杀伤。司令员陈锡联向邓小平报告,纵队已经伤亡近四千人,有的连队只剩下几个人了,各旅各团机关和直属队人员已全部编入战斗单位。邓小平对陈锡联说,只要能在长江以北把黄维和杜聿明这两坨敌人吃掉,无论付出多大的伤亡都值得,要坚决战斗到底。早晨,陈锡联去了攻击出发地,他对官兵们说,这是全国胜利前的大决战,三纵就是倾家荡产,也要把当面的敌人消灭掉!十一日,三纵对马围子的攻击再次开始,七旅十九团一营从正东主攻,三营从东南助攻,二十一团为预备队;八旅二十二团从西南主攻,二十三团从西北助攻;九旅二十六团从东北主攻,二十五团为预备队。为了加强攻击强度,三纵官兵连夜加修了交通壕,准备了近两千公斤的炸药。下午十六时三十分,纵队所有的火炮加上一纵支援的火炮将马围子村的前沿工事摧毁。炮火延伸后,十九团三营率先佯攻,吸引守军的火力,一营趁机发起冲击,二连一班带着炸药、手榴弹、机枪沿交通壕向敌人的地堡实施连续爆破,地堡内的守军拒绝投降最终全被炸死。天黑时,十九、二十二、二十三团最终突破到西马围子守军的前沿。谁知前沿的鹿砦上突然射出一道道紫红色的火龙,冲击部队一下子被火焰包裹,官兵们浑身燃烧着大火依旧向前滚动。敌人发动了猛烈的反击,肉搏战随即开始。四连班长李本林扑倒一个敌人,这人挎着盒子枪,胸前还挂着只望远镜,一问才知道是第十军十八师五十二团团长唐铁冰的勤务兵——四连已经打到五十二团团部来了。李本林命令那个勤务兵进地堡叫他们的团长出来投降,但是勤务兵进去之后不出来了,李本林朝地堡门口打了一梭子,喊:"再不出来,老子要送炸药了!"话音一落,里面直喊:"别炸!别炸!"然后走出来一串国民党军官兵,其中就有唐铁冰。

在三纵突击马围子的同时,中原野战军四纵和九纵向杨围子村发动了最后攻击。国民党军第十四军军长熊绶春率领他的军部和十师、八十五师已经在这里据守多日。解放军挖掘的壕沟每晚推进几十米,挖至一村消灭一村,现在已经挖到离杨围子村不远的地方——"夜间咳嗽声都可相闻"。由于得不到粮食补充,第十四军的上千匹牲口被打死在外壕里,官兵们每天用马肉充饥,牲口残尸的腐烂气息四处弥漫。村子里的房屋早已被拆掉生火取暖,伤兵无处安身,又不准他们挤在工事里,于是村子四周的旷野上哀号声不止。十一日下午十六时三十分,四纵司令员陈赓集中起百余门火炮和几十具"飞雷",对第十四军的前沿和主阵地实施了猛烈轰击,整个杨围子村几乎被夷成平地。接着,两个纵队的五支突击队发起攻击,突击队的后面,是四纵的十、十一、十三旅和九纵的一个旅。激战九个小时后,杨围子村外围被突破。

第十四军八十五师二五五团那个爱写日记的政工室主任洪雨卿的日记本被解放军官兵缴获。日记本最后记述的是一九四八年十二月十一日的情景,这是国民党军第十四军被歼灭的那一天:

昨夜敌来猛攻外围阵地,许多敌人已到了我们的鹿砦外面做工事,看情况我们生死存亡就在今天可以解决,这时我的心是破碎的,不管死伤或被俘,只希望在今天了结这被围困的日子。

史料中没有这个心已破碎的国民党军军官是生是死的记载。

熊绶春是黄埔三期毕业生,同样毕业于黄埔的陈赓过去与他很熟。陈赓给熊绶春写了劝降信,并限他二十四小时答复。熊绶春看信之后问:"他们会不会杀我们这样的人?"参谋长梁岱极力劝说自己的军长,说我们在这里与其说是"等援"不如说是"等死",指望李延年兵团救援根本没有可能,我们原本不也是来增援徐州的吗,结果自己却被围困只好等待救援,"赴援的变成了待援的怎么会有人再来援呢"?熊军长沉吟良久,低声说:"不知谷副军长会不会同意?"梁岱说,他同意就一起投降,不同意就派人监视他。第十四军副军长谷炳奎被请来了,听说要投降,谷副军长放声大哭:"大家都同意,我何能独异?不过我们追随校长几十年,怎能对得起他?"梁岱开始起草投降信,信的最后写的是熊绶春和谷炳奎的名字。但是,谷副军长不愿意,说劝降书不是他写的,签军长一个人的名字就可以了。熊军长很不高兴,说:"两个人都不署名,就用参谋长的名义写明奉谕函复便是了。"天黑之后,一名排长去给陈赓送信。直到第二天早晨,二十四小时的最后期限就要到了,送信的排长还没有回来。中午,四纵的炮火打击重新开始,十师的阵地首先被突破,炮弹已经打到了军部隐蔽部的顶上,泥土下雨似的散落。梁岱看见熊绶春神情异样:

  熊绶春面色惨白,伏在地上翻翻自己的皮包,把皮包里的一些信件烧掉了,又拿出妻子的照片,边看边流泪。当时我想不出什么话来安慰他,只说:"现在还不至绝望,何用这样悲观!"他这回真是垂泣而道了:"我没有什么怨恨,只是连累了你,你接任这个参谋长,不到三个月便到了今天这个地步,是我连累了你啊!"说毕,眼泪脱眶而出。

黄昏,四纵官兵冲进杨围子村,"哨子声,喊话声,冲锋和脚步声,震动了隐蔽部"。梁岱突然发现一直不说话的军长站了起来,"独自一个人向隐蔽部门外冲出去","刚一出门,一颗炮弹正落在隐蔽部的门口"——国民党军第十四军军长熊绶春被炸死在暗下来的天色中。

参谋长梁岱再次被俘。

解放军干部看见他,认了出来,因为上次他被俘的时候,这个解放军干部审查过他,于是问:"原来又是你,你不是书记官吗,怎么成了参谋长了?"

一起被俘的熊绶春的卫兵对梁岱说:"我要去参加解放军了,不能照顾你了,请你自己保重吧。"

梁岱连同第十四军遗弃在战场上的三千多名伤兵一起向后转送。路上碰见一位骑着马戴着眼镜的解放军干部,他问梁岱:"你们军长呢?"梁岱回答说已经阵亡了。干部又问:"尸体在哪里?"梁岱回答说在杨围子村里。

他叫我留下熊军长的卫士,并吩咐那个卫士说:"我派人协同你找,一定要找出来,好好埋葬,立个牌,让他家人好查。"熊绶春的尸体找回来后,埋在南坪集附近一个土堆里,立了个木牌,写有"第十四军军长熊绶春之墓"几个字。

梁岱后来才知道,这位骑着马戴着眼镜的解放军干部就是著名将领陈赓。

越打越大的淮海战役震惊了全中国和全世界。

就在第十四军军长熊绶春被埋葬的那天,一位美国青年坚持要进入中国的淮海地区,想亲眼看看致使国民党军重兵集团彻底崩溃的战场到底是什么样子——二十七岁的美国陆军准尉西默·托平从美军驻菲律宾马尼拉的部队退伍后,来到中国学习汉语并担任《纽约时报》业余记者。他曾搭乘调停国共停战的美军飞机去过延安。当时,涉世未深的他向共产党领导人提出:"为什么你们不把你们党的名称改为土地革命党?"并强调说如果改了名称美国人民会高兴。面对他的提问,共产党领导人笑得很厉害,他们告诉他:"因为我们是共产党人,所以我们称自己为共产党。"

一九四八年冬,这位年轻的美国记者在南京感受到了异样,因为这座城市"处处弥漫着行将灭亡的气息"。大街上一大群一大群掉队的、开小差的或者从战场侥幸逃出来的国民党军官兵,穿着邋遢且长满虱子的黄色棉军服到处闲逛。成千上万的难民露宿在人行道上,每天早上负责清洁的卡车都要拉走那些在头天晚上冻死或者饿死的人。疯狂的市民把米店的门挤塌了,警察开了枪。通货膨胀使外国人也得扛着成麻袋的纸币付酒店的账。南京早已实行戒严,城墙上的十几座城门晚上九点之前就关闭了。停电比以往任何时候都频繁,黑暗中不断有枪声传来,"诚惶诚恐的人们即使进入梦乡还得接着与噩梦进行搏斗"。美军联合顾问团的八百名工作人员突然撤离南京,这是华盛顿发来的指令,因为参谋长联席会议认为,共产党领导的军队随时可能打进南京。美国驻华大使司徒雷登暂时还没有走,他的客厅里每天都挤满各色人等,大部分是请求得到他和美国政府保护的富有的中国人——"他们围坐在漂亮的老式红木茶几旁,一边品尝着中国清茶,欣赏着墙上的条幅字画,一边倾听着大使的同情之辞"。

西默·托平从南京飞到徐州,他在南京和徐州机场看到的情景让他确信国民党政府恐怕支持不了多久了:南京机场上挤满准备逃亡的达官贵人和他们的家眷,大型运输机"犹如拾荒者一趟又一趟地把国民党军将领的贵重物品从北方运来,这无疑是向世人宣告,某一座城市又落入了共产党手里"。而在徐州机场,他看见国民党军空军依然持有的巨大军力:C-46、C-47运输机,P-5野马式战斗机和B-24、B-25轰炸机,数百架次地飞往战场。但是,战场上传来的战果,却令美国人和南京的蒋介石一再失望,原因是"国民党军飞行员坚持要在他们认为安全的高度作战"。到达徐州后,西默·托平深入到邱清泉和李弥两兵团增援黄百韬的攻击战场——"七十五毫米和一○五毫米火炮炮弹不断地在村庄与村庄之间掠过,砸向共产党军队坚守的村庄。战火如此惨烈,但仍有些农民固守着自己的土棚屋、土地和一两头猪",当然,"与农民们一起坚守村庄的还有共产党的官兵们"。他看见了交战双方士兵的尸体,发现其中二十多具解放军士兵的尸体都有第二次创伤。西默·托平愤怒地指出:这是杀俘行为!他不愿意再看下去,在返回徐州机场的路上,他又看到了士兵的尸体,其中一个士兵"头就像熟透的罗马甜瓜一样开着大口"。

返回南京后不久,西默·托平决定从蚌埠方向再次进入淮海战场,因为他听说黄维兵团和杜聿明集团都已被围,他百思不得其解,如此庞大的兵力和优势的装备怎么可能瞬间陷于如此危境?他在南京搭上了一列火车,车厢里挤满难民,车厢两侧堆着防止袭击的装满泥土的麻袋,身边还有一群奉命开往前线的国民党军官兵,这些官兵阴沉着脸吃着辣酱油拌的冷米饭。火车终于到达蚌埠,西默·托平拜会了国民党军徐州"剿总"总司令刘峙——"目前我们正准备围歼陈毅和刘伯承。"刘总司令对记者说。

西默·托平要求刘总司令能够让他进入战场,刘峙的态度含糊了。很快,他就听说"黄维的部队和坦克被共产党围攻的炮火炸得四分五裂,十二个步兵师中至少有一个已经反叛了"。年轻的美国记者更加坚定了深入战场的决心,他确信只有他亲眼看见的才是真实的,他要对得起付给他薪水的《纽约时报》和这份报纸的所有读者。等待中,他碰见了同样寻机进入战场的伦敦《每日快讯》记者比尔·希尼·史密斯、拉契·麦克唐纳和帕特里克·奥多诺凡,他们发现蚌埠城内的一家小店里竟然有一瓶约翰·尼沃克黑带威士忌出售,于是花了二十美金买了回来,干杯的时候才发现,酒瓶里装的是中国人喝剩下的黑褐色茶水。

新华社再次播发了刘伯承、陈毅敦促黄维投降书:

黄维将军:

现在你所属的四个军,业已大部被歼。八十五军除军部少数人员外,已全部覆灭。十四军所属不过两千人,十军业已被歼三分之二以上。就是你所依靠的王牌十八军,亦已被歼过半。你的整个兵团全部歼灭,只是几天的事。而你所希望的援兵孙元良兵团,业已全歼,邱清泉、李弥两兵团已陷入重围,损失惨重,自身难保,必被歼灭。李延年兵团被我军阻击,尚在八十里以外，寸步难移且伤亡惨重。在这种情况下，你本人和你的部属，再做绝望的抵抗，不但没有丝毫出路，只能在人民解放军的强烈炮火下完全毁灭。贵官身为兵团司令，应爱惜部属与生命，立即放下武器，不再让你的官兵作无谓牺牲。如果你接受我们这一最后警告，请即派代表到本部谈判投降条件，时机紧迫，望即决策。

刘伯承　陈毅
一九四八十二月十二日

此时，黄维兵团已被压缩在以双堆集为核心的小小范围内。四周阵地不断被突破，双堆集内人心惶惶，只能依靠严厉的战场处罚来维持局面：一一四师三四一团苏营长因放弃阵地逃回，被第十军军长覃道善枪毙；七十五师刘团长接替一一四师的阵地防守小杨庄，几天之后官兵伤亡殆尽，刘团长率残部突围回来后，经黄维批准被枪毙了。即使这样，整个第十二兵团战斗力已严重减弱，战斗人员已严重减少，兵力最多的团只剩三四百人，最少的仅剩下百余人，有的团已被全歼。

在双堆集战场上的中原野战军和华东野战军也倍感压力：同时攻击黄维、杜聿明两个集团的战斗尚未最终解决，而从蚌埠北援的李延年、刘汝明两兵团推进到漍河南岸的何集附近，距黄维兵团所在的双堆集已经不远了。蒋介石从武汉调来的第二十、第二十八军正在向蚌埠开进。情报显示，蒋介石还准备从华北、西北调集兵力投入淮海战场。因此，必须迅速歼灭黄维兵团，才能够保持战场的主动性。此时，围歼黄维兵团的中原野战军，官兵伤亡已近两万人，本来就家底不足的他们感到兵力严重不足。十二月十日早晨，华东野战军粟裕、陈士榘、张震致电刘伯承、陈毅、邓小平，并报军委，华东局：

……自孙元良兵团基本被我解决后，邱、李两兵团仍图向南突进,以图与黄维兵团合股,故于虞(七)、齐(八)两日以全力向我南线大回村至青龙集之线阵地突击。经两日激战,均被我击退,敌伤亡甚大……刻邱、李除仍未放弃向南突进的企图外,已加强工事,转入防御,其地堡网及附防御等,均已构成。我们必须采取稳打强攻办法,才能奏效。因此,全歼该敌至少需半个月至二十天时间[敌尚有四十个团左右兵力]。但在黄维兵团未解决之前,我们必须以三至四个纵队位于南线,防阻邱、李向南突进,以保刘陈邓中野作战之安全。该三四个纵队只能采防御,暂不能以全力采进攻,只有北面的三个纵队可采全力攻势。因此全歼邱、李兵团,恐时间还需延长……据参考消息称:宋希濂兵团已到浦口,正向蚌埠开进……我们最担心对李延年阻击兵力不能胜任[因六纵王(王必成)江(江渭清)部自战役以来,伤亡七千余人,骨干太弱,人数不充]……目前中野及华野已分成三个战场作战,兵力均感不够……为此,我们建议再由此间抽出一部分兵力,以求先解决黄维[对邱、李暂采大部守势,局部攻势],尔后中野负责阻击李、刘[解决黄维后可能不敢北进],我们再集中华野解决杜、邱、李兵团……

刘伯承、陈毅、邓小平收到电报后,当即决定从华东野战军围困杜聿明集团的部队中再抽调两个纵队,以求首先迅速解决黄维兵团。华东野战军司令员兼政治委员陈毅表示,中原野战军要人有人,要枪有枪,特别是重武器,要无私援助,打黄维的最后时刻,要把华野的大炮全部拉上去。

当天晚上,华东野战军第三、第十三纵队及鲁中南纵队开始南下,十三日到达双堆集战场。陈毅对华东野战军官兵说:"你们是代表华野去打仗的,我给你们提三条意见:第一要首先打进去,只有首先打进去,才是对兄弟部队的最大支援;第二要虚心向兄弟部队学习,主动搞好团结;第三缴获的战利品,大到武器弹药和俘虏,小到日用品和纸片,都全部交给兄弟部队,不准任何人打埋伏。"

十四日,在双堆集的东北方向,中原野战军六纵司令员王近山指挥的部队与华东野战军三纵司令员孙继先指挥的部队站在了一起,在他们即将发起攻击的当面,是双堆集国民党军最要害的防御阵地尖谷堆。这是一个高二十多米的土堆,是平原上唯一的制高点,距黄维的兵团指挥所不足一里地。国民党守军的阵地上筑有两米宽、一米高的围墙,周围是由大量暗堡组成的环形防御工事,西面不远处就是黄维兵团的榴弹炮阵地和临时机场。

华东野战军三纵派出的突击队,是二十三团的"洛阳营";中原野战军派出的突击队,是十七旅四十九团的"襄阳营"。两个纵队的指挥员都各自对自己派出的最精锐的部队作了战斗动员。十七旅旅长李德生对"襄阳营"提出"向华野部队学习"的号召,并要求突击营发扬善于攻坚的尖刀精神,发扬在打襄樊的战斗中英勇顽强的战斗作风,要求"襄阳营"首先打进去。三纵司令员孙继先则对"洛阳营"的官兵们说,与中原野战军最精锐的营并肩作战是很光荣的,当年打下洛阳,就是两个野战军相互配合作战的结果,在光荣的"洛阳营"的红旗上,染有中原野战军老大哥部队的鲜血,如今两个英雄营将要并肩突击,咱们要发扬革命的英雄主义精神,首先打进去!

在华东野战军"洛阳营"的突击阵地上,中原野战军官兵们已经为他们挖好了又宽又深的交通壕,挖了一夜的官兵满脸泥土,憨厚地对华东野战军官兵歉意地笑着说:"昨晚上,我们每人背块门板就来这里作业了,时间太紧,不然还可以挖得更宽更深,距离敌人更近些。"

攻击信号弹升空了,中原野战军和华东野战军的火炮集中在一起同时发射,双堆集四周天摇地动,烈焰熊熊,黑色的硝烟遮蔽了天空。炮火轰击持续了一个小时,国民党守军阵地上的工事被全部摧毁。"洛阳营"和"襄阳营"呐喊着冲了上去,每一个官兵都抱着首先突进去的决心。两面英雄的旗帜在战火中高高飘扬。

"襄阳营"营长何满岗率领官兵突入敌阵,与国民党守军展开激烈的厮杀。最前面的一连三排不断有官兵倒下,最后只剩下三名战士,小战士李正全认为应该有个"头"才好,建议让"杀敌英雄"刘乃江站出来担任指挥,另外一名战士庄金凤表示赞同。刘乃江集中了炸药和手榴弹,并掩护小李和小庄在敌人的尸体上收集弹药,然后三个人坚守突破口不退,直到后续的二连二排增援上来。"洛阳营"在冲击的一开始就出了意外。营长张明命令司号员吹冲锋号,但是司号员小郭站起来的时候摇摇晃晃的,他一手按着腹部,一手艰难地把军号举到嘴边,军号只颤抖地响了一声,小郭就一头栽倒在地。"洛阳营"全体官兵就在这短暂而悲壮的号声中出击了。教导员把驳壳枪一举,率领二连冲在最前面。前方的一个大地堡里,敌人的火力十分猛烈,教导员中弹倒地,他躺在地上大声喊:"往前冲!往前冲!咱们要首先打进去!"一连的两个排吹着联络口哨沿着围墙发展,突然,他们看见密集的手榴弹飞向当面的敌人,原来是"襄阳营"的官兵跟进掩护着他们呢。二连战士李景坤抓住敌人机枪手的脖子奋力厮打,十七岁的小战士朱冬的左胳膊被子弹打断,但他的右手依旧在不断地投出手榴弹。

这是对黄维兵团部外围阵地的最后一次压缩。

对于黄维兵团来讲,这是最后的抵抗,因为再往后退就是双堆集了。

黄昏,双堆集核心阵地的西北角出现了信号弹,这是"洛阳营"和"襄阳营"占领阵地的信号。支援两个英雄营作战的炮火立即进行延伸射击,在被占领的阵地与黄维兵团部之间构成了一道火墙,挡住了敌人的增援部队。

与此同时,东、西两攻击集团也相继占领老五庄、杨子庄等阵地。

双堆集核心阵地已完全暴露。

黄维知道,尽管李延年和刘汝明兵团已经近在咫尺,但是一切都没有意义了。

十五日,中原野战军和华东野战军对黄维兵团的最后攻击开始。

黄维给蒋介石发电报,说他决定突围,希望空军能够配合。

上午九时,国民党军空军副总司令王叔铭飞到双堆集上空与黄维通话,表示"不能照计划实施"。黄维回答说:"你不能照计划实施,我只好自己断然处置了。"然后,他召来第十军军长覃道善和第十八军军长杨伯涛,决定分别突围——"四面开弓,全线反扑,觅缝钻隙,冲出重围"。第十八军向双堆集西北突围,集结地点是蒙城;第十军向双堆集东北突围,集结地点是津浦线上的怀远;其余部队向东突围,集结地点是蚌埠东南方向的滁县。突围命令下达后,部队即刻混乱起来。战车营的战车在狭窄的包围圈里乱开,导致其他部队以为突围提前了,于是各部队开始逃命般的溃散。

第十军军长覃道善的突围部署是:十八师、一一四师和军部由小王庄向东北方向突围,七十五师向东南方向突围。命令破坏所有的重武器,抛弃所有的辎重行李。十五日黄昏,十八师师长尹俊指挥部队在小王庄打开一个缺口,尹俊逃出战场。覃道善率领一一四师跟在十八师的后面突围,但缺口很快被解放军封堵,封堵之后无论怎样冲击就是无法突破,一一四师的国民党兵纷纷缴械投降,覃道善和师长夏建勋一同被俘。七十五师师长王靖之突围时负重伤,被解放军官兵用担架抬出混战之地。

黄维开始突围的时候,第八十五军军长吴绍周被指定乘坐第三号坦克,紧跟在黄维和胡琏的坦克后面。但是,第三号坦克很快就停了下来,因为一座浮桥被黄维和胡琏乘坐的坦克压断了——"这正合我的心意,与其到南京去送死[因我所带的第八十五军战斗部队均已先后投降解放军,剩下的只有我这个光杆军长了],倒不如待在这里被俘。"吴绍周和两名随身卫兵爬出坦克,坐在地上等待解放军的到来。四小时之后,中原野战军一纵的搜索队到达,吴绍周和卫兵们把枪交了,然后向俘虏集合地走去。

第十八军的突围计划是:由十一师向正西突围,黄维和胡琏乘坐坦克亲自开路,只要打开一个缺口,就不顾一切地往外冲;军长杨伯涛率领一一八师和炮兵、工兵残余人员向西北方向突围。黄维命令第十八军官兵将能够携带的武器,如轻重机枪、冲锋枪、六十毫米迫击炮和步枪等,人手一支尽量带上,不能携带的火炮全部破坏,不能破坏的重要部件埋在土里。通讯总机和电台一律砸坏,特别是一台美国进口的大功率电台,在杨伯涛的亲自监督下被砸毁了。至于伤员已经无法顾及——"只在野地里给他们挖了一些壕沟而已"。本来约定的突围时间是黄昏之后,但是黄维和胡琏认为天黑之后坦克行动不了,于是提前开始行动。这一提前行动没有通知杨伯涛,等杨军长听见人声鼎沸走出掩体瞭望的时候,发现西北方向一片乱军,这才知道黄维和胡琏已经跑了,于是他也立即开始了逃亡。

杨伯涛和一一八师师长尹钟岳指挥身边的部队左突右杀,始终找不到一个可以冲出去的缺口,事先准备为他们冲锋开路的那位"最勇敢的营长"一上去就被打死了。双堆集内剧烈的枪炮声似乎已经减弱,黑暗中到处是"缴枪不杀"的喊声,尹钟岳试图向十一师突围的方向靠拢,却发现一路都是十一师被打散的溃兵。追击十一师的解放军官兵迎头冲过来,杨伯涛跳进了一条小河中——"我在没有没顶的水中感到水寒彻骨,便急忙挣扎上岸,走了不到一百公尺,冲出一队解放军,上来两个战士将我左右挟住,急走十余里,到一个指挥部给我烤火烤衣。我不加隐讳,自报姓名军职。"

一一八师师长尹钟岳在混乱中被俘。

十师师长王元直逃出战场十余里之后,发现依旧无法逃出解放军和民兵的搜索,绝望之中吞下了十几片安眠药,昏倒后被解放军官兵发现,经紧急救治后苏醒。

突围前,黄维和胡琏也准备了安眠药,准备不能脱身的时候自杀。

他们还相互约定:谁侥幸逃出去,谁就负责照顾两家的家属,同时负责一切善后事宜。

他们乘坐的坦克几乎是疯狂地开着,但是开了不久之后就坏了,黄维和胡琏只有跳下车各自逃命。

中原野战军三纵特务营教导员范天枢,十五日晚带着几名战士在战场搜索。黑暗中,通信员桑小六发现一个人躺在地上。这个人戴着钢盔,穿着全新的细布棉军衣,上衣左口袋边上挂着一只指北针,右口袋边沿插着两支钢笔。桑小六掀掉那人戴的钢盔的时候,那人用手护了一下,范天枢上前看见那人手腕上戴着的那块手表"又大又亮,想必十分贵重"。

范天枢问:"你是干什么的?"

那人回答:"八十五军军部上尉司书方正馨。"

范教导员心想,这人至少应该是个师长。

"上尉司书方正馨"被送到旅部之后,由旅敌工科长宋禹负责审问。

"方正馨"坚持说自己是上尉司书,并说自己民国十七年当小学教员,"当了六年教员,一年科员,以后就出来当兵了"。

宋禹科长笑起来:"就算你民国十七年当教员和科员,那才到民国二十四年,现在是民国三十七年,你还有十三年的日子是怎么过的?"

晚上,宋禹科长将"上尉司书方正馨"和在马围子村被俘的国民党军第十军十八师五十二团团长唐铁冰关在了一间屋子里。半夜,解放军卫兵听到唐铁冰说:"你怎么也被俘了?""上尉司书方正馨"紧张地说:"不要多说话。"

第二天,宋禹科长问唐铁冰昨晚的事,唐铁冰不承认他说过什么话。宋禹严厉地警告他说:"你还是多替自己想想吧!"

俘虏要往后转送了,唐铁冰吞吞吐吐地报告说:"长官明鉴,他确实不止是个上尉,他好像是我们的兵团司令官。"

纵队敌工科燕科长来了,把被俘的第十八军副军长兼十一师师长王元直和黄维同时找了来,两人一见面,王元直愣了一下。

"上尉司书方正馨"写下了一份"如姓名职务不符,愿受枪毙"的保证书。

他被带走之后,燕科长问王元直:"他是不是黄维?"

王元直犹豫了一会,低声说:"有点像。"

最后,燕科长和宋科长把特务营战士李永和叫到了"上尉司书方正馨"面前——李永和是解放战士,过去曾给黄维当过十几年的马夫——两位科长看着"上尉司书方正馨"把那份"愿受枪毙"的保证书撕了。

黄维说:"我是黄维。"

从蚌埠出发前往解救黄维兵团的国民党军第二十军刚走过一座铁路大桥,就看见前面有个人坐在一辆破旧的牛车上摇摇晃晃地驶过来——牛车上坐的,正是第十二兵团副司令官胡琏。

胡琏对第二十军的军官们说:"部队搞光了,你们不要去了。"

"对黄维兵团之作战,从十一月十八日阻击作战始,至十二月十五日全歼黄维兵团止,共经二十八天。整个战役过程概分三段:从十一月十八日至二十四日为阻击作战的第一阶段;从二十四日夜我全线出击到十二月二日止为完成包围,紧缩包围,准备攻击,及对付敌人攻击的第二阶段;从三日夜起至十五日夜为对敌攻击并全歼敌人的第三阶段。"——此次作战,中原野战军和华东野战军歼灭黄维兵团"四个军十一个整师共十万余人"。攻歼主力部队中原野战军伤亡三万余人。

十五日这天,滞留在蚌埠的美国青年记者西默·托平在铁路大桥边,看见李延年和刘汝明两兵团掉头后退:"他们的坦克和卡车队轰隆隆地驶过铁路大桥,紧随其后的是长长的步兵队伍,全部撤到了淮河南岸的安全地带。"

西默·托平知道黄维兵团定是已经覆灭,他开始关注淮海战场上另一位被围困的国民党军将领杜聿明:

> 徐州守备军的残部、杜聿明麾下的第二、十三、十六兵团和坦克兵团,在西撤时遭到了共产党的顽强阻击。绝望中,最后他们在蚌埠西北约一百英里的永城镇停了下来,构成了一个防御圈。至此,他们撤离徐州后仅仅行进了六十英里的路程。在环形防御的边缘,杜聿明部下刨开冰封的土层,将美式六轮大卡车深深地埋在褐色泥土里,然后在车后面修挖堑壕和散兵坑。坦克和大炮被拖到中心地带为环形防御增加火力掩护。随同部队一起南下的士兵家属、政府行政官员、学生以及其他平民则蜷缩在防御圈内,遭受寒冷的冬月雨雪的折磨。

对于杜聿明来讲,接到黄维兵团全军覆灭的消息时,他内心的寒冷远甚于旷野上呼啸的寒风。

第十四章　淮海战役：勇敢地向前进

战争罪犯的名单

十二月十六日上午,国民党军第八军军长周开成被兵团司令官李弥叫了去。

李弥先给周开成两筒加力克香烟,然后交给他一封陈毅写的劝降信。周开成看了之后说:"现在一无饭吃,二无弹药,怎么打仗呢?今天上午有人报告,说共军部队都换成了民兵,是否把野战部队调到双堆集解决黄维去了呢?"

李弥说:"黄维已经完了。"

周开成十分惊愕地看着李弥,不知如何是好。

几个小时之后,刘峙从蚌埠给杜聿明发来电报:"黄维兵团昨晚突围,李延年兵团撤回淮河南岸。贵部今后行动听委员长指示。"

接着,蒋介石的电报到达:"第十二兵团也已突围,弟部须以积极手段求匪弱点予以击破,并向外扩展,以求脱离包围,总之弟万不可固守一地,坐待围困也。"

杜聿明说:"我接到这个电报后,心中完全凉了。"

杜聿明心情之恶劣,已不在于黄维兵团的覆灭,而在于李延年兵团的回撤。因为这明白无误地表明,蒋介石已决定让邱清泉、李弥两个兵团自生自灭。杜聿明实在想不明白,如果决定突围,为什么不双方同时行动? 先是只顾徐州不顾黄维,后又只顾黄维不顾邱清泉和李弥,现在黄维已被歼灭,解放军完全可以全部移至陈官庄战场。杜聿明再次致电蒋介石陈以利害,强烈建议迅速从武汉和西安抽调大军,集中一切可以集中的力量,实现淮海战场的两军决战。杜聿明认为,只有这样也许还能扭转战局。

晚上,杜聿明的电报到达南京的时候,南京国民党军空军俱乐部礼堂灯火通明,蒋介石正在为执行"徐蚌会战"轰炸任务的空军有功人员颁发嘉奖令。突然,一声巨响从天而至,一颗重磅炸弹在俱乐部旁边爆炸了,蒋介石立即在警卫的护卫下匆匆离开。炸弹是从一架B-24轰炸机上投下来的,投弹者是第八大队飞行员俞渤等五人。这几名国民党空军飞行员早就有投奔解放军的想法,当他们得知徐蚌战场上黄维兵团已被全歼的时候,决定一不做二不休驾机起义,先把炸弹扔在蒋介石的脑袋上。炸弹虽然投偏了,但爆炸声引起南京城的巨大混乱,全城彻夜戒严。俞渤和他的同伴计划直飞沈阳,由于天气不好,且油料准备不足,只好在石家庄机场迫降。机组人员一下飞机,就看见了机场上朝他们挥舞的无数面欢迎的红旗。

惊魂未定的蒋介石寝食难安。在长江以北的巨大战场上,东北地区林彪率领的百万大军已经入关,将傅作义集团分割包围。接着,无论如何催促杜聿明和李延年南北对进解救黄维,但黄维还是无法支撑下去,第十二兵团的十二万人顷刻间灰飞烟灭。黄维被歼之后,不但杜聿明的两个兵团处境迅速恶化;更严重的是,如果长江以北的战事全部崩溃,南京就在长江边上,毛泽东是否会一鼓作气直取自己所在的南京城?蒋介石已经无暇顾及杜聿明了,决定马上收缩兵力,以确保长江防线的安全。

蒋介石连续致电刘峙,强调对淮河和长江的防守:命刘峙部的后方人员全部撤到长江以南;李延年第六兵团第九十九、第九十六军和刘汝明第八兵团第五十五、第六十八军以及白崇禧指挥的第四十六军担任淮河一线防御,如果遭到进攻要逐次抵抗,以争取时间将主力全部撤到长江以南;第五十四、第三十九、第六十六军立即开赴南京,归国民党军京沪杭警备总司令汤恩伯指挥,迅速完成长江防御作战的准备。同时,第二十八军和第五十二军也迅速退守长江一线。蒋介石严令刘峙:"依淮河地嶂抵抗,非万不得已不得撤退。"

尽管黄维兵团的覆灭使国民党军长江以北的战局进一步恶化,但是,蒋介石在黄维兵团被歼的第二天就决定全面撤守淮河和长江,从而将傅作义和杜聿明两大军事集团置于完全不顾的境地,还是显得过于惊慌失措了。从当时的战场态势上看,解放军主力部队依旧面临着两大强敌,还没有时间、也没有足够的力量即刻去突击淮河、长江进逼南京——如果支援傅作义集团作战也许显得鞭长莫及的话,匆匆将唯一可以协同杜聿明集团作战的蚌埠部队后撤,致使近在咫尺的杜聿明因此孤悬于解放军的重兵之中坐以待毙,理由是什么呢?

蒋介石的惊慌失措引起了杜聿明集团人心浮动。第五军军长熊笑三主张利用夜色组织步兵强行冲开一条血路,战车团长赵志华则主张白天突围,第五军二〇〇师师长周朗甚至主张"我们来个假投降"。而杜聿明心里知道,此时"弄假也会成真"。第七十二军军长余锦源去了兵团部,看见邱清泉正与第七十四军军长邱维达喝酒。邱清泉边喝边玩弄他那把精致的手枪,邱维达说:"你手枪里不是有三颗子弹吗?"邱清泉说:"最后一颗要做我的朋友。"一见余锦源进来,邱清泉提高了嗓门:"你要注意啊,我俩要不是黄埔同学的话,我是很怀疑你的!我听到共军的电台里整天叫余锦源!"余锦源说:"这是宣传攻势,与我有啥关系?"

十七日这天,陈官庄四围解放军的阵地上广播了《敦促杜聿明等投降书》,广播稿上来劈头就是一句"你们现在已经到了山穷水尽的地步"——显然这是毛泽东的行文风格:

杜聿明将军、邱清泉将军、李弥将军和邱李两兵团诸位军长师长团长：

　　你们现在已经到了山穷水尽的地步。黄维兵团已在十五日晚全军覆没，李延年兵团已掉头南逃，你们想和他们靠拢是没有希望了。你们想突围吗？四面八方都是解放军，怎么突得出去呢？你们这几天试着突围，有什么结果呢？你们的飞机坦克也没有用。我们的飞机坦克比你们多，这就是大炮和炸药，人们叫做土飞机、土坦克，难道不是比较你们的洋飞机、洋坦克要厉害十倍吗？你们的孙元良兵团已经完了，剩下你们两个兵团，也已伤俘过半。你们虽然把徐州带来的许多机关闲杂人员和青年学生，强迫编入部队，这些人怎么能打仗呢？十几天来，在我们的层层包围和重重打击之下，你们的阵地大大地缩小了。你们只有那么一点地方，横直不过十几华里，这样多人挤在一起，我们一颗炮弹，就能打死你们一堆人。你们的伤兵和随军家属，跟着你们叫苦连天。你们的兵士和许多干部，大家很不想打了。你们当副总司令的、当兵团司令的，当军长师长团长的，应当体惜你们的部下和家属的心情，爱惜他们的生命，早一点替他们找一条生路，别再叫他们作无谓的牺牲了。现在黄维兵团已被全部歼灭，李延年兵团向蚌埠逃跑，我们可以集中几倍你们的兵力来打你们。我们这次作战才四十天，你们方面已经丧失了黄百韬十个师，黄维十一个师，孙元良四个师，冯治安四个师，孙良诚两个师，刘汝明一个师，宿县一个师，灵璧一个师，你们总共丧失了三十四个整师，其中除何基沣、张克侠率三个半师起义，廖运周率一个师起义，孙良诚率一个师投诚，赵璧光（国民党军第四十四军一五〇师师长）、黄子华（国民党军第八十五军二十三师师长）各率半个师投诚外，其余二十七个半师，都被本军全部歼灭了。黄百韬兵团、黄维兵团、孙元良兵团的下场，你们已经亲眼看到了。你们应当学习长春郑洞国将军的榜样，学习这次孙良诚军长、赵璧光师长、黄子华师长的榜样,立即下令全军放下武器,停止抵抗,本军可以保证你们高级将领和全体官兵的生命安全。只有这样,才是你们的唯一生路。你们想一想吧!如果你们觉得这样好,就这样办。如果你们还想打一下,那就再打一下,总归你们是要被解决的。

中原人民解放军司令部
华东人民解放军司令部

淮海战役的局势越演越烈,黄百韬和黄维两个兵团相继被歼,人民解放军面对的军事压力依旧存在:

首先,杜聿明虽然被重重包围,但这是由国民党军两个具有相当战斗力的兵团组成的极其坚硬的集团,而中原野战军和华东野战军因连续作战,除粮弹需要继续补充和官兵极度疲劳之外,部队因严重伤亡造成的减员没能来得及补充。华东野战军在给中共华东局和中央军委的报告中说,经过围歼黄百韬兵团,阻击李延年、刘汝明两兵团以及追堵杜聿明集团,歼灭黄维兵团的一系列艰苦作战,部队干部伤亡巨大,"除团以上干部可勉强维持外","营连干部若要补齐,至少需要五千以上"。一线作战连队干部尤其缺乏,目前大部分连队有连长没有指导员,有指导员没有连长,抑或有正职无副职或有副职无正职,"少数连队只有一个连干部"。

其次,如果立即对杜聿明集团发动全面进攻,于全国战局不利。此时,平津战役已经进行了十天,华北军区的第二、第三兵团和东北野战军的第二兵团包围了张家口和新保安,切断了傅作义集团西撤的退路。但是,东北野战军主力刚刚越过长城,对傅作义集团的完整包围尚未最后形成,特别是华北地区的出海口还没有封闭。毛泽东认为,在华北出海口还没有封堵的情况下,如果淮海地区的杜聿明集团被迅速解决,势必导致蒋介石命令长江以北国民党军仅存的军事力量——傅作义集团从海上南下逃跑,国民党军也有能力从上海调集大量船只北上接走平津之敌。如何防止这一不利局面的发生？唯一的办法就是对杜聿明集团采取"围而不歼"的战略,给蒋介石一个杜聿明也许能够生还的错觉,使其不易下定完全放弃长江以北的决心。

为"关照淮海战役与平津战役之间的联系",毛泽东明确指出:"歼灭黄维兵团之后,留下杜聿明指挥之邱清泉、李弥、孙元良诸兵团［已歼约一半左右］之余部,两星期内不作最后歼灭之部署"。并提议华东野战军"整个就现阵地态势休息若干天",对杜聿明集团"只作防御,不作攻击"。十二月二十一日,毛泽东又致电刘伯承、陈毅、邓小平,要求中原野战军"各纵迅速完成战后整备,待李延年第三次北进时担任南线防御,并准备于华野对杜聿明作战接近解决时,放敌深入,围歼其一部"。同时,华东野战军"仍应坚持十天休整计划,即使杜聿明于此时期内突围,仍以一部抗击之"。

毛泽东已决心将长江以北的国民党主力予以全歼。

毛泽东打电报给淮海战役总前委,提出:"黄维歼灭后,请刘、陈、邓、粟、谭五同志开一次总前委会,商好在邱李歼灭后的休整计划,下一步作战计划及将来渡江作战计划,以总前委意见带来中央。如果粟谭不能分身到总前委开会,则请伯承到粟谭指挥所,与粟谭见一面,了解华野情况,征询粟谭意见,即来中央。"——毛泽东希望刘伯承在十二月二十至二十五日能到西柏坡。

共产党领导层已经开始展望打过长江解放全中国的前景了。

蔡凹村,位于安徽萧县与河南永城间的交界处,是黄淮大平原上一个普通的村落,华东野战军指挥部就在村北一间土坯砌成的房间里。十七日晚,淮海战役总前委第一次全体会议在这里召开。刘伯承、陈毅、邓小平驱车赶来,粟裕与刘伯承至少有十七年没见过面了,他特意派人去符离集买了两筐烧鸡回来。此时,歼灭杜聿明军事集团"已是稳操胜券",将领们遵照中央军委的指示,着重讨论了眼下部队休整问题和未来渡江作战问题,并决定由粟裕与张震连夜起草渡江作战计划。第二天一早,刘伯承、陈毅带着总前委的意见前往西柏坡,邓小平则返回了中原野战军司令部所在地——宿县以西的小李庄。

为保障部队顺利休整,同时防止杜聿明突围而出,华东野战军和中原野战军调整了部署:华东野战军,以谭震林、王建安指挥第一、第九纵队和渤海纵队,以宋时轮、刘培善指挥第四、第十纵队和冀鲁豫军区独立第一、第三旅,以韦国清、吉洛(姬鹏飞)指挥第二、第八、第十一纵队,为包围监视杜聿明集团的一线部队,一线部队"边围困边休整"。二线部队的休整布防位置是:第十二纵队于薛家湖、山城集和火神段,冀鲁豫第三分区两个团于夏邑,两广纵队和野战军总部警卫团于会亭,豫皖苏独立旅和野战军骑兵团位于鄹阳,鲁中南纵队位于永城,第三纵队位于铁佛寺和百善,第十三纵位于马村桥,第六纵队位于三铺,第七纵队位于萧县,第二十五军位于丁山城集。中原野战军,除以豫皖苏军区五个团位于泗河沿岸向蚌埠方向警戒之外,主力集结于宿县、蒙城、涡阳地区,担任战役预备队,随时准备协同华东野战军对杜聿明集团发动总攻,或阻击蚌埠方向可能来援的李延年、刘汝明两兵团。

由于蒋介石命令李延年兵团撤退,包围杜聿明的华东野战军没有了后顾之忧,而这也意味着杜聿明集团已是插翅难逃。

长江以北的一次次大规模战役,已使国民党军总兵力急剧下降——"他们就像漏斗里的沙子因为伤病、死亡、投诚、起义而迅速流失"。而共产党领导的军队作战也同样会面临严重伤亡,但是其兵员补充速度令人惊讶。有资料统计,在围歼黄百韬和黄维兵团的战斗中,华东野战军共伤亡官兵七万三千三百多人,其中的一万两千七百名轻伤者经过治疗迅速归队。同时,在华东野战军各级指挥机关、后勤部门和直属部门中,非战斗人员越来越少,无论是司令部、政治部、后勤部的参谋、干事，乃至纵队的文工团员，甚至是首长身边的警卫人员，都将到一线战斗部队作战视为无尚的光荣。他们中不少人是富有战斗经验的老战士，对参加作战有着不可遏制的激情与斗志。前线战斗激烈的时候，连村子里的百姓都上阵地去救护和支前了，他们对自己还在干机关事务和保障工作感到不自在，他们总是对传到指挥部的"阵地告急"之类的话十分敏感，一有机会就迫不及待地提出"我上去"。在华东野战军休整期间，有一千多名参谋、干事、文工团员、后勤人员下到团以下部队任职，各纵队师、团的侦察、通讯和警卫人员也大量地被充实到基层部队。那些在作战中勇敢坚强的战士被迅速提拔起来。他们个个身上伤痕累累，他们已经在部队认识了不少字，懂得了干部身先士卒的道理，他们被战士们推举出来，经过组织讨论和批准，接到任职命令后都会郑重地对战士们说："从今以后请大家监督，别的不敢说，打起仗来冲锋在前撤退在后我保证做到！"

共产党领导的地方武装也迅速被升级为野战军。华东野战军在极短的时间内，接受升级的部队官兵达十一万多人。其中十六个地方基干团全体升入野战军序列，这些基干团"均有两年以上的历史，党员占百分之三十以上"。而更为普遍的是地方民兵加入野战军。这些平日种地、战时参加边缘战斗的青年农民，对能够加入野战军欣喜万分。他们穿上解放军军装，拿起正规军的武器，顿时觉得自己骄傲而光荣。他们中间很多人已经有了妻儿，深夜跟随野战军大部队开拔的时候，妻子老娘就站在村口，他们当民兵的时候就羡慕解放军长长的队伍，现在他们也是这支队伍中的一员了，于是学着野战军官兵的口吻说："不打败老蒋不回家！"

更令国民党军将领不可理解的是，昨天还与解放军打得你死我活的士兵，很可能在被俘仅仅几个小时之后，就喊着"缴枪不杀"朝你冲过来了。围歼黄维兵团作战最艰苦的阶段，陈赓指挥的第四、第九纵队伤亡严重,"有的连一天伤亡三任连长,还有的因伤亡大,几个营并成一个营打"。陈赓提出对部队进行整编,因为"每个团与其保持三个营的架子,不如整编为两个营,战斗力要比三个营强"。十旅旅长周希汉不同意,他说:"我们这个营,原来有五百多人,连续战斗伤亡了五百多人,现在还有五百多人。"陈赓奇怪地问:"你这个账怎么算的?是不是算错了?"周希汉说:"我没算错,是蒋介石给我补充的。"那些被俘的国民党军士兵,只要放下武器和报出你的苦出身,立刻就会被好几双手握住,解放军官兵热诚地对他们说:"兄弟,你解放了!"然后,这个递过来一个热馒头,那个递过来一根纸烟,那种感觉好像不是当了俘虏,而是迷路掉队好容易才回来一样。成千上万的国民党军俘虏兵,几乎一夜之间成了共产党所领导的军队的战士。于是,连队开会的时候,一个话题总是讨论个没完没了:过去是为谁卖命?现在是为谁打仗?华东野战军里竟然出了这样的现象:打黄百韬时被俘的国民党军士兵,到打黄维的时候因作战勇敢已经成为战斗英雄,有的甚至当上了排长、连长。周恩来说:"这种情形是世界战史上所少有。"

陈官庄附近的战场暂时沉寂了。

十八日,蒋介石派来的一架C-47型飞机在陈官庄临时机场降落,把杜聿明的参谋长舒适存接往南京。第二天,这架飞机又飞回陈官庄,从飞机上下来的除了舒适存之外,还有国民党军空军总司令部第三署副署长董明德。

舒适存和董明德给杜聿明带来了蒋介石和王叔铭的亲笔信。

蒋介石的信写得很长,大意是:一,第十二兵团这次突围失败,完全是由于黄维性情固执,一再要求夜间突围,不照我的计划在空军掩护下白天突围的缘故。十五日晚上黄维的突围毁了我们的军队。二,弟部被围后,我已想尽了办法,华北、华中、西北所有的部队都被牵制着,无法抽调,目前唯一的办法就是在空军掩护下集中力量击破一方实行突围,哪怕突出来一半也好。三,这次突围,要以空军全力掩护,并投掷毒气弹。如何投掷,已交王叔铭派董明德前来与弟商量具体实施办法。而王叔铭的信写得很简单,大意是:校长对兄及邱、李两兵团极为关心,决心以空军全力掩护突围,现派董明德兄前来与兄协商一切。董明德是我们的好朋友,请将各方面考虑与明德兄谈清楚,弟将尽力支援。

参谋长舒适存告诉杜聿明:"委员长指示,希望援兵不可能,一定要照他的命令迅速突围,别的没有什么交代。"

杜聿明不愿意突围,他认为在没有增援的情况下,独自突围等于死路一条。但是,限于蒋介石的命令,又有自己不甚熟悉的董明德在场,他不得不开始协商空军掩护突围的具体方案:突围开始时,空军出动B-24、B-25轰炸机及P-51驱逐机,每天一百架次,支援地面部队,掩护侧翼安全;步兵进入攻击位置后,发出三颗红色信号弹,飞机获得信号后,立即投下催泪性毒气弹,随即机翼上下摇摆,表示投弹完毕,地面部队趁共军视线模糊之际,一举突破并占领阵地,随后发出三颗绿色信号弹。董明德随机带来了八百多具防毒面具,空军还准备再空投两千具,空投代号被定为"草帽"。

杜聿明将师以上军官召集起来开会。为保密起见,任何闲杂人等不得进入会场。杜聿明对大家说:"总统很关心我们这些忠勇将士,为把我们救援出去,特派空军总部的董副署长来,计划用飞机掩护突围。空军在共军的上空,观察得很清楚,还可以用火力压制共军,大家只要把陆空联络信号规定好,便可以顺利突围。各将领要掌握好部队,准备行动。"接着,董明德把航空照相图挂起来,详细讲解了空军的行动计划和地空联络的要点。最后李弥问:"空军要给我们投足粮食弹药,我们还要进行防毒面具的使用练习,这需要多少时间?"董明德回答:"一个星期差不多。"

开完会,杜聿明给蒋介石写回信,他依旧向蒋介石阐明,突围是

"最不可取的方式"：就目前局势而言，上策是，由武汉、西安集中一切可以集中的力量，加上蚌埠地区的主力部队，进入淮海战场，在邱清泉、李弥两兵团的配合下，与共军决战。中策是，邱清泉、李弥两兵团持久固守，争取"政治上的时间"，而所谓"政治上的时间"，除了指国际形势的变化（蒋介石始终认定第三次世界大战要爆发）和攻击形势的变化（解放军因伤亡导致攻击力量不足）外，最重要的是国民党军不要把主力部队丢光了，以便将来万一需要与共产党人和谈的时候有资本。下策是，照令突围。

　　董明德和舒适存准备回南京汇报，陈官庄却突然风雪大作，飞机无法起飞。董明德和杜聿明挤在同一间屋子里长吁短叹。闲聊的时候，董明德表示，他认为从各方面讲，仗都不能再打下去了："你们这里被围，平津危急，北平西苑机场已失，空军损失甚大。如果你们这里无办法，平津也不保。以前还有人主张和谈，听说老头子不同意，现在无人敢谈。总之，南京现在慌乱一团，任何人也拿不出好办法。"杜聿明在绝望之中竟然预测到弄不好蒋介石会跑到台湾去："这一战役关系国民党的存亡，在傅作义牵制着林彪大军之时，我们既不能集中兵力与刘邓决战，又不能断然主和。如果强令两兵团突围，一突就完。这支主力一被消灭，南京不保，武汉、西安更不能再战，老头子只有跑到台湾去，寄生于美国人篱下了。"董明德建议杜聿明到南京去面陈看法，杜聿明认为说什么都没有用了："对老头子很难，他有他的看法，不会接受意见，有时接受了，他也不执行。这次战役就是未能照计划事先集中兵力决战，中途又一再变更决心，弄到现在，我去也晚了，无法挽回。"叹息不已的董明德显然比杜聿明更悲观，他说"陆军将领有钱，可以跑"。杜聿明回答："钱有什么用？跑到国外当亡国奴……还是人重要，部队重要！"

　　一个被俘的李弥兵团的军官带着陈毅写给杜聿明的信回到包围圈里。这个军官显然已经吓坏了，哆哆嗦嗦地说不出来话。李弥向杜聿明报告此事，杜聿明含糊地让李弥看着办。但是，李弥坚持要求杜聿明见见那个送信的军官，于是那个军官被带到杜聿明的住处。杜聿明认真地看了陈毅写给他的信。信的开头很客气，后面口气越来越硬，信中有这样的话："你为什么为'四大家族'服务，不为人民服务？"杜聿明顿时一头雾水：共产党说的"四大家族"是指什么？但是，他明白什么是"为人民服务"。杜聿明想的是，如果共产党方面能够保全他的部队，他可以考虑同意陈毅的劝降条件。

杜聿明拿着信去试探邱清泉的态度。邱清泉只看了一半，一句话没说就把信扔进火盆中了。杜聿明也没再说什么，离开了——"这次在包围圈中，邱大事小事都请示我，还算搞得不坏，但还未到谈心的程度。这件事邱不同意，我就无法做。弄得不好，反而事未成而身先死，并落个叛蒋罪名，我觉得太不值得。"

李弥与邱清泉是性格完全不同的人。

杜聿明一直认为，邱清泉是蒋介石派来牵制他的，因此对邱清泉格外小心。而李弥虽然喊打喊冲的时候少，但与杜聿明更亲近一些，只是他的一个要求令杜聿明很不理解——李弥要求把第六十四军的番号给他的第十三兵团。第六十四军原隶属黄百韬的第七兵团建制，一个多月前，这支部队在碾庄圩被华东野战军全歼。没人知道李弥为何想起这码事——在危在旦夕的围困中，李弥竟然依旧热衷于扩充实力，这种军阀式的贪心和野心已经畸形到了令人费解的程度。杜聿明真的把第六十四军的番号给了李弥，李弥在缺衣少食的包围圈里开始大量提拔和任命这个军的各级军官。他将第九军副军长李荩宣提拔为第六十四军军长，然后把他的亲信们一一都安排了职务，从正、副师长，正、副团长一直到正、副营长，正、副连长。官都任命完了，兵从哪里来？于是以一支跟随部队的地主武装为基础，加上抓捕和收容游荡在包围圈里的散兵，最后勉强凑了大约四千多人。只是，李弥任命的师长和团长们还没来得及上任，陈官庄就被华东野战军攻破了,倒霉的国民党军第六十四军再次被歼灭。

邱清泉情绪多变。有时他表现出不客观的乐观,在他的军官们面前总是一副不在乎的样子:"何必这样悲观呢?即使将来真正总崩溃,几十万散兵游勇如潮水般地向外流,鱼还会有漏网的,难道我们就不能混出去吗?何况我们打败了,还可以到大别山区打游击呢!"但是,有时他又破罐子破摔,他对他的参谋长李汉萍说:"现在情况已到了绝望的关头,不能不准备万一。将来我万一战死后,你是参谋长,可以代替我指挥。在你指挥时,也要和我一样,指定代理人,免得在情况紧急时无人统一指挥作战。我今年已经四十八岁了,看也看够了,玩也玩够了,什么都享受过,就是死也值了!"李汉萍的描述是:"邱清泉判断解放军必将发起大规模歼灭战,自己已死在眉睫,因此情绪更为悲观。一连几天,带着后方医院女护士陈某到各军去饮酒跳舞,每天醉醺醺地回来后蒙头大睡,万事不管。"即使邱清泉已处在醉生梦死的状态,他也没有放弃从包围圈中突出去的企图。

二十八日凌晨二时,邱清泉部的一个师与华东野战军八纵的一个团在蚌埠北面的刘集村激战一夜。八纵十二师二营已伤亡殆尽,只剩下预备队五连六班的七名战士,班长名叫王道恩。王道恩决定带领身边的战士,向当面企图突围的敌人发动攻击,尽管阵地前的敌人数量是他们的两百倍。

七个战士分成两个小组,分两路摸进村子,很快就发现敌人的一个炮兵阵地,看样子是个炮兵连。王道恩向两个小组做了个手势,突然大喊:"蒋军兄弟们!你们被包围了!放下武器!缴枪不杀!"一个敌人开了枪,子弹擦着王道恩的耳边飞过去,王道恩一个点射,射倒了几名试图抵抗的敌人。"谁反抗就打死谁!"刚刚占领村子的国民党军弄不清楚到底来了多少解放军,一时间有些不知所措。一个军官说:"别打!我们投降!"但是,那个军官迅速地弯下身,拿起一挺机枪就要射击,被王道恩即刻开枪打倒。在受伤军官的呻吟声中,一百多名国民党兵举起了手。

迅速地处理俘虏之后,国民党军的反击开始了,数百名敌人在漆黑的夜色中蠕动,曳光弹的光亮下,成片的钢盔寒光凛凛。

七名战士都上了刺刀,准备一死。

王道恩决定还是主动发动攻击,而且要朝着敌人的核心工事猛打猛冲。核心工事是一条环形的战壕,王道恩和战士们一起扔出手榴弹,然后往战壕里冲。敌人顺着战壕向后跑,手榴弹在敌群中爆炸。六班带的手榴弹很多,足有几大筐,仅王道恩一个人就扔出了百十来颗,最后打得战壕里的敌人直叫喊着要投降,六班的战士端着刺刀扒拉着数数,又是一百多人。

七个战士兴奋极了,接着向村子西北角敌人最后的阵地开始攻击。这是一个梅花形的子母堡群,最大的堡垒直径有十五米,敌人的师部就设在里面。攻击开始的时候,大小地堡里的机枪同时射击,弹雨横飞,打得六班战士根本抬不起头来。一个战士在弹雨中慢慢往前爬,爬着爬着回头指给王道恩看:"班长!他们在这里!"黑暗中,王道恩看见了敌堡群前面的一块空地上密密麻麻地躺着一片尸体。这是突击队六连,昨晚激战的时候,从连长到战士全部倒在了这里。

七个战士就是为了报这个仇冒死发动攻击的。

但是,看见眼前的情景,他们还是哭了。

王道恩,沂蒙山里一个贫苦农民的儿子。一九四五年八月十三日,在村里庆祝日本鬼子投降的锣鼓声中,他参加了八路军。他上过几年小学,还在八路军开办的识字班学习过,懂得些道理,加上作战勇敢,很快就成为华东野战军中有名的战斗英雄。这次参加反击邱清泉兵团突围的战斗,领导让他的六班当预备队,他很有点不服气。但是,当敌人占领了刘集村的大部分阵地,上去的连队没有一个人下来时,他牙咬得咯咯响。王道恩问六班的战士有没有胆子发动反击,大家都说这回死就死了,兴许能把阵地夺回来。

王道恩说,敌人根本不知道咱们只有七个人,干脆就朝那个大母堡打,打他个天翻地覆。于是大家再次准备手榴弹,包括自己携带和从战场上收集的,个个身上都挂满了,大筐里也装满了。王道恩一声令下:"投!"七个人的手榴弹一颗接一颗地飞出去。最终,硬是将敌人设置在母堡前的防御线炸开了一道缺口。七个战士并排往上冲,敌人的机枪盲目扫射,战士们左躲右闪,他们爬上了母堡的顶部,一齐往射击孔里塞手榴弹。母堡里发出沉闷的响声,然后,一支枪挂着一条白毛巾伸了出来。接着,三挺重机枪、六挺轻机枪和一支接一支的步枪跟着扔了出来。

天亮了。刘集村内的敌人大部分被消灭。

王道恩的六班的战果是:毙伤敌人两百七十人,俘虏六百多人,缴获轻重机枪三十九挺,步枪七百多支,迫击炮九门。

令人惊奇的是,六班七名战士竟无一人伤亡。

二十岁的班长王道恩荣立"一等战功"和二级"战斗模范"称号。

二十九日,陈官庄上空湿冷的云层终于裂开一道缝隙,在包围圈里等得心急如焚的飞行员起飞了,董明德带着杜聿明写给蒋介石的信也随机飞走了。接着,空投的飞机飞来了,投下的既不是粮食也不是弹药,而是上万份《黄百韬烈士纪念册》和南京印刷的《救国日报》。被围困在陈官庄的国民党军官兵看见这些东西不禁朝天大骂,都说老子要吃饭!杜聿明的副官捡着一张《救国日报》,只看了一眼便面色惨白,回到指挥部,他小心地将报纸递给杜聿明。

杜聿明先看见了"战争罪犯"这几个字,接着,"杜聿明"三个字赫然入目。

新华社陕北一九四八年十二月二十五日电:

> 此间各界人士谈论战争罪犯的名单问题。某权威人士称:全部战争罪犯名单有待于全国各界根据实际情形提出。但举国闻名的头等战争罪犯,例如蒋介石、李宗仁、陈诚、白崇禧、何应

钦、顾祝同、陈果夫、陈立夫、孔祥熙、宋子文、张群、翁文灏、孙科、吴铁城、王云五、戴传贤、吴鼎昌、熊式辉、张厉生、朱家骅、王世杰、顾维钧、宋美龄、吴国桢、刘峙、程潜、薛岳、卫立煌、余汉谋、胡宗南、傅作义、阎锡山、周至柔、王叔铭、桂永清、杜聿明、汤恩伯、孙立人、马鸿逵、马步芳、陶希圣、曾琦、张君劢等人，则是罪大恶极，国人皆曰可杀者。应当列入头等战犯名单的人，自然不止此数，这应由各地身受战祸的人民酌情提出。人民解放军为首先有权利提出此项名单者。例如国民党第十二兵团司令黄维在作战中施放毒气，即已充分构成了战犯资格。全国各民主党派，各人民团体皆有权讨论和提出战犯名单。

蒋介石接到杜聿明的复信后，回电："听说吾弟身体有病，如果属实，日内派机接弟回京医疗。"杜聿明复电蒋介石："生虽有痼疾在身，行动维艰，但不忍抛弃数十万忠勇将士而只身撤走。请钧座决定上策，生一息尚存，誓为钧座效忠到底。"即使为了一个军人的名声，杜聿明也不能一走了之——"遗弃官兵，落得万人唾骂，不如继续守下去。"况且，他已经被列入了"战争罪犯的名单"。

万分绝望的杜聿明发现，一九四九年的新年到了。

将革命进行到底

一九四八年十二月二十二日，《鲁中南报》刊登快板书《见面》：

太阳出来红彤彤，
满地白霜无迹踪。
一夜行军一百二，
前面来到永城东。
追上主力老大哥，

一见就像亲弟兄。
相亲相爱把手拉,
满脸喜得笑融融。
同志说:
"你们送面又送米,
保证前线大胜利,
跋山涉水多辛苦,
可得好好把功评。"
民工都说:"别客气,
论功同志数第一。
不管民工和主力,
打仗支前都是为自己,
彻底消灭蒋介石,
争取全国大胜利!"

  一位五十五岁的支前担架队员离开家乡已经一个多月了。黄淮大平原上,冬天清寒湿冷,老担架队员再一次转运伤员回到民工营地后,眼睛里布满血丝。急救所长给他量了体温,摄氏三十九度半。急救所长很吃惊,因为这位老担架队员每天都像年轻人一样跑很远的路,从没有听他说过哪里不舒服。急救所长要求他全面检查一下,脱下他用布条缠着的鞋子,才发现他的双脚已经红肿,十个脚趾完全溃烂,渗着脓水。急救所长要求老担架队员立即住院治疗,但是他没有答应,他慢慢走回民工住的草棚里,在铺草上躺了下来。

  在担架队里,没人知道他的身世,甚至不清楚他的名字,只知道他是一个穷苦的老汉。

  一个月前,解放军的大部队到达淮海战场边缘的一个小村庄,住进村庄里最贫苦的一位老汉家里,那阵子官兵们都亲热地叫他"老大爷"。老汉听村里人私下里议论过,说穷人的苦日子就要熬到头了。当了积极分子的那帮穷哥们儿,帮着工作队建立民兵武装,帮着村干部斗地主分田地。他们把他领到地主家的地头,说这块好田从此归他了。他从十六岁起就在这块地里干活,熟悉这块地里的每一粒泥土,那天,他手里攥着一张很大的地契,在地头上蹲了大半天,总觉得自己是在做梦,又总怕梦醒时地没了。解放军的战役打响了,村里组织支前队的时候,人们发现他已经准备妥当:身上穿的是从地主家的箱子里翻出来的新棉袄新棉裤,脚上是工作队分给他的一双厚实的黑布鞋,腰间系了一条很宽的布带子,上面插着支烟袋,挂着一只碗,还斜背着一条米袋子。他扎的绳索担架床很结实,上面铺着一张狗皮以及一件高粱叶和茅草混编的蓑衣。村干部和工作队的同志都说前边敌人的子弹不长眼睛,劝他在家里好好种自己的地。他说如果没有共产党和解放军,他这辈子都不会有自己的土地,也不会穿上一件新棉衣。最后,他被编入从二线救护站往后方急救所转运伤员的担架队。这可不是个轻松的活儿,早上天不亮就从营地出发,天黑了才能回来。他抬担架抬得仔细,天黑路滑,他一步步走得很小心,生怕担架上受伤的同志再受一点疼。遇到国民党军飞机轰炸,他就整个人趴在伤员身上。他从家里带出来的那只碗,成了伤员的尿壶和便盆,他把碗伸进担架上的棉被里时总是说:"孩子!大爷接着呢!大爷不嫌弃!"要是遇到重伤员,他和他的同伴走再多的路都不歇脚,抬到急救所的时候,他总是坐在地上喘粗气。他脚上的那双黑布鞋早就磨烂了,脚上的血和泥土粘在一起,已经没有了脚的模样。在铺草上昏沉沉地躺了三天后,老汉听见身边的乡亲们说,队伍在前边打了大胜仗,上级决定这支担架队的队员复员回家。他爬起来就走。急救所长让他留下来治疗,他怎么也不愿意,说心里一直惦记着分给他的那块地。急救所长赶忙去给他找药,回来的时候发现老汉已经走了。

从前线走回老家,老汉冻伤的双脚上那黑炭般的颜色蔓延到了膝盖,回家的最后一段路他是一点点爬着向前的。

到家的第五天,老汉死了。

徐乃祯老汉去世的时候,一九四九年的新年刚刚过去。

那些被他从前线转运到急救所的解放军官兵,那些在残酷的战争中因为他而获得救治得以活下来的解放军官兵,终生都不会忘记河南商水县固墙乡胡吉村的这位贫苦老汉。

淮海战役,对于此前从来没有发动过如此规模作战的共产党一方来讲,支撑战役能够进行下去的战场消耗,其数量之巨大令他们十分吃惊,也让他们感到了前所未有的压力。

淮海战役打响十六天后,中央军委致电中原局、华北局、华东局:

……现据华东局皓(十九日)电报告:在这六个月中,前线参战部队和民工近百万人,每月需粮约一亿斤。从十一月份起,华东、华中已筹粮二亿五千万斤,但用到前线上的,因距离远,只有一亿斤,今后仍将筹粮南运。惟距离六个月需要,相差县大,需要中原、华北分担这一大量粮食的供应……现决定中原局应速令豫皖苏分局立即动手筹集和保证中原野战部队及华野转入豫皖苏地区作战部队的粮食,并应从豫西运粮食去。华北局应速令冀鲁豫区调集一亿斤至一亿五千万斤粮食,供给华野部队需要……

淮海战役打响十九天后,中共华北局致电冀鲁豫区党委:

……淮海战役正在胜利展开。准备在徐蚌地区再歼灭敌军四十五个师,以利今后突破长江防线,进兵江南,彻底摧毁蒋介石统治的中心。因此需要筹足大量粮秣,指定由华北区拨给华野粮食一亿至一亿五千万斤。我们已复电同意,由冀鲁豫拨运小米一亿斤。此事关系革命战争胜利者至巨,希速筹划,并准备组织运输,待命调拨,万勿延误……

淮海战役打响四十天后,华东野战军致电华东局:

……战役第二阶段,中野和华野全军进入豫皖苏三分区,战场吃粮人数约计一百三十万,其中中野主力及地方部队二十万,随军民工五万,后方临时转运民工十五万;华野部队及新兵、俘虏共五十万,随军民工二十万,后方转运民工二十万。另有马匹四万,抵十万人消耗。每人每日以二斤加工粮计,每日共需加工粮二百八十万斤。据此,一个月共需加工粮八千四百万斤,合毛粮一亿一千余万斤……据估计冬季下雪,交通运输困难,必须预将一个月过冬粮食筹集,并于一月十日左右运到适当地点,军食始得无虞……

据华东野战军副参谋长兼后勤司令员刘瑞龙写给淮海战役总前委的报告显示:仅就粮食而言,至一九四八年底,战役发动后五十天消耗约两亿两千万斤,其中山东供粮八千万斤,华中供粮七千万斤,豫皖苏供粮六千万斤,冀鲁豫及豫西各供五百万斤。按照中原野战军和华东野战军人数,加之"新兵、俘虏及常备临时民工一百三十万人统筹",以四个月计,还"需吃粮三亿一千二百万斤"。除了粮食之外,支持战争需要的还有众多的物资,包括弹药、柴草、马料、木料、铁器、被服、担架、医疗用品和通讯器材等等。十二月三日,华东野战军致电华东局:

……此一战斗规模甚大,除对蚌埠警戒之六纵及归中野指挥之三个纵队外,我所有兵力全部展开,我们将尽力完成军委所予歼灭邱李孙之任务。为保持炽盛火力与连续作战……请军区急送八二迫炮弹三十万发,山炮弹五万发,炸药三十万斤[并附足够导火索雷管],到徐州以东大湖车站,我们派仓库接受……

如此巨大的作战物资,主要的运力却是人,是在淮海战场那片广阔的土地上一心支持共产党的老百姓。东起黄海之滨,北到山东渤海,南至苏北江淮,西到豫西山区,支前的男女老少负载着规模巨大的战争所需要的每一样东西,一步不离地跟在解放军作战部队的身后,支持着前线每一分每一秒钟的攻击或者坚守。据战后的统计,淮海战役期间,山东、中原、华中和冀鲁豫四个地区,共出动支前民工五百四十三万人,其中随军常备民工二十二万人,二线转运民工一百三十万人,后方临时民工三百九十一万人。这些支前民工携带着二十万副担架、八十八万辆大车小车、三十万副挑子、七十六万头牲口奔走在前线与后方之间。

山东出动的支前民工,根据任务的不同分成三种,即随军常备民工,每期三个月;二线转运民工,每期一至三个月不等;后方临时民工,每期一个月。这些操着山东口音的青年农民,在通往战场的平原与丘陵之间走成了一眼望不到边的人流。他们为每个作战纵队备有随军行动的担架五百副,每副担架配备民工五人,还准备了七千五百副备用机动担架。他们开辟出四条运送伤员的主要路线,每条线路上隔三十里设一小站,隔六十里设一大站,各交通路口都有服务点,大量的伤员被裹在棉被里,不断地变换着担架,一站接一站地转送下去,最后安置在后方野战医院或者农民们家中暖和的炕头上。山东民工运送粮食弹药和各种物资的路线多达七条:由临朐经临沂、郯城到新安镇和睢宁;由日照、沭水、大兴庄、陈镇到新安镇;由诸城、莒县、井家店到郯城;由曲阜、邹县、滕县、枣庄到邳县;由曲阜以东绕泗水、平邑、向城转向台儿庄、贾汪;由临沂的丰程镇、磨山、道河站、土山至双沟;由新安镇向西经炮车、运河站、曹八集到徐州,然后再到萧县、瓦子口、大吴集。一位名叫唐河恩的山东支前农民,手里拿着根从家乡带出来的竹棍子,在连续五个月的支前途中,把经过的每一站的地名都刻在竹棍上。他和他的运输队跋山涉水,行走千里,等把粮食完整无缺地交到解放军手里的时候,他的竹棍上已刻有八十八个城镇和乡村的名字。

苏北地区的支前民工,由于跋涉在淮海战场与国民党控制区之间,常常遭到敌人飞机的轰炸,于是每每只能在夜里出动。小推车上挂着小油灯,成千上万盏小油灯在漆黑的原野上形成一条延伸数十里的亮线。在一次运送大米的过程中,原来的目的地是宿迁,等这条亮线延伸到那里之后,部队已经向前推进了,于是亮线继续延伸,延伸到睢宁还没追上,延伸到符离集还是没追上,最后一直延伸到了濉溪口。这时候,民工们的鞋子已经全磨烂了。在此之前,这些青年农民从来没有出过远门,支前让他们离开家乡已经有七百多里,而且他们还要走回去。

被运到战场上的每一粒粮食,都是百姓们用最原始的石磨磨出来的。由于所需数量巨大,淮海战场周边各省的乡村里,妇女、儿童和老人点灯熬油,日夜不停地碾米磨面。妇女们还要为前线缝制军衣和军鞋,上百万双鞋出自不同女人之手,由于各地风俗不同,各种各样的厚底大布鞋源源不断地送到解放军官兵手中,那些鞋帮上绣着鲜艳的花朵、鞋底上纳着"杀敌立功"字样的军鞋,让官兵们无论如何都舍不得穿,直到他们牺牲的时候还别在腰间。妇女们常常遇到紧急任务,比如突然要缝制几万顶军帽,说是前线俘虏过来的国民党兵自愿参加解放军后要求戴上一顶这样的帽子,于是几十个村庄里油灯又是几夜未熄。

沉重的弹药把民工们的小推车压得吱扭扭地响。前线宁可吃不上饭,就怕弹药断了供应。后方人员筹集的炮弹、子弹、炸药、手榴弹和各种枪支,在各个转运站内堆积如山,等待装车的民工们排队排出去几十里地。一辆小车有时只能装两颗炮弹,但只要装上车,民工们就把它们当成宝贝,用自己的棉被和棉衣盖着,然后一路呵护,送到前线时尽管已经精疲力竭,还是不愿意走,非要看着自己运来的炮弹如何被推进炮膛打到敌人的阵地上去。他们为能运上去一箱子弹或一箱手榴弹感到很自豪,对身边那些车上装着油盐蔬菜的民工说起话来很是骄傲,而那些民工们说,你那些是给老蒋吃的,我们这些是给咱大军吃的,谁也别饿肚子!

共产党所领导的军队,此前没有如此大规模战役供应的经验,但是,他们不缺乏动员群众的经验。动员的最根本的办法,就是告诉百姓解放军为什么打仗。中国的贫苦百姓也许和杜聿明一样,并不知道"四大家族"指的是谁,但是,他们知道村子里的地主恶霸是谁就足够了。他们眼看着共产党的工作队来了,那些欺压盘剥百姓的人威风扫地了,而且他们分到了世代梦想的土地。他们听到的最多的一句话是:"打倒蒋介石,建立新中国。"他们相信这句话的真实性,因为他们亲眼看见老蒋的军队确实不行了。很少有人意识到,有着支前经历的数以百万的农民,是一股多么巨大的宣传力量。当他们从战场上往回走的时候,见到国民党军的俘虏队伍就会停下来问:"啥地方的?在家给地主干过吗?受过欺负吗?把帽子换了吧!"一回到村里,支前民工个个都成了见过世面的人,他们会对村民们说:"'人'是什么?就是叉开两腿站着,顶天立地地站着!"

国民党军第十二兵团第十八军军长杨伯涛被俘后看见的情景令他终生难忘:

> 第十二兵团十一月由确山出发,经过豫皖边境时,老百姓逃避一空,几乎连个带路的向导都找不到……蒙城、永城一线,第十八军也光顾过,真有"军行所至,鸡犬为空"的模样。我那时还认为黄河改道冲洗,造成一片荒凉,再加上双方拉锯战,更使人烟稀少……这次我当了俘虏,被解放军由双堆集附近押送到临涣集集中,经过几十里的行程,举目四顾,不禁有江山依旧,面目全非,换了一个世界之感。但见四面八方,熙熙攘攘,车水马龙,行人如织……我从前也打这些地方经过,茅屋土舍,依稀可辨。只是那时门户紧闭,死寂无人。而这时不仅家家有人,户户炊烟,而且铺面上有卖馒头、花生、烟酒的,身上有钱的俘虏都争

着去买来吃。押送的解放军亦不禁阻,他们对馒头、花生是久别重逢……还看见一辆辆大车从面前经过,有的车上装载着宰好刮净的肥猪,想是犒劳解放军的。我以前带着部队经过这些地方时,连一撮猪毛都没看见,现在怎么有了,真是怪事。通过村庄看见解放军和老百姓住在一起,像一家人那样亲切,有的在一堆聊天欢笑,有的围着一个锅台烧饭,有的同槽喂牲口,除了所穿的衣服,便衣与军装制式不同外,简直分不出军与民的界限……我们这些国民党军将领,只有当了俘虏,才有机会看到这样的场面……

民心所向是什么?

是代表人民的利益,为人民的利益而奋斗。

是不横行乡里,不草菅人命,不横征暴敛,不贪赃枉法,不独裁专制。

"水可载舟,亦可覆舟。"无论是对于正在夺取政权,还是正在巩固政权的所有政治集团而言,这是必须牢记的。

一九四八年冬,在淮海战场上,共产党人和老百姓一个大缸里喝水,一个锅台上做饭,一张热炕上睡觉;老百姓则倾其所有,不畏战火,甚至不畏牺牲,心甘情愿地支持共产党人。而共产党所领导的军队,那些经历着一场又一场残酷战斗的子弟兵,更是与这片土地上最广大的贫苦百姓血脉相连,生死相依。山东来的支前民工回家的时候,有不少人是从徐州乘坐火车回去的。当浩浩荡荡的民工队伍走进徐州城的时候,街道上挤满了欢送他们的解放军官兵。在中山路附近,街道中央矗立着一座"胜利门",民工们兴奋地一一从门下通过。徐州市民看见不少民工身上穿着从战场上缴获的国民党军的大衣,都说:"看这样子,'中央军'真的完蛋了。"民工中绝大多数人从来没有坐过火车——他们高兴地说:"坐火车回家过年,多美!"

"一九四九年的元旦,并没有给蒋介石带来任何欢乐。"

南京城里,"大人先生们一反往例,谁也不敢擅离职守去上海寻欢作乐,秦淮河歌声虽炽,但官僚们敛足不前。"

陈官庄包围圈里,每天至少需要粮食肉类等二百四十吨,弹药和其他各类物资一百六十吨。总计四百吨的数量,每天需出动飞机一百二十架次。国民党军空军的两个空运大队都不够用,还要租用美国人陈纳德开设的航空公司的飞机。同时,必须调动所有水陆交通工具,日夜不停地从各地向南京大校场机场运送物资。一九四九年元旦前后,通往机场的公路上车辆往来如梭,南京城上空飞机一架接着一架,国民党军联合勤务部、空军和国防部第三、第四厅联合指挥,为空投陈官庄忙碌的人员达万人以上,动员规模在国民党军的空投史上尚无前例。蒋介石要求,必须把空投的数量和杜聿明实际接收的物资数量,每天列成详细的报表送到他的侍从室。但是,这两个总数总是无法吻合,无论蒋介石如何训斥,就是无法查明具体原因。

杜聿明的参谋长舒适存的报告是:"陈官庄的骑兵变成步兵,马早已吃光了。陈官庄能烧的都烧光了,木桥和棺材也光了,大米猪肉无法煮熟,需要的是大饼和罐头,希望投大饼时用投物伞,免得碰到地面都成了碎末。陈官庄有大小两个投物场,投下物品时,部队、家属都抢,有的被物品压死,有的在争夺物品时相互对打,有的开冷枪射击。"

为了把空投的大米猪肉改为大饼罐头,南京城内外,包括句容、汤山等地,凡是制作大饼和饼干的工厂和作坊被迫日夜生产。为了查清空投数量与杜聿明实际接收数量不符的真实原因,国民党军空军副总司令王叔铭陪同蒋经国亲自飞到陈官庄上空查看。蒋经国从空中看下去,陈官庄简直就像个光怪陆离的大市场,到处是各色降落伞搭起的帐篷,各色人等来来往往,壕沟外围却是死寂一片。飞机在一千公尺的高度试着顺风空投,发现只有一半左右的物资能够落在陈官庄预定的空投场内,其余的都落到了壕沟外围。蒋经国让飞行员飞低一点再投一次,飞行员说解放军的对空射击很厉害,损失一架飞机,不知能顶多少麻袋大饼和饼干。

更令蒋介石不安的是,各方要求他下野的呼声越来越高。

坊间流传,有人向美国政府吹风说,鉴于蒋介石已经失去民心,应当迫使其交出手中的权力,或许可以重开国共之间的谈判。蒋介石一听到风声,立即派张群约见美国驻华大使司徒雷登,想探听一下美国政府的态度。司徒雷登直言不讳地告诉张群,大多数美国人认为,"蒋委员长是结束战争的主要障碍,应该削除他的权位,而中国人民的思想和要求是美国制定政策的主要因素"。

在这种形势下,推波助澜的角色登场了,这就是一直令蒋介石如鲠在喉的桂系。白崇禧通电要求国共间停止一切军事行动,建议邀请美、苏、英三国共同斡旋中国和平。副总统李宗仁接着提出,和平的前提之一是蒋介石下野。桂系认为,蒋介石在政治上已经人心尽失,军事上已经山穷水尽,到桂系出马维持局面的时候了。况且,如果让毛泽东打过长江,不但蒋介石彻底完了,桂系也必定自身难保。白崇禧暗中指使心腹联络桂系旧部,并准备采购武器壮大力量,还派人到香港和上海秘密试探共产党方面对重开和谈的态度——桂系的和谈只是为了拖延时间,他们希望在整备桂系军力后,加上蒋介石残存的力量,与共产党方面讨价还价,以争取桂系能够占据半壁江山的最好结果。

但是,实现和谈的首要的条件是蒋介石下台,因为不但蒋介石不肯和谈,共产党方面也不会与蒋介石和谈。

白崇禧找来了宋希濂,话说得开门见山:

> 现在的形势已经变得更坏,黄维兵团十多万人已经被全部歼灭。这样,共军的力量更增大了。杜聿明所率的那三个兵团恐也不可避免地会遭到消灭。华北方面,天津已被共军占领,在北平附近的傅作义部已成瓮中之鳖,被消灭只是时间问题。可

以说,已经没有什么兵力可以再进行决战了。唯一的办法,就是设法同中共恢复和谈。利用和谈以争取时间,在长江以南地区编练新军一二百万人。如能做到这一点,还可与共军分庭抗礼,平分秋色。否则这个局面是很难维持下去了。但要想同中共恢复和谈,必须请蒋先生暂时避开一下,才有可能。现华中地区属于黄埔军校系统的部队大部分掌握在你的手里。你如能和陈明仁、李默庵、霍揆彰等会商一番,然后由你领衔电蒋先生力陈不能再战的理由,请蒋先生暂时休息一下,我想他一定会很重视你们的意见的。

宋希濂十分惊讶白崇禧的无所顾忌和迫不及待。他答复白崇禧:一、从他和蒋介石二十多年的师生关系上讲,这样做"道义上恐怕说不过去";二、他是蒋介石的部属,这样做"从军纪上来说恐怕不大好";三、陈明仁等将领是否同意这样做,"还没有把握"。白崇禧劝说道,道义和军纪当然要考虑,"但目前要以顾全大局为主","不要过分从小节上考虑问题"。宋希濂提议,能否让民间民意机构出来表这个态?白崇禧说:"这当然是要做的,但恐怕作用不大。"于是,宋希濂说:"这个问题关系较大,请让我好好考虑一番再说。"

果然,蒋介石很快就看到了由湖南省府主席程潜、河南省府主席张轸以及湖南、贵州、河南、广西、江西五省参议长领衔发布的通电:

> 连年内战,民生凋敝。在东北、华北、徐州大战之余,正可凭长江天险,分兵据守,取得暂时休息整顿。现在人们厌战,群情思治。请总统暂时下野,稍事休息,由副总统代理总统职权,维持局势。俟大局稍有好转,再请总统复职。

一九四八年的最后一天,陈官庄四周突然炮声隆隆。

华东野战军前委命令:黄昏时刻,火炮齐射,每门火炮发射炮弹五枚。

炮弹从数百门火炮的炮膛里射出,骤雨般落在陈官庄狭窄的包围圈里,国民党守军在炮火中奔跑哀号,由于人员密集,瞬间被炸死炸伤的竟达三千多人。

这是华东野战军官兵送给国民党军杜聿明集团的新年"礼物"。

此时,陈官庄包围圈里已经犹如地狱。

在这片十几平方公里的荒凉原野上,除了杜聿明集团的官兵之外,还有从徐州逃出来的军阀、官僚、银行家和地主,以及被裹挟而出的教员、学生、工人、小贩、和尚、戏子和妓女。伤员们躺在用各色降落伞搭起的简易帐篷里呻吟,大量冻僵的尸体散落在他们四周。没有伤病但被饥饿折磨得神情恍惚的官兵到处搜寻可以吃的东西,附近的几个小村庄已经被反复洗劫了几遍,百姓不但粮食被抢光了,身上的衣服也被扒光了,所有的家具、门框、房梁,甚至坟地里的尸骨,都被国民党军当柴禾烧了。村子里仅剩的一些妇女,无论年纪大小,无一能躲过国民党军的强奸。跟随杜聿明跑出来的铜山县长耿继勋到处乞讨,在没有乞讨到任何食物的时候自杀了。学生、教员、工人身上的东西被搜光后,被补充到国民党军队里,白天被驱赶到旷野上挖战壕和站岗,晚上被像囚犯一样被关起来。更悲惨的是那些女学生,大部分以"女护士"的名义被补进各军师团部,为了能够得到一点食物,她们成了军官们的临时"太太"。饥饿使所有的人变得疯狂。部队开始每天还能够领到几碗米,煮成粥的时候只见水不见米粒,但很快就什么也没有了。有时领来的是一头毛驴,用枪打死之后,心肝肺肚放在两只大锅里煮,锅由军官亲自持枪把守,但还是没有煮烂就发生了混乱——士兵们为抢到一点肉而相互火拼。军阶稍微高一些的军官有大饼和罐头吃,因为空投场被他们派出的亲信用机枪严密封锁着。有个别空投袋落在了空投场外,士兵们相互争抢,有时打开来一看,是子弹,有时打开来一看,是些小菜瓜子,包装纸上写的字是:"兵团司令部茶食"。更让士兵们愤怒的是,好容易抢来了一大包，打开一看里面竟然是土。也有抢到大饼的时候，但是，抢到者刚咬了一口，就被一颗子弹打倒了，开枪者跑上来接着咬，很快又被打倒了——"一张大饼要送十几条人命才啃得完"。

专门接送负伤的国民党军将领的飞机只来过两架。第一架还未在临时机场降落的时候，负伤的将领们已经被担架抬到现场。飞机刚一降落，担架兵和卫兵急忙上去安排床铺，但是，华东野战军的炮弹飞过来了。国民党军的飞行员吓坏了，急忙起飞，结果只带走了两个担架兵和两个负伤将领的行李。第二架飞来的时候，飞机上装载着大量高级军官的家属捎来的东西和南京国防部犒劳军官们的物品，卸下这些东西花了很长的时间，结果华东野战军的炮弹又飞来了，飞行员照例紧急起飞，飞机飞到空中的时候，人们发现腿部负伤的第五军四十六师师长陈辅汉，双腿还悬挂在没有关上的机舱门口，直到飞机飞得很高了，陈辅汉晃荡的双腿才被飞机里的人拉进去。

九四九年 月 日，陈毅和邓小平经过两天的行军，到达接近战场的一个名叫张菜园的村庄。前沿阵地上已经被官兵们装扮一新。树枝搭建的门上贴着各种战斗标语，坑道门口的上方挂着块匾额，上面写着"1949"的字样。陈毅和邓小平不但要求检查备战、纪律和取暖，还特别要求讲究战壕卫生，要求官兵们认真刷牙。炊事班正忙成一团，他们要让官兵们吃上饺子，而且还有四菜一汤，菜都是荤的，牛肉、猪肉、鸡肉和羊肉都有。后方慰问的各种瓜子、糖果和香烟发下来了，会吸烟的官兵靠在战壕向阳的一面边晒太阳边吸烟，美滋滋地眯着眼睛。突然，传来了锣鼓声和喇叭声，文工团的同志们顺着战壕上来了，他们的到来让官兵们欢呼起来，演出立即开始。唱歌、说唱、快板，弦子拉得吱扭扭的，全是官兵们家乡的小曲。还有短剧，剧名叫《三班长》，演的就是刚刚立功的那个又高又瘦的山东人，这个山东班长一个人抓了俘虏一百多。让官兵们感到新鲜的，是刚从包围圈里逃出来的国民党军的一个剧团，他们也演出了一个短剧，剧名叫《包围圈里》，说的是陈官庄包围圈里的悲惨情景。

新年里最重要的工作，是对包围圈里的国民党军发动政治攻势。有喊话的广播的唱歌的，有给敌人的前沿送馒头的，有用风筝送宣传单的，有在前沿插标语牌和贴漫画的，有送俘虏兵和家属进包围圈里劝降的，可谓天上地下，白天黑夜，四面八方。不断有国民党军官兵跑到解放军这边来，有的纵队甚至为此在包围圈上开了个小口子，上面插的标语牌上写着："这是生路！"还有不少国民党军官兵跑到解放军的阵地上买东西吃，解放军官兵自信而骄傲地看着他们，并不加以阻拦，来去任他们自由，只清查一下人数就放行。华东野战军一位年轻的排长，觉得喊话撒传单不过瘾，竟然让国民党军投诚人员带路，亲自跑到敌人的战壕里当面做工作，很快，他就带着一个连的国民党军官兵回来了。处于交战状态中的双方官兵相互来往，恐怕在世界战争史上也是前所未有。有的国民党军官兵在解放军的阵地上待了几天后，又回到包围圈里去，他们立即被围起来问这问那："那边不打人？""有没有吃的？"在得到肯定的回答后，天一黑，就有更大一群国民党军官兵跑了过来。一些解放军官兵趁机进入包围圈里，这些侦察人员或者在敌人的阵地上住几天后安全返回，或者干脆不返回而是潜伏下来。

大批官兵投诚，已经成为陈官庄包围圈里国民党军将领的一个巨大的心病。第二兵团司令官邱清泉接到报告说，早上的时候前沿阵地发现一头大肥猪，拉回来一看，大肥猪的肚子里放的全是"投诚证"。无法制止混乱的邱清泉说他终于找到了原因：他住的院子里有一棵大树。四墙如框，框里面是这棵树，也就是木，那么就是"困"了。于是，他命令立即把这棵树砍了。邱清泉的迷信在国民党军中很有名，当年他率部驻扎在河南商丘的时候，曾找各种理由反复要求调离，原因是"商丘"与"伤邱"同音。

第十三兵团司令官李弥和第九军军长黄淑来到前沿。李弥对官兵们说:"我和你们军长都来了,你们真的挨不下去,就把我和你们军长杀着吃了好了。"然后,他们把军官们集合起来训话,李弥语调低沉:"各位同生死共患难的兄弟们,你们忍饥受寒已经十多天了,这叫忍人之所不能忍,为人之所不能为。只有大智大勇的人才能做到。现在补给虽少,但是吃得苦中苦,方为人上人。只要把这厄运挨过,你们的事业将来一定成功。天生人,必养人,总有一天命运会好转。大家求老天爷不下雨,不下雪,多晴几天,空投就多些,吃饱了肚子就好办,有人如果实在受不了,要投共军,我绝不阻拦。但希望不要把武器带走,将来还要见面的。"

一九四八年的最后一个晚上,蒋介石请李宗仁和孙科等四十余名政府要员到总统府,征询人们对他下野的看法。让他没想到的是,在场的大多数人都认为他应该辞去总统职务。

那是一个令蒋介石心情灰暗的夜晚,他面前摆放着《元旦告全国军民同胞书》,明天一早将要在南京见报。这是一篇尽力为蒋介石摆脱尴尬,并扭捏地表示愿意与共产党方面进行和谈的文章。该文不知出自哪位幕僚之手,行文拖沓,颠三倒四,色厉内荏。

首先,表明蒋介石面对当前的军事失利"不胜其惭惶悚栗":

……溯自抗战结束之后,政府唯一的方针在和平建设,而政府首要任务,在收复沦陷了十四年的东北,以期保持我国家领土主权的完整。但是三年以来,和平建国的方针遭逢了阻挠,东北接收的工作竟告失败;且在去年一年之中,自济南失守以后,锦州、长春、沈阳相继沦陷……政府卫国救民的志职未能达成,而国家民族的危机更加严重。这是中正个人领导无方,措施失当,有负国民付托之重,实不胜其惭惶悚栗,首先应当引咎自责。

然后,将内战的责任完全推到共产党一方:

……抗日战事,甫告结束,我们政府立即揭举和平建国的方针,更进而以政治商谈军事调处的办法解决共党问题。不过经过了一年有半的时间,共党对于一切协议和方案都横加梗阻,使其不能依预期步骤见诸实施……我政府迫不得已乃忍痛动员,从事戡乱,这是最近的历史事实,在世人心目中记忆犹新。共产党主义在中国的发展已历二十五年,而中正在此二十五年之中,无时不期待共党以国家民族为前提,循政党政治的常轨,共谋和平相处之道,以树立民主的弘规。三年以来,政治商谈之目的固在于和平,即动员戡乱之目的亦在于和平,但是近日时局为和为战,人民为祸为福,其关键不在政府,亦非我同胞对政府片面的希望所能达成。须知这个问题的决定在于共党,国家能否转危为安,人民能否转祸为福,乃在于共党一转念之间。

接着,表示只要共产党方面愿意实现和平,蒋介石不在乎"个人的进退出处";而如果共产党方面坚持打下去,南京政府有"决胜的把握":

> ……只要共党一有和平的诚意,能作确切的表示,政府必开诚相见,愿与商讨停止战事恢复和平等具体办法;只要和议无害于国家的独立完整,而有助于人民休养生息;只要神圣的宪法不由我而违反,民主宪政不因此而破坏,中华民国的国体能够确保,中华民国的法统不致中断;军队有确实的保障,人们能够维持其自由的生活方式与目前最低生活水准,则我个人更无复他求。中正毕生革命,早置生死于度外,只望和平果能实现,则个人的进退出处绝不萦怀,而一惟国民的公意是从。如果共党始终坚持武装叛乱到底,并无和平诚意,则政府亦惟有尽其卫国救民的职责,自不能不与共党周旋到底。尤其是京沪战区为政治中枢所在,更不能不全力保卫实行决战。我深信政府不仅在此有决胜的把握,而且整个国家转危为安,和全体人民转祸为福的

枢机亦在于此……我们这一代遭逢了中国五千年历史空前未有的变局，也就是担负着五千年历史空前未有的使命，我们只有忍受一时的痛苦与牺牲，为国家民族的生存，历史文化的延续，生活方式的自由和后世子孙的滋长而奋斗……

与此同时，毛泽东亲自撰写的一九四九年新年献词发表了，题目是《将革命进行到底》。其文文锋犀利，观点鲜明，文风豪迈，风趣幽默。

毛泽东开篇就说："中国人民将要在伟大的解放战争中获得最后胜利，这一点，现在甚至在我们的敌人方面也不怀疑了。"接着，他列举了一系列详细的统计数字，表明内战爆发以来共产党领导的军队所取得的一系列胜利，并针对国民党政府的"和平呼吁"明确表示"敌人是不会自行消灭的"，是"不会自行退出历史舞台"的：

……现在摆在中国人民、各民主党派、各人民团体面前的问题，是将革命进行到底呢，还是使革命半途而废呢？如果要使革命进行到底，那就是用革命的方法坚决彻底干净全部地消灭一切反动势力，不动摇地坚持打倒帝国主义，打倒封建主义，打倒官僚资本主义，在全国范围内推翻国民党的反动统治，在全国范围内建立无产阶级领导的以工农联盟为主体的人民民主专政的共和国，使中华民族来一个大翻身，由半殖民地变为真正的独立国，使中国人民来一个大解放，将自己头上的封建的压迫和官僚资本［即中国的垄断资本］的压迫一起掀掉，并由此造成统一的民主的和平局面，造成由农业国变为工业国的先决条件，造成由人剥削人的社会向社会主义社会发展的可能性。如果要使革命半途而废，那就是违背人民的意志，接受外国侵略者和中国反动派的意志，使国民党赢得喘息的机会，使已经受伤的野兽养好创伤，然后在一个早上猛扑过来，将革命扼死，使全国回到黑暗世界。

毛泽东再次列举了一连串应对战争负责的国民党军政大员的名单,对国民党军的战争罪行进行了无情的揭露:

> ……以蒋介石等人为首的中国反动派,自一九二七年四月十二日反革命政变至现在的二十多年的漫长岁月中,难道还没有证明他们是一伙满身鲜血的杀人不眨眼的刽子手吗?难道还没证明他们是一伙职业的帝国主义走狗和卖国贼吗?请大家想一想,从一九三六年十二月西安事变以来,从一九四五年十月重庆谈判和一九四六年一月政治协商会议以来,中国人民对于这伙盗匪曾经做得何等仁至义尽,希望与他们建立国内的和平。但是一切善良的愿望改变了他们的阶级本性的一分一厘一毫一丝了没有呢?这些盗匪的历史,没有哪一个是可以和美国帝国主义分得开的。他们依靠美国帝国主义把四万万七千五百万同胞投入了空前残酷的大内战,他们用美国帝国主义所供给的轰炸机、战斗机、大炮、坦克、火箭筒、自动步枪、汽油弹、毒气弹等等杀人武器屠杀了成百万男女老少,而美国帝国主义则依靠他们掠夺中国的领土权、领海权、领空权、内河航行权、商业特权、内政外交特权,直至打死人压死人强奸妇女而不受任何处罚的特权。难道被迫进行了如此长期血战的中国人民,还应该对这些穷凶极恶的敌人表示亲爱温柔,而不加以彻底的消灭和驱逐吗?

在新年献词的最后,毛泽东描绘了一九四九年的中国:

> 一九四九年中国人民解放军将向长江以南进军,将要获得比一九四八年更加伟大的胜利。一九四九年我们在经济战线上将要获得比一九四八年更加伟大的成就,我们的农业生产和工业生产将要比过去提高一步,铁路公路交通将要全部恢复,人民解放军主力兵团将要摆脱现在还存在的某些游击性,进入更高

程度的正规化。一九四九年将要召集没有反动分子参加的以完成人民革命任务为目标的政治协商会议,宣告中华人民民主共和国的成立,并组成共和国的中央政府。这个政府将是一个在中国共产党领导之下的有各民主党派各人民团体的适当的代表人物参加的民主联合政府……几千年以来的封建压迫,一百年以来的帝国主义压迫,将在我们的奋斗中彻底地推翻掉。一九四九年是极其重要的一年,我们应当加紧努力。

中国共产党人的口号是:将革命进行到底!

一九四九年初,在黄淮大平原凛冽的寒风中,几十万解放军官兵等待着出击的战斗命令。

邱清泉:让他崩溃好了

一九四九年一月三日,淮海战役总前委常委刘伯承、陈毅、邓小平,中原野战军副政治委员邓子恢、副政治委员兼政治部主任张际春,致信在淮海战役中光荣负伤的所有伤员:

伟大的淮海战役,自十一月七日开始以后,在第一第二两阶段当中我们已经歼灭了蒋匪军正规军三个兵团部,十四个军部,三十六个整师,连零碎团营被歼灭的,加上山东保安旅共折合四十一个师还多。现淮河以北广大地区,除杜聿明所率之邱清泉、李弥两兵团残部,正被我包围聚歼在永城东北的狭小地区很快将要全部歼灭外,已无匪军踪迹,淮海广大地区获解放……

你们都是淮海战役中负伤的,而极大多数又都是在淮海战役第二阶段围歼黄维兵团中负伤的,蒋匪的第十二兵团——黄维兵团是蒋匪最精锐兵团之一,现黄维兵团已经全部被我歼灭,这对于争取淮海战役的全部的胜利,有极重大的意义。你们不论是进攻中负了伤或阻击中负了伤都是光荣的,你们奋不顾身的英勇杀敌,以至光荣负伤,是值得全军敬佩和广大人民敬佩的……

我们当前的任务是消灭当前蒋匪军,争取淮海战役的全部胜利,并准备继续向前进军,消灭淮河以南的敌军,打到南京去,消灭江南地区的敌人,争取在一年左右根本推翻国民党统治,把革命进行到底,解放全中国。望你们安心休养,遵守院规,早日痊愈,重回部队,更光荣伟大的胜利在等待着你们……

同伴们都已返回南京,年轻的美国记者西默·托平还是决定独自深入淮海战场。他从国民党军蚌埠卫戍司令部的一个军官那里搞到一张通行证——那个军官"根本无暇关心一个疯狂的美国人的行踪"。蚌埠城里的一位神父找来两个铁路工人做他的临时挑夫,铁路工人急于返回陷入战场中的老家看个究竟。新年过后的第二天,西默·托平身穿一件美军绒面夹克,戴着一顶黄色的绒线帽子,向淮海战场的腹地出发了。他们很快就进入了"无人管辖地区"——从蚌埠向北,过了淮河大桥和一个名叫曹老集的村镇,便无人能说清前面广阔的地区由谁来维持社会秩序了,那里是淮海战役巨大战场的边缘。国民党军逃兵和土匪们混杂在一起,在"无人管辖地区"肆意抢劫村民和行人,常常会因为一件并不值钱的东西杀人越货。西默·托平好容易走出这一带,随即落入民兵手里。他无论如何不明白,为什么所有的农民们都站在共产党一方,而且农民们表现得如此理直气壮,他们拦住他的时候手里拿的是美式汤姆森冲锋枪,一见到他就喊:"这是坏人!"——"留着庄稼茬的褐色田野由于疾风被吹成了一个个小雪堆而变得斑驳有致,一簇簇草顶或瓦顶的土坯房构成了一个个小村落。西默·托平被带到村子里的民兵指挥部,身边的铁路工人一个劲儿地解释"他是一个美国记者",他把早就准备好的一封用中文写的信拿出来,信中说明了他的身份和他要去解放军那里采访的目的。民兵们根本不相信。他只好又拿出两年前他访问延安时与叶剑英等中共领导人一起吃饭的照片,气氛这才似乎缓和了一些,可扣押他的民兵们还是一脸茫然,因为他们都不识字或是识字不多。民兵们为了显示自己是有战斗力的,自豪地说,不久前他们配合解放军把国民党军第六、第八兵团赶跑了,迫使他们退回了蚌埠。西默·托平这才醒悟到自己已经置身战场:

> 许多已经腐烂的士兵尸体仍抛在野地里尚未掩埋,任凭成群哇哇叫的黑乌鸦和村狗撕拽着。国民党军队留下的狭长掩壕和散兵坑仍四处可见。村边精心栽植的一些柳树当时为了构筑火力开阔地带也被砍倒了。村民们正在制作土坯,准备修复和翻盖被炮火摧毁的墙壁和屋顶。我们还看到成群的国民党伤兵被北面的解放军释放后,正一瘸一拐走在回南方老家的路上。

民兵们拍着胸膛告诉美国人:"农民现在成了土地的主人,地主老财们已经完蛋了。"西默·托平终于感受到他早就有所耳闻的土地改革的威力。在共产党人控制的区域里,所有的村庄都进行了这一翻天覆地的运动,共产党领导的工作队分成小组深入到农民中间,讲述国民党政府的腐败和农民为何受到的盘剥,然后把最贫苦的农民组织起来与地主清算土地财富——黄淮平原土地肥沃,但是,地主占有绝大部分土地,而且地租高达百分之五十以上,"有些豪绅还采取暴君的方式,指派打手对那些交不起租子的或还不起高利贷的农民进行毒打,地主强迫农民做长工或抢去他们的女儿做丫头或小妾来抵债的事情屡见不鲜。在南京,委员长高谈三民主义;但在全国,封建主义却肆意横行"。西默·托平曾过夜留宿的一个村庄里,拥有大量土地的地主逃到长江以南去了,全村每个成年农民平均分到了二亩地——"国民党只注重城市,忙于打内战,毫不关心农民的疾苦。而毛泽东找到了乡村革命的原动力"。

在民兵指挥部里，西默·托平躺在装满高粱米的麻袋上过夜。早上，当他被爬到脸上的老鼠惊醒时，一位民兵给他送来了早餐：两只煮熟的鸡蛋、一块高粱面饼和一壶开水。

第二天，西默·托平在民兵的带领下继续往战场纵深走。一天一夜之后，他看见了一位解放军指挥官，西默·托平无法根据他的自我介绍确认其身份，因为解放军的指挥官没有任何军阶标志，可以说明身份的仅仅是他"仁慈友好"的态度。再往前，解放军指挥官拒绝了西默·托平深入战场的要求，他的证件、照相机和打字机等也都被拿走了，一个自称姓吴的副政委和一个戴着眼镜的年轻人同他谈了话。吴副政委说，不能让一个美国人再接近战场核心了，因为"负不起这个责任"。西默·托平又在粮食口袋上睡了一夜，早上的时候，解放军给他送来的早餐是米饭、鸭蛋和开水。他再次对吴副政委表示，他并不在乎战场是否危险，吴副政委冷着面孔回答："我们在乎。"然后，吴副政委毫无回旋余地命令他立即离开战场，他的最后一句话令西默·托平印象深刻："你们美国人帮不了我们。"西默·托平走出屋子，向战场的核心方向瞭望，原野空旷无际，天边阳光耀眼。突然，一阵喧闹传来，原来村子里的一户农民在举行婚礼：

爆竹声中，喜滋滋的新郎把他的新娘引进了家门。由一头小毛驴和牛拉着的轱辘车是用红绸装饰过的。新娘盘腿坐在车上，微微地低着的头上盖了一块绣花盖头，身上穿的绣花绸缎旗袍外面套了一件清朝式的大袖对襟棉袄。新郎则穿一件羊皮长袄，头戴一顶宽边汉帽。他们摆宴招待来客，农民们一边吃着馒头和喝着自制的白干，一边尽情欢歌。

这是一月六日，中国农历腊八。

在不远处的陈官庄战场上，华东野战军对杜聿明集团发起了总攻。

没有人知道这位青年农民为什么要在战火连天之时办理他的终身大事,但有一点可以肯定,这位幸福的年轻人一定是位刚刚分得土地的翻身农民。此时此刻,在这片土地上,翻身农民憧憬未来的欲望最为强烈,不远处隆隆作响的解放炮声在这些农民听来,宛如催生欲望的丰收锣鼓。

西默·托平睁大眼睛,为眼前同时演绎着新生与毁灭的历史瞬间,感到前所未有的惊异。

华东野战军对杜聿明集团的总攻部署是:

以十个纵队、二十五个师(旅)组成东、南、北三个突击集团。

东集团:孙继先司令员、丁秋声政治委员指挥的三纵、陶勇司令员、郭化若政治委员指挥的四纵、宋时轮司令员、刘培善政治委员指挥的十纵和袁也烈司令员指挥的渤海纵队共九个师,由宋时轮、刘培善统一指挥,负责围歼李弥的第十三兵团。三纵首先从东南方向发起攻击,得手后谋求与从北面发起攻击的一纵打通联系,楔入邱清泉、李弥兵团的接合部,阻击邱清泉向东增援,保障从东面发起攻击的四纵、十纵的侧翼安全;四纵从东偏北方向突破后,向耿庄、秋庄、夏凹、胡庄、贾庄攻击前进,协同从北面发起攻击的渤海纵队和一纵歼灭国民党军第八军和第五十九军残部;渤海纵队以一部包围陈阁,主力向王庄、孔楼、马庄、陈庄发展,协同一纵、四纵队作战;十纵首先攻占刘园、李庄、赵园,得手后主力一路向西发展,最后协同三纵、四纵围攻第十三兵团部所在地青龙集。

南集团:滕海清司令员、康志强政治委员指挥的二纵、张仁初司令员、王一平政治委员指挥的八纵、胡炳云司令员、张藩政治委员指挥的十一纵共五个师加三个旅,由苏北兵团司令员韦国清、副政治委员吉洛(姬鹏飞)统一指挥,自南向北攻击李弥兵团。二纵一部攻占范庄、李明庄,协同八纵、十一纵作战;八纵一部协同北集团的九纵夹击刘集,主力攻占魏老窑、魏小窑后向陈官庄发展;十一纵在二纵的右翼,首先攻占徐小凹、李楼,而后向鲁楼、乔庄发展,协同东集团的三纵作战,并保障该纵的侧翼安全。

北集团:叶飞司令员兼政治委员指挥的一纵、聂凤智司令员、刘浩田政治委员指挥的九纵、谢振华司令员、李干辉政治委员指挥的十二纵队共六个师加两个旅,由华东野战军副政治委员兼山东兵团政治委员谭震林、山东兵团副司令员王建安统一指挥,一纵从北面发起攻击,首先攻占贾庄,而后向东南方向发展,与三纵打通联系,分割邱清泉、李弥两兵团,协同四纵和渤海纵队围歼第八军和第五十九军残部;九纵以一部从西面佯攻,牵制刘集国民党守军,主力占领左砦、郭营后向王大庄、刘庄、赵庄发展;十二纵从西北方向发起攻击,协同一纵作战,并保障其侧翼安全。

战场外围堵截任务由鲁中南纵队、豫皖苏军区独立旅、两广纵队、野战军警卫团、冀鲁豫第三军分区基干团、十三纵、七纵、六纵等部队担任。

特种兵纵队除指挥各纵队炮兵团协同步兵作战外,直属重炮被编成四个炮群支援三个突击集团的作战。

中原野战军部队集结在宿县等地休整,同时担任战役总预备队。

一月六日十五时三十分,华东野战军的三个突击集团,在三十分钟的炮火准备之后,连续爆破突击,向杜聿明集团的纵深防御阵地发动了总攻。

九纵首攻郭营便投入了大兵力,著名的"潍县团",即二十七师七十九团以及八十一团一营、三营和师特务营一部,并配属了四辆坦克。猛烈的炮火准备后,攻击部队开始爆破作业,七十九团一营迅速扫清外围工事,随即突破国民党守军前沿。八十一团一营二连突入后,直插郭营村东南角,截断了敌人的退路,然后主力正面突击,分割围歼。两小时之后,郭营守军第十二军一一二师三三六团被全歼,上校团长杨英华以下七百人被俘。

一纵三师攻击夏庄至夏砦间的地堡群,守军是邱清泉兵团第五军的四十五师。首先向地堡群实施爆破的,是特务连二排副排长庄德桂率领的四班。特务连经过之前的一系列战斗,全连只剩下十几名老同志了,刚刚补充进来的全是解放战士。而庄德桂排长率领的四班,八名战士中只有两名老同志。庄德桂按照事先侦察好的路线,带领四班爬到距地堡群三十米的地方,然后他向身边的两名战士发出了前去爆破的命令。但是,这两名解放战士你看我、我看你犹豫不决,庄德桂抱起一只炸药包冲了上去,随着猛烈的爆炸声响,前沿的鹿砦被炸开一个大缺口。四班突进去,占领了一线的一个地堡,里面的二十多名守军把枪扔出来投降了。但是,当四班向二线地堡攻击的时候,一颗子弹打中庄德桂的右眼,他重重地跌倒在地上。几名解放战士扑过来抱住了他,随后跟进的二排长柴文德冲过来,要把庄德桂抬下去,庄德桂说:"干部少,新兵多,我不能下去!"他用纱布抹了抹脸上的血,托着十几斤重的大炸药包向前面的一个大暗堡爬去。国民党守军发动了反冲击,庄德桂用手不断地抹着从眼睛里流出的血,当他爬到大暗堡前面的壕沟时,敌人已经快冲到跟前了。庄德桂把大炸药包往前一推,拉响了导火索。剧烈的爆炸声中,敌人的残肢被裹在灰黑色的硝烟里飞上天空。奄奄一息的庄德桂抓起一颗手榴弹,缓慢地向另一座地堡爬,没爬出多远就一动不动了。解放战士几乎都站了起来,边冲锋边呼喊着:"兄弟们!咱们豁出去了!上呀!"

八纵攻击魏小窑村,守军第七十军三十二师九十六团不断发动反击,两军僵持了好一阵。接近黄昏的时候,八纵重新发动攻击,一连四班长姜起禄和副班长李德傅炸开了守军野外阵地前的鹿砦,指导员高荣木带领二班和八班扫清几座地堡,部队开始向村内发展。三排副排长朱佐亭率领的突击队动作迅速,二线碉堡里的守军还没来得及反应便成了俘虏。二班长孙景成带领战士杨尔侨、杨贵亭和解放战士向春恒、黄希平冲向了村子东南守军的地堡群,他们把母堡的门口堵住,迫使里面的十几名敌人投降,然后顺着交通壕继续搜索追击。当他们冲到一个巨大地堡的门口时,听见里面有人在喊:"不许后退!"孙班长断定这就是守军的指挥所,于是塞进去一只点燃了导火索的炸药包。爆炸声响过之后,里面有人哭喊着:"缴枪啦!别打啦!"几十名国民党守军举着双手出来了,其中有九十六团副团长尹洪义和二营长林禄昌。

十一纵官兵攻击李楼之前,已经把交通壕挖到距守军很近的地方,他们不断地喊:"老乡!投降吧!马上就要总攻啦!"李楼里的士兵答:"后面督战队的机枪架着呢,要攻就赶快攻,不然我们想过去都过不去了!"十一纵的攻击准备炮火刚刚延伸,突击队就冲到了敌人的阵地前沿。"赶快跑!八路上来啦!"一部分守军官兵开始往后跑,却被老兵拦住了:"要吃饭的就别跑!"混乱中,十一纵的爆破组在前面连续爆破,根本不理会战壕里惊慌失措的敌人,后面的战斗很快就变成了抓俘虏的追击。国民党守军在空旷的田野上跑得到处都是,十一纵官兵们边追边喊:"别跑啦!赶快过来开饭吧!"

夏庄守军是第七十军一三九师四一六团。叶飞指挥的一纵二师四团二连在西北、四团八连在正北、六团二连在东北、五团五连在东南,不同方向的攻击同时发起。攻击前的重炮轰击令二师官兵十分鼓舞,因为夏庄村里的地面建筑物和六个制高点全被炸塌。接着,一发烟幕弹爆炸了,这是步兵攻击开始的信号。四团二连的爆破班是八班,四个爆破小组直扑三个暗堡,三声爆炸几乎同时响起。副班长李会福抱着一个三十多斤的炸药包,把夏庄西北角的一个大碉堡炸飞了。八班战士计划连续爆破十包炸药,炸到第九包时,冲击的道路已经被打开。六团二连七班的爆破也很成功,爆破手冲上去的时候,国民党守军把枪全扔在战壕里,跑到地堡里躲了起来,七班的爆破手收缴这些枪支后冲着地堡喊:"不出来就炸了!"这时,纵队的延伸炮火已经把守军的退路封锁,突击排在指导员王兴记的带领下冲入夏庄。王指导员身上三处负伤,浑身是血,但手中的驳壳枪仍高高地举着。后续部队相继冲进村,突击排迅速包抄到村庄的后面,把一群正在逃跑的敌人堵了回去。王兴记和排长蔡兆洪、副排长王成任每人带领几名战士守住村口的几条小路,决心不让一名敌人跑出去。四班长韦求和被炮弹炸倒了,脸上全是血,苏醒后他顺着交通壕也爬了上来,守住了一条小路的路口。战斗结束后,当他被抬下战场时,对指导员王兴记说:"我正在争取入党。"

在支援夏庄作战的炮兵连中,名叫坂本贤介的炮兵教官被流弹击中。坂本贤介是日本东京人,儿时随父亲来到中国,曾就读于上海。中国抗日战争爆发后,他参加了日本地下反法西斯组织——日本反战同盟会,不久却被强征入伍。他积极在日军中进行反战宣传,并为中国军队提供战场情报,最后被日军当局判处死刑。押送刑场的途中,他被新四军部队救出。抗战胜利的那一年,坂本贤介参加了中国共产党,并成为共产党领导的军队中的一员,先后参加了鲁南、莱芜、孟良崮、豫东战役。他热爱中国和中国人民,娶了一个名叫蒋荷菊的中国姑娘,在浙江义乌生的孩子取名为"义生"。在攻击夏庄战斗开始的时候,他指挥四门火炮抵近前沿,以直接瞄准的方法实施精确射击,夏庄国民党守军的六个制高点全是被他指挥的火炮击毁的。他的阵亡令官兵们十分悲伤,官兵们把他的遗体擦洗干净,为他穿上了一身新军装,运到义乌县隆重地埋葬了。坂本贤介的墓碑上刻着他的中国名字和他的生卒纪年:蒋贤礼,1913年—1949年。

陈官庄战场沉寂多天之后的猛烈炮击令杜聿明猝不及防。

"士无斗志,一击即垮,东西两面许多阵地被解放军突破。"

第七十军军长高吉人身负重伤,副军长邓军林即刻升任军长。

在杜聿明的请求下,国民党军空军派来飞机向华东野战军各个方向的攻击部队进行猛烈轰炸和扫射。

但是,华东野战军的攻击强度未见减弱,邱清泉兵团"南北阵地各部队纷纷告急"。

陈官庄临时机场上空飞来一架小型教练机，飞机给杜聿明送来了迅速突围的命令，同时要接走负伤的第七十军军长高吉人。飞行员彭拔臣送完命令，看着高吉人被抬进机舱后，正准备起飞，却发现他的驾驶座位被另一位军官占据了。彭拔臣说："教练机不能多带人，你占了我的位子，谁来开飞机？"那位军官说："老弟，将就一点，快起飞吧！"彭拔臣说："这无法将就，请你让开！"于是那位军官自报家门，说他是徐州"剿总"办公室主任、陆军中将郭一予——"中将还不配坐飞机吗？还不够资格吗？反正我有坐飞机的资格，谁能把我怎么样？要不，大家都不走好了！"这时，飞机外面的一些高级军官和家属们开始大吵大闹，有的说要坐大家都可以坐，有的说管他是什么中将把他拉下来。正争吵不休的时候，解放军的炮弹打到机场来了——"我急得满头大汗，心想再飞不走交不了差，不管三七二十一，一屁股坐在中将的腿上，推动引擎起飞。谁知有个倒霉的'剿总'总务处上校科长黄绍宽，挤在飞机的推进器旁边偏没有走开。推进器一转动，他的手臂断了，腰上裹的金条和银元也被打得满天飞舞，推进器也发生故障不动了。解放军的大炮又打过来，一颗炮弹恰好命中飞机左翼，机尾机脚都受了伤，再也飞不动了。那些瞎起哄的人一哄而散，机场上连警戒兵也跑光了。那位瞎耍赖的中将也早已不知去向。只有高吉人因为跑不动在飞机上干喊救命。哎，太乱了！太不像话了！"最终滞留在战场上并被俘虏的飞行员彭拔臣，事后一想起那个情景便怒不可遏。

总攻发起当日，华东野战军各突击集团先后攻占夏庄、何庄、窦凹、李楼、魏小窑、郭营、李明庄等十三个村落据点，歼敌近万，其中俘虏国民党军第七十军九十六师副师长田瑞生、第五十九军一八〇师参谋长何觉哉以下约七千余人。

七日，华东野战军各攻击集团继续向陈官庄纵深阵地突进。

这是杜聿明集团崩溃的前夕。

在包围圈的各个方向上,攻防双方的战斗进入最艰苦的阶段,随着华东野战军攻击部队的迅猛插入,国民党军的整个防线开始支离破碎。

在没有任何隐蔽物的原野上,陈官庄守军据守的每一个小村庄都被炮火夷成平地,在燃烧的树干和飘散着烟灰的瓦砾中,国民党军官兵不知所措。老兵们把军官逼在战壕的角落里,商量着是投降还是继续打下去,新兵们紧张地听着老兵与军官的对话。此时,老乡关系成为将他们维系在一起的唯一因素,安徽籍士兵跑了很多,湖南籍士兵和湖北籍士兵正在选一个领头的,以便逃跑的时候有人带着,或投降的时候有人交涉。最后,如果老兵们和军官一致认为投降是最好的出路,就立即让军官去和当面的解放军联络;而如果老兵们和军官决定打下去,他们就朝着家乡的方向磕几个头,然后壮着胆子说:"撂倒一个够本,撂倒两个老子赚一个!"

随着攻击向陈官庄核心防御阵地压缩,攻击村落据点的战斗呈现出两种极端的状态。有的村落据点,解放军的攻击刚一开始,国民党守军就举起了白旗,成群的国民党兵排成队从战壕或地堡中走出来,然后就开始要吃的要香烟。解放军官兵对不听招呼的国民党兵大声呵斥着,让他们在规定的地方坐下来;指挥员们忙着请示上级,因为前面村落里的情况连国民党军官兵都说不清楚,他们不知道该不该继续攻击。而另一些村落据点,华东野战军攻击部队从上午打到下午,就是打不下来,不知道被围已久的国民党军哪来的那么多炮弹,前沿的冲击道路被猛烈的火力严密封锁,派上去的爆破组伤亡严重,发起冲击的连队也伤亡严重。当一种淡黄色的烟幕升起来的时候,冲击中的官兵们突然感到呼吸困难,双眼什么也看不见,他们大多数人根本不知道毒气弹是什么,烟幕下官兵全都倒在地上痛苦地滚动着。这一瞬间,战场一片死寂。

七日黄昏,李弥兵团部所在地青龙集被突破。

入夜之后,战斗进入僵持状态。

一纵攻击到距陈官庄不远的河堤附近时,三师多次强攻,仍然无法突破敌人的防线,而河堤拿不下来,就无法进一步割裂邱清泉与李弥两兵团间的联系。三师调整了部署,投入了预备队,经过与守军的反复争夺,终于有一个营突上河堤,占领了一段长约两百米的堤埂。但是,立足未稳,国民党守军便发动了反击,双方在河堤上开始残酷的白刃战。肉搏之中,国民党军的飞机疯狂轰炸,然后,淡黄色的烟幕又升起来了。坚持在河堤上的解放军官兵用湿手巾掩着口鼻,战至最后全营只剩下十几名官兵,但这两百米长的堤埂依旧在手。

十一纵的谭连长奉命无论如何也要想办法摸上去,在当面敌人的后腰部占领一块阵地,以便在主力再次发动攻击的时候,切断国民党守军的退路。谭连长在夜色中找了很久,才发现敌人的两个据点之间,有一条"抗日沟"——抗战期间当地军民挖的交通壕——他决定从这里摸上去。谭连长刚进了"抗日沟",就被国民党守军发现了,大约有一个排的兵力扑了上来。一排副排长王斌带领二班顶上去,几支汤姆枪猛烈射击,把守军压在地上动弹不得。谭连长命令在敌人的眼皮底下开始挖交通壕,冻土很硬,铁锹铮铮作响,官兵们大汗淋漓。谭连长在阻击的二班和挖交通壕的官兵之间来回跑,一边跑一边喊:"既然上来了,咱们就不退了!死也死在这里!"

在谭连长的南面,一支突击队已经打到敌人的阵地前,官兵们占据着交通壕的两端,一面阻击守军的反击,一面清扫交通壕里的残敌。两端带头的副班长都对身后的战士们表了决心:"负伤了也要完成任务!"但是,向交通壕里摸索的时候险象环生。副班长黄发礼突然被两个敌人抱住,黄发礼喊:"是自己人!"趁敌人犹豫的一瞬间他开了枪。前面,交通壕里挤着几十个敌人,一个戴着皮帽子的军官冲过来把黄发礼的枪抓住了。黄发礼说:"别误会!我是一营三连的!"皮帽子问:"刚才谁打的枪?"黄发礼说:"不知道,可能是后面!"手电筒照了过来,皮帽子看见黄发礼一身国民党军军装,放心了——黄发礼,一个小个子战士,一个多月前他还是黄维兵团里的士兵,在运河附近被俘虏后没几天,他就参加解放军投入了包围杜聿明集团的战斗,虽然身上的军装还没来得及换,但是他说"自己的立场早就换了"。趁敌人松懈下来,黄发礼突然一个信号,后面的战友一起冲过来,数支冲锋枪猛烈扫射,交通壕里顿时乱成一片,然后就是寂静,敌人的尸体把交通壕塞满了。"去向连长报告",黄发礼说,"我们占领了这段交通壕,等天亮了,就让主力从这里冲进去!"

李弥跑进邱清泉兵团的防地,第九军也放弃阵地向陈官庄防线跑了过来。邱清泉和李弥的部队拥挤在一起,引起了巨大的矛盾。杜聿明规定,突围的时候,两个兵团轮流当前锋,先由邱清泉兵团发动攻击,李弥的部队担任掩护;然后,李弥兵团越过邱清泉的部队继续攻击——"更替跃进,突出重围"。

邱清泉在指挥部里把第十二军一一二师师长于一凡骂了一顿,说他的三三六团在郭营被歼灭,三三五团在左砦投降,而这两个团的损失影响了整个战局。于一凡抗辩说:"我是一个师,却担负着一个军的防御正面,在冰天雪地弹尽粮绝的情况下,谁能维持下去?"邱清泉沉默了一会儿,突然向于师长下达了一个莫名其妙的命令:"你坐飞机回南京去暂时休息一下,我给总统打电报!"于一凡顿时愣住了——谁不想赶快脱离战场?但是,此时此刻,这一奢望简直就是天方夜谭。于是他用异样的眼光看着邱清泉,觉得眼前的一切都不怎么真实:是不是邱司令官的脑子出了什么问题?

邱清泉已经没有了平日不可一世的狂妄,他被眼前国民党军"一泻千里的崩溃"弄得惊恐万状,"终日呆坐在敌我态势图前垂头丧气",不断地自言自语道:"真正崩溃了!真正崩溃了!"七日晚上,参谋长李汉萍发现邱清泉喝得酩酊大醉,蒙着头睡在床上什么也不闻不问——"我恐怕当晚崩溃,向他请示办法。他怒气冲天地说:'让他崩溃好了!'"

八日,美国记者西默·托平还没有完全走出战场。身后的炮声似乎减弱了,他问身边的护送他的解放军战士:"炮火已经停止,徐州守军是否已经完蛋?"

"是的",解放军战士肯定地回答,"杜聿明就快完蛋了。"

西默·托平在一个村庄里与解放军官兵一起享用了一顿猪肉和米饭——"寂静的黑夜似乎都变得鲜活起来,到处都能听到士兵情绪高昂的歌声。每一位共产党战士看来都粗略地了解淮海战役的总战略以及来年夏季将在长江上展开的下一步行动……我凝视着夜色,豁然觉得明智起来。我明白我们错过了作出重大抉择的岔路口,毛泽东走的是他的革命道路,而我的国人走的却是完全不同的另一条路。我现在意识到,美国人与共产党人自由交往的时刻已不复存在。在延安,不再会有友好的宴会和气氛和谐的意识形态方面的争辩。毛泽东正致力于他的革命事业,任何外国人——无论是美国人还是俄国人,都无法左右他的方向。"

西默·托平走到另外一个村庄,他遇到了一个"自一九三六年以来一直在解放军的队伍中任职,这期间只见过他妻子和家人一面"的干部。这位干部在西默·托平的笔记本上写道:"为了民主,为了自由,为了幸福,我们愿和我们的美国朋友一起战斗到底。"签名是"田武昌"——因为没有写明职务,因此,无论是西默·托平还是今天的我们都无从查明这是否是个真实姓名,一个猜测是:共产党领导的军队给部队起代号时,通常喜欢借用中国大城市的名字。

心绪复杂的年轻的美国记者已经喜欢上了纪律严明的解放军官兵。他很愿意让充满好奇心的他们摆弄他随身携带的照相机,并按照官兵们的请求现场操作了他的那台英文打字机,然后不厌其烦地回答解放军官兵们提出的各种各样的问题,其中,"一位年轻的步兵战士问及有关自助餐厅的问题"让西默·托平着实吃惊。无法得知提出这个问题的士兵,他是从哪里得知世界上还有"自助餐厅"这种代表着悠闲富裕生活的东西的,也无法得知这个士兵如何在身处战火之时怎么会想到这个问题的。最终,这位年轻的解放军战士的自信令西默·托平震惊:"等全国解放了,再过二十年,我们也将有自助餐厅!"

八日夜,陈官庄战场上,已经被压缩得非常小的包围圈的四周,到处都是挖战壕的声音,铁锹镐头在月光下闪着光亮。华东野战军官兵决心把战壕一直挖到国民党军残存部队的眼皮底下。

四连一班副班长杨金堂二十二岁,他身材高大,平时身上总是两支枪。这几天他害了眼病,两眼肿得像两只铃铛。班长让他下去休养,他说不要紧。晚上,任务来了:四连以一个班的兵力,用迅猛的战斗动作抢占距敌二十多米远的一座大坟包,并且坚守住,掩护全营挖战壕。一班争取到了这个任务,杨金堂带着三名战士上去了。刚往前爬出不远,敌人就发觉了,机枪子弹打过来,杨金堂的手被子弹打穿了,脖子上也被子弹擦着直流血。连长爬上来问他行不行,他让连长赶快去指挥挖战壕,不用管这里。敌人很快发起反击,在爆炸的火光中,杨金堂脖子上的血冒着热气。击退敌人的反击后,身边的三名战士都因负伤被抬了下去,阵地上只有他一个人了。月亮渐渐向西倾斜,杨金堂的半个身子已经麻木,脖子上的血结成了冰块。在意识逐渐丧失的时候,他不断地提醒自己要坚持住,他的汤姆森枪依旧在"咯咯"地响着,当面的敌人始终抬不起头来。战壕已经挖到距当面守军仅三十米的地方,那边杨金堂的汤姆森枪突然不响了。连长派人上来一看,昏迷了的杨金堂右手扣在扳机上,左手握着一颗烈性手榴弹。

黄淮大平原上又一个寒冷的黎明来临了。

以陈官庄为中心,在杜聿明集团最后龟缩的几座村落的四周,华东野战军官兵决心要把他们脚下的土地挖个底朝天,无数条战壕向着国民党守军最后的阵地前沿一寸寸地接近。在凛冽的寒风中挖掘了整整一夜的官兵知道,战壕距离敌人的前沿越近越好,那样等冲锋号响起来的时候,他们就会从战壕里一跃而起,端着汤姆森枪瞬间冲到敌人面前——那个敌人最好就是杜聿明!

勇敢地向前进

淮海大战的最后时刻到来了。

从徐州南撤的国民党军杜聿明集团,被华东野战军包围在陈官庄附近地域,至今已经一个月有余。

一九四九年一月六日,当炮声再次从陈官庄战场轰然鸣响时,攻守双方的官兵都知道,这是这块已经尸横遍野的大平原上的最后一搏。

在狭窄的包围圈四周,华东野战军各突击集团火炮狂吼。东面,李弥兵团已经崩溃,各军官兵疯狂西逃,潮水般涌进邱清泉兵团的防御阵地,然后越过那里已经残破的阵地继续向西溃败。邱清泉兵团各部队协同已经混乱,各个村落据点之间被华东野战军穿插分割,兵团部的指挥系统已经失灵。

九日上午,国民党军空军副总司令王叔铭亲自飞到陈官庄上空指挥轰炸,企图为西逃的杜聿明的部队炸开一条通道,但是轰炸似乎没有起到作用——"车辆部队大白天向陈庄、刘集地区运动,解放军从而发现了国民党军突围的方向,对于东、南、北各方的攻击更加猛烈。"

杜聿明意识到陈官庄危在旦夕,决定离开这个被困已久的村庄。与他同行的是邱清泉,两人准备去第五军军部。

第五军军部所在地陈庄,虽距陈官庄不足两里地,但是,需要穿过两个村庄之间的临时飞机场。走出陈官庄后,暴露在旷野中的杜聿明立即感受到死亡的气息。到处是尸体和伤员,临时机场上,用降落伞搭建的各色帐篷大多已经破碎,在寒风和爆炸的热浪中疯狂地舞动着,大地因此显出神经质般的动荡不安。炮弹不停地向临时机场倾泻,尸体的残肢和泥土混合在一起飞溅。没有听见那些伤兵、溃兵和从徐州撤出来的非军事人员的呼喊,只是当杜聿明跌跌撞撞地踩上一堆软绵绵的东西之后,脚下才发出呻吟声——旷野上,几乎所有的人都缩在土坑里,身上盖着枯草和泥土。

华东野战军十纵二十八团占领青龙集后,该纵二十九师越过青龙集直插陆菜园,八十七团在八十五团一营的配合下,将国民党军第七十二军包围。十纵与这支国民党军有过多次交手的经历:一九四七年四月泰安战役中,十纵会同三纵一部全歼整编七十二师师部和两个旅,俘虏中将师长杨文瑔以下官兵共一万五千多人。泰安战役后,国民党军重新组建整编七十二师,整编第十师副师长余锦源出任师长。一九四八年六月睢杞战役中,整编七十二师再次被华东野战军包围,最后时刻余锦源曾准备投降,因包围他的华野主力转移才免遭被歼。同年八月,整编七十二师被扩编为第七十二军,余锦源升任军长。此时,余锦源指挥部队利用一片老坟地起伏的地形作最后顽抗。在政治喊话无效的情况下,十纵发起了猛烈攻击。地堡相继炸毁,前沿阵地守军立即溃退,余锦源率领军部逃到距陈官庄不远的胡庄。十纵二十九师八十七团紧追不舍,与兄弟部队一起又将胡庄包围。数十门大炮被推上来,炮兵做好了轰击准备,八十七团官兵再次喊话:"你们被包围了!快放下武器!不然我们就开炮了!"

第七十二军的副军长谭心急忙召集三十四师师长陈渔浦和二三三师师长徐华商量如何是好。商量的结果是:派二三三师特务连长杨法治带领两名通信兵打着白旗、拉着电话线到当面解放军的阵地上要求谈判。解放军认为一名连长不够资格,谭心改派二三三师参谋长余勋闵出面。于是,十纵二十九师八十七团政治委员宫愚公、副团长雷英夫和余勋闵在双方警戒线上开始了谈判。

第七十二军一二二师师长熊顺义被余锦源叫到军部。熊顺义发现军部里的气氛有点不对头,便拉住副军长谭心问个究竟,谭心说:"这个仗打不下去了。杜、邱、李三人现在拿不出主张,他们准备各自逃命,不管部队了。我们不能作无谓的牺牲,与共军联系,大家不打了,都是中国人,自己拼什么?共军已经答应,只要我们不打,保证我官兵生命安全。"谭心问熊顺义是否同意,熊顺义立即表示:"事已到此,大势所趋,当然大家跟着走。"

在两军警戒线上,余勋闵再三表示,第七十二军在胡庄还有两个团的兵力,意思是他们还是有相当战斗力的。宫愚公政委说,解放军在胡庄四周集中了两个师五个团、三个炮群共六十多门大炮,如果不想投降就打打看。余勋闵赶紧提出了两个条件:一、对外宣传不要说第七十二军是投诚的,而要说被歼;二、投诚之后,如果有官兵愿意回家希望准予离开。双方最终达成的协议是:

人民解放军第十纵队前方指挥所政治委员宫愚公与七十二军代表余勋闵先生拟定火线协议条件如下:

(一)七十二军立即放下武器,在其放下武器的条件下,人民解放军准许如下之条款:

(1)保证所有放下武器人员生命财产之安全。

(2)保证所有放下武器官兵眷属之安全并予照顾。

(3)保证所有放下武器之官兵不做人格上之侮辱。

(4)在宣传上可以尊重七十二军军长之意见。

(二)七十二军必须遵守下列条款:

(1)保证所有在职人员一律点交清楚。

(2)保证所有武器一律点交清楚齐全并不做任何破坏。

(3)放下武器后,七十二军立即转入指定地点。

(三) 以上条款统限于中华民国三十八年一月九日晚十时四十分起生效。

十纵八十七团派出一名营教导员跟随余勋闳进入胡庄，走进了第七十二军军长余锦源的指挥部。余锦源还是有些犹豫不决，八十七团的那位营教导员说："时间不多了，我们的炮兵早就等得不耐烦了。"余锦源和谭心又提出了四个条件：一、双方必须再假打一个小时；二、武器弹药不好点交；三、先发给余锦源一张通行证，让其离开部队，不跟随士兵一起走，不与解放军高级首长见面；四、将谭心的家眷从镇江接到徐州。四个条件十纵都同意了。余锦源写下了"全军放下武器"的命令。

九日晚至十日拂晓，国民党军第七十二军残部一万五千名官兵放下武器，全军进入当面解放军的阵地。解放军信守承诺，愿意留下来的欢迎，愿意走的很快被释放，释放证明上注明的是"参加战场起义"。

一二二师师长熊顺义还是趁乱逃跑了。他经徐州、郑州跑到武汉，参加了孙元良重新组建的第十六兵团，还当他的一二二师师长。一九四九年年底，当他再次被解放军追得走投无路时，在四川率部起义。

第七十二军投诚之后，十纵立即进入胡庄阵地，陈官庄已在眼前。

在胡庄的西南方向，第七十四军军部已经乱成一团，军长邱维达给侧翼的第七十二军打电话，发现电话线断了，派作战科长前去联络，这才知道第七十二军正在与解放军商谈缴枪的条件。邱维达顿时有些惊慌，命令特务连向胡庄方向警戒。接着，邱清泉打来电话说："李弥兵团已垮了，共军已经突到投掷场附近，请你注意，我以后不能统一指挥了，请你自行决定。"——这是邱维达与邱清泉的最后一次通话。情况肯定是万分不妙了，邱维达立即召集军官会议，决定销毁一切文件和笨重的行李器材,五十七师坚守阵地,掩护五十一、五十八师转移。同时规定,如果突围出去的话,部队一律到安徽阜阳集合。命令下达之后,参谋长江崇林跟随五十八师、军长邱维达跟随五十一师开始向西突围。没走多远,他们便受到猛烈的阻击,五十一师虽一度突破阻击线,但接着两侧同时受到夹击,师长王梦庚死于乱枪之中。跟进的五十八师因被分割而陷入困境。邱维达在卫兵的保护下开始在混乱的战场上盲目奔逃。

李弥给第八军军长周开成的命令是:"各军军长带一个最好的团,到西面的张庙堂附近准备突围,其余的部队指定一个师长负责指挥。"周开成立即带领部队向西运动,但刚一动就受到炮火拦截。侧翼的第一一五军军长司元恺说他支持不住了,二三七师师长孙进贤说他的阵地已被突破,因为南面第七十二军那边已经敞开了口子,第八军现在等于腹背受敌。不一会儿,四十二师师长伍子敬在电话里报告说,他们那边情况危险。周开成当即表示派运输团前去增援,但是伍师长竟然说"不要来了",然后就挂断了电话。周开成不知道,四十二师已经投降。

接受国民党军第八军四十二师投降的,是华东野战军第四纵队三十四团。这个团插入敌人纵深阵地后,正准备向当面之敌发动进攻,发现前面的阵地上有人晃动白旗。一个名叫杜德政的副官径直走进三十四团二营营部,呈上一份由四十二师师长伍子敬、参谋长盛钟泰、政工处长刘智亭和几名团长集体签名的请降书。四纵三十四团团长秦镜答复:令参谋长盛钟泰二十分钟内前来投降。盛钟泰原是李弥兵团司令部的作战处长。杜聿明集团被包围后,四十二师师长石建中被炮弹炸伤,他被调到这个师任参谋长,协助新上任的师长伍子敬指挥作战,伍子敬原是这个师一二六团团长。盛钟泰并不熟悉部队,在前沿阵地上,看见解放军送过来的《敦促杜聿明等投降书》后,开始考虑自己的出路。目前,四十二师仅伤员就有上千人,军心涣散，无力再战，于是他提出投降。军官中，除新上任的一二六团团长李心恺主张拼死突围外，其余的一致赞成举白旗。于是，大家都在投降书上签了字。盛钟泰把自己的白手绢系在一根木棍上，派人举到阵地前沿去，好让当面的解放军看见。听说解放军叫他亲自去投降，他毫不迟疑地立即去了。双方各自提出条件之后，他又气喘吁吁地跑回来，说解放军提出的条件，四十二师都可以接受，官兵的性命马上就可以保全了。

四纵三十四团命令二营在其阵地敞开一个口子，让投降的四十二师走过来。

接受敌人整师的投降，在三十四团的历史上还是第一次。

团长秦镜说："伍子敬，中等身材，长相不错，面带愧色，向我交出了他佩戴的手枪。"

四十二师投降后，第八军军部的指挥完全失灵，周开成带领二三七师师长孙进贤、视察官龚厚斋、参谋长袁剑飞、副参谋长田兴翔和副官、参谋们向西奔逃，打算去陈官庄附近找李弥。一行人好不容易冲过炮火拦截地带，突然发现前面又出现了拦截部队，迎面一挺机枪黑洞洞的枪口正在对着他们。他们认为这里应该是第一一五军一八〇师的防御阵地，于是，卫士排长郑一峰喊："军长在这里，不要打枪！"——实际上，周开成闯入了正准备向陈官庄发动攻击的华东野战军第十纵队二十九师八十五团五连的阵地。

周开成后来回忆说，当时我想起了陈毅曾经写来的劝降信，于是派卫士排长郑一峰前去找解放军接洽投降。"过了一会儿，郑一峰带来一些解放军，其中一位是伍排长。我将手中的三寸白朗宁手枪交给伍排长，并说：'向你们投降。'同时叫卫士排将四五口径的冲锋枪放下，交给解放军，其余的人也放下了武器。伍排长说：'放下武器，就是朋友。'"但是，同样是当事人的第八军参谋长袁剑飞回忆说，由于误认为前面出现的是第一一五军，于是派卫士排长郑一峰前去联系,郑一峰过去不久就向他们招手示意,一行人中除二三七师师长孙进贤看出不对劲跑了之外,其余的人毫无戒备地走了过去,走到跟前"都愣住了,原来不是什么友军,而是解放军"。华东野战军十纵二十九师政治委员李曼村讲述的情景与袁剑飞的讲述基本吻合:"周开成以为是友军阵地,先派一名卫士排长前来联系。这个排长刚进我阵地,便当了俘虏。在我的命令下,敌排长回头向周开成等人招手,周开成在随从簇拥下走来,一到阵地,敌排长介绍:'这是我们军长。'我们风趣地回答:'军长来了,欢迎,欢迎!'这样,我们又抓了一个军长。"

黄昏时,杜聿明和邱清泉到达第五军军部所在地陈庄。

第五军官兵也处在惊慌失措的状态中,来自四面的炮弹目标准确地落在村庄里,爆炸的火光中到处是躲避炮火的混乱人影。由于杜聿明的参谋长舒适存第二次飞往南京后再没回来,司令部人员和警卫部队由副参谋长文强带领,从陈官庄跑出来聚集在陈庄西面的旷野里。文强找到一个地窖躲了进去,并在那里开设了临时指挥所。地窖的四周,所有能开动的坦克和装甲车挤在一起,马达轰鸣着,盲目地到处乱撞,车灯不分白天黑夜地闪来闪去,没人知道这是因为胆大还是因为胆小。

第五军是杜聿明于一九三八年以二〇〇师为骨干创建的,是国民党军的"五大主力"之一。一九四五年邱清泉任军长后,全军在昆明接受了美军的训练,装备也是国民党军中最好的,除大口径榴弹炮和其他各种口径的火炮之外,还特别编有骑兵、工兵、汽车、战车等部队,各师都配备有喷火器连。此时,第五军下辖四十五、四十六师和二〇〇师,每个师兵力约一万人。第五军现任军长熊笑三,是杜聿明、邱清泉一手培植起来的,尤其是邱清泉信任有加的心腹将领,这也是他俩在最后时刻跑到这里来的原因。

但是,杜聿明和邱清泉刚刚进入陈庄,华东野战军的炮火就延伸到了这里,熊笑三当着杜聿明和邱清泉的面开始发牢骚:"打了四十天,陈庄从来没有落炮弹,兵团部刚来,炮弹就跟来了,这就是因为人来得太多暴露了目标的关系!"——熊笑三心情恶劣,因为他的第五军已经四分五裂。

上午的时候,熊军长坐镇最精锐的二〇〇师师部,指挥四十五、四十六师在毒气弹的掩护下突围,向二〇〇师的防御阵地靠拢。但是,飞机的轰炸根本不像空军吹嘘的那样能炸出一条突围之路。直到下午十四时,两个师的靠拢没有任何进展,怒火万丈的熊笑三在电话里向四十五、四十六师喊:"别来了!别来了!飞机扔下的毒气弹没一个爆炸!"

四十六师很快没了消息。

四十五师报告说他们受到猛烈攻击,已经陷入孤军作战的境地。

四十五师一三三团和一三四团的一个营退守陈官庄附近的刘庄,立即遭到华东野战军几个纵队的同时围攻。华东野战军官兵知道,只要把当面的国民党军第五军打掉,整个淮海战役就算胜利结束了,因此战斗积极性空前高涨。爆破组长王恩尧在战斗动员时,专门强调了打第五军的意义,然后说:"我第一个去爆破,无论我负伤了还是光荣了,你们接着干,一定要把突击道路打开!"斜阳的光芒十分耀眼,王恩尧在机枪的掩护下,抱着炸药包冲过百米开阔地,顺利地炸掉第一座碉堡,身后的一连二班一声呐喊,直接冲进敌人的前沿工事。国民党守军开始反击,二班战士韩进贤冲在最前面:"不要怕!立功的时候到了!"他和副班长赵兴才的双手已被燃烧弹烧坏,催泪弹的烟幕令全班战士都睁不开眼睛,他们寻着敌人枪声的方向继续冲击。从右边攻击的二排在过开阔地时伤亡严重。五班副班长郁国才拼死上前,炸掉了当面敌人的一个暗堡。硝烟散尽之后,他从敌人的死尸中抓起一挺加拿大机枪,高声喊:"都别动!不然打死你们!"趁守军不知所措的时候,二排后续部队冲了上来。国民党守军开始向后跑，纵队的山炮连及时封锁了守军的退路，兄弟部队也从侧面冲上来。在太阳刚刚沉没到大平原尽头的时候，退守刘庄的第五军四十五师全部被歼。

　　与此同时，一纵在与四纵、十一纵打通联系之后，三师对国民党军四十五师师部和剩余部队据守的丁枣园发动了攻击。此时的三师伤亡很大，但官兵们知道当面的敌人更困难。在丁枣园阵地前沿，到处是被打坏的大炮、战车和敌人的尸体。八团首先冲过前沿，打到丁枣园东南角的集群地堡前，并顶住了守军的猛烈反扑，七团也占领了村东面的出击阵地。突然，受到包围的丁枣园守军沉寂下来。过了一会儿，七团阵地前面出现一个人影，那个人喊："不要打枪！我是新闻室主任，是奉四十五师师长的命令来谈判的！"一营教导员董明儒立即把这个情况报告给团政治委员徐放，徐放一面向师里报告，一面与团长黄河清上了前沿。前沿那边又传来喊声："我们师长请你们派个代表过来谈谈！"这时，三师指挥部的指示到了，同意七团前去谈判，命令九团迅速插到丁枣园以西，八团插到东南和西南两面，将包围圈进一步收紧，加大对国民党军守军的压力。

　　七团派出的代表是宣传股长金乃坚。金乃坚走进国民党军四十五师一三三团团部，团长姜铁志和他握了手，说："劳您的驾来跑一趟。"一三三团各营营长挤满了狭窄的隐蔽部，金乃坚掏出"飞马"牌香烟，营长们都伸出了手，烟雾缭绕中气氛似乎有所缓和。金乃坚简要地介绍了淮海战役和平津战役的战况，然后说："你们已经穷途末路，没有救兵了。只要你们放下武器，我们保证你们的生命和财产的安全。愿意留下的欢迎，愿意回家的发给路费，负伤的我们负责治疗。"姜铁志要求享受起义待遇，金乃坚断然予以拒绝。此时，在丁枣园村四周，响起了声势浩大的喊话声，参加喊话的有刚刚放下武器的国民党军官兵，这些官兵根本没等上级的命令就成班成排地走到解放军的阵地上，放下武器，接过干粮，边吃边喊："弟兄们！别当冤鬼了!"七团见金乃坚久不回来,正要重新部署攻击,金股长安全回来了,后面还跟着四十五师的电话兵。电话接通之后,那个新闻室主任再次确认他们提出的条件都得到了同意。不一会儿,丁枣园村前沿阵地上出现了一队人,走在前面的是国民党军四十五师师长崔贤文。

来到七团团部,崔贤文把随身携带的手枪、指北针、望远镜和子弹交了出来,然后被带到三师指挥部。三师政治委员邱相田回忆道:"我抬头看看这个大个子,帽耳朵耷拉在脸上,棉大衣紧紧裹住身体,尽管他还想装得神气些,但是,二十几天的围困,几昼夜的沉重打击,浑身狼狈不堪的痕迹却怎么也掩饰不了。他们面向坟堆站立着,一时没有话说。"

邱相田要求崔贤文下令全师放下武器。

崔贤文说,我们的失败是败在战略上而不是战术上,第五军还是能打的,并且再次提出要享受"起义"待遇。

三师师长陈挺厉声喝道:"只有无条件放下武器,才能得到人民的宽大!"

崔贤文愣了一下,忙说:"我们部队过来之后,请长官们饶恕一点。"

丁枣园通往朱小庄的土路上,四十五师师部和最后残余部队约八千人争先恐后地向解放军阵地走来。国民党军官兵把武器放在指定地点后,跟在解放军干部的身后往邻近的一个村庄走,一眼望去村庄里已是炊烟升腾,估计馒头已经出锅了。

邱清泉兵团的第五军只剩下二〇〇师了。

在陈庄第五军军部里,所有的人,包括邱清泉在内,不断地催促杜聿明尽快下达全面突围的命令:"趁早突围总可突出去,还可再干。如果迟疑不决,那就整个完蛋。"但是,杜聿明始终不表态。

因飞机损坏没走成的第七十军军长高吉人胸部伤势严重恶化,

在混乱中他也被军医和心腹军官们抬到了陈庄。第五军副军长郭吉谦去掩蔽部看望他时，高吉人表情绝望，话语吃力："杜先生、邱先生他们突围，我的伤这么重，怎么办呢？给我出个主意吧。"郭吉谦说："你的伤这么重，如果跟着一块儿突围，甭说别的，沿途颠动也把你颠动坏了。依我看，不如留在此地不动，共军来了，见你的伤这么重，会原谅你的。"高吉人沉思了一会儿，说："你说得对，听你的话，我就不走了。"——"后来杜聿明、邱清泉等人突围时，高吉人被解放军送到后方医院医治，重伤治好了，可是他又跑到蒋介石那边去了。"

第五军军部人心惶惶，只有军长熊笑三变得诡秘起来。他先跑出隐蔽部，接着，隐蔽部四周机枪、大炮、手榴弹声大作，然后他跑回来对杜聿明说："已经打到司令部来了，要下决心！"说话间，他把一条白布条抓在了手里。杜聿明听了一下，那些声音都是从一面响起来的，知道这是熊笑三在逼迫自己下达逃亡的命令，就说："这是你们部队自己打的，你出去看看为什么这样？"熊笑三出去一下回来之后，那些声音果然停止了。黄昏，熊笑三又对邱清泉说："如果个人单独行动，就有办法出去。"邱清泉问："你有什么办法出去？"熊军长还是那句话："只要让我个人行动，准能出去就是了。"

李弥终于出现在陈庄。

他来向杜聿明"请示机宜"，杜聿明却没有任何机宜可示。

杜聿明、邱清泉、李弥坐在掩蔽部里"默然相对"。

时间已是一月十日凌晨，是突围、逃跑，还是投降，杜聿明必须作出抉择。

从枪炮声判断，解放军已经攻到了第五军军部附近。

杜聿明终于放弃天亮之后与空军配合突围的原定计划，决定即刻分头突围。李弥、邱清泉和熊笑三表示要和杜聿明一起走。杜聿明说："这不是让敌人一网打尽吗？我们就这样走，如何对得起部下？赶快分头通知他们自找出路！"于是，邱清泉忙着给还能联系上的各部队打电话,已经没有部队可以指挥的李弥坐在那里不说话。杜聿明催促他必须与部队取得联系,李弥离开了。邱清泉的参谋长李汉萍意识到,这也许是最后的分手了,他将李弥送出了隐蔽部——"阵地周围的炮火,映得漫天通红,滚滚浓烟,轻重机枪和手榴弹声一阵紧似一阵,各种颜色的曳光弹,如无数道流星在阵地上空飞来飞去。"李弥请李汉萍留步,然后他万分伤感地说:"炒豆子的时候到了,我早就知道有今天。"

李弥的身影消失在纷乱的枪炮声中。

李汉萍知道从徐州出来的几十万人马就要覆灭了。

在第五军军部里,杜聿明和邱清泉突然发现,就在他们布置突围的时候,第五军军长熊笑三不见了。熊笑三说过"如果个人单独行动,就有办法出去",到底是什么办法?他是如何在混乱的战场上独自一人跑出去的?没人知道。后来人们知道的是,他一跑就跑到数千公里之外的台湾岛上去了。

杜聿明给蒋介石发出了最后一封电报:"各部队已经混乱,无法维持到明天,只有当晚分头突围。"电报发出后,隐蔽部里一片死寂。过了一会儿,邱清泉说:"现在陈庄三面已被包围,只有西南方一个缺口可走。大家突出重围后,谁能到达南京,谁就向总统报告这次全败经过及今晚的情况。"于是,大家动身走出陈庄隐蔽部:走在最前面的是杜聿明,随后跟着邱清泉、徐州警备司令谭辅烈和第二兵团参谋长李汉萍。黑暗中,"四人鱼贯地右手搭在前一人的左肩上,由二〇〇师工兵营长作向导",向陈庄西南方向邱清泉说的那个缺口突围。

尽管四个人如同游戏般互相搭着肩膀走出了隐蔽部,但是,刚出隐蔽部这个小小的队伍就在爆炸的火光中瞬间解体了。

杜聿明在十几名卫兵的簇拥下向正西仓皇而去。

李汉萍跑出陈庄后辨不清方向,天大亮后被解放军俘虏。

杜聿明的黄埔同学谭辅烈消失在混乱中，没人知道他去了哪里以及后来的命运。

邱清泉突出陈庄后，"时而跑到东，时而跑到西，不停地高声大叫'共产党来了'。"天色渐渐明朗，邱清泉发现他仍在陈庄以北的张庙堂附近，难道整整一夜一直在原地转圈？邱清泉最终没能突出重围。但是，也没有确切史料记载他是如何死亡的，极有可能的推测是死于炮击或流弹。邱清泉尸体被发现的地点是：张庙堂村西南四百米处的旷野中。

杜聿明指挥部副参谋长文强率领机关人员冒死到达陈庄第五军军部时，发现杜聿明等人已经跑了。杜聿明的机要秘书冯如石把重要书信、电报底稿、蒋介石的来电等文件在火光的照明下撕成碎片，然后扔在风中。机关人员看到如此情景只好各自逃跑。文强率领几名卫兵在拂晓时分跑不动了，他们坐在一块沙地上，当一群解放军官兵朝他们冲过来时，他们没有做任何抵抗投降了。

十日黄昏，在庄西场园村，一个被俘的国民党军军官突然冲出巨大的俘房群往南跑。被解放军战士抓回来后，他用浓重的湖南话解释说，他被炮弹震晕了，总觉得面前有人拿着手枪要枪毙他——国民党军第七十四军军长邱维达想逃到附近的第十二军去，跑到大王庄附近的时候，他带着的队伍已经全乱了，一会儿往西跑，一会儿往东跑，军部和师部都已跑散，黑暗中他发现身边的卫兵一个都不见了。往西跑的溃兵挤在一起，只要前面枪声一响，拥挤的队伍就四处跑散。邱维达实在跑不动了，解放军冲到他面前时，他"举起手来当了俘房"。

第十三兵团参谋长吴家钰，第九军军长黄淑、副军长李荩宣、参谋长顾隆筠此刻都躲在第二兵团第五军二〇〇师师部里。第十三兵团在陈官庄东面被击溃后，黄淑奉李弥的命令收容第八军、第九军和第一一五军残部，这些残余部队躲在二〇〇师的后面，正拼命地挖掩体以躲避到处飞溅的弹片。黄淑派出一个工兵营去陈庄方向接李弥，准备一起突围，但工兵营一去不复返，李弥也没有任何消息。九日午夜，二〇〇师师长周朗接到第五军副军长郭吉谦的一封信，信中说："杜主任、邱司令官、军长（熊笑三）先走了，要我通知你各奔前程，目标安庆，前途珍重。"信封里还夹着五百元金圆券。周朗把信给黄淑看了，黄军长认为，兵团司令官李弥未到，如果自己这样跑了，"丧失军人气节"。于是，周朗"独自离开了掩蔽部"。拂晓时分，二〇〇师已经完全溃散，师部四周到处是炮弹爆炸的火光和解放军官兵的喊杀声，黄淑这才通知一六六师师长肖朝伍、三师师长周藩和二五三师师长王青云已各自突围。于是，他自己也跑出了二〇〇师师部。枪弹乱飞，杀声震天，黄淑感到已无处可逃，他找到一个残破的隐蔽部蹲下来，一直蹲到解放军官兵出现在他面前，那时是一月十日早晨七时。

最后，防守陈官庄的第七十军抵挡不住华东野战军的猛烈攻击，决定放弃阵地逃亡。高吉人负伤后，九十六师师长邓军林升任第七十军军长，他命令参谋长魏珍通知九十六师和工兵团速到陈官庄东面的空地上集合，并通知三十二师师长龚时英自行突围方向，至于一三九师因已无法联系索性由他们去吧。九十六师和工兵团集合完毕后，邓军林、魏珍以及其他指挥部人员在特务营的保护下，跟随刘志道师长率领的师直属队和二八六团一起向西跑。刚出陈官庄，就发现人喊马嘶，枪声四起，流弹风一样从头顶或身边掠过。魏参谋长建议投降，其余的人不吭声，邓军林十分恼怒："你们怕死！要投降你们去，我不阻拦，我不投降！"于是，只好继续往西跑。跑着跑着，前面的路被汽车和乱兵堵塞无法通行，后面解放军的喊杀声越来越近，部队一下子溃散了。九十六师特务连冲出一条血路，掩护邓军林带着几十名卫兵冲了过去。但是，又一道封锁线横在了眼前。邓军林意识到自己已经被盯上了。盯上他们的是华东野战军一纵二师。战士陆尤富和李振亚看准了一名很胖的军官猛追,那个军官先扔下了一支汤姆森枪,接着又扔下了一支左轮手枪,陆尤富没捡枪还是追。胖军官最后跑不动了,喊:"我没枪啦!我没枪啦!我是个上士,优待啊!优待啊!"陆尤富把这个胖军官交给李振亚,继续去追其他的俘虏。胖军官掏出一个小布包对李振亚说:"这是金戒指,你要吗?"李振亚摇摇头。胖军官一会儿说自己是上士,一会儿说自己是特务长,还不断地在俘虏群中打听谁是广东老乡。负责审查俘虏的副指导员李德从他的皮夹子里找到一张名片,李德大声地念起来:陆军第九十六师师长兼第一快速纵队司令邓军林。胖军官说:"这就是我。"

华东野战军各纵队从四面围攻陈官庄的动作猛烈而坚决,冲在最前面的是十纵八十三团。这个团的二营和三营在团政治委员孙乐洵和副团长孙成才的率领下,午夜时分冲到陈官庄外围敌人用大卡车和坦克组成的环形围墙前。他们从一名国民党军军官口中得知杜聿明要逃跑,立即向纵队请示允许他们发动攻击。纵队司令员宋时轮的命令是:不顾孤军深入,不顾伤亡,坚决冲进去!两个营的攻击突然开始,不少国民党军官兵为躲避炮弹和寒风还躺在大卡车和坦克的下面,二营长曹文章奉命指挥四连攻东门,五连攻东南面的小高地,六连攻东北角,三营长朱福修奉命率七连攻击正北的汽车坦克围墙。战斗在夜色中进行,二营六连和三营七连的攻击受到敌人的猛烈抵抗,朱福修指挥七连成功地炸毁一座暗堡之后,终于突破钢铁的围墙,后续部队冲进陈官庄。朱福修营长想找个地方当他的营指挥所,七连副连长皮俊生说,前面有个地下室挺合适。朱营长带人举着蜡烛走了进去,微弱的烛光下,眼前的情景令官兵们十分惊讶:大约十五平方米的长方形地下室,地上铺着红色的地毯,中间的一张长方形桌子上凌乱地摆放着饼干、牛肉干和大饼等物品,一条黄绿色的皮马裤旁边,有一只没有打开的降落伞伞包,上写着"杜聿明亲收"的字样,角落里遗落着一只印章盒,扁形皮面,四边镀铬,里面有一枚长方形的石质印章,上面的篆文是"杜聿明"三个字。

朱福修营长喊:"快追!就是上天入地也要把杜聿明捉到!"

十日拂晓,华东野战军四纵十一师卫生处驻地,一位老乡在村头发现田里有十几个人鬼鬼祟祟的,这些人见到有人来了都趴了下去,其中的一个人走过来,问村子里有没有军队。老乡说,这方圆百十里都住着解放军。于是,那人把一枚金戒指塞到老乡手里,嘱咐老乡不要告诉别人看见了他们。老乡拿着金戒指很快报告了十一师卫生处,卫生处通信员樊正国立即和小崔前去查看,那十几个人还在田野里。

小樊跳上一个坟包,发问:"哪一部分的?"

"你是哪一部分的?"他们反问。

"我们是十一师,你们哪一部分?"

"我们是十一师送俘虏下来的。"

小樊机警地端起枪来,喝令:"不许动!你们说说十一师师长叫什么名字?"

"我们是刚从后方来的,不知道师长叫什么。"

小樊立刻命令他们:"举起手来!向前走三十步!"同时嚷着吩咐小崔:"通知二排上去从侧面警戒!"

这十几个蒋军带着的都是汤姆枪、卡宾枪和快慢枪,然而他们摸不到究竟,就在我们两个小通信员面前乖乖地放下了武器。

查问的结果,其中一个自称是《中央日报》的记者;一个说是汽车司机;一个穿着普通士兵军服的高个儿自称是军需处长;其余八九个是当兵的,都穿着和普通士兵不一样的美式军装。

华东野战军四纵十一师负责后方勤务指挥的陈茂辉主任审查了这几个俘虏。陈主任掏出一包"飞马"牌香烟递了过去,"军需处长"

却从自己的口袋里掏出来一盒美国香烟,埋头抽起来。

"你是哪一个单位的?"我开始问他。

"十三兵团的。"

"干什么的?"

"军需处长。"

"姓什么?"

"我叫高文明。"

我笑了笑,说:"高文明,这个名字倒起得不坏。十三兵团有几大处?"

"六大处。"

"你把六大处处长的名字写出来吧!"

想不到这么一个问题就难倒了他。他到口袋里掏笔,一伸手,就露出了一段雪白的胳膊,手腕上戴着一只高等游泳表。掏了半天,掏出来的是一包美国香烟;再掏,又是一包美国香烟;再掏,掏出来的是一包牛肉干;再掏,又是一包牛肉干。最后,才掏出一支派克笔。但是,只写了几个字就写不下去了,手在发抖。

"写呀",我说,"难道你们一起的几个处长的名字都不知道吗?"

"我知道! 我知道!"他说着,又在纸上写。可是,好半天,还是在描着原来的那几个字:军需处长高文明。

我说:"你老老实实说你是干什么的就对了,不必顾虑。我们的俘虏政策是宽大的,只要放下了武器,不论大官小官,一律优待,除了战犯杜聿明以外。"

好半天,他一声不吭。

我又说:"蒋介石是失败了,黄百韬被打死,黄维兵团也被歼灭了。黄维想逃走,可是没逃成,也被活捉了。想混是混不过去的。"

他一听见黄维的名字,立刻怔了一下,问:"黄维在哪里?"

"你可以见到他的,两三天内就可以见到。"

"军需处长"要求休息一下。

站在一旁的一位解放军干部对自称是《徐州日报》记者的副官尹东生说:"你是安徽人,去找你的老乡去。"然后,将"军需处长"和自称是汽车司机的兵单独带走了。杜聿明后来回忆,他们被带到第十三兵团的俘房群,见到那里面有许多部下,他"既惭愧又恼火",惭愧的是觉得对不起部下,恼火的是感到解放军已怀疑他了——"我们到一间磨房里休息,解放军监视得很严。这时,'战犯'这个名称一直缠绕着我。张国印(杜聿明的司机)见我心神不定,就多次劝我夜间逃跑。我自己觉得腰腿疼痛,行动艰难,逃出去走不动会死,被解放军发现也会死,与其被处死,不如先自杀,还可以做蒋介石的忠臣。一刹那间执拗得仿佛死神来临,见警卫人员刚离开屋,就顺手拿起一块小石头在脑袋上乱打,一时打得头破血流,不省人事。所幸解放军及时发现,将我抬到卫生处抢救,不久即清醒过来,好像做了一场噩梦。"

第二天,陈茂辉主任又来了,问:"你叫什么名字?"

"军需处长"不耐烦地说:"你们已经知道了,何必再问呢?"

华东野战军四纵将敌"军需处长"押送到野战军总部的时候,得到收条一张:

收到战犯杜聿明一名

此据

十一日十时

参四科(盖章)

参四科,华东野战军司令部参谋处第四科,负责收容国民党军重要战俘。

新中国成立后,杜聿明作为重要战犯被关押。

一九五七年,他的女婿杨振宁博士获得诺贝尔奖,周恩来总理托人前往美国祝贺,并带去了杜聿明给女儿女婿的一封信:"亲爱的宁婿,我祝贺你获得诺贝尔奖金,这是中华民族的光荣。"两年后的十二月四日,中华人民共和国最高人民法院一九五九年赦字第一号通知书下达,五十五岁的杜聿明被特赦。一九六一年,他被任命为全国政协文史资料研究委员会文史专员。一九六三年,杜聿明的夫人曹秀清将四个儿女分别舍在台湾和海外,只身离开美国回国与丈夫团聚。一九八一年五月,杜聿明病重入协和医院,女儿杜致礼从美国回到北京,当她抱住病床上的父亲时,已经昏迷多日的杜聿明热泪长流。七日,杜聿明病逝于北京,享年七十七岁。

李弥是个谜。

从陈庄第五军军部出来之后,李弥凭借指北针找到了第九军三师师部。他给还坚守在周楼村阵地上九团团长甫青云打电话,询问"是否能守得住",甫团长说可以,于是李弥决定去九团,"免得被乱枪打死"。跑到九团团部后,李弥对三师师长周藩说:"南京老头子他们正在想和平停战,快有结果了。只要你们能守几天,就有希望放你出去。"周藩说:"没吃没喝,怎么能守得住?等南京谈判,那不就饿死了!"凌晨时分,周楼阵地遭到猛攻,解放军官兵冲进来三十多人,但在守军的抵抗下全部阵亡在阵地前沿。李弥说:"很好,就这样守!"但是,华东野战军对周楼村的炮击开始了,炮兵营长被炸掉一只手,村后阵地上的几百名官兵被打散。周藩决定投降。李弥同意"可以写个条子送出去",以便"拖到天黑,我们就溜掉"。条子送出去之后,十日中午时分,被华东野战军九纵二十七师俘虏的第九军一六六师师长肖朝伍让他的副官带进来一封劝降信。李弥看了信之后,让那个副官先回去,但那个副官出去不久又回来了,又带来一张字条,上面写着:"解放军要你们立即投降,主官出来报到,部队放下武器集合听点收,否则就要立即攻击,不得再延误。"

李弥说:"他们要主官出去报到,看你们哪一个愿意去吧!"他同时放声大哭起来,边哭边说:"我不能死呀!我死不得呀!我若能回去,对你们的家属一定要照顾的,你们都可以放心!"我明白他的意思是让我去报到。第九团代团长甫青云是他的小同乡,是他一手提拔的心腹。我故意说:"那就叫甫青云出去报到吧!"甫青云听说叫他去报到,也放声大哭说:"我不能去呀!"我说:"好吧,不用哭了!我去就是了,你们放心吧!"李弥说:"还太早,现在才三点钟,再等一会才好。"我说:"好吧!"他叫甫青云给他找士兵的棉大衣和胶鞋,而且说要负过伤的大衣更好。我知道他是要化装伤兵混出去,到黑夜逃跑。不久,大衣和胶鞋都拿来了,他和两个副司令官及团长都化了装,把脱下来的皮鞋拿出去给士兵穿。接着第九军的参谋长顾隆筠也来催降,他一到门口,见我就说:"你快去吧,他们对我们很客气,不要顾虑,没有什么关系。"进门后,他对李弥说:"啊,司令官也在这里。"同时向他一鞠躬。李弥说:"是呀,你千万不能告诉他们说我在这里。"他连连点头。李弥又眼泪汪汪地说:"你们去吧,如果我能出去,我会照顾你们的家属,你们放心吧!"他还哀求顾隆筠和跟我同去报到的参谋长张炳琪、军部军需主任周济等不要揭露他,让他逃出去。顾隆筠只报以同声相哭。约十六时,我仍然以部下对长官的礼节向司令官、副司令官各行一鞠躬告别,并说:"再见!"

周藩带领国民党军第九军三师残部投降的同时,已经化装成伤兵的李弥因被俘混杂在一个俘虏群里。这个俘虏群由华东野战军第十二纵队负责押送——"为了集中力量歼灭更多的敌人,我们抽不出更多的部队和时间押送清理俘虏,只派了纵队警卫营的一个连将两千名俘虏押送到临沂野战军政治部收容所。途中跑了几十个人，后经查明，逃跑的人中，有第十三兵团司令官李弥，是化装逃跑的。"李弥一路逃亡，先到徐州，再到济南，又经青岛南下。蒋介石召见了他，让他担任重新组建的第十三兵团司令官兼重新组建的第八军军长。几个月后，他率部在中国的西南一角抵抗，最后逃入缅甸境内。一九七三年他病逝于台北，享年七十一岁。

李弥得以逃亡，很大程度上是因为当时战场的混乱。

《大众日报》记者目睹了淮海战役临近尾声时的战场：

十日拂晓，记者由鲁楼进入这最后全歼十余万蒋匪的大战场，十数路漫长的俘虏行列已在晨雾中押下来，行列的先头已隐没在五六里外的村落里，后尾却还在战场的中心集合地未动，零散的敌官兵又不时从各个角落奔出来自动加入到行列中，有数路俘虏队伍并没有解放军看押，他们也自动地朝着大队俘虏的方向走，并不时地问走过的解放军同志："官长，到俘虏营走哪条路？"……记者跨过鲁楼河向陈官庄走去，四野没有一棵麦苗，也没有树木。在庄东的临时飞机场上还停放着一架被击毁的小型飞机，同时上空三架蒋匪运输机仍在投掷着弹药和大米。匪二兵团驻地陈官庄和匪五军驻地陈庄周围排列着数不清的各式车辆：十轮卡、大小吉普、水陆两用汽车、水陆两用战车、坦克、装甲车、救护车、炮车……一眼望不到边际。有的汽车和装甲车被用作了隐蔽部的顶盖和卧室。许多载满胜利品的车辆正由解放军战士指挥着驶出战场。野地上也堆满了一片弹药武器，解放军战士从四面八方向这个中心区奔来，每个人都背着好几支枪……战场上遍地都是马皮牛皮和骨骼，饥饿不堪的敌军俘虏和伤兵在汽车上找到大米，用茶缸、洋铁罐、洗脸盆各式工具就地煮起饭来。有的饭未烧熟，伤兵们拥上来抓了就吃……

冒着浓烟的巨大战场上,零星战斗依旧在个别村落附近进行着,顽抗的国民党守军与围歼他们的华东野战军官兵依旧在血拼,受伤和死亡还在发生。更多的官兵和支援他们作战的百姓则忙着抢运缴获的物资和收拢大量的俘虏,由于绝大部分被俘的国民党军军官都称自己是"军需官",于是来不及仔细甄别,统统集合在一起尽快押离战场。而最重要的工作,是必须抢运所有的解放军伤员,军民们一起在战场上奔跑着,呼喊着,他们不想让已经负伤的官兵再出现意外,因为所有的官兵都知道激战之后的胜利已经到来。

纷乱的战场上,一个柔弱的身影格外引人注目:棉衣上全是泥水,一缕秀发从军帽中散落出来,贴在满是汗水的脸上。华东野战军绝大多数官兵都认识她,因为她是野战军文工团最漂亮的女孩,在官兵们看过无数遍的歌剧《白毛女》中扮演喜儿。此时,国民党军的飞机依旧在轰炸和扫射,这种轰炸和扫射已经变成了一种不分敌我的疯狂屠杀。子弹从一架俯冲扫射的敌机上下雨一样落下,她扑在了正在抢运的解放军伤员身上。

"喜儿"死了。

文工团员陈洁,多才多艺,勇敢热情,青春如火,笑脸如花,她年仅二十四岁的生命被弹片撕碎的那一刻,是一九四九年一月十日下午。

雪野晴空,硝烟正在逐渐散去。

该日,历时六十五天的淮海战役结束。

中国共产党中央委员会电:

刘伯承、陈毅、邓小平、饶漱石、张云逸、粟裕、谭震林、陈赓诸同志,华东人民解放军和中原人民解放军的全体同志们:

淮海战役自去年十一月六日开始,至今年一月十日已完全胜利结束。在这六十五天作战中,你们消灭了国民党反动政府在南线的主力黄百韬兵团全部五个军十个师,黄维兵团全部四个军十一个师［内有一个师起义］，杜聿明所率邱清泉、李弥、孙元良三个兵团全部十个军二十五个师［内有一个骑兵旅］，冯治安部两个军四个师［内有三个半师起义］，刘汝明部一个师，孙良诚部一个军两个师，宿县和灵璧守军各一个师，以上共计正规军二十二个军，五十五个师，加上其他部队，共消灭敌军兵力约六十万余人。至此，南线敌军的主要力量与精锐师团业已就歼。你们生俘了战争罪犯国民党徐州"剿总"总司令部副总司令杜聿明，国民党第十二兵团司令黄维及国民党军其他高级将领多名，击毙了国民党第七兵团司令黄百韬。你们击退了李延年、刘汝明两兵团的增援，迫使他们向沿江一线逃窜，从而使淮河以北地区完全解放，使淮南一带地区大部入我掌握。凡此巨大成绩，皆我人民解放军指挥员与战斗员、人民解放军与人民群众，前后方党政军团结一致，艰苦奋斗所获的结果，特向你们致以热烈的祝贺和慰问。

中国共产党中央委员会
一九四九年一月十七日

淮海战役从根本上动摇了蒋介石统治集团的政权根基。

文工团员陈洁被鲜血浸透的棉军衣口袋里，有一本用花布装饰封面的歌本，歌本里面有她刚刚写的一首歌词：

> 烈火般的战斗，
> 似我们的青春。
> 我们高声歌唱，
> 勇敢地向前进！

淮海战役，人民解放军华东、中原两大野战军，共有八万八千八百一十八名官兵负伤，两万五千九百五十四名官兵阵亡。

一九四九年初，大地冰封，高天朔风，中国北方的原野上缭绕着年轻的解放军官兵嘹亮的歌声："我们高声歌唱，勇敢地向前进！"

第十五章 平津战役：坦克驶过东交民巷

文章要从西线做起

"共产党的高级人员南方人多，先听他是什么口音，再就是看手指头，这些人最爱吸烟卷，左手的指头总是黄黄的，这些都是可以识别的。"国民党军华北"剿总"总司令傅作义在他的作战室里对政工处上校督察员王越说。王越刚刚被任命为"援晋兵团"第一线联络官，而"援晋兵团"的任务并不是要打到山西去，而是要"沿平汉线南下"直捣共产党人的"心脏河北阜平"——"这次你去，注意对高级俘虏要优礼相待。好好干！好好干！"

傅作义，一个因为不属于蒋介石的嫡系，从而在国民党军的派系倾轧中苦苦周旋的高级将领，此刻突然策划了一件"惊天动地的大事"，即派出一支秘密部队去偷袭他的防区内的共产党中枢机关，以期将共产党的首脑人物一网打尽。当然，行动最成功的标志是能够抓获南方口音极浓、手指被卷烟熏得很黄的毛泽东。五十三岁的国民党军陆军上将傅作义，在国共两军于中国北方所进行的最后一个具有决战意义的战役——平津战役——的进程中，扮演着至关重要且心路复杂的角色，这种复杂性在他策划的这一"惊天动地"的偷袭事件中，表现得尤为明显。

傅作义所统辖的华北战区地域广袤，东部是辽阔的华北大平原，潮白、永定、大清、滹沱等数十条大小河流东西贯穿，大运河则南北贯通其间。西部是沟壑纵横的黄土高原,太行山及其支脉绵延于河北与山西交界处;北部是内蒙古的沙漠地带,燕山山脉横亘于长城内外。在这个区域内,有河北、山西、绥远、察哈尔、热河五省和北平、天津两市,同时还有包头、归绥(今呼和浩特)、集宁、张家口、大同、太原、石家庄、承德、唐山、秦皇岛等重要城镇。

抗战胜利后,国民党军在美国人的帮助下,大举进占这个连接着东北、西北、中原和华东的重要战略区,但是,除了占据了北平、天津等大城市和铁路交通沿线的重要城镇之外,无论从政治还是军事的角度看,国民党人从来没有真正掌握过这一广袤的地域。华北的广大乡村和部分城镇,仍在晋察冀和晋冀鲁豫解放区的范围内,经过一九四七年的石家庄战役,这两个解放区已经连接成一片,形成总面积达二十三万平方公里的华北解放区。华北解放区包括陇海路以北、津浦路以西和以东的部分地区,同蒲路以东、平绥路以南和以北的部分地区。解放区内拥有耕地一亿六千三百万亩,县以上城市一百七十六座,人口四千四百万,其中有一百万军民是政治坚定和经过战争考验的共产党员。

一九四八年五月初,共产党的政治和军事中枢从陕北移动到了河北平山县西柏坡村,这不但是解放战争进入一个新阶段的标志,也足以证明共产党人对华北地区政治、经济和军事具有足够的控制力。五月九日,中共中央华北局建立,刘少奇兼第一书记,薄一波、聂荣臻分任第二、第三书记。同时,华北军区组成以聂荣臻任司令员,薄一波为政治委员,徐向前、滕代远、萧克任副司令员,赵尔陆任参谋长,罗瑞卿任政治部主任。

这一年的九月至十月间,国民党军统帅部的大员们,包括蒋介石在内,都在为东北地区的大战而穿梭忙碌,不断地经过或逗留于傅作义所在的北平。国防部第三厅厅长郭汝瑰来到北平,在出席傅作义为他举行的晚宴时,发现坐在位首的是华北"剿总"副总司令兼晋陕绥边区总司令邓宝珊,心里颇为疑惑,因为在国民党军大员们的印象中,这个邓宝珊好像与共产党方面关系密切。

"华北唯有积极进攻共军,不断歼灭其有生力量,方能支持华北局势。否则,局势一旦成被动,终将不可收拾。"傅作义打算最近即进攻石家庄,征求我对此有何意见。我立即赞同其意见说:"第三厅亦早有意增兵于华北,使总司令能伺机乘虚南下袭击共军。"傅作义紧接着要求说:"如果政府能增加四个军,我将保证能攻占邯郸、忻县,并解大同之围。"我提醒傅作义说:"用数个军攻击,采用空军补给,可不守后方联络线,以免分散兵力,则攻击效果更佳。""如果这样,能增加五个军,则扫荡整个华北有余。"傅作义听后大喜这样回答,并告诉我"准备攻打石家庄时,在南口设伏,必能消灭聂荣臻的第三、第四纵队"。我听后觉得他气很壮,战略上也有见解,但暗想国民党东北局势危殆,全国到处紧张,哪里抽得出五个军来? 由于我听他一番豪言壮语,把我初见时暗想的他与邓(邓宝珊)可能有特殊关系的印象完全打消了。

有史料表明,那时傅作义已开始就和平解决华北问题,秘密地与中共北平地下党人进行某种试探性接触。但他同时又策划着攻击石家庄和偷袭西柏坡这两个危险的行动。

随着东北的战局日渐危急,蒋介石不断催促傅作义出兵增援。无奈之下,傅作义派出第九十二军去葫芦岛增援范汉杰,但是他对形势的估计是清醒的,那就是国民党军在东北大势已去,他必须保存华北地区的军事实力,以便应付接下来可能发生在华北的大战。傅作义没有料到的是,东北地区的几十万国民党军迅速地崩溃了。十月,华北军区第一兵团开始围攻太原。国民党军统帅部认为,如果太原失陷,不但山西的阎锡山不能自保,一旦解放军掉头向西,陕西的胡宗南也不能自保。为此,蒋介石征求傅作义对死守太原的意见,傅作义突然发现,这是阻止蒋介石调动华北部队增援东北战场的极好机会。据情报部门报告,由于对太原的围攻,解放军在冀中地区兵力薄弱。于是,傅作义想出一个"围魏救赵"的办法,即组织"援晋兵团"偷袭石家庄和西柏坡。如果能够趁虚而入,直取石家庄,将直接威胁共产党中枢所在地西柏坡的安全,围攻太原的徐向前的第一兵团必然回师救援,这样既可解太原之围,又可以借机把自己的部队部署在平汉线上,造成一种紧张的气氛,以遏制蒋介石从华北抽兵的企图。只是,从傅作义策划偷袭行动的过程上看,不排除这样一种可能:如果偷袭西柏坡成功,傅作义将名垂国民党军史册。

傅作义说:"我们这次总的目的就是要解决共产党的心脏。我们这次不但在军事上打垮共产党的整个指挥系统,取得胜利,同时要配合政治作战和经济作战。就是在解放区进行政治宣传,发动民众支援我们,同时摧毁其行政系统;在经济方面,破坏工业设施,大量使用边区票以打乱共产党的经济手段。"

偷袭行动策划精细:调郑挺锋的第九十四军的三个师、李士林的第一〇一军的一个师以及刘春方的新编骑兵第四师、鄂友三的整编骑兵十二旅,共同组成袭击石家庄的联合部队。同时,杜长城率配备美国最新侦察装备的国防部驻华北新式技术大队和大量政工人员跟随行动,准备在共产党领导的解放区内部进行"政治作战"和处理"高级俘虏"。再调集十个"人民服务队"跟随部队担负监视行动和做地方工作的双重任务——所谓"人民服务队",由国民党党部政工局训练的青年学生组成,每队十六人,每人配备卡宾枪一支。为了更有成效地进行"经济斗争",联合部队携带着大量伪造的解放区的纸币,以沿途大量购买物资并广为散发。

傅作义对他策划的行动信心十足:"如步兵顺利到达滹沱河,即命骑兵进袭平山县西柏坡共产党中央所在地。"

但是,参战的军事和政工人员心绪复杂:一方面是有些兴奋,因为这个任务不同寻常,弄不好就能得到天大的功劳,所得犒赏应该够这辈子花费的了。另一方面又有些害怕,因为谁都知道,行动必须经过解放区,一年前,第三军军长罗历戎就是因为没在意这件事被俘虏了。政工处上校督察员王越从傅作义那里回来后,有人提醒他说:"河北根据地绝对不是好进的,我的老弟!一定要送上门去,当心被吃掉!"

十月二十四日,偷袭部队在第九十四军驻地河北涿县集结完毕。然后,步兵在中间,骑兵在两翼,分路南下。第九十四军军长郑挺锋坐在吉普车上穿行于卡车车队之间,吉普车的后面挂着一个拖斗,拖斗里坐着几位戎装女兵,据说是第九十四军负责"政治作战"的政工人员。车队顺着公路出发没多久,发现公路上被挖出了一道道横沟,横沟是按照十轮卡车的轮距尺寸挖出来的,车开过去正好卡在两条横沟中间动弹不得,于是还没被卡住的卡车只好离开公路走麦田。但是,麦田里的沟沟坎坎间埋着地雷,数量之多扫不胜扫,结果是部队寸步难行。过了高碑店,好容易磨蹭到定兴县城,发现全城空空荡荡,第九十四军官兵翻动百姓财物的时候,箱子盖一开地雷就爆炸了。第二天继续走,走到徐水附近,部队遇到阻击,阻击并没有持续多久,当面的火力就撤了。下午部队进城后,发现徐水也是一座空城。郑挺锋得到的情报互相矛盾:各师都报告说解放军的大部队一直跟着他们,但侦察队的谍报员说附近根本没有解放军的大部队。二十六日黎明,郑挺锋接到国防部的电报,说聂荣臻的"第七纵队"正沿着公路经过保定向南行进——郑军长只相信国防部的电报,因为"国民党军部队行军作战,只能靠本部队的谍报搜索三十里以内的动态,其他敌情要靠国防部第二厅提供,诚如盲人骑马"。于是,催促部队急速前进。下午,大队人马终于到达保定。

机械化部队,三天之内只走了一百三十公里,这是什么"偷袭"?

傅作义的第一〇一军驻扎在保定,军长李士林见到郑挺锋劈头就问:"你们干什么来了?"

郑挺锋说:"闹不大清楚,明天总部来人再作部署。"

李士林说:"你们不知道,我倒知道得很详细。"他拿出一张报纸,说是跑单帮的商人从石家庄带来的,报纸的大标题十分醒目:傅作义派郑挺锋、刘化南、刘春方、鄂友三、杜长城妄图偷袭石家庄市。

郑挺锋倒吸一口凉气:怎么偷袭刚走到半路,共产党方面就知道了?

两个人不禁感叹:"'剿总'内部的共产党太多!"

傅作义的司令部里,有一个专门刻蜡板的人,凡是不发电报的文件均由他刻印下发,他的名字叫甘霖。这是一个小人物,司令部里绝大多数人既不知道也不关心他的来历。这一天,甘霖接到一份需要刻印的文件,内容为偷袭石家庄和西柏坡的作战计划。他刻完了这份文件,即搭车离开北平去了徐水,在那里他给位于平山县孙庄的华北军区司令部打了个电话,接电话的是作战处长唐永健。打完这个电话,甘霖就不见了——新中国成立之后,甘霖曾出任国际关系学院院长。同时,北平《益都报》采访部主任刘时平从鄂友三那里也听到了这一消息,他立即告诉了傅作义办的《平明日报》采编部主任李炳泉,然后他们向北平地下党负责人之一崔月犁作了汇报,崔月犁通过地下电台把情报转发给了中共华北局。

收到情报,聂荣臻和薄一波感到事态严重。此时的石家庄,实际上是一座没有大部队防守的空城,不远处就是中共中央所在地西柏坡。一兵团现在山西太原,二兵团现在平绥铁路一线,三兵团现在绥远,身边已无部队可调。在向周恩来报告之后,他们作了紧急部署:调冀中军区七纵统一指挥地方军民,迅速沿平汉路两侧布防,力争把敌人阻挡在滹沱河以北;发动地方部队和民兵破坏公路和铁路,埋设地雷,设置路障;组织游击队打击敌人的骑兵部队,尽一切可能迟滞其前进速度;调距离最近的第二兵团郑维山的三纵昼夜兼程从平绥线南下。

毛泽东开始连续撰写广播稿,以犀利的文辞表达共产党人对所谓"偷袭"的蔑视,并号召华北军民"诱敌深入,聚而歼之",彻底粉碎傅作义偷袭的"梦想":

十月二十七日:

……此间党政军各首长已向保石线及其两侧各县发出命令,限于三日内动员一切民兵及地方武装,准备好一切可用的武器,以利作战,尤其注重打骑兵的方法。闻蒋傅进扰石家庄一带的兵力,除九十四军外,尚有新骑四师及骑十二旅,并附属爆破队及汽车百辆,企图捣毁我后方机关、仓库、学校、发电厂、建筑物。据悉,该敌准备于二十七日集中保定,二十八日开始由保定南进。进扰部队为首的有九十四军军长郑挺锋,新编骑四师师长刘春方、骑十二旅旅长鄂友三。此间首长们指示地方各界,切勿惊慌,只要大家事先有充分准备,就有办法避开其破坏,诱敌深入,聚而歼之……此次务希全体动员对敌,不使敢于冒险的敌人有一兵一卒跑回其老巢……

十月三十一日:

……蒋介石最近时期是住在北平,在两个星期内,由他经手送掉了范汉杰、郑洞国、廖耀湘三支大军。他的任务已经完毕,他在北平已经无事可做,昨日业已溜回南京。蒋介石不是项羽,并无"无面见江东父老"那种羞耻心理。他还想活下去,还想弄一点花样去刺激一下已经离散的军心和人心。亏他挖空心思,想出了偷袭石家庄这样一条妙计……傅作义出骑兵,蒋介石出步兵,附上些坦克和爆破队,从北平南下了。真是异常勇敢……这里发生一个问题:究竟他们要不要北平?现在北平是这样的空虚,只有一个青年军二〇八师在那里。通州也空了,平绥东段也只稀稀拉拉的几个兵了。总之,整个蒋介石的北方战线,整个傅作义系统,大概只有几个月就要完蛋,他们却还在那里做石家庄的梦!

毛泽东有意把傅作义"偷袭"大军的部队番号、将领姓名和行动日期说得一清二白,而且特别告诉傅作义"偷袭"石家庄的危险是北平空虚了,这不能不令国民党军心惊胆战。

二十八日凌晨,郑挺锋开始向石家庄方向进攻,同时,新编骑兵第四师和整编骑兵十二旅奉命绕道偷袭西柏坡。但是,步兵的进攻速度迟缓,即便有快速机动能力的骑兵也只谋求与步兵并排移动,根本没有跃马向前的意思。步兵离开保定没多远,就受到来自正面的坚决阻击,而且两侧村庄不断有冷枪射出,脚下更是处处地雷。第九十四军官兵惊惶地追问冷枪是从哪里打来的,最后军部的结论是:很可能是从"地道战夹壁墙"里射出来的——这一带曾是共产党抗战武装的游击区,军民发明的地道战曾让日军焦头烂额。突然,大部队停止了前进,原因是前边的伤员抬下来了,个个血肉模糊、呻吟呼号,负责"政治作战"的女政工人员吓得藏到了军长的拖斗车下。郑挺锋命令炮兵开设阵地,对准前面的村庄猛烈轰击。轰击了好一阵,除了炮弹的爆炸声和冲天的火光外,不见任何别的动静。派出去的侦察队回来报告说,前面村庄里根本没有解放军的大部队,甚至连老百姓的影子都没看到。

二十九日,郑挺锋遇到了解放军的大部队。在保定到望都之间的方顺桥一带,司令员周彪指挥冀中军区七纵开始了顽强阻击。七纵的正面阵地上冲击与反冲击来回拉锯,黄昏的时候,郑挺锋的部队才突破阻击线进入望都。进城的时候,扫雷队发现城门边有一颗埋了半截的地雷,工兵排雷刚排到一半地雷响了,原来这是一颗假雷,下面连着一颗真雷,排雷就等于引爆了。新编骑兵第四师进入指定的村庄宿营,刚准备做饭,村内突然一声枪响,部队即刻混乱起来,师长刘春方命令后撤三十里再宿营。由于后撤仓皇,没来得及通知比邻的整编骑兵十二旅,结果,鄂友三部遭到七纵二十旅和民兵的袭击,一个团被大部歼灭,鄂友三本人率残部撤往保定方向。上校督察员王越深切感受到"河北根据地绝对不是好进的"这句话的含义——"有时东村步枪在响,有时西村机枪连发,间或有重机枪声和迫击炮响,这究竟是民兵还是正规部队,谁也不敢下个断语……我的感受是:鞍马劳顿一天,盼到宿营,但所有的村庄和民房却是不祥的来源,总是不敢合眼,生怕你正睡着,忽然会由炕洞、墙角、锅台、地下或者想不到的地方钻出共军游击队来,被打死或者被活捉。"

三十日上午十时,郑挺锋的主攻部队到达清风店——这就是去年十月间第三军军长罗历戎全军覆灭的地方——飞机侦察报告说,唐河沿岸有共军的大部队在布防,所有的桥梁都已被破坏。郑挺锋命令在飞机、榴弹炮和轻重机枪的掩护下,正面投入一个师强行涉水强攻,另一个师从右翼迂回助攻。当面的七纵又一次开始了顽强阻击,尽管部队装备相对较差,但十九、二十、二十一旅官兵在手榴弹上绑上黄色炸药,当敌人的坦克和步兵冲上来的时候,他们前赴后继猛烈投掷。战斗最激烈的时候,一个营的国民党军突破唐河,七纵十九旅五十六团二营六连随即冲了上去,与敌人展开面对面的肉搏战。一营冒着炮火增援二营,在一口枯井前与冲过来的敌人相撞,惨烈的肉搏战随即开始。夜幕降临,当国民党军退下去的时候,躺在枯井边的敌人的尸体竟达两百多具。

郑挺锋终于意识到,"正面强渡伤亡太大"。

三十一日下午,炮弹、子弹呼啸着掠过唐河,落在郑挺锋的指挥部周围,只是,虽然枪炮声大作却不见步兵进攻,郑挺锋一阵错愕之后反应过来:"共军要撤退了。突然撤退,显然别有所图。假如共军真的撤了,我们是否过河? 如果过河,共军左右迂回反扑,我们则成背水之势,必造成重大伤亡。另外,共军会不会在唐河南岸撤退,却在上下游两侧绕过河北岸,从背后包抄我们?"郑挺锋正左右为难,从平绥线南下的华北军区第二兵团三纵,为回援石家庄到达北留营地区,对郑挺锋部的侧翼形成了威胁。

傅作义得知解放军主力到达战场的消息后,立刻命令郑挺锋北撤。

郑挺锋"顿时觉得轻松"了。

华北"剿总"副秘书长兼政工处长王克俊说:"援晋兵团这次胜利在望,忍痛撤退,完全是受了东北战局的牵制。尽管如此,我们这次行动也有很大收获,凡是我们到达的地方,共产党的行政系统整个被打乱了,就是这一下,也不是一年半载能缓过气来。"——没有任何史料证明王克俊所说的"很大收获"指的是什么。至于"共产党的行政系统整个被打乱了",能够查阅到的仅有杜长城率领的那支国防部驻华北新式技术大队在一个名叫潘营的村庄里搞破坏的情景,因为情报报告解放军曾有一个纵队司令部在这个村里驻扎过,于是新式技术大队"身着不伦不类的杂服,手提卡宾枪在紧张地东跑西窜",他们炸完房子炸地道,整个村庄被他们破坏得一片狼藉,老远"就能瞭见烟雾腾空","火焰在吞噬着一堆堆的土布、杂货和家具"。

国民党军华北"剿总"的"偷袭"行动就这样草草收场了。傅作义不但没有看到任何一位有南方口音的"共产党高级人员",而且他很快就发现,他的华北战区已经暴露在东北野战军百万大军的枪口下了。

辽沈战役结束后,华北战区国共两军的实力是:

国民党军华北"剿总"总司令部:总司令傅作义,副总司令陈继承、刘多荃、上官云相、宋肯堂、邓宝珊、吴奇伟、冯钦哉、郭宗汾,参谋长李世杰,副参谋长梁述哉。下辖第四兵团,司令官李文;第九兵团,司令官石觉;第十一兵团,司令官孙兰峰;第十七兵团,司令官侯镜如;天津警备司令部,司令官陈长捷。华北"剿总"总兵力为十二个军四十二个师(旅):第十三军,军长石觉;第十六军,军长袁朴;第三十一军,军长廖慷;第三十五军,军长郭景云;第六十二军,军长林伟俦;第八十六军,军长刘云瀚;第八十七军,军长段云;第九十二军,军长侯镜如;第九十四军,军长郑挺锋;第一〇一军,军长李士林;第一〇四军,军长安春山,第一〇五军,军长袁庆荣。另有独立九十五师、骑兵新编第四师以及骑兵第五、十一、十二旅。加上所属绥远、大同等地驻军、特种兵和地方部队,总兵力为五十万余人。

人民解放军华北军区共有三个野战兵团、十一个步兵纵队、三十一个步兵旅和两个炮兵旅:第一兵团,司令员兼政治委员徐向前,副司令员兼副政治委员周士第,参谋长陈漫远,政治部主任胡耀邦,下辖第八、第十三、第十五纵队;第二兵团,司令员杨得志,政治委员罗瑞卿,参谋长耿飚,政治部主任潘自力,下辖第三、第四、第八纵队;第三兵团,司令员杨成武,政治委员李井泉,副政治委员兼政治部主任李天焕,下辖第一、第二、第六纵队。加上归冀中军区建制的第七纵队、归华北军区直辖的第十四纵队以及冀中、北岳、冀鲁豫、太行、冀南、太岳、晋中等七个二级军区部队,再加上石家庄警备司令部和晋绥第八纵队,总兵力为四十六万余人。

如果仅就华北地区双方的军事实力而言,共产党领导的军队还没有与国民党军进行决战的条件。但是,一个显而易见的前景双方都看得很清楚:辽沈战役结束后,已无后顾之忧的东北野战军百万大军一旦入关,傅作义的华北战区便首当其冲;只要林彪跨过长城,华北战场上国共双方的实力对比瞬间就会发生剧变,而这一变化无论对蒋介石还是对傅作义来讲,都是灾难性的。

于是,辽沈战役战火刚熄,国民党军与美军顾问团便开始忧心忡忡地考虑万分棘手的华北问题。

美国人对国民党军在华北地区的前途持悲观态度,他们认为傅作义最终无法"抵挡共产党在华北所能集中的力量对他的进攻"。导致美国人悲观的原因是,国民党军队崩溃的速度太快,似乎一切努力都来不及了:在淮海战场,中原、华东两大野战军"对付徐州地区的那些劣等国民党部队,能在两星期内到达南京附近的长江沿岸";而北面的长城门户已经对林彪大军敞开,无论是蒋介石或是美国人"都不能得到采取军事措施的充分时间以挽救军事局势"。

但是,至少在辽沈战役刚刚结束的时候,蒋介石和傅作义虽然都对东北如此迅速失守没有充分的思想准备,可他们并没有如同美国人一样极度悲观。蒋介石认为,在关内,国民党政权的政治和经济基础并没有被动摇,军事实力上也仍处于优势,共产党领导的军队在华北地区难以对国民党军主力形成真正的威胁——"华北国军战意战力均佳,且已有坚强部署,共匪窜犯占不了便宜去",只要"适时加强战力,整个战局无虞"。局势的"严重程度还不至于威胁华北的生存"。

无论是蒋介石还是傅作义,对形势的估计都建立在这样一个认识上:按照一般的军事常识,刚刚打完一场大战的部队,不经过补充休整就无法连续作战。他们对林彪入关时间的估计是一致的:四到五个月以后。四到五个月以后,他们期望什么?竟然是第三次世界大战。国民党高层对所谓"第三次世界大战"的爆发,抱有令人匪夷所思的坚定幻想,这个幻想的核心是:美苏必战而苏俄必败,苏俄一旦失败,中国共产党连同他们所领导的军队也就跟着瓦解了——且不说此时苏联和美国都没有进行一场全面战争的任何想法,在经历了残酷的第二次世界大战后两国都需要休养生息;退一步讲,即使苏美两国真的开战,有什么理由得出中国共产党会立即垮台而国民党军将由此获胜的判断?国民党高层一直热议的这一话题,连美国人都觉得不可思议。或许只有一个理由能够解释这种荒诞的存在,那就是国民党人对中国共产党人及其武装力量的认识依然固定在一九三四年以前,那时中国共产党及其武装是依附于总部设在苏联的共产国际而生存的。国民党人这种政治上的幼稚、肤浅和残疾是其一败便不可收拾的根本原因。于是,当蒋介石再次强调"美国的胜利就是我们的胜利"时,国民党军军官们"没有一个人显露出兴奋或愉快的情绪,相反,每个人都显得心情更加沉重"。

不过,蒋介石和傅作义也都清楚:林彪即使不能即刻入关,但终究会入关;第三次世界大战即使爆发,但爆发的时间也不是他们说了算的。因此,面对华北这盘险棋,两个人都陷入一种进退两难的境地,并由此导致在决策上产生了巨大矛盾。

就国民党军战区司令官而言,傅作义在政治和军事生涯中与蒋介石最为疏远。蒋介石之所以把华北的军政大权交给他,原因是傅作义在华北地区根基很深,且多年来指挥作战屡有出色的表现。朱德在谈到这位对手的时候曾说:"在作战上他学了日本人的一些办法,也学了我们的一套,在华北方面他的力量现在远比我们大,所以傅作义是比较难打的。"内战爆发后,傅作义成功地解围包头和归绥,从当时晋察冀和晋绥部队手中夺回了集宁和张家口等要地,除了一九四八年一月他的主力部队第三十五军在涞水遭到毁灭性打击外,他在与共产党领导的军队作战中还没有过多地失手。只是,无论蒋介石如何重用,傅作义依旧对蒋介石抱有戒心,对华北的战局也抱有强烈担忧。

早在一九四八年初,他刚上任华北"剿总"总司令的时候,阎锡山就曾为他提出"三策":上策为修筑坚固堡垒,坚守唐山至塘沽一线,坚决阻止林彪大军入关;中策为退出北平,坚守张家口至包头一线,与山西的阎锡山军队以及甘肃、青海的马家军联合抵抗;下策是坚守北平。傅作义对此印象深刻。在东北战局尚未明朗之前,他采取的是以北平为中心的机动防御策略。东北野战军打响辽沈战役之后,他的参谋人员又向他提出了三种方案:第一、全部撤回到西北老家去,全军移至绥远附近,全力控制西北,休养生息,以便与共产党军队对抗到底;第二、放弃承德、张家口和保定等城市,以一部分兵力控制北平,主力则集中坚守在天津、塘沽的出海口附近,确保华北的滩头阵地,以便在危急时掌握海路出口;第三、把属于西北军系统的嫡系部队转移到西北,把归华北"剿总"指挥的蒋介石的中央军留在津、沽地区,各守各的地盘。显然,第三种方案有派系隔阂和分散兵力之嫌,至少是不能公开说出口的,傅作义只把前两种方案交给将领们讨论。但无论多少种方案,无论什么样的方案,对于傅作义来讲,实际上就是要么守要么撤的问题。

是守是撤,颇费思量。

辽沈战役前,蒋介石的方针是"东北求稳定,华北求巩固",而辽沈战役的结局使他希求的两者都落空了。面对林彪大军随时可能入关威胁华北的局面,国民党军国防部提供了两种方案供蒋介石选择:第一,趁共军全力进行淮海战役之机,集中傅作义的主力部队突袭兵力空虚的济南,然后傅作义的主力留在山东地区作战。这个方案的好处是,不但能夺回山东这个战略要地,牵制共产党军队在淮海战场上的兵力,还可以将华北的国民党军主力撤出,以加强未来江南作战的实力。第二,将傅作义的主力部队通过海路全部撤到长江以南。

应该说,在辽沈战役刚刚结束的时候,如果仅从纯军事的角度看,国民党军国防部关于华北战区的决策可圈可点:东北失守,华北最终将无以坚守,而南面淮海大战正炽,胜负尚难预料,与其孤军固守华北,不如彻底放弃,将华北国民党军主力完整地迅速移至江南,以为将来决战的军事准备。同时,数十万华北主力突然南下至淮海战场的侧后,将对正在进行淮海战役的解放军主力造成巨大威胁。而从海路直接把傅作义的部队转运到江南,更是共产党方面不愿意看到的局面,因为淮海战役的作战目标,就是要把国民党军滞留在长江以北加以歼灭。如果顾此失彼,让傅作义的主力毫无损失地南撤,不但是巨大的遗憾,也是战略上的严重失误,对未来的江南作战将产生十分不利的后果。

但是,在傅作义主力是否南撤的问题上,蒋介石犹豫不决。从全国的战局上考虑,保存傅作义这支唯一可以机动的兵力加强长江防守,无疑是一个最佳选择;可放弃华北将在政治上产生巨大影响,同时海上运输也存在着诸多困难,船只不足和渤海湾冰冻期将至都是必须考虑的因素。让蒋介石犹豫不决的另外一个重要原因是,他判断傅作义根本不愿意南撤。

蒋介石的担心是有道理的。

傅作义坚定地认为:即使从平、津地区全面撤退,也不能撤到长江以南去,原因很简单:首先,他的嫡系部队官兵大多是绥远人,西北人恋家,谁也不愿意跑到遥远的南方过水土不服的日子;其次,无论蒋介石如何器重,自己终究不是蒋介石的嫡系,一旦离开自己起家的华北,在派系角斗激烈的国民党军中,自己很可能沦落到寄人篱下甚至被吞并的地步;再者,国民党的前途明眼人已经看得清楚,跟着蒋介石走到底未必有什么好结果。那么,如果向西北地区撤退,傅作义只能带走他的嫡系部队,华北地区的中央军是不可能跟着他走的,且西北地区地广人稀,物资缺乏,运输和补给都有困难,并不利于自己的生存和发展。傅作义思量再三,认为最理想的方案是"暂守平津,以观时局的变化"。

十一月三日,国民党军国防部第三厅副厅长许朗轩在葫芦岛部署撤退事宜后路过北平,傅作义让他转告蒋介石:必须把葫芦岛所有的撤退部队留在华北地区,否则他不愿意守平津,他"将带领自己基本部队四处游击作战"。

第二天,蒋介石电召傅作义到南京共商华北问题。

五日,何应钦、白崇禧、郭汝瑰和傅作义,在南京斗鸡闸二号何应钦的官邸进行商谈。傅作义再次强调华北兵力薄弱,难以顶住林彪百万大军入关,说他准备把归他指挥的中央军交出,带着他的基本部队退到绥远去打游击。何应钦急忙劝解说,如果华北兵力分散在平绥线上,一旦被分割截断就满盘皆输了,华北不保全国的局势将不可收拾,你一个小小的绥远如何能保得住?游击来游击去还不是被消灭?不如把全部兵力退守平津,这样至少可进可退。为此,何应钦答应可以给傅作义三个军的美式装备:

"如果你能招募大批兵员,我可以立即将两个军的美式武器装备运到天津,由你扩建三个军,以增强华北国军力量。然后以津、沽为根据,逐渐挽回颓势,华北不还是大有可为吗?"

傅听后犹豫片刻,突然面露喜色地说:"也有办法。"

我(郭汝瑰)坐在傅的右侧,小声地问:"什么办法?"

"各个击破共军。"他小声回答。

无法得知傅作义的"各个击破"的含义到底是什么。

蒋介石最终的决定是:在华北地区采取"暂守平津,控制海口"的方针。

为了促使傅作义积极执行这一方针,蒋介石除了把华北的党政军财大权,包括中央银行的支付权,全部交给傅作义之外,还答应将美国援助的"七万支步枪和两亿发子弹补充傅作义所部",并"允其可以不经过南京政府直接接受美援"。

有史料证明,傅作义在积极备战、扩充部队、囤积粮食、修筑碉堡的同时,确有从海上撤退的打算。他曾计划把华北"剿总"搬到天津去,并为此做了大量的准备,包括把自己基本部队在张家口的财产和军官们的家眷转移到天津,将自己的私人财产通过美国商人秘密转移到香港,并着手在天津修筑临时飞机场等等。但是,西北军出身的傅作义还是没有放弃向西的念头。因此,当他部署防线的时候,既兼顾了蒋介石"控制海口"的要求,又满足了自己"保持西部基地"的企图。于是,东起唐山、西至柴沟堡(今怀安),在五百公里的狭长地带上,傅作义的部署如一条兼顾东、西两面撤逃的长蛇阵。

至于傅作义准备的另外一手,即与共产党方面的和谈,他对心腹军官是这样说的:"让你们干什么就干什么,反正最后不会把你们牺牲掉。"

即使毛泽东已经得知傅作义有和谈的意向,也没能消除他对傅作义集团的一个最大的担心:南撤。

辽沈战役结束后,中央军委关于解决华北问题的计划是:

……东北主力除四纵、十一纵等部即行南下外,其余在沈营线(沈阳至营口)战斗结束后,应休整一个月左右,约于十二月上旬或中旬开始出动,攻击平津一带,准备于战争第三年的下半年即明年一月至六月间,协同华北力量歼灭傅作义主力,夺取平津及北宁、平绥、平承、平保各线,完成东北与华北的统一,以便于战争第四年的第一季即明年秋季,即有可能以主力向长江流域出动,并使政治协商会议能于明年夏季在北平召开……

毛泽东原来构想的平津战役的时间是在一九四九年的上半年。这与蒋介石和傅作义预想的林彪入关作战的时间没有大的出入。

在东北野战军按计划休整并进行入关准备期间,中央军委计划以华北现有兵力首先夺取归绥和太原,彻底肃清傅作义集团的后方,同时歼灭阎锡山集团,为进行平津战役做前期准备。

归绥是傅作义嫡系部队的后方基地,守军为一个军三个师约四万人。

十一月五日,华北军区第三兵团主力包围了归绥城。中央军委催促他们在傅作义的援军尚未到达的时候尽快攻城。于是,第三兵团把总攻时间定在了十六日。然而,就在第三兵团准备攻城的时候,中央军委接到华北军区第一兵团建议增兵太原的电报。第一兵团自十月发起太原战役后,攻击一直不顺利,部队伤亡很大,为了尽快解决太原,第一兵团司令员兼政治委员徐向前和副司令员兼副政治委员周士第要求增加两个纵队到太原前线。华北地区的野战部队中已没有可以机动的兵力,中央军委考虑,傅作义正在是守是退的问题上徘徊,如果攻击傅作义的后方基地归绥,也许会促使傅作义的主力提前西退,而杨成武兵团在攻取归绥的同时没有阻援的把握,太原这边如果久攻不下,这两个点就都成了问题。

九日,毛泽东致电周恩来:

周:

请以电话与聂薄商量:(一)杨成武停止攻归绥[因无打援把握],即在归绥、卓资山、集宁地区休整,待东北我军南下攻平津时再攻归绥。(二)杨(杨得志)罗(罗瑞卿)耿(耿飚)率三四两纵队及八纵一个旅即开保定、石家庄之间休整补充至十五日为止,十六日开始向西参加太原作战。(三)在本月及十二月内给徐(徐向前)周(周士第)一万俘虏及新兵的补充。(四)杨罗耿另外两个旅加入七纵集团在平保(北平至保定)线活动。

毛泽东
十一月九日

毛泽东已经明确了华北作战的战略原则,那就是"抑留傅作义部队于平、张、津、保地区,以待我东北主力入关协同华北力量彻底歼灭该敌","不使其西退,亦不使其得由海上逃跑"。

那么,如何"抑留"傅敌?

十五日,林彪、罗荣桓、刘亚楼致电中央军委,提出了他们的建议:"令杨成武部暂不攻击归绥的方针很好",但还不够,因为对太原的攻击也可能成为促使傅作义西逃或南撤的因素,因此"亦可暂不攻太原,而集中力量迅速包围保定或张家口","对所包围之敌,采取围而不攻的办法,以达到拖住敌人的目的。使傅作义及其所属之中央军,既不能撒手南下,亦不能撤退绥远,亦不能集中兵力守天津或守北平"。"如我部攻城,他来增援则正便于我军歼灭",等到东北野战军全部入关,"合力发动攻势",就能够全歼傅作义集团于华北地区。至于阎锡山的太原,到那时已成一座孤立的死城,"可随时轻易拿下,故太原之敌横直可歼灭的,并可有意留在打了平津之后作为那时无仗可打时的目标"。

毛泽东接受了林彪、罗荣桓、刘亚楼的建议。

这一建议对中央军委最终制定平津战役的战略方针有着至关重要的意义。

十七日,徐向前、周士第复电,同意暂时不攻击太原的方针。

十八日,中央军委指示华北军区第二兵团随时准备向张家口出动,同时命令冀中军区第七纵队停止对保定的攻击。

中央军委进一步认为,停止对归绥、太原和保定的攻击,已足以麻痹傅作义集团,但要抑留傅作义的主力,从根本上解决华北问题,最重要的是东北野战军的入关越快越好。

但是,让东北野战军提前入关存在着诸多困难:在刚刚结束的作战中有的部队伤亡严重,新兵尚未完全补充到部队,大量的俘虏还没来得及做转化工作,东北籍的战士不愿离开家乡,入关的思想动员工作尚未进行,后勤的物资准备也没有展开等等。中共中央书记处对东北野战军提出的困难进行了集体讨论,最终由周恩来起草,毛泽东修改,以中央军委的名义致电东北野战军,强调抑留傅作义集团的紧迫性,强调东北野战军提前入关的重要性,特别指出"欲抑留蒋、傅两部于华北,依华北我军现有兵力,是无法完成的",在没有把握阻止傅作义率部西撤、也没把握阻止华北敌军海运的情况下,"傅系一退,蒋系必同时南撤",那时我军就会面对"两头失塌"的不利局面。

为此,中央军委提出两个方案供东北野战军考虑:一、"提前于本月二十五日左右起向关内开动",占领华北要地,"然后大举歼敌";二、"仍按原计划休整到十二月半",傅作义要撤就让他撤,东北野战军入关后"即沿平汉路南下,先在长江中游作战,逐步东进与刘、陈会攻京沪"。

此电发出的第二天,即一九四八年十一月十八日,命令东北野战军提前入关的电报还是不容置疑地下达了:

林、罗、刘[绝密]

(一)傅作义经过彭泽湘及符定一(民主人士)和我接洽起义。据称傅起义大致已定,目前主要考虑者为起义时间、对付华北蒋军及与我党联系等问题,现符定一已到石门(石家庄),明后日即可见面。我们拟利用此机会稳定傅作义不走,以便迅速解决中央军。

(二)望你们立即令各纵队以一二天时间完成出发准备,于二十一日或二十二日全军或至少八个纵队取捷径以最快速度行进,突然包围唐山、塘沽、天津三处敌人不使逃跑,并争取使中央军不战投降[此种可能性很大]。

(三)望你们在发出出发命令后,先行出发到冀东指挥。

(四)我们已令杨、罗、耿在阜平停止,并准备出张家口附近协同杨成武阻止傅作义西退。徐、周已复电同意停攻太原。

(五)如何部署,盼复。

军委

十八日十八时

十九日上午九时半,林彪、罗荣桓、刘亚楼回电:"我们决遵来电于二十二日出发。"

这一天,东北野战军政治委员罗荣桓就入关问题作了深入细致的政治动员：

> ……我们的任务是进关，一二天后就要开动部队，去拿下北平、天津，必须紧急地动员起来……蒋介石想撤退华北，要部队南下，傅作义却想西跑和三马会合，徐州战役已经歼灭敌人十九个师，现在敌人已经更加混乱了……所以我们现在要赶快进关去……关里解放军到关外来坚持了东北人民解放战争，实现了一个全东北的胜利，在这个过程中，也获得了关内各解放军胜利的配合，使得东北胜利能够很快到来。现在东北解放军到关里去是义不容辞的，和关里解放军配合起来解放全中国，这是光荣的任务。同时还要指出，只有全国的解放，东北的胜利也才能巩固，农民分得的土地也才能保持。东北战士怕入关，怕离家远了，将来回不来了。要和他们解释，解除这个顾虑，胜利已经快了，我们最多只有一年即可求得全国的胜利。全国胜利后，铁路都修通，回家是容易的，那时是光荣的凯旋而归，如果现在要逃跑回家去，那是泄了气，那是耻辱，不仅没有欢迎，而且还会被欢送回部队来，过去立的功也掉了。要号召全体同志保持永远的光荣……我们要去打下北平、天津与华北大会师，要动员我们干部。现在干部中少数发生了堕落的想法，东北解放了，享受享受啊，年龄大了，身体不好，要休息，要做地方工作。这种思想是不对头的，要批驳，要学三纵队罗政委（罗舜初）的精神，他给飞机轰炸震伤了耳膜，在这里休息，他要沙副司令（沙克）回去告诉部队，不久就会回去，一定要进关去，走不动爬也要爬进关去，就是要这股劲头，全国胜利只有一年了，咬咬牙就过去了。现在是参加全国大解放的一年，要克服不前进的想法，身体不好也要坚持下去，不准许请假，身体有病也只能短期在部队休息，不能离开部队，不准许请求调动工作。全国胜利的时候已经到来了，这是对自己的斗争历史是要做总结的时候了，你为什么在这种总

结的时候当孬种呢!……

毫无疑问,东北野战军百万大军入关,是解放战争史上的一个重大事件,对推进解放战争的进程起到了重要影响。

一九四八年十一月二十三日(因在沈阳开会的各纵队、各师参谋长、政治部主任需要时间返回部队,经中央军委批准,将入关出动日期由二十二日推迟至二十三日),"东北野战军主力十个纵队和特种兵全部,分别由锦州、沈阳、营口地区向冀东地区开进"。八十万官兵全部的狗皮帽子,簇新的棉军装,各式美制新式武器,后面跟着十五万支前民工、三千辆汽车、八千辆大车和十四万匹牲口——东北野战军入关了,浩浩荡荡地向着长城蜿蜒而来。

美国记者安娜·路易斯·斯特朗写道:

> 共产党的东北部队用投降的国民党士兵扩编了他们的队伍,用缴获的美国武器加强了他们的火力,在胜利地攻陷长春和沈阳之后,几乎未加休整,即南下向北平和天津推进。这是两个著名的城市,一个是美丽的古都,另一个是巨大的商业港口。他们背着装备,在二十天里徒步行军六百英里。他们乘坐着倔强的牛或者骡拉着的大车。他们驾驶着美国卡车,拖着从东北缴获的大炮。他们渡过已经开始冰冻的河流,用手榴弹开道。他们越过荒凉的群山和沙漠荒野以及长城上岩石筑起来的关隘。他们一跨入河北平原就有成千辆农民的大车迎接他们并随后跟着大军载运粮食和饲料。冀东一个县有五万农民冒着风雪,只用三十六小时就修复了一百八十英里的公路。

为了给东北野战军争取入关时间,并进一步抑留傅作义主力于华北,中央军委决定:首先突击平张线,迅速包围张家口,迫使傅作义西援,进而拖住华北地区的国民党军。

二十七日,平张线作战部署下达:杨成武、李天焕指挥华北军区第三兵团于三十日左右迅速包围柴沟堡、怀安或张家口、宣化诸点守军"一个军左右之兵力","并相机举行攻击,吸引东面敌人向西增援";杨得志、罗瑞卿、耿飚指挥第二兵团部于十二月一日"集中于易县西北紫荆关地区隐蔽待命","准备以五日行程进至涿鹿地区相机作战";程子华(东北野战军第二兵团司令员)、黄志勇(东北野战军第二兵团参谋长)部"数日内在平谷地区集中",等杨成武部抓住敌人之后,迅速"超越密云、怀柔、顺义线上之敌","向延庆、怀来地区相机作战";冀热察军区部队在宣化、怀来之间破路,阻击张家口和宣化守军南撤和北平守军可能的增援。

"毛泽东同志发起平津战役,文章是从西线做起的。"聂荣臻说。

二十五日,华北军区第三兵团由绥东地区出发,分三路向张家口地区急进。二十九日,得知张家口方向出现危机,傅作义派出了他的嫡系部队第三十五军前往增援。该军在北平的丰台和长辛店集结后急促向西开进。同是这一天,第三兵团向张家口以西五十公里处的柴沟堡和郭磊庄发动了攻击。这是位于河北、内蒙古和山西三省交界的两个小镇,是傅作义部署的长蛇阵的最西端,虽距繁华的北平和天津并不遥远,但中国人却往往称之为"口外",这种称呼含有那里荒凉偏僻之意。

华北军区第三兵团向"口外"发起的攻击,标志着"平津战役即告开始"。

隔而不围,围而不打

"你们看我们这些高级人员,每个人都是红光满面,还像个倒霉的样子吗?"一九四八年十二月四日,傅作义在张家口对他的将领们说,"虽然目前军事情况非常紧急,但只要我们指挥运用适当,将士用命,局势尚非不可挽救。"

坐在傅作义面前的"红光满面"的将领们是：第一〇五军军长袁庆荣、第三十五军军长郭景云、察哈尔省保安副司令兼张家口警备司令靳书科、一〇一师师长冯梓、二六七师师长温汉民、二五一师师长韩天春、二五八师师长张惠源、二五九师师长郭跻堂、二一〇师师长李思温、整编骑兵第五旅旅长卫景林、整编骑兵十一旅旅长胡逢泰等。

第三十五军军长郭景云格外"红光满面"，因为他的增援作战进展顺利。十一月二十九日从北平出发，四百多辆汽车翻越八达岭以及以西的崎岖山路，三十日下午到达受到威胁的张家口地区。其一〇一师继续往西向万全推进，第一〇五军二五一师和整编骑兵第五旅一起向包围张家口的杨成武部展开攻击。很快，杨成武部向西南方向撤退。一〇一师除留下一个营驻守万全县城，其余部队旋即凯旋张家口。十二月二日，驻扎在张家口以南宁远堡的第一〇五军遭到袭击，一〇一师再次出动，第三十五军军部率二六七师跟随推进，战斗进行得也很顺利，没等天亮，杨成武部又向西撤退了，侦察兵报告说宁远堡以西十五公里内已没有共军踪迹。三日，张家口附近没有任何敌情，第三十五军拟于四日返回北平。正准备启程的时候，华北"剿总"电话指示：总司令即来张家口，郭军长在与总司令见面之后，第三十五军五日动身。

郭景云和他的第三十五军心情轻松。军长忙着应酬，官兵们则在张家口市内闲逛——没有人会预料到，第三十五军在张家口耽误的这一天，对于傅作义的这支主力部队生死攸关。

傅作义是为部署放弃张家口而来的。

本着"保持海口"的作战方针，必须逐步放弃张家口，但傅作义认为张家口是他的西线重镇，加上他误认为杨成武部对张家口的进攻不过是局部作战，他完全可以趁林彪尚未入关，华北的解放军处于分散状态时，派出主力部队在张家口速战速决，给袭击张家口的杨成武部以歼灭性打击。于是,他派出了主力部队第三十五军驰援张家口,同时把驻守昌平的第一〇四军主力向北调往怀来,驻守涿县的第十六军调往康庄和南口,以便能够随时向西策应,确保平张交通线的畅通。现在,既然已经把张家口附近的解放军赶跑了,傅作义还是决定执行从张家口撤退的计划。

傅作义要求撤退工作要秘密进行,还要求把撤退变成一种"荣誉":

> 傅又召集孙兰峰(第十一兵团司令官)、袁庆荣、曾厚载(察哈尔省府秘书长)、周钧(察哈尔省民政厅长)和我(靳书科,张家口警备司令)开了一次秘密会议,傅指示我们在张家口来一次"荣誉交代撤退"。就是在撤退之前,将所有的军事物资,包括武器、弹药、服装、粮秣以及其他物资做一次清点,在撤退时能带的尽量带走,不能带的一律造具清册,将储存物资的库房加封上锁,留交不愿意跟我们走的当地工作人员,替我们作一次"荣誉交代"。

在被迫从大城市撤退时,将一切可能被敌对方利用的物资和设施破坏,这符合一般的战争行为。如今,傅作义不但要求对带不走的物资保护和封存,而且还要登记造册,此举显然是在给自己留下后路。只是,"交代"尚可解释,"荣誉"又从何谈起?

下午十六时,傅作义飞回北平,他在机场对那几个"红光满面"的心腹将领说:"何时撤退,等我到北平研究之后,再行电告。"

傅作义的第三十五军虽然占领了万全,但在张家口外围孔家庄一带,华北军区第三兵团二纵击退了第一〇五军的攻击;一纵则渡过洋河,袭击并攻占张家口南面的沙岭子车站,破坏了张家口至宣化间的铁路;而在宣化以南,冀热察军区部队破坏了下花园至怀来间的铁路;华北军区第二兵团十二旅占领了平张线上的要地新保安。此时,张家口至北平的铁路已被截成数段。更重要的是,傅作义的主力部队都被吸引到了平张线上:整编骑兵十二旅于张北;第三十五、第一〇五军的六个师和整编骑兵第五、十一旅于张家口;第一〇一军的一个师和第一〇五军的一个师于宣化;第一〇四军的两个师于怀来,第十六军的三个师于南口和昌平——这正是毛泽东所期望的态势。

为了不使张家口之敌趁东北野战军尚在入关之时向东突围,而驻守在怀来、南口的敌人向西接应,中央军委命令华北军区第三兵团以两个纵队在张家口以西待机,其中一纵固守张家口至宣化间的阵地,彻底切断两地间的联系;第二兵团以主力包围宣化、下花园两处,构筑向西、向东两面阻击工事,务必使张家口之敌不能东退;如果张家口和宣化之敌绕道向北平撤退,第二、第三兵团则坚决予以阻截;东北野战军先遣兵团迅速直扑怀来和南口,切断北平与怀来间的联系。

此时,东北野战军先遣兵团已逼近北平北部的密云。

密云县城坐落在潮河与白河汇流的三角地带。如果不拿下密云,不能控制渡口,先遣兵团的辎重车辆将难以通过。侦察情报显示,密云守军仅有一个保安团,加上警察,兵力不过一两千人。但是,奉命发起攻击的东北野战军先遣兵团十一纵三十一师,在攻击县城外围据点时发现敌情有变:傅作义的第十三军一五五师四六四、四六五团及以二九七师的八九〇团已经从古北口返回,致使密云守军骤然增加到四个团。但是,箭在弦上不得不发。十一纵立即命令已经渡过潮河和白河的三十二师掉头回来,配合三十一师对密云实施强攻。

攻击密云,本来是顺手牵羊的战斗,为的是尽快切断平绥路,谁知十一纵却被粘在了这里。战斗的艰难程度,大大超出了纵队指挥员的预料。五日凌晨,攻击开始之后,三十一师两个突击连连续爆破,反复冲击,但均以失利告终,部队在通过开阔地时出现很大伤亡,最后不得不改变攻击方向。三十二师的突击队在实施爆破时也受到猛烈阻击,九班十二名官兵中,十一人被敌人的隐蔽火力打倒,只剩下战士王挺发一个人背着三十多斤的炸药包还在一点点地向前移动,后续部队的官兵都紧张地看着他。突然,就要爬到城墙边的王挺发开始往回爬,爬到一棵小树前用刺刀拼命地砍树。敌人射出的子弹打在小树上,连长让机枪全力掩护,官兵们不知道王挺发到底遇到了什么情况。不一会儿,王挺发拖着砍倒的小树又往城墙爬去,只是爬行的速度明显缓慢了。城墙上扔下密集的手榴弹,爆炸的烟雾和飞溅的泥土把王挺发掩埋了。后续部队的官兵扯着嗓子喊:"王挺发!王挺发!"烟雾稍散后,王挺发的身影又出现了,他抱着炸药包一点点地朝爆破点靠近,看得出他每爬一下都要付出全身的力气。爬到爆破点后,官兵们正在担心他拉响炸药之后是否能够迅速离开,就在这一瞬间,巨大的爆炸声响了,密云城墙被炸塌了一个缺口。连长大喊:"冲!"突击队冲到外壕边,才发现壕沟里布满尖桩,上面横着一根树干,粉身碎骨的王挺发就是顺着这根树干爬过去的。

突击队突入之后,突破口被国民党守军重新封闭,后续部队被阻击在城墙外,突入的部队被包围在城内。敌人开始了凶猛的反击,双方官兵先是拼刺刀,后来就扭打在一起。当敌人暂时退下去之后,突击连仅剩下二十多人,幸存下来的官兵重新编组,在敌人的尸体上捡拾弹药。敌人的反击又开始了,指导员喊:"准备手榴弹和刺刀,拼了!"副连长率先冲进敌群,一口气捅倒几个敌人。机枪班长被三个敌人刺倒,战士曹守昌奔过来营救,在与敌人肉搏的时候,机枪班长用尽力气把匕首刺进一个敌人的眼眶里,之后气绝身亡。突击队只剩下了八个人,一排长对七个战士说:"咱们光荣也光荣在了关内,值!"黄昏,后续部队终于撕破敌人的阻击,突破口被重新打开,突击部队蜂拥入城。

经过一天的血战,密云守军六千余人被歼。

第十一纵队付出了伤亡一千五百余人的代价。

密云的丢失令傅作义有些吃惊,他深知密云对于北平安全的重要性。同时,空军的侦察报告说,解放军正从东、西两面大规模地向平张线调动。傅作义由此判断:东北的共军已经入关,有会合华北共军切断平张线直下北平的企图。于是,他决定第三十五军和第一〇四军二五八师迅速离开张家口返回北平,以增加北平的防御力量。为了使第三十五军能在平张线被切断之前顺利撤回,傅作义命令驻守怀来的第一〇四军主力向西接应,驻守南口的第十六军向康庄方向牵制共军行动。同时,为了北平的安全,傅作义还命令驻守天津、塘沽地区的第六十二、第九十二军主力增援北平;第十三军放弃怀柔和顺义,撤到通县附近;第一〇一军主力放弃涿县和良乡,撤退到丰台、长辛店和门头沟一带。

张家口和宣化守军奉命向沙岭子阵地实施两面夹攻。沙岭子是第三十五军南撤北平的必经之地,华北军区第三兵团一纵一旅顽强阻击了三天,终因伤亡严重被迫放弃阵地。沙岭子丢失后,张家口至宣化间的铁路线重新敞开,第三十五军开始撤退了。

第三十五军是傅作义的绝对主力和嫡系部队,下辖一〇一、二六二、二六七师。应该说,如果第三十五军按照原计划,十二月四日动身返回北平,那么这支部队也许就不会成为平津战役中以命运悲惨而闻名的主角。但是,傅作义来到张家口,郭景云等了一天,就是这一天的等待最终酿成大错。五日,本来计划是清晨出发,到了中午部队还没开动,原因是郭军长舍不得军修械所里的机器设备,非要把设备拆下来装车一起拉走不可。而张家口的一些官员听说第三十五军要回北平,纷纷要求跟随撤走,郭景云统统答应,让他们到第三十五军驻地集合。之前,张家口主要军政人员的家属都已乘火车转移到了天津,但是还有不少官吏没走,比如省参议长杜继美、省党部委员马仰贤、省党部特派员赵城壁、市参议会议长兼市党部书记长高炳文、《商业日报》社长贺天民等。这些官吏带着他们的家眷和贵重物品,甚至还带着大米和面粉,浩浩荡荡地塞满了第三十五军的驻地。人和东西开始混乱地装车,场面看上去根本不是军队在紧急调动,而如一个城市在搬家——这些官吏们谁都没想到,只需两天的路程,他们却走了半个多月依旧滞留在半路,最终除了高炳文侥幸逃到北平之外,所有的人包括他们的家眷,在经过苦难的折磨之后都成了解放军的俘虏。

天气很好。虽然磨蹭到中午才出发,但是车队行进顺利。过了沙岭子,又过了宣化,郭景云预计下午就能到下花园。但是,刚离开宣化不一会儿,前面就响起了枪声,一〇一师师长冯梓报告说,下花园以南的公路被挖断,三〇一团正一边作战一边修路。下午十四时,车队到了下花园,前面又响起枪声,先头部队三〇一团停在一个叫鸡鸣驿的小镇附近的山脚下,又开始了一边作战一边修路。作战倒没有多么激烈,但公路被破坏得很厉害,路面上是一道道又宽又深的人沟,这些大沟挖得令国民党军官兵直发愁:公路的一面是绝壁,绝壁下是铁路和并行的公路,而铁路和公路的另一侧就是洋河,横在公路上的大沟从绝壁一直挖到河岸,不但附近无处取土填沟,即使从远处弄来土也都滑到河里去了。由于修路的时间太长,等得不耐烦的郭军长亲自跑过来,看了大沟之后深有感慨:"真他妈的挖到点子上啦!他们地形熟,这一手做得多绝!"

熟悉地形的是支持共产党的当地百姓。

好容易把大沟填上,车队继续前进。黄昏时分,郭景云命令全军宿营鸡鸣驿。由于车队庞大,人员混杂,天黑时才基本安置完毕。其间,不断有报告说,鸡鸣驿以北、下花园以南,鸡鸣驿至新保安的公路两侧,都发现有共军接近并在构筑工事。郭景云召集军官会议,大家都认为情况严重,绝不能让共军构筑工事,需要连夜出击。但是,郭景云却不以为然:"叫弟兄们好好休息,明早以二六七师为前卫,来个拂晓攻击,一下子就可冲过去。其余部队于早八点准备完毕,待命出发。"

第二天,二六七师和一〇一师三〇二团首先行动,一〇一师的其余部队负责掩护两侧和后面。果然,前面枪炮声连成一片,到上午十时左右,枪炮声依旧没有停歇的迹象。有点着急的郭景云打电话询问,二六七师师长温汉民回答"正在激战之中"。又等了两个小时,前面还没传来打通道路的报告,郭景云向傅作义请求飞机前来助战,然后带着几个参谋上了前沿。

二六七师遭到阻击的那个地方叫西八里。

阻击他们的是华北军区第二兵团四纵十二旅。

第三十五军从张家口出发的时候,毛泽东连续致电华北军区第二兵团,要求他们以最快的手段"全力控制宣化、怀来地区"。宣化、怀来距离北平的天然门户八达岭近在咫尺,而且那里驻有傅作义的第一〇四军,如果让第三十五军越过宣化、怀来与第一〇四军会合,华北地区的战局将陷入困难境地。

此时,华北军区第二兵团绝大部分部队尚在涿鹿以南,只有第四纵队政治委员王昭和十二旅旅长曾宝堂率领十二旅在平张线上活动。

以十二旅阻击第三十五军,显然兵力悬殊太大。

第二兵团立即命令主力徒涉洋河,急速赶往新保安地区;同时命令十二旅不惜一切代价,在西八里、新保安和东八里地域把敌人纠缠住。

十二旅攻占新保安后,以西八里为前哨,火车站为主阵地,东八里为预备阵地,决心至少坚守一昼夜,等待兵团主力部队的到达。

第三十五军的突击能力异常强劲,兵力和武器都处于绝对劣势的十二旅阻击战打得十分艰苦。敌人在大炮和飞机的助战下攻势凶猛,十二旅在付出巨大伤亡之后只能节节撤退,他们一直撤到了新保安县城的西关。在那里,十二旅三十四团二营又一次迎敌而上,四连在营长墨双科和连长王相印的指挥下连续冲锋,但终究无法阻挡具有优势火力的第三十五军的进攻,新保安车站等阻击阵地很快丢失。

通往新保安的公路上,停满了第三十五军的汽车,前面不断传来的激战消息令所有的人惊慌不已。增加紧张气氛的还有傅作义派来的飞机,这些飞机不知为什么总在公路上空盘旋,当它们扔下炸弹的时候,第三十五军官兵和官吏们只有纷纷躲避轰炸。郭景云为此愤怒之极,因为在张家口外围作战时,空军就把一〇一师二团的白营长炸死了,白营长是郭军长当团长时的老连长,这让郭军长从此对空军恨之入骨:"飞机又炸自己人啦!那架飞机的号码是905号,我已向总部发电报追问。飞机上也有八路了,这仗还怎么打!"

第三十五军终于攻占新保安。

副军长王雷震主张决不能在新保安停留,大队人马必须连夜前进。他的理由是:共军肯定会有大量的后续部队到达。新保安北靠大山,南临洋河,县城如在锅底,万一发生不测,让共军把两头的道路堵死,第三十五军将进退两难。而如果马上行动,两个小时就可以通过怀来,即使遇到阻击,怀来的地形较为有利便于应付。在王雷震的说服下,郭景云决定继续前进。但是,就在车队即将开动的时候,突然命令重新下达:"驻下!明天再走!"

无法得知郭景云为何突然变卦,执意要在新保安睡上一觉。

是夜,尽管前方警戒部队数次报告,"新保安四周到处都是锹镐之声",但是郭景云始终置之不理。

第三十五军军长郭景云的这一决定,进一步把傅作义的这支主力推向了绝境。

凌晨三时,毛泽东严令华北军区第二兵团:"务必全军立即行动,阻住该敌,如被突走,由你们负责。"兵团司令员杨得志立即命令给王昭发电报,要求十二旅"一定坚持到大部队赶到"。兵团政治委员罗瑞卿说："要大家都清楚,如果让三十五军从我们手里逃过新保安,与怀来一〇四军会合,那我们第二兵团是交不了账的,是要铸成历史大错的。"

八日拂晓,华北军区第二兵团主力陆续赶到新保安地区。

杨得志、罗瑞卿、耿飚立即以四纵十一、十二旅和三纵九旅占领新保安以东一线;以八纵四旅和独立第一旅占领新保安以西一线,组成第一道包围圈;以三纵七旅、八旅分别占领碱滩、沙城、鸡鸣驿,构成了第二道包围圈。

傅作义得知第三十五军受困于新保安,急令第一〇四军军长安春山为"西部地区总指挥",统一指挥第一〇四、第三十五、第十六军夹攻当面的解放军,以掩护第三十五军返回北平。同时命令张家口的第一〇五军向下花园、新保安方向攻击前进,策应第三十五军突出包围圈。

安春山随即作出部署:第一〇四军二五〇、二六九师即刻从怀来出发,向新保安外围阵地进攻,限九日前打通与新保安的联系,将第三十五军接应出来;第三十五军在第一〇四军发动攻击的时候,即由新保安向外围阵地实施攻击,突破包围后向北平撤退;第十六军派出一个团,限九日上午八时前,接替二六九师在怀来的城防,军主力则固守康庄,在第三十五军和第一〇四军通过之前不得失守。

八日下午十四时,杨得志、罗瑞卿、耿飚、潘自力向第二兵团各部队发出电报,措辞严厉,强调谁放跑了敌人"一定要追究责任":"军委已严厉责备我们到达太迟,致使三十五军得以东突,影响整个作战计划,并要我们确实包围住三十五军于现在地区,并隔断其与怀来的联系。如果跑掉,由我们负责。我们已对军委负了责。因此,我们亦要求你们严格而又确实地执行我们的一切命令,谁要因疏忽或不坚决而放走敌人,是一定追究责任的……"

自八日开始,第三十五军在飞机和大炮的掩护下,顺着公路向东突击,在东八里一线与第三、第四纵队撞在了一起。阴云密布,雪花飘飞,双方官兵在公路附近的各个阵地上来回拉锯,东八里阵地失而复得得而复失。四纵司令员曾思玉在一座山头上与政治委员王昭见面了,王昭为终于迎来了主力万分高兴,他大声喊:"老兄!你们大大的辛苦!"曾思玉说:"没让三十五军跑过去,十二旅立了头功!"

晚上,三纵主力全部赶到战场,第三十五军再次退回新保安县城。

九日,第三十五军再次突围。三纵和四纵一面硬顶,一面组织突击队硬攻,双方的对峙线纵横交错,致使天上的国民党军飞机根本弄不清该如何轰炸扫射,只能在阴云下乱飞。这一天,第三十五军连东八里都没有打到,天黑时,部队再次退回新保安县城。

与此同时,在新保安的西北方向,第一○五军在军长袁庆荣的率领下开始向东突击,企图从张家口打到新保安,解救被围的第三十五军。八日下午,该军的二五八师向华北军区第三兵团二纵五旅十四团的阵地发起猛攻,虽曾一度突破,但黄昏时分阵地又被十四团官兵夺回。九日,第一○五军出动两个师加骑兵一部,先向十五团的阻击阵地攻击,未果后转向十四团的阵地实施重点突击。这里是距张家口仅五公里的平展地带,没有任何可以利用的地貌,敌人受到猛烈的火力拦截后,纷纷趴在地上不敢前进,军官们急得大喊大叫,摇着小旗吹着哨子,先是用石头打,用皮靴踢,最后用枪逼,大群的敌军再次发起攻击。三营七连长黄树田全身七处负伤,四连、八连和九连的官兵端着刺刀发动了反冲击。战斗一直进行到黄昏,十四团放弃第一线阵地转入二线防御阵地。可是,当敌人刚上了第一线阵地的时候,五旅在旅长马龙和政治委员李永清的率领下突然发动反击,一个小时后将阵地恢复,第一○五军攻击部队只得向张家口城内退去。

在新保安的东面,从怀来方向出击接应第三十五军的第一○四军推进坚决。也许受到了傅作义任命其为"西部地区总指挥"的鼓舞,军长安春山不但指挥着自己的第一〇四军,而且还可以指挥第十六军和第三十五军,因此作战情绪空前高涨。按照他的计划,二六九、二五〇两师加强一个野战炮营后,全力向新保安方向攻击前进。攻击部队出发后,不断传来一路顺利的消息,说他们已经接近新保安了,是否让第三十五军赶快向外冲。安春山立即与郭景云接通了电话,本以为郭景云会喜出望外,谁知他在电话中表现得异常冷淡。安军长问:"你是否接到了命令?"郭军长冷冷地说:"接到了。我是没办法了,看你的吧!"然后就挂断了电话。郭景云是否对傅作义没任命他为"西部地区总指挥"不服气?但是,这是他的第三十五军危在旦夕的时刻,郭军长总不会拿自己的性命当儿戏吧?

奉命到怀来接防的第十六军的那个团还没到,安春山派他的卫士乘坐吉普车去接,过了很久吉普车也没回来,突然却有一个士兵跑回来了,说他们遇到大批共军正朝怀来开来——"共军的军服、帽子、武器都和我们一样,只是帽子上没有青天白日徽章。"安春山给第十六军军长打电话,但是电话不通,有人向他报告说,康庄与怀来之间的电话线被剪断了。接着,安春山得知,从新保安至怀来间的公路完好无损。他马上意识到安全撤退的机会仍存在,便通过电台跟第三十五军政工处长通话,让他转告郭军长,要争取时间,两面夹击,迅速突围。话说到此,电台信号受到严重干扰,听不清了。安春山又给郭景云发去一封电报,要求他迅速率领部队突围,与第一〇四军的攻击部队会合。但是,不知为什么,郭景云根本没回电。

第一〇四军的攻击部队和阻击他们的由郑维山指挥的三纵打得昏天黑地。在距离新保安很近的马圈附近,三纵截住了第一〇四军的两个师,尽管根本没有有利的阻击地形,三纵官兵还是不顾一切地用身体挡住了敌人。因为伤亡严重,第一道阻击阵地很快丢失,二十团团长张文轩亲率部队反击,把失去的阵地又夺了回来。敌人采取多批次多梯队的连续冲锋,二十团的一二线阵地多次易手。这时候,新保安方向的第三十五军出动了。三纵开始两面受敌。下午,两面的敌人几近疯狂,第一〇四军每占领一个村庄,傅作义的总部就发来电报说奖励大洋若干。仗打到最激烈的时候,突围的第三十五军和接应的第一〇四军相距不足四公里。危急时刻,三纵的干部们站到了最前沿,与战士们一起端起了刺刀,呼喊着向当面敌人冲过去,纵队也投入了最后的预备队,从两翼向敌人包抄过去。国民党军官兵无法承受肉搏战的残酷,仅营长就伤亡了六名,当部队出现后退的迹象时,一退就演变成了无法遏止的溃散。

安春山再次与郭景云取得了联系。

> 我即用无线电话请郭景云讲话,要他九日上午,无论如何要抓住这千载一刻的机会,果断突围,并把全面情况告诉了他。他说:"你必须令二五〇师来新保安接防。"我说:"新保安是死地,不能防守,二五〇师进去,马圈必被解放军占领。我们的任务是速向北平集结。如果进去了,又得打出来,甚至你我都出不来,这是为什么?"他说:"他妈的,我是不走啦!"我劝他:"不走不好,新保安不能守。"说话间,无线电话中断了。又要了一个小时才叫出来。我问他:"老兄,请你快出来,我在怀来等你。"他说:"你是收容我吗?"我说:"这是什么话?请你在患难中不要胡思乱想,不要闹意见。"我说话尚未完了,他就骂起来:"他妈的,我是不走了。"我郑重地告诉他:"错过了今天这个机会,你是不可能再出来了。"

傅作义的电话打过来,命令安春山到新保安去,一定要把郭景云接出来。安春山说,新保安到怀来间的路已经打开,傅长官命令他他都不出来,我有什么办法拉他出来?安春山最后问傅作义:是否还想到北平集中?还是在这里与共军决战?傅作义的回答竟然是:"你看着办吧!"

郭景云与安春山一直心存芥蒂,这在第三十五军和第一〇四军中已不是新闻。郭景云认为,安春山既然奉命前来解围,打进新保安才算完成任务,打到城边让自己出去,那是故意看自己的笑话;而安春山对解救郭景云本来就不积极,只不过因为傅作义下令他才派出部队。安春山很久之后才查清,傅作义那封任命他为"西部地区总指挥"的电报,被第三十五军的译电员译成了"西部收容总指挥"——这是一个古怪的错误,这个错误导致的后果竟然是送了郭军长的命。郭景云认为,这一任命是对他的莫大侮辱,他宁死也不愿意被别人收容,特别是他一向看不起的那个"安小个子"。

九日下午,怀来以东康庄方向的第十六军来电,说共军正在准备对其实施攻击,康庄通往北平的要道上已出现共军踪影,如果第三十五军再这样耽误下去,大家谁都别想撤回北平。

安春山给郭景云发去最后一封电报,再次要求他突围,说不然的话第一〇四军就要撤了!

郭景云没有回电。

黄昏,驻守康庄的第十六军真的受到了攻击。

安春山担心怀来不保,立即给前去新保安解围第三十五军的两个师发电报,命令他们互相掩护迅速撤回怀来。

郭景云连同他的第三十五军,就这样失去了最后的机会,被彻底包围在新保安城内。

攻击康庄的,是东北野战军先遣兵团。

九日拂晓,先遣兵团第四纵队的三个师突然出现在怀来、康庄、八达岭一线,将国民党军第十六军指挥部、一〇九师、九十四师的一个团和二十二师的一个团包围在康庄。第十六军见势不妙,立即向北平方向突围,刚刚到达的四纵迅速投入作战。午夜,四纵二十九团三营在公路上截住了黑压压的一股敌人,官兵们大声喊:"你们被包围了!"趁敌人慌乱之际,后续部队赶上来将这股敌人全部缴械。另一股敌人闯进了三十六团三营的防区,团长江海立即组织部队截击,三十五团闻讯包抄过来,二十九团也从敌人的身后追了上来。至十日上午八时,第十六军的六千多官兵被歼,四纵控制了康庄。

四纵还没来得及打扫战场,突然有情报说,从怀来向北平撤退的第一〇四军在三家子车站烧毁了不便携带的装甲车后,正在攻击冀热察军区骑兵部队的阻击阵地和四纵十一师三十五团的防区。四纵司令员吴克华决定用两个师追击,一个师在八达岭一线打阻击。十日下午十六时,第一〇四军按照二五〇师、军部、二六九师和第十六军一部的序列走出怀来县城。四纵十一师跟踪追击,十师的两个团抄近路直奔横岭断其退路。在十八家子,十一师三十二团二营终于抓住了逃敌的尾巴,歼其一个后卫营,然后官兵们继续追击。追到横岭已是午夜,十师占领了附近的高地,堵住了第一〇四军军部和二五〇师。十一师三十二团向敌人排成长阵的队伍横切过去,敌人即刻跑得满山都是。

安春山很快就与部队失去了联系。半夜,他带着二五〇师九十三团逃到一个叫黄土洼的村子,突然发现走错了路。本来准备向南跑,直奔门头沟,现在的方向却是东南,快跑到南口去了。大部队已经丢光,安春山心情沮丧,他决定不走了,在一个距山口不远的小村庄里住下,他说要与二五〇师取得联系,联系不上他就不出山。但是,一队人马刚住下,山上就传来了枪声,安春山急忙命令一直跟着他的二六九师师长慕亚新指挥残余部队掩护军部撤离,同时命令特务营抵抗。但是,慕师长很快就没了踪影。接着,工兵连和骑兵也散了伙,连安春山的拜把子兄弟、特务营营长也没打任何招呼绕过军部逃跑了。追击而来的解放军越来越近,痛苦万分的安军长要举枪自杀,副军长王宪章拦住他说:"何必闹着这一套!你要决心死,我陪你就在这里小屋子里抵抗,打死算完。不愿在这里死,咱们就逃跑。"安春山说:"那么咱们就跑吧!"

安春山带着二十多人顺着山沟跑,到处可见负责盘问的民兵。跑着跑着,身边的人越来越少,跑到妙峰山附近的时候,还是被民兵俘虏了。安春山化装成伙夫,由于他年纪大,很可怜的样子,民兵相信了他的话,安慰他说:"革命自愿,决不勉强。放下武器,既往不咎。"还给他发了张还乡证明和几块钱路费——国民党军第一〇四军军长安春山,丢失了所有的部队,独自一人跑回了北平城。

一九四八年十二月十日,在长江以北、长城以南,国共两军的战场态势是:淮海战场,华东野战军和中原野战军已经歼灭了黄百韬兵团和黄维兵团大部,并将从徐州撤退的杜聿明集团包围在了陈官庄地区。平津战场,华北军区第二、第三兵团和东北野战军先遣兵团,已经把傅作义集团中的主力分割包围在平张线上,东北野战军主力部队正在迅速入关,将对平、津、塘地区的国民党军实施分割包围。

虽然傅作义十分不情愿南撤,但为避免北平与天津间的联系被切断,以确保最后时刻拥有天津的出海口,傅作义命令第四兵团司令官李文兼北平防守区司令官,放弃南口、昌平、通县、宛平等地,集中兵力固守北平;命令第十七兵团司令官侯镜如兼津塘防守区司令官,放弃唐山、芦台、汉沽等地,将第八十六、第八十七军分别撤至天津和塘沽一线,第六十二军从北平回防天津,集中兵力固守天津、塘沽两点。

为将国民党军傅作义集团彻底消灭在平津地区,十一日,毛泽东为中央军委起草了平津战役总方针电报,提出了对傅作义集团实行"隔而不围"、"围而不打"的战略部署:

……从本日起的两星期内[十二月十一日至十二月二十五日]基本原则是围而不打[例如对张家口、新保安],有些则是隔而不围[即只作战略包围,隔断诸敌联系,而不作战役包围,例如对平、津、通州],以待部署完成之后各个歼敌。尤其不可将张家口、新保安、南口诸敌都打掉,这将迫使南口以东诸敌迅速决策狂跑,此点务求你们体会……唯一的主要的是怕敌人从海上逃跑。因此,在目前两星期内一般应采围而不打或隔而不围的办法……

所谓"隔而不围",是以入关的东北野战军迅速插入北平、天津、塘沽、芦台和唐山诸点,割断敌人的相互联系,防止其逃跑,但不作战役性包围。即,对北平、天津、塘沽"隔而不围"。

根据这一原则,东北野战军自十二日起,全力向平、津、塘地区开进:

左路由野战军直接指挥,直插天津、塘沽之间。九纵十三日占领唐山;十四日占领芦台和汉沽;十九日占领津、塘之间的要地军粮城;二十日攻占天津东部外围各据点和飞机场;二十一日占领咸水沽、新城一线,割断了天津与塘沽之间的水陆联系。八纵向天津城郊推进,十九日占领杨村,歼灭国民党军新编三三三师两千余人,俘虏师长宋海潮;二十日攻占北沟、北仓和宜兴埠;二十一日占领天津外围的杨柳青;二十二日进占白塘口、双港一线,切断了天津守军向大沽口的退路。

中路军由第一兵团统一指挥,三纵十三日占领北平以东的马驹桥、廊坊一线,十七日占领北平以南的南苑机场,十九日击退国民党军对南苑机场的反击逼近北平东南郊。十纵十四日占领廊坊,切断平津铁路;十五日控制了廊坊、旧州一线。六纵十六日占领永乐店、马头镇、张各庄、安平镇一线。华北军区七纵十三日占领房山、良乡,十五日占领黄村、南苑、庞各庄、安定车站一线。一纵则赶至北平与天津之间,切断了北平守军退往出海口的路线。

右路由第二兵团统一指挥,四纵十四日占领南口、八达岭一线;五纵、十一纵分别从北平的西郊向丰台、宛平、石景山进攻;十一纵十四日占领西郊机场,十五日占领海淀、门头沟、西黄村和石景山等地;五纵十四日占领宛平和丰台,十七日五纵、十一纵逼近西直门和德胜门。

所谓"围而不打"，是以华北军区主力部队将张家口、新保安之敌严密包围，待命攻击。

十五日，华北军区第三兵团相继占领张家口各外围据点，切断了张家口对外的所有联系；同时，北岳军区部队和骑兵第三、第四、第五师占领了张北、康保、商都等地，对张家口形成了第二道包围圈；西北野战军八纵和地方武装在集宁、丰镇、卓资山一线，形成了第三道包围圈。为了加强对张家口的包围，东北野战军第四纵队的三个师于十七日自南口出发，二十日抵达宣化、张家口地区，使包围张家口的兵力达到十万以上，张家口国民党守军被歼的命运已成定局。而华北第二兵团则不断地收缩着对新保安的包围。三纵在新保安以东和东南、四纵在东和东北、八纵在西和西南，三个纵队层层筑垒，大修工事，把傅作义的第三十五军围成铁桶一般。

至此，华北战区的国民党军已被分割包围在张家口、新保安、北平、天津、塘沽五个相互孤立的地区。国民党军统帅部关于华北战区或守或撤的所有争执到此为止，因为华北战区的前景已经明朗。

无论是东北野战军还是华北军区的官兵，求战情绪前所未有地高涨，因为他们都知道自己已是绝对的胜利者。"隔而不围"令他们急不可耐，"围而不打"更令他们不能忍受。等待时手痒，而且还费粮食，第二兵团的官兵不断地在新保安四周挖交通壕，附近的百姓给他们送上来不少土豆和萝卜，他们在寒冷的地窝子里取暖，吃烤土豆，喝萝卜汤。接着，大规模的政治攻势开始了，喊话、往城里扔宣传品，派被俘的官兵回去做工作，还在城墙四周竖起巨大的标语牌："不要再为老蒋卖命"；"放下武器就是一家人"；"打掉傅军命根子，活捉匪首郭景云"；"艰苦斗争两年半，报仇立功在今天"——华北军区官兵与傅作义的部队在这一战区艰苦周旋了两年多，他们与第三十五军有解不开的仇恨。

郭景云的日子难过之极。新保安外围支撑据点丢失殆尽之后,城门就永远地关上了,郭景云感觉这个小县城如同一口棺材。飞机每天空投的给养根本不够用,况且,那些白花花的大米和增加营养的蛋黄粉大部分都被投到解放军的阵地上去了。城外送进来据说是一位解放军的司令员写的劝降信:"你们突围已不可能,困守只有被歼,现给新保安准备下八万发炮弹,你们如接受劝告,应即派人接洽,将部队开到指定地点,听候改编。"郭景云把这封信在军官会议上念了一遍,然后烧了。除了粮食之外,弹药也严重匮乏,特别是重炮炮弹没有了。也许城外的解放军知道第三十五军没有炮弹了,于是他们公然地扛着云梯在城墙上演习爬城,时间是每天上午九时至下午十五时。解放军官兵在自己的眼皮底下大呼小叫,如此胆大妄为令第三十五军官兵既心惊肉跳又感到很大的羞辱。打吧,弹药本来就不多,而且只要一开枪,这些解放军就没了踪影,白白浪费弹药;不打吧,谁知道他们的演习什么时候就变成了真的,爬着爬着就真的爬进来了?

"围而不打"不是永远不打。

流传在新保安四周前沿战壕中的一张油印传单上写着一首"诗":

　　　　三十五军好比山药蛋,已经放在锅里边,
　　　　解放军四面来烧火,越烧越煮越软绵。
　　　　同志们,别着急,山药不熟不能吃,
　　　　战前工作准备好,时间一到就攻击。

既然已经与敌人脸对脸了,华北西部成为平津地区大规模歼灭战的首选之地已成必然。

风雪中矗立的枕木

第三十五军虽然是傅作义主力中机动能力最强的,但还算不上是真正的摩托化部队。近距离使用的时候,全军的重武器还需要骡马牵引,只是在远距离或者紧急机动时刻才使用汽车。这次从北平增援张家口,全军动用汽车多达四百多辆,因此无论是行军还是驻扎,在荒凉的华北西部,一眼看去也算是浩浩荡荡。

可以想见,四百多辆汽车拥挤在方圆不足一平方公里的新保安城内,该是一种什么情景——"别的都好说,这四百多辆汽车是傅总司令的命根子,不能不要。"困守在新保安城内的第三十五军军长郭景云说。

第三十五军的军官们认为,目前所有的解围行动都成泡影,东去北平和西退张家口都已无望,孤零零的新保安守军只剩下两条逃生之路:一是徒步向南,只要能突围进入南山就可以脱险;二是顺着桑干河谷向大同方向突围,但桑干河流域都是山地,四百多辆汽车根本无法行军。军官们反复劝说军长,人是第一位的,有人就有东西;人要是没了,就什么都没了。郭景云曾一度狠下心,打算轻装突围,但最终没能下令,原因还是舍不得汽车。郭景云命令汽车兵把主要的零件拆下藏起来,以免万一落在解放军手里,但是汽车兵们不愿意拆,每天还是把车身擦得锃亮。四百多辆保养良好的汽车,全被部署在小城内的各个路口充当防御屏障——宁死都不愿意被安春山"收容"尚可谓有军人的骨气,但舍命不舍财的秉性却像一个乡村土财主。或者说,郭景云仍对傅作义不可能不救他的起家部队抱有幻想——"要相信总司令,他决不会舍下第三十五军不管。"

十二月十四日,杨得志、罗瑞卿、耿飚致电中央军委:"我兵团全部正对新保安敌进行土工作业,缩紧包围,一切攻击准备工作拟于十六日完成,待军委命令攻击。"第二天,中央军委回电:"加紧完成对三十五军的攻击准备甚好。实行攻击时间需待东北主力入关,确实完成对平、津两地的包围之后,大约在二十日左右。"

十九日,东北野战军第四纵队越过新保安开赴张家口。

同日，华北军区第二兵团致电林彪、罗荣桓、刘亚楼并请示中央军委，决于二十二日向新保安发起总攻。

二十一日中午，新保安外围战打响。

赶到战场的东北野战军的榴弹炮，令整个新保安县城摇摇欲坠。

郭景云立即给傅作义打电报，说解放军炮火之猛烈"平生罕见"，要求派飞机助战并空投炮弹。

傅作义的回电是："明早七时派飞机十架前往助战，另十吨弹药于明晨由青岛起飞运往。"

回电没能解除第三十五军官兵的恐惧，因为没人知道今天晚上是否挺得过去？

郭景云的城防部署是：由新保安城南门向北画一条直线，东半边由二六七师加保安团并配属一个山炮连防守，其中八〇一团守东南，八〇〇团守东北，保安团守东关，七九九团为预备队；西半边由一〇一师加一个山炮连防守，其中二〇二团守西门以北，三〇一团守西门以南，三〇二团为预备队。军部位于城中央的鼓楼附近。

第二兵团把突破点选择在城东，因为防守西城的一〇一师是傅作义的"常胜师"，作战凶狠，能攻善守，而防守东城的二六七师战斗力相对较弱。此刻，二六七师从官到兵士气消沉。几天前，防御东南角阵地的八〇一团团长李上九听说城外的解放军给一〇一师师长冯梓写了封劝降信，他马上找到冯师长问："这次仗还有没有希望？"当听到冯梓回答说"没希望"时，李上九说："没希望咱们还打个什么？你如果有什么行动的话，我愿意跟你一起走！"或许城外的解放军已经知道了这一切，二十二日早上总攻一开始，东北野战军的两个重型榴弹炮团、第二兵团直属炮团，再加上各旅的迫击炮，一百多门火炮全部集中到了二六七师防区的正面，东门城楼和东面城墙在铺天盖地的轰击中倒塌，第二兵团以两个纵队的兵力——四纵和八纵——开始实施联合突击。

东城墙被轰开一个缺口之后，距城墙仅百米远的四纵十一旅三十二团突击六连开始攻城。爆破组用十公斤的炸药炸塌了护城河岸。由于心急，官兵们未等炮火延伸就向前冲击，结果十多名官兵被自己的炮火误伤，但突破口的硝烟中很快就飘起了一面红旗。接着，五连跟了上来，与六连一起在守军的反击中努力巩固突破口。与此同时，十旅二十八、二十九团在炮火的支援下也炸开东门冲入城内。

与四纵并肩攻击的八纵不太顺利，二十二旅六十四、六十六团在西北角、二十三旅六十七、六十八团在城北，同时发动的突击均受到挫折。六十六团冲到城墙下时，城墙的中下部突然砖头滑落，里面伸出来许多事先没有发现的暗堡火力点，六十六团在遭受重大伤亡后冲击受阻。八纵及时调整攻击部署，利用四纵巩固的突破口向城内突击，并再次组织强行爆破。纵队副司令员兼参谋长萧应棠、二十三旅旅长赵文进、二十二旅副旅长郑三生都上了最前沿。"就是死也要死到城里去！"六十四团三营和六十八团一营的突击队员决心再次一搏。二连由三十六人组成爆破组，每人背着三十六公斤炸药，在通过百米开阔地时大部分官兵伤亡，仅剩下许学顺等四名战士。许学顺用炸药炸开鹿砦的时候负伤，随行的三名战士相继牺牲。负伤的许学顺在敌人密集的火力封锁下爬来爬去，把牺牲战友的炸药包一次又一次搬运到城墙下，当他用最后的力气点燃导火索之后，一声巨响，城墙终于被炸开了一个缺口。

新保安城东面的防御阵地被撕开了两个缺口，这直接导致二六七师的防线全面崩溃。由于与师部的联系电话打不通，李上九冒着炮火跑到师部所在地，对师政工室主任林泽生说："不行了，部队打完了，共军已经突进城了！"李团长的报告让林泽生意识到，最后的时刻可能到了，他让政工室人员各自逃生，然后去寻找他的师长，但是师指挥所里已经没人了。在特务连长的带领下，他在一个临街商店用来储存货物的地窖里见到了师长温汉民。当时，温师长正在往外走——"可能要去督战,满脸流露出一股杀气。"而在温汉民的身后,副师长张振基正努力拦着他。地窖里的参谋人员一声不吭地坐着,一个参谋悄悄抓过林泽生的手,在他的手心上先写了一个"死"字,然后又写了一个"俘"字。

在新保安的西面,一〇一师的作战能力果然很强。三纵九旅本来把主攻方向选择在西门瓮城的西北角,由于守军的阻击火力十分严密,突击队根本冲不过去,于是改变突击方向,从西门一个被炮火轰开的缺口往里突。但是,部队突进去才发现,缺口里面和瓮城两侧隐藏着许多暗堡火力点,九旅官兵的多次突击都因伤亡太大而未获成功。同时,七旅十九团和二十一团在其攻击方向上也多次爆破失败,最终改为利用四纵的突破口登梯爬城。当九旅和顽强的一〇一师对峙的时候,七旅的两个团终于爬上城墙,官兵们迅即顺着城墙内侧向一〇一师的背后插过来,一〇一师的防御开始出现松动。然而,对于一〇一师来讲,更严重的问题来自从东面溃败下来的二六七师。二六七师的官兵一群群地向一〇一师的防区里拥,不但造成巨大的混乱,而且影响了一〇一师的士气。

二六七师师长温汉民决定率师部向郭景云所在的鼓楼方向撤退。可是,师部的队伍刚出隐蔽部就被打散了。街上弹雨横飞,抵抗部队正与冲进城的解放军激烈互射,温汉民命令警卫官兵全部上刺刀,命令司号员吹号与鼓楼那边的军部联系,希望得到他们的火力掩护。终于跑到鼓楼附近的时候,温汉民发现二六七师的官兵和伤员都拥挤在这里,而在鼓楼东面和南面的大街上,解放军的突击部队就要冲过来了。温师长看得很清楚,在解放军的冲击队伍前,有人举着小红旗,小红旗一挥,炮弹就飞了过来。温汉民觉得鼓楼防御阵地肯定保不住了,遂决定往一〇一师阵地上跑。但从那边跑回来的官兵说,那里也处于混战之中,温汉民最后决定去找他的八〇〇团,八〇〇团的主要任务是看守汽车而不是作战,温汉民认为他们可能保存得较为完整。但是,八〇〇团的刘副团长也正向鼓楼跑呢,见到温汉民,哭着向他报告说:"我们不行了!"温汉民火了,拔出手枪喊:"赶快去截住部队!"话音未落,解放军官兵冲了过来,温师长带领的师部残存人员瞬间被冲得七零八落。

二六七师政工主任林泽生从一具尸体上扒下一双胶鞋,把自己那双不便逃跑的皮鞋换了下来,然后跑到城墙角下的一个地洞里,与一群伤兵藏在了一起。不一会儿,洞外打进来一梭子子弹,然后他听见有人喊:"里面有人没有?"林泽生急忙回答:"有!是伤兵!"外面喊:"是伤兵就不要乱动,都把武器扔出来!"——带头走出地洞的林泽生望了一下天空:"说也奇怪,天也紧随着下起大雪来。好像是要埋葬整个旧世界。"

一〇一师师长冯梓于二十二日下午十五时与郭景云通了最后一次话。郭军长说:"完啦,你过来吧。"冯师长说:"我这儿没完,我派部队把你接来吧。"说到这儿,电话断了。冯梓刚给工兵连下达了冲到军部去把军长接出来的命令,脸被硝烟熏黑的二六七师副师长张振基跑进了他的隐蔽部,气喘吁吁地对冯师长说:"东边已经完了,军部那边过不去啦!"冯梓一下子心情恶劣起来,他思索了片刻之后,把三〇二团政工主任王德全拉到一边说:"设法和共军联系上,说咱不打啦,败局已定,为什么要再死人呢?"王德全说:"我明白你的意思,我就去。"

被围困在新保安的时候,冯梓曾收到过城外解放军送进来的一封劝降信,信写得很简单:"我是甄梦笔,甄华是我的新名,我这几个字,你还可以认得出来是我写的吧?你们完啦!快率部起义吧!"冯梓确实有这么一位老同学,一九二六年大革命时期两人都在太原上学,那时冯梓就知道甄梦笔是国民党中的共产党。一九二七年,国民党开始"清党",甄梦笔被俘,经营救出狱后去日本留学了。抗战时期,冯梓和甄梦笔还见过一次面,那时冯梓在一〇一师当营长,甄梦笔曾到他的部队教官兵们用日语向日军喊话——现在的甄梦笔,也就是甄华,是华北军区第二兵团政治部敌军工作部部长。

"你们完啦!"这句话令冯梓很受刺激。他认为在一〇一师搞起义不是那么容易的。傅作义是从一〇一师师长的位置上提升为军长的,这个师的三名团长都是傅作义的心腹学生,一向被傅作义称为"跑不了的干部"。冯梓把信烧了,决心"死守待援",因为他不相信傅长官会扔下他们不管,如果投降也得由傅长官下令,不然实在对不起长官,也对不起一〇一师。

但是,此刻,冯师长等不得长官的命令了。

下午十六时,新保安城内的枪声已稀疏,政工主任王德全把一名解放军干部和两名战士领了进来。冯梓见状没说什么,抓起电话命令各团停止战斗。

国民党军第三十五军一〇一师投降了。

此时,四纵十旅和十一旅已经攻占鼓楼。

冯梓被带到鼓楼上,十旅政治委员傅崇碧说:"你这个顽固的家伙也有今天!"接着,官兵们又带来了另一位国民党军师长,他就是二六七师师长温汉民。

从二十二日早上起,郭景云就不断地叫参谋长田士吉到外面听是否有飞机的声音,一直到下午也没见总司令昨天说的飞机前来助战,郭景云渐渐地有些不知所措了:"再写个电报问总司令,还要我们不要?"二六七师已完全溃败,一〇一师联络中断,新保安城内满城都是解放军的喊杀声,军部附近的枪声越来越烈,特务营、工兵营、通讯营已全部投入战斗。郭景云决定去找一〇一师,但外面横飞的枪弹令他根本无法出门。他又命令推两大桶汽油来——"我们不能被俘,要死大家死在一处,限十分钟推来!"然后,郭景云给傅作义发出最后一封电报:"你见死不救,眼看追随多年的部下坐以待毙,于心何忍?"

十六时,第三十五军一〇一师准备投降的那一刻,解放军官兵已经冲到郭景云军部的房顶上。郭景云一面骂汽油桶总是推不来,一面掏出了自己的手枪。

这时候,飞机来了,仅有一架,绕着新保安飞了一圈,然后走了。

郭景云掏出手枪自杀的时候,副军长王雷震在场:

> 天已黄昏,我听到从郭所在的方向发出枪声,枪弹从我的棉帽顶上擦过,我初疑是门外解放军打进来了,紧接着听到第二响枪声,郭就倒在了血泊中。

国民党军第三十五军军长郭景云用来打死自己的手枪,被华北军区第四纵队十旅二十九团官兵收缴,他们把手枪交给了旅政治委员傅崇碧,傅崇碧后来把这支手枪"献给了平津战役纪念馆"。

二十二日十八时,杨得志、罗瑞卿、耿飚致电东北野战军总部、华北军区并中央军委:"战斗已解决,敌人全歼,战果待查,从总攻开始到结束,共十一小时。"

新保安作战毫无悬念地结束了。

当初,郭景云在绝望之时,曾准备将四百辆汽车浇上汽油点燃,然后利用暗夜趁漫天大火率部突围。华北"剿总"司令部认为,这倒是个孤注一掷的办法,也许能突出来一部分人马。可是,傅作义"犹豫再三下不了决心",一是怕部队在突围中被解放军吃掉,二是舍不得四百多辆汽车。现在,打下新保安的解放军官兵对塞满了整个小城的数百辆美式十轮大卡车感到万分惊讶和欣喜。

第三十五军覆灭之后,西北方向百公里外的张家口岌岌可危。

华北军区第三兵团已将张家口严密合围。之前,毛泽东曾致电第三兵团司令员杨成武和副政治委员李天焕:"如果你们包围不力,部署不周,让敌逃跑,则你们应负严重责任。"杨成武、李天焕表示:第三兵团将"昼夜严密监视敌人,准备随时打垮敌人一切突围逃跑的企图"。二十日,东北野战军第四纵队到达时,第三兵团已控制了张家口四周所有的制高点,特别是在北半部,兵团的火炮可以直接覆盖张家口的北部市区。

张家口国民党守军的最高指挥官,是第十一兵团司令官孙兰峰。由于张家口四面皆山,第十一兵团采取的是"依城野战"的防御方式,即把部队分成守城部队和野战部队两部分:野战部队以第一〇五军的二一〇、二五九师,第一〇四军的二五八师以及整编骑兵第五、十一旅组成,由第一〇五军军长袁庆荣指挥,担任城市外围的机动作战任务,白天出城骚扰,抢掠马草饲料,晚上回城;守城部队由第一〇五军二五一师、察哈尔保安司令部所属的三个保安团和独立野战炮营、铁甲大队、侦察大队组成,由察哈尔保安副司令兼张家口警备司令靳书科指挥,担任守卫张家口市区的任务。自从傅作义命令固守张家口后,孙兰峰根据张家口的军粮、民粮和武器弹药的储备情况,认为他能够"坚守三个月,以观整个战局的演变"。

二十二日黄昏时分,获悉第三十五军被歼灭之后,傅作义给孙兰峰发来密电:"张垣(张家口)被围已无守备意义,可相机突围转至绥远。"

突围命令是保密的,原因是怕引起张家口的混乱。但是,这天上午,傅作义的一封无法保密的"电报"已经引起惊慌,这封"电报"的内容是:上午十时,一架军用飞机降落张家口,接三个人立即去北平。傅作义让孙兰峰通知这三个人做好准备,这三个人的身份是:察哈尔银行经理张慎五、察哈尔田粮处长曹朝元和察哈尔财政厅长白玉瑾——傅作义突然把张家口三个掌握财经大权的最富有的人接走,这一举动意味着什么?

孙兰峰决定,二十三日早,第十一兵团主力向商都县方向突围。第一〇五军军长袁庆荣、副军长杨维垣、军参谋长成于念决定分路突围,即步兵部队向北从大镜门撤离,骑兵部队向南从茶坊方向撤离,两部人马冲出包围圈后再向绥远转进。同时,命二五九师于当晚向大镜门外围一线进行试探性进攻。为了保密,袁庆荣强调通知部队的时候一律口头传达。

二十三日凌晨,先行出动的二五九师传来"进展顺利"的消息,于是第一〇五军的大部队出动了。二五八师集合完毕,在向城北的大镜门方向开进的时候,参谋长王鸿鹄看到了令他担心的情景:"冷风刺骨,东南天空,已出现了鱼肚白,地上的景物,已能察看出来。行进路附近的两旁,有些障碍物还没有排除。行进队伍的两侧和间隙,夹杂着不少地方行政人员及其亲属,还有车、马混杂其间。这些人跟随突围的部队逃生,真是自找危险,也是部队的累赘。"袁庆荣率领第一〇五军军部出了大镜门,他很快就发现这根本不是在紧急突围,一眼望不到头的队伍行动迟缓而散漫,尽管二五九师依旧在报告"进展顺利",但眼前的情景还是让这个作战经验丰富的军长心惊肉跳。袁庆荣严令部队跑步前进,说对延误大部队突围的军官将执行阵前枪决。

早上七时,靳书科按照往常一样起床上班,按照往日的程序准备听取汇报,突然,警察局长撞门而入,惊慌地喊:"部队昨天晚上开始撤退啦!"靳书科吃了一惊,说这不可能,因为昨天会上只说第一〇五军要出击作战,并没说到撤退的事情。警察局长说,第一〇五军不但连夜把带不走的东西毁掉了,而且早上出发的时候还带上了家眷——"如果是出击,带家眷干吗?"靳书科立即跑到第十一兵团司令部去找孙兰峰,一进门就看见满院子已经捆扎好的行李。他大声质问孙兰峰这是怎么回事,孙兰峰的回答令他"气得话都说不出来":"欣然(袁庆荣,字欣然)没有告诉你吗?详细情况我也不大了解,完全是欣然计划的。我想不是欣然不通知你,而是因为还没有作出最后的决定。欣然走时在电话里对我说:他先带部队去打一下,如果能打出去,我们就决定撤退;如果打不出去,他们还要固守。过早通知你怕市上骚动,对城防发生影响。等欣然来电话我再通知你吧。"

张家口国民党守军的混乱由此开始。

靳书科立即通知他指挥的各城防部队,除留少数警戒人员之外,其余全部到大镜门外集合。此时张家口市内已经大乱,到处找不到各部队的负责军官,而孙兰峰的兵团司令部正在出城。靳书科突然想起来傅长官所说的"荣誉交代",他认为如此各怀鬼胎的撤退,肯定是突不出去的,与其突不出去被打死或当俘虏,还不如留下来向解放军来个"荣誉交代"。靳书科正和参谋长焦达然商量的时候,二五一师师长韩田春跑来催促他赶快走:"赶快收拾一下走吧!我在大镜门外东山坡等你!"

大镜门,张家口的北城门,坐落在两山对峙的峡谷之中,砖砌拱门,门洞宽不足七米,城门外是通往张北的一条南北走向的山沟,山沟长达十余里,两面群山耸立,沟的东侧是大清河,西侧是简易公路,越往北沟越窄,在距大镜门约三公里处分成两岔,一条继续向北经过陶赖庙通往张北,另一条向东拐通往乌拉哈达、高家营方向。大镜门城门上高悬着清代察哈尔都统高维岳书写的四个大字:大好河山。

一九四八年十二月二十三日,"大好河山"下的大镜门已是混乱不堪。城门本来就狭窄,原来布设的铁丝网、鹿砦和地雷都没有清除,部队和市民拥挤在一起人喊马嘶,地雷不断地被踏响,使这里的景象惨烈如同战场。突然,骑兵部队冲过来了。按照袁庆荣的秘密部署,骑兵部队应从城南茶坊突围,但是,骑兵部队向南走了十几里又返回来了,坚持要从大镜门跟随野战部队一起走。据骑兵指挥官说,听说二五九师突围进展十分顺利,那么他们也就没有必要分头行动以"分散共军注意力"了。于是,在这个寒冷的早晨,大镜门外的山沟里,拥挤着张家口守军的骑兵、步兵、炮兵共五万多人,还有骆驼队、辎重马匹以及数万名跟随逃亡的市民。

围困张家口的华北军区第二兵团,事先对张家口守军可能的突围方向判断有误,将防御重点部署在西面和西南面,北面和东北方向只派出一纵三旅和六纵依山据守。二十三日拂晓,兵团指挥所观察到了大镜门外的混乱情景,接着就接到一纵和六纵的报告,杨成武判定张家口守军正在全力向北突围,随即下达了围歼突围守军的命令:在大镜门外那条山沟的分岔处西甸子和朝天洼,一纵三旅坚决阻击,挡住守军撤离的正面;六纵由朝天洼至大镜门以北地域向南攻击;东北野战军四纵的一个师迅速插入朝天洼、西甸子以南地域向北攻击;二纵和一纵的一个旅由东面的黄土梁向大镜门攻击;东北野战军四纵的两个师和二纵并肩向张家口以北出击;一纵另一个旅、北岳军区部队以及内蒙古两个骑兵师迅速在守军的突围方向上构筑第二道和第三道阻击阵地。命令限各主力部队二十三日晚二十二时必须赶到作战位置。

三旅坚守的阵地是朝天洼和西甸子,这里是张家口守军逃亡绥远的必经之路。

昨晚,二五九师出了大镜门后,除遇到零星短暂的阻击之外,没有遭遇大的战斗,于是他们不断发回"进展顺利"的报告。但是,拂晓时分,当他们走到朝天洼、西甸子时,突然受到猛烈的火力侧击,部队由此停了下来,二五九师官兵这才发现他们置身的地方两面山峰陡立,山沟已变得格外狭窄。师长郭跻堂立即组织攻击,但是,攻击数次均告失利。回想起出了大镜门后一路静悄悄的情形,郭跻堂突然想到解放军也许在"引蛇出洞",这一想法令他顿时感到自己处境不妙。

山沟两面的山,当地人称为"穷山",都是裸露着黄土碎石的陡壁,上面除了稀疏的荆棘之外,没有任何草木。当二五九师爬上山坡的时候,一纵三旅的官兵像从碎石黄土中钻出来一样,机枪子弹和手榴弹下雨般地打下来,然后就是端着刺刀不顾一切地反冲击,没有任何防备的二五九师瞬间就垮了,垮下来的部队带着巨大的烟尘滚下来。

惊恐不安的二五九师还没来得及报告,解放军的炮弹已经打到了后面的第一〇五军军部附近。

太阳很高的时候,孙兰峰带着骑兵卫队来到第一〇五军军部,进门就朝袁庆荣喊:"你的部队呢?"袁军长说,二五九师还在前面打,情况不明。孙兰峰要求必须迅速打开通道,因为后续部队都在山沟里等着呢。留在市区的保安部队已经与解放军接战,因为骑兵部队擅自返回,现在的目标太大了,解放军很可能已经发现我们的突围企图。袁庆荣只好再次命令二五九师坚决突击,同时命令炮兵全力向当面解放军的阻击阵地轰击——"他们固守的高地尽管被炮兵炸成了一堆黄土,但仍纹丝不动地挡住我军前进的路。在这前不着村后不靠店的地方窝着,官兵们怨声载道,我的心情更加烦乱无章。"

正面阻击第一〇五军的一纵三旅到了最艰苦的阶段。

阴云密布,天寒地冻。三旅八团官兵根本无法修筑阻击工事,因为冻土比石头还坚硬,刨几下之后手掌会被震裂,血流出来,很快就冻成了冰。经过几个小时的战斗,冻土已被炮火打成了粉末,于是官兵把身体半埋在泥土中,等待着新一轮的战斗。敌人的攻击再次开始,阵地上被炮火的硝烟笼罩。八团指挥员从观察点往下看,发现公路上的车辆密密麻麻,国民党军挤成了一个巨大的疙瘩。在攻击阵形的前面,几个国民党军军官举着蓝色的旗子,后面是在督战队监视下弯腰爬山的队伍。一营和三营阵地上的机枪响了,蓝色的旗子倒了下去,但是督战队的大刀仍旧闪闪发亮,挤成疙瘩的敌人还在往上冲。不久,团长邹林接到一营长杜子钦的报告,一连的阵地丢失了。邹团长严厉地命令,马上组织反冲击,把丢失的阵地夺回来!命令刚说完,电话线就被炸断了。邹团长命令身边的战士徐二喜去查线,然后摸到一营的阵地上,向杜营长传达他的命令:子弹打光了用手榴弹,没有手榴弹就拼刺刀、石头、铁锹和铁镐,一定要守住阵地!徐二喜跑了出去,等了好一会儿电话还是没有接通,电话排副排长赵秀山冲出了团指挥所,向一营的阵地摸上去:

……只见山坡上的积雪不见了,岩石被捣成了粉末,到处是黑色的弹坑,到处是敌人的尸体。一连阵地上敌人尸体更多。我看着周围的同志们,个个脸上都青一块紫一块,不少人的身上缠着绷带,撕得稀烂的衣服上,被鲜血染成了紫黑色。一眼就可以看出,他们与敌人打了交手仗。果然,我向杜营长传达了团长的命令后,营部的通信员对我说,一连刚才跟敌人抡了拳头。战士宋玉打光了子弹和手榴弹以后,便和敌人拼起刺刀来。刺刀刺钝了,他又抡起枪托,把一个敌人的脑袋砸掉了一半。因为用力过猛,枪托断了,他抱住另一个敌人,喊了声"共产党万岁",便和敌人一起滚下悬崖。共产党员陈水的刺刀刺断了,他赤手空拳扑向一个拿小旗的敌人指挥官,把敌人摔倒,骑在身上,两只手像一把老虎钳子掐住脖子,一直把敌人掐死。接着他又拾起一颗手榴弹,向溃逃的敌人追去。他追上一个扛机枪的大个子,对准后脑勺就是一手榴弹,顺手夺过机枪便向敌人扫射。就在这个时候,忽然有一颗子弹打中了他,陈水同志倒下了……

返回团部的时候,赵秀山看见了躺在一块大石头旁边没有了呼吸的徐二喜,十八岁的战士手里攥着一根电话线,身后是一条长长的血迹。

敌人以整团的兵力实施人海冲击,守在阻击阵地最前沿的三连,在敌人冲上阵地的时候一起向敌群扑上去。副指导员赵彭身负重伤,最后时刻带领仅剩下的四名战士与敌人肉搏,最终全部阵亡。接着,八团团部特务连和警卫排官兵也扑了上来。警卫排长郭静抡着枪托左击右打,最后被大群的敌人围住,敌人的数把刺刀同时刺向了他,他摇晃了一下,抱住一个敌人狠狠地咬了下去。

三旅官兵用血肉之躯把张家口守军堵在了西甸子和朝天洼附近的狭窄山沟里,直到主力部队赶到。

二十三日下午十六时左右,拥挤在山沟里的国民党军突然混乱起来,有人不停地喊:"张家口被共军占领了!"

打进张家口的是东北野战军四纵和华北军区二纵。

占领市区之后,两支部队没有停留,立即北出大镜门追击。二十三日夜,他们与北面的阻击部队一起,将逃出张家口的国民党军压缩在西甸子、朝天洼、乌拉哈达、黄土窑子之间宽不足一里、长不足十里的狭窄的山沟里。

天降大雪,寒风呼啸。

二十四日拂晓,华北军区第三兵团和东北野战军第四纵队开始了大规模围歼作战。解放军官兵猛烈穿插,纵横厮杀,狭窄的简易公路上,各种大小车辆全部被推翻,成千匹马到处奔跑嘶鸣,遍地是武器、弹药和物资,成群的骆驼在狂奔,失去指挥的数万国民党军官兵在风雪中四散奔逃。

部队溃散之后,第一〇五军军长袁庆荣、副军长杨维垣、二五八师师长张惠源、师参谋长王鸿鹄等人在三百多名溃兵的簇拥下,开始向深山逃亡。山路蜿蜒,山坡陡峭,一行人气喘吁吁,爬上一座山顶的时候,大家谁也不说话,有的人蜷曲着躺下,多数人僵硬地坐着,因为所有的东西,包括大衣,都跑丢了,山顶上寒风刺骨。不久,有士兵报告说,四周都出现了解放军的搜索队,一行人这才知道,跑了一夜也没有跑出包围圈。天亮了,炮弹飞了过来,炮弹打得很准,不少士兵被炸死,张惠源师长的后背打进了一块弹片,幸亏没有伤到骨头,但血把棉衣很快就浸透了。袁庆荣一行人又往西面的山头跑,追击而来的解放军官兵开始从三面逐渐接近,袁军长的身边只有一名班长还扛着一挺机枪,其余所有士兵的枪早就扔了,因为没有子弹了。

有人建议在机枪的掩护下向山下的沟里跑,但是,从山沟的三面射来的火力十分凶猛,满山满谷都是"缴枪不杀"的喊声。无处可去的袁庆荣向西边的一条小沟摸去,张惠源钻进东面的小山沟,王鸿鹄则选择了另外一条山沟并藏在了一个山洞里。

天大亮了,袁庆荣的一条腿摔伤了,他拿着根树杈当拐杖,终于跑不动的时候,他的面前出现了解放军官兵愤怒的眼睛。

察哈尔保安副司令兼张家口警备司令靳书科和二五一师师长韩天春、参谋长焦达然等人在部队的掩护下,向张家口东北方向的乌拉哈达和高家营方向逃亡。晚上,漆黑的风雪中,掩护部队一路逐渐丢失。二十四日天亮的时候,在高家营,他们遇到了整编骑兵第一旅的残兵,旅长胡逢春已经被俘,所有的团长都脱离了队伍不知其踪。靳书科正准备重新组织队伍,突然有大部队迎面而来,靳副司令和韩师长用望远镜观察,有点疑惑:队伍既不像友军,也不像是共军,因为他们穿的是美国制造的人字布的草绿色军装。想了一会儿,靳书科突然想起来,这种军装从颜色到样式,是国民党军在东北的主力部队穿的,他这才反应过来,自己遇到了从东北入关的林彪的部队。部队立即溃散,溃散中韩天春摔伤了不能再跑,靳书科则在半山腰藏起来,但没过多久就被搜查出来。

国民党军第十一兵团司令官孙兰峰最终逃出了战场。他曾被俘,但是没有暴露身份,在随俘虏队伍转移途中逃跑。在一个向导的带领下,他在风雪中走了整整七天,手脚都被冻伤之后才走到商都县附近,与从张家口战场逃出来的残余部队会合,最后到达绥远。

张家口一役,人民解放军共歼灭国民党军一个兵团部、一个军部、五个师、两个骑兵旅,共计五万四千余人。

二十四日二十四时,中央军委致电杨得志、罗瑞卿、耿飚、杨成武、李天焕:"庆祝你们于数日内歼灭新保安、张家口两处敌人并收复张家口的伟大胜利。"

无论是在新保安,还是在张家口,被俘的国民党军中下级官兵被集中在一起,有伤病的人得到了良好的治疗,每个人还都领到了毛巾、肥皂、牙刷和一袋火车牌牙粉。但是,华北军区第三兵团六纵十七旅旅长徐德操,强烈要求枪毙国民党军第一〇五军军长袁庆荣,理由是"这个人太坏"——袁庆荣被追到山沟里的最后时刻,指挥追击的指挥员徐德操发现他已丧失抵抗能力,随即命令战士不准开枪,并让警卫班下去把袁庆荣扶上来。谁知道袁庆荣竟然开枪抵抗,打伤了好几名警卫战士。徐旅长向兵团司令员杨成武建议要坚决制裁这个顽固分子,杨成武对徐德操说:"战场上他打死了我们的人,那是另外一回事。已经俘虏了,就不能枪毙他,不能违背我党、我军的俘虏政策。"

几天后,华北军区第二、第三兵团奉命西进归绥,路过张家口的杨得志、罗瑞卿和杨成武一起会见了袁庆荣,问及刚刚结束的战斗,袁庆荣面对赢得胜利的解放军将领们说:

张家口和新保安被贵军分别包围后,敝方深知前途很不乐观。但总部仍命令两地坚守待命,万勿擅自行动。我们为了及时了解有关情况,自形势紧张以后,电报联络一刻也没停过。当二十一日下午六时两地联络突然中断时,我曾亲自命令电台注意新保安的情况,发现任何呼号立即向我报告。可惜任何声音都听不到了。接着,贵军就对张家口发动了总攻。我们根据总部命令,立刻组织突围。原以为贵军主力布置在西边,于是我们就出大境门向北突围,为了牵制贵军主力,我命令骑兵、汽车、大车向西突围,不料突围受挫,他们也转向大境门了。这一下子就乱了。人拦住了车,车挡住了人,马难以奔,人不能跑,建制混乱,指挥失灵。就这样,大势已去,不可收拾……

后来,由于傅作义亲自向毛泽东呈请,毛泽东不但批准了傅作义提出的释放袁庆荣的请求,而且还给他分配了工作——袁庆荣新的工作是在共产党领导的一支坦克部队里任副军长。

在傅作义的华北战区西线战场,国民党军高级将领中,只有第三十五军军长郭景云的生命永远结束在了那个荒凉的小城中。

他的遗体被照了相,穿上一身新棉衣,然后装入棺材埋葬了。

第三十五军被俘军官乘坐十轮大卡车被送往涿鹿时,再次经过新保安城外寂寥的旷野,在一片萧瑟的树林边缘,他们看见一根粗大的木桩矗立在那里,那是一根铺垫铁轨用的黑色枕木,枕木上是一行红色大字:国民党军第三十五军中将军长郭景云。

风雪漫天,黑色的枕木和红色的字格外刺眼。

至一九四八年十二月二十四日,随着新保安和张家口守军的全军覆灭,华北国民党军傅作义集团中的傅系主力已被歼大半,平津战场的西线已无大敌。

天下人会提壶送酒欢迎你

尽管北平城四周已是炮声隆隆,英国驻华使团北方代表菲茨杰拉尔德先生,还是决定为他的小女儿正式取名为安西娅举办一次家宴。家宴之后,在北京大学教书的朋友建议他去找一下马龙,说马先生算命在北平城内名气很大,可以预测一下可爱的安西娅的人生前途。

他们到达马龙先生家的时候,发现"门口停放着一辆国民党军的军用汽车",一个一脸惊异的国民党军上校刚从门里出来。上校说,马龙先生给他算的结果是他马上就可以离开北平——"城市已经被团团包围,这个卦荒谬得令人难以置信"。可是,就在上校走上军用汽车的时候,传令兵递给他一道五分钟前收到的命令,内容是立即收拾行装赶到南苑机场直飞南京。

"太妙了！太妙了！"上校手舞足蹈地惊呼着。

一九四八年底至一九四九年初，北平城笼罩在一片复杂的情绪之中。这座曾是元、明、清三朝都城的古老城市以高大的城墙举世闻名。冬日昏暗的天空下，皇城明黄色的飞檐和街巷土灰色的瓦顶交错在一起，在城墙的环绕和挤压下显得格外拥挤局促。自东北野战军大军入关之后，北平所有的城门都关闭了。城门之外，解放军的包围前沿已推进到距离城墙不远的地方：在城西，机枪和大炮已经架在了万牲园（动物园）、紫竹院一线；城南永定门护城河的南岸，也已经被完全封锁。从现代战争的城防角度讲，北平防御之薄弱令人惊讶，因为除了城墙之外，整座城市再没有任何其他防御设施。国民党军守城部队为防止解放军攻城，曾决定把靠近城墙的民房拆除以扫清射界，但拆除行为遭到房主们的强烈抵抗，北平居民组织起来持械守家，对抗几乎演变成一次规模不小的战斗，最终导致扫清射界的行动不了了之。

由于围城和封锁，市内粮食开始短缺，粮商们的囤积使粮食价格飞涨。严寒中的北平还需要取暖，以往煤炭都是从西山由骆驼队驮进城，但是城西的阜成门关闭了，城内的煤炭很快脱销，整座城市在西北风的抽打下哆哆嗦嗦地缩成一团。每天，各座城门内都聚集着要求出城的市民，但是"剿总"的命令是军民一律不准出城，如果出去了就不许再进来。由此，全城的生活日用品只能依靠空运。一开始，南苑机场还可以使用，但是随着解放军的包围圈日渐紧缩，南苑机场被占领了。傅作义被迫在天坛开辟临时机场，参天的古柏被砍倒数百棵，可机场刚修成不久，就遭到猛烈而准确的炮击。于是，改在更靠近城中的东单修建临时机场，但前提是必须拆除壮观的东单牌楼，没有人愿意承担拆除这座明清建筑的责任。最后妥协的方案是招商拆除，合同上写明拆的时候不能损坏一砖一瓦，战争结束后还要负责恢复原样。东单临时机场修好了，结果再次遭到猛烈而准确的炮击，除小型飞机可以降落之外，大型飞机根本不敢接近。

东城的朝阳门曾经开放过，虽然只在上午开了一会儿，但是城外的菜农小贩和城内的居民可以在瓮城里会合，连外国驻华使团的中国厨子们都跑去买菜了。一个小时后，所有的蔬菜和日用品被一抢而光，然后城门轰隆一声关上了。食品的短缺严重地影响了小饭馆的生意，因为他们没有了原料。但是，储备丰厚的大饭庄生意更加兴隆，守城的国民党军军官拼命享乐，以吃喝玩乐消磨备受煎熬的时光。由于下级军官和士兵对居民的骚扰，傅作义每天上午都要召开军官会议，听取有关军民关系和敌情侦察的汇报。城内的国民党军高级将领无一不漏地参加，而每次散会之后照例是聚餐，全部由北平最有名的大饭庄包办——招牌菜烤鸭每天一定上桌。城内的各大戏院也是场场爆满，戏班子不得不白天加演，但戏票依旧供不应求，大声叫好的观众大多是国民党军军官。最奇怪的是，浴池也日日客满为患，从早到晚热闹非凡，军官们浑身泡得红萝卜一般，裹着浴巾叫来点心和茉莉花茶慢慢品尝。掌柜们虽然挣到了银元，但是心里却越来越不踏实：老主顾都不见了踪影，满堂子的兵爷算是什么世道？

航空公司整日被团团围住，达官贵人不惜一切代价举家逃离。东单临时机场能够降落的小型飞机座位有限，因此机票的价格贵得惊人。如果持有美国签证，将被视为"一等乘客"，可以得到特殊关照；持香港签证的人被列为"二等乘客"，也基本可以飞走；而去台湾或者中国南方各省的都列在"三等乘客"以下，什么时候能够挤上飞机就很难说了。那个鼓励傅作义与共产党战斗下去的大学教授胡适，不知是以几等乘客的身份飞走的，总之他"穿件棉袍，拿着皮包"走得很早，并且此生再也没有回过这座让他功成名就的古城。

以见多识广闻名的北平市民，虽然对修筑在各条街口的临时工事可以视而不见，但是物价飞涨已经不能使他们处变不惊。"通货膨胀率达到幻想才能构思出来的数字"，如果某人达成了某一项交易,即使打发小伙计以最快的速度去取钱,回来的时候必定要在商定的价格上再加上一二百万元——当然是金圆券。在北平城里,一百万金圆券只能兑换一美元,如果你能有机会兑换的话。"在被围困的那些日子里,北京王府井的下水沟里和马路上到处是乱扔的金圆券,尽管面额百万,但老百姓却把它们踩在脚下",金圆券实际上已经成为一堆废纸。"不过,这样说也不大确切,这堆废纸的纸质还不错,许多人用它贴了墙壁"。政府发行的金圆券失去了根本信誉,早已废除的银元突然成了流通的主角——无法得知北平的民间如何存有这么多的银元,可见中国社会对国民党政权的前景早有悲观的预测。

　　人心惶乱的时候,无论发生什么事都不足为怪。有人请来美国斯佩尔曼大主教在北平举行公开演讲,大谈美国士兵如何在日军的铁蹄下拯救了中国,却对眼前人人担忧的解放军围城之事一字不提——"而他们几乎就在北平的门口"。新当选的国民政府副总统李宗仁也来到北平,规模盛大的招待会的来宾五花八门:国民党军高级军官、北平高级行政官员、各国领事馆和使团代表、宗教领袖、大学教授,甚至还有满清王室的后代——不是哪位王爷的大公子,就是哪座王府里的三格格——"这是一个有意宣示李副总统即将与南京政府对抗的信号",因为"满清的贵族宁愿看到共产党的胜利,也不希望国民党的统治继续下去"。一位中国籍的基督教牧师,在一次集会上大讲他的旅行见闻,见闻的主要内容是共产党领导的解放区如何美好,听众中有不少国民党军高级军官,他们不但"全神贯注地边听边记笔记",而且还神秘声称他们正打算实行一个"突然而巧妙的行动"——至于是什么行动没有具体说明,但社会普遍猜想不是"起义"就是"投降"。一九四八年十二月二十七日,国民政府开始将大量珍贵文物向台湾运送,中央博物院、故宫博物院、中央图书馆、北平图书馆被运走的文物无以计数,仅故宫被运走的文物就达五千七百一十二箱——北平的暗夜中,故宫巨大的宫门里不断地驶出遮盖严密的大卡车。

包围北平的解放军正在进行攻击前的一切准备,攻城部队打算使用大炮轰击和挖掘地道两种方式,突破包括护城河以及地堡群在内的城墙,然后插入纵深,分割守军,实施各个歼灭。对于如何用大炮轰开城墙,聂荣臻专门请教了著名建筑学家梁思成,请教的内容是:轰击哪里既不损坏古老建筑物,又对居民住宅破坏最小,还可以作为解放军攻击入城的突破口。梁思成说,北平的城门中,有好几座都是从来没有损坏和修复过的明代建筑,如果毁坏将造成不可弥补的损失。梁思成建议,如果要炮轰,最好选择北城墙东部的城门附近,因为那是个新城门,是日本人占领北平时修的,城门里面曾是清代的科举考场,自庚子年被烧毁之后,就成了一块巨大的空地。

此时的北平城内,布满了共产党领导的地下工作者,其中党员有三千多人,外围人员达五千人之多。在中共晋察冀分局城市工作部部长刘仁的领导下,人数众多的地下党员已经渗透到国民党党、政、军各部门和社会的各个阶层,就连各国驻北平的外国使团里也发现了他们的踪影。一天,菲茨杰拉尔德先生正在值班,有人向他报告说,"外交使团大院里有三名共产党","听差的领班和看门人都是","另一个是老李,电工班班长,他是头头"。菲茨杰拉尔德平时很喜欢那个热心帮助别人且彬彬有礼的电工老李,此刻,他突然明白了,老李确实是个关键人物,因为"他在任何时候都能使整个大院陷入一片黑暗"。

无论从哪方面来讲,外有大军压境,内有"电工老李",北平已经失去了在军事和政治上坚守的任何可能。

这是微妙而重要的历史时刻,共产党人以逐渐缩紧围困的方式,耐心等待着这座古城的内部发生"突然而巧妙的行动"。

国民党军华北"剿总"总司令部设在中南海,傅作义的办公地点是居仁堂。

这位身经百战的将领,此刻正处在戎马生涯中最痛苦的时刻。在意识形态上,他与共产党格格不入,尽管在抗战期间,他与共产党抗日武装的将领们关系良好,但是一旦两军对垒,他必须维护自己的军事实力和势力范围。内战爆发后,他在一次次的两军较量中不断占据上风,以致成为当时晋察冀野战军和晋绥野战军的一个强硬对手。但是,作为国民党军战区最高军事指挥官,他和绝大部分国民军高级将领有一个根本的不同,这个不同不是什么秘密,无论国民党人还是共产党人都很清楚:他不是蒋介石的嫡系,他的戎马生涯与蒋介石没有任何派系上的关连。这个一直转战于中国北方的军事将领,甚至很少到南方去,北方的平原草场和山地戈壁是他军事生涯赖以延续的基地,他不会为蒋介石无条件地奉献一切,他有他自己的利益所在。他治军严格,作战凶猛,爱护官兵,并且十分留恋故土。蒋介石任命他为华北"剿总"总司令的时候,他很不愿意离开张家口去北平上任,因为他知道蒋介石的中央军不会听他指挥,他也不愿意把自己的部队绑在蒋介石的战车上。直到他的部队在涞水战役中损失严重,他才正式把指挥部迁移到北平。

尽管北平的豪华大楼和数座王府任他挑选,他最初还是将总部设在了城外西郊公主坟附近的营房里。他不准他的官兵随便进城闲逛,不允许他们穿呢子服和皮鞋,他自己带头穿士兵服和黑布鞋,他不愿意骚扰北平居民的正常生活,也不愿意他的部队由此滋生腐化。上任北平后不久,他与蒋介石的矛盾便显露出来。在华北地区的军事指挥上,他提出有权使用战斗序列中的所有部队,但遭到副总司令兼北平警备司令陈继承的反对。陈继承是蒋介石的军统嫡系,他强调中央军的行动必须经他批准,其中有的部队例如青年军二〇八师只有他才能使用。傅作义对这样的侮辱愤怒之极:"想靠中统、军统两条绳索来捆缚我的手脚,要我充当地主豪门的鹰犬去咬沿门乞讨的百姓,我是不干的!"——无法确切地理解傅作义所说的"地主豪门的鹰犬"和"沿门乞讨的百姓"各指的是什么,可以肯定的是,傅作义与蒋介石集团在政治上存有分歧。由此,他曾三次向蒋介石提出辞职,并推举陈继承接替他的职务。蒋介石再三挽留无效后,只好把陈继承调走了。蒋介石给了傅作义四个军的番号让他扩军,鉴于一九四七年蒋介石曾给过他两个军的番号,但随即把他的第三十五军和第一〇四军调到河北和东北去的教训,傅作义拒绝了。之后,他做了一件让蒋介石无可奈何的事:国民政府选举的时候,蒋介石为了控制选票,密令国民党军各部队中的国民党员重新登记,说如果不登记就自动取消党籍。当时,傅作义的部队中只有国民党员,却没有国民党的组织机构,于是这件事被无限期地拖延下去,结果竟是傅作义部队里的国民党员全部自动脱党了。傅作义在他的司令部里悬挂着精心撰写的标语:我们多一分努力;总统少一分忧劳。但他同时对心腹说:"我们就为这样的人,为几个家族而战吗?我们付出了血的代价,才取得了抗战的胜利,不能前门拒狼,后门引虎!"

一九四八年十月三十日,国民党军廖耀湘兵团全军覆没,东北野战军开始攻击沈阳,卫立煌在慌乱中准备乘机撤离,蒋介石在北平城的圆恩寺亲自指挥东北作战——傅作义把贴身卫士和勤务兵支开后,将他的心腹华北"剿总"副秘书长兼政工处长王克俊约进内室。傅作义与王克俊探讨了"现在我们应该怎么办"的问题,最后结论是"必须走自己的路"。傅作义话语严峻:

> 我是准备冒着三个死来做这件事的:第一,几年来,我不断对部属讲"戡乱、剿共"的话,而今天秘密地来个一百八十度的转弯,他们的思想若不通,定会打死我;其次,这件事如果做得不好,泄露出去,蒋介石会以叛变罪处死我;再者,共产党也可以按战犯罪处决我。但是,只要民族能独立,国家能和平统一,咱们还希望什么呢?

刘厚同,傅作义的老师及同乡,深得傅作义的信任。一九四八年初,中共晋察冀分局城市工作部部长刘仁、中共北平地下学生委员会负责军事策反的王甦等人辗转找到他,委托他做傅作义的工作走和平的道路。十月,刘厚同从天津来到北平,经过他的引见,中共北平地下党得以结识傅作义的长兄傅作仁、第三十五军副军长丁宗宪、国民党河北省府主席楚溪春等人。此时的傅作义顾虑重重,主要是怕控制不了蒋介石的中央军部队,怕得不到共产党方面的谅解,怕蒋介石大规模轰炸北平,还怕被国民党军同仁看作是叛逆。刘厚同对傅作义说:"忠应忠于人民,而非忠于一人。目前国事败坏成这个样子,人民流离失所,处在水深火热之中,人民希望和平,政府必须改造,如果你能按照历史的发展,顺人心,起来倡导和平,天下人会提壶送酒欢迎你,谁还会说你是叛逆?"

十一月,刘仁要求北平地下学委通过傅作义的女儿再做工作。傅冬菊,天津《大公报》记者,爱人周毅之是中共地下党员。北平地下学委书记佘涤清将他们调到北平工作,他告诉傅冬菊:"解放战争形势发展很快,你父亲有接受和谈的可能,希望他放下武器,与共产党合作,和平解放北平。"傅冬菊回家对父亲说:"我有个朋友是共产党,他希望父亲与共产党合作,和平解决问题。"傅作义一方面希望有人能够从中联络,一方面又怕女儿上了中统特务的当。女儿坚定地说这是"真共产党"的意图,傅作义问:"是毛泽东派来的,还是聂荣臻派来的?"傅冬菊回答说是毛泽东派来的,"傅作义表示可以考虑"。

中共北平地下党人通过滴水穿石般的努力,策反了许多国民党军政人员。傅作义的第九十二军军长黄翔,在地下党员李介人的策动下,已同意率部起义;王甦说服了傅作义的铁甲车总队第一大队长于维哲,一旦解放军对北平发起攻击,他就率队从前门向永定门前进以配合解放军。地下党员杜任之等人做通了第三十五军副军长兼二六二师师长丁宗宪的工作,丁师长表示:"总司令若不走和平道路,我们一个师单独起义。"北平地下党人甚至做通了国民党军统北平站站长徐宗尧的工作,让他在北平尚未解放之前,保护政治犯和档案材料。

但是,由于长期的政治隔阂和军事对立,共产党方面与傅作义的沟通联络,依旧是一个艰难的过程。虽然多个渠道不断向傅作义传达共产党方面希望和平解决北平问题的意图,但是都没有十分确定的、能够落实的沟通渠道。就在傅作义依旧处在矛盾和焦灼中时,蒋介石电召他去南京开会。

东北全军覆没,淮海岌岌可危,蒋介石再次提出将华北的部队通过陆路、海路全部南撤。而傅作义宁可在万不得已时西撤归绥,也不愿南撤江南后被惯于排斥异己的蒋介石吞并。于是,他对蒋介石说:"在我看来,固守平津是全策,退居江南为偏安,非万不得已,不能将华北部队南撤。若是平津有失,徐蚌方面就将有共军的三个野战军了。"危局之下,傅作义的果敢正是蒋介石所需要的,但他仍忧虑地感叹道:"林彪部队已达百万之众,加之华北聂荣臻部,这个压力,要哪一个单独承受都不是轻易的事。"傅作义表示:"林彪最少需要休整三个月才能入关,平津方面大的战事当是在明年开春之后。这期间,我可以再扩充二十万至五十万部队,可以加固津塘六十公里弧形阵地,完善北平碉堡群系统。对付林彪、聂荣臻虽说不多么宽裕,也不至于让总统过多忧虑。"坚守平津,这正是蒋介石梦寐以求却已难以实现的,于是他当即表示尊重傅作义的意见——"固守平津,置主力于津塘,以利尔后行动。"

傅作义从南京回到北平,这时候,林彪大军入关并逼近北平的情报传来了。傅作义寝食难安,他指示电台日夜监视林彪、聂荣臻的电台位置。接着,坏消息一个接一个地传来:第三十五军在新保安被围,第十六军在康庄被歼,第一〇四军从怀来突围而出却下落不明。

更令他吃惊的是,颐和园附近发现了解放军的踪迹,位于西郊公主坟的总部受到威胁,于是紧急决定将"剿总"司令部搬进城。搬运用了北平城内所有的汽车,但是依旧不够用,军官、士兵、家属们争抢上车,宛如大祸临头,连笨重行李都不要了。司令部撤离的当晚,公主坟被解放军占领。

总部进城之后,傅作义选择的办公地点是原国民党北平行辕旧址,即中南海里的居仁堂。

没过几天,第一〇四军军长安春山回来了。

部队已经被歼,只剩他一人蓬头垢面地站在傅作义面前。

傅作义没有训斥安春山,他知道说什么都没用了。

傅作义召集了一次兵团司令、总部各处长、军长、独立师师长参加的军事会议,让大家就目前严峻的军事形势发表意见。中央军嫡系部队的两个兵团司令官石觉和李文主张,要在傅长官的率领下与共产党军队决一死战,否则没有前途,也对不起党国和校长的多年栽培。接下来,安春山发言,他直言不讳地主张不能再打了,说三年内战已经看出了结果,共产党那边越打越强大,国民党军已经没有了打的资格。如果非要打,出北平到涿县去打,北平人口稠密,文物古迹多,人民不愿意在这里开战,只要人民不愿意的仗就不能打。傅作义没想到安春山说出这样一番话,他同时听见总部的处长们小声议论:"身子已经掉在井里,耳朵是挂不住的,军事行动已绝对不能挽回。"休会时,傅作义把安春山叫到办公室,开口便问:"你今天的发言是否代表共产党来向我劝降?"安春山说:"绝对不是!我是从客观出发,说出了心里话!"傅作义训斥道:"你说话的场合太冒险,如果石觉、李文他们当场提出要惩办你,我怎么处理?有什么话不能先对我说?向共产党求和,是通敌,是犯罪,是有危险的!你必须在会上承认你说错了!"复会之后,傅作义表示完全赞同石觉和李文的决心。接着,安春山也说他接受傅长官的训斥,坚决拥护两位司令官的意见。

晚上,傅作义让安春山来见他,见面还是问:"你是不是接受了共产党的和谈任务?"安春山否认后,傅作义提出几个问题让安春山思考:

——仗能不能再打下去?如果打仗不能解决问题,能不能走?要走往哪里走?如果不能打也不能走,求和行不行?

——求和是不是投降?是不是对国民党和蒋介石的背叛?

——我们过去虽和共产党有过一段历史交往,但在日本人投降后,又打了几年仗,共产党要我们这些人吗?共产党对你我、对我们的部下杀不杀?用不用?信不信?

为提防蒋介石的中央军,傅作义调整了北平城内的军事部署,即让自己的嫡系部队负责中南海周围的警卫,同时部署在阜成门、西直门和德胜门一线,因为西城外是解放军主力部队所在的位置,控制住西直门或者德胜门,日后就能保证和谈人员的安全出入。傅作义把中央军部队全部部署在了北城、南城和东城。为防止内部叛乱,他还在景山上部署了一个野炮团,城内部署了三个师的预备队,以备中央军有什么举动时能迅速地控制各个城门。

十二月十四日,傅作义派出他的心腹、总部少将联络处长李腾九出城与共产党方面联系。共产党方面派《平明日报》采访部主任李炳泉跟随李腾九来到中南海——《平明日报》是傅作义上任北平后办的报纸,而李炳泉是一九四〇年入党的中共地下党员。李腾九把李炳泉带进傅作义的办公室,这是傅作义第一次秘密会见公开身份的共产党代表。李炳泉表示:"我受中共北平地下组织的派遣来见傅先生,欢迎傅先生作出决断,进行和平谈判。"傅作义提出,由《平明日报》社长崔载之作为他的代表,"到解放区见中共方面的领导"。李炳泉当即回答:"可以。"崔载之,傅作义的又一个心腹,负责宣扬傅作义部的战绩,同时因能对时局说出真言,深得傅作义的赏识。为了保证绝密和安全,傅作义命令李腾九从此称病在家,专门负责收听崔载之发回的电台信号;李炳泉也向李腾九介绍了另一位名叫刘时平的北平地下党员,以便在他陪同崔载之出城之后,李腾九仍能与共产党地下组织保持联系。

十五日,崔载之、李炳泉以及报务员、译电员和司机共五人,携带电台一部,乘坐一辆吉普车,从北平西南的广安门出城,准备直接驶往河北平山县西柏坡,去见毛泽东。这一十分唐突的举动立即遭到挫折。一进入解放军的控制区,他们就不断地受到拦截,最终他们被告知,可以去的地方不是平山县,而是解放军的平津前线指挥部,于是他们又回来了。十六日,五个人再次从西直门出城,一出城门便进入了东北野战军第十一纵队的防区。在纵队司令部,崔载之和李炳泉向贺晋年司令员、陈仁麒政治委员谈了傅作义要求和平谈判的情况。当晚,十一纵致电林彪、罗荣桓、谭政:

(一)由北平地下党南方局支部关系人李炳泉来接头称:他们经过李腾九[傅之联络处长]、傅冬菊[傅的女儿,系准备吸收的党员]劝说傅作义投降。八日开始,十日傅答复条件:(1)参加联合政府,军队归联合政府指挥。(2)一定时间起义,要我为他保密。(3)要求林彪停止战斗,双方谈判。十四日晚的条件:(1)军队不要了。(2)两军后撤,谈判缴械。(3)由傅发通电缴械。上述过程已于十三日晚由电台报告了华北中央局。

(二)参加此事者还有傅之《平明日报》社长崔载之。该员已与李炳泉到了我部,他们带有电台[留在城内]、密本与傅通报[报务员、译电员与李、崔已到我部]。

(三)据李称,傅作义现在心里着急,神经错乱,每日啃扫帚,并要求我速派代表谈判。并称傅不能控制中央系军队,李腾九可掌握傅在城内之骑兵四师[刘一飞]、保安团[许宝廷]。现李炳泉在我部等待答复处措办法。

林彪、罗荣桓、谭政向中央军委转发十一纵的电报之后，同时表示："攻下北平、天津，全歼守敌，我军皆有绝对把握，因此，谈判内容以争取敌人放下武器为有利"。"必要时我们可到通县附近直接主持这一谈判"。

林彪、罗荣桓率东北野战军指挥机关从沈阳入关后，十二月七日到达河北蓟县以南约十公里处的孟家楼，这里距北平、天津、唐山各九十公里。二十一日晚，华北军区司令员聂荣臻到达孟家楼。

这是一座普通的河北农家小院，"两边厢房住着参谋秘书，警卫人员，南边三间正房，东边是林彪的住室，西屋是挂满了作战地图的作战室。正房的前面，又是一个小院，但没有厢房，只有低矮破旧的门楼"。这样一个极其简陋的农舍，就是指挥着百万大军的平津战役指挥部。

聂荣臻到达孟家楼后，刘仁也奉命到达孟家楼。

中央军委对如何与傅作义谈判作出指示："谈判以争取敌人放下武器为基本原则"。目前，傅作义三个军的嫡系部队，第一〇四军被歼，第三十五军和第一〇五军被围于新保安和张家口，北平城里的傅系部队只有第三十五军的一个师、第一〇一军的两个师和一个骑兵师，北平、天津、塘沽守军大部分是蒋介石的嫡系部队，因此，谈判中"可以考虑提出允许减轻对于傅作义及其干部的惩处，允许他们保存私人财产，但傅作义必须下令全军放下武器"。同时，要试探傅作义是否有命令国民党军中央军放下武器的权力，如果他没有这个权力，"则可向他提出让路给我们进城解决国民党中央军"。

平津前线指挥部命令十一纵护送傅作义的代表到司令部来。

罗荣桓命令东北野战军司令部作战处长苏静负责接待。

为了避免暴露司令部的位置，苏静找到一个叫八里庄的村庄，并在村西头农民周庆海家安排好了三间房子。

苏静和崔载之、李炳泉的接触，不能算是谈判，只能算是交谈。

正值隆冬，几个人坐在炕上聊了一天。崔载之反复强调，傅先生是有诚意的，决非阴谋把戏，为了不使蒋介石的中统破坏，采取了严格的保密措施。傅先生想通过谈判，和平解决平、津、张、塘一线，甚至包括包头、绥远的问题。崔载之提出了三个需要着重商论的问题：第一，傅作义想要加强傅系军队的力量以制约蒋系部队，希望能把被围困在新保安的第三十五军的两个师放回北平，如果共产党方面不放心，可以让解放军掺杂在第三十五军里面一起进城；第二，为了搞到一些蒋介石的飞机，希望林彪停止对南苑机场的火力控制；第三，为了杜绝美国人拉拢傅作义的企图，傅作义准备通电全国建立华北联合政府，傅作义参加联合政府，军队则由联合政府指挥。

十九日，东北野战军参谋长刘亚楼来到八里庄，与崔载之和李炳泉进行了会谈。刘亚楼明确表示不能建立华北联合政府，共产党方面对解决平津问题提出的条件是，傅作义可以留下两个军，同时把蒋系中央军军长、师长以上人员逮捕起来，然后宣布起义。崔载之用电台向傅作义汇报了解放军提出的条件。傅作义在回电中明确表示：北平城内中央军比他的部队兵力多出几十倍，逮捕其军长、师长以上全部军官不宜实施。

此时，在北平以西的平张线上，傅作义的嫡系军队在新保安、怀来、康庄等地情况危急，这进一步促使傅作义和谈心切。自派出代表秘密联络共产党方面后，傅作义召集了一次军官会议，探讨和平与战争的问题。会上，他说出的一番话令军官们怦然心动——这些军官大多数出身贫苦农家，一向认为自己出生入死地混到如此地位，是人生成功光宗耀祖之事，他们第一次听到"给地主当了看家护院的打手"这样的话：

> 人家共产党公布了土地法大纲之后，就不应再打仗了。我们为了实现孙中山的"耕者有其田"的主张，曾叫周北峰领导一个土地局，几年也提不出一个解决办法，即使有办法，也不能施

行。这些年来我们就是给地主当了看家护院的打手,能分他们的土地吗?和平并不是失败,如果一定说是失败,那也只是我傅作义一个人的失败,对你们来讲是胜利,我把你们从绝境带到生路上来。

就在崔载之奉傅作义之命出城的那一天,国民党军国防部军令部长徐永昌受蒋介石派遣到达北平。徐永昌和傅作义是多年的好友,他力劝傅作义迅速从塘沽和青岛分路南撤。傅作义回应说,塘沽已被林彪包围,山东已全在共产党人的掌控中,无论是海路还是陆路,实际上都已中断而无法撤出——傅作义有些担心,蒋介石也许捕捉到了自己与共产党方面接触的某种风声?

二十二日,傅作义的起家部队第三十五军在新保安覆灭,军长郭景云自杀,这个消息对傅作义打击巨大——他"坐立不安,精神恍惚,打自己的嘴巴,有一天撞在门框上,摔倒在地,卫士急忙扶起,傅大哭一场"。刘厚同得知消息后立即去看望傅作义,傅作义见到刘厚同便说:"这一下我的政治生命算完了。"刘厚同对傅作义说:"旧的政治生命完了,可以开始新的政治生命。时至今日,万不可胡思乱想了,还是顺应人心,当机立断,抓紧和谈为是。现在咱们与中共和谈的资本已不如过去,但议和一成,北平免遭战祸破坏,城内军民生命财产得以保全,还是得人心的。共方信守协议,咱们还是有光明出路的。这也是唯一的出路了。时不我待,不能一误再误。"

两天之后,张家口守军突围失败,五万余人的部队被歼。

至此,傅作义的嫡系部队基本丧失。

二十三日,蒋介石派蒋纬国带着他给傅作义的亲笔信飞到北平。蒋介石已获悉傅作义正在与共产党人谈判,因此他在信中劝告傅作义:西安双十二事变上了共产党的当,第二次国共合作是平生一大教训,现在你因处境又主张与共产党人合作,我特派次子前来面陈一劝。蒋纬国极力劝说傅作义撤到江南去,说只要把部队经过海路、陆路南撤,不但能够得到美军的援助,而且蒋介石有意任命傅作义为华南军政长官。蒋纬国所说的"美军的援助"很快就被证实了,美国西太平洋舰队司令白尔吉专程飞到北平,与傅作义会商撤退之事——白尔吉的出面证明,就如何把华北的国民党军撤出,美国人确实与蒋介石协商过。只是,蒋介石也许没有料到,美国人答应帮助国民党军南撤,目的不是为了支持蒋介石,而是要抛开蒋介石支持傅作义。尽管傅作义反复强调自己仅是个"地方负责人",美国人要给援助应该到南京去说,白尔吉还是向傅作义表示,美军愿意帮助傅作义从华北撤离,今后要抛开蒋介石支持傅作义。傅作义有些火了:"我是个中国人。我相信中国人能够解决好我们中国自己的事情。毋需外人来干涉。"

当天,傅作义给毛泽东发去一封电报。除了再次表示自己的和谈没有任何政治私心之外,傅作义诚恳地提出双方立即停止军事对抗,希望共产党方面不要用缴械的方式让他为难,并且表示他相信毛泽东的政治风度:

……(1)今后治华建国之道,应交贵方任之,以达成共同政治目的[余前曾来电赞同毛主席新民主主义与联合政府之主张]。(2)为求人民迅即得救,拟通电全国,停止战斗,促成全面和平统一。(3)余绝不保持军队,亦无任何政治企图。(4)在过渡阶段,为避免破坏事件及糜烂地方,通电发出后,国军即停止任何攻击行为,暂维现状,贵方军队亦请稍向后撤,恢复交通,安定秩序。细节问题请派人员在平商谈解决,在此转圜时期,盼勿以缴械方式责余为难。过此阶段之后,军队如何处理,均由先生决定。望能顾及事实,妥善处理,余相信先生之政治主张及政治风度,谅能大有助于全国之底定……

两天后的二十五日,傅作义突然听到了一个让他吃惊的消息:中共中央公布了蒋介石等四十三名战争罪犯的名单,他的名字赫然列在名单之中。登载这一战犯名单的报纸上还专门发表了一条短讯,说像傅作义这样的战犯不惩罚不可能,减轻惩罚是可能的,出路就是缴械投降——两天前,傅作义还在给毛泽东的电报中强调"盼勿以缴械方式责余为难",现在共产党方面的态度竟然是这样,傅作义的沮丧可想而知。他对他的参谋长李世杰说:"你好好准备打仗吧!双方条件相距太远,根本不能谈!"

心绪混乱的日子里,傅作义甚至想出了一个效法当年张学良的解脱办法:先发一个呼吁和平的通电,然后把指挥权交给第四兵团司令官李文,自己到南京去向蒋介石请罪。傅作义的这一想法,受到参谋长李世杰的坚决反对,李世杰说如果这样做,任何方面都对不起:把部队交给李文,李文是蒋介石的嫡系将领,不可能与共产党方面和谈,如果他坚持要打,北平必毁于战火,那样一来对不起北平市民和几十万官兵;而发一个通电就走,蒋介石必定认为你临阵脱逃,绝不会原谅你。共产党方面也会认为你有始无终,既怕打仗又怕和平。对于自己更是不负责任,蒋介石要军法处置你怎么办?

傅作义无言。

傅作义的处境被北平的街头巷尾编织成各种传闻——"突然传来一则消息,说警备司令傅作义企图自杀,虽然被他的参谋救下来了,但伤势严重。"英国人菲茨杰拉尔德先生记述道,"这条消息当然不会出现在当地报纸上,可谣言还是不胫而走。"可是,不久之后,当这位使团代表出席美国领事的宴会时,看见"椅子上赫然坐着一个人,身体健壮,精力充沛,看不出受过什么伤",而"此人就是傅作义将军"。

一九四九年元旦那天,毛泽东起草了给林彪的电报,对争取傅作义作了具体指示,同时解释说,把傅作义列入战犯名单,其实是为了他的安全以保障和谈能够顺利进行:

林：

亥（十二月）世（三十一日）各电均悉。

（一）新保安、张家口之敌被歼以后，傅作义及其在北平直系部属之地位，已经起了变化，只有在此时才能真正谈得上我们和傅作义拉拢并使傅部为我所用。因此，你们应该认真进行傅作义的工作。

（二）你们应通过平市党委将下列各点直接告诉傅作义：

（甲）目前不要发通电。此电一发，他即没有合法地位了，他本人和他的部属都可能受到蒋系的压迫，甚至被解决。我们亦不能接受傅所想的一套做法，傅氏此种做法是很不实际的，是很危险的。

（乙）傅氏反共甚久，我方不能不将他和刘峙、白崇禧、阎锡山、胡宗南等一同列为战犯。我们这样一宣布，傅在蒋介石及蒋系军队面前的地位立即加强了，傅可借此做文章，表示只有坚决打下去，除此以外再无出路。但在实际上，则和我们谈好，里应外合，和平地解放北平，或经过不很激烈的战斗解放北平。傅氏立此一大功劳，我们就有理由赦免其战犯罪，并保存其部属。北平城内全部傅系直属部队，均可不缴械，并可允许编为一个军。

（丙）傅致毛主席电，毛主席已经收到。毛主席认为傅氏在该电中所取态度不实际，应照上述甲、乙两项办法进行方合实际，方能为我方所接受。

（丁）傅氏派来谈判之代表崔先生态度很好，嗣后崔可再出城来联络传达双方意旨。惟我们希望傅氏派一个有地位的能负责的代表偕同崔先生及张东荪（燕京大学教授）先生一道秘密出城谈判。

（戊）傅氏此次不去南京是对的，今后亦不应去南京，否则有被蒋介石扣留的危险。

(己)略

(三)上列六点最好由北平市党委派一个可靠同志,经过傅作义亲近的人[出城谈判之崔某如何]的引进,当面直接告诉傅作义,并告傅作义保守机密。如张东荪出城不能保守秘密,则张可以不出来。

军委
一日二时

六日,王克俊和华北"剿总"土地处少将处长周北峰一起,到了位于李阁老胡同的燕京大学教授张东荪家。周北峰,傅作义的同乡,一九三七年在山西大学任教时结识傅作义,自那以后成为傅作义的"外交官"。抗战时期,周北峰曾代表第七集团军兼第二战区北路军总司令傅作义去延安,因为八路军的一二〇师在傅作义的防区内,中共中央曾派人到山西汾阳会见傅作义,傅作义即派周北峰代表他回访延安。周北峰在延安见到了毛泽东,并与贺龙、萧克会晤。日本投降后,他还曾作为傅作义的代表,在张家口与苏联红军接头;国共谈判期间,他在和谈小组里出任傅作义的谈判代表。在张东荪家,中共北平地下党学委秘书长崔月犁告诉他们,城外一切都准备好了,联络口号是"找王东",即往东走的意思。崔月犁还让张东荪把一块白布缝在一根木棍上,说"通过火线的时候就摇晃着这个旗子走吧"。

汽车照例出西直门,只到了万牲园(动物园)西面的白石桥停住了,护送他们的军官说,这里距前沿战壕只有五百米,汽车不能再往前开了,只能下车步行。周北峰和张东荪夹着皮包、戴着皮帽、拄着木杖在寂静的土路上走着,军官不断地提醒:"走路中间,两边有地雷!"到了前沿,军官停住脚步,说:"你们小心点,听见打枪就卧倒,等那边招手,你们再过去!"两个人直点头,军官转身走了。他们又走出大约一百多米,前面一声喊:"站住!"解放军战士把他们领到海淀镇的一个大院子里,见到解放军干部时两人急忙说"找王东",于是被招待吃了一顿面条,然后上了一辆吉普车。吉普车开进西山附近的一个村庄又不走了,他们在那里休息了一个晚上。第二天继续出发,下午十六时到达河北蓟县的一个村庄,这个村庄还是八里庄。

八日,聂荣臻到达八里庄,会见了张东荪和周北峰。周北峰说,傅作义要求他们谈清以下几点:"一是平津塘绥一起解决。二是平、津等地允许其他党派报纸存在。三是政府中要有进步人士参加。四是军队不要以投降方式解决,可调到城外用整编的方式解决。"聂荣臻特别问到张东荪"傅作义能否下令蒋系部队出城"这一关键问题,张东荪肯定地说傅作义表示他能够控制局面。

九日凌晨,获悉聂荣臻的汇报后,中央军委复电指示,除第一条外,其他原则同意。之所以不同意第一条,是因为必须先解决平津问题,两军对垒需要大量军粮,这将给百姓带来巨大负担。塘沽、绥远问题可之后解决。

九日上午十时,林彪来到八里庄。

傅作义的"外交官"和燕京大学教授终于见到了这位蜚声国共两军的身材瘦小的将领,并同时领略了他的不苟言笑和言简意赅:

> 林彪首先说:"周先生,你昨天与聂司令员谈的,我们都知道了。今天我们谈一下傅先生的打算、要求和具体意见。"我说:"昨天夜间我已与傅先生打了电报,说我们已安抵蓟县,并与聂司令员见了面,约定今天正式商谈。傅复电很简单,只是'谈后即报'四个字。"林彪说:"那好吧,咱们今天作初步的会谈。你来是只谈北平问题呢?还是傅先生势力范围内的所有地区都谈呢?"我说:"傅先生的意思是,我们的商谈应以平、津、塘、绥为中心的所有他的辖区一起谈。"林彪说:"那很好,请你电告傅先生,平、津、塘、绥可以一起谈。不过请再次告诉傅先生,希望他这次要下定决心。我们的意见是:所有的军队一律解放军化,所有地方一律解放区化。在接受这样条件的前提下,对

傅部的起义人员,一律不咎既往,所有张家口、新保安、怀来战役被俘军官,一律释放。傅的总部及他的高级干部,一律予以适当安排。"

之后,林彪、罗荣桓、聂荣臻又两次来到八里庄,具体谈了如何使傅作义的部队解放军化以及如何使地方解放区化的问题,并特别谈到对傅作义部在新保安、张家口被俘官兵既往不咎、对傅作义本人不作战犯看待等问题——"不但不作战犯看待,还要在政治上给他一定地位"。最终,会谈的内容由刘亚楼负责整理成一份"会谈纪要",林彪、罗荣桓、聂荣臻和周北峰在上面签了字。

这份"纪要"的最后一段是附记:"各项务必于元月十四日午夜前答复。"

周北峰回到北平,从内衣夹缝里取出"会谈纪要"交给傅作义。

"傅看完后什么话也没说,只是唉声叹气。"

周北峰提醒傅作义注意那个最后限期,傅作义过了好一会才说:"你可电告解放军,你已回到了北平。这个文件,过两天再说。"

与共产党领导的军队对抗多年之后,如今不但要放下武器,而且所有的军队一律要被改编为共产党领导的解放军,这让傅作义一时间难以决断。在那些痛楚的日子里,他不止一次问自己的部下:"咱们过去的历史就这样完了吗?"

金　汤　桥

陈长捷,国民党军天津警备司令。

一九三七年九月,在中国军队对侵华日军发起的平型关战役中,他是与林彪同在一个战场作战的国民党军第六十一军军长。当时,林彪率八路军一一五师越过五台山,插入晋东北灵丘一带,在平型关以东的河南镇抄袭日军。陈长捷奉阎锡山之命按兵不动。当日军开始袭击国民党军第十七军阵地时,第六十一军紧急出击,在大雨中与日军激战,将日军死死牵制在战场上。八路军一一五师在平型关东部大败日军之后,位于战场西面的第六十一军受到日军的猛烈夹击,在傅作义的严令下,陈长捷的主力团拼死抵抗,战至最后除一个通讯排外其余官兵全部殉国。十一年后,一九四九年一月,当陈长捷准备与林彪拼死作战的时候,他已是年近五十二岁的资历甚老的将领了。

陈长捷出生在福建闽侯一户贫寒家庭。这个南方人自从戎的那天起,就与中国北方结下了不解之缘,其戎马生涯始终与北方的著名将领傅作义紧密关联。二十岁时,陈长捷考入保定陆军军官学校第七期,傅作义是第五期学员。毕业后,受傅作义的邀请,陈长捷投奔阎锡山的晋军。一九二七年阎锡山投向国民革命军,任北方国民革命军总司令,他任晋军第十五旅旅长,在与奉军的作战中战功卓著,战后升为晋军第九师师长,驻扎在天津南郊小站地区,那时的天津警备司令是傅作义。抗战爆发后,他的部队归属傅作义任司令官的第七战区序列,一九三七年,他出任第六十一军军长兼七十二师师长。陈长捷作战勇猛剽悍,但是,他不是黄埔系的,因此在国民党军中难免落落寡欢。一九四八年五月,在偏远的兰州任第八补给区司令的陈长捷得到一纸任命,这一任命令他颇感意外并由此改变了他的人生:出任国民党军天津警备司令。

傅作义上任华北"剿总"司令官后,急需在北平和天津两个战略要点安置得力将领。当时的北平和天津都是特别市,直辖南京国民政府行政院,蒋介石十分重视这两个北方重镇的权力所属。傅作义以再三辞职的手段,终于把蒋介石安置在自己身边的亲信陈继承挤走,接下来,在天津的问题上傅作义也不向蒋介石让步。傅作义认为,天津是他在华北的最后基地,是可能据守的最后堡垒,也是他一旦面临绝境时的南撤出海口,必须选择一个既能够与自己贴心,又能够有效指挥驻守天津的国民党军中央军的人,他最后选择了陈长捷。

陈长捷不但是他的老同学老部下,而且因作战勇猛在国民党军中享有一定的威望。特别是陈长捷是南方人,国民党中央军将领也多是南方人,这样一来也许容易沟通,蒋介石就曾因陈长捷是阎锡山、傅作义系统中少有的南方人而拉拢过他。所以,如果推荐陈长捷,无论傅作义系统还是中央军系统都不会抵触,蒋介石也不会激烈反对。

果然,蒋介石批准了这一任命。

一九四八年五月,陈长捷从兰州飞抵北平,傅作义当面向他交代了扼守天津、确保北平的重要性。六月三日,他赴任天津,开始了其军旅生涯最后几个月苦守孤城的艰难时光。

天津,人口两百万,是当时华北第二大城市,地处水路要冲,西面一百二十公里就是北平,东面七十公里可经塘沽出海,明清以来便有"京畿门户"之称。东西宽不足五公里,子牙河、北运河、南运河、金钟河、新开河、墙子河等河流穿城而过,将城区切割分块,又将城郊侵蚀成洼地之后汇入海河。

从地势上讲,天津是个易守难攻的城市。这座城市的城防堡垒始建于日军侵占天津时期,日军曾在主要交通要道上修建了大量碉堡。一九四五年美军接防时又加修了一些铁丝网。内战爆发后,时任天津警备司令的牟庭芳,曾得到两亿元拨款,受命修建坚固的城防设施,但是,在修了两座红砖碉堡后,牟庭芳的部队调走了,钱也被他带走了。一九四七年初美军撤走,国民党军第十一战区副司令长官上官云相在天津设立指挥所。不久,白崇禧在北平召开"绥靖会议",强调"平津地区将有大战",要求天津必须修建永久防御工事。于是,上官云相以及当时的天津警备司令林伟俦和天津市长杜建时开始了大规模的城防建设:修建周长四十多公里的蜂腰形城防线,构筑高四米、宽两米的护城土墙,城墙上构筑上千座红砖水泥立式大碉堡,墙外挖有宽十米、深三米的护城河,环城架红色铁丝网。同时,在天津西南方向修建引水设施,以便在必要时引进运河水造成大片水淹区。而在城防线内侧则修筑一条环城公路,四面留有八座城门,布设重兵把守。

陈长捷接替天津警备司令后,发现他可以指挥的守城部队并不多,仅有第八十六军三个师、第六十二军两个师、第九十四军一个师以及两个保安师和一个警备旅,再加上临时增编的人员武器都不全的第六十二军三一七师和第九十四军三〇五师等,一共才十多万人。更令他担心的,是那个耗资巨大的天津城防设施。一九四七年修筑的城防工事虽然坚固,但当时想不到国民党军溃败如此之快,更想不到天津有一天会变成一个孤立据点,都认为将来打仗的前线将在距天津几十里之外的地方,天津是后方而不是前线,因此修筑的城防工事仅仅是按一个军九个团的兵力配置设计的,不但范围很小且迫近市区,天津外围的不少重要据点都没有划在防御线之内。同时,当时国民党军将领大大低估了解放军的攻坚能力,认为他们没有大炮,无非是抱着炸药包冲上来炸碉堡,因此修建碉堡时仅用了红砖和水泥,根本没有使用能够抵御炮击的钢筋。陈长捷说:"我们总是对解放军估计过低。"

陈长捷知道傅作义让他守天津用心良苦。

在傅作义的安排下,北平和天津的高级军官家属不断地从塘沽乘船南运上海,张家口和北平的嫡系军官家眷也不断地从北平乘火车到达天津——在傅作义的心目中,天津是华北战场的大后方,只要这个后方稳固,人心就不至于垮塌。陈长捷和傅作义都没有想到,国民党军在东北和淮海战场上迅速覆灭,东北野战军近百万大军很快入关,并且随即威胁到北平与天津。让陈长捷不理解的是,傅作义竟然从东部调兵向西,增援新保安和张家口,这使得唐山、芦台、杨村、天津、塘沽直接暴露在林彪的围攻之下。陈长捷后来说,如果不是共产党人实施"围而不打"的战术,傅作义也不会把平津地区的兵力分散到西线去,而傅作义的防御重点如果始终在津塘,那么解放军想拿下天津不是易事。

十一日，陈长捷召开天津城防会议，他判断解放军的主攻方向将是城的西北角和天津西站，因此命令着重在这个方向加修钢筋水泥堡垒，并在市内各主要马路中心、胡同巷口修筑碉堡，在中原公司、南开大学、跑马场、西车站、北车站、北洋大学、警备司令部等市内高大建筑物上加修火力据点。为防止解放军进一步逼近城垣，将运河水引进护城河，关闭护城河入海通道，使护城河水深增加三米。为防止河水封冻，每天派人砸冰，河水上溢后，津保公路以南十多平方公里的地区变成一片泽国。但是，大规模的城防工事加修刚刚开始，陈长捷突然接到北平参谋长李世杰的电话，说"空军情报，有解放军的一大纵队——很大的，已到宝坻，向天津方向行动中，请紧急布防"。由于天津附近的驻军已被傅作义西调，陈长捷问李世杰："用什么部队布防？"李世杰说："急抓吧！现在从南口调第六十二军当夜乘火车急运天津。"

陈长捷焦急不安。第九十四军和第六十二军原来驻守天津、芦台和杨村一线，第三十五军在新保安被包围后，傅作义命令这两个军立即赶往平绥线，后因第三十五军被歼而停止在半路。接到回防天津的命令后，两个军急忙上路。当天晚上，第六十二军乘坐的列车刚刚通过杨村至豆各庄间的大桥，大桥就被炸断了，第六十二军仅有两个师跑回了天津，而另外一个师连同第九十四军的两个师回不来了。

部队还在慌乱调动的时候，蒋介石派国防部次长李及兰、总统府参军罗泽闿、联勤总部参谋长吴光朝乘专机来到天津。这三个人都是市长杜建时在陆军大学时的同班同学，因此三人都住在了杜建时的家里。他们带来一封蒋介石的亲笔信，内容是让天津守军撤退到塘沽，然后从海上南撤，以加强江南的防御力量。杜建时的基本立场是：守天津是死路一条，现在天津到塘沽之间的军粮城等要点虽然已出现解放军的踪迹，但估计兵力不大，还可以冲过去。李及兰答应给杜建时一个军方名义,让他把天津的国民党军全部带走。杜建时知道,要做成这件事,陈长捷是绕不开的。他随即电话邀请陈长捷和第六十二军军长林伟俦、第八十六军军长刘云瀚商量此事。两位军长都是中央军系的,他们不断暗示杜建时须立即行动——之所以要"暗示",原因很简单,陈长捷不是中央军系,他不听蒋介石只听傅作义的。此时,陈长捷已经或多或少地风闻了傅作义与共产党方面秘密接触的信息,同时他在傅作义的军事部署和调动中也揣摩出了他根本无意南撤。陈长捷不断打电话试探傅作义是否南撤的真实意图,傅作义一律以"待考虑考虑"和"坚守就有办法"作为回答,于是陈长捷决定坚决执行傅作义的指令,因为如果傅作义没有南撤之意,天津一撤就等于把傅作义和北平城置于了死地。陈长捷觉得他宁死也不能做出背叛长官的事情。

"如果你们把部队带走,我只有自杀!"他对杜建时说。

陈长捷如此坚决,况且北平的傅作义不南撤,天津单独撤也许会在中途被解放军围歼,于是只好决定坚守。

杜建时去机场送他的老同学时,彼此竟都有"生离死别之感"。

陈长捷决心固守天津,但是,天津的国民党军都能看清作战前景,因为东北和淮海战场上国民党军的命运就是例子,于是前沿上的任何一点动静都会让他们万分惊恐,只有不断地扔手榴弹和胡乱开枪才能缓解严重的不安。

三三三师从杨村撤往天津时遇到袭击。火车被拦截,司机跑得没了踪影,师长宋海潮判断,袭击他们的肯定是民兵,因为白天的侦察情报显示,附近几十里之内并没有解放军的踪迹。于是宋师长命令原地宿营,天亮后修好铁路继续前进。但是,第二天拂晓,冲锋号骤响,数以千计的解放军从四面八方冲上来,三三三师师部和直属部队瞬间被冲垮了。宋海潮在最后时刻躺在地上装死尸才得以侥幸逃到天津,向陈长捷汇报了被袭击经过之后,宋师长请了病假。他的一

个团长,是个老兵,在打游击上很有一套,这个老兵的一番话令宋海潮彻底绝望了:

> 我问他:"如果我们守不住,解放军打进来,我们是否可以将部队拉出来打游击?"他说:"不行,不行。过去孙殿英当土匪时,走到哪里住到哪里,吃到哪里,没有人管。现在可不行了。老百姓全听共产党的,打游击的人住到哪里,哪里就有人通风报信。解放军知道了,马上就来打你。"

宋师长脱下军装,换上便衣,当了老百姓。

中央军委为平津战役制定的作战方针是:先打两头,后取中间。

"两头"的一头指的是平津以西的新保安,另一头指的是平津以东的塘沽。

塘沽位于天津的东南方向,是华北地区国民党军重要的出海通道,也是重要的海上补给站。驻守塘沽的国民党军最高指挥官是津塘守备区司令、第十七兵团司令官侯镜如。

十二月下旬,平津前线指挥部根据中央军委的指示,决定以东北野战军第二、第七、第九纵队共十个师的兵力,由第七纵队司令员邓华、政治委员吴富善统一指挥,首先夺取塘沽和大沽,将华北国民党军从海上撤退的通路彻底封堵。

中央军委在电报中提醒林彪、罗荣桓、刘亚楼:

> ……攻击塘沽的迟早,以我军由大沽或塘沽附近是否可以炮击塘沽海港和完全封锁塘沽来作决定。如果不能完全封锁,该地敌人仍有由海上跑掉的危险[据外国通讯社报道,国民党有一批军舰在塘沽附近],则我军应不惜疲劳,争取于尽可能迅速的时间内歼灭塘沽敌人。如果塘沽海港能由炮火完全封锁,敌人无法逃跑,则可从容部署攻击,不必性急……

战场形势要求先打塘沽,军委的指示也是先打塘沽,但是塘沽地形十分复杂,东临渤海,其余三面全是盐碱滩,即使在冬季也不结冰,因此既不便于构筑工事,也难于展开大兵团作战。且东北野战军进入塘沽后,侯镜如已经把他的指挥所搬到军舰上,以便随时可以逃跑,因此东北野战军一旦发起攻击很难全歼守敌。

在孟家楼的那座农家小院里,林彪一直沉默着看地图,而罗荣桓和刘亚楼翻看着塘沽前线发来的一大摞电报。最后林彪说:"塘沽、天津两地之敌,都要在很短时间内彻底歼灭,这是含糊不得的,也是不允许含糊的。推迟攻击时间,军委不一定同意,就是同意了,可塘沽的地形是变不了的,也还是很难把敌人全部歼灭。"罗荣桓说:"是呀,打塘沽是我们入关后的第一个大仗,如果打不好,势必影响整个平津战役。"这时候,刘亚楼表示,他可以亲自"去一趟塘沽前线,再看一看地形,与邓华、吴富善同志进一步研究一下,看到底有没有办法打好这一仗"。林彪、罗荣桓同意了,林彪特意嘱咐刘亚楼:"让萧华也一起去看看。"——萧华时任东北野战军特种兵纵队司令员。

十二月二十六日,刘亚楼、萧华到达塘沽前线第七纵队指挥部。

邓华指着地图告诉刘亚楼:"塘沽东为渤海,南为海河,我们无法四面包围,炮火也很难封锁海口,敌人可背海顽抗,实难断敌退路,全歼敌人。除渤海、海河之外,周围河沟很多,虽宽一丈左右,但水深及腰,潮来更深。除铁路与路东一条小道有桥以外,其余不易通过。而敌则可凭河沟坐守。西面、北面直到海边,均为草地、盐田,广阔平坦,草地潮湿泥泞,挖沟有水,盐田冬不结冰,不便徒涉,部队难以展开攻击。敌人以塘沽外面盐滩地为防御前沿,从正面向纵深层层设防,并有陆上和海上炮火作掩护。我进攻部队虽可利用盐堤作为冲击出发地,但发起冲击后就进入平坦的盐田,完全暴露在敌人密集火力之下,那代价就太大了。"

刘亚楼问:"你们试攻的情况怎么样?"

吴富善回答:"我们用少量部队进行了试探性攻击,虽占领了几个村镇和一些盐滩地,但伤亡较大。二十师攻击海滩车站,歼敌七百余人,自己伤亡六百余人。二纵和我们的情况一样,二师配合他们的部队攻占塘沽西北的新河镇,歼敌一百四十余人,自己伤亡四百余人。我们只好命令部队暂停攻击。"

之后,刘亚楼、萧华、邓华、吴富善一起去了前沿阵地,刘亚楼看见的是"无遮无拦的平坦开阔地、纵横交错的沟渠和未结冻的绵延盐田",还有停泊在远处海面上的国民党军军舰。

晚上,在七纵指挥部,刘亚楼表示,军委要求先打塘沽,"一是为了控制海口,防止平津守敌从海上逃跑";二是先将两头的敌人歼灭,孤立中间的北平、天津,迫使平津之敌放下武器。现在看来,以三个纵队打塘沽和大沽,难以速战速决,且要付出很大代价。"如果坚持打下去,攻占塘沽有把握,全歼守敌则不可能,最大可能是歼灭一部,而大部逃窜,结果是得失不合算。更重要的是费力费时,将拖延解放平津、解放整个华北的时间"。

会议一直开到深夜,刘亚楼试探地问邓华和吴富善:"如果我们把先打塘沽改变为先打天津,你们看怎么样?"

邓华一下子提高了嗓门:"要是这样,我们就想到一起了!先打塘沽得不偿失,先打天津是有把握的!"

吴富善则说,昨天,我们还与二纵司令员刘震、九纵司令员詹才芳一起议论过,大家都认为"如果先打天津,可以争取时间,不仅天津守敌跑不了,对切断北平之敌东逃的去路,也更为有利"。

二十七日,刘亚楼和萧华赶回孟家楼。

刘亚楼的建议是:"先打天津,同时也不放弃对塘沽的包围",即使塘沽的一部分守军跑了,也扭转不了华北国民党军覆灭的命运。

罗荣桓已启程去西柏坡参加中央的会议,林彪独自思索良久"方下定决心"致电中央军委,要求改变先打塘沽的作战计划:

军委：

（一）据我在塘沽附近各部队对地形侦察的报告，均说该地地形不利作战，除西面外其他皆为开阔宽广之盐田，且不能作战，涉之水沟甚多，冬季亦无结冰把握［因海潮起落关系］，不便接近也不便构筑工事。且敌主阵地在新港靠近海边码头，我军无法截断其退路。该处停有兵舰，敌随时可以逃入军舰退走。故两沽战斗甚难达到歼敌目的，且因地形开阔，河沟障碍，我兵力用不上，伤亡大而收获小，亦必拖延平津作战时间。我在两沽附近的部队，皆认为攻两沽不合算。

（二）我原在两沽附近的部队，已大部西移到达天津附近。

（三）我们意见目前我军一切准备防平敌突围，但由于我目前未攻两沽，敌多半不敢突围。在此情况下，我军拟以五个纵队的兵力包围天津，进行攻天津的准备。在我未攻击前，如敌突围则先打突围之敌。如我准备成熟时，敌尚未突围，则发劲总攻歼灭天津之敌。盼军委电示。

林、刘

艳（二十九日）十一时

当天晚上，中央军委回电：

林、刘：

二十九日十一时电悉。

（一）放弃攻击两沽计划，集中五个纵队准备夺取天津是完全正确的。

（二）高（高岗）、罗（罗荣桓）昨日到此。

军委

艳亥（二十一至二十三时）

为了防止平津守军突围，中央军委发出了一系列指示，除参加攻打张家口的东北野战军第四纵队归建之外,调华北军区第二兵团和第三兵团参加平津作战。中央军委特别提醒林彪,要防止平津之敌被迫从陆路突围,如果让他们沿平汉路南下,正在围困杜聿明的刘、邓、陈、粟部队将压力更大。一九四九年一月上旬,华北军区两个兵团到达北平郊区,至此,加上东北野战军的围城部队,包围北平的兵力已有四十多个师五十余万人。北平围城力量加强之后,平津前线指挥部决定成立天津前线指挥部,并以东北野战军第一、第二、第七、第八、第九纵队和特种兵纵队大部及第六、第十二纵队各一个师,由野战军参谋长刘亚楼统一指挥攻取天津。刘亚楼为天津前线指挥部总指挥。

一月七日,林彪就攻击天津作战部署致电中央军委。电报详细报告了天津国民党守军的兵力、部署、城防以及我军攻击突破的重点方位。之后,电报还特别说明,天津守军以十几万部队守一个比济南大三倍、比锦州大十倍的城市,必定处处薄弱,因此预计战斗能够迅速解决。天津拿下后,主力部队"将移北平附近准备攻城"。在报告投入攻击天津的总兵力时,林彪认为投入的兵力有些多了,原因是各部队都要求参战——十二纵说自部队成立以来从来没有打过"主要攻坚战",这次无论如何要锻炼锻炼,"故允许其以两个师参加"。另外,"刘亚楼要求六纵一个长于巷战的师参加攻天津","亦已同意"。电报中流露出来的极度自信以及兵力绰绰有余的心境,在以谨慎闻名的林彪以往发出的所有作战电报中前所未有。

林彪的自信是有理由的。

仅就攻击十三万守军的天津而言,东北野战军投入的兵力火力堪称奢侈:五个野战纵队,二十二个师,特种兵纵队的十二个团,共三十四万人,参战的山炮、野炮、榴弹炮和大口径加农炮达五百三十八门,还有三十辆坦克和十六辆装甲车跟随步兵冲击。其具体部署是:

第一纵队司令员李天佑、政治委员梁必业统一指挥第一、第二纵队、配属地炮八十九门、高射炮十五门、坦克二十辆和两个工兵团,加上纵队所属的大口径火炮二百七十三门,组成西集团,由西向东攻击前进,从和平门附近南运河西岸突破,在金汤桥与东集团会师,然后向南城攻击;

第七纵司令员邓华、政治委员吴富善统一指挥第七、第八纵队,配属火炮六十七门、高射炮八门,坦克十辆和两个工兵营,加上纵队炮兵大口径火炮一百六十九门,组成东集团,由东向西攻击前进,从民族门地区突破,先冲向金汤桥,而后攻击北城;

第九纵司令员詹才芳、政治委员李中权统一指挥第九纵队及第十二纵队三十四师,配属特种兵部队地炮二十四门,装甲车十六辆,加上纵队炮兵大口径火炮九十六门,组成南集团,由南向北攻击前进,从城南尖子山地区突破,围歼天津南城守军;

第八纵队独立四师主力、第二纵独立七师一部和野战军总部警卫团两个营,在城北的民生门、丁字沽等处实施佯攻;

第六纵队十七师为总预备队,随时准备从城西加入西集团方向的作战;

第十二纵主力位于军粮城地区,向塘沽方向警戒,并防止天津守军向塘沽突围。

刘亚楼对这一部署的解释是:"东西对进,拦腰斩断,先南后北,先分割后围歼,先吃肉后啃骨头。"他对二纵司令员刘震说:"你们的对手是林伟俦的六十二军,可是块难啃的骨头!"刘震的回答是:"嘿!虽然骨头不如肉可口,但啃起来更有味道哟!"

解放军重兵攻击在即,天津守军惊恐万状。市内禁止燃放鞭炮和敲锣打鼓,除加派宪兵警察巡逻外,晚上实行了严格宵禁。一个从外围据点逃进城的连长声称解放军已经开始攻城,并说他们的最高指挥部设在杨柳青。陈长捷当晚就请求空军派飞机轰炸,炮兵也集中火力向杨柳青轰击。天津城内已实行灯火管制,不允许百姓们点灯,可有人说全城一片黑暗,解放军摸进来的时候不容易发现,于是又全城征集煤油灯往前沿阵地上送,大型碉堡上也立起了探照灯。十几万条麻袋装上土,被连夜运往前沿,与麻袋一起运上去的,还有数万只空罐子——空罐子挂在铁丝网上,稍微触动就响成一片。

"没有一个连的碉堡群据点能抵抗到二十四小时以上的。"驻守在城北的第六十二军军长林伟俦对天津城外围据点的丢失速度感到震惊。

尽管攻城部队具有压倒性优势,但外围作战还是显示出战争的残酷。二纵攻击南运河西侧,守军仅是第六十二军六十七师一九九团的两个加强连,敌人的防御阵地上有深壕、鹿砦和坚固的碉堡,二纵四师十一团官兵拼死冲击,担任突击的九连一排和二连二排强行爆破,在向纵深发展时九连长邹洪奎中弹牺牲。二连在攻击中伤亡不断增加,攻占守军阵地不久就遭到猛烈反扑。八连在接替二连之后,三班的阵地被守军突破,已身负重伤的战士王和用手榴弹与冲上来的敌人同归于尽,八连增援上来的官兵在三班的阵地上与反击敌人展开肉搏,敌人退下去之后,阵地上留下的国民党军遗体有数十具之多,而上百名失去行动能力的伤兵在寒风中哀号不止。

一纵在扫清外围的时候,将作战能力最强的一师一团投入了作战。一团三营在营长朱家礼和教导员苏章的率领下,七连攻占三庆门和西营门外的地堡群,但八连在攻击四座坟地堡群时却遇到困难,连续爆破厮杀几十次依旧打不下来,国民党守军借助坚固工事和火炮的有力支援,一个连队打光了再换上来一个连。"八连光指导员就牺牲了两个,朱家礼的眼睛都打红了"。团长刘海清一面命令三营坚持正面攻击,一面命令部队趁暗夜利用已经打下的地堡挖交通壕。哪个地堡被打下来,就把交通壕挖到哪里,最终使四座坟地堡群孤立起来,然后一团集中兵力发起攻击,将国民党军的外围据点扫清。

东局子是天津东郊的一个镇,距离城垣约两公里,是遮蔽津东守军阵地的一个重要外围据点。一九〇〇年庚子之役时,八国联军曾在这里设立兵营,自那以后这里一直有完备的防御工事。国民党军第八十六军二九三师八七七团奉命坚守,这个团的官兵大部分都是东北人,因此成为二九三师中战斗力最强的部队。攻击东局子的是七纵十九、二十一师各一个团,攻击前官兵们就开始挖掘交通壕,并成功地抓获了敌人的俘虏,弄清了东局子守军的防御部署。大雾弥漫,攻击开始,在准备炮火尚未完全摧毁守军前沿工事时,南北两面的突击队便发起了冲击,突击队员立刻陷入守军精心编织的火网中。八七七团团长田子永命令位于前沿的部队阻挡一下,然后把解放军的突击队放进来,接着关闭所有的壕口,使冲进来的解放军官兵全部暴露在阵地上,随即炮兵按照事先的精确测距集中炮火猛轰,七纵的攻击部队因伤亡巨大被迫撤退。拂晓时分,七纵改变突击部署,再次发动进攻,火炮直接轰击守军的碉堡、炮兵观测所和指挥所,突击队员奋勇向前。七纵官兵久经沙场,但从未遇到如此密集的地雷区,战后在清理战场时,仅在一小块洼地里就挖出了未爆炸的地雷八十多枚。八七七团指挥所被包围后,团长田子永命令部队停止抵抗。

东局子的失陷,令陈长捷感到他的部队根本无力抵抗解放军的猛烈攻击:"第八十六军举其精萃力量用在东局子支点上,只经解放军一日夜的猛攻强袭,即被突陷,炮火日夜支援,也没起作用,一个大团干净灭亡,这使得原来软弱的第八十六军就全部丧胆了。"

一月六日,林彪、罗荣桓致信给陈长捷等人,告知解放军即将举行天津战役,希望陈长捷学习长春的郑洞国放下武器,如抵抗只能是遭致杀身之祸。经陈长捷同意,国民党天津参议会的四名代表于八日、十日和十一日三次出城,与天津前线总指挥刘亚楼会谈。他们带去了陈长捷的要求:只放下重武器,陈长捷部携带轻武器撤至塘沽,然后从海上南撤。刘亚楼当即拒绝,并根据中央军委的指示,向陈长捷提出四条意见:"一、天津为华北主要工业城市,人民解放军甚望和平解决,以免遭受战火破坏。二、一切天津国民党军队应自动放下武器,人民解放军保证这些军队官兵生命财产的安全及去留自便。三、人民解放军停战二十四小时,等候天津守军的答复。四、如果天津守军不愿自动放下武器,则人民解放军将发动进攻,天津守军的首领们,应担负天津遭受战火破坏的责任而受到严厉惩罚。"最后,刘亚楼让代表们转告陈长捷:"上述限二十四小时内答复,天津守军至迟应于一月十三日十二时前放下武器,否则,我军将于十四日开始攻城。"

十一日拂晓,第六十二军前沿阵地对面的土堆上,一个穿解放军军服的人高声喊话,说要派通信员送一封信来。林彪要求天津国民党守军放下武器的最后通牒,被解放军的通信员通过前沿阵地送到第六十二军军部。军长林伟俦先与第八十六军军长刘云瀚商量了一下,然后携带信件去见陈长捷。陈长捷看信之后默不作声——他与蒋介石中央军的两位军长没有沟通的可能。杜建时把陈长捷请到密室里单独商量,陈长捷说:"我让他们打,谁不打就不行。我让他们降,他们不降我就毫无办法。还是等北平和平谈判成功,一起行动吧。"杜建时又把两位军长请到密室里,两位军长说:"陈是司令,要他说话,我们不能领头。"杜建时问:"如果解放军发动进攻,你们能支持多久?"林伟俦说他可以顶一个星期,而刘云瀚表示他顶不了多长时间。最后,林伟俦催促说,解放军的通信员还在外面等着呢,陈长捷说:"复他一封吧。"于是他开始口述,大意是:武器是军人的第二生命,放下武器是军人的耻辱。如果共谋和平,请派代表进城商谈。信写好后,第六十二军派了一位科长陪同解放军的通信员出城,但刚出城门就遭到射击,科长带着信跑了回来。第二天拂晓,土堆上又有人高声喊话,第六十二军再派那位科长带着信和一些水果出了城,这回他把陈长捷的回信交给了解放军代表。

陈长捷曾就天津是战是和请示傅作义,傅作义的答复是:"你们打好仗,就好办,要能打才能和。"傅作义的态度统一了大家的立场,那就是坚守天津,等待北平的和谈结果。

最后的限期到了。

一月十三日,林彪下达了攻击天津城的命令:

刘,一、二、七、九、十二纵队,并十七师首长,并报中央:

　　(一)天津之敌毫无投降的诚意,仅在拖延时间。

　　(二)各部应按计划明[寒](十四)日开始攻击,坚决歼灭该敌。

林
元(十三日)十九时

陈长捷很清楚固守天津的结果是什么。他给各军发出一个命令:"如果我战死,由副司令林伟俦继承。各级主官如果战死,也要预先指定继承人。"

东北野战军攻城部队从四面八方逼近天津城垣。

四万多百姓冒着严寒开凿结了冰的大清河,好让载着弹药、柴草、粮食的船只顺流而下;上百万支前民工为解放军抢修桥梁、路基;为了在护城河上架桥,天津附近双口村的六个铁匠一夜之间锻打出四十三根铁柱子——不知守城的国民党军官兵是否听到了这响彻夜空的锤声?

十四日,总攻开始。

清晨,天津城笼罩在浓雾之中。上午十时,五颗信号弹升空之后,五百多门大炮一齐怒吼,数千发炮弹倾泻在国民党守军的阵地上。暗堡被炸塌,铁丝网和鹿砦飞上半空,护城河岸坍塌,城墙裂开豁口。

攻城部队以坦克为前引,工兵开始爆破排雷,突击部队扑向城垣。

西集团一纵二师四团的突击营看见友邻部队的突击地段插上了红旗,其实那是排除障碍后插在突击通道上的红旗,但是四团官兵认为友邻部队已经冲上去了,于是一跃而起也发起了冲击,提前冲击使他们受到了自己炮火的误伤,但是两个师的突破口被迅速打开,四团"红三连"战士王玉龙首先把红旗插上天津城头。在阻击守军反扑突破口的战斗中,三连和八连在城头与敌人混战在一起。当后续部队潮水般地拥上来时,"红三连"官兵已伤亡大半,连长史德红中弹牺牲。

二纵六师十六、十七团在和平门南侧并肩突击,四师十团二营和三营在南运河北侧并肩突击。十团五连爆破手黄才、韩志明、李明禄、鲁景成等二十四名战士前仆后继炸开了突击通道,架桥队扛着笨重的芦苇桥在守军的猛烈火力下顽强靠近,前面的战士倒下,后面的战士立刻接替,七连最后只剩下负伤的指导员和五名战士——芦苇桥的架设竟然付出了七十多名官兵的伤亡代价。三营副营长丁剑锐认为,护城河的冰面也许可以通过,这样可以避免在芦苇桥上拥挤,他喊:"谁去侦察?有勇气的站出来!"战士纪毓生站出来,高声答道:"我去!"弹雨中,纪毓生滚进了护城河,不一会他爬了回来,面孔已经被硝烟熏黑,军装上被子弹穿了几个窟窿。他大声报告:"冰很厚,完全可以过人!情况不确实杀我的头!"教导员说:"真是有种!我代表营党委宣布给你记大功!"经过猛烈的突击,九连班长杨印山带领全班登上城头,旗手高福田身中数弹,倒下的时候还抱着旗杆;旗手刘士凯刚接过红旗也牺牲在城头;机枪班长张勋接过红旗,站在城头拼命地挥舞。

西集团突进之后,一纵一师一团和兄弟部队一起向市内穿插,在南马路的一幢灰色楼房附近前进受阻。前去了解受阻情况的纵队侦察科长范鲁刚被炮弹炸倒,一团长刘海清批评二连进展太慢,这让二连官兵的脸上很挂不住,因为二连是诞生在井冈山的红军连。官兵们正在组织爆破,参谋冯玉带着一辆坦克上来了,刘海清要求坦克把楼房上的火力点搞掉。冯参谋和坦克手嘀咕了一下,然后用大木棒在坦克的后屁股上连敲几下,坦克便向目标径直冲过去,连发几炮,守军的火力点被摧毁。

东集团七纵二十一师六十一团在突击时,派出侦察员王国才率先冲到护城河边探路,一个守军火力点在炮击后的废墟中复活了,密集的子弹将王国才打倒。爆破队员们喊着"为王国才报仇"的口号,战士滕青云和王农用装满炸药的布袋,在雷区炸开了一条八米宽的通道,接着又炸毁了一座残存的碉堡和一道铁丝网,部队越过了护城河。后续部队把梯子架设在冰面和城墙上,半个小时便登上城垣,打开了突破口。八纵二十四师突击的是天津东北面的重要门户民权门,突击前的炮火准备十分有效,大口径火炮猛烈轰击了守军的重要火力点长江造纸厂、染料厂、北宁公园和天津北站,野炮和山炮集中轰击前沿阵地。担任突击尖刀的是七十团一连,爆破组连续炸毁铁丝网、电网和鹿砦,突击部队在架桥的时候出现伤亡,官兵们从护城河的冰面上通过,炸开民权门附近的一座大碉堡,打开了冲击的通道。一排机枪班副班长李合第一个登上城墙,用机枪掩护突击部队冲击,突击员在突破口上与守军展开激战,连续打退守军的数次反扑。旗手钟银根双腿被打断,他伏在一面写有"杀开民权门"大字的红旗下,用尽最后的力气将红旗插到民权门的城头。旗杆被炸断,钟银根再次负伤,战士李泽山冲上来,把红旗高高地举起来。

突击部队顽强地向天津城中心的金汤桥突进。

战前,总指挥刘亚楼说,哪支部队先冲到金汤桥,就授予哪支部队"金汤桥部队"的荣誉称号,因为只要占领位于天津城中心的金汤桥,天津国民党守军就将被完全切割。但是,这个称号至今没有授出,原因是无法确定究竟是哪支部队首先冲上了金汤桥。几乎每个方向的突击部队,都能用准确无误的事实证明自己应该得到这个荣誉,每一支部队都可以说出自己的哪个连队的哪名战士首先冲上了桥头。那是一个视荣誉胜于生命的重要时刻,无数面红旗在枪林弹雨中数次倒下,又数次地被竖立起来。在天津城大街小巷的残酷战斗中,官兵们跟随着自己部队的用鲜血染红的旗帜左突右杀,呐喊着朝当面的敌人冲过去,朝象征胜利的金汤桥冲过去——一九四九年一月十五日,当数面红旗在冷冽的风中于金汤桥上高高飘扬的时候,天津城从此旧貌换新颜。

天津城防崩溃之后,杜建时站在中原公司的楼顶上观察全城战况,发现局势已经不可挽回。他回到办公室,在给蒋介石起草天津陷落的电报和焚烧机密文件时,炮弹落在了市政府大楼的楼顶,随从人员保护着杜建时进入地下室躲避。晚上,他召集陈长捷和林伟俦、刘云瀚两位军长到位于海光寺的警备司令部地下室作最后商讨。四个人一直认为,继续打下去毫无希望,应该放弃核心阵地的抵抗。陈长捷打电话给北平总司令部,得到的回答仍旧是"再坚持两天就有办法",陈长捷把电话摔了,地下室里的人最后决定发表一个"和平宣言"。

十四日夜,天津巷战激烈,突然,满城响起大喇叭的广播声:"林彪将军注意,天津守军同意放下武器,请即命令停止攻击。"但是,解放军没有停止攻击,而这个广播却使守军军心大乱。四十三师师长饶启尧接到陈长捷的电话,说林伟俦、刘云瀚两军伤亡很大,司令部附近仍处在炮击之中,秋副司令有话要说。国民党军天津警备副司令秋宗鼎在电话里说:"现在司令的意思只有停止战斗了。"饶师长反问:"如何才能停止呢?"秋副司令说:"插上白旗嘛!"饶启尧愤怒地喊:"插白旗,我没学过!"放下电话,站在一旁的四十三师副师长余和、参谋长徐季春"立即哭起来"。大势已去,四十三师师部所在地——耀华中学的楼上挂出了白旗。

天津国民党守军各部队都挂出了白旗,但是天还没有亮,即使挂出白旗解放军官兵们也看不见,或者看见了他们的攻击也不可能骤然停止。因此,十五日天亮的时候,持续了一夜的天津城内的战斗仍在继续。一纵一师一团开始攻击中原公司大楼。不断有守军的溃兵朝中原公司大楼里拥,大楼里面的守军就朝他们射击。一团二连从大楼的侧后炸开窗户冲进楼区,三连也从大楼的南侧破门而入,占领了一楼的大厅。楼上的守军不断地射击,扔出手榴弹封锁着楼梯口,一团的官兵强行向上攻击。一营在中原公司里的战斗牵制了敌人的火力,给攻击附近国民党军天津警备司令部的二营创造了条件。二营四连和五连在营长张述珍和教导员吴鸿年的率领下,连续爆破核心工事的院墙,炸毁了警备司令部院子里的碉堡,开始逐楼进行攻击。六连副连长徐恒吉率领二排向院子东侧的一幢大楼冲去时,被子弹打倒了。身后的副排长邢春福和战士傅泽国、王义凤用手榴弹将门卫的机枪炸毁冲进楼内。

这座楼房,是陈长捷的办公地点。

楼内的国民党军机关人员纷纷举手投降。

邢春福、傅泽国和王义凤冲进了一楼陈长捷的作战指挥室,室内空空,各种城防作战地图完好无损地挂了一墙,其中有一幅用于逐日标记"天津国军战况"的巨大图表,桌子上摆放着陈长捷签署的"早二时邀杜市长,林、刘军长会商战局"的通知。邢春福、傅泽国和王义凤接着冲进了大楼对面的忠烈祠地下室。穿过一条小走廊,下到地下室的一个大厅里,里面几十名军官见他们冲进来,慌忙将手枪扔在桌子上举起了双手。

傅泽国喊:"谁是司令?"

没有人说话。

但是,一个军官悄悄向一块白布门帘那边努了努嘴。

邢春福、傅泽国和王义凤立即奔过去,听见白门帘里面有人正在打电话:"解放军离我不远了,正和警卫部队激战……"

王义凤大喊:"别动,举起手来!"

对着电话说话的,就是国民党军天津警备司令陈长捷,而电话的那一头,是在北平总司令部里的傅作义。

傅作义刚说完"可以接洽和平",就听见电话里传来"举起手来"的喊声。

陈长捷对傅作义说的最后的一句话是:"他们,进来啦!"

东北野战军第一纵队政治委员梁必业见到了陈长捷:

"我们都把你们包围了,你们怎么不往海上撤?"

"大哥不让撤。"

"我们都打进来了,你们为什么不突围?"

"大哥让再看一看。"

十五日下午十五时,天津守军战斗力最强的第六十二军一五一师,在二纵和八纵的重重包围下,于城北宣布放下武器投降,天津全城攻坚战至此结束。

天津战役,历时二十九个小时,东北野战军全歼国民党守军十三万余人,生俘包括天津警备司令陈长捷、副司令秋宗鼎,第六十二军军长林伟俦,第八十六军军长刘云瀚,二十六师师长张越群、副师长何卓,二八四师师长罗先之,二九三师师长陈膺华、副师长陈琨,六十七师师长李学正、副师长刘顺初,一五一师师长陈植等人在内的国民党军高级将领。东北野战军攻城部队伤亡两万三千三百二十人,其中阵亡四千一百零六人,负伤一万九千二百一十四人。

"大哥"傅作义所在的北平,成了一座真正的孤城。

坦克驶过东交民巷

一九四九年一月十五日,国民党中央社南京电:"昨日上午十时许,京(南京)市感觉轻微地震,为时约十余秒,室中水盂动荡,座椅也摇晃。"对于南京的国民党政权来讲,真正的地震是两条消息:一是人民解放军仅用二十九个小时攻占了天津;二是十四日毛泽东发表了《关于时局的声明》——这是对国民党提出愿意与共产党进行和平谈判的正式回应。

毛泽东在《关于时局的声明》中明确指出:

……情况已非常明显,只要人民解放军向着残余的国民党军再作若干次重大的攻击,全部国民党反动统治机构即将土崩瓦解,归于消灭。现在,国民党反动政府发动内战的政策,业已自食其果,众叛亲离,已至不能维持的境地。在此种形势下,为着保持国民党政府的残余力量,取得喘息时间,然后卷土重来扑灭革命力量的目的,中国第一名战争罪犯国民党匪帮首领南京政府伪总统蒋介石,于今年一月一日,提出了愿意和中国共产党进行和平谈判的建议。中国共产党认为这个建议是虚伪的……

一月十日,"为着统一领导夺取平、津,并于尔后一个时期内[大约有三个月]管理平、津、唐及其附近区域一切工作起见,中央决定以林彪、罗荣桓、聂荣臻三同志组成总前委,林彪为书记,所有军事、政治、财政、经济、粮食、货币、外交、文化、党务及其他各项重要工作均归其管辖,以一事权而免分歧"。

平津战役总前委组成后,林彪、罗荣桓、聂荣臻由蓟县以南的孟家楼移至通县宋庄。

十三日,傅作义获悉解放军即将对天津发起总攻,急忙派华北总部副总司令兼晋陕绥边区总司令邓宝珊前去与共产党方面谈判。邓宝珊、周北峰、副官王文焕、参谋刁可成一行四人乘车出德胜门,过土城到防御前沿下了车。前边有几匹马拴在树上,共产党方面接应他们的人已等在那里。越过前沿战壕,继续骑马前行,在清河镇换乘吉普车,行驶一个多小时后,车停在通县西面五里桥村的一座院子门口,林彪、罗荣桓和聂荣臻在门口迎接。

会谈一开始,邓宝珊就问:"你们要打天津了?"

林彪说:"是,我们已下命令了。"

邓宝珊又问:"你们打天津准备打多久?"

林彪说:"三天。"

邓宝珊说:"恐怕三十天你们也打不下来。"

聂荣臻说:"三十天打不下来就打半年,半年打不下来就打一年,非打下来不可。"聂荣臻告诉邓宝珊:"我军已开始进攻天津,这次谈判就不包括天津了,只谈北平问题。"

当天夜里,邓宝珊的电台截获陈长捷发往北平的电报:"天津起火了。"傅作义的参谋长李世杰回答:"灭火。"此后陈长捷那边就再也没声音了。天快亮时,东北野战军作战处长苏静告诉邓宝珊:"天津战事已接近尾声,国民党军部队全部瓦解,城防司令陈长捷被俘。"几乎一夜未睡的邓宝珊说:"不打就好了。"

天亮了,谈判正式开始。

参加谈判的是林彪、罗荣桓、聂荣臻、邓宝珊和周北峰,苏静和刁可成担任记录。

林彪首先指出:"整个形势都对我们有利,死守北平是不可能的。但为保障北平居民和城市不受损害,我们仍希望和平解决,但不可再拖时间。"随即,林彪提出三个条件:一、限傅作义部一个军一月二十一日开至北平城外十五至三十公里地区,其他部队再陆续开出;二、在德胜门设立开出傅作义部队的联合指挥所;三、这一行动实现后,我方可派军政负责人入城。邓宝珊表示可以照办,同时提出三个问题:一、共产党方面可否派出代表与他一起回城;二、傅作义起义之后的去向;三、自己可否接替傅作义完成对其部队的改编。林彪、罗荣桓、聂荣臻的回答是:派东北野战军作战处长苏静随邓宝珊一起回城;只要傅作义能站到人民一面,共产党方面是不会亏待他的;解放军还是"希望傅作义继续办理北平和平解放事宜"。

谈判一直进行到深夜,双方谈了对傅作义部队的改编原则和具体办法,对傅作义总部和部队团以上人员的安排以及对北平文教、卫生等行政单位的接收办法等等。此时所谈及的对傅作义部队的改编,只涉及北平的部队,关于绥远的部队,林彪说:"绥远的问题,党中央指示缓缓再谈。但如果北平的和平解放能顺利完成,使中国数百年古都的文物能够完整回到人民怀抱,绥远的问题就好谈了。毛主席说,将用一种更和缓的方式,我们叫它做绥远方式。"

十六日,五里桥村内就北平和平解放的谈判已达成初步协议;天津议会大楼门前已挂出人民解放军"天津市军管会"的牌子;蒋介石在南京中山陵检阅首都军警三万人之后回到官邸,嘱咐中央银行和中国银行的经理把存在美国的外汇化整为零存入私人户头,接着他给北平的傅作义发去一份电报,请求傅作义在与共产党人达成某种协议之前给他的嫡系军官们留一条生路:

……相处多年,彼此知深,你现厄于形势,自有主张,无可奈何。我今只要求一件事,于十七日起派飞机到平运走第十三军少校以上军官和必要的武器,约要一周,望念多年之契好,予以协助……

国民党军第十三军由两个主力师编成于抗战期间的长城脚下。国民党军著名将领钱大钧、汤恩伯、王仲廉都曾出任该军军长。此时,第十三军隶属石觉的第九兵团。

傅作义复电:"遵照办理。"

然后,他让王克俊给林彪发电报,通报蒋介石的电报内容,"要求城外解放军部队在有飞机来时"炮击天坛临时机场。

中午,傅作义在中南海勤政殿邀请北平的学者教授们吃西餐,他的参谋长李世杰称这一举动为"最后一席话"。北平城内除已经南去的著名学者梅贻琦、陈寅恪、冯友兰、袁敦礼、袁同礼外,留下的二十多位社会名流前来一聚,傅作义问大家对时局的看法,徐悲鸿说:"北平两百万市民的生命财产,系于将军一身。当前形势,战则败,和则安,这已是目前的常识问题。"杨人楩教授说:"如果傅先生顺从民意,采取和平行动,我们作为历史学家,对此义举,一定要大书特书,列入历史篇章。"

晚上,国民党北平前市长何思源来了。内战初起时,何思源由国民党山东省府主席调任北平市长,因为对国民党的腐败极度厌恶,他与蒋介石安插在北平的特务不断发生矛盾,一九四八年六月被蒋介石撤职,自此赋闲在家。何思源警告傅作义,说如果命令军队抵抗下去,将是很危险的事。

就在何思源和傅作义谈话的时候,中央军委的电报到达平津战役总前委:

……积极准备攻城。此次攻城,必须作出精密计划,力求避免破坏故宫、大学及其著名而有重大价值的文化古迹。你们务必使各纵首长明了,并确守这一点。让敌人去占据这些文化机关,但是我们不要攻击它,我们将其他广大城区占领之后,对于占据这些文化机关的敌人再用谈判及瓦解的方法使其缴械。即使占领北平延长许多时间,也要耐心地这样做。为此你们对于城区各部分要有精密的调查,要使每一部队的首长完全明了,哪些地方可以攻击,哪些地方不能攻击,绘图立说,人手一份,当做一项纪律去执行。为此,你们必须召集各攻城部队的首长开会,给以精确的指示。为此,你们指挥所要和每一个攻城部队均有准确的电话联系。战斗中每一个进展均须放在你们的指挥和监督之下……

与此同时,毛泽东为林彪、罗荣桓起草了一封致傅作义的公函,措辞之严厉类似最后通牒。公函的前半部分历数傅作义部所犯下的战争罪行,将内战爆发以来傅作义部攻占解放区的七十七个市、县、镇、村一一列举——"贵部军行所至,屠杀人民,奸淫妇女,焚毁村庄,掠夺财物,无所不用其极"。同时指出,天津本有希望和平解放,最终被迫使用武力完全是傅作义的责任。信函的后半部分,为傅作义指出两条"自赎"之路,一是自动放下武器,二是离城接受改编,并为此规定了最后期限:

> 上述两项办法,任凭贵将军和贵属自由选择。本军并愿再一次给予贵将军及贵属以考虑及准备之充分时间。此项时间,规定由一九四九年一月十七日上午一时起,至一月二十一日下午十二时止。如果贵将军及贵属竟敢悍然不顾本军的提议,欲以此文化古城及二百万市民生命财产为牺牲,坚决抵抗到底,则本军为挽救此古城免受贵将军及贵属毁灭起见,将实行攻城。攻城时,本军将用精确战术,使最重的打击落在敢于顽抗者身上;而对于不愿抵抗之贵属,则不给任何打击,并予以宽待。城破之日,贵将军及贵属诸反动首领,必将从严惩办,决不姑宽,勿谓言之不预。

十六日晚,在通县五里桥村谈判的人吃完晚饭,决定第二天由邓宝珊、王焕文、刁可成陪同苏静一起进城,与傅作义直接会谈。分手的时候,林彪从大衣口袋里掏出一封未封口的信,对邓宝珊说:"请邓先生将这封信交给傅先生。"说完,林彪、罗荣桓、聂荣臻离开了五里桥村。

邓宝珊看了这封以中国人民解放军平津前线司令员林彪、政治委员罗荣桓的名义写给傅作义的信函,十分震惊:"这封信太出乎意料,措词很严厉,傅作义不一定会受得了。"邓宝珊无法预料傅作义在看了这封信后会有什么样的反应——或者,还是暂时不让傅作义看到这封信为好?

十七日,苏静脱下军装换上了便衣,因为没有便衣,他与一直在此的北平地下党员李炳泉互相换了衣服。然后,与邓宝珊一行上路。傅作义派王克俊在德胜门迎候他们,苏静住进位于东交民巷的傅作义总部联络处。

就在苏静秘密进城的时候,何思源正在北平城内奔忙着。他遍访了傅作义的各军军长,劝他们顾念两百万北平市民和几千年的文化古迹,放弃武力对抗,争取和平前途。这些军人们表情冷淡,都说他们什么也不知道。中午,何思源与北平参议会长许惠东,召集北平工商、教育界人士在新华门对面的参议会开会,到会的有北平中央军的各军军长、傅作义部队的高级军官以及北平市长刘瑶章。会议决定以大会的名义通电南京和中共双方。通电包含三个意思:一是要求把北平改为北京,北京人最讨厌叫北平而不称北京;二是要求在北京设立中央政府;三是北京人喜欢中央政府有统一全权,要求按照毛主席提出的八条进行改革。何思源、许惠东忙着草拟电文,拟出一段,记者们就抄一段,然后拿着往外跑。——"当时军人都在座,都一言不发,也无人表示反对。"

十八日,凌晨三点,安放在何思源家屋顶的两枚定时炸弹爆炸了——据国民党军国防部保密局云南站站长沈醉说,是蒋介石命令毛人凤派人去北平执行暗杀行动的。爆炸过后,何思源一家六口一死五伤,死者是何思源还在上中学的次女何鲁美,夫人何宜文受伤最重,在协和医院急救后脱险,何思源本人被倒塌的砖瓦砸伤——蒋介石对这个结果很不满意,认为应该派狙击手把何思源直接打死。受伤的何思源立即出城,汽车出了西直门在国共两军对垒的前沿战壕边绕来绕去,最终在西郊蓝靛厂附近遇到一位解放军连长。何思源受到了东北野战军第四纵队政治委员莫文骅的接待。何思源说："现在国共双方,城下对峙,枪炮一响,文化古都将顷刻变为灰烬。我们受两百万北平市民的委托,希望国共双方以大局为重,对北平这座古城实行和平解决。"莫文骅表示:"我们当然希望和平解决北平,但现在的关键在于傅作义将军的态度。"何思源说:"为了保护北平这座七百年古都的文化古迹,为了保障两百万市民的生命财产不受损害",傅作义"已经表示和平解决的主张"。莫文骅笑了:"我们认为不是傅作义保护了北平城,倒是北平古城保护了傅作义。"何思源要求见毛泽东,一位解放军干部对他说:"主席不在这里,住得很远,不好去。"

十八日,傅作义去东交民巷看望苏静。

十九日,苏静、王克俊、崔载之等人一起草拟并草签了《关于和平解决北平问题的协议》,其主要内容是:

> 为迅速缩短战争,获致人民公议的彻底和平,保全北平工商业基础与文物古迹,以期促成全国彻底和平之早日实现,经双方协议下列各项:
>
> (1)自本月二十二日上午十时起双方休战。
>
> (2)过渡期间,双方派员成立联合办事机构,处理有关军政事宜,组织与人选详见附件。
>
> (3)城内部队兵团以下[含兵团]原建制、原番号,自二十二日开始移驻城外,于到达指定驻地约一月后实行整编,整编原则详见附件。
>
> (4)移驻城外之部队可携带一星期之补给量,以后由联合办事机构负责补给之。
>
> (5)华北总部成立结束办事处,其工作为对出城部队之管理约束,并与联合办事机构联合办理出城部队补给事宜,其结束之时间使以上工作已逐步移交于人民解放军平津前线司令部及

其补给机构接管完毕时为止。

（6）城内秩序之维持，除原有警察及看守仓库部队外，根据需要暂留必要部队维持治安；候解放军警卫部队入城后逐次接替之。但傅先生仍得留必要之部队。

（7）北平行政机构及所有中央、地方在平之公营公用企业、银行、仓库、文化机关、学校等，暂维现状，不得损坏遗失。听候前述联合办事机构处理，并保障其办事人员之安全。

（8）河北省政府及所属机构暂维现状，不得破坏损失，听候前述联合办事机构处理。

（9）金圆券照常使用，听候另定兑换办法。

（10）军统、中统情报人员停止活动，听候处理，除违背此项命令，别有企图，从事破坏行为有确凿证据者依法办理外，一律不究既往。

（11）一切军事工程一律停止。

（12）在不违背国家法令下，保护在平各国领事馆、外交官员及外侨生命财产之安全。

（13）联合办事机构建立后，即释放政治犯，原华北区被俘高级军官于北平接交后一律释放［下级军官可随时释放］。

（14）原华北伤患兵之医疗，阵亡者之安葬，遗族之抚恤，军眷之安置，在双方协助下，仍得由华北总部结束办事处妥为办理。

（15）邮政电信不停，继续维持对外联系［由平津前线司令部派军事代表检查］。

（16）各种新闻报纸仍继续出刊，俟后重新审查登记。

（17）保护文物古迹及各种宗教之自由与安全。

（18）人民各安生业，勿相惊扰。

协议附件

(1)联合办事机构以七人组成之,解放军方面四人,国民党军华北总部方面三人,解放军方面为主任,华北总部方面为副主任,解放军方面参加者为:叶剑英、陶铸、戎子和、徐冰,叶剑英为主任,华北总部方面由傅先生指定之。

(2)联合办事机构系临时性质,接交完毕后则一切归军事管制委员会管理。在接交期间,联合办事机构及军事管制委员会均直接归平津前线司令部指挥,仍然由联合办事机构移交平津前线司令部接收转交军事管制委员会管理之。

(3)部队移驻城外后,即着手整编为人民解放军,人民解放军制度包括各点:1.建立政治组织及工作。2.实行官兵平等,废除打骂制度。3.执行命令政策。4.服从群众纪律等。人事方面,概由解放军同意任命,其原则如下:1.能力称职、愿继续服务者,留原职继续服务。2.能力优异者且可提升。3.不适者予以调整。4.志愿深造者予以学习机会。5.不愿继续服务者,保障其生命财产眷属之安全,如愿返籍者并可予以便利。

(4)前述正文附件各项,除正文第十一条、第十二条、第十七条、第十八条系由双方代表根据一般需要及政策成立协议者外,其余各项均经双方代表分别请示人民解放军平津前线司令部林司令、罗政委、聂司令及华北总部傅总司令同意修正后议定者。

二十日,傅作义对外公开宣布北平和平解放。

接着,北平各大报纸都刊登了《关于和平解决北平问题的协议》。

傅作义必须面对他的高级军官们,特别是中央军系的将领们。

二十一日上午,在中南海怀仁堂,军官会议气氛紧张而怪异。参加会议的包括国民党中央军系和傅作义系的所有高级将领。傅作义首先讲话,大意是:为了保全几十万官兵的生命,为了保全北平两百万人民和几百年的文物古迹,我不得已才选择这条道路。大家是我的部下,历史责任由我来负,我对大家负责到底。愿意跟随我的,我欢迎;不愿意走的,我派飞机送走。但是无论走留,都要保证你的部队不出事。

会场一片沉默。

接着,王克俊开始宣读《关于和平解决北平问题的协议》。

宣读之后,还是沉默,沉默持续了好一会儿,中央军系的第四兵团司令官李文、第十六军军长袁朴、第九兵团司令官石觉、第三十一军军长廖慷、第九十四军军长郑挺锋等人表示反对。袁朴哭喊道:"对不起领袖呀!对不起领袖呀!"

李文和石觉表示:"我们两个是蒋委员长的学生,有着特殊关系,不能留在这里执行,请总司令容许我们各带必要的几个师长,飞回南京。"傅作义当即答复:"可以容许,但不得影响部队服从协议的执行。你们要带走谁,连同你们两位离职后的代理人都是谁,请你们当场指定,不要影响部队的安定。"石觉和李文当场指定了所有的代理人,并写了姓名交给傅作义。

在共产党方面网开一面的情况下,国民党军第四兵团司令官李文、第九兵团司令官石觉、副司令官兼第十三军军长骆振韶、第十六军军长袁朴、副军长冯龙、第十三军副军长胡冠天、参谋长全英,第十六军二十二师师长黄剑夫、九十四师师长周士瀛,被傅作义派飞机送回南京。

二十六日,随着共产党方面派出的联合办事机构成员陶铸进城,标志共产党方面开始对北平实施接管以及对国民党军开始整编。联合办事机构设在颐和园里,双方就接管北平的程序、范围和具体办法反复磋商,特别是就军队改编问题制定了详细方案,最后决定:国民党军华北总部及其所属的两个兵团以及八个军的建制全部取消,以师为单位一律改编为人民解放军独立师。留任的国民党军军官必须先集中受训,本人和家属的待遇与解放军干部一样;不愿意留任的军官只要不闹事,都算是对北平和平解放做出贡献,一律发给归家证明书、三个月的军饷和连同家属在内的车票和船票,除了武器和公家物品之外,全部私产都可以带走,并且根据职务不同可以带一至两名卫兵——共产党人对于不愿意参加改编的国民党军军官的宽大,不但出自于共产党方面一贯的政策,还出于一个现实的原因:顽固军官走得越多越好,这样可以减轻改编部队时的阻力和困难。

美国记者杰克·贝尔登写道:

> 人心向背的急剧改变,乃是中国共产党取得胜利的最直接原因。但是,人民转而拥护共产党,还不足以确保在短期内就能推翻蒋介石。因为共产党不但是开展推翻中国旧社会的革命,也在进行着打败蒋介石军队的战争。其所使用的策略是革命和战争两者的结合。进行战争一般是用军事手段克敌制胜,进行革命则通常是用政治手段把大部分敌人争取过来。中国共产党人对战争和革命的艺术作出的贡献,主要是把政治和战争这两种斗争形势空前密切地结合起来使用,简直把两者融为一体了。

一九四九年一月二十八日,中国人传统节日春节的除夕。

傅作义离开他在中南海里的办公处,出城回到了他原来在西郊的营房里。

一月三十一日上午十二时三十分,解放军正式接管北平城防,北平宣告和平解放。

但是,当解放军接管北平西部的复兴门、阜成门和西直门的时候,却遭遇国民党守军的拒绝,解放军官兵当即包围了这三座城门的国民党守军,并且要缴他们的械。电话打到负责城防的国民党军三一一师师长孙英年那里,孙师长立即赶到阜成门,向负责接管的解放军营长说,他奉军管会华北总部方面郭载阳副主任的命令,不移交城西的这三座城门,解放军营长态度强硬,说他是奉军管会共产党方面陶铸副主任的命令来接管的,一时间两人有点剑拔弩张的意思——孙英年年轻气盛并深受傅作义的信任,上个月傅作义召集军官会议时,就是战是和征求大家的意见,孙英年站出来大声说:"打!"傅作义问:"你能打几下?"孙英年回答:"一下半!我的师可以参加一次大纵深出击,还可以参加守城防御战,就这么一下半!"傅作义问:"一下半打完了怎么办?"孙英年回答:"不成功便成仁!"傅作义神色严肃:"死有很多死法,为什么非要打仗打死?孙英年,你当营长的时候,我会在你的营部住上一星期;可你现在当了师长,几次要我去检阅你的部队我都不去,因为军事已不能解决中国的问题了。不用说你一个美械师,就是再有十个、二十个美械师,也不能解决问题,所以我对军队已不感兴趣了。"孙英年再问:"总司令为什么不在一年前领导我们走这条路?"傅作义厉声说:"一年前我说这样的话,会有人掏枪打死我,也许就是你!"交接城门的事闹到北平军管会那里,军管会命令孙英年立即来见陶铸副主任,陶铸一见孙英年便厉声道:"还要脑袋不要?为什么不交西三门?"曾向孙英年下令的郭载阳也在一旁说:"旧军队出城时由你们师守城门,现在已经都出城了,不交那三个城门干什么用?"觉得委屈的孙英年正要争辩,陶铸说:"孙师长,你已经是解放军了,一切行动都得请示报告,赶快去交城门,迟了我真缴你的枪!"

二月一日,风波再起,邓宝珊始终没敢送给傅作义看的那封措词激烈的信函被全文刊登了。傅作义看完之后,愤怒之极:"太不像话了,怎有这等事,部队已经出城了,城防也交了,我再也没有用了!"傅作义他提笔给林彪、罗荣桓写信,说自己在战争中负有罪责,应该得到惩处。同时他还给毛泽东写了信,让毛泽东指定时间、地点,说战犯傅作义要去自首。林彪、罗荣桓、聂荣臻致电中央,说:"傅作义写了一封长信给我们,极力争辩他北平之不抵抗,不是为了保全个人生命财产的打算,而是为了避免人民的损失。对我方的通牒内容,表示不满,颇有气愤之意。"中央回电表示,"我们已经公开宣布赦免断不会再有不利于他的行动",中央希望林彪入城后与"傅、邓见面扯开谈一次"。

八日下午十五时,林彪、聂荣臻、叶剑英在北京饭店宴请傅作义和邓宝珊,对《人民日报》刊登信函之事进行了坦诚的交谈。林彪说:"关于'通牒',是符合傅将军过去的行为和事实。事后公布此信,乃是对傅将军过去的错误做一结论,以便根据北平和平解决协议开始与傅将军做新的合作。既不因过去之罪而抹煞近日北平之功,也不因近日之功而含糊过去之罪。至于平津战役中的失败,并非个人才能问题,在东北、华北战场解放军的胜利,也非个人才能问题。国民党违反人民的利益,为人民所反对,必定失败,在任何战场,任何人指挥下,均无例外地要遭受失败,非仅华北 处如此。只有站在人民立场,才会胜利。"

让傅作义最终释怀的,是十几天以后,他在西柏坡与毛泽东的会面,毛泽东对他的热情和信任令他颇感意外。他先在北平向叶剑英表达了拜见毛泽东的愿望,不久后,叶剑英告诉他毛泽东回电欢迎他"来此一谈"。傅作义飞往石家庄,杨尚昆在机场迎候,然后他们一起乘车去西柏坡。二十二日,傅作义见到了毛泽东,毛泽东握着他的手说,过去我们在战场见面,清清楚楚;今天我们是姑舅亲戚,难舍难分。蒋介石一辈子要码头,最后还是你把他甩了。谈到绥远问题,毛泽东说,有了北平的和平解放,绥远问题就好解决了。可以先放一放嘛,等待他们起义。最后,毛泽东问:"傅将军,你愿意做什么工作?"傅作义表示他不能再在军队里工作了,最好让他回到河套一带去做点水利工作。毛泽东说,你对水利工作感兴趣吗?河套水利工作面太小了,将来你可以当水利部长嘛,那不是更能发挥作用吗?军队工作你还可以管,我看你还是很有才干的——一九四九年十月十九日,傅作义被任命为中央人民政府水利部部长,中央人民政府军事委员会委员。一九七四年四月,傅作义病危,身患重病的周恩来到医院看望,他拉着傅作义的手说:"傅先生,毛主席说你对北平和平是有功劳的。"傅作义已说不出话来,但是周恩来的话让他流了泪。三天之后,四月十九日,傅作义在北京医院去世。

古都北平的新的时代到来了。

二十二日深夜,人民解放军入城式报告摆在了西柏坡毛泽东的案头。毛泽东彻夜不眠,兴奋异常,他对平津前线指挥部拟定的入城部队穿越西方帝国主义的领事馆和兵营云集的东交民巷表示极大的赞同,毛泽东说:"穿过得好,好,好。"他认为应该"把美国造的坦克、重型大炮都拉出来,要经过美国领事馆门前"。

东北野战军和华北军区所属的装甲团、摩托化炮兵团、战车团、高炮团等,除了执行任务的部队之外,全部开赴南苑机场训练十天。刚从战场上下来的美制坦克和装甲车以及十轮大卡车拉着的美制重型加农炮、榴弹炮,把原来准备入城式使用的日式、德式武器全部换了下来。

二月三日,天刚蒙蒙亮,北平市民纷纷拥上街头。

上午十时,四颗信号弹升上天空,隆重的北平入城式正式开始。

三辆装甲车、竖立着毛泽东、朱德肖像的彩车和军乐队为先导,由北平南面的永定门出发,当车队行进到前门时,市民们的欢呼声震耳欲聋。十二时,炮兵部队开过来了,接着是坦克部队、摩托部队和骑兵部队,最后是高举着功勋战旗、胸前戴着立功奖章的步兵队伍——"全世界的记者第一次看到了共产党军队的新的力量。光是机械化辎重就走了两个小时,内有铁甲装甲车和成百辆拉着野战炮或防空炮的道奇卡车。没有一件是俄国馈赠的,全是缴获的美国武器。城内两英里处,卡车上站满了男孩、女孩和工人,他们爬上车欢迎胜利者。士兵们挥舞着人群送给他们的纸旗。"——队伍行进到前门之后,向东转,进入了东交民巷。

"凯旋入城的解放军沿着东交民巷前进。清王朝统治时期,除了前门和皇宫本身的南门——天安门之间的广场,东交民巷是唯一一条能够东西通行的街道。毫无疑问,解放军之所以选择这条道路入城,是要强调新政权的独立和它拥有的权力,藐视迄今为止外交使团直接控制下的外国使馆区的独立地位。自从义和团运动被镇压,中国军队倘若走过这条大街,就是违反条约。可是,沧桑巨变,事过境迁,再也不会有外国卫队去阻止解放军前进的脚步了。"

平津战役,是解放战争中具有决定意义的三大战役中的最后一战。

战役历时六十四天,人民解放军歼灭和改编国民党军一个"剿总"总部、一个警备司令部、两个兵团部、十三个军部、四十九个师(旅),连同非正规军部队在内,共计五十二万一千人。其中毙伤三万余人,俘虏二十三万余人,接受投诚八千七百余人,和平改编二十五万余人。

中共中央致电林彪、罗荣桓、聂荣臻、薄一波诸同志及东北人民解放军、华北人民解放军全体同志:"……华北人民解放战争的伟大胜利,连同东北、华东、中原、西北人民解放战争的伟大胜利,以及南方人民游击战争的胜利在一起,已经奠定了人民解放斗争在全国胜利的巩固基础……现当伟大的北平古都被解放的历史节日,特向我全体英勇的三百余万人民解放军致敬意。一切在解放战争中牺牲的烈士们永垂不朽!"

解放军入城的时候,北平百姓在解放军的坦克上写下了一行字,这让经历了太多流血与牺牲的官兵们心中陡然升起一股温存的情感,他们想象着写下这行字的人该是与即将到来的日子一样美丽:

"你们来了,我们非常快乐!"

第十六章　钟山风雨起苍黄

特别注意缉拿匪首蒋介石

一九四九年一月四日,蒋介石来到自李宗仁位于南京傅厚岗的住宅。李宗仁后来回忆道:

> 蒋说:"过去的事不必再提。徐蚌失败后,共军立刻就要到江北,你看怎么办?"我说:"我们现在样样都站在下风,但是也只有和共产党周旋到底,做一步算一步!"蒋摇摇头说:"这样下去不是事!我看我退休,由你顶起局面,和共产党讲和!"我说:"你尚且不能讲和,那我就更不行了!"蒋说:"……我看你还是出来,你这姿态一出,共军的进攻可能和缓一下。"我仍然说:"总统,这局面你如支持不了,我就更支持不了。无论如何,我是不能承担此事的。""我支持你"。蒋先生说,"你出来之后,共产党至少不会逼得我们这么紧!"我还是坚决不答应,蒋先生便回去了。次日,蒋先生派张群和吴忠信(国民政府秘书长)二人来找我,还是逼我出来继任总统,好让他"退休"。我便很露骨地表示,当今局势非十六年(民国十六年)可比,蒋先生下野未必能解决问题,张、吴二人未得结果而去。不久,蒋先生又找我去谈话。我还是坚持。蒋先生说:"我以前劝你不要竞选副总统,你一定要竞选。现在我不干了,按宪法程序,便是你继任。你既是副总统,你不干也得干!"

几个月来,白崇禧策划了一系列要求蒋介石下台的舆论风波,而明知蒋介石无法维持局面的李宗仁三番五次地拒绝出山,目的就是把蒋介石一步步逼上绝路。此刻,蒋介石的困境也许是桂系首领们早就希望看到的——由他们营造的一个共识似乎已经形成:既然仗打下去没有希望,那么只有与共产党讲和;而只要蒋介石在台上,毛泽东就不可能坐下来谈,因此必须换一个人——好像有意配合桂系"逼宫"似的,国民党朝野突然充满了要求与共产党和谈的呼声,报纸上类似《首都飞出和平鸽》的文章连篇累牍,各路头面人物开始轮番在南京中央广播电台进行"和平演讲",尽管这种演讲与国民党军在战场上的惨败相比显得有些滑稽。

蒋介石的无奈,更多的源于军事、经济、政治和外交上的巨大压力——桂系的兴风作浪只不过是落井下石而已。

一九四六年十一月,美国人马歇尔离开中国时,蒋介石曾信誓旦旦地表示:政府"有信心在八个月到十个月的时间内消灭共产党的军队"。然而仅仅过去了两年,经过辽沈、淮海、平津三大战役,除太原、西安、新乡以及西北马家军所盘踞的少数据点之外,中国长江以北的广大地区已全部在共产党人的掌控之中,军事上的惨败令国民党军在北方的所有精锐主力损失殆尽,几百万的军队、全部的美式装备,大多已经变成人民解放军的兵员与武器,而且这支日渐强大的军队就要从北向南压向蒋介石眼前的那条大江边了。

为了维持庞大的战争开支,国统区的经济已完全崩溃。一九四八年,南京政府的财政赤字高达九百万亿元,不断增加的纸币发行量,导致无法遏制的通货膨胀,物价以天文数字疯狂上涨。一九四五年可以买两枚鸡蛋的一百元钱,到一九四九年春只能买到五十万分之一两大米。上海的物价指数上涨了近十四万倍,桂林的粮食价格比一九四五年上涨了二十七亿倍。南京政府发行的金圆券在这个国家完全失去了信用,百姓只要手里落下金圆券,就得立刻去买能够买回的任何东西,他们甚至"不愿留着金圆券过夜"——"由这样一个政府的资产作保证的新钞票只是一堆废纸而已"。政府税收的逐年加重和强行抽丁扩军,迫使大量农民逃离家乡,土地因此荒芜,农村经济遭到彻底破坏。

　　经济危机导致的政治危机越来越烈。为了求得生存,学生、教员、工人、手工业者和城市平民举行的罢课罢工、游行示威日甚一日。当上海的平民冲击米店和杂货店的时候,警察"把头扭过去,装作什么都没看见的样子",然后他对站在一旁的记者说:"我干吗要抓他们呢,说不定明天我也会跟他们一块干呢。"美国记者由此得出的结论是:"从这个警察所说的话,可以听出旧社会的丧钟已经敲响了。社会制度的保卫者竟然准备跟老百姓一块干,这就充分说明政府的权力正在崩溃。"国民政府的信誉度下降到了最低点,就连蒋介石的亲信也对这样一个政府失去了信心。一九四八年十一月,刚刚组成半年的以翁文灏为行政院长的行政内阁提出辞职,国民党内再没有任何人愿意接替行政院长之职,蒋介石强迫孙科出面组阁,孙科在邀请国民党内一些核心人物担任内阁成员时均遭拒绝,折腾了一个月之后内阁才勉强组建——"除去蒋委员长的直属亲信人员和某些高级军官而外,没有多少中国人继续心悦诚服地支持他了。"美国驻华大使司徒雷登说,"这个政府特别是蒋委员长已较过去更加不孚众望,并且愈来愈众叛亲离了。"

　　国民党中央党部和国民政府行政院被迫迁往广州,而负责军事指挥的国民党军国防部却迁至上海——无论是表象还是实质,国民党政权都已支离破碎。

　　美国政府把国民党政权的结局看得清清楚楚。美国国务院提出的"重审并制定美国对华政策"的报告,在全面分析了中国的人口、地理、历史、资源、社会矛盾和当前国共两军的战争形势后,作出结论:"全力以赴地援助国民党政府是一条规模巨大没有尽头和十分冒险的行动路线"。美国国家安全委员会也在一九四九年一月和二月连续两次提出对华政策建议书,建议的内容还是不再支持国民党政府,"除非它证明即使没有外援也能有效地抗击共产党"——尽管美国政府从来没有真正停止对国民党军的援助,但至少已经停止了对蒋介石政府的大规模援助。更重要的是,美国人正在积极推进国民党政权的"换马"行动,司徒雷登表示:"我们反对共产主义在全世界蔓延,并急于在中国帮助制止此种蔓延;但另一方面,我们不能通过一个失去本国人民支持的政府来这样做。"美国人在万般无奈中之所以还要有所动作,目的是尽量帮助国民党政权保持"半壁江山",以阻止国民党政权的迅速垮台,同时遏制未来中国共产党与苏联可能的结盟。

美军顾问团撤走了,团长巴大维在呈给华盛顿的工作总结中,分析了国民党政权迅速崩溃的原因:

> 我认为,中国国民政府在抗日战争胜利后,犯下的第一个致命的政治与军事错误,是他们完全将军事力量集中于重占前日本统治区,忽视了长期形成的、已有悠久根基的原有区域的民情,忽视了以创建有效的地方管理来赢得解放区民众的认可和支持。此外,受政治摆布而在军事上却无能的高层指挥造成的战略决策失误,也使国民党军队备受困扰。本应巩固华北就行了,可军队却被命令还要同时去占领东北,而且还是一项毫无后勤保障能力的任务。蒋政府总希望用最少的兵力占领最多的地盘,结果造成了自己的兵力散布在数千英里的铁道线上。鉴于这些部队的物资由华中各基地供应,占领铁路显得至关重要。可要守住铁路,就必须占领铁路沿线的各大城市。随着时间的推移,具有进攻能力的野战部队,逐渐退化成了卫戍部队和交通运输护卫队,这就不可避免地丧失了攻击能力。对共产党的军事力量、民众的支持以及技战术等,从一开始就严重估计不足。

> 共产党在铁路沿线的广大农村占据了支配地位。要在这些区域维持有效的控制越来越难。国民党缺乏能与共产党抗衡的合格的野战部队,这也使得后者变得日益强大。国民党的可用资源有限,但其对手不但能随意调用人力物力来制定战略,而且还巧妙地利用了国民政府的战略战术失误以及经济上的脆弱等……自我抵达中国之日起,就没有一场战斗是因为缺少弹药或装备而失败的。在我看来,他们的军事失利,完全归咎于那算得上是世界上最糟糕的领导能力以及其他许多毁灭斗志的因素。是这些东西使得部队完全丧失了作战意志。

这位在中国生活甚久的美国军人,最终触摸到了这块土地上自建立起封建帝国之后便逐渐生成,并由国民党人继承和发展下来的最致命的弊端:

> 有一点必须明白,那就是在国民政府所有的组织机构中,充斥着中国人特有的家庭、经济、政治等方面的裙带关系。不管一个人多有能力,他决不会仅仅因为是该项工作的最佳人选而获得一个要职。他必须得有后台。从举不胜举的例子里不难看出,这总后台便是委员长本人。他给他在军队中的老关系以足够的支持和信赖,使得他们稳居要职,不管他们称职不称职。这种做法的直接后果,便是在与共产党作战中暴露无遗的荒谬战略和错误战术。

一九四九年一月,淮海战场上的杜聿明集团已在突围中全军覆没,二十一日,北平的傅作义与共产党方面达成了和平协议,蒋介石在南京以"因故不能视事"为名宣告引退。

在南京黄埔路官邸,蒋介石召集党政军高级人员举行告别会。李宗仁对当时的情形印象深刻,因为事后他发现蒋介石再次耍了一个令他愤怒不已的政治手腕:

蒋先生首先发言,将目前的局面作详细的分析,最后的结论说,军事、政治、财政皆濒于绝境,人民所受痛苦亦已到达顶点。我有意息兵言和,无奈中共一意孤行到底。在目前情况下,我个人非引退不可,让德邻兄依法执行总统职权,与中共进行和谈。我于五年之内决不干预政治,但愿从旁协助,希望各同志以后同心合力支持德邻兄,挽救党国危机。蒋先生声音低沉,似有无限悲伤,与他平时训话时的慷慨激昂,截然不同。他说话时,众人中已有人黯然流泪……全场空气万分哀痛。CC派少壮分子、社会部长谷正纲忽忍泪起立大声疾呼说:"总裁不应退休,应继续领导,和共产党作战到底!"蒋先生以低沉的语调说,事实已不可能,我已作决定了。随即自衣袋里掏出一张拟好的文件,告诉我说,我今天就离开南京,你立刻就职视事,这里是一项我替你拟好的文稿,你就来签个字罢。在那样哀伤的气氛中,四周一片呜咽之声,不容许我来研究,甚或细读这一拟好的文稿。那气氛更使得我不得不慷慨赴义似的,不假思索地在这文件上签了名字。蒋先生便收回去了。我问:"总统今天什么时候动身,我们到机场送行。"蒋先生说:"我下午还有事要处理,起飞时间未定,你们不必送行!"说着,他走向门外。

但是,众人散去后,当李宗仁细看蒋介石拟定的文稿时,发现里面根本没有"引退"、"辞职"的字样,只是说:"依据中华民国宪法第四十九条'总统因故不能视事时,由副总统代行总统职权'之规定,于本月二十一日起,由李副总统代行总统职权。"什么叫"因故不能视事"?宪法的解释是:总统被暴力劫持而无法履行职责。现在没有人劫持蒋介石,他应该是"辞职不能视事";总统的职权也不是"代行"而应该是"继任"。愤怒的李宗仁要求蒋介石修改文稿,蒋介石承诺说要修改到李宗仁满意为止。可是,第二天早上,文稿一字未改地已经登报了。那些依旧守在风雨飘摇的南京城中的外国记者说:

"他闪烁其词地为自己卷土重来埋下了伏笔。"

傍晚,在陈诚、陈仪、汤恩伯、蒋经国、俞济时等人的陪同下,蒋介石乘飞机离开南京飞往杭州。

第二天,蒋介石回到浙江奉化溪口老家。

蒋介石心里很清楚,那些"和共产党作战到底"的表态全是空话。

打仗是需要本钱的,这个本钱说到底就是军队。

在战争即将向长江以南推进的时刻,国共双方的军力变化令人难以置信。

战争进行了两年零两个月后,国民党军损失兵力累计达四百九十五万。虽然经过不断的补充,至一九四九年二月,其总兵力还是从四百三十万下降到二百零四万。除了空军十万余人、海军三万余人之外,陆军正规军虽然还有七十一个军二百二十七个师的番号,但只有一百一十五万余人,加上非正规军十七万五千余人,特种兵十三万五千余人,后方勤务部队、机关、军校四十五万人,能用于作战的陆军部队最大量也只有一百四十六万余人,且分布在从新疆到台湾的广大地区和漫长战线上,已无法在战略上组成有效防御。

国民党军的兵力部署清单已显得有些简陋了:

京沪杭警备总司令部,位于长江下游,总司令汤恩伯,兵力十九个军六十个师,共计三十二万八千余人,非正规军两万三千余人,特种兵三万二千余人;

福州绥靖公署,位于福建地区,绥署主任朱绍良,兵力两个师八千余人,非正规军两千余人;

台湾警备总司令部,位于台湾岛,总司令陈诚,兵力两个师一万二千余人,非正规军三千余人,特种兵八千余人;

华中"剿总"司令部,位于长江中游,总司令白崇禧,兵力十二个军三十七个师,共计二十万八千余人,非正规军一万一千余人,特种兵两万一千余人；

长沙绥靖公署，位于湖南、江西地区，绥署主任程潜，兵力三个军九个师三万三千余人，非正规军四千余人，特种兵两千余人；

广州绥靖公署，位于广东省，绥署主任余汉谋，兵力两个军八个师共计四万六千余人，非正规军一万七千余人，特种兵八千余人；

桂林绥靖公署，位于广西省，绥署主任李品仙，兵力三个师一万二千余人，非正规军五千余人；

重庆绥靖公署，位于西南地区，绥署主任张群，兵力六个军十六个师八万六千余人，非正规军一万一千余人，特种兵八千余人；

西安绥靖公署，位于陕西省，绥署主任胡宗南，兵力十三个军三十三个师，共计十六万三千余人，非正规军一万二千余人，特种兵两万四千余人；

西北军政长官公署，位于青海、宁夏和甘肃地区，公署副长官马步芳、马鸿逵，兵力三个军十二个师八万余人，非正规军一万二千余人，特种兵一千余人；

新疆警备司令部，位于新疆地区，总司令陶峙岳，兵力三个整编师十六个旅六万余人，非正规军一万二千余人，特种兵九千余人；

太原绥靖公署，位于太原地区，绥署主任阎锡山，兵力六个军十四个师四万二千余人，非正规军两万二千余人，特种兵七千余人；

西北军政长官公署绥远指挥所，位于绥远及榆林地区，指挥所主任董其武，兵力一个军七个师三万余人，非正规军两万三千余人，特种兵三千余人；

第十二绥靖区，位于河南地区，司令官李振清，兵力一个军一个师七千余人，非正规军一万五千余人，特种兵三千余人；

第十一绥靖区，位于山东青岛，司令官刘安祺，兵力两个军七个师三万五千余人，非正规军三千余人，特种兵一万五千余人。

上述部队，只有白崇禧、胡宗南、马步芳的部队编制比较充实，尚有一定的作战能力。

而共产党领导的军队,其野战军和地方部队总兵力,截至一九四九年二月,已达到令人惊叹的四百万以上。

一九四八年十一月一日,中央军委发布《关于统一全军组织及部队番号的规定》,将所有武装力量分为野战部队、地方部队和游击队三类,统一称呼"中国人民解放军"。野战部队实行正规编制,统一称号,纵队一律改称军,师和旅统称师,地方部队以警备旅、独立旅为最高单位,游击部队仍然保留纵队和支队的名称。野战部队按三三制编组,设野战军和兵团两级。中国人民解放军野战军为:西北野战军、中原野战军、华东野战军和东北野战军。一九四九年一月十五日,中央军委发布《关于各野战军番号改按序数排列的决定》:西北野战军改称第一野战军,中原野战军改称第二野战军,华东野战军改称第三野战军,东北野战军改称第四野战军。领导地方部队的军区分四级,一级军区共有五个:西北军区、中原军区、华东军区、东北军区和华北军区。中国人民解放军四个野战军和华北军区野战部队,已是一个拥有汽车、坦克、装甲车、重型火炮,甚至还有一百零三架飞机的强大野战阵容。

第一野战军,十五万五千人,司令员兼政治委员彭德怀,副司令员张宗逊、赵寿山,参谋长阎揆要,政治部主任甘泗淇。部队组成是:

第一兵团,司令员兼政治委员王震。辖第一军,军长贺炳炎,政治委员廖汉生;第二军,军长郭鹏,政治委员王恩茂;第七军,军长彭绍辉,政治委员罗贵波,共计九个步兵师。

第二兵团,司令员许光达,政治委员王世泰。辖第三军,军长黄新廷,政治委员朱明;第四军,军长张达志,政治委员张仲良;第六军,军长罗元发,政治委员徐立清,共计九个步兵师;第八军(不久该军归华北军区建制),军长姚喆,下辖两个步兵师。

野战军下辖两个骑兵师。

第二野战军,二十八万余人,司令员刘伯承,政治委员邓小平,副政治委员兼政治部主任张际春,参谋长李达。部队组成是:

第三兵团,司令员陈锡联,政治委员谢富治。辖第十军,军长杜义德,政治委员王维纲;第十一军,军长曾绍山,政治委员鲍先志;第十二军,军长兼政治委员王近山,共计八个步兵师。

第四兵团,司令员兼政治委员陈赓。辖第十三军,军长周希汉,政治委员刘有光;第十四军,军长李成芳,政治委员雷荣天;第十五军,军长秦基伟,政治委员谷景生,共计九个步兵师。

第五兵团,司令员杨勇,政治委员苏振华。辖第十六军,军长尹先炳,政治委员王辉球;第十七军,军长王秉璋,政治委员赵健民;第十八军,军长张国华,政治委员谭冠三,共计九个步兵师。

野战军下辖军政大学,校长兼政治委员刘伯承;特种兵纵队,司令员兼政治委员李达。

第三野战军,五十八万一千人,司令员兼政治委员陈毅,副司令员兼第二副政治委员粟裕,第一副政治委员谭震林,参谋长张震,政治部主任唐亮。部队组成是:

第七兵团,司令员王建安,政治委员谭启龙。辖第二十一军,军长滕海清,政治委员康志强;第二十二军,军长孙继先,政治委员丁秋生;第二十三军,军长陶勇,政治委员卢胜;第三十五军,军长吴化文,政治委员何克希,共十二个步兵师。

第八兵团,司令员陈士榘,政治委员袁仲贤。辖第二十四军,军长王必成,政治委员廖海光;第二十五军,军长成钧,政治委员黄火星;第二十六军,军长张仁初,政治委员王一平;第三十四军,军长何基沣,政治委员赵启民,共十二个步兵师。

第九兵团,司令员宋时轮,政治委员郭化若。辖第二十军,军长刘飞,政治委员陈时夫;第二十七军,军长聂凤智,政治委员刘浩天;第三十军,军长谢振华,政治委员李干辉;第三十三军,军长张克侠,政治委员韩念龙,共计十二个步兵师。

第十兵团,司令员叶飞,政治委员韦国清。辖第二十八军,军长朱绍清,政治委员陈美藻;第二十九军,军长胡炳云,政治委员张藩;第三十一军,军长周志坚,政治委员陈华堂,共计十二个步兵师。

野战军下辖特种兵纵队,司令员陈锐霆,政治委员张凯;两广纵队(该纵队后归四野建制),司令员曾生,政治委员雷经天;教导师以及军政干部学校。

第四野战军,九十余万人,司令员林彪,政治委员罗荣桓,参谋长萧克,政治部主任谭政。部队组成是:

特种兵司令部,司令员万毅,政治委员钟赤兵。

第十二兵团,司令员兼政治委员萧劲光,辖第四十军,军长罗舜初,政治委员卓雄;第四十五军,军长陈伯钧,政治委员邱会作;第四十六军,军长詹才芳,政治委员李中权,共计十二个步兵师。

第十三兵团,司令员程子华,政治委员萧华,辖第三十八军,军长梁兴初,政治委员梁必业;第四十七军,军长曹里怀,政治委员周赤萍;第四十九军,军长钟伟,政治委员徐斌洲,共计十二个步兵师。

第十四兵团,司令员刘亚楼,政治委员莫文骅,辖第三十九军,军长刘震,政治委员吴信泉;第四十一军,军长吴克华,政治委员欧阳文;第四十二军,军长吴瑞林,政治委员刘兴元,共计十二个步兵师。

第十五兵团,司令员邓华,政治委员赖传珠,辖第四十三军,军长李作鹏,政治委员张池明;第四十四军,军长方强,政治委员吴富善;第四十八军,军长贺晋年,政治委员陈仁麒,共计十二个步兵师。

野战军另辖骑兵五师、一六五师、整训五师。

华北军区野战军,二十三万八千人,司令员聂荣臻,政治委员薄一波,副司令员徐向前、滕代远,参谋长赵尔陆(四月赵尔陆调第四野战军,唐延杰继任),政治部主任罗瑞卿。部队组成是:

第十八兵团,司令员兼政治委员周士第(五月三日前为徐向前），辖第六十军，军长张祖谅（五月三日前军长兼政治委员王新亭）；第六十一军，军长韦杰，政治委员徐子荣；第六十二军，军长刘忠，政治委员袁子钦，共计九个步兵师。

第十九兵团，司令员杨得志，政治委员李志民（五月三日前为罗瑞卿），辖第六十三军，军长郑维山，政治委员王宗槐；第六十四军，军长曾思玉，政治委员王昭；第六十五军，军长邱蔚，政治委员王道邦，共计九个步兵师。

第二十兵团，司令员杨成武，政治委员李井泉，辖第六十六军，军长萧新槐，政治委员王紫峰；第六十七军，军长韩伟，政治委员旷伏兆；第六十八军，军长文年生，政治委员向仲华，共计八个步兵师以及俘训第一、第二旅。

军委直辖铁道兵团，司令员滕代远，副司令员吕正操，副政治委员兼政治部主任何伟，参谋长李寿轩，辖第一、第二、第三、第四支队。

一九四九年除夕之夜，在浙江奉化溪口，蒋家从宁波请来一个戏班子在蒋氏祠堂演戏，蒋介石设年夜宴招待左邻右舍，他说："今天请诸位来此喝杯淡酒，往后还要请诸位到南京去喝酒！"

这一天，毛泽东以中共中央发言人的身份发表谈话，他告诉"南京的先生们"，"必须立即动手逮捕一批内战罪犯"，其中"特别重要的是蒋介石，该犯现已逃至奉化"，"此事你们要负完全责任，倘有逃逸情事，必以纵匪论处，决不姑宽"。毛泽东说，我们的口号是："打过长江去，解放全中国"。

二十二日，新上任的代总统李宗仁发表文告，宣称愿立即与共产党方面进行和谈，并且决定派邵力子、张治中、黄绍竑、彭昭贤、钟天心五人为和谈代表。第二天，他又命令行政院施行七项"和平措施"："一、各地剿匪总部一律改为军政长官公署；二、取消全国戒严令（接近前线者例外）；三、裁撤戡建大队，交归国防部另行安置；四、释放政治犯；五、启封一切在戡乱期间抵触戡乱法令而被封之报纸、杂志;六、取消特种刑庭,废除特种刑事条例;七、通令停止特务活动,人民非依法不得擅自逮捕。"李宗仁表示愿意将共产党方面提出的"八项条件"作为和谈基础。

之前,毛泽东在《关于时局的声明》中表示:"虽然中国人民解放军具有充足的力量和充足的理由,确有把握,在不要很久的时间之内,全部地消灭国民党反动派政府的残余军事力量;但是,为了迅速结束战争,实现真正的和平,减少人民的痛苦,中国共产党愿意和南京国民党反动政府及其他国民党地方政府和军事集团,在下列条件的基础之上进行和平谈判":一、惩办战争罪犯;二、废除伪宪法;三、废除伪法统;四、依据民主原则改编一切反动军队;五、没收官僚资本;六、改革土地制度;七、废除卖国条约;八、召开没有反动分子参加的政治协商会议,成立民主联合政府,接收南京国民党反动政府及其所属各级政府的一切权力。

毫无疑问,上述每一条,对于国民党政权都是致命的。

没有人相信国民党政权的当权者会接受这八项条件。

毛泽东将国民党呼吁和谈的无奈与居心看得十分透彻:

> ……中华民族与中国人民的解放斗争,百余年来,前仆后继。无数先烈的鲜血,洒遍了锦绣山河,亿兆后起的人民,表现了英雄气概。此次人民解放战争之所以胜利,是由于全国人民不畏强御,团结奋斗,各民主党派各人民团体一致奋起,相与协力,从而使人民解放军获得各方面的援助,使人民的敌人完全陷于孤立。胜负之数,因以判明。现在残敌尚存,诡谋时作。求喘息谓为求和平,待外援名曰待谈判。口诵八条,手庇战犯,眼望美国,脚向广州。欲求人民解放斗争获得最后胜利,必须全国一切民主力量同心同德,再接再厉,为真正民主的和平而奋斗……

蒋介石的目的,是用政治手段迫使共产党军队停止在长江北岸,以争取时间缓解军事压力,重整军事实力,最终达到国共双方划江而治的目的。国民党军没有放松继续战争的准备。南京行政院副院长吴铁城公开表示:"新政府的唯一目标为继续与共产党作战。"蒋介石在溪口老家建立了三十七部电台,继续以国民党总裁的身份指挥着军队和特务系统。国民党中央宣传部奉蒋介石的指示,反复强调反对和谈的言论:"我如不能战,既亦不能和;我如能战,则言和又徒使士气人心解体。故无论我能战与否,言和皆有百害而无一利。"一月二十九日,国民党军参谋总长顾祝同给各部队发出密令:"吾人为求捍卫国家民族及党与军之生存,应下最大决心,与之誓不两立,坚决从事长期自救、自卫与救民之战争。"至于与蒋介石离心离德的桂系,也并不认为应该与共产党方面进行真正的和谈。李宗仁上任不久便召开了长江防务会议,声称:"我们有海空军,共产党则没有,共军官兵都是北方人,他们不适合在江南地区长久作战,因此,我们要在上海守六个月到一年是不成问题的。"而白崇禧的态度是:"我们以前是穿草鞋出身的,最后还可以上山打游击,同他们拼一下!"国民党军计划在江南设立十一个编练司令部,将军队重新扩编至三百五十万至五百万人。

二月二十二日,就在傅作义到达西柏坡的那一天,李宗仁派出的"上海和平代表团"也到达西柏坡,其成员是颜惠庆、邵力子、章士钊和江庸,年龄最小者六十八岁,最大者七十三岁。经过与毛泽东和周恩来的非正式商谈,双方最后达成八点秘密协定:"一、谈判以中共与南京政府各派同数代表为之,地点在石家庄或北平。二、谈判方式取绝对秘密及速议速决。三、谈判以中共一月十四日声明及所提八条为基础,一经成立协议立即开始和执行。其中有些部分须待联合政府办理者,在联合政府成立后执行之。四、谈判协议发表后,南京政府团结力量与中共共同克服可能发生之困难。五、迅速召集新政协成立民主联合政府。六、南京政府参加新政协及参加联合政府之人选,由中共[包括民主人士]与南京政府商定之。七、南方工商业按照原来环境,依据中共城市政策,充分保障实施。八、有步骤地解决土地问题,一般先进行减租减息,后行分配土地。"

颜惠庆、邵力子、章士钊和江庸将秘密协定带回南京。

就在这一天,李宗仁在广州劝说国民党政府行政院迁回南京,但遭到行政院长孙科的拒绝。但是,当孙科听到新华社广播说愿意与国民党方面进行和谈的消息后,立刻飞回南京召开会议,决定了他们的"对共和谈的三项原则:"一、和谈双方必须建筑在平等的基础上,共方不能以战胜者自居而迫我接受屈辱条件;二、有鉴于铁幕内各国之惨痛遭遇,政府断不应接受由中共作为执政党之联合政府。政府为此应向共方提议划疆而治;三、中共所提八条要求,政府决不能全面接受,只能在两个政府共存的原则下,以其为谈判基础。"

毛泽东发表了《四分五裂的反动派为什么还要空喊"全面和平"?》一文,以辛辣的文笔写道:"在野"的蒋介石在奉化"继续指挥他的残余力量",李宗仁自上台所下的命令"没有一项是实行了的",孙科的行政院号召战争,但进行战争的国防部却"既不在广州,也不在南京,人们只知道它的发言人在上海"。这样一个"四分五裂土崩瓦解的国民党而要求所谓'全面和平'"是非常滑稽的。事实上,国民党"既没有什么力量实行全面和平,也没有什么力量实行全面战争。全面的力量是在中国人民、中国人民解放军、中国共产党和其他民主党派这一方面"。

共产党人已经开始考虑建国大事。一九四九年三月五日至十三日,中国共产党第七届中央委员会第二次全体会议在西柏坡召开。这是中国当代史上一次具有重要意义的会议,也是共产党人向全国进军的思想准备会议。毛泽东在会议报告中讲述了党的工作重心转移到城市,全国胜利后党在政治、经济、外交等方面应采取的基本政策,中国从农业国转变为工业国、由新民主主义社会转变到社会主义社会的发展方向,以及全党同志要警惕胜利之后的糖衣炮弹的攻击等问题。毛泽东告诉全党同志:"我们不但善于破坏一个旧世界,我们还将善于建设一个新世界。"

会议之后,二十三日,毛泽东和中共中央其他领导人离开西柏坡前往北平。出发时,毛泽东对周恩来说,今天是进京的日子,进京赶考去。周恩来说,我们应当都能考试及格,不要退回来。毛泽东说,退回去就失败了。我们决不当李自成,我们都希望考个好成绩。一行人乘坐十一辆小汽车和十辆大卡车上路,毛泽东对他的警卫排长阎长林说:"等全国解放了,我们再也不搬家了。"当天没有按计划到达保定,晚上在河北唐县附近的淑闾村住下,毛泽东住在农民李大明家,他先和村干部谈话,然后坐在小木凳上写文件。

毛泽东在农民李大明家摇曳的油灯下筹划建立新中国的时候,国民党军陆军副总司令关麟征和华中"剿总"副总司令宋希濂走进了蒋介石在奉化溪口的"一栋小平屋"。蒋介石面对自己的黄埔学生,谈了国民党在短短三年之间惨败的原因:

> 我们自黄埔建军以来二十多年的过程中,遭遇过许多的挫折,但从未失败到像今天这样严重。抗战胜利后,我们的军事力量,较以往任何一个时期都要强大得多,为什么在短短三年的时间里,会弄到今天这个地步呢?军事上失败的最主要原因,就是我们军队的战斗意志太薄弱了!一个师甚至一个军,一被共产党军队包围,只有几个小时甚至一天工夫,就被完全消灭了。共产党军队飘忽,我军常不容易找到他的主力,与他进行决战。一个部队被围,指挥官勇敢沉着,选择要点,固守待援,本是我军捕捉和歼灭对手的最好时机。但每当增援部队快要到达的时候,被围部队已被共产党军队吃光了。结果总是扑了一个空,反而把其他的部队也拖得筋疲力竭,给共产党军队更多可乘之机。就这样使得共产党的力量一天一天地壮大起来,而我们则日渐

削弱……我们过去统一两广和北伐时期,能以少胜多,以一当十,是因为官兵具有不贪财、不怕死的革命精神。在抗战时期,许多部队大体尚能保持这种传统的精神而英勇奋斗。在抗战胜利后,很多部队完全丧失了这种精神,尤以许多中上级军官,利用抗战胜利后到各大城市接收的机会,大发横财,做生意、买房产、贪女色,骄奢淫逸,腐败堕落,弄得上下离心,军无斗志。这是我们军事上失败的根本原因。

临别,蒋介石嘱咐关麟征和宋希濂,你们是我的学生,"千万不可轻信旁人对我的毁谤诬蔑"。

二十四日中午,毛泽东一行到达保定,晚上到达涿县。二十五日凌晨二时,毛泽东在涿县换乘火车,于上午抵达北平清华园车站,然后乘车至颐和园。下午十七时,毛泽东、刘少奇、朱德、周恩来、任弼时、林伯渠在南苑机场检阅部队后,入住香山双清别墅。这一天,中共中央机关和人民解放军总部也迁入北平。

四月一日,国共谈判在北平正式开始。国民党方面的代表是张治中、邵力子、黄绍竑、章士钊、李蒸、刘斐,共产党方面的代表是周恩来、林伯渠、林彪、叶剑英、李维汉、聂荣臻。毛泽东接见了国民党的谈判代表,他说:"人民的要求,我们最了解。我们共产党是主张和平的,否则也不会请你们来。我们是不愿意打仗的,发动内战的是以蒋介石为头子的国民党反动派嘛。只要李宗仁诚心和谈,我们是欢迎的。"毛泽东还认为李宗仁现在是六亲无靠:"第一,蒋介石靠不住;第二,美国帝国主义靠不住;第三,蒋介石那些被打得残破不全的军队靠不住;第四,桂系军队虽然还没有残破,但那点子力量也靠不住;第五,现在南京一些人士支持他是为了和谈,他不搞和谈,这些人士也靠不住;第六,他不诚心和谈,共产党也靠不住,也要跟他奉陪到底哩!我看六亲中最靠得住还属共产党。只要你们真正和谈,我们共产党是说话算数的,是守信用的。"

谈判正式举行。李宗仁方面确定的谈判原则是：拒绝共产党方面以八项条件为谈判基础和渡江占领京沪的要求，坚持就地停战并划江而治的立场。而共产党方面在这两个问题上态度强硬：一、无论国民党方面是否同意将八项条件作为谈判的基础，是否愿意在和平协议上签字，人民解放军都要渡过长江，任何事情都不能阻挡人民解放军向江南进军；二、国民党军队决不能保留，必须一律改编为人民解放军。尽管似乎不存在和谈的基础，共产党方面还是尽了最大努力，毛泽东对张治中说，为了减少南京代表团的困难，可不在和平条款中提出战犯的名字。毛泽东还致电第二野战军刘伯承等，要求暂停对安庆的攻击；致电徐向前、周士第、罗瑞卿，要求推迟攻击太原的时间；致电第三野战军粟裕等，将渡江作战时间由十五日"推迟至二十二日"。

周恩来拿出了《国内和平协定草案》。张治中的第一感觉是："充满了降书和罪状的口气"；第二个感觉是："完了，和是不可能的"。但是，国民党方面的和谈代表们"有这样的一个共识"：国民党失败是肯定的，"既然注定失败，何必还一定拖累国家和人民"。于是，他们只能在"词句力求缓和，避免刺眼词句"方面进行修正，同时对军队改编和联合政府两项也作了若干修正，目的是"希望南京方面或者能够接受"。共产党方面经过研究，"接受了所提修改意见中的过半数"。十五日，周恩来拿出《国内和平协定》（最后修正案），并声明"这是不可变动的定稿，在本月二十日以前，如果南京同意就签字，否则就马上过江"。

十六日，国民党代表飞回南京。

第二天，周恩来做了关于和平谈判问题的政治报告。他说："南京代表团和我们固然有距离，但他们有一个概念是好的，即国民党的失败是一定的，人民解放军的胜利是一定的，他们承认失败，承认错误，因而愿意交出政权，交出军队。不过，南京代表团虽有此认识，南京政府却还没有这个认识,至于广州、溪口就更不用说了。"

二十日晚,共产党方面得到李宗仁和何应钦的复电:拒绝接受《国内和平协定》。

和谈破裂,战争不可避免地将继续下去。

和谈之前,李宗仁在给毛泽东发出的电报中提到了国共两党的历史:"以往恩怨是非,倘加过分重视,则仇仇相报,宁有已时,哀吾同胞,恐无噍类,先生与弟将同为民族千古之罪人矣。"——自中国共产党成立以来,他的大多数岁月血雨腥风,共产党人曾在国民党的残酷镇压下血流成河。二十二年前的一九二七年,蒋介石发动"四·一二"政变——"死于蒋介石刑场、秘密监狱和暗杀的爱国人士,数以万计","当我们回顾这二十二年来的历史的时候,我们心中是充满了对于二十二年来前仆后继、为革命事业死难的先烈的哀思,充满了对于二十二年来恶贯满盈的反革命罪犯的痛恨"。

这种痛恨,刻骨铭心。

一九四九年四月二十一日,毛泽东、朱德发布《向全国进军令》:

> 中国人民解放军第一野战军彭德怀、张宗逊、赵寿山诸同志,中国人民解放军第二野战军刘伯承、邓小平、张际春诸同志,中国人民解放军第三野战军陈毅、饶漱石、粟裕、谭震林诸同志,中国人民解放军第四野战军林彪、罗荣桓诸同志,太原前线人民解放军徐向前、周士第、罗瑞卿诸同志,各野战军全体指挥员战斗员同志们,南方游击区人民解放军同志们:
>
> 由中国共产党代表团与南京国民党政府代表团经过长时间的谈判所拟定的国内和平协定,已被南京国民党政府所拒绝。南京国民党政府的负责人员之所以拒绝这个国内和平协定,是因为他们仍然服从美国帝国主义及国民党匪首蒋介石的命令,企图阻止中国人民解放事业的推进,阻止用和平方法解决国内问题。经过双方代表团的谈判所拟定的国内和平协定八条二十

四款,表示了对于战犯问题的宽大处理,对于国民党军队官兵及国民党政府工作人员的宽大处理,对于其他各项问题亦无不是从民族利益与人民利益出发作了适宜的解决。拒绝这个协定,就是表示国民党反动派决心将他们发动的反革命战争打到底。拒绝这个协议,就是表示国民党反动派在今年一月一日所提议的和平谈判,不过是企图阻止人民解放军向前推进,以便反动派获得喘息时间,然后卷土重来扑灭革命势力。拒绝这个协定,就是表示南京李宗仁政府所谓承认中共八个和平条件以为谈判基础是完全虚伪的。因为,既然承认惩办战争罪犯,用民主原则改编一切国民党反动军队,接收南京政府及其所属各级政府的一切权力以及其他各项基础条件,就没有理由拒绝根据这些基础条件所拟定的而且是极为宽大的各项具体办法。在此种情况下,我们命令你们:

(一)奋勇前进,坚决、彻底、干净、全部地歼灭中国境内一切敢于抵抗的国民党反动派,解放全国人民,保卫中国领土主权的独立与完整。

(二)奋勇前进,逮捕一切怙恶不悛的战争罪犯,不管他们逃至何处,均须缉拿归案,依法惩办。特别注意缉拿匪首蒋介石。

(三)向任何国民党地方政府及地方军事集团宣布国内和平协定最后修正案。对于凡愿停止战争用和平方法解决问题者,你们即可照此修正案的大意和他们签订地方性协定。

(四)在人民解放军包围南京之后,如果南京李宗仁政府尚未逃散,并愿意于国内和平协定上签字,我们愿意再一次给该政府以签字的机会。

中国人民革命军事委员会主席　毛泽东
中国人民解放军总司令　朱　德

命令发布之日,长江江面上已是万帆如林。

钟山风雨起苍黄

在中国国土的中部,有一条巨大的河流。

这条名叫长江的河流,发源于青海唐古拉雪山,自西向东流经青海、西藏、四川、云南、重庆、湖北、湖南、江西、安徽、江苏等省市自治区,最后在上海注入东海,全长约六千三百公里,将中国的国土分成南北两半。长江上游峡谷幽深,激流险滩;下游烟波浩淼,水天一色。

在新中国诞生之前,这条江上没有桥梁。

共产党人的革命发源于江南。在他们与国民党政权抗争的艰难往事中,有两次被迫从江南撤向江北的刻骨铭心的记忆:一九三四年,毛泽东率领中央红军在国民党军的重兵追击下于江南转战甚久,最后从长江上游的金沙江河段冒险过江,跳出国民党军的围追堵截。十一年后,抗战结束的一九四五年,在国共双方和谈接近破裂之时,共产党人在国民党方面政治和军事的双重压力下,将分布在江南的抗日武装主力全部撤回江北。

从此,长江以南,再没有共产党领导的主力部队存在。

长江横亘在那里,仿佛是一条不可逾越的楚河汉界。

一九四九年春天,长江两岸油菜花开灿烂之时,又一次来到这条大江边的共产党人,准备重回始终萦绕在他们梦境中的锦绣江南。

共产党人的梦想可以追溯到一九四七年七月,那时在长江以北的广大地区,共产党领导的军队正与国民党军进行艰苦的拉锯战,无论是在东北战场,还是在山东战场,乃至在大别山地区,共产党人都承受着巨大的军事压力,中央军委曾设想派华东野战军一部渡过长江,在江南开辟战场,迫使大量的国民党军从长江以北回援江南,以转守为攻。但因条件与时机均不成熟,计划最终未能实施。一九四八年一月,中央军委又一次计划以华东野战军一部挺进江南,又因条件不具备未能实现。十月,中央军委设想于一九四九年秋季举行渡江作战,但辽沈战役很快结束,淮海战役胜局已定,平津战役已经开始,形势发展比预想的快,十二月十二日,淮海战役总前委召开全体会议,虽然当时杜聿明集团还未被最终吃掉,但这次会议的主要议题却是渡江。在对气候、水情和敌情诸方面进行反复研究之后,渡江战役发起时间被初步定在来年的三月下旬或四月初。

一九四九年一月八日,中共中央政治局会议决定:"几个大的野战军必须休整至少两个月,完成渡江南进的诸项准备工作。然后,有步骤地稳健地向南方开进。"二月九日,淮海战役总前委再次在河南商丘开会,拟定三月底开始渡江作战。届时,第三野战军四个兵团分别在江阴、扬州、南京、芜湖、铜陵、贵池段展开;第二野战军一个兵团在安庆东西段展开,另外两个兵团除以一个军在黄梅、宿松、望江佯动外,其余五个军为总预备队。同时报请中央军委,建议第四野战军派出三个军约二十万兵力迅速南下,进至武汉附近牵制白崇禧部,配合第三、第二野战军渡江作战。三月二十一日,淮海战役总前委、第三野战军前指、中共华东局和华东军区机关人员乘火车分批南下,进驻蚌埠东南郊的孙家圩子。三十一日,在孙家圩子的一户农家茅舍里,邓小平主持总前委制定了《京沪杭战役实施纲要》。

《京沪杭战役实施纲要》决定四月十五日全线发起渡江作战。

因为,随着江南雨季的到来,一旦进入四月底五月初,长江水势将会猛涨,两岸湖区会被淹没,水面变得极其宽大,将给渡江作战造成困难。一旦大军拥挤在江边而不得过江,最终势必"不得不后撤以就粮草"。

但是,随着共产党代表与国民党代表在北平开始和谈,十一日,离预定的渡江作战仅剩四天,中央军委决定:"依谈判情况,我军须决定推迟一星期渡江,即由十五日渡江推迟至二十二日渡江。"十二日,中央军委致电林彪、罗荣桓、聂荣臻,要求第四野战军的两个军于四月十五日前"迫近汉口","钳制白崇禧部不敢向南京增援",以利第二、第三野战军夺取南京。十五日,国共双方和谈代表签署《国内和平协定》(最后修正案),中央军委致电总前委和第二、第三野战军领导:"和平谈判决以二十日为限,本日即向南京代表团宣布,彼方是否签字,必须在该日以前决定态度,该日以后我军即须渡江。"十七日,中央军委再次致电:"南京是否同意于二十日签字,决定于美国及蒋介石的态度,因此把握不大。南京方面认为我军渡江有很大困难,他们不相信我军能够大举渡江。我们估计他们二十日以前可能不理我们,要看一下我军能否于二十日以后真能渡江"。"故你们应按原计划,确定于二十日渡江不要改变,并必须争取一举成功,是为至要"。总前委表示,第三野战军的作战地段,是国民党军的主力所在,只有那个方向也许困难多一些,但第三野战军前指"有把握胜利完成"。因此,二十日开始渡江,二十二日向长江南岸发起总攻,那时就不能停顿了,必须"一气打到底"。所以,若二十日不能发起作战,必须十八日"先期通知延期",否则全军处于半渡状态,"如加停顿必陷于非常不利"。十八日,中央军委复电,同意二十二日实行总攻——"请你们即按此总方针坚决地彻底地执行之。此种计划不但为军事上所必需,而且为政治上所必需,不得有任何的改变"。"此次我百万大军渡江南进,关系全局胜利极大,希望我二野、三野全军将士,同心同德,在总前委及二野、三野两前委领导下完成伟大任务"。

一月二十五日,蒋介石宣布下野的第四天,在溪口召集国防部长何应钦、参谋总长顾祝同和京沪杭警备总司令汤恩伯等人研究长江防御。蒋介石认为,长江防御过于宽广,国民党军难以处处设防,因此必须择其重点,即京、沪、杭三角地带,以最后拱卫与坚守淞沪。据此,蒋介石计划将长江防线划分为两大战区:上海至江西湖口间八百余公里的地段由汤恩伯负责,湖口至湖北宜昌间近一千公里的地段由白崇禧负责——"用海、空优势,与长江天险之利,拒止匪于长江以北,争取适当时间,重新整备新生力量,企图再举。"

根据蒋介石的指令,汤恩伯开始构筑江防工事,封锁长江交通,部署水雷和滩头地雷,"清剿"江南共产党领导的游击武装,并重新部署了他的部队:

淞沪防卫司令部第三十七、第五十二、第七十五军和淞沪警备司令部交警第一、第五、第七、第十一、第十八总队,沿海岸线自南向北防守金山卫、吴淞、白茆口段和整个上海地区;

第一绥靖区所属第四、第二十一、第五十二、第一二三军和江阴要塞部队,自东向西沿长江防守白茆口至镇江以西桥头镇段,机动支援部队第五十四军位于镇江以南的丹阳、武进和句容地区;

第六兵团和南京卫戍总部第二十、第二十八、第四十五、第九十六军,防守桥头镇至苏南与皖东交接处的铜井段,重点是南京地区,机动支援部队第九十九军位于镇江以西、南京以东的龙潭、下蜀地区;

第七绥靖区第六十六、第八十八军沿长江于安徽东南部江段防守铜井至铜陵段,第八兵团第五十五、第六十八军防守铜陵至安徽与江西交界处的湖口段,以上两个防区的机动支援部队第十七兵团第一〇六和第七十三军位于安徽东南部的泾县、宁国、歙县地区。

同时,战车部队四个营加一个连指挥一百三十六辆战车、二十门大口径榴弹炮于上海地区;五个团的炮兵部队控制于南京和上海地区;海军海防第一舰队一部支援上海地区作战,第二舰队支援第一绥靖区和第六兵团作战;江防舰队支援第七绥靖区和第八兵团作战。此外,第十二、第十八、第六十七、第七十四、第八十五和第八十七军位于浙赣铁路及以北地区和浙江东部地区,担任第二线防御。

负责防守湖口至宜昌段的白崇禧,则把二十七个师摆在江防一线,把十三个师部署在长沙和南昌地区的纵深地带。

国民党军的长江防线存在明显缺陷。首先,将重兵部署在上海周围,显然有重上海而轻江防之嫌。即使没有足够军事常识的人,都会产生这样的疑问:如果长江天堑守不住,背靠大海的上海又何以支撑?为此,不少国民党军高级将领提出异议,但都被汤恩伯以"总裁的决定"为由拒绝修正,直至从上海至湖口八百多公里的江防被人民解放军全线突破时,汤恩伯才紧急从上海、南京方向调兵加强长江江防,但是已经来不及了。其次,将长江防线分割成以湖口为分界的两个防区,湖口以东是汤恩伯的防区,全部由蒋介石的嫡系部队防御,兵力相对充足,且江防长度只有八百多公里;而在湖口以西,白崇禧的防区长达上千公里,却几乎全部由桂系部队防守,区区二十七个师散落于千里江岸,以致形同虚设。更微妙的是,蒋介石在部署江防计划的时候,专门强调不要把湖口以东的防御计划向白崇禧透露——如果白崇禧知道湖口以东的部署,那就不只是让蒋介石下台的问题了。汤恩伯将重兵集中在南京、上海而置江防空虚于不顾,一旦解放军迅速突破江防,便可以从侧翼对白崇禧部形成合围。要知道从湖口方向到白崇禧所在的武汉,直线距离也就两百多公里。蒋介石只顾上海和南京,难道没有让渡江之后的解放军与白崇禧的桂军杀个昏天黑地的企图?

实际上,此时的国民党军,已无法有效地坚守两千公里的长江防线了。白崇禧的四十个师尚有一定的战斗力,而在汤恩伯的部队中,除第四军和第五十四军等少数几个军尚未遭遇毁灭性打击之外,其余的部队都是被重创后重建或新建的,兵员数量不足编制的一半,武器装备也残缺不全。刘伯承在分析了国民党军的部署后指出:"经过辽沈、淮海、平津三大战役,国民党军的主力已基本丧失",目前既不能配置其坚固的一线,也不能部署厚实的二线,由于"战线长、兵力少",国民党军只能采取这种"东重西轻,顾此失彼,外强中干,点线脱节的处置"。因此,在其整个防线上,任何一点都很薄弱,一旦被突破将导致全线断裂。

即便如此,陈兵长江北岸的解放军官兵所面临的,不但有几十万国民党军的抵抗,还要从那条水急浪高的大江上冲过去。第二、第三野战军官兵大部分是北方人,多不熟悉水性,不少人连游泳都不会,基层指挥员也缺少指挥大规模渡江作战的经验。解放军还没有空军、海军以及水上作战武器,以对付敌人大口径岸炮和水面舰艇的攻击。更重要的是,长江北岸的出击地域大多是刚刚解放的地区,当地百姓尚未全面发动,不但粮草筹集困难重重,而且严重缺少船只和熟悉长江水情的船工水手。

一九四九年二月底至三月初,第二、三野战军先后从河南的漯河和沈丘、安徽的阜阳、江苏的徐州和海州等地南下,向长江北岸集结。第二野战军第三兵团到达安徽南部的安庆和望江地区。第三野战军第七兵团到达桐城以北的庐江地区,第九兵团到达巢湖以东的无为、含山地区,第八兵团到达南京以东的扬州、仪征地区,第十兵团到达临近江阴要塞的泰兴、靖江地区。战役总前委进驻安徽合肥东南的瑶岗村。

第二、第三野战军云集长江北岸之后开始了大规模的渡江准备。

百万大军横渡长江,所需船只数量惊人,而国民党军在部署江防时,焚毁匿藏船只必为头等大事,这一点始终是共产党人的心头之患。早在济南战役刚刚结束,淮海战役尚未开始的时候,华东野战军已派出干部去苏北等地筹集船只。现在筹船成为更加紧迫的任务。此时,江北的船只绝大部分或被国民党军破坏、或已被拉到江南,对解放军不甚熟悉的当地百姓也把自家的船只藏了起来。共产党人对群众工作并不陌生,他们对作战必须取得百姓的支持有深切的体会。于是,官兵们深入到百姓家中,以最大的耐心、最诚恳的态度拉近彼此的距离,然后以最朴实的道理让长期生活在国统区的百姓知道世上有决心为人民打天下的军队。第二野战军第四兵团司令员兼政治委员陈赓记述道:"昨日到今日,我与群众谈话足有三十余人,房东老太太今日第一次赏光与我搭话,不胜欣慰之至。"陈赓还把他的收音机悬挂在街上,让百姓们聆听新华社的广播——"一时拥挤不堪,群情兴奋"。终于,百姓们把沉入江底的船打捞上来,把藏在芦苇深处的船摇出来,贴上了"渡江胜利"的大红纸。千辛万苦筹集的船还是不够,共产党人想到了山东、河南、安徽、苏北的老解放区,老解放区的百姓听说大军要打南京,将所有的海船和河船都贡献出来。精壮的汉子们把船抬到火车站,船只被火车运走的时候,他们敲锣打鼓如同欢送自己的丈夫或是儿子参军。至渡江前夕,第二、第三野战军共筹集船只九千四百只,渡江的第一梯队,每个军平均能有五六百只,一次可渡万人。

有了船,还需动员江边百姓中的船工或是水手参战。这是一个更为艰苦的工作,因为参战就可能伤亡。讲义气的船工、水手们在明白了这些年轻的解放军官兵为什么要赴汤蹈火之后,竟然誓与解放军同生共死,他们说:"我们大家是一条生命。"父亲带着儿子,哥哥带着弟弟报名参战,参战的船工水手中不少已是年近六旬的老人,他们在长江上划了一辈子船,熟悉江面上的每一个漩涡,他们报名的时候就表示自己已经老了,死了没什么可惜的,万一不死还能看见那些欺压他们的地主恶霸如何没了风光。由于船只多数隐蔽在内湖和内河里,为了能够在战役发起时迅速地把船只运到江边,在百姓的支持下,军民在阴雨泥泞中疏通了总长达数百公里的废弃河道,还修建了数百座能够躲避敌机轰炸的隐蔽船坞。解放军为江边百姓的支持感动不已,制定出许多伤亡抚恤、贫困救济和船只补偿政策:船工水手每人每天发放两斤大米,顿顿都有酒,隔三天吃一顿肉,还发鞋子和衣服。官兵们甚至还参加了船工水手们的烧香祈祷仪式,他们和百姓一起把香火和大碗烈酒高高地举起——船工水手们请求神灵保佑他们的船一帆风顺,将大军平安送到大江的南岸;官兵们则但愿攻击风卷残云,将解放的红旗插到国民党政权的统治中心南京城上。

这时候,一个现象引起了高层指挥员的注意,那就是部队官兵的文化素质普遍不高,而这将成为今后作战的一个不利因素。渡江之后将是大规模的追击和占领,人民解放军将要接管诸多的城市,可是一些官兵不但认为"共产主义社会全国人都成共产党党员",而且连长江、黄河的具体地理位置都没弄明白,说自己"过了长江还过黄河"。为此,中央军委专门发出一封要求对全军各部队进行地理常识教育的电报:

　　……营连干部有人认为共产主义社会全国人都成共产党党员,过了长江还过黄河……关于地理常识的教育极为重要。请你们考虑,是否可以制印长江以南及西北、西南的简明地图一张,图上有大的河流、山脉,有省界,有大城市及中等城市的名称。在省名及大城市名的旁边注明该省该市的人口总数。在各野战军自己担任占领和工作的区域内,标注重要县镇的名称。图幅不要太大,以纵横一公尺左右为适宜。除发给营部以上各级机关每处一张外,如能每个连队有一张,使一切识字的连排长及战士都能阅看,则极为有益。我们认为,此种地图常识的教育,将使指战员们增加勇气和对于任务的明确性。望酌量办理为要。

大战在即,大量的作战物资和武器弹药被源源不断地运抵长江北岸。从船只、车辆、弹药、作战器材和工程器材,到维持大军运转的生活物资:木材、钢铁、汽油、粮食、油盐、饲料、医药、担架和被装,两个野战军的后勤部门以及地方党政机关昼夜操劳,依旧事繁如山。时任华东野战军后勤部供给部被装处长的张云茂,留下一份关于日常用品的工作汇报,今日读来依旧可以想见六十年前长江北岸的繁忙情景：

一、分几部分：

（1）渡江前必须解决的：单衣、子弹袋、炸药袋、米袋、马料袋、日用品[鞋、牙刷、牙粉、肥皂]、机枪衣、炮衣、蚊帐、俘虏被子、行军锅、油布、瓷碗、菜盆、饭包。

（2）必须批准的：腰皮带、斗笠、枪背带、卫生部手术衣、开刀房用具、手枪套、皮包、驳壳枪套、保险带、九龙带、工装衣、准备帽。

（3）无关轻重的：干部垫单、包袱皮、鞋掌、草鞋。

二、已经决定者：

（1）单衣。二月二十日交齐七十万套，三月半交齐七十万套，纵队以上干部发材料自做，营以上干部服二万套，便衣二月半发材料，第一批即运四十万套。

（2）子弹袋十一万三千条，现存八万，补充三万三千条即补。

（3）炸弹袋三十万条，三月半发一半，三月底发一半。

（4）米袋、马料袋按标准发，时间另定。

（5）鞋子三百万双，二月底交齐一百三十万双，三月底交齐一百七十万双，马上拨三十万双，现有二十七万多双。鲁中南二百二十万双，胶东六十万双，徐州三十万双，济南十万双，昌潍十四万双，共三百四十九万双，集中在济南、潍县、博山、徐州。

（6）机枪衣、炮衣、轻机衣后边已发，重机衣及炮衣由各兵团做。

（7）被子解决十五万条，已做好五万成品，另二百万方尺，现在二百五十万方尺可解决十万条，此外来不及。

（8）蚊帐，连以上每人一顶，战士每人十二方尺[五尺]，大蚊帐数字太大，到江南解决。

(9)日用品,确定发代金,每人按二万元预支,二月半付款。毛巾八千、牙刷六千、肥皂四千、牙粉二千。

(10)行军锅已在徐州布置了,按我之预算做的。

(11)油布,公用油布过江前解决,每人五尺油布过江后解决。

最关键的,还是供应百万大军的数量巨大的粮食。刘伯承、陈毅、邓小平、粟裕、谭震林曾致电中央军委:"粮食,是最困难的问题,主要是就地筹粮,但仍须后方准备大量接济。"两个野战军,加上随军常备民兵、民工等,据华东支前委员会报告显示:"每月需粮九千万斤"。于是,"徐州以北、以西之存粮"需全部南运,还要在运河以东的淮南、苏中地区筹粮六千万斤,这无疑是一个艰巨的任务。当粮食暂时接济不上时,部队开始吃野菱角和野荸荠,官兵们说这东西比打淮海时吃的黑豆和高粱面难吃多了——"不是讲长江沿岸是鱼米之乡吗?"陈赓向官兵们解释:"我们这么大的部队路过此地要吃饭,人民的负担很重,这些东西还是百姓从沼泽地里挖出来的,这就不简单了。现在我们好赖还能吃饱肚子,比长征那阵好多了,那时要有这个吃,不知道要少死多少人!"在早春的严寒中,吃完野菱角的官兵赤着上身,在当地百姓的指点下,泡在冰冷的水里练习游泳和划船,演习上船、下船、划船、堵漏、水上射击、铺上芦苇或木板通过江岸淤泥地,还有渡江队形、登陆冲击、滩头爆破和分队协动等等。刘伯承来到第四兵团,他对官兵们说:"大家想想,你们兵团是怎么来的呢?一部分是从土地革命中,奋斗了二十多年,经过了千百次战斗,到了今天的;有一部分是山西省的决死队,在和内外敌人斗争中一点点发展起来,到今天也奋斗十几年了;另一部分是我们在太行山、太岳山,从抗日战争中培养起来的;还有就是我们艰难困苦开辟了中原,建立起来的地方武装……我们部队是在党的领导下,千辛万苦、流血牺牲建立起来的,我们要珍惜自己的光荣,我们要在中国历史上最后最大的战争中,创造更大的光荣!"

渡江作战部署:

以第二野战军第三、第四、第五兵团九个军及地方部队共三十五万兵力,组成西突击集团,由野战军司令员刘伯承、副政治委员张际春、参谋长李达指挥,于安徽西南部的枞阳镇(含)至望江段渡江。其中,第三兵团陈锡联、谢富治指挥第十、第十一、第十二军,以第十军包围安庆守军,封锁安庆及其东西江面,掩护兵团主力渡江;第十一、第十二军由安庆以东至枞阳镇段渡江。第四兵团陈赓指挥第十三、第十四、第十五军,由望江至西面的马当段渡江,其中第十三、第十五军附第十四军四十一师为第一梯队,第十四军主力为第二梯队。第五兵团杨勇、苏振华指挥第十六、第十七、第十八军,由安庆以西至望江段渡江,其中第十六军为第一梯队,第十七、第十八军为第二梯队。

以第三野战军第七、第九兵团七个军共三十万兵力,组成中突击集团,由野战军第一副政委谭震林指挥,于安徽东南部的裕溪口至姚沟段渡江。其中,第七兵团王建安、谭启龙指挥第二十一、第二十二、第二十四军及特种兵纵队炮兵第二团、骑兵团,由枞阳镇(不含)至姚沟段渡江,第二十一、第二十四军为第一梯队,第二十二军为第二梯队。第九兵团宋时轮、郭化若指挥第二十五、第二十七、第三十、第三十三军及特种兵纵队炮兵第四团和第一团一部,由姚沟(不含)至裕溪口段渡江,除以一部兵力在当涂、芜湖正面牵制对岸守军外,第二十五、第二十七军为第一梯队,第三十、第三十三军为第二梯队。

以第三野战军第八、第十兵团八个军、三个独立旅共三十五万兵力,组成东突击集团,由野战军副司令员兼第二副政治委员粟裕、参谋长张震指挥,于江苏东部的江阴至浦口间渡江。其中,第八兵团陈士榘、袁仲贤指挥第二十、第二十六、第三十四、第三十五军及警备第七旅、特种兵纵队炮兵第三团和第一团一部,除以第三十四、第三十五军和警备第七旅位于全椒、乌衣、仪征、扬州地区,逐次歼灭浦口、浦镇、瓜洲地区守军,封锁长江江面,牵制南京、镇江地区的国民党军,并视机由南京、镇江正面渡江外,第二十、第二十六军由三江营、口岸、京口段渡江。第十兵团叶飞、韦国清指挥第二十三、第二十八、第二十九、第三十一军及警备第六、第八旅和特种兵纵队炮兵第五、第六团和第一团一部,由龙稍港至张黄港段渡江,第二十三、第二十八、第二十九军为第一梯队,第三十一军为第二梯队。

第四野战军先遣兵团第四十、第四十三军以及江汉、桐柏、鄂豫军区部队共二十万兵力,由萧劲光统一指挥,进至武汉以东、以北地区,牵制白崇禧集团,策应第二野战军渡江作战。

一百二十万官兵,集结在国土中部那条大江的北岸,他们在弥漫着油菜花香的春雾里等待着热血贲张的战斗时刻。

一九四九年四月二十日十八时,解放战争史上的著名战役——渡江战役——打响了。

就在国民党南京政府拒绝在和平协定上签字的那个瞬间,中突击集团的第七、第九兵团所在的裕溪口至枞阳镇一百公里的正面,数千只木船高挂风帆突然出现在暮色映照下的长江江面上。按照预定计划,首先发动攻击的,是第九兵团第二十五、第二十七军,官兵们黄昏将至时把隐藏在堤坝后的木船拖出来翻坝入江,但是,第二十七军第一梯队七十九师各团还在拖船的时候,二三五团三连在王凤奎连长的指挥下已全部登船待命。团长王景昆下达了"整理好船只,听令开船"的命令。王凤奎立即命令通信员将命令传达至各排,可这个心情激动的小通信员把命令传达成了:"将船整理好,开船!"二排长林显信领受命令后,给全排传达时直接简化为"开船"。结果,早已按捺不住的二排的三个班骤然开船,其中以五班最为心切,他们的船如离弦之箭冲向江心。在二排的带领下,三连的船全部立即离岸,接着各连的船也开始离岸。还没到发起攻击的时间,指挥员想把他们叫回来,可哪里叫得回来?王景昆团长向师长萧镜海报告,萧师长果断地命令全师出动,二三五、二三七团的木船密密麻麻地冲了出来。接着,并肩渡江的第七兵团第一梯队第二十一、第二十四军突击队的船只也冲上了江面。

中突击集团的冲击正面,是国民党军第八十八军的防区,国民党军竟然没有发现长江上冲向南岸的几百只木船,在突击部队的船只距南岸仅有两百米左右的时候,他们才开始炮火轰击。天色已暗的江面上水柱冲天,北岸的炮兵部队按照战斗预案立即开始压制射击。二十一时许,最先出击的第二十七军七十九师二三五团一营三连五班的船率先靠上长江南岸夏家湖滩头,官兵们冲上江岸架梯攀登陡崖,梯子被国民党军的炮火炸断,战士李世松肩扛断梯让战友们踏着自己的肩膀往上登——五班全体战士乘坐的那条船,战后成为光荣的"渡江第一船";这只木船上的战士,作为百万大军中首先登上江南土地的最前锋,他们的英勇无畏具有震撼中国和世界历史的意义。与此同时,第七兵团也开始了渡江突击。二十一时三十五分,第二十四军七十、七十一师分别登陆闻新洲和紫沙洲,继而突破当面国民党军第八十八军的防线。七十二师攻占陈德洲,歼灭守军第八十八军一四九师一部。第二十一军六十三师强行登陆长生洲和汆水洲,歼灭国民党军第五十五军二十九师一个加强营。

按照约定,登陆成功的船都要高挑起红色信号灯报告消息,并且要在占领的江边高地上燃起篝火。第二十七军军长聂凤智在北岸向南望去,数十里长江南岸已是灯火成串,篝火绵延。他带领指挥部人员登上第二梯队的船朝南岸划去。只能载二十多人的小木船在江面上剧烈颠簸,炮弹不断在船边爆炸,老船工扯开嗓子唱着小调:"大军过江啦,大军胜利喽……"船上的官兵边划船边射击,同时跟着老船工扯开嗓子唱,小司号员则鼓足了气不停地吹着冲锋号。"我觉得,这一定是奔流不息的长江千万年来度过的最壮丽的一夜。"聂凤智回忆说。在踏上江南土地的那一刻,聂凤智立即口授了一封电报:"我们已胜利踏上江南的土地!"——他要求把电报"用最快的速度发给党中央和毛泽东"。

至二十一日晨,第三野战军中突击集团已有十个师二十八个团登上长江南岸,建立起长约一百二十公里、纵深约十公里的滩头阵地。

天亮了,一夜惊魂未定的汤恩伯从上海赶到芜湖,命令南京的第九十九军主力前往增援江防。但是,当这个军南下到达第八十八军防线后面的宣城时,这一地段的国民党军江防部队第二十、第五十五、第八十八军已经放弃阵地逃亡了。于是,第九十九军既没构筑二线防御阵地,也没退回南京自己原来的阵地,而是加入逃亡行列向杭州跑去。

中突击集团的突破,令国民党军的长江防线从中间断成了两截。

二十一日黄昏,东、西两集团同时发动了更大规模的渡江突击。

十七时,西突击集团第二野战军的炮火准备开始了,三百余门火炮经过一个小时的连续炮击,南岸国民党军的江防阵地大部分被摧毁。十八时,渡江第一梯队,第三、第四、第五兵团的第十一、第十二、第十三、第十五、第十六军分别从各自的江段登船。大雨瓢泼,东北风劲吹,雨雾利于隐蔽,东北风把船帆鼓满,天助大军出击。在位于桐城的野战军前线指挥部里,刘伯承接到的第一个战况电话,是第十一军参谋长杨国宇打来的,杨参谋长的四川话抑扬顿挫:"我们的大炮打过去啦!激起的水柱子有几丈高哇!现在我们开始渡江啦!"第十一军出发前,江北的出击地热闹非凡,宣传队员用松枝搭起一座"凯旋门",突击队员们一一从门下通过。炮兵把炮口摇起来,喊:"保证步兵老大哥打过长江!"军乐队手中的乐器闪闪发光,炮火准备的第一发炮弹刚一出膛,他们就猛劲吹奏起了《人民解放军进行曲》。突击队的船只冒着敌人的炮火冲向南岸,钢盔和圆锹都是奋力划水的工具,不断地有船只被击沉,官兵们利用简易救生器材在水浪中奋力游泳,枪声和炮声撼动着大江两岸。第十五军船到江心时,敌人打下一连串照明弹,炮弹随即落在明亮的江面上,军长秦基伟对十四师师长向守志喊:"告诉第一梯队对准目标,掌握好方向,个把船漂下去无碍大局。第二梯队按计划起渡,成败在此一举,一定不能犹豫!"一三一团一连四班的船被炸出个窟窿,江水开始往船里灌,战士们拼命往外淘水,已经负伤的副班长赵强把缆绳拴在自己的腰上,跳入被炮火炸得上下翻腾的江水中,然后不顾一切地向南岸游去,一上岸,赵强就转过身来将船一点一点地拉上岸。零点将至时,第十五军十四师第一梯队官兵全部登上长江南岸。

二十一日夜,第二野战军突击部队先后渡过了十六个团,控制了长约一百公里、纵深约十公里的登陆场。第二天拂晓,第四兵团指挥部渡过了长江,司令员陈赓后来记述道:"晨光熹微,鱼贯如船,微风南送,疾驰如飞。不一时,船登彼岸,踏上了江南大地,当时满怀兴奋,不可言喻……"

西突击集团渡江的同时,东突击集团第三野战军第八、第十兵团在长江下游也开始了突击。

行动一开始就出现了意外。

渡江作战发起前一天,第二十军渡江出发地泰州以南口岸附近的江面上,突然闯进来一艘英军军舰。这艘名为"紫石英"号的护航驱逐舰,配备有四英寸前后主炮六门和数门高射炮。英军军舰不顾警告,逐步进入第三野战军特种兵纵队炮兵第三团的防区,并且突然开炮射击。炮兵第三团立即还击,炮弹雨点一样准确地落下来,"紫石英"号的炮塔被击毁,指挥台被击中,舰长斯金勒少校死亡,副舰长威士敦上尉负伤。"紫石英"号因航线失控,向南岸靠近时搁浅,军舰被迫挂出了一件白色的衬衫。下午,原本停泊在南京的英军驱逐舰"伴侣"号赶来增援,结果依旧招致猛烈的炮击,来自长江北岸的榴弹炮弹,穿透了"伴侣"号的联装主炮,舰长罗伯臣中校受伤,"伴侣"号急忙转舵驶往江阴。

就在这一意外酿成外交事件的时候,第二十军的渡江作战开始了。江面上大风骤起,第一梯队五十八师的船被江浪所阻,在内河河道内无法全部拖出来,最后第二十军不得不取消五十八师的作战任务,改由师预备队六十师跟随五十九师渡江。五十九师也出师不利,第一梯队一七七团的船因大风失去控制被水浪冲散,其中二营和三营的船连同船上的官兵一起被吹走,不但与师、团两级失去了联系,而且他们竟然随风飘过了长江,于午夜在南岸的德胜港和铁皮港附近登陆。天亮的时候,成功登陆的五十九师的一七五、一七六团在南岸艰苦地巩固滩头阵地,后续的六十师只过去了一个团又两个营。

第二十三军在距离渡江时间还有两个小时的时候,攻击部队的正面江面上再次出现两艘英国军舰。"紫石英"号受伤搁浅,"伴侣"号受伤逃走,在香港的英国皇家海军远东舰队和英国外交大臣、海军大臣紧急磋商后,决定派遣正在上海访问的"伦敦"号和"黑天鹅"号一起,在英国皇家海军远东舰队副司令梅登中将的率领下,再次救援"紫石英"号。"伦敦"号是一艘排水量七千吨的巡洋舰,装备有六英寸前后主炮十二门,四英寸副炮八门,四十毫米高射炮十余门。二十一日上午,两艘军舰驶过第三野战军第二十八、第二十九军阵地前的江面,然后全速驶入第二十三军的防区。第二十三军六十八师二〇二团和六十九师二〇五团在英舰的炮击中损失严重,二〇二团团长邓若波被炸死,政治委员陈坚负伤,全团受伤者达四十多人。特种兵纵队炮兵第六团和第二十三军的炮兵开炮还击,"黑天鹅"号多处起火,"伦敦"号指挥塔被击中,舰长卡扎勒负伤,梅登的将军服也被飞溅的弹片撕裂,两艘英舰仓皇驶向长江下游。

"这一事件意义极其重大"。外国记者报道说,"三十年前,只要有英国军舰在长江出现,就足以使中国内战的战局顿时改观。如果二十年以前发生这样的事件,停泊在中国沿海的所有外国军舰就会纷纷开进长江教训那些不安本分的中国人。各国使节也会严厉要求中国赔礼道歉,外国报刊也会喧嚣鼓噪要求进行报复……可惜现在不是一九二九年而是一九四九年了。"

东突击集团开始大规模渡江。二十一日午夜,第二十三军攻占王坍港、天生港、下三圩港和桃花港;第二十八军攻占徐村、朱家垫、新老沟;第二十九军攻占石碑港长山北麓。第十兵团的第一突击梯队建立起正面宽五十公里、纵深长十公里的滩头阵地。第八兵团第二十军二十二日占领扬中岛,二十三日登上长江南岸。第三十四、第三十五军也于这天早晨占领镇江与浦口。

就在东突击集团打响渡江战役之际,二十二日凌晨三时,国民党军江阴要塞守军宣布起义。江阴要塞东临上海,西临南京,控制着二十多公里的长江江面,是护卫南京的重要的江防门户,国民党军设有炮兵总队、守备总队、游动炮团和工兵营等部队。早在一九四七年,共产党人就开始在江阴建立地下组织,专门从事要塞的策反工作。这一年的秋天,地下党成功地在要塞守军中发展了三名中共特别党员,至要塞起义之际,这三名特别党员的职务是:江阴要塞炮台总台长、江阴要塞工兵营长、江阴要塞步兵总队长。最后,江阴要塞参谋长也成为中共特别党员。渡江战役发动前,第三野战军第十兵团派出得力干部打入要塞,适时加强了起义领导力量。江阴要塞的起义,让扼守长江下游咽喉部位的战略要地落入人民解放军手中。

新华社长江前线二十二日二十二时电:

> 人民解放军百万大军,从一千余华里的战线上,冲破敌阵,横渡长江。西起九江[不含],东至江阴,均是人民解放军的渡江区域。二十日夜起,长江北岸人民解放军中路军首先突破安庆、芜湖线,渡至繁昌、铜陵、青阳、荻港、鲁港地区,二十四小时内即已渡过三十万人。二十一日下午五时起,我西路军开始渡

江,地点在九江、安庆段。至发电时止,该路三十五万人民解放军已渡过三分之二,余部二十三日可渡完。这一路现已占领贵池、殷家汇、东流、至德、彭泽之线的广大南岸阵地,正在向南扩展中。和中路军所遇敌情一样,我西路军当面之敌亦纷纷溃退,毫无斗志,我军所遇之抵抗,甚为微弱。此种情况,一方面由于人民解放军英勇善战,锐不可挡;另一方面,这和国民党反动派拒绝签订和平协定,有很大关系。国民党的广大官兵一致希望和平,不想再打了,听见南京拒绝和平,都很泄气。战犯汤恩伯二十一日到芜湖督战,不起丝毫作用。汤恩伯认为南京江阴段防线是很巩固的,弱点只存在于南京、九江一线。不料正是汤恩伯到芜湖的那一天,东面防线又被我军突破了。我东路三十五万大军与西路同日同时发起渡江作战。所有预定计划,都已实现。至发电时止,我东路各军已大部渡过南岸,余部二十三日可以渡完。此处敌军抵抗较为顽强,然在二十一日下午至二十二日下午的整天激战中,我已歼灭及击溃抵抗之敌,占领扬中、镇江、江阴诸县的广大地区,并控制江阴要塞,封锁长江。我军前锋,也已切断镇江无锡段铁路线。

长江天堑,一苇可渡。

此前,长久地缠绕在解放军官兵心中的关于长江的激流巨浪、南岸敌人的坚固工事和猛烈炮火,江面上可以轻易将帆板木船撞翻击沉的国民党军军舰等等,所有的预想在他们双脚踏上南岸那湿润的土地时,便都已成为过去。长江这条巨大的河流水流平稳,强劲的江风正好鼓满了船帆,敌人的防御工事根本不足以阻挡登陆冲击,而国民党军岸炮的火力强度与如此重大的军事行动毫不匹配。防守长江南岸的国民党军一触即溃,解放军先头渡江部队除了看见他们逃跑的背影之外,很少能够看清他们的面孔。国民党军海军的舰艇不是在解放军的渡江炮火准备中受伤,就是被江面上暴雨一样投出的手榴弹吓得掉头就跑。更重要的是,国民党军海军共有九十七艘舰艇投诚起义,其中包括最大的主力巡洋舰"重庆"号和海防第一舰队旗舰"长治"号护航驱逐舰。渡江战役进行中,驻泊镇江的国民党军海军第三机动艇队的二十三艘舰艇和驻泊在南京以东江面上的海防第二舰队的九艘军舰和二十一艘舰艇起义,成为国民党军海军最大规模的倒戈,令蒋介石企图用舰艇封锁长江江面的作战计划顿时化为乌有。

二十二日清晨,第三野战军第八兵团第三十五军一〇三、一〇四师抵近与国民党政府首都南京仅一江之隔的浦口,官兵们已经能够清楚地看见南京城的轮廓了。侦察科长沈鸿毅奉命率领侦察连官兵首先过江,军政治委员何克希对沈鸿毅的指示是,首先攻占总统府和国防部第二厅(情报厅)。

长江上的炮声令南京陷入混乱。

国民党军的城防部队已无影无踪,南京的警察也把制服脱下来不知躲到哪去了。随着各种权力行政部门的纷纷南迁,街头那些华丽的小汽车消失了,官员们居住的新旧洋房均朱门深掩,剩下看房子的仆人们在绿草如茵的院子里议论着街面上越来越耸人听闻的消息。美国人曾夸奖蒋介石是"中国的一种建设性力量,因为他振兴了人民的道德",但是,此刻蒋介石所"振兴"的"人民的道德"得到了验证。南京城的大规模骚乱开始了:国民党高级官员的豪华官邸首先遭到洗劫,衣衫褴褛的平民"爽朗地笑着,互相间呼叫着,欢天喜地地到处拿别人的东西"。从战场上溃败下来的国民党兵拥入南京城,他们把沙发、地毯和所有的家具从一座座豪宅的窗户上扔下来,然后用牲口大车或人背肩扛地运走。国民政府行政院的每一座办公大楼,都被仔细地搜索了一遍——"一个笑眯眯的士兵,枪也不要了,一只手拿着一盏台灯,小心翼翼地往外走。一位老妇人,灰白的头发向脑后绾成一个发髻,身穿一件破烂黑色大襟衣服,手中拿了四块精致的刺绣坐垫,颤悠悠地迈着那双按旧习俗裹成的小脚,喜不自禁"。南京机场更是陷于秩序的空白,几十架军用和民用大型飞机正忙着装货,"一个国民党军将军扯着嗓子命令士兵将他的大钢琴和其他家具搬上一架空军飞机"。"立法院的委员们正排队登上另一架飞机,他们中间有人戴着适合南方气候的软布帽,还有一两个人带着网球拍"。并不是每一个国民党大员都能够顺利出逃,国民党南京市长邓杰带着市政府金库里的三亿元金圆券逃跑时,被他的私人司机和卫兵痛打了一顿,被打断双腿的邓杰再也无法逃往任何地方了。黄昏,长江边的军火库和油库爆炸着火,接着立法院的黄色大楼也着火了。浓烟滚滚中,城内的外国记者纷纷跑向南京饭店,据说一个临时成立的"治安维持委员会"正在那里开会。待记者们穿过满城拥挤的难民和溃兵赶到时,"看到委员们正围坐在餐厅里的小饭桌旁,一边饮茶一边构思着欢迎共产党的标语口号"。其中有一位漂亮的女孩,"上身的卡其布衬衫外套了一件棕色的男式毛衣,袖子挽得高高的,正坐在一位戴眼镜的男子旁边"。记者们听到他们在商量:"明天早上,我们准备派出一个代表团,由西北门出去,把共产党领进城。"

南京临时治安维持委员会给毛泽东发出了一封电报:

毛主席勋鉴:

南京守军于二十三日撤退。南京人民为安全计,联合发起各界组织治安维持委员会,推青苑为主任委员,贻芳为副主任委员,及委员十三人。地方尚称稳定。恳请电饬京陵外围野战军,对南京予以和平接收,以慰民望。何日入城,并请电示,以便欢迎。南京治安维持委员会主任委员马青苑,副主任委员吴贻芳及委员等同叩梗酉。

马青苑,国民党军退役将军;吴贻芳,金陵大学校长。

二十三日凌晨三时,几名外国记者乘坐一辆民用吉普车向南京西北门开去,在离西北门还有约一公里的地方,几道手电光突然射来,吉普车被拦截下来:"什么人?干什么的?"当解放军战士听说他们是法国和美国的记者时,惊呼:"美国人!美国人!"然后他们仔细打量着这些外国人的脸,说:"你知道我们是什么人吗?我们是中国人民解放军!"

第三野战军第三十五军一〇三师侦察连已进入南京城。

此时,国民政府代总统李宗仁已经离开南京。

二十二日早晨,人民解放军大举渡江的时候,李宗仁与何应钦、白崇禧分乘三架专机飞往杭州面见蒋介石,四个人坐在沙发上谈了一两个小时,对于危在旦夕的处境没有作出任何实质性的决策,只有蒋介石表态说,对于今后的任何作战计划他都完全支持。傍晚,白崇禧飞回汉口,何应钦飞往上海,李宗仁则飞回南京。这是一个凄凉的晚上,没有任何电文需要处理,也没有任何事情需要决断,李宗仁孤独地坐在办公室里,听着远处越来越清晰的炮声,为自己的何去何从苦思冥想。共产党方面曾让人带话,让他在任何情况下都不要离开南京,甚至说必要时他可以调桂系的一个师进入南京保护他的安全;共产党方面还承诺,如果南京受到蒋介石嫡系部队的攻击,李宗仁只要能守一天,解放军就可以赶到增援他——毛泽东认为,在最后时刻,李宗仁不会选择蒋介石而会选择共产党。二十二日夜,解放军迫近南京城郊,汤恩伯的电话打来了,说机场很快将被封锁,再不走就走不了了,"务必请代总统至迟于明日清晨离京"。二十三日清晨,李宗仁乘车前往机场。飞机起飞之后,在南京上空盘旋两圈——"东方已白,长江如练,南京城郊,炮火方浓"。李宗仁对机组人员说:飞桂林。

李宗仁以离开南京的方式拒绝了共产党方面的合作愿望。

同时,他以代总统的身份离开,标志着国民党政权在中国的统治就此结束。

二十三日凌晨,中国人民解放军第三十五军一〇三师侦察连冲进南京国府路(今长江路)上的总统府大楼,侦察员徐传翎进入蒋介石的办公室,屋子里面黑乎乎的,他打开电灯看见了办公桌、笔筒、茶杯,还有一本悼念黄百韬的纪念册。侦察员魏记善、何鹏跟着进来了,他们与徐传翎一起,每个人都在蒋介石那把能够转动的座椅上坐了坐。总统府大楼外,侦察员卢登秀、王安滋爬上总统府门楼,扯下了已经被冲锋枪打破的国民党的青天白日旗。

太阳升起来了,照耀着南京城,照耀着紫金山,照耀着向中国大陆的东方奔流而去的长江。

西方记者评论道:

> 南京的易手在军事上并没有什么重要意义,但却具有十分重大的政治意义。这座离海二百三十五英里、位于长江岸边的拥有百万人口的大城市,二十年来一直是中华民国的象征。一九一二年一月一日,孙中山就是在这里宣誓就任中华民国临时大总统的。一九二九年,蒋介石就是在这里建都,以此为剿共战争大本营。当时,共产党还只是孤处华南的一支小小的游击队。当年的这些游击队发展壮大,今天成了四百万雄师,攻占了蒋的首都,而蒋竟无还手之力。这就说明中国政治形势发生了翻天覆地的变化。

解放军的大部队进入南京城,南京市民把茶水倒进他们从皮带上解下来的碗或瓷杯里,中央大学的学生已经会唱"解放区的天是明朗的天",工人、市民、店员手持自制的小红旗拥挤在街道的两旁,一位穿着讲究的青年妇女,怀抱一个婴儿站在欢迎的民众中间——"她叫丁明俊",第三野战军第八兵团司令员陈士榘回忆说,"从一九四八年以来,她就冒着生命危险,协同在国民党军国防部供职的丈夫,精细安排,巧妙伪装,曾多次掩护我地下党的领导人和联络人员,并一次次将重要情报藏在婴儿的襁褓之中送给党的组织"。此刻的她,"俊俏白皙的脸上泛着红润,漂亮的大眼睛里含着激动的泪花"……

> 钟山风雨起苍黄,
> 百万雄师过大江。
> 虎踞龙盘今胜昔,
> 天翻地覆慨而慷。
> 宜将剩勇追穷寇,
> 不可沽名学霸王。
> 天若有情天亦老,
> 人间正道是沧桑。

榴花原是血染红

一九四九年四月,与摧毁蒋家王朝的渡江战役同时发起的,是人民解放军对阎锡山堡垒式的巢穴太原城的最后攻击。

华北军区野战兵团对太原的攻击与围困已长达六个月。

久攻不下导致的严重伤亡令解放军官兵对这座城市恨之入骨。

一九四八年七月晋中战役结束后,中央军委致电华北军区第一副司令员、第一兵团司令员兼政治委员徐向前,第一兵团副司令员兼副政治委员周士第,要求他们"以尽可能短促时间完成攻城准备","争取于十天内外夺取太原"。但是,第一兵团在晋中战役中伤亡很大,难以连续作战,徐向前和周士第要求太原战役以"围困、瓦解、攻击、逐步消弱"为原则,在包围太原的同时部队进行必要休整,将发起攻击的时间后延至十月十八日,"争取三个月内"结束战斗。中央军委表示同意。

华北军区第一兵团五月才刚刚成立,晋中战役后全兵团千人以上的团仅有两个。除辖二十二、二十三、二十四旅的第八纵队和辖三十七、三十八、三十九旅的第十三纵队是老部队外,辖四十三、四十四、四十五旅的第十五纵队是刚从地方武装升级组建的。兵团兵力不很充实,武器也有些简陋:每个连平均有步枪九十支、轻机枪六挺;每个团有八十二毫米迫击炮六门;每个旅有山炮四门、一百二十毫米迫击炮六门;每个纵队有山炮四门、一百五十毫米迫击炮四门。兵团的总兵力为七万七千九百人。加上支援他们作战的华北军区炮兵第一旅和西北野战军第七纵队独立十、十二旅,再加上归七纵指挥的西北野战军第一纵队独立第七旅、第三纵队独立第三旅以及陕甘宁晋绥联防军警备第二旅,准备对太原实施攻击的总兵力为十一万五千人。

晋中战役后,为了守住最后的堡垒太原城,阎锡山迅速补充损失的兵员,组建了第十、第十五两个兵团。其中第十兵团以王靖国为司令官,辖第十九、第三十三、第四十三军;第十五兵团以孙福麟为司令官,辖第三十四、第六十一军。同时,蒋介石还给阎锡山空运来第三十军黄樵松部四个团和八十三旅沈湛部三个团,共计两万多人,由太原绥靖公署副主任孙楚直接指挥。加上太原绥靖公署下辖的独立第八、第九、第十总队,炮兵师、工兵师以及冲锋枪团、飞雷团和列车作战部队等,再加坚贞师、铁血师、神勇师等非正规部队,太原守军总兵力达十五万。

虽然太原已成孤城,但阎锡山的看法是:"共产党凭的人多,用的是波浪式冲锋的人海战术,所以到处取胜,谁防不住这一手,谁就要失败。我们一定要凭借碉堡群组成的据点工事,充分发挥火力,做到以铁弹换肉蛋,共产党就没有办法。"阎锡山打算在太原周围修建一万个碉堡,而碉堡的种类与他的性格一样古怪复杂:高低上有一层的、两层的和三层以上的;质材上有砖砌的、石砌的、砖加水泥的和钢筋水泥的;形状上有高碉、低碉、人字形、十字形、圆形、三角形、六角形、宝塔形,顶部有尖顶、平顶和圆顶;功能上有杀伤碉、伏地碉、警戒碉、侧射碉、好汉碉、半径碉;兵力配备上有半班碉、班碉、排碉、机枪碉和炮兵碉;作用上有面向四周的、面向两侧的、反向射击的——名为"没奈何碉";分布上有品字形、菱形、梯形和梅花形。凡此种种,都是阎锡山坐在家里,用文明棍在地上画出来的。他画出一个样子来,就让侍从参谋照着画成图样,然后立刻交付施工。施工完毕令各部队派代表参观,回去照着样子大量修建——"这完全是阎锡山幻想的产物,并非由经验或试验而来"。懂得军事工程的军官对阎锡山古怪的设计提出不同意见,比如根据一般的军事原理,高碉目标和死角都很大,并不适合作战。这下子阎锡山生气了:"真是些书呆子,根本不认识共产党!共产党既会说话又会组织,能把死人说活,能把民众全组织起来,能叫小脚妇女打冲锋,用的是人海战术,前赴后继,一波跟一波,一浪跟一浪,徒手上来,夺你的机关枪,你有多少子弹,能打死这些不怕死的人?只有深沟高垒,使他爬不上来,然后用手掷弹手雷消灭他,才能守住阵地。"

由此,阎锡山称他的太原为"可抵一百五十万军队"的碉堡城:"我们今日的碉堡及一切工事,可以说就够个不失败的阵地了。降一等说,我们的碉堡工事,够一个杀十个;我们的枪炮弹,可有杀伤一百五十万敌人的火力。只要大家不滥发,我们更属保险。"一位当时进入太原的美国记者惊叹道:"任何人到了太原,都会为数不清的碉堡感到吃惊,高的、低的、长的、圆的、三角形的,甚至藏在地下的,构成了不可思议的严密火网。"

太原位于晋中盆地北部,东倚罕山,西临汾河,南接平川,北靠丘陵,地势险要,易守难攻。以各式碉堡为核心,阎锡山构筑了一个由前进阵地、外围要塞和城垣主阵地组成的城防系统。每个据点都有众多的子母堡和屯兵所,堑壕、交通壕、坑道、鹿砦、铁丝网、电网等构成交织火力网,既可独立作战,也能相互支援。众多的坚固据点,最终形成的是一个巨大的环形防御体系,北起青龙镇、曲阳,南至武宿、小店镇,西起石千峰,东至罕山,周长百里,控制着太原周边全部交通要点和制高点。阎锡山还修建了环城铁路以利兵力机动。

喜欢制造理论的阎锡山,给太原防御作战计划起名为"总体战"。他下令成立"总体行动委员会",下设办公室、人力、物资、运输、食粮、治安、宣传、慰劳、救护、房管、救济等十余个部门。随后,他为"总体战"亲自制定了"十二条行动纲领"——这是一堆内容杂乱、措辞生僻的奇思怪想:

> 战斗城以太原城的要塞圈为起点,其范围内所有男女成员,均须编组起来,直接间接向战斗目标努力,建立起地利上的工事坚固阵地,与人民的坚强意志的团力,尤须提高旺盛的自学互学精神,严密的管理政治生活行为,彻底执行铁的纪律,使战斗城成为严密的民众学校,保证战斗城的任务圆满完成;战斗城的成员养成亲爱互助、忠贞团结、上下一致的整体团力,并以进步的斗争作风,保证不懦、不懒、不偷及永不变节的革命本质;彻底划清国家与国家敌人,坚决地铲除国家的敌人,使战斗城范围内,皆为国家的成员,没有一个伪装,没有一个两面人,建立起与国家的敌人不并立的精神;实行精兵政策,确定选官练兵,加强杀敌技能,紧密军中战斗空气,提高杀敌企图,一切为了前线,一切支援部队,作到守必固,攻必克;实施兵农政治,组成生活、生产、战斗合一的体制,紧密社会政治空气,选训种能干部,发挥说服感化的种能功效,壮大开展力量;战斗城范围内的战斗成员,无一人不劳作,且无论是精神劳作,均须每日每人二小时[或每周一日]的建设劳动,实现以企图支配身体,以物质表现力量;战斗城内,实行历史上的战斗经济,在只求共生、不谋私蓄的原则

下,以劳动结果的生活剩余,增加再生产的资本;实行人物管制,凡有害战斗城的人物往来,绝对管制,无益于战斗城的人物来往,相当管制;普遍实行军训,统一戡乱认识,集中戡乱力量,加强杀敌技能,以适应战斗城的战斗需要,加强青年及儿童战时教育,培植革命新生力量,新闻报章以报导剿匪杀敌,推崇战斗英雄、劳动英雄、加强宣传、揭发匪军阴谋为重心,并实行娱乐机会均等,以激励战斗情绪。

果然,太原城所有的男女老幼都被编入作战组织。其中由壮丁和学生组成的甲级和乙级参战队的任务是参军、做工、肃伪、运输、担架、守城、守碉;老年助战队的任务是担架、运输、做工和守护;妇女助战队的任务是缝洗、看护、募捐、慰劳和炊饮;少年助战队的任务是传话、宣传、歌咏和募捐。阎锡山对自己的创想很满意,他说这是"满天星的布置":"一旦有事,关上大门,一起上房,院守院,街守街,成了天罗地网。"

为了向世人表明自己与太原共存亡的决心,阎锡山在绥靖公署举办了一次外国记者招待会。会场的门口摆放着一口棺材,会议桌上摆放着五百多瓶毒药——"我阎锡山决心死守太原,如果失败,我就和我的军官们饮此毒药,同归于尽"。外国记者们目瞪口呆,阎锡山看着乐此不疲,他特意向记者们介绍了一位站在他身边的日本人,并着重让记者们观看了这个日本人佩戴的手枪,阎锡山说他的任务就是在最后时刻把我打死——"这个任务,非日本人不可,我的侍从们是无勇气下手的。"

长期与阎锡山部周旋作战的解放军官兵知道,他们面临的是一场必须付出巨大代价的战斗。与阎锡山同为山西人的徐向前因此出言谨慎:"首先争取一直连续地打下去,在最快时间内全歼敌人是上策,先打再围带打而下之即消耗较大是中策,下策即必须增加力量再攻下之,即影响别线作战,只是最后之一途。"

战役预定发起时间是:一九四八年十月十八日。

解放军正在进行作战准备的时候,太原守军受到济南城失守的震撼,十月一日,七个师突然分三路出城抢粮。华北军区第一兵团立即决定趁敌人出城之际提前发起太原战役。

然而,拿下太原城的作战,其时间持续之长和付出代价之惨烈,还是出乎出言谨慎的徐向前的预料。

五日,战役开始。第八、第十三纵队迅速包围驻守在太原城南小店镇附近的暂编四十四师及七十二师的一个团,同时还包围了小店镇东南黑窑地区的暂编四十五师及南畔地区的暂编四十九师的两个营,并于六日清晨全歼该敌。晚上,第十三、第十五纵队配合,对南黑窑东北方向的武宿地区发起攻击,由于没有切断敌人的退路,大部敌人乘铁甲列车撤退,部队攻占了武宿机场。在太原城北,七纵独立十二旅和警备第二旅攻占李家山高地,以炮火控制了新城机场。但是,要想攻下太原,必须首先攻占城东的东山防线。东山是护卫太原城的天然屏障,南北长八公里,东西宽十五公里,主峰高出太原城五百米,可以俯瞰整个太原城区,自北向南并列有牛驼寨、小窑头、淖马和山头四大要塞。由于解放军的攻城战从城南发起的,阎锡山的兵力已被吸引到太原城防的南线,东山防线上兵力薄弱。

十日,重病中的徐向前从西柏坡回到太原前线。

十五日,攻击东山的战斗打响。

东山柳沟村地下党支部书记赵炳玉来了,他告诉徐向前,东山的东北方向有一条山间小路,只要部队隐蔽前进,可以直插牛驼寨要塞的纵深。七纵沿着这条小路到达敌人阵地核心部位,连克九座碉堡,顺利攻占牛驼寨要塞大部,歼灭守军一个团。十五纵则自东向西,首先攻占东山东南方向的重要阵地石嘴子,然后与七纵一起切断了东山与太原间的联系。虽然十三纵在攻击山头要塞的外围据点马庄时受阻,但东山的大部分阵地已被占领,太原城已在第一兵团官兵的眼下。

二十一日，阎锡山发动了坚决而猛烈的反击，上百门山炮、榴弹炮"一天内即发射炮弹一万多发"，七纵占领牛驼寨后修建的阻击工事全部被毁，坚守阵地的七旅十九团因严重伤亡而后撤，牛驼寨阵地失守。

为了再次攻占四大要塞，第一兵团集中兵力和火力，重新调整了攻击部署：七纵再攻牛驼寨，八纵攻击小窑头，十五纵攻击淖马，十三纵攻击山头。

二十六日，对攻战再次打响，双方都投入了巨大兵力：第一兵团先后有二十七个半团投入战斗，而阎锡山部除了守城西、城南和城北的五个师外，其余部队全部投入到东山战场。重兵交火，战斗空前惨烈。

淖马要塞距离太原城两公里，由十余个阵地相连组成，主阵地修在山顶，四周有五层劈坡，守军为国民党军第三十军和独立第八总队各一部。十五纵投入四十三旅一二八团全部和一二九团的两个营攻击主阵地，四十四旅一部和一二九团的一个营左右迂回，一二七团为预备队。敌人在执法队的督战下顽强抵抗，十五纵多次攻击未果。入夜，爆破队员连续爆破后冲上第一层劈坡，在第二、第三层劈坡间与守军对峙。天亮后，一二九团接着爆破，终于突进敌人的主阵地。接下来的两天，阎锡山部以四千人的兵力，在炮火的掩护下连续发动反击，负责坚守阵地的一二七团官兵以交叉火力夹击敌人。侧翼迂回的四十四旅经过艰苦作战，从主阵地以西突破了敌人的防线，一二七团则在五个小时内连续爆破，攻克了要塞上的高大炮碉。阎锡山威逼守不住要塞军法从事，守军独立第八总队司令赵瑞不得已率部起义，淖马阵地最终被十五纵占领。但是，淖马要塞位于牛驼寨与山头两要塞之间的突出部，不利于坚守。阎锡山命令第十九军军长曹国忠率部反击，淖马要塞再次失守。十五纵连续发动三次反击，激战三天才又重新夺回失去的阵地。

阎锡山对赵瑞的阵前起义是十分恼怒,下达了"当场打死倡议投降者"的命令,并让各部队每天向他汇报一次官兵的政治情绪。然后,他将史泽波的"奋斗团"派上来据守淖马要塞——史泽波本人和"奋斗团"的军官全是在上党战役和晋中战役中被解放军俘虏后释放的,回来之后经过了阎锡山残酷的"洗脑"训练。

十三纵负责攻击的山头要塞,是距太原城五公里的一串高大的丘陵,四周有劈坡二至六层,每层高四至六米。守军为阎锡山部独立第九总队全部、七十三师一个团、暂编三十九师和独立第八总队各一个营。十三纵的炮火准备开始后,敌人躲进避弹坑或窑洞,当炮火转移步兵发起冲锋时,敌人用手榴弹和燃烧弹阻击冲击的第一梯队,用炮火封锁跟上来的第二梯队。三十八旅向山头主阵地发动的攻击连续受挫,兵力从一个团逐渐增加至三个团,战斗依旧难以取得进展。在阎锡山的请求下,蒋介石将整编第十师八十三旅(后改称八十二师)四千五百人由榆林空运到太原,阎锡山立即命令该部接防山头要塞。十三纵三十八旅再次组织三个团实施攻击,除一一三团攻占了五号阵地外,一一二、一一四团攻击失利。三十七旅接替伤亡严重的三十八旅后继续攻击,最终攻克山头要塞。

八纵攻击的小窑头要塞,位于太原东门外四公里的山岭上,由一至十五号阵地组成,四周劈坡高达十米,劈坡上建有坚固的钢筋水泥堡垒。守军为阎锡山部暂编四十五师一个团、独立第十总队的一个连和保安第六团一部。攻击发起后,八纵二十四旅和二十二旅六十四团连续攻占了一至六号阵地,第二天又连续攻占了八至十五号阵地。这种似乎不太正常的顺利,即刻引起八纵指挥员的警惕。果然,敌人在炮火的掩护下发动突然反击,三个团的兵力蜂拥而上,随着炮弹一起落下的还有燃烧弹和毒气弹,刚刚占领阵地的二十四旅官兵被迫全线撤退。撤退时,七十一团三营据守的阵地受到左右夹攻,整整七个小时的激战中大部分官兵伤亡。特务连长赵全福用一挺机枪拼死掩护团部撤离直至鲜血流尽。七十一团团部也只撤出来团长、参谋长等十七人。在随后的拉锯战中，八纵二十二、二十三、二十四旅全部投入战斗，六个昼夜之后，小窑头各阵地相继被重新攻克。

七纵攻击牛驼寨的战斗更为激烈。牛驼寨位于太原城东北五公里处，是个能屯兵五千人的巨型要塞，由三个集团阵地和十座主碉堡构成，四周的劈坡有十一层之多，守军为独立第十总队主力和六十八师。七纵的攻击数次失利，随后投入独立第三旅和独立十二旅。苦战四天之后，独立第三旅攻占七号碉堡，独立十二旅攻占三号、八号、十号碉堡，并迫使二号碉堡守军投降。孤立的九号碉堡守军闻风而逃。但是，敌人很快就组织起反击，战场执法队上了前沿，炮兵发射了大量毒气弹，独立十二旅不但正面压力巨大，而且由于五号、六号碉堡尚未攻占，敌人卡在独立十二旅的退路上。七纵组织力量猛攻五号、六号碉堡，经过近二十个小时的血战，终于将两座堡垒拿下。敌人全部退守四号指挥碉堡，依据有利地形顽强据守，七纵经过九次爆破和五次强击，最终攻克四号碉堡，占领牛驼寨要塞。

太原四大要塞攻防战，是国共两军战史上的一场惨烈战事。东山上的每一个据点、每一座碉堡都经过了得而复失、失而复得的残酷过程，每一个面积不大的阵地上，每天都要受到至少八百门火炮的轮番轰击，陡坡上已无法重新建构工事，只能用战场上的尸体堆积防护掩体。阎锡山部攻击凶狠，防御顽强，在督战队前面官兵作战几近疯狂。徐向前部无论兵力还是装备都处于劣势，官兵流血牺牲，前仆后继，昼夜厮杀，不达目的决不罢休。战斗接近尾声的时候，总指挥徐向前旧病复发，胸部大量积水，胸腹间剧痛难忍，他躺在担架上就是不肯后撤，前沿官兵的巨大伤亡令他彻骨心寒。战事暂时平息之后，东山上各主要阵地焦土厚达一米，战死的官兵尸体交错叠摞。

此战，阎锡山部损失兵力万余，徐向前部伤亡八千五百余人。

争夺太原外围四大要塞的战斗还在进行的时候,一个令人心惊的消息传来:策反国民党军第三十军起义的秘密行动暴露,潜入太原城内的第一兵团第八纵队参谋处长晋夫下落不明。

国民党军第三十军,前身为西北军嫡系部队吉鸿昌部。一九三一年被蒋介石收编为第二十二路军,一九三一年第二十二路军被改编为第三十军。该军先后参加对鄂豫皖苏区、湘鄂川黔边苏区的"围剿"作战,抗战期间参加过徐州会战、武汉会战、豫南会战、常德会战等。内战爆发后,一九四六年上半年,国民党军整编时,第三十军改编为整编三十师,下辖三个旅,分别驻防山西翼城、河南洛阳和山西垣曲。一九四八年七月下旬,该师紧急空运太原,隶属阎锡山的太原绥靖公署,恢复第三十军番号,奉命防守太原城,军长黄樵松。

黄樵松,号怡墅,时年四十五岁,河南尉氏县人,自幼家境贫寒。一九二二年参加冯玉祥部学生团,后在西北军第四十三军高树勋部任团长、旅长和师长。抗日战争中,率部与日军血战北平琉璃河、山西娘子关、山东台儿庄等地,与联合抗日的共产党人关系良好,曾对进入他的部队宣传抗日的共产党人表示:"你们回到延安,请对毛主席说,我将来要走延安的道路。"内战爆发后,黄樵松出任第三十军副军长,在运城、临汾等战役中饱尝打败仗之苦。因此接到空运太原的命令时,他拒绝从命,说阎锡山有本事就让他自己打吧!胡宗南多次派人劝说,黄樵松才勉强成行。临行前他对友人说:"厮杀半生,如今还要打内战,国家何日得安宁,人民何日得苏生!"一九四八年十月,黄樵松被任命为第三十军军长,率部驻守太原城北郊。

黄樵松刚到太原不久,便接到在邯郸战役中起义的老上司高树勋的信:

……今太原孤城果何所恃乎?以言待援,千里之内无兵可援;空中运输,机场已被控制。你们出城反扑数次,损兵折将,防御圈日渐缩小,太原解放定然为期不远。一旦城破被俘,其境况如何？临汾之役三十旅的覆没可谓殷鉴。弟等何以踏此履辙，应三思之。

在这千钧一发之际，还不早下决心，尚待何时？人家亲信部队郑洞国，在危急之时不听蒋之乱命，自动放下武器。你们为的什么？有何代价？况我西北军历来是革命的，在蒋贼分化欺骗收买之下，部队部分地走向崩溃，多数干部流离失所，无法生活者比比皆是。回忆过去能不痛心……

高树勋在信的最后特别附注："一、见信后，速派负责人员来取联络。如须我去时，我可到你附近商谈。二、我保证你们起义后原番号、原部队仍予保留。三、我们可大胆地与人民解放军配合，直取太原，活捉阎锡山，为人民除害，为国家立功。如捉阎有困难，可将防地让与解放军，将部队开到另一地区休整，以备将来之用。"

黄樵松不断地给旧友同僚打电报，探寻吴化文在济南起义后的情况，探寻共产党人是否守信用，他得到的回答都是肯定的。

十月三十日，黄樵松派他的谍报队长王正中、谍报员王玉甲手持他的亲笔信从东山前线出走，到达华北军区第一兵团第八纵队司令部。徐向前得知消息后，立即派兵团政治部主任胡耀邦前去办理此事，并将高树勋连夜请到第八纵队司令部，以会商第三十军起义之事。黄樵松在信中表示："为了拯救太原三十万父老兄弟姐妹出水火，我决心起义，站到人民和正义这方面来。"同时，黄樵松提出四个条件：起义后黄本人参加山西省政府组织；保持原部队和原番号；得到补充和休整；部队暂不调到别地。胡耀邦表示可以同意。最后，双方商定了起义办法："解放军攻取太原时，第三十军交出防守的大小东门，放解放军顺利进城，第三十军即撤到城外集结，进行补充整编。"

十一月二日，徐向前亲自致信黄樵松：

樵松军长勋鉴：

　　来函收悉。贵军长为早日解放太原三十万人民于水火，拟高举义旗，实属对山西人民之一大贡献。向前当保证贵军起义后仍编为一个军，一切待遇与人民解放军同。惟时机紧迫，为更缜密计，事不宜迟。至于具体问题，兹特请高总司令树勋将军，并派本军政治部主任耀邦，来前线代表向前全权进行商谈。

　　专此即颂军祺

徐向前　启
十一月二日

谍报队长王正中表示，需要有人直接进城区与黄军长面商落实起义之事。

胡耀邦请示徐向前要求亲自进城，徐向前没有同意。

最后，第八纵队选定的是纵队参谋处长晋夫。

晋夫，又名靳甫，时年三十一岁，河南洛阳西昌庙村人。一九三七年参加八路军，一九三八年加入中国共产党，一九三九年赴延安学习参谋业务。历任连指导员、营教导员、参谋、参谋科长、军分区参谋主任和纵队参谋处长等职。

胡耀邦对晋夫说："晋夫同志，组织上考虑来考虑去，认为你去执行这个任务比较合适。这个任务是深入虎穴，要同敌人斗智斗勇，环境复杂，任务艰巨，可能还有生命危险。"晋夫说："作为一个共产党员，只要党需要，为人民牺牲自己也心甘。"参谋们为晋夫准备了简单的行装，然后看着他换上便衣，把入城路线图和一块旧怀表揣在口袋里。八纵的领导都来为晋夫送行。高度近视的司令员王新亭摸了摸晋夫单薄的衣服，把自己身上的毛背心脱下来，看着晋夫穿在身上。晋夫在大家的注视下走上了可以俯瞰太原城的那道山梁。

太原城外的解放军指挥员并不知道，此时的太原城内已经发生变故。

三日早晨,黄樵松为了全军顺利起义,将起义计划告诉了二十七师师长戴炳南,并命他向各团传达。戴炳南,山东即墨人,其父曾在阎锡山手下当过参谋和副官,拿阎锡山的话讲,"我们是父一辈、子一辈的人"。戴炳南中学毕业后加入国民党军,在黄樵松的提拔下一路升迁,黄樵松当团长他是营长,黄樵松当旅长他当团长,黄樵松当军长他是师长,两人相处整整十六年,黄樵松认为他无可置疑是自己人。但是,就在黄樵松向戴炳南透露起义计划后,戴炳南思量了一下午:投降共产党,不愿意;自杀,不值得;那么就只剩下一条路了,向阎锡山告密。晚上,戴炳南驱车直奔太原绥靖公署。阎锡山听了黄樵松的起义计划后,大惊失色,急忙下令以召集紧急军事会议为名诱捕黄樵松。毫无戒备的黄樵松到达之后立即被下了手枪。阎锡山质问道:"黄军长,总统和我都很器重你,到太原后待你不薄,你为什么要叛变?"黄樵松坦然地说:"好汉做事好汉当,我不愿意打内战,我要弃暗投明。事已至此,由你看着办吧!"阎锡山把手中的文明棍一敲,喊道:"捆起来!"

惊魂未定的阎锡山立即召开第三十军各师团军官会议,当场宣布戴炳南为第三十军代军长,同时颁发给他一面常胜军旗,上书"晋民爱戴"四个字。其他校官则每人发毛毯一条、日本呢子军服一套和金圆券十万元。阎锡山说:"黄先生一时错误,想同共产党合作,我知道共产党那一套,全是骗局。你们深明大义,不仅保卫了太原,还稳住了南京,这是历史上少有的,我很感激,诚心敬佩。"

四日拂晓,晋夫、王正中、王玉甲以及以警卫员身份陪同晋夫进城的第八纵队侦察队副队长翟许友被捕。

阎锡山向南京请示处理办法,蒋介石回电:"黄樵松速解南京审办。"

六日,阎锡山的宪兵队将黄樵松和晋夫等人用飞机押往南京。

黄樵松和晋夫,两位殊途同归的硬汉,狱中的折磨没有令他们屈服。黄军长对看望他的家人说:"我终于找到了真理,看到了光明,为真理而死,死得其所。"国民党军军事法庭让晋夫承认,他就是解放军华北军区第一兵团政治部主任胡耀邦,晋夫笑说:"我是堂堂正正解放军的全权代表,是来接受第三十军起义的!"黄樵松更是怒不可遏:"我不是叛变!而是不愿意替蒋介石当炮灰,不愿意打内战!"两个硬汉当庭相互微笑。黄军长说:"解放军是我请来的,要杀杀我,为什么判他有罪?"晋夫说:"黄军长,你没罪,有罪的正是他们,该杀的也正是他们。死,吓不倒我们,人民会替我们报仇的!"

一九四八年十一月二十七日夜,黄樵松和晋夫被秘密处死。

近一个月的重刑拷打已将晋夫折磨得骨瘦如柴,临死时他一只胳膊依旧处在被折断的状态,当敌人的枪口对准他的胸膛的时候,晋夫高喊:"打倒国民党!共产党万岁!"

黄樵松死后,囚室中遗有一块白丝手帕,上有"死而无悔"四个字;在写给妻子的遗书中,黄军长说:"为正义而死在首都金陵,那就是难能可贵了。"这位戎马一生的将领遗世《榴花》一首:

>昨日梦中炮声隆,
>朝来满院榴花红。
>英雄效命咫尺外,
>榴花原是血染红。

整整二十九年后的十一月二十七日,黄樵松、晋夫、王正中的骨灰被移至太原双塔寺烈士陵园。日复一日,年复一年,松柏掩映,晋风缭绕,黄樵松清俊的面容以及晋夫疏朗的脸庞始终清晰动人,而他们眼前的太原城已如血染榴花般繁盛夺目。

原计划是在攻占东山要塞之后,乘机夺取太原城。但是,自战役发起之后,华北军区第一兵团主攻部队持续作战一个多月,官兵疲惫,伤亡严重。而黄樵松第三十军的起义失败,又令里应外合的攻城计划落空。同时，国民党军八十三师已空运太原，阎锡山为了保持太原的对外联系，在解放军攻打东山防御据点时，竟然抢修出五个临时机场。封锁太原已不可能。因此，第一兵团致电中央军委："决定停止战役进攻，暂时转入休整补充。"十一月十六日，中央军委复电："再打一二个星期，将外围要点攻占若干，并确实控制机场，即停止攻击，进行政治攻势，部队固守已得阵地，就地休整。待明年一月东北野战军入关攻击平津时，你们再攻太原。"

十九日，太原前线作战部队进入围城休整阶段。

围城太原长达五个月之久。

其间，部队根据中央军委的命令完成了整编：华北军区第一兵团改称第十八兵团，司令员兼政治委员徐向前，副司令员兼副政治委员周士第、王新亭，副司令员兼参谋长陈漫远，政治部主任胡耀邦。原第八、第十三、第十五纵队依次改称为第六十、第六十一、第六十二军，原西北野战军第七纵队改称第一野战军第七军，华北炮兵第一旅改称炮兵第三师。各部队普遍进行了兵员补充、纪律整顿、政治学习和战场练兵，军政素质得到空前提高。

同时进行的，还有战役物资准备。据战后统计，整个太原战役期间，近百万山西百姓加入了支前工作，百姓共筹集一亿斤小米、一千七百余万斤小麦、四千二百余万斤木柴、六千九百余万斤谷草、三百一十余万斤蔬菜、一百二十余万斤盐，这些维持大军生存的物资，被从方圆三四百里之外源源不断地运抵太原城下。因为太原守敌工事坚固，解放军还需大量的攻城物资，于是，山西百姓又一次倾其所有，五十余万块门板、五万多根粗木、二十九万根房檩和五十多万条口袋被送上了阵地。有资料显示，为了支援太原战役，按当地一人一个响午为一个工计算，山西百姓累计出工达二十一亿多个，这一惊人的力量足以把阎锡山盘踞的太原城连根拔起。

人民解放军太原前线司令部公布了《告困守太原国民党军官

兵书》：

人民解放军很快就要对太原举行总攻击了。本军曾三番五次劝告阎锡山和你们的许多高级军官，希望他们停止抵抗，和平合理的解决太原问题。但战犯阎锡山却死不接受本军的忠告，并梦想以太原城人民和你们的生命来维持他们的罪恶统治……蒋阎官兵们，本军现又调来了强大兵团，无论兵力火力，都超过你们多少倍。请你们仔细想想，太原这座孤城，能够抵挡得住强大的人民解放军的进攻吗？北平、天津、锦州、沈阳、长春、济南等城都抵挡不住，太原还比这些地方强些么？你们要好好记住，不要相信阎锡山什么"战斗城"、"铁城"、"钢城"等等鬼话，什么林立碉也好，钢骨水泥碉也好，都是经不起人民解放军强大炮火和大量黄色炸药打击的……人民解放军就是不打你们，只要完全截断你们的粮食接济，再围上你们个把月，请问你们受得了受不了？……蒋阎军士兵们，你们都是被抓来卖命的工人、农民、学生或小商人。你们的家，大部分都得到了解放，而且还分到了土地和房屋。你们应该要求你们的官长马上投降。如果他们不听，就应该利用一切机会跑过来。你们应该秘密串通，打死监视你们的特务，打死逼迫你们作战的军官，万一跑不过来，就要在本军攻击的时候，自动放下武器，千万不要抵抗，白白送了自己的生命。蒋阎军军官们，你们切不可再继续与人民为敌，再继续为战犯卖命，你们应该要求阎锡山和你们的上级长官，马上投降。如果他们不听，就应该毫不犹豫地率领你们的部队投降过来。万一不能，就要在本军攻击的时候，命令你的部下不要抵抗，趁早放下武器。蒋阎军官兵们，请你们记住这两句最要紧的话：如果你们企图顽抗，就是自寻死路；只有投降过来或不抵抗才是生路。

"本军现又调来了强大兵团",这绝不是虚张声势。

北平和平解放后,中央军委决定调第十九兵团杨得志、罗瑞卿部,率第六十三、第六十四、第六十五军;第二十兵团杨成武、李天焕部,率第六十六、第六十七、第六十八军,南下太原城下。同时,根据中央军委的指令,第四野战军抽出炮兵第一师的两个重炮团赶赴太原前线。

华北军区参谋长赵尔陆致电太原前线司令部:

> 东总(东北野战军指挥部)派炮一师率两个炮团参加攻(太原)并作战。野榴炮二团二千人,野炮二十四门,十生的榴弹炮十二门。重炮三团三千一百人,日式十五生的榴弹炮三十二门。另附两个高射炮连,共七点五高射炮八门。弹药均自带……

至一九四九年四月,集结在太原城下的解放军总兵力"已达到三个兵团、十个军、三十六个步兵师,三个步兵旅,两个炮兵师,共三十二万余人,拥有火炮一千一百五十余门"。

此时,彭德怀受毛泽东的委托,从西柏坡到达太原前线。他立即去榆次以南的峪壁村看望病中的徐向前。徐向前的肋膜已两次出水,胸背疼痛难忍。彭德怀向徐向前传达了七届二中全会精神,徐向前介绍了攻打太原的部署与准备。因自己无法到前线去,徐向前请彭德怀留下来指挥攻城,待拿下太原后再回陕北。彭德怀同意了——十四年前,长征到达川北黑水河地区的红三军团军团长彭德怀,见到的第一个红四方面军的将领就是徐向前,自那以后他们始终对对方充满敬意。整整三十八年后,彭德怀已含冤离世,徐向前回忆太原战役时说:"那时下命令、写布告,仍用我的名义签署,实际上是彭老总在挑担子。他新来乍到,对敌我情况都不熟悉,但慨然允诺,勇挑重担,实在难得。"

解放军重兵云集太原城下,阎锡山陷入极度的痛苦中。

从政治本质上讲,阎锡山与共产党势不两立。北平和平谈判期间,傅作义曾致电阎锡山告白心中纠结:"北平坚守已四十日。天津失陷后,情势愈紧,虽极力撑持,但以平市人多粮缺,内部复杂,士气消沉,民情浮动,均不及太原甚远。自蒋公离京,政府力倡和平,群情沸腾,将形内溃,纵全毁无补华北,不得已于养日(二十二日)上午十时先行协议停战,军队保持建制番号,一个月后实行整编。过渡期间双方派员成立联合办事处机构,处理军政事项,以待中央之整个解决。事急应变,心情痛苦万分,盼钧座速赐指教。"阎锡山在回电中没有明确表示反对和谈,但提醒傅作义一定要设法保留自己的军队,最后时刻还可以到他的太原来。但是,转过身,他便在高级军官会议上大骂傅作义"出卖了北平人民"。李宗仁开始与共产党方面和谈后,白崇禧为阎锡山鼓气:"今和平前途殆将绝望,今后唯积极备战,军民一体,共同奋斗,匡计时艰。先生镇守并(太原)垣,艰苦卓绝,保此名城,屹立无恙,贤劳在望,景佩良殷。"阎锡山在给李宗仁的电报中也没表明反对立场,但在给国防部次长徐永昌的电报中却主张死战:"和是政治的事,军事方面仍应积极备战,以作和的后盾。匪是集中人海,我应集中火海,在军师以外组建炮兵两个军,追炮一个至两个军,重机枪两个至三个军,配合空军海军消灭渡江之匪,一战可转移优势。"

阎锡山死守太原的决心源自他的根本利益和某种幻想:太原是他经营三十八年的独立王国,他在这里拥有巨大的个人资产,他决不会轻易丢弃他毕生经营的财产;太原还是重工业城市,有几十座钢铁厂和兵工厂,能制造火炮和多种常规武器以及各种规格的弹药,他自信有能力将战争坚持下去。同时,他认为国民党至少能够拥有江南的半壁河山,虽然他与蒋介石之间存在巨大的矛盾,但是在反共这一点上他们可以密切合作;他还坚定地认为第三次世界大战马上就要爆发,美国很快就会出兵中国帮助国民党消灭共产党。于是,阎锡山提出的口号是:"不死太原,等于形骸,有何用处!"

然而,信誓旦旦准备了棺材、毒药、手枪、口号的阎锡山并不想死。

如何才能逃离危险的太原城呢?最保全面子的办法,就是南京来电让他出去。阎锡山先打电报给山西驻南京的军事代表杨源,让他通过美国驻华大使司徒雷登向李宗仁请求,调任他为行政院长,但李宗仁没有同意。三月下旬,解放军向太原发起总攻的迹象越来越明显,阎锡山又给原来做过他的秘书长、现任国民党政府部长的贾明德去电,要求他向李宗仁请求谋职:"为了拯救晋民,咱拟在中央占一位置,名位高下,在所不计,副主席亦可。"贾明德一下就明白了阎锡山的用意,他向李宗仁明确提出:"先去一电,请其来京,俾脱险境。"这一次,李宗仁同意了。

三月二十九日,阎锡山召集太原高级军政人员开会,口气温和地念了李宗仁的电报:"和平使节定于月杪飞平,党国大事,诸待吾兄前来商决,敬请迅速命驾,如需飞机,请即电示,以便迎迓。"电报念完,会场寂静,阎锡山接着说:"此去南京,多则五天,少则三天,咱便回来和大家共守太原。"

下午,阎锡山带着几名侍从人员,秘密出太原南门,到达汾河西洪沟临时机场,乘坐陈纳德为他准备的一架小型飞机,离开了太原。

太原守军所有的将领都以为,阎锡山过几天就会回来,因为他没有带走任何家人,特别是没带他平时最依赖的、最钟爱的五妹阎慧卿。阎锡山临走告诉阎慧卿:"咱一定回来,如果万一回不来,咱一定派直升机来接你和梁化之,咱已交了飞机定金,到了危险的时候,一定将你们二人接走。"

阎锡山此一去,再也没有回过山西。

他曾经用来表示将与太原共生死的毒药,让他的五妹阎慧卿和梁化之吃下去了。梁化之,阎锡山的心腹特务,阎慧卿的秘密情人。

两人在太原城破之际,服毒自杀于绥靖公署东花园钟楼地下室。最后时刻,阎慧卿给阎锡山发出诀别电报:"连日炮声如雷,震耳欲聋,弹飞如雨,骇魂惊心。屋外烟焰弥漫,一片火海,室内昏黑死寂,万念俱灰。大势已去,巷战不支。今生已矣,一别永诀,来生再见,愿非虚幻。妹今发电之刻尚在人间,大哥阅电之时已成隔世。"

四月二十日,解放军对太原的攻击又一次打响。

第十八兵团于城东南首先插入敌阵,与从南线插入的第十九兵团和晋中军区的三个独立旅会合后,切断了太原守军的退路,之后,与位于城北的第二十兵团和第七军的两个师合力围攻,至二十二日,太原城所有外围据点全部肃清,阎锡山的十二个师悉数被歼。

二十四日十七时半,对太原城的最后总攻开始。

在一千多门大炮的猛烈轰击下,太原城垣和各种各样的碉堡纷纷坍塌。第十八兵团和第七军主力由城东的大东门,第十九兵团由城南的首义门,第二十兵团由城北,爆破队员炸开城门和城墙,突击队登梯爬城,两个小时后攻城部队全线突入城内,四个小时后将残余国民党守军包围于市中心。攻击绥靖公署的时候,官兵们听见他们的指挥员站在弹雨纷飞的高墙上呐喊:"同志们!南京被咱们占啦!"

一九四九年四月二十四日上午十时,太原解放。

阎锡山统治山西的历史至此结束。

出卖黄樵松和晋夫的国民党军第三十军军长戴炳南被搜出后公审枪决。

太原战役历时六个月,对于攻击一座省会城市所用的时间和代价来讲,在解放战争中绝无仅有。

此战,攻守双方伤亡均在三万以上。

太原城破之后月余,章士钊、邵力子致信李宗仁:"夫阎君不惜其乡人子弟,以万无可守之太原,已遁去,而责若辈死绥,以致城破之日,尸与沟平,屋无完瓦,晋人莫不恨之。"

太原战役之后,随着大同的和平解放,华北自此无战事。

最后的故园

在杭州与李宗仁、何应钦、白崇禧见面之后,四月二十三日,蒋介石返回奉化溪口老家。

第二天,全家人一起收拾家产行装。下午,蒋家妻儿老小离开溪口,换机飞往台湾。

蒋介石和蒋经国留在了空荡荡的溪口老家。

是夜,蒋经国在日记中写道:"内外形势已临绝望边缘,前途充满阴影,精神之抑郁与内心之沉痛,不可言状。"

蒋介石对蒋经国说:"把船准备好,明天我们要走了。"

"太康"号军舰一直在象山港待命。舰长黎玉玺问:"领袖准备到什么地方去?"蒋经国说:"我也不知道,不过以这次取道水路看,目的不外两个地方,一是基隆,一是厦门。"

第二天上午,蒋介石在先祖母墓前伫立良久;下午,又再拜别祖堂——"天气阴沉,益增伤痛。大好河山,几至无立锥之地!且溪口为祖宗庐墓所在,今一旦抛别,其沉痛之心情,更非笔墨所能形容于万一,谁为为之,孰令致之?"

十五时,蒋介石离开溪口,于象山港登舰。

这是蒋介石人生中记忆最深的一天——一九四九年四月二十五日,时年六十二岁的他自此离开了故园,直至离世也没能得以再见故乡,除了在无数往事组成的破碎梦境之中。

中国的江南,气候湿热,水田遍布,植被茂盛,河流纵横,山峦逶迤,峡谷幽深。已经渡过长江的百万解放军必须持续战斗下去,直到长江以南的土地上再没有国民党军的一兵一卒。

二十二日，渡江战役总前委发出指示，要求第二、第三野战军渡江部队迅速出击"截断浙赣路"，以堵截京沪杭地区国民党军向华南、西南撤退，同时切断位于上海的汤恩伯集团与位于湖北的白崇禧集团之间的联系：

第二野战军陈锡联、谢富治指挥第三兵团，除以第十军担任芜湖、安庆地区的警备外，兵团部率第十一、第十二军南下，向位于皖南的徽州前进；陈赓指挥第四兵团东移，向位于赣东北的上饶挺进；杨勇、苏振华指挥第五兵团向浙西南的衢县前进。第三野战军宋时轮、郭化若指挥第九兵团，除第三十军暂时警备芜湖之外，其余各军迅速东进，向苏浙交界处的长兴、吴兴前进；王建安、谭启龙指挥第七兵团，主力转向皖东南的宣城，在第九兵团侧后东进至宣城、广德地区；第八兵团，除第三十五军警备南京、第三十四军警备镇江之外，其余各军归第十兵团指挥（第八兵团司令员陈士榘、政治委员袁仲贤分别担任南京警备区司令员、政治委员），从扬州一线急速南下，尾追南京、镇江地区的南逃之敌；叶飞、韦国清指挥第十兵团，第二十九军攻占苏州，并向上海方向警戒，其余各军南下长兴、吴兴与第九兵团会合。

渡江部队的作战目标十分明确：向着南中国人口最稠密，经济最发达，也是国民党政权统治的核心地带——宁沪杭地区猛烈挺进。

这是在湿滑的水田小路上和蜿蜒的丘陵山道上的大规模追击作战。一路都没有发生重大的战斗，只有国民党军兵败如山倒的混乱逃亡和解放军官兵风卷残云的迅猛追击。

第三野战军第二十军在苏南溧阳以西，追上了国民党军第二十八、第四十五军和联勤总部等各一部，歼敌一万二千人。第二十三军攻占溧阳县城后，追上国民党军第四、第二十八、第五十一军各一部，歼敌九千人。第二十五军在皖南渡过青弋江，追上国民党军第二十军和第九十九军一部，将该敌包围在方圆不足两公里的山洼里，随即发动猛攻,击毙军长杨干才,俘虏副军长陈亲民、参谋长胡显荣以下一万三千余人。第二十六军在句容和溧阳地区,追上国民党军后卫部队七千余人,并予以歼灭。第二十七军追至青弋江以东的寒亭,歼灭国民党军第八十八军四十九师一个团;又在寒亭以东的宣城附近,再歼国民党军第九十九军九十二师大部、第八十八军一四九师残部和第二十军一三四师残部。第二十八军截住了从南京和镇江南逃的国民党军第四十五军后勤部队、第四军一部和第五十一军四十一师一部,歼敌五千,然后会同第三十一军一部占领宜兴县城。第二十九军沿宁沪铁路东进,于二十七日解放苏州。随着第三野战军各军相继到达宁杭公路,从南京、镇江方向南逃的国民党军第四、第二十八、第四十五、第六十六军大部以及第五十一、第九十九军各一部,全部被追至位于浙、皖、苏交界处的朗溪、广德间的山区中。随后的朗溪、广德围歼战如同瓮中捉鳖,第三野战军多达七个军的攻击部队从四面八方冲进合围圈,毫无还手之力的国民党军漫山遍野地逃窜。从二十六日战至二十九日,第三野战军共歼灭国民党溃军六万余人,俘虏包括第六十六军军长罗贤达、第四十五军副军长陈阵、第四军副军长李子亮、参谋长罗野平、第二十八军参谋长黄疆强等国民党军高级将领。

第二野战军渡江部队的正面,是向皖赣交界处的祁门、浮梁方向逃跑的国民党军第八兵团刘汝明部,该敌在位于皖南的长江防线崩溃后,企图在皖浙边山区建立阻击阵地,以掩护主力在浙赣线上构成新的防线。第二野战军主力直出浙赣线上的贵溪、上饶、衢州和义乌——"切断浙赣线这着棋在战役上的意义,大体相当于淮海战役中打宿县这一着。"二十三日,野战军下达作战部署:第三兵团进击徽州,第四兵团进击上饶,第五兵团进击衢州。命令要求"各部队应尽量加强行军速度,增大里程,以免迟延,丧失战机"。连绵的阴雨中,疲惫之极的第十一军官兵看见了被黄澄澄的油菜花环绕的殷家汇小镇,皖南贵池的秀丽景色令他们万分惊讶,他们径直向这个湿漉漉的小镇冲了进去。小镇上的国民党军第九十六军军部已空无一人,官兵们缴获了大量的军用物资后,开始调集部队围歼附近的第四十六军一七四师。一七四师是桂系部队,曾在大别山里追堵刘邓大军,新仇旧恨汇集在一起,第十一军官兵即刻发动攻击,将一七四师的大部歼灭。第十二军在泥泞的道路上急行军,先头部队三十五师在师长李德生和政治委员李如海的率领下取山路捷径,于二十七日夜插到徽州,截断了当面逃敌的退路。军主力赶到后攻入徽州城,将国民党军第一〇六军二八二师等残敌歼灭。第十三军攻占弋阳、贵溪,迫使国民党第六十八军八十一师投诚。第十五军追上了国民党军六十八军的一四三师,激战后师长阎尚元以下两千四百人被俘。五月四日,第十五军四十四师奔袭铅山,四十五师抢占横峰、上饶,浙赣铁路至此被截断。军长秦基伟的命令是:"不为小股掩护之敌所阻,不为成群逃散之敌所惑,不为缴获所拖累,不为城镇所抑留,不为山高路窄、风狂雨暴、人困马乏的情况所动摇。"第十五军官兵竟然日行百里,翻越武夷山,一直追到福建省境内,突袭了国民党军第五十五军残部。十四日,向守志的四十四师前锋直抵南平,此城位于闽江边,顺江而下可遥望福州。第十六军追击至浙赣线上的玉山,国民党军第八兵团司令部、第五十五、第九十六军,第九编练司令部以及从南京逃到此地的国民党军联勤总部等残敌被歼。该军五十一师迅速南下,突入福建境内,占领闽北的浦城,其前锋沿也抵达了闽江边的南平。第十八军在全速追击的时候,得知前面的逃敌是国民党安徽省府主席张义纯率领的省保安部队,于是连续数日不停步,追上敌人立即打响了围歼战,在保安部队各团相继被歼或投降后,张义纯带着三十多人逃进深山。五十三师一六〇团参谋长范柏青率二营五连,在当地百姓的带领下进山搜缴,在被解放军追得无处可藏的时候,一个大个子在树丛中站起来喊:"不要打了!不要打了!我们投降!"——此人就是张义纯。

至五月七日,从浙江中部的义乌到江西东部的东乡,第二野战军追击部队控制了约四百公里的浙赣铁路线。

由于骡马和汽车都留在了江北,因此追击全靠官兵们的两只脚,除了极度疲惫、下雨路滑、道路不熟外,最严重的困难是吃不上饭、穿不上鞋和雨具奇缺。在北方作战的时候,即使下雨,在雨中继续战斗浑身湿透也没关系,因为天很快就会放晴,干燥的阳光会将衣服晒干,会使身体重新暖和。但是,南方雨季漫长,天气阴冷潮湿,连续几天在雨中急行军,夜晚穿着仿佛永远也不会干的衣服睡觉,许多官兵都病倒了。粮食也出现了问题,不但数量短缺,而且供应远跟不上部队的追击速度。好容易从百姓那里借来米,习惯啃干粮、吃大饼的官兵却吃不惯,而且他们绝大部分人都没有煮米饭的常识,各部队里的南方人都成了"大米饭师傅"。在北方时,官兵们很少为鞋子操心,解放区百姓缝制的布鞋宽大结实,鞋底上还有"打过长江去,解放全中国"的字样,官兵们往往脚上穿一双,背包里还有一双新的。过了长江,鞋在雨水里沤泡、在泥泞中磨擦,很快就报销了。于是,会打草鞋的老兵又成了"草鞋师傅"。官兵们边跑路、边打仗、边学编草鞋。第五兵团第十八军一六〇团追击敌人六天之后,计算了一下,一路上全团打草鞋八百多双。第三野战军第二十八军副军长萧锋随部队到达泗安附近的公路时,迎面看见了骑在水牛上的野战军副政治委员谭震林和第九兵团司令员宋时轮,宋时轮说他们连续走了整整四天,路过一个村庄向百姓买了几头水牛"权当坐骑"。

即使万般艰苦,踏上江南土地的官兵们心中依旧充满期待,因为他们从小就听老人们讲过,苏杭是人间天堂,把天堂夺过来归天下所有的穷苦人——当然也包括自己——流血流汗算得上什么?令他们感到极大满足的是,一路上到处可见敌人丢弃的武器和物资,到处可见掉队、负伤和生病的国民党兵,他们从北到南历经无数次残酷的战斗,他们的许多战友牺牲在炮火纷飞的战场上,他们今天终于看见了什么是胜利什么是失败。那些被遗弃在路边的国民党兵向他们讨要吃的;一些吓坏了的军官家眷干脆跟在他们的后面以求安全;路边的电线杆子上、残墙断壁上贴满了字条,内容都是国民党军官兵告诉家属或亲人自己现在哪里,是否还活着。

奉命攻击南昌城的官兵心情激动,二十二年前,共产党人就是在这座城市里打响了反抗国民党的第一枪。第二野战军第四兵团第十三军在弋阳乘火车向南昌靠近,兵团司令员陈赓亲自在车站上为部队送行。五月二十日,先头部队三十七师逼近南昌城下抚河东岸。二十一日拂晓,官兵们迫不及待地冲过抚河,南昌保安团四百多名守军即刻投降。就在三十七师决定一鼓作气冲进南昌城时,南昌守军一七五、一八八师突然发动反击,三十七师渡过抚河的部队被反击之敌割断。危急时刻,师长周学义和政治委员雷起运亲率后续部队强渡抚河,守军在猛烈的攻击下弃城逃跑。二十二日拂晓,南昌城被三十七师占领。

六月六日,陈赓进入南昌城:

> 今日冒雨到南昌,这是我历史上第四次至此:第一次是一九二七年,蒋介石南昌叛变,我险遭不测,逃入武汉;同年八月,南昌起义,从起义至退出南昌止,我和李立三担任肃反工作是为第二次;一九三二年冬,在红军中负伤,返沪治疗,至次年春,不意被捕,押解南昌,蒋介石亲自见我劝降,我始终不屈,是为第三次。这次则以胜利者姿态来此,前三次入城,或为亡命客,或者站不住,或为阶下囚,但均表现了我党之艰苦奋斗。无有前三次,则无今日人民之光荣。

此时,在江南的东部,第三野战军第七兵团第二十一军到达钱塘江边,官兵们隔江遥见的便是人间天堂杭州。杭州国民党守军第八十五军和第四十五军一部已经弃城南逃。但是，当第二十一军兵分两路向杭州逼近的时候，还是发生了战斗。六十一师在灵隐寺一带的山地展开，向火车站方向推进，他们遇到浙江国民党保安部队的抵抗。官兵们担心国民党军可能要炸毁钱塘江大桥。六十二师官兵在六和塔附近控制大桥制高点后，真的看见敌人点燃了安放在大桥上的炸药包。

杭州本可无战事。

早在半年前，国民党浙江省府主席陈仪，因为希望和平解放天堂之城，劝说京沪杭警备总司令汤恩伯起义。但是，陈仪壮志未酬，因汤恩伯的出卖，最终倒在了蒋介石的行刑令下。

陈仪，浙江绍兴人，辛亥革命时期结识秋瑾、徐锡麟等志士，留学日本时又与鲁迅交往密切。一九二四年军阀混战，他被孙传芳任命为浙江省主席兼第一师师长。因为信奉孙中山先生的三民主义，他在孙传芳部任职时曾暗中谒见蒋介石，并被蒋介石任命为第十九军军长。一九二八年，南京国民政府成立后，他先后担任过福建省府主席、第二十五集团军司令官、重庆行政院秘书长等职。一九四五年，出任台湾行政长官兼警备司令。一九四八年春，国民党军在军事上已处于被动，蒋介石感到江南更需加紧经营，所以力劝陈仪出任浙江省府主席，陈仪再三推脱无效后勉强就任。这一年的秋天，共产党人通过长期潜伏在陈仪身边的地下党员开始与他商谈起义之事，陈仪认为："要我为解放做贡献，我手中这点微不足道的兵力，起不了多少作用。我至多做到不抵抗，也就是和平解放，为地方保存点元气。不过，我和汤恩伯关系甚深，他现在是京沪杭警备总司令，他会听我的话。他若放弃抵抗，掉转枪口，作用就大了。"陈仪的轻率造成了他的终生遗恨——他虽是国民党省府主席，但当有记者问"全国正在戡乱救国，浙江有何准备"时，他竟痛快地说："拿什么东西来准备？船到桥头自然会直！"这句话被登在报纸上，立即引起社会轰动。更重要的是，一九四九年一月三十日，他直接派亲信给汤恩伯送去一张纸片，纸片上"没有上下款，也没有具名"，只有开列的五条内容："一、释放政治犯；二、停止修筑工事；三、保护一切属公财物，不得破坏；四、按照民主主义原则改编所属部队；五、取消战犯名义，给予相当职位。"还有一条，陈仪要求口头传达给汤恩伯："开放长江渡口，迎接解放军渡江。"

京沪杭警备总司令汤恩伯，是国民党军中颇受争议的高级将领。陈仪之所以如此信任他，原因是他与陈仪的关系非同一般。辛亥革命后，陈仪任职浙江省府时，收留了浙江武义县一个求学无着的青年，青年名为汤克勤，身体强壮，字写得好，陈仪将他收留在自己指挥的第一师中，后又资助他留学日本陆军士官学校。留学回来后，汤克勤先在陈仪手下当连长，后被陈仪推荐进入南京国民党军陆军总司令部任参谋。自此，汤克勤置身国民党军权力中心，虽然"在军界资历较浅，结识蒋介石又较晚"，但由于一直受到陈仪的关照褒奖，竟一路升迁直到当上了国民党军陆军副总司令兼南京卫戍司令。为此，汤克勤将自己改名为"汤恩伯"，以志不忘恩师提携。一九四七年，汤恩伯率部进攻山东解放区时，所辖精锐主力整编七十四师在孟良崮被歼，蒋介石当着许多高级将领的面大骂汤恩伯无能，然后撤了他的职。汤恩伯对恩师陈仪说，多年追随蒋介石，为其出生入死，结果招致如此羞辱，自己只有自杀。陈仪告诉汤恩伯，自杀不如反蒋。陈仪就任浙江省府主席后，即向蒋介石、何应钦、顾祝同提出重新起用汤恩伯，于是汤恩伯被任命为衢州绥靖公署主任，之后又调任京沪杭警备总司令。

但是，为了投靠蒋介石，汤恩伯还是出卖了陈仪。

据说，蒋经国受蒋介石的指令对汤恩伯大肆利诱，先是让汤恩伯"全权处理"库存在上海的二十万两黄金和价值三十亿法币的物资，接着又把汤恩伯的家眷和全部财产空运到了台湾。

中共地下党获悉汤恩伯出卖陈仪的消息后,立即派人赴杭州请陈仪火速飞往江北,共产党方面的承诺是:"只要一过江,他的安全我方将完全负责。"但是,陈仪没有想到利与欲会令人心险恶到何种程度,特别是那个人不是别人而是汤恩伯,陈仪说:"贵党的消息,一定有来源,但这不会是可靠的。恩伯和我的关系,你是知道的,他简直就像我的儿子,志安坊(位于上海)的房子也是他送我的……我和恩伯的关系这样深,他如果不赞成,可以直接向我建议停止这一活动,何必出卖我?"

二月二十七日,陈仪在上海被捕。

四月二十八日,解放军攻占南京后,陈仪被秘密押至台湾。

一九五〇年六月九日,陈仪自被捕之后第一次见到汤恩伯,这也是他此生最后一次见到这个令他万般悔恨的人。那是在国民党军国防部的军事法庭上,汤恩伯被蒋介石指派为审判陈仪的出庭证人,汤恩伯说:"我对犯人陈仪,一生受恩深重,难以言喻,正图报不暇,何肯检举他?只因我忠党爱国情深,不得不忍痛检举,不能再顾到陈仪对我的深恩大德。"——相信汤恩伯至死都无法说清到底是什么令他难以言喻。

十八日凌晨,被判处死刑的陈仪被押往台北马场町刑场。

陈仪生前曾这样表露过他对世间美好生活的憧憬:

> 入其境,田野辟,道路平,学校、工厂多,山林葱翠,河川通畅,衣服、屋宇皆整洁,及至旅舍,招待亲切,宾入如归。

这番朴素而亲和的景致,就是陈仪不惜为之赴死的人间天堂。

埋在钱塘江大桥上的炸药响了,大桥震荡了一下却没有倒塌——在中共地下党的努力下,国民党军的一个工兵营,已把埋好的炸药悄悄搬下来一大半。

一九四九年五月三日十三时,第三野战军第七兵团第二十一军进入杭州城。

与此同时,在长江的中游,第四野战军先遣兵团开始秘密渡江,江对岸就是中南地区最大的城市武汉。

早在三月间,第四野战军先遣兵团由萧劲光、陈伯钧指挥,从平津线迅速南下,任务是迫近汉口,牵制白崇禧集团,保护渡江部队的侧背安全。然而,渡江战役发起后,位于武汉、宜昌地区的白崇禧,不但没有对邻近的第二野战军渡江部队发动侧翼攻击,而且主力部队迅速从武汉地区向南撤退,试图依托洞庭湖,在长沙、衡阳以东组织起新的防线,以确保湘、赣、粤、桂各省安全。同时,驻守宜昌地区的宋希濂部则向西撤退,在大巴山、恩施地区布防以确保川陕门户。

白崇禧置解放军大举渡江于不顾,依旧在保存实力以图守住自己的地盘。

然而,覆巢之下安有完卵?

五月一日,第四野战军司令部、政治部到达开封。

五日,从平津线出发的野战军主力部队前锋到达陇海线。

十日,林彪、萧克致电萧劲光、陈伯钧:

……由于沿江粮食困难和我军须争取今年年底占领两广,因此渡江行动须尽量提前。湖北全境之敌较北平之敌所多无几,湘、赣两省之敌约等于天津守敌,我军兵力绝对优势,同时我华野(第三野战军)、中野(第二野战军)皆已南进,对敌威胁甚大,白崇禧已准备逐步南撤。因此,你们先头两个军[共八个师的兵力]应争取提前到达江边,并极力争取先头部队即到立渡,后续部队陆续继渡。望注意采取多路前进、宽正面的袭抢船只和利用敌人逃窜的方法,求得袭渡成功……

十四日,第四野战军先遣兵团第四十三军向长江北岸的国民党军发动袭击,于湖北东部夺取了西起团风、东至武穴的约五十公里的渡江地段。十五日晨,第四十三军突击队在大雨中强渡长江,南岸驻守黄石港和铁山地区的国民党军五个营起义。第四十三军一路向南迅猛推进,十七日占领鄂城、黄石、大冶、阳新,然后进入江西占领了瑞昌、九江等地。而第四十军一一八师于十五日对武汉发动攻击,相继占领汉口、汉阳。国民党河南省府主席、华中军政长官公署副长官兼第十九兵团司令官张轸,率领国民党军第一二八军的三个师和第一二七军的一个师在武昌贺胜桥、金口地区起义。十七日,武昌解放。

至此,白崇禧的武汉三镇易手。

白崇禧心力交瘁。他对汤恩伯的淞沪防线不抱任何希望,对李宗仁就任代总统以来的表现也十分不满,认为李宗仁对蒋介石过于迁就,而在与共产党方面交涉时也无所作为,致使长江以南的局势变得越发不可收拾。五月二日,在李宗仁的力主下,桂系首领们齐聚桂林,大家商讨的结果是:出台一个李宗仁致蒋介石备忘录。备忘录的中心意思是:几个月来,国民党之所以难以扭转局势,关键是蒋介石仍在幕后把持一切。如果蒋介石不肯放手,就请复职;如果不肯复职,就必须答应以下条件:"一、关于军政人事,代总统有权予以调整;二、移存台湾的金银、外币,应由政府命令运回大陆,以应军政开支;三、移存台湾的美援军火,应由政府运回大陆,分发各部队使用;四、所有军队,一律听从国防部指挥调遣;五、党中央(国民党)的决策,只能作为建议,不能强制执行;六、拟请蒋先生出国考察,并设法争取外援。"

在桂系策划彻底剥夺蒋介石权力的时候,离开溪口的蒋介石在"太康"号军舰上以国民党总裁的名义草拟了一份文告:"当此国家民族存亡生死之交,中正愿以在野之身,追随我爱国军民同胞之后,拥护李代总统暨何院长(何应钦)领导作战,奋斗到底。"可是,几天之后,蒋介石就读到了李宗仁从广州转来的备忘录。蒋介石怒火中烧,他给李宗仁的复信中说,人事权、美军装备调拨权和军队指挥调遣权,代总统尽可按职权行使,哪个拦着你不成?至于出国考察一事,蒋介石告诉李宗仁:"殊有重加商榷之必要。"理由是:"过去,彼等主和,乃指我妨碍和平,要求下野。今日和谈失败,又贾我以牵制政府之罪,强我出国,并赋我以对外求援之责。如果将来外援不至,中正又将负妨害外交,牵制政府之咎。国内既不许立足,国外亦无法容身。中正为一自由国民,不意国尚未亡,而置身无所,至于此极!"至于那些黄金外币,是为了安全转移到台湾的——"一切出纳收支皆依常规进行,财政部及中央银行部册具在,尽可稽考,任何人亦不能无理干涉,妄支分文!"

让蒋介石把运到台湾的黄金外币、美式枪械再运回来,表现出桂系在政治上和军事上的简单幼稚。此刻,蒋介石并没有在宁沪杭地区与共产党军队决一死战的意图,因为他知道处于溃败中的国民党军已没有这个作战能力,因此在长江防线崩溃之后,他任凭宁沪杭一线门户洞开。而他之所以严令汤恩伯死守上海,唯一的原因是:上海仍存有约值三亿多元的黄金和白银,必须争取时间全部抢运到台湾去。蒋介石的命令是,不能全部运走,拿汤恩伯是问。况且,蒋纬国已经从中给了汤恩伯好处。所以,他怎么会把日后在台湾维持"生计"的财物吐出来呢?对于这一点,汤恩伯理解得很明白:"总裁无意死守上海牺牲实力,只要把金银运完就了事。"

上海,这座矗立于东海之滨的巨大都市,孤零零地暴露在人民解放军即将发起的强大攻势下。

上海是当时中国最大的城市和工商业中心。渡江战役打响后,长江防线上的大量国民党军撤退到上海,至五月底,上海及附近地区的国民党军已达九个军二十五个师,连同上海交警总队和保安部队,总兵力约二十二万多人。蒋介石从溪口乘军舰到达上海后,召集国防部长徐永昌、参谋总长顾祝同、空军总司令周至柔、海军总司令桂永清、联勤总司令郭忏和宁沪杭警备总司令汤恩伯、淞沪警备司令陈大庆、淞沪防卫司令石觉等高级将领召开作战会议,提出死守上海六个月,如果万一守不住也要把上海搬空、打烂和炸光。上海地区地势平坦低洼,沟渠河流纵横,并不利于大兵团机动作战。上海的防御工事早在抗战前就开始修筑,日军占领上海后进行了加修,形成周边长约八十公里、纵深宽约十公里,可供十个军展开的巨大的城防体系。以四千多座碉堡为核心,上万个野战工事由密如蛛网的战壕相连,组成了外围、主阵地、核心阵地三层阵地防御线。上海国民党守军弹药和物资储备充足,仅各类炮弹就储备有五百万发以上,另有机枪弹一千五百万发、冲锋枪弹二百万发、枪榴弹五十万发和手榴弹五十万枚。

毛泽东在解决上海问题上十分谨慎。

上海是一个很特殊的城市,共产党方面最担心的是:西方国家可能的干涉;把这座工商业城市打烂了;占领之后是否能顺利接管。最初,根据情报,中央军委认为"上海和平解决之可能性甚大",因为"国民党在沪军队有迅速撤走可能",同时"上海资产阶级不赞成在上海打仗"。所以,当距离上海最近的第三野战军渡江之后,中央军委曾多次指示他们不要过于迫近上海,甚至连苏州、昆山、太仓、吴江、嘉兴等上海外围城镇都不要过早占领。其中特别强调:"争取在数日内完成进驻上海的准备工作,以便在国民党迅速退出上海时,我军亦不至毫无准备地仓促进去。"

但是,汤恩伯还没有放弃上海的打算。

中央军委遂决定以第三野战军主攻上海,第二野战军在浙赣线战备休整,同时保护第三野战军侧背的安全。

粟裕提出了三种作战方案:一是围困战法。但这样会使上海六百万人陷入生活绝境,而上海国民党守军有海上通道,我军不一定能围死;二是避开守军重点防御的吴淞地区,从苏州河以南突击入城,这样部队可以减少伤亡,但因主战场选择在市区,城市必将被打烂;三是迂回吴淞,威胁上海国民党守军的海上退路和物资通道,迫使其在吴淞地区与我军决战,这样部队伤亡可能很大,但可以保护上海城市的完整和百姓的生命安全。粟裕倾向于第三种方案,这一方案也得到了总前委和中央军委的同意。

五月七日,蒋介石乘"静江"号轮船驶离上海前往浙江定海。

十日,第三野战军下达了《淞沪战役作战命令》,命令确定首先攻占上海外围,截断上海守军的逃路,然后对上海城区发起总攻。作战部署是:第十兵团在战场的北面,第二十八、第二十九军由江苏常熟、苏州地区出动,十四日拂晓前攻占吴淞、宝山,如一时难以攻克,则留一部监视,主力由吴淞口插至黄浦江边,封锁黄浦江口,阻截一切国民党军舰只出海;第二十六军控制昆山、安亭等地,策应第二十八军作战;第三十三军集结在常熟为兵团预备队。第九兵团在战场的南面,第二十军攻占浙江与上海交界处的平湖、金山地区,待第三十一军接替阵地后,向黄浦江右岸集结;第三十军在第二十军的左翼,沿嘉兴、金山以北,顺着黄浦江右岸向上海东南部的奉贤、南汇地区攻击,截断国民党守军的海上逃路;十五日,第三十一军主力加入浦东作战;第二十七军集结于浙江与上海交界处的嘉善地区,控制大东滨铁桥,进击上海西南部的松江和青浦地区。

在上海与南京之间,有个小小的丹阳城。

在第三野战军对上海发起攻击之前,上千名共产党干部从各地拥入这座小城,接受接管上海这座大城市的集训。他们中间,有上海地下党组织领导人刘晓,有从香港赶来的长期从事统战工作的共产党人潘汉年,也有准备未来担任上海市文化局长的剧作家夏衍,还有华东野战军司令员兼政治委员、新中国第一任上海市长陈毅。共产党人意识到,根据以往接管北方城市的有限经验,也许不足以应付上海可能发生的一切,先不说如何接管大规模的工商企业、如何对待民族官僚资本家,如何处理国民党遗留的各级政府机构,如何确保新货币人民币的顺利流通,如何建立有效的城市管理系统,等等,仅面对如此多的外国人就是一个新课题。

之前,占领并接管南京的时候,面对城中的各国使馆和大量的外交人员,解放军官兵的不知所措令人担忧——他们渡过长江,冲进南京城,发现混乱的市区中只有使馆区异常安静,靠近一看,使馆里的外国人好像什么事都没有发生一样。入城的解放军很快查明,各国使馆都没有逃走,除了苏联使馆之外。苏联使馆在人民解放军占领南京前的行为令人不解,这或许是即将掌握全国政权的共产党人将要面临复杂国际关系的一个征兆。一九四九年二月初,国民党政府迁往广州的时候,曾通知并建议各国使馆与他们一起南迁,出乎国民党方面预料的是,没有一个国家的大使馆表示愿意跟着国民政府走,只有苏联例外。苏联大使馆南迁广州的举动,令共产党人有些不安。在人民解放军接管北平的时候,也是苏联领事馆率先关门,当时有舆论称:"苏联此举理由不明,一般认为,苏方欲表示其与中共并无关系。"就在苏联关闭北平领事馆的同时,毛泽东在西柏坡会见了斯大林的特使米高扬。米高扬见面就说:"我们只带着两个耳朵来听的,不参加讨论决定性意见。"毛泽东向斯大林的特使详细介绍了夺取全国胜利和建立新中国的问题。他告诉米高扬,中国共产党人的口号是:打过长江去,解放全中国。显然,苏联人对中国形势的发展感到意外和吃惊,他们终于意识到,此前对这个近在咫尺的国家和对中国共产党人的估计,是多么的不切实际。尽管如此,苏联大使馆还是独自跟随国民党政府南迁了。

几乎所有的西方国家都对中国共产党人一知半解,而在共产党领导的军队中官兵们对西方国家也完全陌生。几名外国记者在南京城中美联社大楼里办公的时候,进来三名解放军战士,带路的是在这栋大楼里工作的一名记者家的用人。当解放军战士得知记者们正向美国发报的时候,突然紧张地端起刺刀退了出去,然后就有一大群解放军官兵把大楼严密地包围起来。外国记者们没吃没喝地被困两天之后,解放军官兵突然撤走了,没有人来说明包围和撤离的理由。美国驻华大使司徒雷登也留在了南京,他回忆说:"在六点钟,我因听见我卧室的门被推开而觉醒,看见有好几个武装士兵进来。我大声地问他们想要做什么,他们就退出去了。其中有一两个带着怒气喃喃自语。我从床上迅速起身,看看有什么事情发生。那时候,就有十个至十二个武装士兵回到我的卧室来。他们的发言人颇有礼貌地解释说:他们只是逛着玩,并没有什么恶意。又问我懂不懂他的话。当我回答说我完全懂他的话时,他又重申他的保证。但见我不十分热诚地欢迎他们,就领着其余的人走了出去。"——解放军士兵竟然在凌晨"逛"入美国大使的卧室,尽管事出偶然,还是令人惊异。有资料说,他们无意中进入美国大使的卧室"完全是出于好奇";也有记述说,他们曾指着司徒雷登屋子里的东西大声宣布"这些东西很快就会属于人民"。为此,中央军委特意致电渡江战役总前委:"此次南京检查如果属实,应认为为违犯纪律行为,迅以查究。"

丹阳集训二十天后,共产党干部已做好接管上海的一切准备,穿着布军装、打着绑腿的上海市长陈毅说:"世界上没有任何力量可以阻止我们接管上海!"

一九四九年五月十二日,第三野战军对上海发起攻击。

在第九兵团的攻击方向,十四日,第二十军攻占平湖、金山,并继续向松江移动;第二十七军攻占松江、青浦;第三十军攻占奉贤、南汇,进至川沙。而在第十兵团攻击方向,第二十八、第二十九军均遭遇敌人的顽强阻击。吴淞地区是国民党军撤退上海的最后通道,因此也是他们重点防御的地段。敌人利用密集的钢筋水泥碉堡和稠密的火网封锁攻击道路,并在坦克和装甲车的掩护下连续实施反冲击。两军交火后,汤恩伯又从市区抽调第二十一军和第九十九军九十九师加入作战,致使第二十八、第二十九军的攻击每前进一步都要付出巨大代价。前沿阵地一日之内数次在双方之间易手,渡江之后一路顺利的解放军官兵意识到,他们又要面对一场苦战。

  敌人采取主堡与小堡相结合、暴露与隐蔽相结合的方式,以构成子母堡式的交叉火力网。主堡都是钢筋混凝土结构,四面有枪眼,胸、背墙厚达一米多,外面再铺盖枕木、积土和草皮,因此抗力很强……

华东野战军调整了作战部署:第三十三军九十九师加强给第二十九军;第三十三军九十八师加强给第二十八军;第三十军攻击川沙、高桥地区守军,并用炮火封锁黄浦江江面。部署决定全军"变急袭猛扑的运动战法,为逐堡夺取的攻坚战法","采用迫近作业攻坚战术",逐段逐点地将攻击向前推进。炮兵掩护步兵前进,步兵用炸药包爆破堡垒,用集束手榴弹炸毁敌堡枪眼。

阴雨连绵,敌人的堡垒被一个接一个地清除掉,第三野战军缓慢却又坚韧地扩展着攻击成果,迫使上海守军集中更多的兵力于吴淞口两侧地区。

一九四九年五月十七日十三时三十分,蒋介石离开定海。飞机飞越台湾海峡,下午十六时五十分在澎湖列岛上的马公(澎湖)机场降落。

蒋介石离开了中国大陆。

汤恩伯命令所有一线部队尽力抵抗以争取时间,然后集中上海所有的舰船抢运黄金白银、重要物资和坦克重炮;同时,等待从青岛、福建、台湾出动的舰船到达以撤走主力部队。

二十日,中央军委致电粟裕、张震:

  (一)据邓(邓小平)饶(饶漱石)陈(陈毅)电,接收上海的准备工作业已大体就绪,似此只要军事条件许可,你们即可总攻上海。(二)为使侦察及兵力配备臻于完善起见,总攻时间似以择在辰(五月)有(二十五日)至辰世(三十一)之间为宜,亦可推迟至巳(六月)东(一日)左右,如何适当,由你们决定。(三)攻击步骤,以先解决上海后解决吴淞为适宜。如吴淞阵地不利攻击,亦可采取攻其可歼之部分,放弃一部分不攻,让其从海上逃去。(四)攻击兵力必须充分,如觉兵力不足,须调齐兵力然后攻击。(五)攻击前必须作战役和战术上的充分准备。

二十二日,粟裕接到侦察报告,苏州河以北的敌人已开始向吴淞收缩企图从海上逃跑,野战军司令部遂决定将攻击时间提前。

二十三日夜,第三野战军对上海发起总攻。

第二十、第二十三、第二十六、第二十七军分别从东、南、西三面突入城区,第三十、第三十一军继续在吴淞以南的高桥方向作战,第二十五、第二十八、第二十九、第三十三军继续在吴淞以北的月浦方向作战。

二十五日凌晨,攻城部队解放了苏州河以南的全部市区。

阴雨连绵之后,天空突然晴朗。

汤恩伯、石觉、陈大庆等人在警卫部队的护送下乘车到达吴淞镇。

此刻,攻入苏州河以南市区的解放军官兵被阻于苏州河南岸。攻击上海的战斗打响之前,总前委有一个特殊规定:攻入市区后,不准使用重武器,以免破坏城市建筑和造成市民伤亡。但是,苏州河北岸的高楼都已成为守军的火力据点,敌人用严密的火网封锁了苏州河河面。攻击部队数次攻击桥头,因不准使用重武器,攻击连续受挫,官兵伤亡很大。第二十七军官兵在忍无可忍的情况下,把榴弹炮拉了上来,炮手们精确瞄准了对岸的百老汇大厦,然后向军长聂凤智请求下达开炮的命令。不用炮火很难攻下桥头,而一旦开炮,大上海的标志性大厦顷刻间会被夷为平地。心情沉重的聂凤智军长上了前沿,在距离苏州河不到十米远的一个路口召开紧急党委会。这是一个关乎大上海命运的会议,指挥员们紧急商量的是关于"无产阶级"与"资产阶级"的问题:

> 有的同志尖锐地指出:"前面的战士在流血,不能再拖延了!我们倒要问问军首长,是爱无产阶级的战士,还是爱官僚资产阶级的楼房;是我们干部战士的鲜血生命重要,还是官僚资产阶级的楼房重要?"我说:"现在我们争论的焦点,不在于战士重要还是楼房重要。第一位的问题,是苏州河北岸有上百万人民群众。一炮打过去,会伤亡多少人?不打炮,我们要伤亡一些战士;打了炮,会伤亡多得多的人民群众。我跟大家一样,爱惜战士的生命;大家也跟我一样,爱惜人民的生命。爱战士与爱人民,在本质上是一致的。但作为人民军队的指挥员,无论在什么情况下,最优先考虑的必须是人民的安危。说到底,我们是为战上海而流血,而牺牲,不正是为了解放上海人民,为了保障人民群众生命财产的安全吗?要算账的话,首先要算这个大账。再说,现在那些楼房还被敌人占着,再过几个小时,我们从敌人手里夺过来,它就不再属于资产阶级,而将属于人民。我们没有任何权利毁坏它,必须尽最大努力去保全它。"

第二十七军指挥员们决定正面佯攻,待天黑之后实施两侧迂回渡河。

苏州河北岸守军,由淞沪警备副总司令兼第五十一军军长刘昌义指挥。聂凤智决定通过地下党直接找刘昌义,要求他明晓大义率部放下武器。

刘昌义是老西北军冯玉祥的旧部,由于受到蒋介石的排挤,长期处在没有实际兵权的赋闲状态。人民解放军兵临上海,汤恩伯开始吹捧他很能打仗,说他作为西北军名将要为作战出力。五月二十二日,淞沪警备司令陈大庆召集作战会议,正式请他出任淞沪警备副司令,同时宣布了汤恩伯的命令:第七十五、第五十四、第三十七军全部撤离,留下第二十一、第五十一、第一二三军组成北兵团继续坚守,北兵团司令由刘昌义兼任。这一命令把当时在场的国民党上海市长陈良吓坏了,因为主力一撤上海就完了。而刘昌义清楚,这是汤恩伯要带着蒋介石的嫡系部队放弃上海了,因为第二十一军原是川军部队,第五十一军原是东北军部队,第一二三军是由苏北民团改编的——杂牌军奉命留下掩护嫡系部队逃跑。刘昌义一口答应出任警备副司令,因为他觉得自己可以"相机起义"。

二十三日,共产党地下组织果然找到了他,刘昌义与苏州河南岸的解放军通了电话。然后他借口视察前线,乘坐一辆吉普车直接来到苏州河南岸,见到第二十七军八十一师政治委员罗维道,双方具体商讨了起义协议。

二十五日晚上,吴淞码头出现了惊人的混乱,撤退的国民党军争先恐后地抢着登船,士兵们武装保护着自己和上司的财产强行夺路,许多人被践踏而死。踩着别人的身体或者用枪打开通道的人冲上船,放下软梯和吊绳让自己的同伴爬上来,软梯吊绳因为负重过大而断裂,拥挤着爬船的人纷纷落水。无法挤上船的官兵竟然开枪朝船上射击,船上的官兵慌乱地开枪还击。有些船因为怕超重而提前开船,致使在船桥上的人落在水里,岸上的炮兵愤怒地架起迫击炮向舰船开炮,一时间吴淞码头枪炮轰鸣犹如作战。第二十九军八十五师二五四团三营二连代理连长陈文宝和指导员王绍云奉命插向吴淞口。官兵们一路看见江面上漂浮着被敌人丢弃的各种杂物,"成捆的布匹在江水中翻滚",江岸上到处是"东倒西歪的战车、大炮、汽车",地上白花花的银元、报纸和文件在枪炮掀起的气浪中舞动。

这天晚上,刘昌义率苏州河北岸的国民党军撤离阵地。

第二十七军分两路跨越苏州河,接防了国民党军第五十一军的阵地。

在强大的政治攻势和军事压力下,国民党军第二十一、第一二三军大部放下了武器。

汤恩伯乘"太湖"号兵舰驶离吴淞口前往定海。

二十七日凌晨一时,最后一艘撤运上海国民党守军的货轮"大公"号载着深夜放弃阵地的第五十二军二九六师几千名官兵驶离黄浦江。

一九四九年五月二十七日上午,中国南方最大的城市上海解放。第三野战军发布的《入城十项守则》是:

一、无故不得打枪。

二、不住民房店铺,不准打扰戏院及一切娱乐场所。

三、无事不上街,外出要请假。

四、不准车马在街上乱跑。

五、不准在街上吃东西,不得扶肩搭背,不准拥挤街头。

六、买卖要公平。

七、驻地打扫清洁,大小便上厕所。

八、不准卜卦算命,赌博宿娼。

九、不准封建结合,徇私舞弊。

十、不准在墙壁上乱写乱画。

二十八日下午十四时,陈毅市长走上黑色的大理石台阶,上海市政府大厦的楼顶上飘扬着一面夺目的红旗。

渡江战役至此结束。

渡江战役,人民解放军共歼灭国民党军九个军部,三十二个整师,共计四十三万八千余人,其中毙伤两万两千余人,俘虏三十一万四千余人,起义三万四千余人,投诚六万七千余人。人民解放军伤亡四万九千八百余人,其中牺牲一万零五百余人,负伤三万五千四百余人。

五月二十五日上午八时,第三野战军第七兵团第二十一军六十一师先头部队占领溪口。

溪口因锦溪和剡溪汇合于此而得名。小镇水环山绕,景色秀丽,镇东有武岭屏障,镇口有一拱形门洞,前额有于右任题"武岭"二字,后额也有"武岭"二字系蒋介石题。镇傍溪水而建,两里长街,沿街黑瓦粉墙,蒋介石的出生地玉泰盐铺和蒋经国的出生地丰镐房均在长街之上。丰镐房,老式住宅临溪而建,砖门后一段洁净甬道,过月门入一小庭院,正北大厅匾额为吴稚晖书"报本堂"三字,两旁为两层厢房,回廊迂绕,挂满各式宫灯,蒋介石和宋美龄的卧室设于楼上。

第二十一军六十一师师部暂置于丰镐房内。

南京、溪口、上海,蒋介石最后的故园,皆旧人远遁,新主乍临。

第十七章　熟透的李子

熟透的李子

"许多河口、城市和重镇都像熟透的李子一样,落在农民的筐里。"一九四九年春在中国的外国记者写道,"南京在第四天被攻占。在上海,邮递员出城来引路。胜利者来到了,他们在十字路口画上前进的箭头。他们不要人民送来的食物,甚至连开水也不喝。他们露宿在中国银行周围的人行道上,不进里面去,'里面有钱,咱们进去会惹事的'。这是中国有史以来最强大的军队。他们对最卑贱者和蔼可亲,而对最高贵者却横眉冷对。他们是中国共产党训练和领导的农民。"

"最强大的军队"中之一员,第四野战军的九十余万官兵没有"露宿在中国银行周围的人行道"上——这是毛泽东手中一支阵容强大的战略预备队——他们占领平津地区之后,在中国北方春天的城镇中驻扎下来,然后用一种心满意足的眼光欣赏着和煦的春风如何将河冰慢慢融化,如何将田野边的垂柳渐渐染上鲜嫩的鹅黄。

团以上干部可以带妻子到北平参观三天,晚上还可以在长安大戏院看京剧名角演出。干部们参观故宫的时候,带队的人介绍说,能进到这里来也就是李自成了。"到北平的大饭店来住,大家心里都不是滋味。多少战友在自己的身边倒下去,他们什么都没有得到,想到这些,大家心里就酸酸的难过。"第三十八军一一二师三三四团团长刘海清在大饭店里睡不着觉,"没有别的,接着干吧!全国还有多半块地方没解放呢,怎么着也不能让牺牲了的同志们血白流……"

并不是所有的官兵都这么想。

家在东北、华北等解放区的部分干部战士开始想家了。

第四野战军政治部秘书长王阑西、宣传部副部长陈荒煤在报告中写道:"想回家,想找老婆,不愿意南下。仅第四十六军在整训中来队探亲的家属即达四万人,影响了部队,出现思想波动。有的战士要求回家,想把自己家里的生活水平提高一步;有的反映当地土地改革政策落实不好,生活困难;有点病的同志则想趁机打报告回家。还有些年纪大、文化水平又不高、发展比较慢的同志,打算找个人出路,说'老粗打天下,老细(有文化的)坐天下',往后我们吃不开了。"林彪和罗荣桓认为,部队发生思想波动,关键在干部,干部的主要问题是居功骄傲,不守纪律。野战军连续七天召开高级干部会议,整顿思想,统一认识。林彪告诫指挥员们:"共产党员要集体主义,不然革命永远不能胜利。"

四月十一日,在中山公园音乐堂,朱德作南下动员报告,第四野战军的指挥员们听到了总司令生动的描述:

> 我听说有些同志害怕江南的炎热,害怕南征的艰苦,说什么广东热得很,把苞米面贴到墙上马上就烤熟了。你们不要笑啊,这说明有些同志对江南的情况不了解,产生一些顾虑是可以理解的。我可以告诉大家,江南的夏天虽然比江北热一些,但还没有热到那种程度。祖国的南方很可爱,实在是好得很哪!我的家乡是四川,四川俗称"天府之国",那里四季常青,气候宜人,而且富庶得很哪!还有两湖、两广,也是富饶的鱼米之乡。古人说,湖广熟,天下足,可见那里的大米是多得很的。广西、广东更是山奇水清,一年数熟之地。总之,祖国的南方是人人向往的地方,同志们完全可以打消顾虑。当然,要向江南进军,不可避免

地会遇到一些困难,也是没什么了不起的。这比起红军长征、抗日战争反"扫荡"时遇到的困难要少得多了。只要我们做好克服困难的充分准备,就可以战胜一切困难,就可以无往而不胜!

从冰封的松花江边一直打到华北大平原,第四野战军官兵必须继续振奋精神、坚定意志,因为在前面还有南中国的千山万水需要跨越,还有盘踞在中南和西南的几十万国民党军有待歼灭。

第四野战军南下作战的区域,首先是豫鄂湘赣粤桂六省。

中南六省总面积一百一十五万平方公里,人口占全国总人口的三分之一。这个区域大部分处在长江以南,夏季炎热多雨,冬季阴冷潮湿,区域内河流纵横,水网交织,山峦险峻,林木茂密,十分不利于大兵团机动作战。驻守这一地域的国民党军,是白崇禧集团和余汉谋集团,总兵力共三十个军八十个师约五十万人。

为了南下作战,中共中央决定第四野战军与中原军区领导机关合并,改称中国人民解放军第四野战军兼华中军区,以林彪为司令员,罗荣桓为第一政治委员,邓子恢为第二政治委员,萧克为第一参谋长,赵尔陆为第二参谋长,谭政为政治部主任,陈光、聂鹤亭为副参谋长,陶铸为政治部副主任。

九十万大军南下,是大规模的军事行动。第四野战军在战争中不断完备的后勤保障系统开始了昼夜不停的运转,供给、军械、战勤、通讯、运输、卫生等部门筹集了大量的粮食、弹药、汽油、药品、被服等等提前出发,沿途开设转运物资和接待部队的大小兵站,火车、汽车、牲口大车以及人力在部队将要经过的路线上穿梭奔忙。最为急迫的是干部的准备。南下作战,一路上要不断地占领和接管城市和乡镇,每一个地方都要建立新的政权机构,干部的需求数量是惊人的。

经中共中央批准,招收知识分子、技术工人和各种专门人才的启事刊登在《人民日报》、《北平解放报》和《天津日报》等报纸上。于是,在那个春天里,凡是拥护共产党和愿意为新中国出力的青年,纷纷报名参加"南下工作团"。协化女中学生王曼力在一个刮着大风的夜晚,悄悄走出位于北平阜成门外武定侯胡同内的家门。她是著名的中长铁路中方局长的女儿,毕业于美国密歇根大学研究生院的父亲执意要让女儿成为科学家,但是几天前王曼力在长安大戏院看了解放军宣传队的演出,舞台上那些穿着棉布军装、留着乌黑短发的年轻女军人令她心驰神往,而她们嘹亮的歌声自那天起一直在她心底回响:"向着太阳,向着自由,向着新中国发出万丈光芒……"王曼力抱着被子、提着皮箱拦下一辆三轮车,车夫说大风天得收八角钱,王曼力兜里只有三角钱,她只好告诉车夫自己要去旃坛寺参加解放军,车夫没收钱将她送到南下工作团驻地。十七岁的王曼力参军了,与她同住一屋的战友还有北平蒲伯阳医院院长的女儿蒲以祥、清华大学物理系教授周培源的女儿周如燕……"南下工作团"采取部队建制,总团相当于军,各分团的大队、中队和分队相当于师、团、营。被招收入伍的青年大多数是大学生。集训的时候,周恩来对他们讲了自己参加革命的经历,讲了共产党诞生以来二十八年的奋斗历程。在北大的民主广场,朱德用三个小时鼓励青年树立革命的人生观,投身到全国解放的洪流中去,这位人民解放军的总司令戴着草帽犹如一个老农,让青年学生们十分惊奇又赞赏不已。叶剑英在先农坛体育场讲话时语重心长:"南下工作团是你们参加人民解放事业的伟大开端。你们比前辈动身较迟,但你们面前的路更长。将来你们可以骄傲地告诉儿女,你们曾英勇地南下,参加过解放全中国的伟业。"

  姑娘们穿着旗袍,烫着头发,小伙子穿着皮鞋和衬衣,一眼就可以看出来他们是新来的。他们很快就换上了北方的蓝棉制服,穿上棉鞋,戴上有帽沿和护耳的帽子。他们睡在集体宿舍的铺板上,一天吃两顿小米和青菜。他们在教室和图书馆里,坐在随身携带的马扎上,学习各种技术课程,但主要是学习适应新的生活方式:集体活动,批评和自我批评,同农民打成一片。他们有时到老乡家住上几个星期,帮助老乡干农活,有时也向工商业者学习一点工商业方面的知识,准备去管理人民解放军解放的新城市。

这是太阳喷薄欲出的时刻,这是新生的政权百业待兴的时刻,上万名青年义无反顾地跟随人民解放军走向这片国土的南方,他们就像这个春季里的种子一样被播撒在南中国的每一个角落,无论那里是繁华的都市还是偏僻的乡村、边陲,他们的人生自此在异乡落地生根。至今,在南中国的都市或乡镇里,偶尔还会听到有人说起"南下干部"——已至耄耋之年的他们,依旧固执地操着东北、河北、河南或山东的乡音,他们沧桑的容颜在已成为南方人的儿女们心中,犹如一段遥远的家世传奇。

根据中央军委的命令,第四野战军调整了编制序列和主要指挥员:

第十二兵团,司令员兼政治委员萧劲光,第一副司令员陈伯钧,第二副司令员韩先楚,副政治委员兼政治部主任唐天际,参谋长解沛然,副参谋长潘朔端,政治部副主任袁升平。下辖第四十军,军长罗舜初,政治委员卓雄;第四十五军,军长陈伯钧,政治委员邱会作;第四十六军,军长詹才芳,政治委员李中权。

第十三兵团,司令员程子华,政治委员萧华,第一副司令员李天佑,第二副司令员兼参谋长彭明治,政治部主任刘道生。下辖第三十八军,军长梁兴初,政治委员梁必业;第四十七军,军长曹里怀,政治委员周赤萍;第四十九军,军长钟伟,政治委员徐斌洲。

第十四兵团,司令员刘亚楼,政治委员莫文骅,第一副司令员黄永胜,第二副司令员刘震,副政治委员兼政治部主任吴法宪。下辖第三十九军,军长刘震,政治委员吴信泉;第四十一军,军长吴克华,政治委员欧阳文;第四十二军,军长吴瑞林,政治委员刘兴元。

第十五兵团,司令员邓华,政治委员赖传珠,第一副司令员兼参谋长洪学智,第二副司令员贺晋年,政治部主任萧向荣。下辖第四十三军,军长李作鹏,政治委员张池明;第四十四军,军长方强,政治委员吴富善;第四十八军,军长贺晋年,政治委员陈仁麒。

特种兵司令部,司令员万毅,政治委员钟赤兵,副司令员兼参谋长苏进,副司令员贾陶、匡裕民,副政治委员邱创成,政治部主任唐凯。

铁道兵团归军委直接指挥。

毛泽东在香山接见了即将南下的第四野战军师以上干部。毛泽东要求他们对国民党军穷追猛打,凡是中国的地方都要去,"把伟大的人民解放战争进行到底"!有人问:"遇到美英帝国主义的军队打不打?"毛泽东的回答是:"打!像打国民党反动派一样地打!"最后,毛泽东说:"我们三路大军浩浩荡荡就要下江南了,声势大得很,气魄大得很。同志们!下江南去!我们一定要赢得全国的胜利!"

四月十一日,除已经渡江的先遣兵团第四十、第四十三军以及先行出发的第四十二军外,第四野战军的九个军出动了:第四十七、第四十一、第四十八军沿平汉铁路南下,在花园口附近渡黄河;第四十六、第三十八、第三十九军沿着平大公路南下,在东明附近渡黄河;第四十五、第四十九、第四十四军沿津浦铁路南下,在寿张附近渡黄河。为了使行军不至于拥挤,各师间拉开六十至七十五公里的距离,每天行军约三十公里左右。

第四野战军官兵神采飞扬,因为战争已如摧枯拉朽。

但是,他们很快就会知道,战争依旧按照严酷的规则在持续,这个规则就是:哪怕一个小小胜利的取得,都需要以高度的警觉与谨慎、不懈的士气与意志、不可避免的流血与牺牲为必要前提。

第四野战军必须首先扫除南下路上的两个障碍:安阳和新乡。

此时,河南境内的大部分地区已经解放,安阳和新乡仍孤零零地被国民党军占据着。

野战军司令部命令先行出发的第四十二军打安阳,随后跟进的第四十七军会同华北军区第七十军打新乡,作战部队统一由第十三兵团司令员程子华指挥。

安阳是一个独特的城市。内战爆发以来,这座城池从来没有被共产党领导的军队攻克过。一九四七年五月,在豫北战役中,晋冀鲁豫野战军曾对安阳发起攻击,仅外围战就打了半个月之久,最终因攻击无效被迫撤退。一九四九年一月,第二野战军曾准备用陈赓兵团把新乡打下来,但毛泽东认为会影响渡江战役的准备没有同意——"将来由东北部队在南下途中附带扫清即可。"

聂荣臻转来了关于安阳城防的情报。

安阳在日军占领时期就修建了城防。抗战胜利国民党军进占后,每受到一次攻击就加修一次城防,直至把这座城市修成了一个坚固碉堡。城墙高且厚,护城河宽且深,环城两百多座碉堡有地道与城里相通。城墙外的两道水城灌满从漳河引来的河水。延伸出去两公里内,五十多个村庄、工厂、河流被用来修成火力据点以构成严密的防御火网,各据点不但有交通壕连接,且交通壕里还修有暗堡。安阳国民党守军庞炳勋部,是个各路顽匪会集的大杂烩。内部派系林立,头目有总指挥兼专员赵质宸,副总指挥兼一三四师师长郭清、参谋长兼保安第三旅旅长吴尽仁,另外还有王三祝部、王景昌部、程万福部、刘乐仙部等等。土匪、地主、恶霸、还乡团、特务、国民党军聚集在一起,气焰凶悍,号称"解放军打不过我们"。

由于是野战军南下的第一仗,出发前,朱德亲自找来第四十二军军长吴瑞林,嘱咐他:"安新地区是华北、中原的战略要冲,京广线必经之地。我们要大举向中南进军,非搬掉这两块石头不可。先遣兵团的第四十军南下时,从那里路过,打了他们一下,没吃掉他们。敌人就错误地认为我们没有飞机、坦克,奈何他们不得,这次你们一定要好好地收拾他们。"朱德关切地询问吴瑞林带了多少炮弹,吴瑞林答:"有各种炮弹两千七百余发。"朱德说:"少了,应该有五六千发。"又问带了多少炸药,吴瑞林答:"带两千五百公斤。"朱德说:"少了,要带一万公斤。"当得知吴瑞林指挥过攻克临沂、鞍山等城市的攻坚战后,朱德说:"榴弹炮也少了,再调给你们一个榴弹炮团。"吴瑞林回来后,与军政治委员刘兴元一商量,决定"带七万斤炸药,六万发炮弹"——"把辽沈、平津缴获的弹药都带上"。

吴瑞林亲自来到安阳城外,绕城一圈察看地形,回来后与一二四师师长徐国夫、一二五师师长彭龙飞、一二六师师长胡继成、一五五师师长廖仲符共同研究,决定采取"奔袭大包围和小突击的战术",将安阳外围坚固据点的守军先行歼灭,然后由一二四、一二六师各选四个营组成突击队,待榴弹炮消灭敌人的工事后,歼灭外围两道堑壕里的敌人,最后用炸药爆破的方式解决两道水城。

四月十六日战斗打响。

第四十二军各师急促前进,当天包围安阳城并开始清扫外围。一二四师在攻击高楼庄时,由于事先侦察不够,部队穿插至深壕受阻。面对守军的凶猛反击,攻城部队猝不及防,在几个方向上都被打了回来。一二五师三七四团攻击东关园据点,守军仅两百余人,三七四团尽管兵力火力都占据优势,可还是有近百名官兵伤亡。一二六师三七七团攻击傅家庄,炮火把敌人的据点打得千疮百孔,官兵们奋勇冲击,歼灭和俘虏守军两百多人,三七七团也伤亡一百五十多人。安阳城第一道水城外的八个据点,第四十二军整整打了八天;打第二道水城的时候,先用重炮将城墙上的明堡、暗堡轰掉,然后用炸药反复爆破将水城炸开,经过七天的激战,才将第二道水城与城墙间的敌人歼灭。

安阳外围作战出现的伤亡,令军长吴瑞林心情沉重,他向野战军司令部发出了检讨电报。林彪把这封电报转发给各部队,以此提醒官兵们不要被胜利冲昏头脑。

总结教训之后,第四十二军开始了认真的总攻准备:官兵们昼夜不停地进行土工作业,挖掘出数十条交通壕和爆破护城河的坑道,构筑了上千个防炮洞、弹药室和救护室。炮兵和爆破部队周密地侦察和计算,上万公斤黄色炸药被运上前沿。担任攻城任务的各师突击团,专门组成了负责爆破城墙的爆破连,以弥补炮兵和工兵的力量不足。五月五日十八时,安阳总攻战打响。一二四、一二五师担任主攻,自城西突破;一二六师在城北实施助攻;一五五、一六〇师加上军警卫团等部队在城东和城南佯攻,以伺机登城。步兵发起冲击前,一百四十门火炮对安阳城进行了半个小时的轰击,之后爆破连的官兵在炮火的掩护下爆破城墙。六日清晨,安阳城墙被炸开一道二十多米宽的口子,一二六师三七六团瞬间就抢占了突破口。艰苦的外围作战使第四十二军官兵对这座小城积累了太多的仇恨。突入城垣后,官兵们竟然回头把刚才炸开的铁丝网重新围好,把护城河重新封堵并灌满了水,他们决心不让一个敌人从眼前的这座小城中跑掉。自称"天兵神将"的安阳守军被迅猛分割包围,城内的百姓纷纷出来给解放军带路,告诉他们哪里藏着土顽和恶霸,逐街逐巷的清剿持续至黄昏十五时,安阳守军被全歼。

距离安阳不远的新乡,守军是国民党军第四十军。当初,朱德对吴瑞林说过:"新乡工事也很强,是国民党军第四十军的一个师在那里守备。但是不要紧,只要你把安阳先打下来,他们就会投降的。你不必担心。"果然,安阳那边炮声隆隆,新乡这边南下的解放军大部队昼夜不停滚滚而过,而停在城外没走的解放军架起了大炮,新乡四面的防御阵地都在射程之内,从城墙上朝外观望的国民党军惊慌不已。第四十军代理军长李晨熙是庞炳勋的旧部,同时他也是第四野战军炮兵团副团长冉影的表兄。冉影给李晨熙写了一封信托人带进城去。第三天,李晨熙派人派车将冉影及第四十军侦察科长李希才接进城。当听冉影说他的部队就是专门来打新乡的,李晨熙有些半信半疑:"你们过去了两个军,不是都没打吗?"冉影明确告诉他:"我们现在要打了。我们军这次的任务就是打新乡。我来这一趟是为了避免流血,避免人民遭受损失,为你们指一条出路。"经过耐心的劝说,李晨熙最终率新乡一万七千守军接受和平改编。

安新战役歼灭国民党军三万三千余人,其中俘虏一万三千余人,毙伤两千五百余人,改编一万七千余人。

但是,这个插曲式的战斗却历时二十天之久,第四十二军主攻部队伤亡达两千七百零四人——这些官兵没能看到出发前朱德总司令告诉他们的"实在是好得很"的锦绣江南。

第四野战军特种兵部队已进入湖北,政治部主任唐凯随着火炮、坦克、装甲车车队驶入一个名叫姚家集的小镇时,突然,一辆吉普车逆向开来停在他面前,通信员报告说:"前面的墙上有一张告示是写给你的!"唐凯急忙赶去,看见一张标语一样的红纸,纸上写着:唐凯同志,你的母亲在此等你!

唐凯,自十四岁离开家参加共产党领导的队伍,已经整整二十年没有回过家乡了。

不一会,一个白发苍苍的老人被人搀扶着出现在镇口。

镇上的百姓们说,老人听说这里要过队伍,已经等了几天了。

唐凯叫着"妈妈"跑了过去。

年迈的母亲望着眼前这个英武的解放军干部,从头到脚来回看就是说不出话来。最后,她用颤巍巍的手从怀里掏出一盒不知揣了多久的纸烟,捧给儿子说:"抽烟吧。"

唐凯,一个在以往的战斗中八次负伤,至今身体里还嵌有弹片的汉子,将衰老的母亲拥在胸口失声痛哭。

母亲领着儿子爬上山坡,山坡上有几座长满青草的土堆,里面埋着唐凯参加共产党后家里被国民党军杀害的七位亲人,有他的祖父、祖母以及他的哥哥们。

唐凯没有任何东西可以孝敬母亲,他把南下前部队发给自己的蚊帐留了下来。他告诉母亲:"以后,再也没有谁敢压迫咱穷人了。我还要去打仗,把天下所有的受苦人都解放出来。"

五月五日,第四野战军主力全部到达长江以北指定地域。

九日,中央军委致电林彪、萧克:

（一）你们主力已越过陇海线,快要到湖北境内了。根据长江北岸地区的粮食状况,大军久驻困难必多。又据白崇禧的意图,不是准备在衡州（今湖南衡阳）以北和我军作战,而是准备逐步撤退至衡州以南。因此,你们全军似有提早渡江时间的必要,并且不必全军到达北岸然后同时渡江,可以采取先后陆续渡江的方法。根据华野、中野从渡江[四月二十一日]至占领杭州、上饶一线并歼敌十二万人只需要两个星期的经验,你们从渡江到占领吉安、攸县、湘乡一线,大约有四个星期左右即够。如果你们主力能从六月十号左右开始渡江,则七月十号或略迟一点即可达上述一线,你们兵力展开在广大地区之后,粮食问题就不感困难了。（二）你们十三个军的使用问题,现在就宜大体确定。我们意见,湖北一个军,江西两个军,湖南三个军,共六个军可以固定下来。其余七个军及曾生纵队（两广纵队）,应全部推进至以郴州为中心的区域,并准备在该区域与白崇禧打一仗[应估计白崇禧约二十五万人左右,可能在该区域和我军作战]。如果这七个军七月中旬前后能到攸县、湘乡之线,则八月中旬或下旬即可集中于郴州区域休整一个月,九月中旬或下旬以后即可向两广前进。（三）据曾生（两广纵队司令员）称,奉你们之命率一个国民党师（指由原国民党军一五七师和平改编的独立二十四师）,辰（五月）灰（十日）从北平出发,要巳（六月）灰才能集中开封,需要一个月时间与广纵合编,要午（七月）灰左右才能由陇海线南进。请你们指示曾生,该部应争取八月底、九月初到达郴州地区,方能不失时机和主力一道向两广前进……"

同时,中央军委决定,将第二野战军陈赓兵团划归林彪指挥,以增加对桂系的攻击兵力。

但是,第四野战军对白崇禧集团的攻击却一再延迟。

白崇禧发现第四野战军只有两个军渡江之后,调动所辖主力第七军,对前突至江西鄱阳湖以西地区的第四十三军实施攻击。为了将白崇禧主力吸引在长沙以北与岳州、南昌之间,不至于打一下就导致白崇禧全面撤退,林彪命令第四十、第四十三军立即停止南进,陈赓兵团也暂时不渡赣江,待大部队到达后对其实施大包围、大分割。但是,白崇禧突然停止不动了。而在西面,担负从宜昌、沙市渡江任务的第十三兵团,原准备直接向江北的国民党军宋希濂部发动攻击,夺取船只并迅速渡江。但无论是毛泽东还是林彪,都担心当面的宋希濂会因此退入鄂西和湘西山区。经过反复磋商之后,林彪命令第十三兵团:"对敌在江北的五个师实行奔袭和迂回渗透的办法,使敌来不及渡江南退,使我能乘虚夺取江岸,抢得船只并以一两个师在江北,敌人尚未歼灭以前即插至长江以南,使敌江防瓦解,并断敌退路。如此既能解除渡江的困难,又能减少渡江以后前进的困难,并能达到消灭敌人有生力量的目的。"

另一个迟滞第四野战军继续南进的问题是粮食。数十万大军每天必须消耗的粮草是一个惊人的数字,由于连年的灾害和国民党军的疯狂征抢,处于极度饥荒中的百姓无力供应如此庞大的部队。而从北方运粮需要时间,通往前线的道路、桥梁和铁路都已被南撤的国民党军破坏,连日的大雨更使得载重运输举步维艰。野战军官兵绝大多数是北方人,天气时而暑气蒸腾,时而阴雨淋漓,粮食供应不上,背负装备很重,常需急行军或强行军,对付蚊虫叮咬的蚊帐也准备不足,于是造成严重的非战斗减员。野战军后勤部第三分部部长邱国光报告说:"一般连队发病率达百分之二十五,严重者达百分之七十。如第三十九军疟疾发病率达百分之四十七,第四十一军在三天行军中中暑三百多人"。

林彪、邓子恢、萧克、赵尔陆致电中央军委:

> 粮食问题现成为影响行动的根本问题。赣西北、鄂南一带原来就是产粮少、人口少的地区,又加以国民党军队的征粮和地主将粮食贱价出卖与分散,又正值青黄不接之时,而我地方工作人员尚未到达,因此粮食成为严重的困难。我四十军在鄂南的部队,四十三军在南浔以西的部队,均连续来电叫苦。有的部队一天只吃一顿干饭、一顿稀饭,群众纷纷逃跑,并怨声载道。现在唯一办法,只有靠河南、湖北两地运粮到前方去。已令四野主力停止于长江与襄河以北就粮和休整,以待粮食的筹集,准备在本月底或七月初再发动作战……

基于上述情况,中央军委同意第四野战军由从原来的迅速渡江作战,转为暂缓渡江并进入休整状态,集结主力,筹集粮食,调整编制,进行适应江南的作战训练。

第四十五军驻扎在湖北鄂城休整,部队路过河南潢川时参军的高中学生凌行正得到了他的第一身军装,军装是从解放了的东北运来的。整整五十六年后,凌行正还记得军装的肩部、肘部、膝盖、臀部,"在这些容易被磨损的地方",东北的百姓又加垫了一层布,"并且用针线缝制成蛛网状"。崭新的布鞋,"鞋底和鞋帮都密密麻麻用针线纳过,鞋头有两道用黑皮子包着的梁"。老兵告诉他这叫"大鼻子鞋"。同时发下来的还有一双白布袜子、一双绿色绑腿带、一枚五角形的八一帽徽,还有一个中国人民解放军胸章,胸章的背面写着部队番号和他的姓名。在这以前,凌行正穿的每件衣服和每双鞋都是娘缝的;而自此以后,他知道革命队伍将给与他一切。

就在第四野战军主力停在长江边进行休整的时候,宋希濂部突然向湖北荆门、当阳一线发动了攻势。林彪判断,这是宋希濂策动局部反攻的开始——实际上,缺粮的不只是林彪的部队,宋希濂的部队也没有粮食吃了。距离秋收还有两个月,所依靠的川粮供应不上,宋希濂知道湖北当阳还有不少存粮,因此,他的行动与其说是局部反攻,不如说是外出抢粮。林彪还判断,随着宋希濂的行动,因第四十三军停止南进,一直未敢轻举妄动的白崇禧也将有所动作。所以,林彪认为应该迅速抓住敌人的突出部分,主力部队实施两侧纵深迂回,求得"对此地区敌人突然发动全线攻势"。

所谓"全线攻势",就是向位于鄂西宜昌、沙市方向的宋希濂部和位于湘赣方向的白崇禧部同时发起攻击。

连续大雨,河川汪洋。

第四野战军南下之后面对强敌的第一场作战开始了。

令林彪没有料到的是,宜沙战役和湘赣战役不仅进行得异常艰苦,而且都没有达到预期的战役目标。

白崇禧此时心情恶劣。他的部队已从长江一线不断后退,士气低迷,缺额严重,粮食不足,军饷无着,更重要的是,他知道无论是桂系还是自己都已前景暗淡。渡江战役发生前,北平和平谈判期间,毛泽东在会见李宗仁和白崇禧的私人代表时,曾表示共产党方面愿意与桂系和谈,虽然人民解放军必须过江,但只要桂系的军队不出击,人民解放军就不与桂系打,等将来具体商讨解决的办法。毛泽东甚至许诺,如果白崇禧喜欢带兵,一旦和谈成功,"我们可以请他继续带兵,请他指挥三十万军队"。毛泽东说:"这样做,不是我们没有力量打赢他,而是让国家和人民少受损失。"但是,白崇禧拒绝了,宣称自己决不投降。白崇禧的底气,大多来自他认为桂系军队仍有相当实力可与共产党分庭抗礼,同时李宗仁主政之后桂系也可在政治上有所作为。但是，局势不但没有出现转机而且愈发日下，蒋介石依旧遥控着国民党的军政大权。不久前，行政院长何应钦因说话没人听愤然辞职，桂系提出请副院长居正出面组阁，但立即遭到立法院的否决，李宗仁无奈推举了阎锡山，这才得到立法院的通过。在研究组阁名单时，李宗仁力主白崇禧任国防部长，阎锡山飞到台湾呈请蒋介石批准，结果白崇禧的提名被蒋介石否决，国防部长这一要职被阎锡山自己兼任了。

白崇禧只能争取在军事上有所作为。

在湘赣方向上，他的部署原则是：非桂系的部队部署在交通要点，桂系部队部署在随时可以撤退的地区，各军的位置是：第九十七军位于岳阳及其以南铁路沿线；第五十八军位于铁路线以东的平江、浏阳一线；第一二六军位于平江以东的长寿街、铜鼓、官渡一线；第四十八军位于铜鼓以东的奉新、高安、上高一线；第四十六军位于上高以南的新余、分宜、宜春一线；第七军位于湘东与赣西交界处的醴陵、萍乡一线；第一〇三军驻守长沙西北方向的益阳；第二十三军驻守赣南铁路线上的吉安。另外，陈明仁部的第一兵团位于长沙、湘潭及其以西地区。

林彪一下子投入了十个军，作战总兵力达四十三万余人，可见他要把白崇禧集团围住并一口吃掉的决心之坚决。

湘赣战役的部署是：第十五兵团的先头部队第四十三军以一个师监视奉新一线守军，主力插到奉新南面的高安地域，截断敌人退路，并割裂其与左翼敌军的联系，争取抓住白崇禧的一个师甚至是一个军；第四十八、第四十四军在九江至武穴一线南渡长江，分别向奉新北面的武宁方向、高安以南的分宜方向前进；第十二兵团第四十军于岳阳以东的通山、通城地域集结，第四十五军从第四十军的北面渡江南下，该兵团待十五兵团打响之后，第四十军立即出击浏阳、醴陵，第四十五军越过铜鼓直插萍乡，第四十六军一个师沿着粤汉铁路南下抢占铁路桥梁;陈赓的第四兵团则西渡赣江插向萍乡。

林彪沿用了他的惯用战法,即以小兵力前出抓住一部敌人,围而不打吸引敌人增援,同时主力两翼包抄,最后形成巨大的合围圈。在这一战役部署中,前出的部队是否能抓住敌人,是完成所有作战设想的前提——"你们须充分地估计到敌人对侧翼甚敏感,而正面则较麻痹,因此你们必须以四十三军全力首先抓住奉新、高安两处之敌[这是敌之突出部],并首先抓住奉新的一个团,这是此次战役是否扑空的决定关键。"

但是,正是这一"关键"出了问题。

奉新与高安,一北一南,位于赣江以西,驻守在这里的是白崇禧部第四十八军一七六师。七月九日凌晨,第四十三军一二九师先遣团进至奉新以西的上富地区,保障主力顺利插向高安以南,以达到包围高安守军的目的;而一二八师待一二九师占领上富之后,渡过锦江插入奉新以南,达到包围奉新守军的目的。战役发起前,一二九师三八五团获悉,上富守军仅有国民党军青年军约两百人,但是,拂晓时分,当三八五团三营准备对上富发起攻击时,突然获悉守军中还有桂系的一个连,兵力不占优势的三营行动迟疑,结果上富守军闻风逃跑。而在奉新方向,一二八师三八四团距奉新还有约二十公里时,战前侦察说可以徒涉的潦河因连夜大雨河水突然上涨,三八四团临时紧急寻找船只,直到次日凌晨全团才得以渡河并实施攻击,但奉新守军早已逃走。与此同时,驻守高安的一七六师师部率一个团也在这天西逃上高。

第四十三军在上富、新奉和高安三处扑空,虽然部队立即发起追击,但是沿途桥梁被毁,追击速度缓慢,抓住敌人无望。于是,"先抓住敌人一部,而后吸引敌人增援"的作战前提在战役打响后不久就已不复存在。林彪判断白崇禧部将全线撤退,随即命令萧劲光的第十二兵团迅速南下,陈赓的第四兵团立即西渡赣江,两兵团取捷径奔袭萍乡截住西逃之敌。

就在这时,野战军司令部接到情报:白崇禧部第三兵团司令官张淦准备以第四十八军扼守上高、宜丰一线。据此,林彪认为只要敌人肯停下来,包围敌人的可能性就依旧存在,于是命第四十三军停止追击以迷惑敌人,同时命令第十二兵团和第四兵团加速前进赶到战场。但是,还是晚了,白崇禧发现林彪有两侧迂回的企图,已于十三日下达了全线撤退的命令。

当白崇禧的主力部队跳出林彪的合围圈后,湘赣战役的作战目的已无实现的可能。

为了日后休整安全和保护铁路桥梁,林彪命令部队继续追击。

十七日,第四十六军占领平江;十九日,第四十军占领浏阳。

湘赣战役结束。

与湘赣战役同时进行的宜沙战役,第四野战军的对手是宋希濂。宋希濂拥有第二、第十五、第七十九、第一一八、第一二二、第一二四军,其中的第二军和第七十九军等部队全部美械装备,有很强的战斗力。宋希濂还在湘西大量收编地方武装,新编成五个师、一个独立旅和一个暂编军,总兵力号称有三十五万人。宋希濂的作战方针是:以主力防守长江南岸,以阻止解放军过江,并以有力部队守备北岸的宜昌、沙市两大据点,非万不得已不轻易放弃。

宜沙战役的部署是:第四十七军从襄阳、南彰一带南下,插入当阳与宜都之间;第三十八军南下至汉水两岸的宜城、钟祥一线隐蔽,待宋希濂部队进入荆门后,插入荆门以南断其退路并吸引援军;第四十九军从京山、天门一线西进至沙市以北,待第三十八军将要插到荆门时,突然西渡汉水迂回包围江陵与沙市之间的敌人;第三十九军集结于京山、天门一线,在第四十九军后跟进;湖北军区独立第一、第二师及两个独立团执行前哨诱敌任务。

上述部署,依旧是使用少量部队吸引敌人,两翼投入主力包抄合围的战法。战役的关键在于,部队运动的时候,必须高度隐蔽,因为稍微有点风吹草动,当面敌人就会立即撤退,从而致使战役意图落空。

宜沙战役刚一开始,还是在关键之处出了问题。

七月九日,第四十七军右翼先头部队一四一师一部在南进途中,与正在北进的宋希濂部第二军九师一部遭遇,但是,一四一师的先头部队没有察觉,官兵们在雨中过河,衣服装备都已湿透,进了村子正忙于晾晒衣服和弹药,结果突然遭到敌人袭击,部队伤亡和被俘百人,更严重的是这一遭遇暴露了战役的意图。

国民党军第二军军长陈克非将情况报告宋希濂后,宋希濂立即命令部队全线后撤。

林彪也随即命令各部队从合围敌人改为追击逃敌。

这是第四野战军历史上少有的艰苦追击。官兵们在潮湿闷热的天气中开始奔跑,路上全是奇怪的地名:"三十五里路"、"四十八道河",果然是山环着山水绕着水,不断有官兵因中暑和生病倒下。山区正值夏荒,新谷尚未成熟,群众因对共产党领导的军队不了解已跑得无影无踪,有官兵因为饥饿误吃了桐子而中毒,好容易买到新收割的蚕豆,甚至会连皮带壳吃下去以充饥。鄂西山路狭窄崎岖,河谷幽深,羊肠小道高悬于崖边,官兵们的鞋子早已磨烂,双脚红肿。当暴雨突降时,纵横的河流因暴发的山洪水流湍急,渡河时常常有官兵被水冲走。地形生疏,又无地图可查,也无向导可寻,部队常常走错路。重装备根本上不来,因为重炮难以通过泥泞的水田和遍布的河流,而没有重武器的火力掩护,对敌人发动攻击势必会伤亡过大。

十三日,宋希濂各部已退入宜昌、沙市、江陵以及沿江的各渡口。

同时,宋希濂的指挥部也开始从宜昌往长江南岸撤离。

仗打到这个地步,只能坚决阻止敌人逃过长江。

第十三兵团命令:第四十九军围攻江陵和沙市,第四十七军及湖北军区独立第一、第二师围攻宜昌;第三十八军迅速在宜昌与宜都间的古老背一带渡江南进,切断宋希濂部的南逃退路。

十五日凌晨,第四十七军和第三十九军从东、西、北三面逼近宜昌城。

获悉宜昌危急,正在湖南常德收编地主武装的宋希濂,立即换乘各种交通工具北上赶往宜昌,当他乘坐一艘小兵舰驶往古老背时,发现江面已被封锁。尽管岸上的解放军官兵们并不知道宋希濂就在小兵舰上,但依旧猛烈开火,小兵舰四周落下密集的迫击炮弹,机枪子弹更是暴如骤雨。宋希濂对当时的情景记忆深刻:

> 舰上士兵有两人负伤,没有装甲的一些船舱被打了许多窟窿。我立于一块厚达六七公分的钢板后面,虽子弹打得钢板噼噼作响,因不能穿透,所以颇安全。舰上的平射炮及机关枪亦以猛烈火力向岸上回击。事后我常常想起,如果当时没有兵舰来接,我乘小火轮回宜昌,必然在中途被解放军所截俘;如果当时在古老背的解放军有平射炮的话,那艘兵舰可能就被击毁了。

十五日中午,宋希濂到达宜昌。此时,第四野战军已放缓了正面攻击。宋希濂判断林彪必是在实施两翼迂回以堵住他的退路。于是,命令一部分兵力阻滞解放军的攻击,主力全部退出宜昌一线,向邻近湖北与四川交界处的巴东转移。

宜昌国民党守军大部逃走,十六日凌晨三时,第四十七军进入宜昌城。随后,第三十八军占领当阳、石门、桃源和慈利;第四十九军占领公安、澧县、临澧和常德。

宜沙战役结束。

湘赣战役和宜沙战役的发动,割断了宋希濂部与白崇禧部的联系,当宋希濂部从湖北西移四川之后,白崇禧部的侧翼就完全暴露了,而第四野战军先后占领湘鄂赣的广大地区,主力直指湘中逼近长沙,为尔后的作战创造了有利条件。但是,数十万大军兴师动众,仅仅把对手向前平推了一下,实在算不上打的是胜仗。一个特别值得警觉的教训是:自渡江战役之后,国民党军已基本上放弃死守城市的作战方式,特别是白崇禧的桂军更是熟悉山地河川作战,兵力不大但机动性很强,战术已由阵地战转变为运动战甚至是游击战,这一变化恐怕连游击战的创始者毛泽东都始料不及。当然,失利的原因还有那令北方官兵捉摸不透的烟雨蒙蒙的江南气候。第四野战军第一参谋长萧克说:

> 有些人喜欢谈三国,谈到赤壁之战,大家都笑话曹操,说他的军队是北方人,一到湖北,不服水土,加上别的原因,打了大败仗。他战前没有看出来,倒是周瑜看出来了,五万人马敢于打他八十三万。四野的高级指挥员,大部分是南方人,长征到北方才十多年,便忽视以至忘记了南方的气候和生活特点。

湘赣战役结束后,由于白崇禧部南撤,江西方向只剩下国民党军第二十三、第七十军和一些地方武装,总兵力约为三万余人。野战军司令部命令第四十八军自南昌南下,扫清江西境内的国民党军残余部队,打开进入广东的通道。

第四十八军官兵追击残敌所经过的地方,是一连串他们在老兵口中曾听过的地名:兴国、赣州、信丰、茨坪、茅坪、瑞金等等。这是共产党人红色武装的发源地,每一个地方都与共产党人的历史血脉相连。怀着一种异常的心情,官兵们猛打猛追,残敌望风逃遁。当激烈的枪声再一次震荡赣南山谷的时候,茅屋的门板后面露出一双双惊恐疑惑的眼睛——母亲们把孩子搂在怀里,妇女们把脸涂黑躲藏起来。中国共产党人红色武装走过的艰难岁月,伴随着人类历史上罕见的血雨腥风,赣南的每一间茅屋、每一棵树木和每一块石头都遭受过国民党军的刀砍火烧。当年中央红军主力部队撤离苏区之后,从一九三四年至一九三七年,整个苏区被屠杀的红军家属及拥护红色政权的贫苦农民达八十万人。而那些幸存下来的百姓,自此只有在梦里才能重见他们拥有过的天堂般的日子:穷苦人获得了宝贵的土地,苏维埃国家由工农当家作主。十多年过去了,清晨嘹亮的军号声和晚霞中儿童团的歌声都已远去,赣南闭塞的山谷中不再知道外面的世界发生了什么,百姓们只知道共产党人带着红色武装远远地走了,他们的儿子、丈夫或者是兄弟从此没了消息。然而,一九四九年的夏天,突然间,茅屋外有人用北方口音在喊:"我们是当年的红军!毛主席的队伍回来啦!"

第四十八军一路迅猛向南,不断地包围和歼灭溃逃的敌人。国民党军已不成建制跑得零乱而慌张。解放军官兵上山搜剿的时候,老人们站在路口指路,他们熟悉山里的每一条小路;年轻人拿起柴刀和棍棒,跟随部队呐喊不止。官兵连续追了四天四夜没有停止,极度的疲惫使他们不得不边跑边打盹,干部们停下来开会研究敌情的时间只要超过五分钟就鼾声四起。国民党军官兵被追上的时候竟然在路边睡得死了一样,听见解放军官兵大喊"你们被解放了"之后,他们把枪一扔,眼也不睁:"既然解放了,就让我们再睡一会儿吧。"

第四十八军一四三师一直追到当年中央苏区的南部边界信丰。一九三五年中央红军开始长征的时候,就是从这里突围而出的。此时,信丰大桥上已被国民党军安放了大量的炸药,冲到这里的先头部队化装成国民党军,竟然顺利地与布防在这里准备炸桥的敌人换了防,然后官兵们把守军全部俘虏了。他们给俘虏规定了几条纪律:可以做饭,可以睡觉,可以夫妻亲热,可以保管自己的武器和财物;不准打枪,不准逃跑,不准破坏武器,不准抢百姓的东西和欺负妇女。国民党兵十分惊奇,对解放军说:"早知道对我们这样好,早就不走了,也不用打了,在赣州不动等着你们到多好。"

第四十八军官兵与当地的游击队员们见面了。

这些游击队员自红军离开之后就没放下手中的枪,他们面容憔悴,光着脚板,衣衫褴褛,第四十八军官兵送上缴获的国民党军军装,游击队员们说宁可光着身子也不穿,于是一四三师师长张兴华命令官兵们把自己身上的军装脱下来给游击队员每人凑一套衣服、一双鞋子。游击队员们说:"鞋子我们不要,留给大军穿,你们一天跑那么多路,我们还要做鞋给你们呢。"

官兵们问一位女游击队员:"你多大了?"

女游击队员说:"你们离开江西根据地那年我二十岁,你们走了十五年了。"

官兵们说:"二十岁加十五年,是三十五岁。有几个小孩了?"

女游击队员说:"中国不解放,我就不结婚。"

官兵们说:"全国快解放了,你该结婚了,祝你今年结婚!"

女游击队员对官兵们说:"我们祝全国解放!"

在第四野战军官兵们的眼前,山重水复,征程漫漫,尚未解放的大江南一直铺展到遥远的南海之滨。

关 中 决 战

辽沈、淮海、平津三大战役后,偏居西北的胡宗南不知如何是好了。

内战爆发以来,胡宗南军事集团始终没有受到大规模攻击,其原因连胡宗南本人也十分清楚:既不是他拥有无坚不摧的部队,也不是他善于排兵布阵,而是共产党领导的军队在西北战场上兵力始终处于弱势。

一九四九年二月,西北野战军正式改称第一野战军,下辖七个军并两个骑兵师。其中的第七、第八军和骑兵第一师远在山西、绥远和晋绥地区作战。在即将发起新战役的前夕,彭德怀致电中央军委,报告了他所能指挥的兵力情况：

> ……我军概况，现有九万五千人［警四旅改为十二师，四千人在内］，一、二两军五个师，每师平均七千八百余［师编制］。三军七师近八千人，九师不到六千人。四军三个师多者五千人，少者四千人。六军两个师，每师五千人。刻一九四八年全军伤亡四万二千九百七十余［其中有被俘失踪逃亡九千人］，干部占一万一千人［班级占六千余人，连、排级近四千人，营级以上及医务人员等一千人］。医愈归队者已有两千余人。经过冬季整训，干部已补齐，预备干部有四千余人。党员占全军比例三分之一强。俘虏兵约占全军百分之八十，连队比例更大，班长绝大多数是俘虏兵，排长、副排长亦近半数，连指挥员各军中均有个别。绝对多数是四川人［除四纵外］，基本上已成为南方军队……

一九四九年春，国民党军在西北地区仍有二十五个军六十一个师（旅），总兵力达四十万人。其中，西安绥靖公署胡宗南集团辖第一、第三、第十七、第二十七、第三十、第三十六、第三十八、第五十七、第六十五、第六十九、第七十六、第九十、第九十八军，共十三个军三十三个师，除两个军在四川整补外，其余全部位于陕中渭河流域。西北军政长官公署副长官马步芳、马鸿逵、马鸿宾集团辖第十一、第八十一、第八十二、第一二八、第一二九、第一二〇、第九十一、第一一九军，共八个军二十四个师，驻扎在甘肃、青海、宁夏三省内。新疆警备总司令部总司令陶峙岳部辖整编四十二、七十八师以及整编骑兵第一师及两个独立骑兵旅。晋陕绥边区总司令部邓宝珊部辖第二十二军，约一万人，驻守陕西榆林地区。

双方力量悬殊，尽管为牵制胡宗南于西北战场，彭德怀率部不断地周旋作战，但胡宗南并没有感受到军事上的巨大威胁——相对于辽沈、淮海、平津战场而言，西北地区国共两军基本处于对垒状态。

但是,到了一九四九年春,胡宗南认为,共产党人已能够腾出兵力大举西进,因为在整个北方,国民党军只剩下西北这块地盘了。早晚会有那么一天,西进的解放军大部队会与彭德怀部一起,如同对付杜聿明那样把他合围于西安城下。胡宗南开始迅速收缩兵力,决定凭借秦岭依渭水列阵,并与青海、宁夏的马步芳和马鸿逵的部队连接,共同抗击共产党军队将要对西北发动的攻势。

一月十七日,毛泽东致电彭德怀并告贺龙、习仲勋:"二、三月间拟开二中全会,希彭贺习三同志均能到会;如有可能,并望张宗逊、王震二同志中能来一人。时间在北平攻克后再通知,如情况许可,西北我军能在你们动身前打一仗再休整为好;如不可能,则不强求。"

二月一日,第一野战军下达"春季攻势"作战命令。

正值天降大雪,部队行动困难,毛泽东再次致电彭德怀:

> 依据你处当面敌情是否有利于即打一仗。如无甚大有利,可以暂时不打。以便你及王震出席二中全会,留张宗逊(第一野战军副司令员)和赵(赵寿山,第一野战军副司令员)甘(甘泗淇,第一野战军政治部主任)在一起指挥部队继续休整。太原大同解决后,华北三个兵团二十三万人可全部用于西北,至少徐(徐向前)周(周士第)、杨(杨得志)罗(罗瑞卿)两兵团十七万人可以用于西北。彻底解决胡(胡宗南)马(马步芳和马鸿逵),占领潼关、西安、汉中、天水、兰州,有待于徐杨等部到达。太原、大同大约可在三月内解决。休整一个月至两个月,大约在六月徐杨等部即可协同你部攻西安。二中全会定于三月一日开会,希望你及贺(贺龙)习(习仲勋)王(王震)诸同志均能到会,二月二十八日以前必须到达中央。如能打一仗,则你及王震不能到会,故不打为宜……

但是,彭德怀必须作战,除了干扰胡宗南的退守计划外,另一个重要原因是部队已"三月无粮,须取数县才能解决吃饭问题"。彭德怀没有一口吃掉胡宗南的奢望,但对胡宗南的行动加以干扰还是能做到的。

十七日,彭德怀动身前往西柏坡参加七届二中全会。

十八日,在副司令员张宗逊的指挥下,第一野战军向胡宗南发起攻击。

第四军从洛水西岸的黄陵出击,当面的国民党军是第七十六军二十师。二十师是两个月前由三个保安团临时拼凑的。师长褚静亚上任时向胡宗南提出两个条件:一是对三个团长的任命不要插手,二是必须训练几个月再投入作战。胡宗南向来把部队视为自己的私产,团长以上职务的任命绝对一手包办。褚静亚本想用这个先决条件把这份危险的差事推掉,不料胡宗南却一口全部答应,这使褚静亚的心里越发不踏实。他认为如果胡宗南在部队的人事权上都肯让步了,可见国民党军的作战前景暗淡到了什么地步。

褚师长冒着大雪去耀县、白水等地接收保安团,按照胡宗南部一个师的编制规模,他至少能接收一万两千人,但是到了地方才发现,三个保安团加在一起竟然只有三千五百人,而且多数士兵没有棉衣,军饷也欠了好几个月,饥寒交迫简直就是一帮乞丐。褚师长急忙申请补充员额,催发军饷,领取必须的棉衣和武器。就在他刚刚着手编练部队的时候,胡宗南的作战命令到了:二十师开赴前线,把第六十九军替换下来。

临时拼凑起来的二十师在风雪中开拔了,目的地是西安以北的重镇铜川。褚静亚率部到达那里,发现第六十九军已南撤耀县。于是,毫无防备的二十师立即受到攻击,几小时之后部队就顶不住了,混乱不堪地开始往耀县跑,后卫部队不断地被追上咬住,好不容易申请来的行李和军粮丢弃一路。撤到耀县的第六十九军见到二十师的溃兵后,认为解放军大部队马上就要打来了,全军急忙接着向南撤往三原方向。二十师见状跟在第六十九军的后面继续溃逃。

胡宗南的战术是,只要解放军进攻,主力立即后撤,只留少数部队抵挡,以求保存实力待机反击——"今后我们的战略,是要大踏步的撤退,大踏步的前进,来歼灭共军主力。也许我们一下进到陕北,或者一下退到四川。"

逃到三原的褚静亚本想收容部队,可是胡宗南的命令又到了,让他立刻向南开至泾阳附近抵挡彭德怀部的攻势——"如违抗命令,当军法从事。"褚静亚只好带着他的残余部队连夜出发。

二十八日夜,第一野战军第四军将褚静亚包围。

第四军首先向二十师的右翼发起攻击,二十师毫无招架之力,一个团仓促筑起的防线瞬间即被突破。黄昏将至时,第四军官兵打到了褚静亚的师指挥部,指挥部里所有的人顿时四散逃跑。褚静亚和他的参谋长张凌汉,被逐渐逼近的解放军官兵压迫到落着残雪的麦田里被俘。

第一野战军占领了渭河以北的铜川、耀县、蒲城、富平。

但是,他们很快发现自己很难站住脚。

西面的马步芳害怕胡宗南全线后撤,从而使自己的侧翼完全暴露,迅速派出四个骑兵团从甘肃东进陕南前来增援。而胡宗南此时在咸阳以北也集结着第一、第六十九、第三十八、第九十、第六十五、第三十六军等部共十一个师。

第一野战军没有歼敌的机会,遂全军沿咸榆公路向北撤退。

三月十一日晨七时,正在撤退中的第四军后方突然传来枪声。军长王世泰随即赶到十师师部了解情况,原来是马步芳的骑兵先头部队追上来了。由于敌人距离很近,只能打一下再走。马步芳的骑兵果然凶狠,风尘滚滚,马刀闪亮,喊杀着直扑十师二十八团一营的阻击阵地。冲击未果之后,又转向二十八团三营以及二十九团一营和三营的阵地。骑兵呼啸而至,一营和三营的防线被撕开。位于二线阵地的二十九团二营没能组织起有效防御,部队在慌乱后撤时失去控制。十师师长高锦纯立即命令参谋长李振华亲自前往二十八团组织抵抗,同时命令三十团不惜一切实施反击。二十九团团长张亚雄指挥一营拼死抗击,子弹专打骑兵的马匹,二连指导员杨象红埋了文件后,带领官兵与那些落下马的敌人展开肉搏战,连支部书记刘福光带领的两个班全部战死。

马步芳的骑兵部队由二四八师师长马得胜率领。出击之前,马得胜首先到西安拜见胡宗南领受指示,胡宗南还特别安排飞机让他在空中巡视战场,这使他的虚荣心得到充分满足。此时,眼见着彭德怀部伤亡严重,马得胜的战意越来越浓。他跨上一匹高头大马,一把摔掉身上的军大衣,露出式样漂亮的蓝色毛衣,在四名随从的簇拥下,挥舞战刀,策马大叫,向两军交战的前沿阵地疾驰而去。也许是马得胜的毛衣和行为都过分显眼了,密集的炮弹准确地朝他落下来,在腾空而起的烟火中马得胜一头栽下马。

师长死了,骑兵顿时混乱起来。

二十八、二十九团官兵趁势猛冲,三十团将三个连的骑兵压进一条山沟里,除俘敌数十名外其余全部击毙。

此战,马步芳的骑兵二四八师损失八百多人,五百多匹战马被解放军打死或缴获。

第一野战军发动的春季攻势,实际上是拉锯式的出击作战。胡宗南部大多未战即撤,第一野战军虽歼敌不多,但出击打乱了胡宗南收缩战线的部署,而且官兵们还弄到三百七十三万斤粮食。

要想解放大西北,第一野战军必须增强兵力与装备。

四月二十五日,太原战役结束后的第二天,中央军委致电徐向前、周士第和罗瑞卿:"十八及十九兵团改隶第一野战军建制,尔后行动整训及补给等统听彭德怀同志指挥区处。"

第十八、第十九兵团入陕需要时间。

这时候,北平和平解放后被改编的原国民党军的七个团,正由第一野战军第六军副军长张贤约率领向陕西开进。胡宗南的情报人员把这支西进的队伍当成从华北战场开来的大兵团了,于是胡宗南紧急召开疏散会议部署主力部队撤守计划。胡宗南没想到的是,会议一结束,张宗逊就得到了情报。

五月十一日,张宗逊致电彭德怀与中央军委:

(一)最近西安情报电悉,敌军内部传出消息称:胡宗南及其绥署、一军、六十五军、三十六军、九十军、三军、二十七军,于辰(五月)删(十五日)南撤,西安、宝鸡各留一指挥所,分别由罗列(国民党西安绥靖公署副主任兼参谋长)、沈策(国民党军第一一四军军长)负责。密息:留三十八军[高陵及以南]、十七军[十二师三原,余西安]、五十七军[乾、礼](陕西乾县、礼泉)、六十九军[咸](陕西咸阳)为掩护部队。

(二)为了在关中地区歼敌一部,重点地打乱其撤退计划,尽量抢救其搬余物资不致破坏,并更有利徒步我下一战役开进,本日召集各军首长讨论后,拟于辰删出动。第一步以歼灭三原地区之敌为目标;第二步看情况逐次夺取咸阳、西安、宝鸡,歼灭以上地区之敌……

胡宗南原本认为,解放军大军进攻西安,起码要待两三个月增援兵力到达之后。况且,即使大举合围西安,也只能从外围逐次打起,不可能直接插向西安就打,而外围作战起码要消耗掉一两个月的时间。但是,情报显示,彭德怀的部队已经南下,并且朝着西安直扑而来。胡宗南立即陷入难以决断之中:是否守西安?如何守西安?

此时的西安已经秩序大乱。年初,西安绥署机关提前向汉中撤离,国民党陕西省府、中央银行西安分行、官员们拥有股份的企业也开始了逃亡。接着,物价狂涨,黄金银元和美钞的黑市交易公开化,大街上全都是倒卖黄金银元的交易人群。胡宗南更是为自己撤离西安做着各项准备。他首先制定了新的征集"绥靖经费"措施,除加强各种税收之外,还勒令西安的富商巨贾每人都要"捐献"黄金,说是用来作为储备,以发行地方性货币券稳定迅速攀升的物价,但谁都知道这只是胡宗南临走前要大捞一笔。胡宗南平时总是斥责部下在搜集共产党情报方面低能无用,可是这一回,富商巨贾们的名单很快就呈报上来了,且几乎无一漏网,每个人的名字后面都注明了"某人金条五十根"或"金条十根"等必须"捐献"的数额。结果,富商巨贾们纷纷逃亡,机场和火车站被他们堆积如山的行李挤得混乱不堪,西安四周的公路上也挤满汽车和大车。胡宗南命令把富商巨贾们强行扣住,但被扣的人"自愿捐献"的大多是房屋——这些高堂大屋平时确实很值钱,可这时候胡宗南要那么多房子干什么?胡宗南还命令把西安城内的青年学生组织起来,因为他认为即使在秦岭打游击也需要大批基层军政干部。在陕西省教育厅的主持下,西安高中以上的学校都不上课了,学生们被编成"西安绥署学生总队"——满城的百姓都说,连孩子也要编进队伍跟着军队跑了,这世道不是天塌地陷了吗?

胡宗南最终决定撤出西安,时间定在五月二十日。

胡宗南的理由是:长江是一条天险防线,如能守住便可以形成南北对峙,那样守住西安才有特殊意义,因为在长江以北只有西安是尚存的重要据点,进可攻退可守。如今南京都已失陷,西安成为瓮中之鳖,毫无坚守的价值。况且蒋介石已制定了以四川为基地、固守西南以待后图的计划。

然而,十七日午夜,胡宗南提前撤往汉中,因为第一野战军正向西安包抄而来。第一军向岐山和临平、第二军向武功和咸阳、第六军经咸阳向西安。十八日,第一军攻占礼泉和乾县,第三军进至临平,第二军攻进咸阳。第六军则配合第二军攻占咸阳后抵近渭河,由于渭河大桥已被国民党军炸断，部队在炮火的掩护下强行徒涉，十七师五十团渡过渭河后，打下西安西北方向的门户三桥镇，小镇外的铁轨上停着一列火车，火车司机听说要去打胡宗南，忙说："赶紧上来，我来开车。"第六军官兵乘坐火车直逼西安城下。

西安城内已宣布戒严。省府院子里彻夜都在装运行李，大量的小汽车拥挤在通往机场的路上，数百辆卡车蜿蜒在通向宝鸡的路上。警备西安的第十七军开始撤退，序列是军部、警卫营、工兵营、通讯营、无线电排，第十七军撤走后的西安城交自卫总队防守。但是，第十七军出发时，却未见自卫总队的影子。军警卫营长阎进杰打电话找总队长，总机却说电话接不通。阎进杰说："接不通我枪毙你！"谁知总机回答说："枪毙我也接不通，再说你也枪毙不了我。"阎进杰一阵恼怒之后，突然觉得有些诧异，他把电话打到自卫总队守卫连，连长说："解放军已经到了西门外，正在喊话要求我们投降。"阎进杰问为什么不开枪，连长说我们没有子弹了。阎进杰又跑到南门，南门已经上锁，说是根据自卫总队的命令谁也不许出城，阎进杰强行打开城门仓皇逃走——"我想肯定自卫总队叛变了。"

西安自卫总队起义并让出了防区。

五月二十一日，张宗逊、赵寿山致电中央军委：

> 我六军于二十日拂晓，由咸阳渡过渭河，歼保二旅一部，于十一时进入西安城。守敌十七军于我军渡渭后南逃。胡（胡宗南）、董（董钊，时任国民党陕西省府主席）两匪十八日（应为十七日午夜）逃后，伪党政机关及公营企业多被抢劫，电厂、机器厂、面粉厂闻被破坏。三桥镇有火车头四部，工人自动开车载运我进攻部队追击敌人。

第一野战军第六军进入西安城，军长罗元发将军部设在城内杨虎城将军的公馆里，他向野战军司令员彭德怀报告时讲得很详细：这里有大沙发、大地毯,楼梯和楼板都是一条一条的木板,踩上去咯噔咯噔地响,可惜大沙发破了,因为战士们进来时,以为这个黑糊糊的东西是暗堡,照着上面打了一梭子。

这一天,胡宗南的各军在撤退中都发生了混乱。第三十军三十师的任务是掩护主力撤退的右侧背,该师在三原集结后,连夜向西行军与第五十七军会合,然后一起向宝鸡方向撤退。第五十七军由原青年军二〇三师改编,官兵多是二十多岁的四川小伙子,配备着美式卡宾枪和冲锋枪,军长徐汝城是蒋介石的黄埔得意门生,于是全军从军长到士兵个个盛气凌人。胡宗南在给三十师的电报中,命令他们掩护第五十七军"转进"。三十师师长王敬鑫放眼望去,不知如何才能掩护这样一支队伍:第五十七军行军如同百姓搬家,军长的吉普车上携妻带女,军官们也大多带着家眷,大量的行李和辎重装满强征来的车辆。由于大队人马行动迟缓,第一野战军第一军和第四军很快就追了上来。第五十七军先丢车辆,后扔辎重,粮弹沿途抛弃,公文到处散落,担任掩护的三十师成了后卫收容队。逃到距凤翔县城还有几公里的地方,突然前面一声炮响,第一野战军第一军二师迅速抢占凤翔东北的姚家沟,切断了第五十七军和三十师的退路。撤退的长龙被围困在公路上,徐汝城的吉普车被打坏,他跑到王敬鑫那里商量对策,王敬鑫拍着胸脯让徐军长放心,说三十师哪怕打到一兵一卒。但是,三十师组织的数次突围都被打了回来,有军官劝王敬鑫赶快带着队伍跑了算了,可王敬鑫认为,如果三十师逃脱致使第五十七军被歼,胡宗南肯定饶不了他。拂晓时分,第一军和第四军的最后攻击开始了。徐汝城率先扔下部队带着家眷逃走,第五十七军即刻兵败如山倒,三十师也跟着溃散了。二十二日清晨,王敬鑫被打死,第五十七军和三十师八千余人被俘。

后陕中战役,胡宗南的主力部队全部退守秦岭一线。

二十五日,彭德怀自太原返回位于乾县秦家庄的野战军司令部。

彭德怀认为,如果继续向西攻击宝鸡,很可能会受到马步芳、马鸿逵部队的侧击,因此部队应暂时停止进攻。毛泽东也认为,在第十八、第十九兵团没有到达之前,以彭德怀现有的兵力,打胡和打马无法兼顾,因此致电第一野战军:"你们应耐心等候三、四个星期,不要性急,待十八十九两兵团开到,打几个好仗,即可直取兰州,基本上解决西北问题。只要胡马不走,仗是总有的打的。"

就在毛泽东的电报发出之日,第十八兵团在司令员周士第的率领下从太原沿同蒲铁路向陕西开进。而杨得志、李志民率领的第十九兵团已从禹门口西渡黄河进入陕西。

第十八、第十九兵团尚未到达战场,彭德怀最担心的事情发生了:二马来了。

在中国的西北部地区,盘踞着拥有独立军事力量的"二马",即青海的马步芳和宁夏的马鸿逵,俗称"青马"和"宁马"。二马中,以青马马步芳的势力最大兵力最强。此刻,马步芳与马鸿逵正在争权夺利。无论对青马还是宁马,蒋介石虽然表面笼络,但一直存有戒备。多年来,他把二马的势力严格限制在青海、宁夏两省范围内,西北军政长官和甘肃省府主席这两个重要职务却始终不让二马染指。但是,人民解放军突破长江防线,原来的西北军政长官张治中滞留北平,蒋介石为了利用还没有受到严重打击的二马的军事力量,提出可以让二马中的一人当西北军政长官,另一人当甘肃省府主席,条件是二马必须派兵东出陇南增援胡宗南作战。

马鸿逵获悉国民党政府准备把西北大权交给马家的消息后,主动邀请马步芳商讨西北大局,马步芳却一直没有回应,因为他已派人去广州活动,并最终得到李宗仁和白崇禧的支持。马鸿逵只好独自盘算个中利害:马步芳的实力比他大,不如主动推荐马步芳当西北军政长官,自己当甘肃省府主席,这样还可以把他的宁夏省府主席职位交给儿子马敦静,甘肃与宁夏的地盘一连接,自己的实力也就扩大了。由此,他亲自到青海去见马步芳,马步芳显得异常谦虚,说他要在马鸿逵的领导下共同防御共产党——此时马步芳的真实想法是:不但自己要当西北军政长官,而且还要让儿子马继援当甘肃省府主席。

五月十八日,国民政府在广州任命马步芳为西北军政代理长官。马步芳到兰州就任之后,将长官公署的各级官吏全部换上自己的人马,连驻守兰州的部队也都换成了青马军。兰州城连日狂欢,青海还组织了数百人的代表团,携带大量珍贵礼品和几千匹战马,浩浩荡荡地开进兰州以示庆贺。而马鸿逵却门庭冷落,因为甘肃省府主席的任命迟迟不到。他不断地去找马步芳交涉,开始还受到热情接待,后来马步芳干脆拒不见面了。马鸿逵忍无可忍,逢人便骂:"这样昏天黑地,荒淫无耻地干,怎么能担任大事!"

但是,青马的青海兵团以及宁马的宁夏兵团还是出动了。

二马的出击,除必须履行国民党方面交出西北大权的先决条件之外,也是出于"甘肃东翼暴露,兰州倍感威胁,决难自保,必须夺回西安,宁、甘、青诸始能安全"的考虑。李宗仁和白崇禧都对二马的出击喜出望外,不断地催促其迅速推进,而已经撤守秦岭的胡宗南却喜忧参半:二马的参战自然可以牵制和缓解彭德怀部的攻击,甚至有夺回咸阳和西安的可能;但同时也打乱了自己保存实力撤守川滇的部署。无奈中,胡宗南只有派兵北出秦岭与马家军联合作战,攻击发起时间预定为六月十日。

因为兵力处于绝对劣势,彭德怀最终决定撤退:"华北各兵团(第十八、第十九兵团)未到关中前,除特别有利外,暂不向敌进攻,如敌向我反扑,拟于咸阳、兴平、礼泉、长安地区各个歼敌。"

彭德怀的撤退导致了敌人的推进速度愈发加快。

那时,同蒲铁路从太原只通到灵石,自灵石以南以西的霍州、临汾、运城、华阴、渭南一直到西安只有步行。在彭德怀的不断催促下,第十八兵团先头部队第六十一军,以每天四十公里的速度昼夜急行,终于在六月十日赶到西安地区。彭德怀立即命令一八二师担任西安防务,以便第六军向宝鸡移动;一八一师确保咸阳;一八三师位于咸阳西南面的渭河北岸布防,掩护咸阳的侧翼。

一八一师任务严峻。一个师要抗击四个师的敌人,还有从未交过手的马步芳的骑兵。全师成马蹄形紧靠渭河形成阻击线后,背水背城而战已没有任何退路。因为连续行军而极度疲惫的官兵精神紧张,他们刚刚在太原结束一场血战,现在又要在咸阳等待着一场血战的来临。

侦察参谋王青山带领侦察班前出侦察,没走多远就见西边尘土飞扬,马步芳的骑兵来了。王青山只要回去报告敌情,就算完成了任务,但是他决定派侦察员尚洪申回去报告,自己留在这里顶上一阵子,因为后面的部队刚进入阵地,工事修得还很仓促,顶上一阵子就可以为部队争取迎战的时间。连同王青山在内,一共十二个人,他们想找一个有利的阻击地形,但周围是一片无险可守的平地,而马步芳的骑兵瞬间就冲到了眼前。疾驰的骑兵没想到有人在这里阻挡他们,冲在最前面的骑兵中弹落马后,后面的骑兵呐喊着策马冲来,王青山和十一名战士背靠背围成一个圆圈,用冲锋枪组成一圈火力抵抗敌人的冲击。数百匹马围着这个小小的圆圈疯狂地砍杀,残忍的砍杀持续了三个小时,直到王青山参谋和十一个年轻的战士全部倒在血泊之中。

咸阳保卫战开始了。

六月十二日下午,马步芳的骑兵分两队向一八一师的阵地实施两翼攻击。在三团二连的阵地前,冲锋的马队受壕沟阻拦,前面的马匹掉进沟里,后面的骑兵收不住马,被迫拥挤在沟前,二连的机枪开始了猛烈扫射。一团二连三排的阵地被骑兵冲开。一营长陈钊命令三连二排等骑兵冲上来之后,先扔手榴弹,然后用在太原缴获的日本战刀砍杀骑兵。刀光闪闪,血溅数尺,二连三排失守的阵地最终被夺回。十三日,步兵加入了对咸阳城的攻击。一八一师阻击阵地的前面先是出现了大批耕牛,在被枪炮声惊得狂奔乱跑的耕牛后面,步兵和骑兵开始了联合冲锋。一八一师官兵血肉模糊地倒在飞舞的马刀之下,至十四日中午前沿阵地已大部分丢失。只有左翼三团一连一个排的阵地被围后,指导员郑国俊率领官兵连续打退敌人的九次冲锋,全排每一挺机枪的枪管都打红了,这个孤立的阵地始终没有丢失。用来掩护冲击队伍的耕牛已全部跑散,敌人冲到咸阳城边的壕沟里,攀城用的梯子不够长,步兵就人摞人地往上冲,一八一师官兵不断地往下扔手榴弹,咸阳城下的壕沟里血肉横飞。吴家堡阵地距离咸阳城墙最近,此刻,前沿上只剩下副排长魏海东一个人,骑兵冲上来的时候,没有了子弹的魏海东挥舞大刀,连续砍倒数名敌人,最后敌人的三把马刀同时砍向他才把他砍倒。马步芳的骑兵已经攻到咸阳城下,战斗进入最残酷的拉锯状态。

突然,战场上一声呼啸,马步芳的骑兵们愣了一下,然后就飞速撤退了。

有消息说,解放军的大部队已渡过风陵渡,"如果今天攻不下咸阳城,明天恐怕就站不脚了",马步芳立即命令骑兵拂晓前撤出战场。

而胡宗南的部队十四日才进至渭河两岸,当获悉马步芳的部队遭遇猛烈抗击后,他立即命令自己的部队后撤三四十公里。身边的人问:打不下咸阳如何收复西安?胡宗南的答复是:校长仍然器重我是因为我还有军队。

七月初,随着第十八、第十九兵团全部进入西北战场,第一野战军的总兵力从十五万五千余人,一下子猛增到十二个军、三十五个师,共三十四万余人,连同地方部队,人民解放军在西北战场的总兵力达四十余万人。特别是,从郑州至西安的铁路已经修复通车,这使第一野战军的粮弹补给及伤员转运状况大为改观。

西北战场的战略大转折终于来临了。

第一野战军下达"关于消灭胡马军的战役指示"：

> ……我们的战役目标,是要全歼胡、马军主力的全部或大部。敌我对比我只占相对优势,不能采取一举聚歼,只能采取分割歼灭,钳制抗击一个方面,集中主力歼灭另一个方面,一块一块地分割歼灭敌人。总的方面如此,局部方面也如此。得手之后,乘胜扩大战果。当战斗发展我已取得绝对优势时,就要扩大包围圈,求得不失时机的迅速的完全的包围敌人。当敌人情况不利突围逃跑时,就要不惜一切,不顾疲劳,进行连续的猛烈的追击,务使在追击中全歼敌人,达成战役总任务……我们盼望已久的与胡、马匪军的决战就要开始了,这个决战的胜利,就决定了整个西北的迅速解放……

第一野战军根据中央军委的战略意图,制定了"钳马打胡"的作战方针,即以一部兵力牵制二马,集中主力在宝鸡以东地区歼灭位于扶风、眉县的胡宗南部主力。这是自战争爆发以来,彭德怀在西北战场第一次指挥如此"奢侈"的兵力：

第十九兵团并指挥骑兵第二旅,在东起泾河东岸、西至永寿以南以西构筑工事,钳制二马的两个兵团,确保沿咸阳至凤翔公路作战的部队右侧后安全；

第二兵团隐蔽集结于临平镇以东、乾县以南地域,十二日向法门寺、益店镇及其南北取平行攻击前进,截断位于罗局镇以东的胡宗南部第三十八、第六十五军和青马军第一一九军西撤宝鸡的退路,会同第十八兵团将上述三个军包围并歼灭；

第十八兵团并指挥第一兵团第七军,沿着咸凤公路及其以北一线作战,向武功以南以西攻击前进,会同第二兵团围歼第三十八、第

六十五、第一一九军；

第一兵团于十二日开始，沿渭河南岸各个歼击周至至眉县地区的胡宗南部第九十、第三十六军，得手后向宝鸡以南挺进，截断胡宗南主力的退路，并相机策应渭河北岸的作战；

第六十一军卫戍西安并歼灭位于西安以南的胡宗南部第十七军十二师；

野战军指挥所七月十一日到达咸阳。、

此役，最关键是第二兵团的行动。彭德怀特别提醒兵团司令员许光达：部队要隐蔽开进，遇到小股敌人不要纠缠，要迅速突然插入敌后，攻占罗局镇和眉县车站，切断敌人向宝鸡的退路。

胡宗南与马步芳协商的防御作战计划，仅仅规定了各自的防御范围，并没有切实可行的联合作战预案。东起武功的漆水河，西至扶风的益店镇、罗局镇和眉县车站，上百里的防线上，并列摆放着第三十八、第六十五、第一一九、第九十、第三十六共五个军，各军、师、团之间都有相互重叠。一些军官讥讽这样的防线如"羊拉屎"，而第十八兵团司令官李振却说："这是没有军事修养的人说的话。"宝鸡指挥所主任裴昌会视察了前线，嘱咐部队趁麦子成熟之际多搞点粮食。防御漆水河阵地的一七七师师长刘孟廉问，可否从麦子成熟维持到水果成熟的时候？裴昌会答："这倒没问题，打太原的共军还没有过河，光西北的共军，是不容易把我们撵走的。别说等到水果成熟，我们还要在这里过年哩。"到了武功西郊的第一一九军阵地，军长王治岐问，彭德怀最近是否有攻击的迹象？裴昌会答："太原虽然被共军占领，但是山西是阎锡山统治多年的地方，共军还不容易在短期稳定山西局势，所以大部兵力也不是短期内能运转起来的。就是过来几个军，只要我们同马家联络好，以逸待劳，仍然可以打个好仗。"

七月十日下午，扶眉战役开始。

杨得志率第十九兵团附骑兵第二师首先在战场的北面向二马展

开佯攻,使其不敢大举南下渭河协同胡宗南部作战,保障野战军西进部队右翼的安全。同时,为掩护野战军主力西进歼敌的作战意图,保障野战军西进部队左翼的安全,警备西安的第六十一军军部率一八一、一八二师南下,向位于西安以南子午镇一带的胡宗南部第十七军十二师发起了攻击。

野战军主力夹渭河两岸插向扶风、眉县地区。关中酷暑,骄阳如火,干燥的黄土地上烟尘浮动,西进部队的官兵在不间断奔跑中汗渍斑斑,焦渴难耐,指挥员们喉咙嘶哑,仍不断地喊:"快点!不然敌人就跑了!"十一日黄昏,第二兵团主力到达益店镇、青化镇后,由北向南迅速穿插,迂回到敌第三十八、第六十五、第一一九军的侧后。一天以后,沿渭河北岸西进的第二兵团与沿渭河南岸西进的第一兵团将敌人的四个军围在了长宁镇以西、罗局镇以东热似烤锅般的渭河河滩上。

这时候,第二兵团张志达率领的第四军能否及时赶到并守住罗局镇,堵住敌人西撤宝鸡的退路,保证野战军主力将罗局镇以东所有被分割围住的敌人歼灭,已成为达成作战目的的关键。

一年前,第四军还是西北野战军第四纵队的时候,野战军主力部队攻占宝鸡后受到裴昌会兵团的猛烈反击,负责侧翼掩护的四纵阻击阵地被突破,在未向上级请示和通知友邻部队的情况下,四纵自行撤退到岐山东北的山里去了,使裴昌会兵团得以向宝鸡长驱直入,导致战局的突然恶化和部队的重大损失,战后四纵曾受到彭德怀的严厉批评。此时,再一次向这个地域奔跑的第四军官兵心情异样,他们知道彭德怀把这个任务交给第四军,除了信任之外,不能说没有让他们一洗前耻的含义。第四军的三个师全速前进,十二小时内急行军八十公里。十二日凌晨三时,十师的先头部队三十团和师指挥所到达渭河边。没有桥,官兵们用绑腿结成长练,手挽着手涉水强渡,更有一些官兵迫不及待地扑进水里,边渡河边喝水借以浇灭喉咙的干渴。过了河,天快亮了,爬上罗局镇土塬的尖兵与敌人接了火,三十团的先头营将敌人击溃后,发现胡宗南的部队正沿着铁路两侧撤退,抓到的俘虏说这是第六十五军。先头营不顾一切地扑了上去,横着冲进第六十五军的行军序列,第六十五军逃散得如同泛滥的洪水。十师控制了陇海铁路西安至宝鸡段上的咽喉部位——罗局镇。

胡宗南罗列在渭河河滩上的主力要想西撤宝鸡必须经过罗局镇。

第十八兵团司令官李振十分惊愕:"共军究竟由哪里来?来了多少人?为什么各方面都没有情况,偏偏第三十八军的后方发生了战斗?"此时,第一野战军第十八兵团第六十二军和第一兵团第七军已经从渭河的北南两面合力插入胡宗南的第三十八军的后方。第三十八军军长李振西和李振两人反复研究,都认为共军决不会这么快就到达自己的后方纵深,眼前出现的部队很可能是一些地方零散武装,"企图打乱我们的阵势"。但是,当各部队相继打响遭遇战的消息不断传来时,李振感到情况有些不妙。他立即决定机械化部队先从眉县车站撤往宝鸡,然后给宝鸡的裴昌会打电话请示行动方案。谁知电话总机说裴昌会此刻正在睡觉,李振把电话再打到裴昌会的指挥部,指挥部的人也不敢叫醒他。天大亮之后,裴昌会的电话终于接通,听说整团整师的解放军已经到达罗局镇附近,裴昌会说:"西兰公路和渭河南北都没有发生战事,凭什么说有一个师左右的兵力在我军的后边进攻?"他要求李振不准夸大事实,让共军少数部队影响全盘,先抓几个俘虏来问问再说——"事后我们才知道,出现在第三十八军后方的解放军,并不是什么神兵,也不是我的夸大,同时解放军也不是一个师,而是一个军,在老百姓的带路和严密封锁消息的情况下,由马继援和王治岐两军的作战境地上,越过了我们认为不能通过的大沟悬崖,一夜间走了一百五六十华里,横插到我们的后方,占领了益店镇、罗局镇、眉县车站,切断了我们的退路。"

第四军十师像钉子一样钉在了罗局镇。

十二日十五时,野战军主力向被包围在渭河滩一线的胡宗南部发起总攻。李振正忙着调集部队应战,第一一九军军长王治岐跑来说,他的部队已被切成豆腐块,无法形成有效的抵抗:二四四师从武功向扶风撤退时遭到伏击,两个团被击溃,一个团根本没有跑出来,另一个团向渭河以南逃走了;二四七师师长陈俥带领一个骑兵团正在突围;一九一师师长廖凤运下落不明;军参谋长郭宝贤西撤时"因为体弱在途中被俘"。接着,第三十八军一七七师溃败下来的军官跑来报告说,师长刘孟廉带着五三一团的一个营遭到袭击,刘师长负伤;五二九团被迫南渡渭河逃跑。李振意识到局面已经难以收拾。

第一野战军的攻势愈来愈猛,包围圈愈来愈小,李振的第十八兵团部和李振西的第三十八军军部被挤压在一块。眼看无处可退,李振西和李振开始商量如何逃脱,最后决定渡过渭河各自逃命。但是,解放军官兵已经冲到了第三十八军军部的窑洞顶上,李振西和五十五师师长曹维汉、副师长石涤非等人在卫兵的掩护下往外冲,五十多个卫兵大部分伤亡。李振西拽着曹维汉钻进青纱帐,跑到一个叫祁家坡的村庄时再次陷入包围中,五三〇团团长带着一个营赶来救援,结果这个营全部伤亡,团长王立志被打死。李振西跑到渭河河滩上,在溃兵的拥挤中下了河,但河面已被解放军的火力封锁。他在几名士兵的保护下顺流而下,然后上岸躲藏在麦田中,直到午夜才顺着渭河南岸的河滩开始往宝鸡跑。到了宝鸡才知道,分路逃跑的兵团司令官李振已经负伤——"我到第五兵团吃罢晚饭后,满以为能好好地睡一夜,谁知睡到半夜,解放军又追到宝鸡。于是我们又急忙逃跑,除第一一九军军长王治岐带几十个人沿渭河逃天水外,其余兵团司令、军、师、团长都挤在散伙里,拥进了大散关(秦岭北沿的西部关口),到双石铺(今陕甘交界处凤县)才停住脚。"

八百里秦川,尘土飞扬。十四日凌晨三时,第一野战军第四军攻克宝鸡,第三军占领凤翔。

国民党军战史称此战为"关中会战":"主决战方面包含宁夏、陇东及第五(含陇南兵团)等兵团,但无统一指挥,不仅未能使打击力统合发挥,且诸马只知道拥兵自重,互相猜疑,各自为战,于不愿损耗各自兵力下,遇局部小挫而擅退,影响全局,功亏一篑。"而西安绥靖公署既不知道二马的兵团"因小挫而退",又不清楚彭德怀"援军之壮阔","正如兵法所云:'不知彼,不知己,每战必败。'"

扶眉战役是第一野战军在西北战场进行的一次带有战略决战性的作战。战役的重要意义在于:第一野战军从此由相对劣势转为绝对优势,并且完全掌握了西北战场的军事主动权,为尔后继续西进歼灭二马集团解放整个西北奠定了坚实的基础。

胡宗南已无力返回关中,在秦岭徘徊数日之后,残部沿川陕公路继续南撤,西兰公路、陇海铁路因此完全敞开。

大漠孤烟,长河落日。

遥远的大西北已暴露在第一野战军的攻击之下。

一九四九年盛夏,在溽热潮湿的江南,第二、第三野战军正准备向丛林密布的东南以及山高水险的西南实施攻击;第四野战军正在中南水网交错的洞庭湖一带与白崇禧部对峙;而在天高地阔的大西北,第一野战军在把胡宗南残部逼进险峻的秦岭之后一鼓作气向西横扫而去。

一片孤城万仞山

"云雷天堑,金汤地险,名藩自古皋兰。"

一座坚城位于甘肃中部的皋兰山麓,黄河自城北流过,群山三面环绕,西北为河西走廊,东南为河套平原。

第一野战军官兵在这座坚城之下流了太多的血。

西进之初,没有多少人认为青宁二马会死守兰州。原因很简单:兵力不占优势的二马擅长的不是守城而是野战。

扶眉战役后,胡宗南集团的兵力只剩下十万,分散于秦岭北麓一线。而没受太大损失的青宁二马向西退守,准备利用平凉一线的有利地形,阻止彭德怀部沿西兰公路向甘肃和宁夏推进。马步芳以西北军政长官的名义草拟出"关陇会战指导腹案计划",派公署副长官刘任在兰州至平凉之间的静宁召集军事会议,二马指挥官们最终制定的作战部署是:宁马以第一二八、第十一军共六个师和一个骑兵团、两个炮兵营,于平凉以东以南构成弧形阻击防线;青马的第八十二、第一二九、第九十一军西移六盘山,待机向平凉以南的华亭方向实施突击;胡宗南部则适时从秦岭方向协同作战。

二马不退却积极应战,正中彭德怀的下怀。第一野战军计划以第十八兵团的四个师相机追击胡宗南残部,占领双石铺,佯装进攻汉中,掩护第一兵团行动;第一兵团西出天水,然后转向北"袭占会宁和定西",抢先截断平凉之敌的退路;第十九兵团沿西兰公路追击二马,"如敌先期通过会宁、定西时",则准备会攻兰州;第二兵团协同第一、第十九兵团"侧击西撤之敌"。而如果二马固守平凉,不再西撤,"我亦以三个兵团围歼之"。

毛泽东对第一野战军在扶眉战役后即刻发起对二马的作战非常赞赏:

> ……打胡胜利极大,甚慰。不顾热天乘胜举行打马战役是很对的。打完这一仗应休整一短期,然后再进,惟休整时间亦不宜太长,以恢复疲劳,整顿队势,补充缺额为原则。如能于八月上半月完成打马战役,休整半月至一月,九月西进,十月占领兰州、西宁及甘、凉、肃三州(指甘肃张掖、武威、酒泉),则有可能于冬季占领迪化(今乌鲁木齐),不必等到明春……照我想,只要平凉战役能歼两马主力,则西北战局即可基本上解决,往后占

领甘、宁、青、新四省基本上只是走路和接管问题,没有严重的作战问题……

但是,"只是走路和接管"的美好愿望从一开始就遭遇了挫折。

马鸿逵看到马步芳的作战计划后心情恶劣。将宁马的部队全部放在第一线,而青马的部队则在后面待机,马鸿逵认为这是马步芳给他挖的一个陷阱:打胜了,马步芳坐享其成;打败了,马步芳在平凉的部队会立即西撤。那么,无论胜败,吃亏的都只能是宁马的部队。马鸿逵立即给宁马前线总指挥卢忠良下达了"保存实力,退守宁夏"的命令,宁马各部接到命令后瞬间就没影了。这导致不敢单独应战的青马部队也随即向西退去——马步芳的平凉会战还在纸上时就已经泡汤了。

失去战机的彭德怀命令部队向西猛追。

自七月二十一日起,除第十八兵团的两个师于西安、四个师于宝鸡负责钳制胡宗南外,第一野战军第一、第二、第十九兵团兵分三路向西推进。

二马各自朝着自己的老窝撤退:宁马的第一二八、第十一军撤到平凉及东北地区,第一二〇军位于天水,全军背靠宁夏;青马骑兵第八师和第八十二军骑兵十四旅撤退到平凉以南的固关、张家川,二四八师、一〇〇师位于平凉以西的静宁、隆德,一九〇师退到静宁以南的威戎,全军背靠兰州。

彭德怀希望通过野战将二马主力予以歼灭,以避免日后对兰州和西宁等城市发动攻坚作战。因为此时在第一野战军的追击部队中,除第十九兵团参加过太原战役外,其他主力部队大多没有攻坚城市的经验。

在分兵追击的过程中,二马终于有部队停下来准备抗击了。

彭德怀有了实现野外决战的最后战机。

此时,马鸿逵正在闷热难耐的南方。他先飞往台湾面见蒋介石,出来后对随从的亲信说:"老蒋这个时候才叫我到甘肃去,他早做啥着呢!"马鸿逵不但在台湾购置了房产,甚至还在香港购买了房产,并联系陈纳德安排好从宁夏转移财产和出国定居等问题。然后他飞往广州,向行政院长阎锡山郑重交涉为什么迟迟不发表他的甘肃省府主席任命。就在马鸿逵飞来飞去的时候,马步芳给马鸿逵的前线总指挥卢忠良打来电话:"你们的主席(马鸿逵当时是宁夏省府主席)将要担任甘肃省主席,现在要好好打,不能再退了。"接着,马步芳派来一个慰问团,给宁马军官们颁发奖章和慰劳品,师以上军官发的奖章都是镀金的。马鸿逵的儿子马敦静召集第八十一军军长马惇靖、二五七师师长马英才等商议,认为尽管马步芳把奖章镀了金,还是不能听他指挥,应该按照马鸿逵"不打硬仗"的原则,继续向宁夏撤退。就在这时,马鸿逵从广州打来电话:"甘肃省政府主席发表了,在三关口要抵抗一下。"

　　这就是宁马军停下来准备作战的原因;马鸿逵终于当上甘肃省府主席,不打一下不好意思;更主要的是,马鸿逵明白,时局到了这个时候,保存实力乃至保存他的宁夏,已经没有多少必要了,让宁马军与西进的解放军拼一下,无论胜败都可以换取一点政治资本,因为他将来很可能要在蒋介石的台湾生存下去。

　　宁马军"抵抗一下"的地点,名叫任山河。

　　任山河地区位于六盘山东麓,扼守着通往宁夏南部重镇固原的要道。这里山峦叠嶂,沟壑交错,断崖峭壁高达数十丈,其前哨阵地即三关口。八月一日,第一野战军第十九兵团六十五军一九三师向三关口发起猛攻。第六十四军及第六十三军一八八师攻击任山河。刚刚还烈日当空,突然暴雨夹杂冰雹而至,因为没有树木涵养雨水,雨水瞬间就变成了山洪,正在攀爬沟壑的官兵不少人被倾泻的洪水冲走。第六十四军军长曾思玉命令停止攻击。再次攻击于第二天中午发动。五七四团的六个连在炮火支援下沿山路向任山河村逼近,途中受到宁马军正面火力的阻击,然后又突遇两侧伏兵的侧射。二营六连六班在敌人反击时坚守不退,班长燕飞被敌人的马刀刺中,肠子从破裂的腹部流出,他系紧裤带接着冲杀直至阵亡。在五七四团从正面攻击任山河的同时,五七二团突击宁马军七七〇团的阻击阵地,因地形不利攻击受阻;五七一团和五六八团联合攻击宁马军第十一军主力据守的罗家山阵地,激战之后与敌形成对峙。曾思玉决定调山炮营到罗家山阵地。下午十六时,第三次攻击开始,五七四团首先击溃任家河村守军,然后迂回到罗家山阵地的侧后。大雨中,宁马军受到两面夹击,各部队拥上通往宁夏的公路开始全线撤退。八月二日,第六十四军突进固原县城。

青马军"抵抗一下"的地点名叫固关。这里确是个关口,卡在陕南进入陇东的咽喉部位,四面崇山峻岭,一条山道穿越其间,过了关口后可直达天水。此时,青马的主力几乎全部聚集在这一带,前面是骑兵十四旅,后面是骑兵第八师、一〇〇师和一九〇师。如果能在这里打个围歼战,青马军的历史便可能到此结束。因此,王震的第一兵团计划由第一军和第七军的一个师正面攻击固关,其余主力部队待青马军各部前来增援时全力打援,然后形成合围圈以求全胜——当然,前提是青马军肯在这一带不惜一切进行决战。

至少处于最前沿的骑兵十四旅旅长马成贤决心血拼。有军官提醒他,固关地呈凹形,狭长扁窄,不利于骑兵作战,应该转移阵地,以图保存实力再战,但马成贤信誓旦旦,说这是骑兵旅立功的时机,无论如何要死守固关。骑兵十四旅的三个团加重武器营、战防炮连展开了阻击阵地,马成贤命令全旅以"简而固"的办法构筑防御工事。二十七日下午,前哨骑兵飞马报告:"共军大部队顺着陇州至固关的公路密集急进,还有更多的部队在南北两侧似有移动,正面前哨部队已与共军接战。"骑兵十四旅的军官从望远镜里看见了大军接近的黑压压的阵势,令他们惊讶的是,在黑压压的步兵群前面还有一个庞大的炮兵群,于是他们再次向马旅长建议:大批的战马极易暴露目标,骑兵难以抵挡炮火的轰击,部队还是赶快后撤为好。马成贤似乎有点下不来台,说"共军行动不会这么快",即使他们真的来了,我们也要干到底。但是一转身,他还是和后面的骑兵第八师师长马英取得了联系,让他们随时准备上来增援。

第一兵团司令员王震对第一军军长贺炳炎和第七军军长彭绍辉说,当年我们红二方面军走出草地,遭到马家军的围追堵截,很多战友都牺牲在陇东这块土地上。这次我们西进,拳头伸出去后,就要把马家军彻底打碎歼灭。第一兵团的攻击部署是:第一军一师附炮兵团攻击固关,其中二团和三团分两路实施攻击,一团为预备队。三师八团跟进掩护其右翼安全,后面的序列是军部、三师和二师。二十八日凌晨,炮兵团发射的第一发炮弹,就落在了骑兵十四旅的旅部,马成贤当时不在指挥部,几名通信兵被当场炸死,逃出来的军官对炮打得如此准确惊异不已——肯定是老百姓告的密!他们这么解释这发长了眼睛的炮弹。接着,一线阵地几乎同时受到攻击。青马的骑兵以凶悍著称,但打阵地战却没有章法。中午的时候,二线阻击阵地被相继突破。骑兵们认为马背上才是他们相对安全的地方,于是只要顶不住解放军的攻击,便立即从阻击阵地上跑下来跨上马顺着公路杂乱地向西逃。

马成贤有些慌了,不断地打电话给后面的骑兵第八师让他们赶快增援。师长马英说部队已经出动,十四旅只要再坚持最后五分钟就行。但是,好几个五分钟过去了,还是不见骑兵第八师的援兵上来。有人报告说,马师长的骑兵正在战场外围转圈呢。马成贤明白了,马英是要等自己伤亡大半之后再上来争功。焦急的马成贤决定亲自去前沿督战,刚一上去就被一发炮弹炸断了胳膊。卫兵簇拥着他下去急救,他嘱咐参谋长马尚武,不要把他负伤的消息传出去,以免影响士气,并说他要到马继援军长那儿告马英的状。马成贤被抬了下去,左翼二团团长马福魁满脸是血跑来请求撤退,马尚武不敢下命令,犹豫不决之际再次给马英打电话,对方还是说"再坚持最后五分钟"。

  这是与马家军作战时令彭德怀最头疼的事:马家军几乎一触即溃,骑兵撤退的速度很快,两翼实施包抄的部队无论怎样不停歇地前进,总是赶不到撤退的骑兵前面。此刻,只有第七军二十师官兵翻越大黑山,赶到了预定的包抄地点。但是,包括骑兵第八师在内的青马主力已经撤走,二十师的官兵把坚持拼上一把的骑兵十四旅围住了。十四旅混乱的人马被压缩在狭窄的公路上,马匹集中的地方遭到炮火的猛烈轰击,参谋长马尚武已经无法控制部队:

  ……官兵们互不相顾,四处逃命。但炮弹如急雨,倾泻于马群。峡内石块乱飞,硝烟弥漫,全部处于火海包围之中。不到半小时,峡内人马死尸堆积,血水染红了固关河。当时天气炎热,臭气冲天,几乎令人不能呼吸。残余人马,突围两次,都被击溃。我的乘马中弹倒毙,随即逃南山丛林,又被解放军截住去路,随行的营、连长数人,亦被解放军打死。解放军向我们喊话:"不要怕,放下武器,投降!"但是我又转身窜入北山林中,向平凉方向逃去。这次战斗中,除被击毙的官兵外,约有千名官兵和负伤人员被解放军俘虏,战马三千多匹中,除部分马匹负伤残废外,约有七百多匹被擒,余均死于炮火中。团长级以下的官兵,仅有四百多名逃生,先后集中于定西。

无论对宁马还是青马,彭德怀都没有达成围歼的作战目的。
宁马部队退守宁夏,青马主力则退守兰州。
兰州攻坚战已不可避免。
第一野战军开始向兰州急进,随军西进的作家杜鹏程记述道:

  大雨倾盆,河水奔腾叫嚣,电光频频闪烁,雷声在头顶上爆炸,天地间成了可怕而恐怖的世界!部队在大雨中一个拉一个前进,牲口跌倒了,在泥潭水泽中挣扎,人被水推走了,不时可以听到跌倒的叫声,雨水从脖子里下来,顺裤腰往下流。部队又跑步,前边有枪声。既冷且冻,浑身湿透,雷声、雨声、水声,在这茫茫大川里,什么也看不见、也听不见……走了二十里后找不到村庄,我们站在雨里淋了两个小时。说也奇怪,很多战士坐在泥泞大雨中睡得呼呼的,疲劳到什么程度可想而知……

八月四日,第一野战军下达向兰州、西宁攻击的预备命令,决定以一部牵制宁夏马鸿逵部,集中绝对优势兵力,首先歼灭青、甘地区的马步芳部,并准备阻击新疆方向可能的援敌:第一兵团(欠第七军)附第六十二军为左兵团,沿西兰公路取武山、陇西、临洮,得手后渡大夏河经临夏直取西宁,截断青马从甘肃撤守青海的退路。第七军主力在东面控制天水,与第十八兵团合力打通天水至宝鸡的铁路,保护左兵团的交通运输补给。第二兵团为中路军,由庄浪与秦安间的莲花镇西出,经通渭向兰州以南、以西攻击前进,包围兰州守军;如果兰州守军先退或北窜,该兵团即西进,协同第一兵团攻击西宁或尾敌北追。第十九兵团(欠第六十四军)为右路军,第六十五、第六十三军由甘肃、宁夏交界处的隆德、固原一路南下,经兴隆镇、会宁、定西,向兰州以东攻击前进;第六十四军控制固原及其以北牵制宁马。命令要求各部队于九日之前完成进攻兰州、西宁的一切准备。

中央军委复电:

八月四日发来歼灭甘、青匪军的预备命令,一般甚好。惟请注意左兵团所取之路线似过于迂回,且经临洮、临夏渡黄河直取西宁,系深入马(马步芳)家老巢。过去四方面军曾打算走此路西渡,因遇阻路险折回。望令一兵团负责仔细调查此路道路、粮食情况及渡河条件,尤其是回民关系如何,对大军经过具有决定意义……据一般了解,青马残暴,在其主力未被歼前,对我敌意甚深,而回民中间又不若宁回(宁夏回族)曾受我好影响,故对深入青马老巢寻其主力作战,必须谨慎行事,大意不得。望以此意告王震为要。

彭德怀告诫指挥员们:虽然在之前的战斗中青马军一打即溃,但接下来与马步芳在兰州的决战,必会是一场艰苦的攻坚作战。解决了兰州这个西北第二大城市,"就基本上解决了西北问题"。我们绝不能再让青马军跑了,让他跑回老巢青海去,"那里是辽阔的少数民族地区,人烟稀少,粮食短缺,就将增加进军作战的困难",更重要的是要延长解放大西北的时间。彭德怀说:"我们不怕他守,而是怕他跑掉。如果他真的不跑,就到了我们把他消灭的时候了。"

十九日至二十日,右路第十九兵团推进到兰州东南二十五公里处的定远、郭家庄地区;中路第二兵团推进到兰州以南二十公里的阿干镇,并接着向兰州城以西迂回。

第一野战军从东、南、西三面包围了兰州。

西北坚城矗立在眼前的万仞山峦之间。

如果历史允许假设的话,如果国民党西北军政长官仍然是张治中而不是马步芳,兰州血战就有可能避免。

马步芳,共产党人的死敌。一九三五年秋,中央红军长征进入甘肃南部的时候,青马的骑兵疯狂围追刚刚走出草地的红军官兵;一九三七年冬,青马军倾巢出动,在河西走廊将红四方面军西路军冲散,屠杀无数;一九四八年,西府战役中,青马军增援榆林时曾残酷杀害被俘的西北野战军官兵……青马与共产党领导的军队之间积累了太多的仇恨。此刻,一九四九年夏,坚城兰州城下,攻守双方都没有试图和平解决的任何意愿,只有血战到底。

马步芳曾说:"如果给我十架飞机,我就能把青天白日旗帜高举十年。"

而从战场态势上讲,青马可谓孤军守兰州。

在兰州以及河西走廊地区,国民党中央军部队包括第九十一、第一一九、第一二〇军等部队,从序列上讲隶属于西北军政长官公署指挥。但是,在官兵们的心里,这些部队的军事归属,似乎与军政长官马步芳没有任何关系。在中央军部队中,没有人承认自己是马步芳的部下;如果说他们还有指挥官的话,那只能是公署副长官刘任。而就在第一野战军兵临兰州之际,刘任已和中央军系的军官们达成一个"密议":兰州城不可守,如果马步芳要守,就让他自己守好了,与中央军没什么关系——在国民党军大势已去的时刻,西北中央军军官们的想法是:南京、上海都守不住,兰州还有什么可守的?解放军占领兰州之后,必将南下进入四川,攻占富饶广袤的西南,而不会深入荒凉的河西走廊,更不会"急于向戈壁千里的新疆挺进"。那么,仗打到兰州后,西北战事就要告一段落,只要躲在河西走廊深处,等来第三次世界大战的爆发不是没有可能的。再说,马步芳向来看不起中央军,他的势力在西北越来越大对中央军有什么好处?用共产党的力量把他彻底铲除难道不是件好事么?

与马步芳有直接军事联盟关系的是胡宗南。无论胡宗南如何表态要全力支持青马军作战,但是,连马步芳本人都难以相信这种承诺。关中会战时,两军在一个地区作战都没有实现任何协同;一旦兰州受到攻击,远在秦岭的胡宗南怎么可能以远水救近火?更何况彭德怀大军西去正是胡宗南求之不得的,他刚好利用这个喘息的时机收拢残部扼守秦岭,以便不利之时向西南撤退——遥遥的兰州城与胡宗南有什么关系?另一个军事联盟者是宁夏的马鸿逵。当马鸿逵极力争取甘肃省府主席的职位时,马步芳竟然打电报给广州的阎锡山,说"甘肃省主席一职,原拟请马副长官鸿逵兼任,因他坚辞不就,可否由职暂行兼任"?马鸿逵因此与马步芳彻底闹翻了。为了让二马齐心协力抗击解放军向西北的进军,阎锡山把两人叫到广州从中极力调和,终于两人决定一起飞回兰州"并肩战斗"。可是,第二天一早,马鸿逵就变卦了,说他要先回宁夏整理部队,然后再去增援兰州,说完自己先飞走了。

马步芳的儿子、第八十二军军长马继援并不主张固守兰州,他认为骑兵不善于守城,不如在兰州以东的定西一带,利用有利地形与彭德怀部周旋,或许还有寻机得胜的可能。第八十二军参谋长马文鼎的主张折中,但从军事上讲别具用心,他建议部署少量部队在兰州城外围的险要据点,用阻击战和反击战消耗解放军的有生力量,主力则一律在黄河北岸布防。当解放军付出巨大伤亡逐一攻克外围据点后,青马军即将粮弹物资转运一空的兰州城放弃。彭德怀的大军进入兰州城,仅二十万市民和几十万部队的吃饭问题就能让他们陷入困境。更何况黄河天堑是一道不可逾越的防线,彭德怀要想渡过黄河,在重兵布防之下"既无船又无桥"不是一件容易的事,而青马主力却能够得到河西走廊和青海广大地区源源不断的粮食弹药接济——老蒋与共产党划长江而治不成,青马与共产党划黄河而治不是没有可能的。

但是,马步芳还是决定孤注一掷坚守兰州。

皋兰山是兰州南面的天然屏障,主阵地被削成五至十米高的峭壁,峭壁上筑有钢筋水泥碉堡群,峭壁的腰部设有隐藏的机枪掩体,峭壁外侧是深五米的壕沟,各条壕沟都筑有暗堡和野战工事,彼此有交通壕连接。皋兰山中央是营盘岭阵地,东与马家山、西与沈家岭阵地衔接,彼此可以相互策应增援。而在兰州的东南方向,窦家山阵地是兰州的东大门,也是防线上的要冲;十里山是城东屏障,阵地南接窦家山,西连马家山,西兰公路从其山谷中自东南折向西北,主阵地周围挖有三道外壕,山腰绝壁之上有重机枪火力点。兰州的西南是沈家岭、狗娃山,狗娃山西侧是兰州通往临夏的公路,沈家岭下是兰州通往阿干镇的公路,这两个阵地犹如兰州的钥匙,锁好之后兰州便可坚如磐石。

马步芳的军事部署是:第八十二军负责兰州内线作战任务,其中一〇〇师负责防守十里山、窦家山、马家山等要点,二四八师负责防守皋兰山营盘岭阵地,一九〇师负责防守沈家岭和狗娃山一线。第一二九军的两个师为预备队。黄河以北由新编第一师、骑兵第八师和在固关被歼后补编的十四旅等部队防守——当然,还有中央军和宁马军的"配合"行动:第九十一军和第一二〇军以及马鸿逵的第八十一军防守黄河沿线,时机成熟时切断西兰公路的交通补给线。战役指挥部成员是:总指挥马继援,副总指挥刘任、马步銮、卢忠良、赵遂、马文鼎。宁夏兵团为总预备队,准备以两个师的兵力策应兰州作战。

至少在字面上,青马军对部署信心十足:以坚决的守城消耗共军实力,一旦时机成熟,中央军和宁马军两面夹击,与青马军一起聚歼彭德怀部于兰州城下。

悍匪守城,恶战在即。

第一野战军各部队到达兰州外围的第二天,第十九兵团第六十三、第六十五军各一部即对兰州东南的马家山、古城岭发动了攻击;第二兵团第四、第六军各一部对兰州西南的营盘岭、沈家岭和十里山阵地的攻击也同时展开。两军刚一接战,战斗便显出残酷。第一野战军攻击部队在坚固的堡垒和密集的火网面前伤亡严重,官兵于陡立的悬崖坡面上根本看不见敌人的影子,但敌人的子弹和手榴弹却暴雨一样沿坡落下。眼看着攻击受挫,青马军突然一片呼啸,在猛烈火力的掩护下成连成营地发动反击,双方官兵即刻进入白刃战,青马军的马刀狂风一样挥舞,第一野战军官兵血肉飞溅。各个阵地上的冲击与反冲击数次往复,攻击兰州外围据点的战斗没能取得任何进展。

彭德怀下令全线停止攻击,而且一停就是三天。

野战军司令部致电位于前线的第二兵团司令员许光达、副政治委员徐立清、参谋长张文舟,第十九兵团司令员杨得志、政治委员李志民、副政治委员葛晏春、参谋长耿飚,并告第一兵团司令员王震、参谋长张希钦,第十八兵团司令员兼政治委员周士第、副司令员兼副政治委员王新亭:

进攻兰州的战术指示:

一、青马匪军为今日敌军中最有战斗力的部队,在全国也是有数的顽敌。我们对他须有足够的估计,并作充分的精神准备,力戒轻敌、骄傲、急性。进攻时须仔细侦察,精密计划,充分准备,做正规的进攻。任何疏忽、大意与侥幸心理都是错误的。

二、须集中优势兵力、火力、技术于一点,一个一个山头、房舍、阵地,逐次地歼灭敌人。不攻则已,攻必须奏效。

三、进攻中,须充分准备歼灭敌人反冲锋部队,组织歼灭敌反冲锋的火力,构筑抗击反冲锋的工事。对沟与交通壕内,须有打击反冲锋的配备。进攻队形,须加强纵深配备。攻占沿路阵地后,须立即构筑工事,配备顽强的防御,使这样的阵地作为诱敌深入反扑的坚固据点。

四、集中优势的炮火射击一点,得手后再击另一点。密切步炮协同。炮兵须反复精细地侦察敌人兵力的具体配备,组织良好的战场观察,切忌盲目的射击。须知,再优势的炮火,在顽强的敌人面前并不是万能的。

五、对敌人外壕陡壁的克服,须用挖对沟、改造地形来接近,用炸药来破坏。因弹药运输困难,炮击只能是补助的。用连环爆炸破坏陡壁,会有好的效果。

一天后,毛泽东致电彭德怀、张宗逊:"马步芳既决心守兰州,有利于我军歼灭该敌。为歼灭该敌起见,似须集中三个兵团全力于攻兰战役。王震兵团从上游渡河后,似宜迂回于兰州后方,即切断兰州通青海及通新疆的路并参加攻击,而主要是切断通新疆的路,务不使马步芳退至新疆,为害无穷。攻击前似须有一星期或更多时间使部队恢复疲劳,详细侦察敌情、地形和鼓舞士气,做充分的战斗准备,并须准备一次打不开而用二次、三次攻击去歼灭马敌和攻占兰州。"

第一野战军没有休息"一星期或更多时间"。

八月二十五日拂晓,炮声大作,攻坚兰州的战斗再次打响。

第六十三军军长郑维山与青马军有着深仇。一九三七年春,他是西渡黄河的红四方面军第三十军八师政委,在河西走廊与青马军的作战中,八师可谓无日不战,战无不恶。郑维山眼见身边的战友一一倒在青马军的马刀之下。十二年后,西进祁连山,再战青马军,他发誓要为昔日惨死的战友们报仇。初次攻击失利后,郑维山亲自带领军师指挥员勘察战场,选取了兰州东南十公里处的窦家山主阵地为突破口,决定集中优势兵力实施连续突击。战前,郑维山专门去了担任突击任务的一八九师五六六团,他对官兵们说,我们都是铮铮铁汉,窦家山我们坚决攻下,兰州的东大门我们一定砸开,再强的敌人我们也要消灭他!

二十五日十时二十分,第六十三军的炮火准备开始了,几十门大炮持续轰击了半个小时,由于战前的仔细侦察和炮兵的精确计算,窦家山阵地瞬间烈焰升腾,砖石横飞。郑维山在山下望去,炮火延伸之后,一面红旗从阵地的陡坡上急速上移。五六六团三连奋力冲击,守军暗藏的火力点复活了,三连冲在最前面的战士倒下一片。副连长王勇禄站出来,他抓着两颗手雷,迎着倾泻而下的弹雨向上攀爬。所有机枪、步枪都在为他掩护,官兵们一边喊着他的名字一边仰面射击。无法得知这个铮铮铁汉的身上到底中了多少枪,王勇禄的军衣被呼啸而来的子弹扯烂,帽子早已被打飞,他攀爬的速度越来越慢,身后留下一道道鲜红的血痕,可他就是没有停下来。王勇禄终于爬到暗堡跟前,他挺起身扑到射击口上,把手雷塞了进去。暗藏的地堡被炸毁,三连指导员魏应吉一跃而起,带着冲锋枪排扑了上去,连续夺取几个碉堡之后,站稳了脚跟。青马军发动反击的时候,刺刀排上来了,一色精壮的小伙子,在冲锋枪排的掩护下,端着刺刀杀气凛凛地迎敌而上。刺刀与马刀撞击在一起,阵地前喊杀声和鲜血的喷溅声响成一片。青马军的督战军官在阵地的后面吼叫着,指导员魏应吉一挥手,几名战士跟着他绕到阵地的侧后,几挺冲锋枪突然向督战军官扫射过去,前面的敌人听到身后响起枪声,纷纷丢弃阵地开始溃散。三连的红旗插上了窦家山阵地的核心碉堡上。

窦家山主阵地的失守,令总指挥马继援惊慌不已,他急令一〇〇师不惜代价夺回阵地。一〇〇师组织起千人敢死队,敢死队四周是督战队、执法队,先在阵前歃血盟誓,然后冲了上来。第六十三军炮兵团集中了所有的火炮进行压制,附近的一八七师五六一团也开始猛攻十里山阵地加以牵制,一八八师五六二团全团官兵奋力往窦家山阵地上送弹药,一八九师的八个营梯次排开决心一死。虽然遭受到炮火的杀伤,青马军的敢死队还是很快冲到了跟前,赤膊大刀,吼声如雷。处在最前沿的五六六团官兵端着刺刀,一声呐喊之后全团出击,交战双方如同两股洪水撞击在一起。这是窦家山阵地上的决死时刻,两军杀得阵地上血流成河。兵团司令员杨得志的电话打到五六六团团长潘永堤的前沿指挥所,他说他在看着窦家山,彭老总也在看着窦家山,只要把敌人的敢死队压下去,窦家山从今以后就再不会流血了。郑维山组织起所有轻重机枪猛烈拦截青马军的后续部队,炮火更是延伸到敌人的纵深堑壕和屯兵地,当冲上前沿阵地的敢死队所剩无几的时候,残敌被五六六团那些还活着的官兵压缩在窦家山的西沟里,带着仇恨的手榴弹大雨一样落入沟内。

二十五日黄昏,兰州的东大门敞开了。

第二兵团第六军十七师五十团三营七连指导员曹德荣,是一个长着络腮胡子的老兵,他面色黝黑,身体强壮,尽管身上总是背着好几条米袋和步枪,可行军时腰板总是挺得直直的。五十团初攻兰州时没有打好,在营盘岭阵地上伤亡很大。停止攻击的命令下达后,三营官兵不愿意从已经占领的阵地上撤下来,因为很多战友为了这块阵地付出了生命。当然,他们还有另一个重要的理由,即当年打蟠龙的时候,他们曾和守军粘在一起,等待部队再次攻击,而他们的做法得到过彭老总的表扬。于是,十七师师长程悦长同意了他们"粘在上面"的请求。在部队重新准备进攻的三天里,曹德荣和三营官兵在敌人的眼皮底下坚守不退,青马军白天往下扔手榴弹,晚上往下扔浸了汽油的棉花包,无论敌人如何攻击或恐吓,没有粮弹接济的三营硬是死死地和守军粘在一起。部队对营盘岭阵地的攻击重新开始后,突击队迫不及待冲上来与三营会合,三营官兵即刻投入到夺取前沿阵地的血战中。营盘岭主阵地峭壁陡立,碉堡坚固,执行爆破任务的官兵先后倒在陡壁前,攻击部队因暴露在敌人的火力下伤亡很大。曹德荣已经两次负伤,浑身血迹斑斑。他抱起三个大炸药包,喊了一声"跟我来",两名战士应声而出。三个人向峭壁艰难地接近,途中一名战士牺牲,曹德荣和另外一名战士终于到达峭壁下。这是一面一丈高的光滑绝壁,上面就是敌人的主碉堡,没有可以安放炸药的地方,也寻不到可以充当支架的东西。头顶上敌人的机枪狂风一样扫射,部队被压制得无法抬头。曹德荣把身体贴在峭壁上,双手把炸药包高高地举起来,然后对身边的战士说:"你下去!"战士犹豫着,望着他熟悉的指导员那张长着络腮胡子的黑脸,泪水涌了出来。曹德荣已经点燃了导火索,他使劲吼道:"我命令你下去!"战士转身滚下去的那一刻,他听见指导员的最后一句话是:"为穷人报仇的时候到了!"

营盘岭守军的第一道防线被炸开了一个缺口。

下午,在攻击营盘岭最后一个堡垒时,十六师和十七师的两个团从两面夹击而上,青马军二四八师师长韩有禄在最后时刻亲自督战,一边发银元,一边组织督战队和敢死队,然后呐喊着发动最后的反击。在机枪的扫射下,敢死队纷纷倒下,五十团官兵们端着刺刀、喊着曹德荣的名字迎面冲上来,守军不断向后收缩最终潮水般退下去。

五十团官兵把曹德荣布满弹孔的遗体小心地抬下阵地,曹德荣黝黑粗糙的十指上缠满了手榴弹拉火环和拉火线。

"他是我们的万古师表。"彭德怀说。

兰州城西南的沈家岭,是兰州外围防御阵地中距兰州城和黄河铁桥最近的一个阵地,如果这个阵地垮了,黄河铁桥被截断,青马军的唯一逃生之路也就没有了。因此,马步芳在这个阵地上放了整整一个师。初攻失利后,第四军决心以三个师的绝对优势兵力实施连续攻击,主攻部队是十一师三十一团,团长王学礼。

攻击的信号弹再次升起,三十一团分两路开始冲击。炮火将敌人前沿的碉堡工事大部摧毁,爆破组在前面连续爆破,三十一团一步步向前推进。在侧翼攻击的三十二团的配合下,沈家岭第一道防御阵地很快被突破。但是,在向第二道防御阵地突击的时候,青马军的反击开始了。青马军采取惯用的战术,反击坚决而频繁,兵力不断增加,交战双方陷入近距离的混战中。王学礼极力保持着有效的指挥和与师指挥所的联系。满山遍野的青马军一律光着脊梁,军官们手提马刀大喊大叫。混战一直持续到中午,三十一团各级干部绝大部分负伤或阵亡,能够战斗的官兵不足一百七十人,可青马军的反击还是一波接一波。二营教导员田有胜在营长和大部分干部伤亡后,依然顽强发起了新的冲击,在反击的敌阵中冲开一道缺口,占领了第二道防线上的一道堑壕,这道堑壕为三十一团提供了一个立脚点。尽管如此,三十一团能够战斗的官兵越来越少。弹药手赵发祥所在的班只剩下他一个人,他想到附近阵地上的兄弟班去,但又想到自己战前写的决心书上有"剩下一个人也要拼到底"这句话,于是决定一个人坚守阵地。他寻找到敌人丢弃的一挺机枪,在一道交通壕的拐弯处利用有利地形不断地扫射,这个小小的阵地竟然始终保持着。四连司号员孙明忠只有十九岁,是全团出名的机灵鬼,军上衣的下摆总是搭在膝盖上,可战友们知道,每到作战时他肥大的军衣下腰间都要插满手榴弹。战斗打响后,孙明忠紧跟在连长后面。连长牺牲了,全连只剩下十几名官兵,他拿起连长的驳壳枪和指挥旗,代替连长指挥官兵抗击敌人的反冲击。阵地上的子弹打光之后,他跑到敌人遗弃的一座碉堡里,背出来七箱手榴弹和三箱迫击炮弹。他一边分发弹药一边喊:"同志们!为牺牲的战友报仇!"二连三排的几名官兵扛着三挺重机枪向沈家岭的核心阵地里钻,迎面与三百多名青马军遭遇,官兵们架起机枪一步不退,机枪一挺又一挺都被打坏了,只剩下一挺机枪时,这挺机枪立即成了敌人集中射击的目标。官兵们轮流当射手,排长张生禄负伤后,六班长白生文上去;白班长负伤后,六班副班长金鼎山上去;金副班长阵亡后,指导员赵占国上去。敌人退守到一个隐蔽的火力点里,硝烟中一个人突然端着刺刀冲了上去,子弹迎面打在他的身上,他还是向前冲,冲到敌人的火力据点前,他把刺刀径直捅进了火力点的射击口,身体随之重重地压了上去。当后续部队冲上来时,官兵们在他几乎被打烂的遗体上找到了半片"中国人民解放军"胸章,胸章背面残留的字迹是:四军十一师三十一团,接下去,写着他名字的地方是一个弹洞。

黄昏时分,在震耳欲聋的总攻炮火中,冲锋号骤然响起,沈家岭主峰上杀声一片。三十一团团长王学礼,耳朵已被炮火震聋,双眼布满了血丝。他的官兵幸存者已不多,他已经没有力气悲伤了。当最后的冲锋发起时,王学礼站起来,举起驳壳枪,声音嘶哑地喊:"同志们!跟我上!"密集的子弹风一样刮过来,王学礼重重地倒在地上。

王学礼团长牺牲一个小时后,沈家岭阵地被第二兵团第四军攻占。

沈家岭攻坚战,第四军伤亡三千人以上。

兰州城破在即。

二十二日午夜,马步芳把一切军政事宜交给儿子马继援,离开兰州去了西宁。

二十五日下午十四时,马继援召集师长以上军官会议,宣布撤离兰州。撤离部署是:第一二九军军长马步銮负责黄河铁桥上的秩序,按照一○○师、二四八师、新编第一师、三五七师的顺序通过铁桥北渡黄河。一九○师在沈家岭方向全力阻击,等全军撤完之后最后撤离。

决定作出后,马步銮率领一个由参谋和军法人员组成的撤退疏导小组上了黄河铁桥。但是,按计划最后撤退的一九○师却最先放弃了阵地。一九○师的提前撤离引起连锁反应,各部队争先恐后地放弃阵地撤退,全都拥挤在黄河铁桥上。一○○师距离黄河铁桥最远,等他们到达的时候,铁桥上已经人马壅塞,后续部队被冲进兰州市区的解放军截住,激烈的巷战随即发生。突然,一发炮弹命中铁桥上一辆装满弹药的汽车,剧烈的爆炸之后,黄河铁桥上大火冲天。冲过来的解放军官兵逐渐逼近铁桥,机枪严密封锁桥面。没有过桥的青马军官兵开始混乱地四散,桥上的人马被挤落坠入黄河,一部分官兵见无法上桥冒险泅渡过河,人马淹毙的尸体顺流而下。

一九四九年八月二十六日,兰州解放。

兰州之战,第一野战军伤亡八千七百余人。

二十七日,马步芳离开西宁飞往重庆。

马继援率领残部向西撤退。

马继援对一九○师师长马振武说:"父亲(马步芳)来电话,乐家湾飞机等着哩,我们一同走吧。"马振武说:"军长,你走,我不去了,我没有钱,出去会有困难,我再也不好意思向你们伸手了。"马继援遂带领四十名卫兵朝西宁方向逃去。

三十日晚,青马军残部在大通县桥头镇召集军官会议。马振武传达了马继援的指示,大意是我暂时离开你们,以后大家还会见面,你们要把武器埋起来待机而动。马振武说:"现在长官(马步芳)和军长(马继援)已经飞走了,我们对他们父子还有什么效不完的忠呢?我们也不必到草地去打游击,因为过去我们一到藏民毡房,他们献哈达,殷勤接待;现在我们去,恐怕连一碗糌粑也不会给。我看还是回西宁去,共产党要杀,就不说了;不杀的话,我们还是个尕百姓。"可军官们都对回西宁充满恐惧,因为当年在河西战役中青马军残杀了无数红军。

这一天,马继援携家眷从西宁飞往重庆。

两天以后,马振武在桥头镇再次召集会议,决定投降,并草拟了给彭德怀的电报。大部分青马军军官们都签了名,只有骑兵第八师师长马英不签,他说他的部队还算齐全,他要到草地上去打游击。

九月六日,第一野战军第一军主力和第二军前卫帅进入西宁。

在接受青马军残部投降的时候,青马代表提出了一些附加条件:现有骑兵全部接受整编;所剩步兵予以遣散回家;保证官兵的生命安全。第一野战军第一军副军长王尚荣厉声说道:"你们还有什么资格讲条件!不投降就干净彻底全部消灭掉!"

国民党军马步芳军事集团就此灭亡。

兰州战役的幸存者说,之所以阵亡的官兵太多,一个重要的原因是仗打到最惨烈的时候,天空晴朗,万里无云,敌我双方相互看得十分清楚——难以想象,六十年前,在大西北的阳光照射下,年轻的解放军官兵流淌出的热血该是何等惊人地鲜艳。

悠远的驼铃

宁马军第八十一军军长马惇靖,站在宁夏中宁县黄河石空渡口附近的一个小沙洲上,等待着解放军代表傅崇碧的到来。

这是一九四九年九月十九日中午。

晴朗高远的天空下,黄河中的沙洲灿灿地耀眼。

此时,第一野战军向宁夏推进的部队与宁马军第八十一军隔河对峙。第八十一军虽然表露出求和的意愿,但双方在谈判地点上意见不同:第八十一军代表主张在他们控制的黄河北岸,而解放军方面坚持要在黄河南岸,并表示"明天如果不签字,我们就发动进攻"。僵持之中,谈判中间人突然想到,那段黄河河水的中间正好有一片小沙洲,既不算南岸也不算北岸。于是双方同意了——"这个小沙洲,幸福地被我们选作和谈地点。"受第一野战军第十九兵团联络部长甄华的委托,马鸿逵的少将电讯处长孟宝山充当了谈判中间人,他在记述这一刻的时候特别使用了"幸福"一词——"沙洲的下端,却是一个整的河流,象征着有分歧的水线经过这个沙洲汇合为一流了。"

这一刻,恰是宁马军最后瓦解的开端。

马鸿逵和马鸿宾是叔伯兄弟。在宁夏,无论政治上还是军事上,马鸿宾都无法与马鸿逵抗争,因此长期安居一角以求自保。当彭德怀率部大举西进的时候,马鸿宾的部队只有第八十一军一个军,由他的儿子马惇靖任军长。虽然马鸿宾的部队参加过阻截红二十五军的战斗,内战爆发以来也与彭德怀部发生过数次作战,但在抗战期间马鸿宾与共产党人的关系较为和缓。他认为自己与共产党人没有太多的仇恨,所以没有与解放军血战到底的愿望。他曾对要求他备战的马鸿逵说:"我看共产党向西北进军,目的不在我们方面,而是为了消灭胡宗南主力。等胡宗南解决了,我们插上共产党的旗子,接受和平,就可保得安全。"

与马鸿宾不同,马鸿逵十分清楚自己对共产党人做过哪些事:抗战时期,他对宁夏中共地下组织进行过大规模破坏,不但逮捕了大批共产党人,而且还下令杀害中共宁夏工委书记崔景岳、回民工作团长马文良等人,至今几十名共产党人还被关押在宁夏的监狱中。内战爆发后,除了奉蒋介石或胡宗南之命不断与彭德怀部作战之外,他还把在三边被俘的解放军警卫团的一名团长和一名政委押解到南京,这两名解放军干部很快被蒋介石在雨花台处决了。心绪不宁的马鸿逵开始在宁夏扩编军队,在原有的第十一军和第一二八军之外,他新编了一支"贺兰军",说这是取岳飞《满江红》中"踏破贺兰山阙"之意,将来可以到贺兰山里去打游击。经过改编,马鸿逵拥有的军队达八万人,由他的儿子马敦静任总指挥。马步芳的青马军主力在兰州被歼后,马鸿逵宣布宁夏将采取"打光、烧光、放水"的办法抵抗解放军的进攻,他对军官们说:"将放弃的地方,一面放水,一面烧仓库,节节抵抗,直至军队打完为止。并控制好飞机场,以便最后派飞机把你们接出去。银川城内放火时,先由我的公馆烧起。"

此时,马鸿逵很想与马鸿宾当面商量一下是否逃离宁夏这个关乎后半生的问题。但是,邀请发出后,马鸿宾没有来,派来了儿子马惇靖。马鸿逵显然对堂兄在这个时候只派个晚辈来应付感到不快:

他问:"你父亲为什么不能自己来,他愿不愿意走?"

我答:"父亲的意思是他年纪大了,再加上家口重,如果出走,日后生活如何办呢?"

他问:"难道你父亲不怕共产党害他吗?"

我答:"父亲想共产党不一定会害他的。"

我问:"你走后宁夏怎么办?"

他答:"给共产党送礼就要送全礼,我先走重庆,接着叫老大走(长子马敦厚,时任宁夏骑兵指挥官),因老大沉不住气,又不听老二(次子马敦静,时任宁夏兵团司令官)的话,留下他会误事的,到必要时再让老二走。"

九月一日,马鸿逵飞往重庆。

此一去,他再也没有回过宁夏。

马鸿逵住进重庆歌乐山下的连家花园,与徐永昌等国民党大员商讨西北战局。徐永昌一开口,马鸿逵立即明白了,蒋介石不但根本没有守宁夏的意思,而且还想把他的军队调出来加强给胡宗南。马鸿逵感到了一种悲凉,在蒋介石眼里,他的宁马军只是个卖命打仗的卒子而已。"我的部队我知道",马鸿逵说,"都是宁夏娃子,宁夏人恋家,如果调出来,马上就垮了!"徐永昌的脸色顿时难看起来,寄人篱下的马鸿逵马上改口说,他的部队可以与胡宗南会师,然后南下四川。马鸿逵派参谋处长带信飞回宁夏,让宁马军经固原到川边向胡宗南部靠拢,团以上军官的家眷则用飞机全部转移四川。但是,宁夏的军官们不愿意执行这个决定,纷纷表态说愿意在宁夏打到一枪一弹——宁马军的军官们都明白,马鸿逵和马敦厚走了,马家的财产也转移走了,在部队打光之前,马敦静也会走的。他们有钱,而普通军官们一旦离开宁夏,不但什么都没有了,最后连尸首也将埋在异乡。

马敦静的防御部署是:破坏青铜峡公路,占领黄河东岸的重要屏障牛首山阵地;必要时执行马鸿逵的放水计划;宁夏所有的部队自南向北沿黄河东岸在中宁、金积、吴忠堡和灵武地区设置三道防御线,采取分区防守、纵深配置、层层抵抗的方式死守宁夏。

就在马鸿逵离开宁夏的时候,第一野战军第十九兵团开始向宁夏进军。作战部署是:第六十三军一个团附军工兵营和第六十五军工兵营组成先遣队,二日从兰州出发,负责扫清残匪,整修道路,筹集粮食;第六十三军一八八师进至甘肃东部与宁夏交界处的靖远以北地区,然后西渡黄河向中宁方向攻击前进;第六十五军与第六十三军主力五日出动,与一八八师夹黄河并进;第六十四军与西北军区独立第一、第二师由宁夏南部的固原方向出动,经同心县城向中宁以北推进,以截断中宁守军的退路。

第十九兵团大军所至,宁马军纷纷不战而逃。

一八八师和第六十三军主力及第六十五军沿黄河两岸进入宁夏河套地区。

马敦静并不是能带兵打仗的人。第十九兵团一路推进,他虽然部署了防线,行动上却毫无作为。军官们报告说,解放军已经过了同心,就要达到中宁了。马敦静却说只要把船全部拉到河西,共产党军队就过不了黄河。军官们提醒他说,那是古代打仗的办法,现在光大炮的射程就有三十公里,黄河根本挡不住解放军的攻势。马敦静听后,再也没有任何主意。接下来,军官们发现他们的总指挥神经似乎有了问题,他忽而命令部队准备南下去找胡宗南,忽而又说去河西走廊去找公署副长官刘任,忽而又命令随从带上三万银币准备进山区打游击。最后,军官们无论什么时候见到他他都在吸食鸦片。

马鸿逵离开宁夏之后,马鸿宾认为与解放军方面和谈的时机到了。但是,他很快就得知,马鸿逵临走前给主要将领留下一个指示,说宁马军的事全部由马敦静说了算,绝不允许其他人插手。显然,这个"其他人"指的是马鸿宾。于是,马鸿宾准备以老一辈的身份去见马敦静,但马敦静始终避而不见。此时,彭德怀已派出代表找到马敦静,希望他和平解决宁夏问题。马敦静说给他两天时间,以便与各位将领们商量。两天过去之后,马敦静没有任何动静。马鸿宾认为他在银川很危险,于是准备了汽车,装上自己的财产,决定带上家眷远走绥蒙。宁马军的军官们得知后,纷纷劝说他不要走,他们请求马敦静立即与马鸿宾商量宁马军的前途问题。

见到马敦静,马鸿宾训斥道:"你避不见我为啥?家务事尽可商量。你阿大走了,你能否负责?能的话,该拿出个办法来。不能嘛,看谁能干,或者几个人来干,共同负责。我看以和为好,打不出什么名堂来。至于你阿大的安全问题,不要考虑,那好办,就说军队掌握不住了。"马敦静低头不语,马鸿宾又说:"你回去,连夜召开军官会议,大家商量出个办法来,签字盖章,共同行动。"然而,马敦静再次没有了动静。

此时,马鸿宾的儿子马惇靖已命令第八十一军从中宁全部西撤到中卫县城,同时命令驻守在甘肃靖远的两个团也迅速向中卫撤退。但是,从靖远撤退的两个团还是在黄河边被解放军第十九兵团追上并缴了械。在中卫县城里,马惇靖召集绅士们开会,宣布第八十一军决不抵抗解放军,请百姓们不必惊慌,同时请绅士们出城四十里,到沙坡头去向解放军说明第八十一军不抵抗的意愿。

曾思玉的第六十四军已经逼近中卫。

十三日,在同心县城马家湾的沙滩处,马鸿宾的代表见到了曾思玉。曾军长说,上级要求我们十五日打到银川,"为了宁夏人民免遭战争的损害",我们的进军已经推迟了数天。现在,宁马军"仅有两个前途","要和平解决,照北平方式;要抵抗,就坚决彻底消灭"。请转告马敦静,"战与和的决心最好快下"。

为了给宁马军最后考虑的机会,第六十四军开始"原地待命"。

十六日,代表们回到银川,向马鸿宾转达了解放军第十九兵团的和谈诚意。马鸿宾说:"毛泽东比蒋介石好,我们当然跟着毛泽东。马敦静虽是我的侄儿,但我们多年不来往,此刻他不找我,我也不能去找他。只有第八十一军马惇靖部我能负责。我给他打电话,让他在石空渡与你们见面,研究起义,其余另作商量。"

十七日,国民党军军令部长徐永昌和空军副总司令王叔铭在银川降落。马敦静以为这是父亲走了之后,蒋介石派人来督促他打仗的,可见了徐永昌才知道这架飞机是去包头途经这里。马敦静请示徐永昌宁夏该怎么办,徐永昌敷衍地说可以利用山区打上几仗;马敦静请求王叔铭派飞机支援,王叔铭扔给了他"自顾不暇"四个字。晚上,马敦静得知伯父马鸿宾搭乘徐永昌的飞机去包头了。那时,傅作义受毛泽东的委托,与邓宝珊一起来到绥远,以期最后促成董其武率领的绥远部队起义。蒋介石获悉傅作义到达绥远后,立即派徐永昌和王叔铭飞赴包头。徐永昌转递了蒋介石的亲笔信,希望傅作义最后时刻能够回心转意。傅作义告诉徐永昌:"国民党丧军心民心,大势已去,任何力量都不可能挽回。"对于马鸿宾关于宁夏前途的询问,傅作义的忠告是:"和有利,战不利。"

十九日晨,马鸿宾飞回银川后,急电马惇靖速与解放军开始和谈。

于是,在那个天空湛蓝的中午,第六十四军副政治委员傅崇碧,带领作战处长唐晈、联络部长牛连璧等人,乘坐一只牛皮筏子前往黄河中的那片小沙洲。

马惇靖带着几名随从,心情紧张地看着那只牛皮筏子晃悠悠地渡河而来。

双方见了面,傅崇碧直言不讳:"要和,就放下武器;如果继续抵抗,我们就坚决、彻底消灭,严惩主战者。"

沙洲上没有坐的地方。马惇靖说,在这里谈话不方便,不如到中宁县城去谈。于是,双方乘坐各自的牛皮筏子再次渡河,然后上了傅崇碧的吉普车,直接去了第六十四军军部——"途中,我们有意让他们见识了我军的战车、大炮和部队的阵容。"傅崇碧后来回忆说。

曾思玉军长接见了马惇靖。他代表第十九兵团提出的条件是:第八十一军以中卫城关为中心,集中待命整编;第八十一军应保护武器和物资,准备点交给解放军;组织黄河以北的船只,于二十日晚和二十一日晨移交河南岸的解放军;停止中(中卫)银(银川)公路的汽车运输,并负责保护公路桥梁;中卫伪政府等候人民政府接收。同时,解放军保证马鸿宾全家生命财产的安全,在中宁县城内的马鸿宾家的财产,凡是解放军动用过的一律归还或赔偿。

晚十九时,双方在协议上签字。

解放军一方的签字人是曾思玉,宁马军一方的签字人是马惇靖。

第八十一军的起义,使马敦静保卫宁夏的第二道防线不攻自破。

马敦静立刻把所属的三个军十一个师重新进行了调整:贺兰军和第十一军撤向灵武、银川地区,并在黄河以东分四个区域进行防御:第一二八军二五六师位于灵武;保安第三师位于吴忠堡;三五六师和骑兵二十旅位于金积地区;保安第一师位于金积以西和牛首山。

第十九兵团决定攻击金积地域的宁马军。

第六十四军奉命拿下牛首山。牛首山南北四十公里,东西约十公里,隔黄河与贺兰山对峙,公路盘山而过,中间经过黄河天险青铜峡,地势险要,易守难攻。十七日晚,一九一师先头部队突然袭击东寺据点,十八日即控制了牛首山各个制高点。十九日,五七三团开始攻击青铜峡。青铜峡守军三五六师二团的一个营放弃峡口阵地,向北逃往金积,五七三团和五七二团并肩紧追。与此同时,一九二师绕过牛首山的侧面,向金积防线发展。这是一片荒凉的沙漠草原,马敦静在这里部署了两个骑兵团。由于地形有利于骑兵作战,一九二师不断受到骑兵的袭扰。师长马卫华命令炮兵把炮架起来朝骑兵轰击,开始时骑兵还试图重整队伍发动冲锋,但很快就被密集的炮火拦截,马上的骑兵被炮弹打得七零八落。

一九一、一九二师突破青铜峡后直逼金积。

马敦静急忙命令部队准备向河西走廊撤退,他打算去投靠从兰州逃到那里的中央军,但是军官们说没有办法解决运输问题。傍晚,第一二八军军长卢忠良来电话,敦促他赶快来军部商量下一步该怎么办。但是,马敦静没敢去,因为他听说卢忠良有向解放军投诚的意图。

第二天一早,马敦静离开宁夏飞往重庆。

一九一师五七三团三营向汉渠以南的西滩村发动攻击。这是一个大土围子,围墙的四角筑有地堡,外墙外还有一圈地堡。官兵们在向前运动的时候,交织的火网封锁着冲击的道路,密集的子弹把地面上的沙土打成一片烟尘。炮兵把火炮推了上来,数挺重机枪集中了火力,三营官兵在火力的掩护下向土围子里硬冲,西滩村的守军终于溃败,纷纷从村北逃了出去。五七二团三营绕路向金积穿插,一直插到距县城只有几公里的杨家湾堡,两门山炮和三门迫击炮凌晨时分调了上来,在一间民房里将墙壁掏出几个大窟窿,然后对着杨家湾堡的围墙开始了猛轰。迫击炮发射的"飞雷"炮弹把宁马军吓坏了,这种长长的东西带着炸药包,一个接一个地落在地堡里,炸得守军无处躲藏。不一会儿,杨家湾堡围墙上的堡垒里打出白旗,三百多名幸存的守军放下了武器。

一九一师包围了金积。大炮已经架设完毕,正在准备攻城的时候,县城的西门打开,一辆挂着白旗的汽车开过来,来人呈上一封信:"兹派贺兰军保安第一师上校副师长崔清平,前往贵军洽谈起义事宜。如蒙允诺,请将部队如何改编、驻防地点及一切起义的善后问题,详告为盼。"签名者是:第一二八军副军长何晓霆、保安第一师副师长崔清平,三五六师副师长谢修臣和一〇六六团团长马克仁、一〇六八团团长鹿鸿起。

一九一师政治委员陈宜贵说:"金积全线停火命令只能由军部下。待我请示一下曾思玉军长再作答复。"

曾思玉军长的答复是:欢迎放下武器,但这不能算起义,只能算是投诚。

崔清平说:"就是缴枪投降也可以。"

金积防线洞开之后,第六十四军直指银川以南、黄河东岸的重镇吴忠堡。

二十日,由宁马军贺兰军军长马全良领衔,第一二八军、贺兰军、第十一军和省保安司令部下属保安师等部军官,一并向毛主席、朱总司令和彭副总司令发出通电:

国民党秉国以来,领导无方,纪纲不振,民生凋敝,致战祸弥漫全国,强者死于炮灰,弱者流于沟壑。刻又战事迫近西北,面临宁夏,全良等不忍地方七十万军民遭受涂炭,爰于本月二十日停战,服从毛主席领导,实行民主,俾人民登于衽席,国基安如磐石。至于军事如何改编,政治如何革新,听候协商,一切服从。

第二天,彭德怀发出复电:

贺兰军马军长(马全良),一二八军卢军长(卢忠良),十一军马军长(马光宗):哿(二十日)电悉,诸将军既愿宁夏问题和平解决,殊堪欣慰,望督率贵部即速见诸实行。此间即电告杨得志司令员知照。即派代表至中宁与杨司令员接洽。特复。

彭德怀

马(二十一日)酉(十七至十九时)。

马鸿逵在重庆见到了他的二少爷马敦静,父子相对而泣后用电台接通了宁夏。报话机里传来马鸿逵的秘书处长马友梅的声音,说将领们都来哩,可士兵都散啦。马鸿逵让将领们过来说话,等了半天,没有一个将领愿意和他讲话——"马鸿逵转过身来,仰面惨笑"。

二十二日,第十九兵团司令员杨得志、副司令员兼参谋长耿飚等人在中宁县城内接见了贺兰军参谋长郑毅民,并把和平解决宁夏问题的协议书交给宁马军方面,要求二十四日十二时以前派代表来证实签字,否则解放军对宁马军将坚决予以歼灭。郑毅民立即飞回银川,马鸿宾决定接受解放军的协议,然后派人火速赶往中宁签字。

二十四日下午十四时,"第十九兵团和国民党军宁夏军政代表和平解决宁夏问题的协议"签字。协议涉及的条款是:

一、所有宁夏部队,迅速按照中国人民解放军十九兵团指定地点[附件一]集中,听候处理。在此期间内不得擅自移动,否则发生任何冲突事件,人民解放军概不负责。

二、宁夏一切党政军机构、市政机关、公营企业、牧场、公共财产和建筑及所有武器、弹药、仓库、物资、公文、档案等,立即造具清册，听候点交，不得破坏、隐藏、转移、盗卖。所有监狱犯人，听候接收处理。曾经俘去之我方人员不得杀害，应全数释放交出。蒋系特务机关人员，一律不得放走。

三、凡人民解放军尚未到达之地区，原宁夏当地军政机关部队应负看管物资、维持治安之责，不得发生任何破坏损失事件。

四、在宁夏部队方面执行以上三项条款时，人民解放军方面保证宁夏参加和谈部队全体官兵生命财产之安全。

五、为了切实执行以上四项协议，决定双方在银川组织联合办事处，处理以上事项。该办事处由九人组成，解放军方面五人，并指定一人任主任，宁夏方面四人，并指定一人任副主任。

但是，此刻宁马军已经大乱，凡有建制的部队都不复存在。银川军用仓库被焚烧，居民遭到乱兵抢劫，宁马军的万余名官兵，马背上驮着抢来的东西，各自向自己的家乡奔逃。贺兰军军长马全良和副军长王伯祥连夜出城奔向吴忠堡，问第六十四军军长曾思玉求援，请求解放军赶快进入银川控制局面。一九一师五七二团二营和三营连夜出发，北渡黄河后，搭乘马鸿宾派来的四十辆汽车驶入银川。官兵们迅速占领城门、钟鼓楼等制高点，追歼逃兵并维护秩序。

和平解决宁夏问题协议签字之时，重庆的连家花园突然军警云集，便衣警卫遍布山头。过了一会儿，蒋介石来了，说来看看称病不出的马鸿逵。蒋介石径直走进马鸿逵的房间，正躺在床上的马鸿逵急忙下床，就势抱住蒋介石的腿哭喊："我对不起总裁，对不起党国……"蒋介石说："不要这样，不要这样，我有责任。"陪同蒋介石的行政院长阎锡山也说："没啥，没啥，从头再来。"蒋介石让马鸿逵到台湾去，可乘中国航空公司或中央航空公司的飞机，但是"不要惊动陈纳德的飞虎队"。

蒋介石走后，马鸿逵感慨道："败军之将，鸡犬不如。"

一九四九年九月二十六日，中国人民解放军第一野战军第十九兵团在银川举行了入城仪式。

马鸿逵用一万七千块银元租了中国航空公司的一架飞机,连同大少爷马敦厚、二少爷马敦静、四姨太刘慕侠、五姨太邹德一、六姨太赵兰香等一起飞赴台湾。逃亡的过程充满惊险,先是飞机在湖南上空突然剧烈上升,飞行员说下边的解放军正在打高射炮;试图与白崇禧取得联系,地面回答说正在激战中,飞机既不能降落,白崇禧也没空说话;降落到广州机场加油后,军用飞机已挤满跑道,飞行员不顾塔台警告强行起飞,飞到台湾海峡上空时,天气恶劣必须返回,但这时候只有汕头机场还在国民党军的掌握下。在汕头机场降落后住进宾馆等待天气好转,可是军警来了,说汕头的部队正在撤退,再不走就无法保证安全,于是全家四处寻找失踪了的飞行员。凌晨,飞行员回来了,但他已经喝醉无法驾机,只好又花大价钱让副驾驶操纵飞机勉强起飞,折腾到第二天中午才在台北降落。知道在台湾的日子不会好过的马鸿逵并没久留,他先转香港,再转美国,最后在美国靠养马度过余生。一九七〇年一月十四日,马鸿逵病逝于洛杉矶市郊,享年七十九岁。

自清朝以来,二马家族数代统治青、宁、甘地区的历史,在一九四九年夏末戛然而止。

对于西北战场上的第一野战军官兵而言,面前已经没有了强敌,只有浩瀚的沙漠、戈壁和壮阔的草场、雪山。

此刻,在北平城内,共产党的高层领导人和从全国各地聚集而来的各党派、各团体和各阶层的代表人士,正在一种前所未有的兴奋中筹划着建立一个崭新的政权和国家。北平城里所有能够集会的地方各种会议昼夜不停,他们讨论着建立一个政权和国家所必需的一切,从国体、国歌、国旗,一直到经济文化等各部门的设立。而在长江以南,第二、第三、第四野战军的官兵已经初步适应了江南,他们已习惯在细雨敲打芭蕉的叮咚声中追击,他们的脸色在江南稻米的滋养下开始红润起来。云集江南的三个野战军兵力多达几百万,他们彼此相连地分布在长江流域的河网之中,准备一鼓作气给国民党军残余力量以最后的打击。而第一野战军的几十万官兵,正远离其他野战军孤军深入到国土的西部。对于广袤的大西北而言,他们的人数和他们要去的那片土地的面积不成比例,即使他们高举着红旗高唱着战歌开进的时候,依旧犹如一线细沙。

这支部队的统帅是彭德怀。

在共产党军队的高级将领之中,没有哪一个人像他一样一生都在过苦日子。他满脸皱纹,面容憔悴,坚硬的头发上沾满征尘。他的身上永远是那身打着补丁的旧军装,骑在马上犹如一位历尽战火的老兵。很少有人看到过他的笑容,没有任何嗜好的他总是用微怒的眼神看着敢于面对他的人。自战争爆发以来,他就在西北战场上,一直没有离开过,他率领着从来没有充实过和强大过的部队与劲敌周旋作战,无论白天还是夜晚,总是在盘算着如何用最少的军粮和最少的弹药消耗,把一场兵力上不占优势的战斗或是战役坚持下来并取得胜利。他的将领和官兵们敬畏他,他们在行军路上看见过他蹲下身安慰一个饿得哭泣的穷孩子,他们在战斗最激烈的时候看见过他怒目圆睁地跑上前线指挥所。他一无所有,有的仅仅是一个革命者不屈的意志,一个军事将领不畏一切艰难困苦誓打胜仗的勇气。

宁夏和平解放后,彭德怀在兰州看望了马鸿宾。

马鸿宾准备了豪华的宴会,等了很久,一辆破旧的吉普车开到门口,车上除了司机之外,只有一个表情严肃的共产党干部。这个干部拍拍身上的尘土从吉普车上跳下来,径直走到吸着水烟的马鸿宾跟前,说:"我是彭德怀。"马鸿宾以及站在他身后的宁夏的绅士们颇有点不知所措,因为他们看惯了马步芳、马鸿逵的排场和威风,而这个人民解放军的副总司令、西北几十万解放大军的统帅,竟然没有一个随从,没有一个卫兵,没有笔挺的将军服,也没挎着手柄上镶嵌着宝石的佩刀。在与惊讶不已的马鸿宾谈话的时候,彭德怀一句也没有谈及战争,仅仅问了马鸿宾一些家庭琐事,还与他谈了老年人的养生的问题。最终,彭德怀没有出席准备好的盛大宴会,只在马公馆的后室里,尝了尝马鸿宾的夫人和子女们亲手做的几样清真菜。

马鸿宾说:"天不怕,地不怕,就怕共产党的挖心话。"

中国人民解放军副总司令彭德怀不善滔滔不绝,他的凛然正气和铮铮铁骨就是他的"挖心话"。

第一野战军开始向大西北的纵深挺进。

彭德怀连续致电毛泽东:

> 由平凉至迪化(乌鲁木齐)二千二百四十至二千三百公里。步行日以三十五公里计,需时六十六天,每四天休息一天,共需三个月才能到迪。其中星星峡东西约四百公里,无人烟,缺水粮,柴水均须预备运送。三四月间系风季,安西至星星峡处常起旋风。黄旋风来势缓,人可避。黑旋风来势猛,事先如无准备,人可吹走。酒泉至迪化严冬时温降零下三十至五十,非皮帽衣服毡靴难过冬……
>
> ……入甘后,地广人稀,粮食接济不上,军队前进甚速,夺取敌粮与民间借粮不能磨粉,大多吃整麦子。供给标准或按照军委规定,体力相当减弱。因为打胜仗,所过地区,群众欢迎,部队战斗情绪还是很高的。但进军新疆,在干部与战士中还存在着怕走远路、怕回不得家、怕走草地、过沙漠、怕冷等恐惧心理。排除这些恐惧,入疆前须有一个月的准备。……运输很困难。十八及十九兵团各有汽车百余辆,多系逾龄,机件缺损,经常能用者各三四十辆。一、二兵团,集中野勤(野战军后勤部)共近百辆,经常能用者,亦不过六七十辆。平凉、天水敌均有计划撤退,车油及其他重要物资均运走,仅天水缴汽油二百桶。甘肃民间大车很少,人力畜力也不大,初到地区亦不宜多动员……

兰州失守后,国民党西北军政长官公署和国民党军中央系第九十一军和第一二〇军等部约四万余人,向西逃入河西走廊。他们认为彭德怀部攻取兰州和宁夏后,不会继续西进而会南下入川,因此在那里等待时局的变化。为了防止他们继续向西进入新疆,第一野战军决定以第二兵团和第一兵团部率第二军实施追击,部署是:第二兵团沿兰州至新疆的公路及其右侧地区前进,其中第六军为右路,绕腾格里沙漠边缘西进;第三、第四军附野战军炮兵团、战车营为左路,一直向西直取武威、酒泉。第一兵团第二军则沿着西宁至张掖的公路北进,翻越祁连山直取武威与酒泉之间的张掖。

九月四日,第二兵团自兰州附近出发,沿途国民党残军纷纷溃逃或投诚。十九日,第三军先头部队占领武威以西的永昌;二十一日,第四军先头部队占领张掖以东的山丹。接着,第二兵团集中各军的骑兵和兵团战车营,每个步兵营加强六门山炮,分乘二十辆汽车,组成快速纵队,由第三军军长黄新廷率领,从武威出发直扑酒泉。

第一兵团部率第二军从西宁北出。之前,关于走哪条路,在军党委会上出现争论,兵团司令员王震来到会上,他说:"当然走平路最好。我们从这里出发,顺着兰新公路前进,沿路碰上零星敌人,打点把子仗,天亮启程,天黑宿营,多舒服,多正常!可是你没算算,我们从这里绕道河口,比翻越祁连山要多走五六天的路程。等我们赶到民乐、张掖,敌人早就乘留在酒泉的一千多辆汽车逃到新疆去了。到那时,我们再跟着逃敌的汽车跑,在没有人烟的戈壁滩上追击敌人,一路挨着饿、忍着渴、冒着风、顶着雪,再在几千里的戈壁上饿死几个,渴死几个,拖死几个,将会是个什么局面呢?我们现在从西宁前进到门源,翻过祁连山,虽然艰苦一点,我们走的是弓弦啊!二百多里路,可能艰苦,那里海拔高,可是咬牙坚持,用两天半或三天的时间,就可以翻过山到达民乐嘛!我们这支经过长征的部队,而今在没有敌人追击堵截的情况下,翻不过祁连山吗?一下山我们就直插民乐县境,那将是什么形势呢？到那时我们和六军二兵团的同志们会合在一起,把敌人解决了,坐着汽车开进新疆,明年的这个时候,我们就可以闻到新疆的稻米香了,那当然是我们亲手种出来的。"

从青海西宁直接北进甘肃张掖,直线距离三百五十多公里,这是一条没有人烟之路,终年积雪的祁连山横在中途。第二军的先头部队是五师十四团,十四团给每个官兵发了些牦牛肉和几两烧酒后,部队向着祁连山出发了。刚一上山就遇到暴烈的冷雨,不能停下来,只有顶雨攀爬。不一会,大雨变成了鹅毛大雪和冰雹,祁连山白茫茫一片,湿透的衣服立即冻结得如同铁片。弯曲的山路上布满碎石和冰雪,十四团自扶眉战役,连续作战两个月,一直没能休整,许多官兵已经穿破的布鞋很快就烂了,脚板先是裂开口,接着就肿起来。干粮冻成了冰块,根本啃不动,喝两口烧酒,但很快更觉寒冷彻骨。不断有人摔倒再也没有爬起来。十四团团长刘发秀走在队伍的最前面,他命令官兵谁也不许停,就是倒下也要继续往前爬。团政委在队伍的最后面收容。有个外号叫"笑哈哈"的战士平时体格强壮,上山的时候扛了六发迫击炮弹,好几只水壶和好几条干粮袋,走着走着就栽倒了,班长回过身想扶起他,他冲班长笑了一下,就再也没睁开眼。二十八个小时后,官兵们通过祁连山无人区。十四团翻越祁连山冻死一百三十人,还有一百多人因双脚冻坏而不能走路。

王震致电第二军军长郭鹏、政治委员王恩茂、副军长顿星云、副参谋长陈实:"……牺牲的百余名指战员们的尸体设法掩埋。请令五师在民乐以南地区集结休息,用白洋买牛肉炖烂饮食……"

五师没有休息,下了祁连山之后,立即向民乐县城发动攻击,十四团三营七连副连长付玉书带领两名战士炸开城门,三连和七连由西向东冲进城去,俘虏守军旅长王子喧、团长莫耀中以下近四百人。十三团下山之后,迅速攻击三堡,俘虏守军团长唐仙知等二百余人。十九日黄昏,五师逼近张掖。十三团官兵发现从兰州西逃的国民党军第一二○军二四五师的两个团已经到达张掖,国民党兵正在生火做饭,十三团趁敌未稳发起攻击。国民党军已无心作战,十分钟后,二四五师的两个团及张掖保安团的两个连,共七百五十九人被俘。张掖被攻占之后,逃至张掖以南周家庄地区的国民党军第九十一军二四六师七三六团,在团长王振声、副团长胡胜祥的带领下前来投诚。接着,逃至张掖以北的太平堡地区的国民党军第一二○军一七三师骑兵团也放下了武器。

  远在重庆的蒋介石获悉解放军攻占张掖十分惊愕。蒋经国记述道:"共军已由青海民乐突入张掖与武威之间,而我驻张掖部队已星夜西撤。此后我新疆部队,将更无法东调而孤悬万里,我塞外十万忠贞战士势将束手待擒。"蒋介石悲伤地感叹道:"真不知如何善其后也。"

  已逃到酒泉的国民党西北军政长官公署和所属部队已经分崩离析,所辖五个师除二三一师较为完整之外,其余的部队均已残缺不全。九月二十二日,第一野战军部队兵临酒泉城下,公署副长官刘任与公署政工处长上官业佑、第一二○军军长周嘉彬、骑兵学校校长胡兢先等人乘机逃往重庆。第九十一军军长黄祖埙未能赶上飞机,大哭之后,带领一九一师副师长等人翻越祁连山经青海逃往云南。剩下的将领们经过两天的争论,于二十四日通电起义。

  九月二十七日,第一野战军第一兵团司令员王震和第二兵团司令员许光达抵达酒泉。

  河西走廊宣布解放。

  二十六日,国民党军新疆警备总司令陶峙岳领衔,新疆国民党军整编四十二师、整编骑兵第一师、整编七十八师各师长旅长通电起义:

    我驻新将士,三四年来,秉承张文白(张治中)将军之领导,拥护对内和平,对外亲苏之政策。自张将军离开西北,关内局势改观。而张将军复备至关垂,责以革命大义,嘱全军将士迅速归向人民民主阵营,俾对国家有所贡献。峙岳等分属军人,苟有利于国家人民,对个人之毁誉荣辱,早置度外。现值中国人民政治协商会议第一届大会已举行集会,举国人民所殷切期成之中华人民共和国即将诞生,新中国已步入和平建设之光明大道。新疆为中国之一行省,驻新部队为国家戍边之武力,对国家独立、自由、繁荣、昌盛之前途,自必致其热烈之期望,深愿在人民革命事业之彻底完成,尽其应尽之力。峙岳等谨率全军将士郑重宣布:自即日起,与广州政府断绝关系,竭诚接受毛主席之八项和平声明与国内和平协定。全军驻守原防,维持地方秩序,听候人民革命军事委员会及人民解放军总部之命令。谨此电闻,敬候指示。

第一野战军第一兵团七万名官兵从酒泉西出玉门关向新疆挺进。

出发前,他们的司令员王震指着地图告诉他们:"比南泥湾怎么样?大几百倍!"——戈壁沙漠,雪山盆地,人烟稀少,气候复杂,这是路途更为遥远的征程:从酒泉到迪化一千二百五十三公里;从迪化到伊宁六百八十九公里,从酒泉到喀什两千五百四十七公里,从喀什到和田五百一十四公里。没有铁路,陆路艰险,绝大部分官兵必须徒步,走在最前面的是由一千多名官兵和七万八千多匹骡马和骆驼组成的先遣队。至一九五〇年三月,第一兵团第二、第六军先后进驻南疆和北疆,新中国的五星红旗插遍天山南北。

在解放战争中,向着大西北跋涉而去的几十万解放军官兵,他们中间的许多人永远地留在了遥远的西部,连同他们的子孙。

西部,天空高远寂寥,沙漠一望无垠,戈壁风声呜咽,夕阳照在满是沙尘的脸上,前行的身影后面是越来越远的故园双亲——从历史的角度而言,那悠远的驼铃将最深地铭刻在战争的记忆之中。

凌乱的海滩

一九四九盛夏时节,有一支部队正向与第一野战军相反的方向挺进:穿越赣闽边界的崇山密林逼近东南沿海。

这支部队的作战目标,是中国大陆最接近台湾岛的那片海滩,他们甚至准备攻击海滩外坐落在湛蓝海水中的岛屿,当然也包括那个面积达三万五千八百平方公里的台湾岛——蒋介石已经落脚在这个岛上,并且有长期盘踞下去的迹象。

渡江战役之后,国民党军江防部队除被歼灭者,大多跑到福建、舟山群岛和台湾岛上去了。这些部队"重武器散失殆尽,兵员严重缺额",即使依旧保有原来精锐主力的番号,但士气衰败,不再有战斗力。为了在福建沿海重新组织起防御线,国民党军国防部在驻守福建的第二十二兵团的基础上,对逃到福建境内的所有部队进行了整编,由于番号庞杂,建制残缺,整编后的部队仍然是个大杂烩:第六兵团,司令官李延年,下辖独立五十师以及第二十五军,军长陈士章;第七十三军,军长李天霞;第七十四军,军长劳冠英;第九十六军,军长于兆龙;第一〇六军,军长王修身。第八兵团,司令官刘汝明,下辖第五十五军,军长曹福霖;第六十八军,军长刘汝珍。第二十二兵团,司令官李良荣,下辖第五军,军长熊笑三;第九军,军长徐志勋;第一二一军,军长沈向奎。另外,成立福州绥靖公署军官团,由侯镜如任团长,以将逃入福建的所有军官集中受训。整编后,福建沿海地区的国民党军正规军为三个兵团十个军二十七个师,约十二万人。

同时,国民党军国防部成立了舟山防卫司令部,由原国民党浙江省府主席周岩任防卫司令。指挥由原第四十五、第二十一军残部合编的第二十一军,由保安部队合编的第七十五军,原编制内的暂编第一军和散落在象山半岛及附近岛屿上的第八十七军。整编后,国民党军浙东和舟山防卫部队共四个军十一个师,约六万人。

这些从长江边撤退下来的国民党军残余部队,背靠大海建立起没有纵深、没有协同的防御线,包括蒋介石在内,没有人认为他们能够背水而存——如果人民解放军席卷而来的话。而蒋介石的侥幸心理,来自渡过长江之后的解放军停止在浙赣铁路和洞庭湖一线,没有继续推进。

在中南和西南方向,由于白崇禧集团的顽强对峙以及部队需要适应江南的作战特点,第四野战军开始了长时间的休整备战。此时,毛泽东最大的担心,并不是向中南和西南的进军会长久停滞,而是在攻击沿海大城市的时候美国会武力干涉:

  ……二野目前任务是准备协助三野对付可能的美国军事干涉,此项准备是必须的,有此准备即可制止美国的干涉野心,使美国有所畏,而不敢出兵干涉,但在上海、宁波、福州等处被我占领,并最好由三野以一部兵力协助山东攻占青岛[假如上海占领后,青岛敌军尚未撤退]以后,美国出兵干涉的可能性就很少了,那时二野就可以西进了……

随着渡江战役的顺利进行,中央军委决定第二野战军在推进到浙赣线之后停止前进,目的是掩护向上海发起攻击的第三野战军的侧翼,同时待命机动以对付随时可能出现的西方武力干涉。而随着青岛、上海、宁波等沿海城市相继解放,毛泽东立即把作战目标指向了国民党军栖身的福建沿海方向——"应该迅速准备提前入闽,争取于六七两月内占领福州、泉州、漳州及其他要点,并准备相机夺取厦门。"五月底,总前委作出决定,拟以第三野战军第十兵团的三个军出兵福建全省。惟第十兵团刚刚打完淞沪战役,第三野战军副司令员粟裕、参谋长张震、副参谋长周骏鸣致电中央军委,要求将第十兵团入闽作战时间延至六月二十五日,以便部队休整、补充、动员和准备。六月十四日,毛泽东复电,认为"如果准备工作尚未做好,延至七月上旬亦可"。同时,毛泽东明确提出要尽快解决台湾岛的问题:

> ……请开始注意研究夺取台湾的问题,台湾是否有可能在较快的时间内夺取,用什么方法夺取,有何办法分化台湾敌军,争取其一部分站在我们方面实行里应外合,请着手研究,并以初步意见电告。如果我们长时间不能解决台湾问题,则上海及沿海各港是要受很大危害的。

此时的第三野战军已发展成为一个巨大的军事集团。其中,野战部队共有四个兵团、十五个军、四十五个师、一个特种兵纵队、一个教导师,甚至还有了共产党领导的第一支海军部队,即华东军区海军,全军野战部队兵力达七十三万以上。同时,华东军区辖山东和浙江两个二级军区,上海和南京两个警备区,苏北、苏南、皖北、皖南、胶东、渤海、鲁中南七个三级军区,济南、徐州、青岛、昌潍四个警备司令部,还有第三十二军,后备兵团第一、第二、第三、第四师及华东军政大学等部队,兵力也达十八万之众,第三野战军拥有的总兵力已达到一百二十一万。这支强大的军事力量,被部署在昔日国民党统治的中心地带,也是中国工农商贸业最发达的地域,以求这一地区局势的占领和稳定——在某种程度上讲,这个地区的占领和稳定,是共产党人从国民党人手中夺取政权的最直接的象征:第三野战军的四个军位于浙江,五个军位于上海地区,两个军位于南京、镇江地区,其中的第二十、第二十三、第二十六、第二十七军为解放台湾的预备部队。除此之外,第十兵团的三个军奉命撤出上海准备入闽。

第三野战军第十兵团,司令员叶飞,政治委员韦国清,副司令员成钧,参谋长陈庆先,政治部主任刘培善,辖第二十八、第二十九、第三十一军。

七月二日,第十兵团离开江南稻荷交映的苏州、常熟和嘉兴地区,向着那片将令他们付出鲜血与生命的海滩出发了。

毛泽东心情舒畅。人民解放军陈兵百万于江南,对于这片国土上残存的国民党军来讲,这是一支巨大的机动力量;同时,一支大军在向广袤的西部挺进,另一支劲旅面向东南直逼蒋介石的栖身之地。这一态势令人惬意。毛泽东从香山的双清别墅搬进中南海丰泽园菊香书屋,在这座古木参天、水波荡漾的昔日皇家园林里,他正被一个比战争更为复杂的事情缠绕着,那就是如何建立一个新的国家。

这是中国当代史上最繁忙的夏天,因为一个伟大的梦想接近实现。

六月十五日至十九日,新政协会议筹备会在北平中南海勤政殿召开。毛泽东说:

……中国人民将会看见,中国的命运一经操在人民自己的手里,中国就将如太阳升起在东方那样,以自己的辉煌的光焰普照大地,迅速地荡涤反动政府留下来的污泥浊水,治好战争的创伤,建设起一个崭新的强盛的名副其实的人民共和国……

中国共产党人要建立一个什么样的国家?

毛泽东用了两天时间写出《论人民民主专政》回答了这一问题:

……人民是什么?在中国,在现阶段,是工人阶级,农民阶级,城市小资产阶级和民族资产阶级。这些阶级在工人阶级和共产党的领导之下,团结起来,组成自己的国家,选举自己的政府,向着帝国主义的走狗即地主阶级或官僚资产阶级以及代表这些阶级的国民党反动派及其帮凶们实行专政,实行独裁,压迫这些人,只许他们规规矩矩,不许他们乱说乱动。如果乱说乱动,立即取缔,予以制裁。对于人民内部,则实行民主制度,人民有言论集会结社等项的自由权。选举权,只给人民,不给反对派。这两方面,对人民内部的民主方面和对反动派的专政方面,互相结合起来,就是人民民主专政。

毛泽东邀请柳亚子泛舟颐和园,柳亚子问及人民解放军有什么妙计得以迅速进军江南。毛泽东说,打仗没什么妙计,如果有什么妙计的话,那就是知己知彼,根据实际情况,作出正确的决策。还有,人民的支持是最大的妙计,我们有一百万军队过江,没有人民的支持是不能成功的。卫立煌致电朱德,告之他八十五岁的母亲在合肥,希望解放军进驻合肥时,"加以维护"让老人"免受惊恐"。毛泽东致电邓小平、饶漱石、陈毅:"望转合肥县政府对卫立煌家属予以保护为盼。"北京大学医学院药学系主任薛愚来信,诉说他们与进入北平的军委机关就房屋问题引起的争执,毛泽东请时任平津卫戍区司令员的聂荣臻派中央军委办公厅副主任朱早观"查明处理",并将处理结果告诉他。毛泽东特别嘱咐聂荣臻:"如无大碍,宜让北大。"毛泽东给在上海的宋庆龄写信:"重庆违教,忽近四年。仰望之诚,与日俱积。兹者全国革命胜利在即,建设大计,亟待商筹,特派邓颖超同志趋前敬候,专程欢迎先生北上。敬希命驾莅平,以便就近请教,至祈勿却为盼!"为克服财政经济困难,陈云召开华东、华北、华中、东北、西北五区财政会议,拟定在城市和农村乡镇发行二千四百亿元公债(旧人民币)。毛泽东急切致电在上海的陈云,询问"(一)二千四百亿元的用途;(二)为什么需要二千四百亿元之多,是否可以减少;(三)估计城市工商业家对此项公债的态度将如何,是否会拥护,如不拥护,是否有失败之可能;(四)利息四厘是否适当,为什么是适当的;(五)为什么规定明年十一月起还本付息,三年还清,期限是否太促,为什么要如此规定?"毛泽东说:"安贫者能成事。"他致电斯大林,表示中国共产党人目前面临着两大任务:军事任务和经济任务。毛泽东说:"解决军事任务,即最后消灭敌人,我们能够完成,因为我们有经验和有必须的力量。但解决第二个任务——并不比第一个任务次要,为前途着眼比第一个任务更重要——很需要你们的帮助。不解决这一经济建设的任务,我们便不能巩固革命的果实,便不能完成革命。"

"共产党是决不会成功的。"在多雨溽热的台湾岛上,蒋介石正忙于在岛内岛外来回穿梭。他试图建立起一条能够令共产党军队完全停止下来的防御线,以便国民党军残存部队能够喘息一下,乃至重整旗鼓。蒋介石乘坐军舰一次又一次往返在舟山群岛和福建沿海一带,接见将领,整顿军队,制定防御计划。他还数次飞到西南重庆等地,希望白崇禧和宋希濂能够在云贵川建立起一块与解放军对峙的地盘,至少在那片纵列着高山大川的地域里能够与解放军周旋几年。他不断地应行政院长阎锡山的邀请去广州参与政事——尽管李宗仁提醒他作为国民党总裁,从宪法的角度讲"仅是一个平民"。六十二岁的蒋介石在频繁的奔波中心力交瘁,军事形势的恶化令他深感绝望,而特别痛心的是美国人对国民党政府垮台表现出的惊人的冷漠。六月二十日,蒋介石下令空军封锁所有被解放军控制的沿海口岸。但是,美国方面明确表示:不承认国民党政府有权封锁解放军占领区各港口,因为该地区不在国民党政府的控制之下。更有甚者,来自日本东京的消息称:"盟军对于台湾军事颇为顾虑,并有将台湾由我移交盟国或联合国暂管之拟议。"理由是,英、美唯恐国民党政权"不能固守台湾,为共军夺取而入于俄国势力范围,使其南太平洋海岛防线发生缺口"。蒋介石认为此乃"昧尽天良",表示:"余必死守台湾,确保领土,尽我国民天职,绝不能交归盟国。"在离乱和屈辱中,蒋介石痛定思痛,着手准备整训党政军:"党政军干部并应痛改过去松懈散漫的恶习,以群众力量来维护党纪;且保证每一个党员都应服从革命的领导,执行革命的纲领。铲除空言不实,因循敷衍,徇情任私,麻木不仁等官僚作风,而代之以实事求是,精益求精,急公尚义,严正不苟,是非分明,赏罚公允的新作风。"蒋介石决定,"以定海、普陀、厦门和台湾为训练干部之地,建设则以台湾为着手之起点"。为此,他开始研读毛泽东的《中国革命的战略问题》。

如果想保住台湾,必须先保住福建。

六月十二日,蒋介石在台北召开"东南区军政会议",以期建立东南五省统一军政指挥机构,以台湾为基地,从东南沿海一带逐次抵抗,以争取时间苦撑待变。然而,将领们依然无法"急公尚义"。从上海退守的第三十七军军长罗泽闿上来就开了炮:"汤恩伯身为统帅,在上海撤退时,带头逃跑,将部队遗弃不顾。照这样的行为,将何以对部下,更何以对党国,应该自杀以谢国人!"汤恩伯拍案而起:"你罗泽闿能说会道,在会场上说话如同猛虎一样。但是同共产党作战,连绵羊都不如!你的部队在浦东不战而溃,使共产党军队直逼黄浦江岸,危及上海守军后路,使得整个局势逆转,以致指挥部再无回旋余地。你还说我该自杀,你就早该自杀!"当着蒋介石的面,双方都要求上军事法庭来进行裁判。于是,会议"无果而散"。

二十一日,蒋介石飞抵福州,在福州机场大楼召开国民党军驻闽团以上军官会议。他特别强调了福建的重要性:"大家应该知道台湾将是党国的复兴地,它的地位的重要性异于寻常。比方台湾是头颅,福建就是手足,没有福建即无以确保台湾。以福建而言,守不住闽江以北,闽南也难以确保。今后大家要树立雄心壮志,与共匪顽强斗下去。最迟到明年春,世界反共联军就会和我们一起驱逐赤俄势力,清除赤色恐怖。希望大家回去转达所述,知道我的希望和决心。在共匪未入福建之前,迅速整顿,做保卫福建的准备,用自己热血来巩固台湾,国土就一定能够恢复。"会后,蒋介石专门留下朱绍良、汤恩伯等高级将领,告诉他们,台湾岛上半数以上人口原籍为福建,南洋一带的侨胞也是福建籍人居多,因此福建一旦失守,无论台湾还是海外,所有的人必定认为国民党彻底失败了,这是一个巨大的政治影响。蒋介石说:"为了大局,福州是不惜死守的。"

七月下旬,第三野战军第十兵团即将进入福建。

中共福建省委书记张鼎丞致电中共华东局:

……当前的困难是严重的。主要是群众尚未发动,缺乏支前力量,粮食非常困难,工商业停滞,物资十分少,人民币未占市场,未有信用,物价十分高,某些地方买不到东西……我十六万人挤在狭小穷困地区,有崇山峻岭,交通运输又十分不便,因此部队一个月未吃肉,甚至吃不到菜,吃盐水汤,以至不少士兵晚上眼盲看不见道路,秋季三双鞋子都穿破,发动士兵打草鞋,每双要三千五百元人民币,买麻也很难买到,疟疾、痢疾、中暑,各种病员很多,三个月的药品,一个月就用完了。已布置打福州的部署中,有两个军必须走几百里的山路,甚至有不少山区连马也走不通,要士兵来抬山炮上去,很难动员民夫,又无粮草准备。因此,部队一面是行军作战,一面又要筹粮运弹,每个士兵要负运四十斤至五十斤重弹药,尚有三分之二存在江山(位于闽浙赣交界处)未运上来……

八月四日,第十兵团下达福州战役作战命令:第三十一军为左路,限十五日黄昏对连江、长门守军发动攻击,断其海上退路;第二十九军为右路,限十六日黄昏向福清、长乐守军发起攻击,断其向东、向南之海陆退路,同时阻击泉州等方向可能的北援之敌;第二十八军配属炮兵大部为中路,限十五日黄昏对大湖、闽清之敌发起攻击,会同左右迂回部队围攻福州。

山峦连绵,丛林茂密,仅有的山路多年失修,桥梁已全被国民党军破坏,第十兵团在几乎无法行军和生存的大山中向福州接近。而驻守福建的国民党军认为,只要在几条主要公路上布置足够的兵力,利用入闽通道上的一座座大山,起码在短时间内解放军无法靠近福州。

"最迟到明年春,世界反共联军就会和我们一起驱逐赤俄势力。"死守待变,是蒋介石的希望所在。

但是,尽管在第二次世界大战后,以苏联为首的社会主义阵营与以美英为首的资本主义阵营之间的冷战已初见端倪,而中国政权性质发生的变化势必对这种冷战格局产生重大影响。可是,没有迹象表明,东、西方两大阵营中的任何一方,愿意冒重新卷入军事对抗的危险来全面介入中国的内战。

此时,美国人最大的愿望不是拯救国民党政权,而是保住他们有限的在华利益,重要的是确保美国在南太平洋的军事利益。为了平息公众就美国对华政策失败发出的指责,美国政府发表了对华政策白皮书,即《美国与中国的关系——着重1944—1949年时期》,试图表明蒋介石政府的倒台在于其内部的腐败,而不在于美国对华政策的失误,况且美国政府也从来没有支持过国民党政府打内战。白皮书一经发表,立即引起轩然大波,无论是中国国民党还是中国共产党,都对其表示了极大的不满。蒋介石认为,白皮书的发表是美国政府对国民党政权的背叛,犹如一个人"自断其臂",目的是"掩饰其对华政策之错误与失败"。在白皮书发表的当天,他在日记中写道:"耶稣被审判的时候,他是冤枉的,但是他一句话也不说。"而毛泽东连续撰文,对美国人的自欺欺人极尽讽刺,其中最著名的就是《别了,司徒雷登》:

> ……封锁吧,封锁十年八年,中国的一切问题都解决了。中国人死都不怕,还怕困难吗?老子说过:"民不畏死,奈何以死惧之。"……还在过去的三年内,用美国的卡宾枪、机关枪、迫击炮、火箭炮、榴弹炮、坦克和飞机炸弹,杀死了数百万中国人。现在这种情况已近尾声了,他们打了败仗了,不是他们杀过来而是我们杀过去了,他们快要完蛋了。留给我们多少一点困难,封锁、失业、灾荒、通货膨胀、物价上升之类,确实是困难,但是比起

过去三年来已经松了一口气了。过去三年的一关也闯过了,难道不能克服现在这点困难吗?没有美国就不能活命吗……

一九四九年八月二日上午,美国驻华大使司徒雷登走了。

在这之前,他安排美军舰队撤离了中国青岛。

这位燕京大学的老校长满心的矛盾与痛苦:

  此刻,长期以来一直深藏在我心中的矛盾开始浮出,这个矛盾,就是我个人对国民党和共产党的看法。国民党里的许多人是我多年的老朋友。平心而论,我对其中不少人是由衷地敬佩。我知道他们是一些正直的、有公益心和有教养的人。可是这个党从执政伊始就容忍了各级官员的贪婪受贿、懒散无能、搞裙带关系和派系斗争———一句话,那个被它推翻了的腐朽的官僚制度的一切弊病它都有了。抗战胜利后,为了集中军队和秘密警察的力量去摧毁共产党,那些弊病变得更加引人注目了。政府逐渐失去了民众的支持,甚至失去了威望。当共产党的军队势如破竹地向长江挺进时,宏大的江防计划在政治纠纷、叛逃、出卖和混乱的撤退中成了泡影。然而,正是这个政府却一直以各种名义获得了大量的美援,它所真心实意制定出来并体现在许多个别人物身上的主张和目标,也正是我们全然信赖的。令人痛惜的是,相形之下,共产党却不谋私利,也不贪污,官兵生活在一起,勤俭节约,纪律严明,思想灌输十分彻底。他们进入南京之后,这一切都显得十分突出。他们对民众几乎秋毫无犯,虽然到处借东西,但总是如数归还或照价赔偿……从表面上看,共产党发动了一场强有力的运动,它要在千百万中国人中培养那种他们曾经感到明显需要,而基督教布道团和别的文化势力一直在努力培育却收效甚微的一些品质与能力,诸如进行组织工作的能力、严格然而在很大程度上又是自觉的组织纪律性、把公共的事业放在个人和家庭之上、大公无私地为百姓服务、青年理想主义者的热忱和忠贞。这确实是一个不小的成就,尤是把他们与国民党的一切缺点相对照那就更为突出了。

司徒雷登告诉他的美国友人:"关于这个国家未来局势的发展,我已经没有什么可说的了,好的坏的可能性都有。但有一点我是清楚的,即无论我们是成功还是失败,我们的国家都将受到这一结果的巨大影响。"

就在美国国务院发表白皮书的那天,对于蒋介石来说又一个打击接踵而至:国民党长沙省府主席、国民党军长沙绥靖公署主任程潜与驻守湖南的国民党军第一兵团司令官陈明仁率部在长沙通电起义。

八月五日,第四野战军第四十六军一三八师开进长沙。

九月,程潜、陈明仁应毛泽东邀请到达北平。见到毛泽东,陈明仁主动提起四平之战,言自己深感愧疚。毛泽东讲的道理是:当时你坐在他们的船上,各划各的船,都想划赢,这是理所当然的。我们谅解,只要站过来就行了。陈明仁不知道的是,当第四野战军已逼近湖南时,毛泽东了解东北部队对四平之战的记恨,曾在五天之内三次电告林彪要善待陈明仁。毛泽东将程潜接到丰泽园的菊香书屋,程潜曾出任孙中山大元帅府军政部长,是国民党军湘系的主要将领。毛泽东请他吃家乡饭,毛泽东说:"二十多年来,我是有家归不得,也见不着思念的乡亲。蒋介石把我逼成个流浪汉,走南闯北,全靠这一双好脚板,几乎踏遍了半个中国。"

第十兵团官兵也有一双好脚板,他们翻越闽北的一道道山脉逼近福州城。

八月十一日,扫清福州外围战斗打响。右路第二十九军攻占福州西南面的永泰。之后,八十五师东进,攻占福州以南的东张、宏路、海口;八十七师北进,攻占福州南面的青圃。至此,福州守军的南逃之路被截断。左路第三十一军九十三师攻克福州以北的丹阳、连江；九十一、九十二师沿闽江向东攻克福州以东的重镇马尾。至此,福州守军的海上逃路被截断。中路第二十八军八十二师攻克福州西北方向的大湖、小北岭,打开了福州的北大门;十六日,八十四师进占福州以西的溪口。至此,第十兵团的三路大军采取迂回包抄的钳形攻势对福州形成了包围。

国民党福建省府主席兼福建绥靖公署主任朱绍良、第六兵团司令官李延年见外围迅速崩溃,死守福州根本无望,十六日,除留少数掩护部队外,命令其余部队分批渡乌龙江南逃。而朱绍良、李延年则乘机转至厦门再逃台湾。

得知守军弃城的消息后,第十兵团即刻向福州实施攻击。

十七日凌晨,第二十八军八十二师二四五团首先由城北突进市区。

国民党军残余部队或望风而逃或放下武器。

福州没有大战。

第十兵团一鼓作气,第二十八军主力由北向南攻打平潭等福建沿海岛屿,第二十九、第三十一军沿福厦公路向与台湾隔海相望的那片海滩急促推进。

在扫清以平潭岛为中心的一系列沿海小岛屿时,第十兵团开始领略海战的艰难。木船在海浪中颠簸,不断地被敌人的炮火击中,不熟悉水性的官兵被海潮冲走。靠近海滩的时候,海岸火力封锁猛烈,在泥泞中抢滩的官兵不断中弹倒下,海滩的滩泥被鲜血染红。平潭诸岛守军是李天霞的第七十三军残部和劳冠英的第七十四军残部。第二十八军官兵的舍生忘死令国民党兵心惊胆战,即使在船只中弹沉没之后,官兵们依旧奋力泅水登岸,一拨倒下一拨跟着冲上海岸。李天霞在解放军发起攻击前,就把他的军部从平潭县城撤到了靠近码头的观音澳。九月十五日晚二十时,八十二师二四四、二四五团首先从平潭岛东部的海岸突破。十六日凌晨,二四四团官兵占领平潭县城。国民党兵立即慌乱起来,这时候他们才发现,指挥官们早已逃走了,于是他们丢弃了大量武器装备,划着小舢板朝着台湾方向而去——高级将领们逃到台湾后立即受到军法审判,第七十四军军长劳冠英虽然后来被释放出狱,但不得不以开杂货店维持生计。第七十三军军长李天霞和第六兵团司令官李延年分别被判处八年、十二年徒刑。李延年通过关系疏通,一年后得以假释,但三餐不继潦倒困顿的日子从此开始。

第二十八军攻占平潭岛时,第三十一军和第二十九军大举南下。第三十一军九十二、九十三师取左右两翼夹攻之势直逼闽南要地漳州,城内的国民党守军闻风弃城而逃,十九日下午九十二师占领漳州。第三十一军攻占了厦门岛北面对岸的刘五店地区、西北面对岸的集美地区。打下平潭岛的第二十八军,以一个加强师乘船南下,在泉州湾登陆,接着继续从陆路推进,到达厦门岛北面对岸的石井地区。至二十八日,第十兵团主力对厦门和金门形成三面包围之势。

为了防止厦门守军逃跑,达到全歼敌人的目的,第十兵团决定同时攻击厦门和金门,并开始了渡海作战的准备。

第三野战军政治部副主任唐亮、代理参谋长袁仲贤,副参谋长周骏鸣、政治部副主任张凯致电第十兵团指挥员:

> ……同意你们来电部署,依战役及战术要求,最好按来电同时攻歼金、厦两地之敌。但请你们考虑,依据金、厦两地之敌兵力……及我方准备程度[尤其是船只],如以五个师攻厦门[有把握],同时以二个师攻金门,是否完全有把握?如考虑条件比较成熟,则可同时发起攻击;否则是否以一部兵力[主要加强炮火,封锁敌舰,阻援兵与截逃]钳制金门之敌,首求攻歼厦门之敌,此案比较稳当,但有使金门之敌逃跑之最大坏处。究如何,请你们依实情自行决之,总以充分准备有把握的发起战斗为宜。

第十兵团渡海作战,最重要的准备工作,是征集船只和船工。但是,到了十月初,第二十九、第三十一军只征集到够三个团使用的船只,而第二十八军只征集到够一个团使用的船只,且绝大多数船是平底江船,并不适合出海作战。于是,第十兵团决定,以第二十九、第三十一军攻取厦门,以第二十八军攻取厦门岛与金门岛之间的大嶝岛和小嶝岛。

厦门为中国东南沿海重要门户,东与金门岛相望,西、南、北三面与大陆隔海。此时,岛上国民党军残余部队的总指挥是东南军政长官公署副长官汤恩伯。汤恩伯五万兵力的防御部署是:第五十五军七十四师位于西北部,一八一师位于东北部,二十九师的一个团、第六十八军的一个师以及要塞部队位于厦门市内,第五军一六六师位于东南部,二十九师的两个团防守鼓浪屿。十月七日下午,蒋介石抵达厦门——"在港口即闻大陆炮声隆隆作响,此地与共军相隔不及九千米。"蒋介石严令汤恩伯"巩固金、厦"。

十月十五日,第二十九军八十七师的一个团和第二十八军八十四师的一个团开始攻击大嶝岛。

细雨蒙蒙,阴暗天色笼罩海岸。先头部队官兵用向百姓借的木盆木桶盛放弹药,为了让个子矮小的战士安全渡海,侦察连还在港汊中打下木桩系上了绳索。第二十九军八十七师二五九团副政治委员方政和参谋长陈博率领一营,团长曹国平、政治委员李锋率领二营和三营出动了。一营三连指导员季文达带领先头班刚冲上前沿,就踏上了地雷,季文达和一个班的战士全部伤亡。第二十八军八十四师二五一团二营从宽大的正面发起攻击,官兵们冒着敌人的岸炮搭起人梯攀崖而上,刚一登上崖顶,副营长王志美踏雷阵亡。天快要黑了,上岸的官兵必须逐个消灭敌人的地堡,从地堡里射出的交叉火力极其凶猛,增援的国民党军舰艇也靠近岛屿助战,二五一团和二五九团因此推进缓慢。天亮时,涨潮了,交战双方必须面对同一个问题,那就是后续部队上不来，消耗了一夜的弹药也一时间接济不上。二五一团和二五九团指挥员研究后决定，背水一战勇者胜，拼尽最后的力量向守军发动坚决的攻击。攻击重新开始后，打了一夜的国民党军放弃阵地，纷纷泅水游向小嶝岛。傍晚时分，大嶝岛被攻占。二五一团和二五九团一鼓作气，天黑时攻占紧挨着大嶝岛的小嶝岛。

小嶝岛的南面就是金门岛。

攻占大嶝岛和小嶝岛的重要性在于，国民党军认为第十兵团下一个作战目标一定是金门岛。

国民党军第十八军十一师奉命紧急增援金门。

但是，第十兵团的作战目标却是厦门。

第三十一军九十一师和九十三师的一个加强团佯攻鼓浪屿，给敌人造成错觉，调动其纵深部队南援，掩护在北面实施的正面攻击；第二十九军八十五、八十六师和第三十一军九十二师在炮火掩护下，从厦门的西、北、东北部登陆，主攻方向为北面高崎两侧十五公里宽滩头阵地，突破防御线后直接攻击厦门；第二十八、第二十九军各一部以炮火钳制金门守军，待厦门战斗发起后，如大金门守军增援或撤逃，则第二十八军的四个团和第二十九军的一个师合力攻击大金门。

第三十一军官兵对鼓浪屿的攻击一开始就出现了问题。下午四时三十分，九十一师二七一团和九十三师二七七团的两个营，分别从海伦湾和沙坛湾起渡后，海上的东南风突然变成了东北风，且风势猛烈。船队逆风行驶，帆篷被刮掉，桅杆被折断，一些船只艰难地试图靠近滩头，即刻受到敌人海岸炮火的拦截，部队和船工都出现严重伤亡。一些船只甚至被狂风吹回了出发地。夜晚十一时，第二梯队再次强行起渡，但还是因为风浪太大和炮火猛烈，大部分突击队员没能登陆，只有两个排的官兵冲上了海滩。这些最先登上鼓浪屿的官兵犹如孤军，却是一支最勇敢无畏的孤军。二七一团一连八班长丛华滋率领全班冲锋时，官兵相继全部阵亡在滩头的泥水中。三连二排船上的船工和水手全部伤亡,失去控制的木船中弹沉没后,全排只有五名战士还活着,他们在副排长的率领下登上岸,但在攻击海岸敌阵时全部牺牲。副团长田军与二连一排官兵一起冲到鼓浪屿海边的一块大岩石下,他们用炸药炸开鹿砦和铁丝网,攻占了滩头的碉堡,然后向筑有围墙的一座堡垒冲去。三班长牺牲后,副排长李荣德率领三班的战士攀登围墙,战士们说排长我们先上,李荣德说我经验多我先上,李荣德刚一攀上去,一排子弹横扫过来,致命的那颗子弹射穿了他的颈部,李荣德的鲜血滴落在围墙下的战士们的身上。九十一师炮兵二连在船只沉没后,十余名官兵涉水登陆,连续突破守军的防御工事,直抵鼓浪屿岛日光岩西侧的制高点。他们在日光岩上坚守两天两夜,战士们一个又一个地牺牲,最后只剩下了指导员赵世堂。当敌人冲上来的时候,他拉响手榴弹与敌同归于尽。二七一团团长王兴芳被官兵们的巨大伤亡所激怒,他亲率特务连乘船逆风抵达滩头。但是,船只随即被炮火击中,三名船工牺牲,王兴芳头部负伤。满脸是血的王兴芳指挥部队在悬崖下强行攀登,但由于守军火力太猛,特务连官兵大部伤亡,王兴芳再次中弹,这次伤在前胸,战士们抬起他向后撤退时,他停止了呼吸。

午夜,第三十一军命令停止对鼓浪屿的攻击。

第三十一军对鼓浪屿的强攻虽然失败了,但却成功地牵制和调动了国民党军,从而保障了兵团主力攻击厦门的行动。

第二十九、第三十一军主力对厦门的攻击坚决而猛烈。九十二师突击队在石湖山堤段登陆,恰逢落潮,滩头裸露,突击队员完全暴露在敌人的火力之下。他们必须通过海岸上的烂泥滩。淤泥竟然深及膝盖,一个人中弹倒下,后面的接着向前跋涉,只要还有人活着,冲击线就还在往前伸。付出巨大的伤亡后,突击队员爬到了铁丝网前,国民党守军突然发动反击,双方官兵瞬间就撞在了一起。第二十九军在这个宽大登陆点的两翼成功登陆,并立刻实施策应掩护。后续部队见状,也开始不顾一切地登岛,突击队终于突破敌人的海岸防线,建立起稳固的登陆场。第二十九军八十五师登陆后向高崎方向猛攻,一举占领机场。十六日,第二十九、第三十一军主力占领了厦门的北半部。被俘的国民党军第五十五军七十四师师长李益智被俘后说:从你们攻击起直至抵滩,我们一直被鼓浪屿方向的激战所迷惑,放在岛的腰部的机动部队左顾右盼一阵后,被调去增援鼓浪屿了。于是,当你们突然猛攻北半岛时,我们在那里的部队只有挨打。你们选择多泥滩多陡岸的地段作为主攻方向,实出我们意料。

此时,成千上万的国民党军官兵和他们的家眷拥挤在厦门南面的海滩上。

奉蒋介石之命死守厦门的汤恩伯也在乱兵当中。他的卫兵焦急地用步话机联系舰艇前来接应,但是海水正在退潮,舰艇难以靠岸,汤恩伯在海滩上感到了恐惧。他在步话机里的焦急的呼叫,被第十兵团司令部监听到了,兵团司令员叶飞命令部队迅速向海滩追击——"但我们的追击部队只顾追击敌人,不向后方联络,报话机呼叫数次一直叫不通,汤恩伯在海滩上足足停了一个小时,才喊到小艇夺路而逃。"

第二十九军和第三十一军后续部队大批登岛。

陆续登陆的官兵们,在厦门海岸登陆场看到的是深陷在泥沼中的烈士遗体。十七岁的战士小陈,攻击前向班里的战友说,如果他牺牲了,先不要告诉他家里,等全国都解放了再让他娘知道。小陈是独生子,三岁时父亲病逝,娘把他拉扯大,当解放军的队伍路过他们村时,他娘毫不犹豫地将自己唯一的孩子送到了队伍上。李教导员直挺挺地躺着,他是中弹后被上涨的海水淹死的。部队入闽前,在浙江嘉兴他收到家里的一封信,得知父亲病重,他准备把自己积攒的钱寄回家去。在去军邮所的路上,他碰见了炊事班长,得知炊事班长的母亲也病了,李教导员就把自己攒的钱全给了这个老炊事班长。现在,他躺在泥滩上,那位老炊事班长生死不明。民运股长李新兴是个面容俊朗的山东青年,他的口袋里还有未婚妻的一封信,战前他们约定打完厦门后就结婚。当年那位大眼睛的姑娘,牵着马把李新兴送到队伍上。打淮海的时候,姑娘推着小车支前,恰巧与李新兴碰上了,两个人在前线见面喜出望外,李新兴的战友们也兴奋异常。战友们都说李新兴那小子的对象实诚,将来准能生几个大胖小子。大眼睛的姑娘留给李新兴的念想是一双新布鞋。李新兴从淮海平原一直奔袭到东南沿海,直到牺牲在海水退去后的泥滩上,官兵们看见他竟然光着两只脚——那双一针一线缝出的布鞋依旧是新的,它被包裹在李新兴背包的最里面……

一九四九年十月十七日,厦门解放。

蒋介石飞至广州。

李宗仁终于忍无可忍,他对蒋介石不再客气了:

> 因为国事已至不可收拾的地步,不得不畅所欲言。你过去每把事情弄糟了,总是把责任和过失推到别人身上。例如东北剿共失败,徐蚌会战的全军覆没,你说是军队不听你指挥;又如发行金圆券,引起全国的经济恐慌,人民破产,自杀成群,你不躬自反省,反责备人民不拥护你的经济政策。再如你纵容特务,滥捕学生和爱国人士,引起舆论指摘,你不自疚,反说本党同志不听你的话使然………凡此种种,真是不胜枚举!你主政二十年,贪赃枉法之风甚于北洋政府时代。舆论讥评我们为"军事北伐,政治南伐"。其实,此种评语尚是恕辞,因北洋官僚政客对舆论抨击尚有所畏忌,而我国民政府则以革命旗帜为护符,凡讥评时政的,即诬为"反动分子",以致人人缄口,不敢因片言惹祸。你对此情形竟亦熟视无睹,明知故纵!记得在南京时,魏德迈特使曾在国府饯行席上痛诋中国官员贪污无能。他以一外国官员公开侮辱我政府,实不成体统,时与会众人中,竟有当场掉

泪的,不知你亦有心闻否?究作何感想?你此番已是第三次引退,你当时曾对张治中、居正、阎锡山、吴忠信各人一再声明,五年之内绝不过问政治。此话无非暗示我可放手去做,改弦更张,不受你的牵制。但事实上你所作所为却完全相反……

第三十一军军长周志坚走上了海滩。成群被俘的国民党军官兵正在集中,海滩上还聚集着打扫战场的解放军官兵和前来看解放军的老百姓——"到处是白花花的银元,部队在捡,老百姓也在捡,部队共捡了几万块。"

一颗流弹打了过来,穿透了周军长的裤子。

"谁乱打枪?"

"是我走的火!"一个班长站起来报告说。

周军长看了看这位脸上结着深红色血痂的年轻班长,摆摆手说:"算了,没事。"

这一天,毛泽东在中南海怀仁堂对来参加中国人民政治协商会议第一次全体会议的代表们说:"我们有一个共同的感觉,这就是我们的工作将写在人类的历史上,它将表明:占人类总数四分之一的中国人从此站起来了。"

在遥远的厦门,那片与台湾隔海相望的海滩已经寂静。

一直到蒋介石与毛泽东两人先后离世,没人知道,隔海对峙是否是他们永远缠绕于心的伤痛。

第十八章　士兵的山河

大迂回大包围

一九四九年十月一日。

"在金色温暖的阳光照耀下,巨大的红丝绸灯笼挂在紫禁城殷红的城墙前,在和煦的微风中轻轻摆动。"英国记者菲利浦·肖特写道,"国民党统治时期作为装饰城楼用的、在一块用敲平整了的石油桶焊接在一起的钢板上绘制的蒋介石的一幅两层楼高的褪了色的肖像画,已经被悬挂在广场一侧城墙上的一幅毛的同等大小的画像所代替。"毛泽东"以其高音调的湖南口音,面对着拥挤在下面用墙围着的狭窄广场上的一万多人,重复说道:'我们四万万七千五百万中国人民,已经站起来了,我们的前途是无限光明的。'"

长达两个半小时的军事检阅开始,骑兵在前面开路,"后面是长长一大串缴获的美军货车和坦克",货车和坦克上站着年轻的解放军官兵。受阅陆军师师长是时年三十一岁的李水清,他和第六十七军一九九师政治委员李布德,并排走在掌旗兵和护旗兵的身后,在他们的后面是十二个步兵方队。接受检阅的战车团,由缴获的日式轻型坦克组成,团长田申是中华人民共和国国歌歌词作者田汉的儿子。尽管有心理准备,但当《义勇军进行曲》在天安门广场上骤然响起的时候,这位年轻的军官还是热泪盈眶。随后是欢呼的市民,人群中传出"毛主席万岁! 万万岁!"的喊声,毛泽东应答的嗓音通过话筒传到下面:"人民万岁!"随着夜幕的降临,异常壮观的焰火表演开始,"整个北京都可以看得到"。"舞蹈者们手提彩色纸灯笼,上面贴着铁锤和镰刀以及红星等标志,在广场下面形成了一条彩色的飘带"。

苏联作家西蒙诺夫被新中国诞生时的喧闹所激动,因为苏联是世界上"第一个承认这个新生政权的国家"。西蒙诺夫在上海和天津等地参加了各种庆祝活动——"有一个穿着蓝色工人上衣的中年人向我走来。显然,他是刚刚开始学习俄语的。他直望着我,继而困难地、可是用心地说出俄语来,他问:'同志,请告诉我,你爱新中国吗?'"

"是的,同志,我非常爱新中国!"西蒙诺夫激动地回答了他。

这一天,在天安门城楼上,朱德发布《中国人民解放军总部命令》:

> 全体战斗员、指挥员、政治工作人员和后勤工作人员同志们:
>
> 中华人民共和国的武装部队,今天和全体人民在一起,共同来庆祝中华人民共和国中央人民政府的成立。
>
> 我们中华人民共和国的武装部队,在反对美国帝国主义所援助的蒋介石反动政府的革命战争中,已经取得了伟大的胜利。敌人的大部分已经被歼灭,全国的大部分国土已经解放。这是我们全体战斗员、指挥员、政治工作人员和后勤工作人员一致努力英勇奋斗的结果。我向你们表示热烈的祝贺和感谢。
>
> 但是现在我们的战斗任务还没有最后完成。残余的敌人还在继续勾结外国侵略者,进行反抗中华人民共和国的反革命活动。我们必须继续努力,实现人民解放战争的最后目的。
>
> 我命令中国人民解放军全体指战员、工作员,坚决执行中央人民政府和伟大的人民领袖毛主席的一切命令,迅速肃清国民党反动军队的残余,解放一切尚未解放的国土,同时肃清土匪和

其他一切反革命匪徒,镇压他们的一切反抗和捣乱行为。

在人民解放战争中牺牲的人民英雄们永垂不朽!

中国人民大团结万岁!

中华人民共和国万岁!

毛主席万岁!

中国人民解放军总司令　朱德

白崇禧集团,就是国民党军残余部队中最坚硬的一块。

为了保存实力,白崇禧已从武汉退守长沙,又从长沙退守衡阳。

当第四野战军于长江两岸进行休整的时候,白崇禧也在重新组合溃散的部队和整编地方武装。白崇禧的作战方针是:"以维护粤、桂、川、黔之安全,并相机打击匪军之目的,即以主力于湘江两岸地区,采取持久,力求创机歼敌,各以一部在湘西及鄂西方面,利用山岳地障,拒匪进犯,并相机策应湘江方面之作战。"为此,宋希濂部沿鄂西、湘西布防,担负巴东、慈利、大庸(今湖南张家界)之线作战;白崇禧部主力于宝庆(今湖南邵阳)、衡阳地区布防,依托湘江、资水、沅江,背靠滇、桂、黔,构成一条东南自粤北乐昌与余汉谋集团相连、西北至湘鄂西与宋希濂部呼应的"鄂湘粤联合防线"。

白崇禧部共计拥有五个兵团、十四个军、三十个师左右的兵力。其各军的位置是:第四十六军位于粤北与湘南交界处的章宜、乐昌;第九十七军位于湘南章宜以北的郴县和汝城;第四十八军位于郴县以北的永兴、耒阳;第七军位于耒阳以北的衡阳和泉溪;第五十八军位于衡阳以北的衡山;第一〇三军主力位于衡山西北之蒋市,其中的一个师位于蒋市以西的永丰;第七十一军位于永丰以西的青树坪;第一兵团部和第十四军位于青树坪西南方向的宝庆、新化;第一〇〇军位于湘西南的怀化、芷江;第一二五军位于衡阳以北地区;第一二六军位于湘南零陵;第五十六军位于湘南与桂北交界处的全州;暂编第五、第六军分别位于湘西沅陵、溆浦地区。

在长沙以南、衡阳以北地区,第四野战军与白崇禧的主力部队近在咫尺。

几乎自共产党武装诞生的那天起,桂系军队始终是国民党军中最难对付的。其主要因素是桂系不同于其他国民党军部队:善于山地作战、短促突击和战场机动,攻势一旦发动凌厉而坚决,如有山岳等有利地形可为凭借,打起阻击来十分顽强。现在,如何抓住白崇禧的主力,实现大规模歼灭作战目标,是摆在林彪面前的一大难题。

林彪曾向中央军委提出避开白崇禧的正面,以主力沿粤汉铁路两侧进入广东的作战计划:"如敌在茶陵和攸县地区(湖南东部)与我作战,则我以陈赓兵团由南向北和由东向西攻击;以十二兵团(萧劲光部)、十五兵团(邓华部)由北向南攻击。如敌不在茶陵、攸县地区与我作战而退湘江与我对峙或退入广西,则我全军等候宜昌、沙市部队南下,其他各部沿粤汉路两侧入粤,先解决广东,然后再进入广西……"

中央军委回电,对林彪的计划持有不同意见。中央军委认为,广东境内的国民党军残敌不过四万余人,而在广东地区游击队就超过四万,因此,广东问题"只需要两个军加上曾生的(两广纵队)两个小师即能够解决",不需要派出大军进入广东。野战军目前的作战计划,还是沿用了近距离迂回包抄的办法,这个办法在之前的宜沙、湘赣战役中已证明效果不佳。白崇禧最后与我军必有一战,战场"不外湘南、广西、云南三地,而以广西的可能性为最大"。因此,野战军主力应第一步准备在湘南,第二步在广西,第三步准备把白崇禧赶进云南决战。而"无论在茶陵、在衡州以南什么地方,在全州、桂林等地或在他处,均不要采取近距离包围迂回方法,而应采取远距离包围迂回方法,方能掌握主动,即完全不理白部的临时部署,而远远地超过他,占领他的后方,迫其最后不得不和我作战"。这样做的原因是:"白匪本钱小,极机灵,非万不得已决不会和我作战。"中央军委认为,第四野战军"应准备把白匪的十万人引至广西桂林、南宁、柳州等处而歼灭之,甚至还要准备追至昆明歼灭之"。毛泽东认为,对付白崇禧需要八个军的兵力,即投入四野的五个军和暂归四野指挥的陈赓兵团的三个军,这八个军很可能需要深入到广西、云南境内包抄白崇禧。毛泽东给林彪确定的作战范围是"豫、鄂、湘、赣、粤、桂六省"。

接着,中央军委进一步阐明了对白崇禧集团实施"大迂回大包围"的作战思路:由陈赓兵团组成一路,从白崇禧目前布设的防线西侧,即江西境内直插广东,解决广东之后向西直插广西南部,把白崇禧的老巢彻底封住;而第四野战军主力则在白崇禧布设的防线的中部向前推进——"不管他愿意同我们打也好,不愿意同我们打也好,近撤也好,远撤也好,总之,他是处于被动,我们则完全处于主动,最后迫使他不得不和我们在广西境内作战。"

九月九日,毛泽东致电林彪、邓子恢,详细部署了对白崇禧集团的作战。这一次,毛泽东的指示详细到了军一级的行动:

> 关于进攻部署:(一)陈赓邓华两兵团第一步进占韶关、翁源地区,第二步直取广州,第三步邓兵团留粤,陈兵团入桂,包抄白崇禧后路。陈兵团不派任何部队入湖南境,即不派部去郴州、宜章等处。(二)程子华兵团(第四野战军第十三兵团)除留一个军于常德地区,另一个军已到安化地区外,主力两个军取道沅陵、芷江直下柳州。(三)另以三个军经湘潭、湘乡攻歼宝庆(湖南邵阳)之黄杰(国民党军第一兵团司令官)匪部,与程子华出芷江的两个军摆在相隔不远的一线上。对衡阳地区之白崇禧部,只派队监视,而不作任何攻歼他的部署和动作。(四)这样一来,白崇禧部非迅速向桂林撤退不可,而这就是我们的目的。判断白部在湖南境内决不会和我们作战,而在广西境内则将被迫和我们作战。因此,陈赓兵团不要派部出郴、宜。现在茶陵、

攸县之我军,亦不要作攻歼衡阳白匪之部署,而应两路齐出芷江、宝庆,位于白匪西侧。然后,以芷江之两个军,先期突然出柳州,在柳州地区占立根据地。估计白匪三个军[第七、第四十六、第四十八军]及鲁道源(国民党军第十一兵团司令官兼第五十八军军长)之五十八军在我主力威胁面前,不敢过早分散主力,李品仙(国民党军桂林绥靖公署主任)防御柳州一带兵力必不甚多。我军[两个军]可能在柳州以西以北区域即融县(广西融安)、罗城、天河(广西罗城)、宜山、思恩(广西环江)、宜北区域建立根据地,并切断柳州通贵州的铁路线。陈赓兵团则于占领广州后,即经梧州向宾阳、南宁地区前进,位于广西南部。我在宝庆之三个军[主力]则于白匪向桂林撤退时,尾敌南进……白崇禧是中国境内第一个狡猾阴险的军阀,我们认为非用上述方法,不能消灭他……

毛泽东大迂回大包围的设想,与辽沈战役初期,要求东北野战军奔袭锦州关上东北地区大门的战法有异曲同工之妙:从兵力上讲,白崇禧集团再强大,与压在南中国的人民解放军三个野战军相比,真正是"本钱小"的一股孤悬于湘中的残敌而已。这股残敌从局部近战上可能很坚硬,但从全局态势上已没有与他在局部周旋的必要。白崇禧集团的东侧,已经完全处在人民解放军的控制下,陈赓兵团从江西南下广东的通路畅达无阻,而畏缩在广东的国民党军余汉谋集团兵力薄弱,只要派出一支能冲能打的部队,进入广东之后兜个大圈子一直插广西南部沿海,就可以把桂系的后方彻底捣毁,从而把白崇禧完全包裹在国土的腹部。如此一来,白崇禧如何决战,也不过是最后的挣扎。如果他跑向云南,会有分布在西南四省的第二野战军等着他。更何况,不到万不得已,白崇禧是不会往云南跑的,他死也要死在他的老家广西。

根据中央军委的指示,第二野战军主力向西南进发时,经过华中地区的杨勇的第五兵团,除第十八军外,第十六、第十七军如遇战事,暂时归林彪指挥并参战。同时,第五兵团作为第四野战军战役预备队使用。

第四野战军战役部署是:以第四兵团第十三、第十四、第十五军和第十五兵团第四十三、第四十四军共十七个师以及两广纵队,组成东路军,由第四兵团司令员兼政治委员陈赓指挥,南进广东;以第十三兵团第三十八军以及野战军直属第三十九军共八个师,组成西路军,由第十三兵团司令员程子华指挥,向湖南西部的芷江、黔阳前进,占领靖县、通道,截断白崇禧西撤贵州的通路,而后准备向南出击柳州;以第十二兵团第四十、第四十五、第四十六军以及野战军直属第四十一军和第十三兵团第四十九军,共同组成中路军,由第十二兵团司令员兼政治委员萧劲光指挥,担任进占宝庆,截断湘桂铁路,歼灭白崇禧部第七十一军等任务;第二野战军第五兵团第十八军,在白崇禧部撤退的时候占领衡阳,而后继续西进归第五兵团建制;第四十七军集结在湘西监视宋希濂部,保障战场侧翼的安全,并有掩护第二野战军入川的任务。林彪特别强调:中路军和第十八军不能过早地向前推进,不能在两翼迂回包围还没有到位的时候,把白崇禧过早地赶入广西。

九月十三日,衡宝战役拉开序幕。

西路第十三兵团主力分别从湘西北的常德、桃源和临澧、澧县南下,向沅江南岸的沅陵逼近,以截断白崇禧部西撤贵州的退路。

但是,白崇禧很快给了毛泽东和林彪一个意外:战役的进展并没有按照毛泽东所设想的发展,白崇禧与所有的国民党军高级将领不一样,他不按常规出牌。于是,林彪与白崇禧,两位极具才华且性格独特的军事将领的对阵,注定要险象环生。

按照部署,中路军集结完毕的最后期限是十月一日。

毫无疑问,新中国的诞生,对依然置身前线的第四野战军官兵来讲,是一个巨大的精神鼓舞。但是,一九四九年十月,就战争双方在衡宝战场上的大喜大悲而言,国民党军官兵,特别是中高级将领们,他们最大的奢望仅仅是拼个鱼死网破或许能死里求生;而解放军官兵们却以一种难以抑制的兴奋,憧憬着未来美好而长远的日子——战争进行到最后时刻,必然会产生一个悖论:人人都清楚必须给残敌以最后的彻底歼灭,但是,没有人愿意被战争的最后一颗子弹击中。

当中路军集结的时候,东、西两路军开始向白崇禧部的两翼运动。

西路第三十八、第三十九军南下湘黔边界后,一路攻占沅陵、泸溪、辰溪、溆浦等地,而后继续向芷江和怀化实施攻击,国民党守军纷纷南撤,第三十八、第三十九军猛烈追击,控制芷江至靖县一线后,突入白崇禧鄂湘粤联合防线的左翼。东路军在陈赓的指挥下,由赣西迅速南下逼赣粤边界。

两翼已被割断,但是,白崇禧并没有全面撤退。

难道白崇禧不怕失去两翼而身陷包围?

是什么让白崇禧依旧顶在中路军的正面?

林彪决定中路军二日向当面的白崇禧主力实施推进。

九月三十日,第十二兵团下达作战命令:第四十军首先奔袭并抓住白果市之敌,尔后向南面的渣江攻击前进;第四十五军在第四十军西侧,首先抓住永丰、蒋市之敌,尔后向南面的演陂桥攻击前进;第四十一军在第四十五军西侧,首先抓住青树坪之敌,尔后向南面的黑田铺、宋家塘攻击前进。以上三个军的任务是:突破衡(衡阳)宝(宝庆)公路后,威胁白崇禧向广西的退路。同时,在战场的东侧,第四十六军南下攻击耒阳;第十八军南下向郴州推进。

林彪命令中路军大举推进有两个意义:一是在两翼迂回之后迫使白崇禧南撤,二是抓住他的一两个军就地吃掉。

十月二日十六时,中路军分三路展开攻击。至五日拂晓,各军均向前推进二十至五十公里,在湖南的中南部控制了青树坪、花门楼、渣江一线,与白崇禧主力形成近距离对峙。

意想不到的事情就在这时发生了。

林彪预料当面的白崇禧不是继续对峙下去,就是留下掩护部队后让主力南撤广西。但是,谁也没料到,白崇禧突然对林彪实施反击了。

白崇禧调乐昌的第四十六军、郴县的第九十七军、耒阳的第四十八军乘火车北上,会同原来部署在衡宝线上的部队组成新的防线,并把十三个师的主力部队全部集中在这条防线上,以第四十八军一个师和第七十一军两个师组成第一梯队,以第七军主力为第二梯队,向从中路推进的第四野战军第四十一军展开了猛烈突击。在受到第四十一军的阻击之后,白崇禧令第四十八军和第七军的一个师推进到渣江以南,继续阻击第四野战军中路军的南进。同时,命令第四十六军的两个师集结在衡阳为预备队,第一二六军和第九十七军各一个师西移湘粤交界处的武冈和新宁,以保障防线左翼的安全。然后,白崇禧命令第四十六、第九十七、第七、第五十八和第一二六军各一部共五个师,从东西两面向第四野战军第四十一军实施夹击。

衡宝公路全长不过两百余里,白崇禧调集如此大的兵力,迎着林彪的中路军而上,全面反击的意图十分明显。

面对白崇禧的大兵力反击,林彪认为中路军的兵力与白崇禧部相比不占优势,况且中路军处在原作战计划的行动中,并没有与白崇禧部决战的充分准备。同时,野战军指挥部还未判定白崇禧的真实意图是什么。因此,林彪连续给各部队发出电报,核心的意图是停止攻击行动,收拢部队准备迎战。这些连续发出的电报,表现出林彪在不明敌情时紧张的思考,而紧张来自事前没有决战的准备而致目前战线上的部队呈东、中、西三路过于分散。

四日深夜,林彪命令中路军各部队:"目前我第一线兵力不够优势,各部即在原地停止待命,严整战备,等候我兵力之集中。"五日上午,命令第十二兵团司令员萧劲光、副政治委员唐天际、参谋长解方并各军、师长:"目前已突过衡宝公路之我军,则应在水东江、宋家塘以南地区集结,在公路以北者暂勿南进"。"各部皆须作敌向我进、向东或向南撤退以及在原地不动等三种情况的处置,并以机动精神处理情况"。同时,林彪命令程子华的西路军从湘西向东移动;杨勇的第五兵团第十八军沿粤汉线向北移动,第十六、第十七军向衡宝公路靠近。无论白崇禧是如何打算的,林彪的最后准备是:集中兵力应对白崇禧的决战。

但是,意外又一次发生了:第四十五军一三五师没有接到野战军和兵团命令他们原地停止的电报,依旧按照作战计划以强行军的速度南下。五日夜,当第四野战军中路军全部停止在衡宝线以北时,一三五师已经越过衡宝公路,单独插到白崇禧主力部队集结的腹地灵官殿地域。

六日拂晓,白崇禧发现了一三五师。

白崇禧很为这支部队奇怪的行动所困惑。

桂军第七军军长李本一命令位于灵官殿附近的部队尾击一三五师。

这是一个令林彪万分紧张的时刻。

白崇禧在两翼受到威胁的时候,集中兵力实施坚决的中间反击,这在作战常理上似乎讲不通,因为在两翼并不安全的情况下,试图中间单独突破是鲁莽而危险的。但是,任何事情都有两面性,从白崇禧的角度讲,如果能够集中兵力出其不意地实施中间反击,乃至在突破之后形成局部的围歼,这又不失为凶险的一着,不但可以打破两翼受制迂回的被动,如果反击得手就可破解僵持已久的战场格局。沿着白崇禧的反击思路,林彪逐渐悟出了这样一个道理:在我军采取大迂回大包围的作战方针后,西路、中路、东路部队开始向南推进,但南进部队在时间和空间上缝隙很大,中路军较东西两路军晚行动十八天,西路军和中路军分置于湖南的西部和中部,中路军与东路陈赓的第四兵团甚至相隔一省,而只有这样的战场态势才会导致白崇禧的一种误读——共产党军队兵力分散,侧翼迂回部队短时间内不至于构成严重威胁,可以在衡宝一带集中兵力尽快实施反击,以争取时间消灭共产党军队的有生力量,将来自战场正面的压力尽可能解除,同时还可以为日后撤退赢得战场空间。

中央军委大迂回大包围的决策核心,就是抓住白崇禧的主力将其歼灭,只不过原来设想的决战战场在广西,现在由于白崇禧的误读,林彪意识到决战只能在湖南进行,而且时机就在眼前。原来还在为一三五师的冒进而担心,现在一三五的行动势必引起战场态势的急剧变化。这是一个稍纵即逝的战机,一向以作战谨慎小心闻名的林彪认准战机出现之后决心下得极其果断。

六日十一时,林彪直接致电一三五师:

……盼你们以少数部队迟滞水东江(位于衡阳西北)方向之敌,主力即向湘桂路前进,必须不顾一切艰苦和危险,坚决迅速破坏湘桂路,求得翻毁数十里和炸毁桥梁,使敌不能决心南退。只要敌人不退,则能全歼桂军,使战争提前结束。故你们的任务甚重大,望坚决灵活地完成任务。我大军在水东江、宋家塘以北能压迫敌人,故你们不要过分顾虑后方……

林彪命令一三五师:"你们暂时归我们直接指挥,望告电台,特别注意联络我们。"并规定一三五师的师、团电台要随叫随到,兵团和军的电台只能收听不得指挥。同时,林彪命令中路各军主力向衡宝公路以西进击,西路第三十八、第三十九军则由西向东进击,以求对白崇禧主力形成东西两面夹击。

第四野战军的所有官兵都知道,一旦林彪独揽大权就是要有大仗了。

一三五师,师长丁盛,政治委员韦祖珍,副师长吴瑞山,参谋长刘江亭,政治部主任任思忠。

此刻,这支误闯敌人纵深的部队,注定要一战成名。

作为中路军中的一支,第四十五军一三五师一开始就插得很猛。十月二日开始接敌,四〇四团先遣部队在青树坪和永丰之间打伏击,俘敌两百。然后全师以四〇三团为前锋,四〇四团和师部居中,四〇五团为后卫,一天急行军四十公里,三日清晨,与从耒阳北上的桂系第四十八军一三八师遭遇,一三五师猛冲之后没有恋战一路推进,结果又与桂系主力第四十八军一七六师遭遇。这一次,一三五师前进受阻。四日,西面的第四十一军开始攻击青树坪,一七六师分出一部兵力向西移动增援。一三五师乘虚再进。午夜,四〇三团占领位于衡宝公路上的水东江后,迅速通过公路向南直插,五日中午到达灵官殿。师指挥部架设电台一联络,这才知道中路军所有部队都停止在了北面,只有他们单独插到了衡宝公路以南。

师长丁盛和政治委员韦祖珍沉默了。

直到接到林彪发来的电报,一三五师指挥员才明白自己的位置至关重要——他们必须在这里缠住敌人,打乱敌人的部署和计划,将敌人更多地吸引到这里,以使主力部队对敌人实施包围。

六日清早,一三五师准备出发,执行向湘桂铁路穿插的任务,以切断位于衡阳的华中军政长官公署的退路。然而,桂系第七军一七一师突然向四〇五团的阵地冲过来。团长韦统泰命令副团长韩怀智带领三营冲出阵地,抢占附近的山头,然后全团与进攻之敌展开战斗。一七一师一次进攻不成接着再次冲击,激战至黄昏双方打成僵持。丁盛师长知道战场危机四伏,果断决定撤出战斗,继续执行向湘桂铁路穿插的任务。此时,对于林彪来讲,一三五师是否能够控制湘桂铁路并不重要,重要的是他们在敌后的存在和他们不断的横向运动。林彪希望一三五师能够在敌人集结的核心部位尽力搅动，不但要使白崇禧的反击无法顺利进行，而且一定要让他产生撤退的念头。

七日拂晓，左翼的四〇三团前卫一营在师参谋长刘江亭的率领下，悄悄通过七壁岭山口国民党军的警戒阵地，由于天黑又不熟悉路，一营进入了一个敌人驻扎的村子。天亮时，双方才发现对方，于是即刻混战成一团。一营边打边撤，逐渐与团里失去联系。与此同时，团主力在团长刘世斌和政治委员李济宗的率领下，也是由于在陌生地域里行军，走到七壁岭时陷入国民党军一七六师的包围。只剩下两个团的一三五师没有停下来，继续向湘桂铁路走去。突然，四〇四团前锋报告说前边发现敌人，师长丁盛这才发现自己已处于包围之中。

丁盛向林彪报告了一三五师面临的危境，林彪的指示是：像钉子一样钉在敌人的心脏部位，不惜一切代价与敌人死死纠缠，等待各路主力部队从外围向这里合击。

四〇四团和四〇五团官兵开始就地构筑工事，他们决心与敌人死缠硬打，即使到最后时刻需要各自为战，也要像膏药一样贴在敌人身上。

白崇禧无法得知一三五师是误入他的阵地纵深的，他不明白林彪派出一支部队孤零零地插入他的核心部位的目的是什么。但他知道，即使这支部队规模不大，也是非常危险的，必须迅速铲除。

然而，七日的战斗持续一天之后，一三五师依旧楔在敌人的心脏里。

被一七六师包围的四〇三团已被打散。三营长蕲宝春阵亡。一营受到一个团的敌人的围攻，战斗到最后发生肉搏战。在四〇三团血战的时候，四〇四团侦查参谋张佑带领一个班正在寻找他们。八日，在四〇四团二营的接应下，四〇三团开始突围向师部靠拢。突围中伤亡很大，警卫连长周国亮和指导员宋全来带领的四十多名官兵，除十余人最后冲出包围圈外,其余的三十多人全部牺牲,不少人抱住敌人拉响了最后一颗手榴弹。

九日黎明,一三五师穿越敌人的封锁线,抵达官家嘴地区秘密宿营。

一三五师,一支兵力不大的孤独的部队,从一开始就打乱了白崇禧的整个作战计划,接着他们以视死如归的精神在敌人的纵深东打西突,在白崇禧的后方交通线上死缠硬磨,为战局的突变带来了奇异的效果。

面对越来越看不懂的战场态势,白崇禧终于坚持不住了:西面,共产党军队已经由芷江、黔阳地区向武冈方向东进;东面,陈赓的部队已经进入粤北地区;而深入到整个防线侧后的这支部队还在来回乱窜,衡宝地区似乎隐藏着某种不祥的预兆。于是,白崇禧命令全线撤退。他打电话给第七军参谋长邓达之:"长官部和第三兵团部决定今晚撤出衡阳,回广西去。第七军率一七一、一七二、一三八、一七六师为后卫,原地掩护长官部和第三兵团撤退,至明日九时方可撤走。这个任务很艰巨,撤退时不论任何牺牲,都不要停留,纵然后尾部队有些撤不下来,也就算了……"

林彪等待的时刻终于来了,他生怕白崇禧顶着不撤,桂军密集地纠结成一团就很难分割围歼;一旦他下令撤退,且不说军心斗志会在瞬间垮掉,单是分路逃跑就会让各部队间出现众多的缝隙。

林彪立即下达了全线出击的命令。

林彪给部队的要求是:"凡遇到敌人一个团或一个师的兵力时,应首先将敌人退路切断,围而不攻,等友军到达后再做有准备有配合的进攻";"凡未抓住敌人的部队,则应参加包围友邻我军所抓住之敌,或继续猛追求得抓住一部敌人";"必须以三至四倍兵力的对比,去包围和歼灭敌人","必须求得在此次追击中歼灭白匪一部,并争取吸引大部,以便歼灭"。林彪告诉各部队指挥员:"目前作战条件最有利","故各部必须奋勇追击与作战"。

林彪最后一次直接指挥那个孤悬敌后的一三五师,命令他们坚决阻击南逃之敌。然后,他放手不管了:"在追击运动战中,野司根据密息,只能规定各部队行动的方向,但各兵团、各军必须以机断专行的精神,加强对各师的具体指挥,不可以一切等候我们的指示,以免失掉机会。"

八日,第四十军一一九师插入白崇禧部的右翼;第四十五军一三四师追上桂系第四十八军一七六师;第四十九军一四六师追上桂系第七军一七一师;第四十六军占领了白崇禧的指挥部所在地衡阳。

白崇禧也许早就料到这时候的桂系已经不经打了。

六日晚,华中军政长官公署从衡阳乘火车撤往广西。

七日上午,白崇禧自己乘飞机撤回广西。

此时,桂系逃往广西只有两条路可走:一是越过宝庆西去,一是从祁阳南下。而那个一直在敌人腹地左突右冲的一三五师正卡在宝庆方向的退路上。

一三五师在界岭、鹿门前和黄土铺一线拉开散兵线。

部队刚刚部署完毕,南撤的国民党军就烟尘滚滚地开来了。

在黄土铺阻击阵地上,四〇五团团长韦统泰告诉他的官兵们,现在是最后拼命的时候了。敌众我寡,被动防御很可能被敌人大兵力突破,不如饿虎扑羊一样冲上去,先在敌群中杀个天昏地暗将其打乱了再说。团参谋长张维率三营在左翼的黄土铺,韦统泰和团政治委员荆健率一营在中央的土地堂,副团长韩怀智率二营在右翼的双合亭,四〇五团分三路冲入了敌阵——四〇五团不知道,来敌是白崇禧最精锐的嫡系部队第七军军部和直属队。四〇五团的突然冲击使第七军的撤退队形一下子乱了。二营包围了一七二师的后卫和第七军军部的先头部队,混战中这部分敌军大部被歼;三营包围了第七军的卫生营,战斗进行得更为顺利;一营冲击的是第七军最具战斗力的部分:工兵营、警卫营、战炮营和通讯营。其中警卫营最为精锐,一色的桂系老兵,作战凶狠异常。一连多次攻击都没有奏效,四连和警卫连加入之后,才把第七军的警卫营击垮。二连冲入敌阵后,即刻与敌人开始白刃混战,战斗最激烈时全连被分割成十八处,官兵进入各自为战的状态,连、排干部全部伤亡,十二个班长只剩下一个,战士杨贵峰、李凤海和徐福宽站出来代理排长,宋学义、苏永庄、冯华贵、姜玉永代理班长,在连长李九龙的带领下死死地卡在公路上。已经两次负伤的李连长对官兵们说,只要还有一口气,就不让一个敌人过去。

战斗结束后,一营活着的官兵已不足一个连。

四〇四团在鹿门前插入敌人撤退的队形中,把第七军的一七二师与其军部分隔开,然后攻占了公路周围的数个制高点,将一七二师堵住并压缩在鹿门前至界岭之间的山谷中。十日拂晓,四〇五团的二营和三营增援鹿门前,四〇四团从山谷的正面,四〇五团从山谷的侧后,两个团合力向一七二师发动攻击。这时候,在山谷的东北方向,四〇三团打进来了,三个团对一七二师形成夹击态势。五个小时之后,桂系一七二师被全歼,一三五师俘敌四千三百一十一名。

七日凌晨的时候,第四十军一一九师沿湘桂线分两路追击。追到第二天,官兵们也没见着敌人的影子。这个师的官兵绝大部分是东北人和山东人,在泥泞的山路上追出两昼夜后人困马乏,师长徐国夫命令部队暂时停下来休息,生火做饭。师部进到杨家桥附近的一小山村里,那户农家刚刚办完喜事,老乡说没见有国民党军从这里过去,这让徐师长心里十分不踏实。饭做好了,徐师长刚端起碗,村后北山方向突然响起机枪声,徐师长扔下饭碗就往外跑。作战科长朱余荣说,可能是部队的机枪走火了。徐国夫说:"不可能!不可能!哪有机枪走火的?"他跑上山头一看,一个连的国民党军正往山上爬,徐国夫急令警卫营上去把敌人压下去,然后命令距离师指挥所最近的三五五团迅速控制附近山头。就在师部附近出现敌人的同时,正在休息的三五六团的一名炊事员也发现有敌人偷袭,七连迅速冲了上去,三排长卢道德率领全排占领了制高点,二营也抢占了杨家桥西北的毛草岭主峰,一营在杨家桥以北抢占了高地。经过对俘虏的审问,徐国夫得知,这是桂系第七军一七一师的先头部队。徐师长大喜,因为他们跑到逃敌的前面来了。

一一九师所处的位置正在白崇禧部逃往广西的另一条必经之路上。野战军司令部直接电令一一九师:坚决堵住南逃之敌,打到最后一人一枪。

九日黄昏十八时,桂军第七军一七一师、第四十八军一三八、一七六师的攻击开始了。一小时后,进攻的敌人加强到一个团。三五六团在师属炮火的支援下,不断发起反击,顶住了敌人的轮番攻击。二营坚守毛草岭阵地前沿的是六连,副营长任志盛负重伤,指导员庞玉明阵亡,连长徐佩林带领全连寸土必守,阵地始终得到保持。在杨家桥东面的无名高地上,三五五团一营三连打得机智灵活,小个子连长徐长副指挥颇有章法,手榴弹箱子成排地放在脚边,敌人只要近了就大雨一样落下去,火力密集覆盖之后,一个排乘势发动反冲击。一排和二排轮流战斗,三排作为预备队,就这样连续打退敌人的六次冲锋。十日天亮之后,敌人再次发动攻击,主攻方向转向了右翼的三五七团,兵力加强到了两个团。三五七团官兵血战不退,六连阵地在敌人发动第十次攻击的时候一度失守,预备队七连在副连长公茂英和排长孟庆印的率领下夺回阵地。在冲击中,公茂英、孟庆印以及战斗英雄班长曹水和先后阵亡。七班长王文柱自动站出来指挥作战。最后时刻,一一九师师部的机关人员和勤杂人员全部上了前沿,在子弹、手榴弹和迫击炮弹全部打光的情况下,官兵们举起了石头,与拥上阵地的敌人展开肉搏战。

一三五师和一一九师,死死地卡在白崇禧部南逃的两条必经之路上,使白崇禧的四个主力师陷入重围。白崇禧命令已经撤退到祁阳、冷水滩一线的第四十六军一八八师和第七军二二四师回援。但是,奉命回援的部队已经不敢推进。

十日,第四野战军中路军的八个师,对被围困在黄土铺地区的桂系的四个师发起总攻。林彪要求"各部皆应组织火力、兵力实行重点突破和连续扩张的战术"。白崇禧部四个师的溃兵在雨夜中逃入山林。中路军各部队随即展开抓俘虏的竞赛,这里山水相绕林木茂盛,因此敌人得一个个地搜出来——"入夜千万个火把,照亮了五峰山区,形成一幅极其壮观的捉俘图。"至十一日上午,除一三八师师部率领一个团侥幸逃出合围外,白崇禧的四个主力师两万九千人全部被歼,第七军副军长凌云上、参谋长邓达之、一七一师师长张瑞生、参谋长李有金,一七二师师长刘月监,一七六师师长李祖霖、副师长刘克威以及参谋长袁纪等被俘。战后,毛泽东告诉程潜:"被歼者是七军两个师及四十八军两个师,地点在祁阳以北。消灭这些部队时白崇禧坐视不救,自己退到桂林,各军退到东安、零陵、冷水滩一带,听任七军四十八军苦战四天被歼干净。"

接着,西路军相继攻占湘西的武冈、宝庆、大庸和桑植,歼灭国民党军第十四军六十三师一部,六十二师大部,第一二二军大部,第一二二军军长张绍勋被俘。

十月十一日早晨,衡宝战役结束。

衡宝战役历时三十三天,歼灭国民党军四万七千五百余人,第四野战军伤亡四千余人。

支撑整个战役的,除第四野战军并第二野战军共十个军的官兵外,还有从后方运上战场的三十九万发炮弹,二十二万发手榴弹和枪榴弹,三百五十一万发枪弹,两万六千吨粮食,两千九百吨海带和咸鱼,十一万九千件雨衣,九万床卫生被,九百三十吨药品。

那些永远倒在湘南土地上的官兵,没能看见他们为之出生入死的新中国。那些在战斗中活下来的官兵,绝大多数人是在战斗的间隙听到新中国成立的消息的。"花桥战斗当天下午,我们军里几位领导在向芷江前进途中休息时,从缴获的收音机里听到了正在北京天安门广场举行开国大典的实况广播。"时任第三十八军政治委员的梁必业回忆道,"我们听到这个消息,欣喜若狂,立即用电报、电话、骑兵等所有通讯工具向部队作了传达,号召部队英勇作战,用实际行动来庆祝新中国的诞生。"

新的中国是什么样子?

一位共产党军队的将领,在他写给女儿的信中说:"让爸爸们,把新民主的地基铲得平平的,让你们后一代,能够在我们的国土上建筑起一座自由、快乐、文明、进步、庄严、华丽的世界。"

"华丽"一词,令人神思飞扬。

一九四九年十月,第四野战军与白崇禧军事集团的对峙终于破解。

对于进军全中国的人民解放军来说,在这片国土的中南方向,两广以及川贵的大门已经敞开。

金　门　岛

第三野战军第十兵团攻击金门岛严重失利。

此战,是解放战争史上一个永远作痛的创伤。

金门岛作战,开始于一九四九年十月二十四日午夜,先后共有九千零八十六人登岛作战,其中第二十八、第二十九军官兵八千七百三十六人,船工和民夫三百五十人。战斗在十月二十七日午夜结束。登岛作战人员大部阵亡,部分被俘,无一人生还。

六十年过去了,位于厦门以东约五点五海里的大金门岛,依旧不在共产党人的手中。

"指挥员尤其是我的轻敌,是金门失利的最根本的原因。"战后,第十兵团司令员叶飞说。

厦门以东海面上的大金门岛状如哑铃,东西长十六公里,南北最宽处约十三公里,岛的腰部仅宽三公里,面积一百二十四平方公里。东部山高岸陡,礁石林立,不易攀登和登陆;西部较为平坦,北岸是泥沙滩,为登陆的理想地段。大金门岛附近还有小金门、大担、二担等几个小岛。

至少在二十四日登岛作战发动之前,第十兵团对国民党守军的兵力判断是:第二十二兵团部率第二十五军和二〇一师守大金门,第五军二〇〇师和一六六师残部守小金门。第十兵团指挥员认为:"从台湾调来的二〇一师是一九四八年睢杞战役后重建的,战斗力不强;守小金门的第五军是淮海战役后重建的,也并非当年邱清泉的第五军可比。"岛上"能作战的不超过一万两千人","同时金门岛上也没什么工事"。

厦门之战发起前,第十兵团曾设想同时攻取厦门和大小金门,最终因为登岛作战必须的船只无法筹备充足,"金厦并取"的作战计划被否定。在第三野战军指挥员的建议下,第十兵团最后确定的作战方案是"先厦后金"。但是,同时攻取金门的设想并没有被放弃。这在当时有相当的合理性:国民党军残部逃到厦门和金门岛上,军心不稳,建制不全,兵力不大,而且情报显示汤恩伯既没有死守厦门的信心,也没有死守金门的决心,第十兵团如能一鼓作气拿下金厦,蒋介石盘踞的台湾岛就完全暴露了。

十月中旬,第十兵团第二十九、第三十一军开始攻击厦门,第二十八军的任务虽然是监视金门并以炮火钳制,但在命令中依旧有"如发现金门守军增援厦门或逃跑,则立即向金门发起攻击"的部署。可是,直到厦门之战结束,金门守军既没有增援厦门,也没有逃向台湾,汤恩伯的总部和厦门部分守军反而逃到了金门岛上。

第十兵团决定立即攻击金门,作战计划是:由第二十八军副军长萧锋和政治部主任李曼村等组成前线指挥所,指挥第二十八、第二十九军各一部攻击大金门岛,同时以第三十一军一部攻击小金门岛。后因船只不够,第三十一军的任务取消。作战计划改变为:第二十八、第二十九军先攻大金门,后攻小金门。

十月十八日,第二十八军前指下达作战命令:第二十八军八十二师二四四、二四五、二四六团,八十四师二五一团,第二十九军八十五师二五三团,八十七师二五九团,共计六个团的兵力,攻击大金门,得手后,再以八十五师的两个团攻击小金门。作战时,集中兵力分数路在金门岛北面西段海岸突破。登陆后首先站稳脚跟,阻击东面国民党军的增援,主力歼灭金门县城守军,随后向东攻击砂美、北太武山地区的国民党军。具体部署是:二四四、二五一、二五三团为第一梯队,二四五、二四六、二五九团为第二梯队。第一梯队以团为单位,分别在福建沿海的莲河、澳头以及大嶝岛起渡,二四四团在金门岛北岸的龙口与后沙间登陆,迅速攻占后半山、双乳山,控制金门岛的腰部——琼林至沙头一线,并向岛的东部警戒,掩护二五一、二五三团进攻位于金门岛西面的金门县城;二五一团在金门岛西北海岸的西保与古宁头之间登陆,迅速攻占湖下和榜林,协同二五三团攻击金门县城;二五三团在古宁头登陆,迅速占领林厝、埔头,并直接攻击金门县城,歼灭金门岛西半部的国民党守军。而后,第一梯队会同第二梯队围歼东部之敌,占领全岛。

命令同时规定:第二十八军前指移至莲河,前指负责指挥各梯队渡海;八十二师指挥员跟随第一梯队,负责统一指挥登陆部队作战。

金门岛作战发起时间定为十月二十日。

第二十八军前指预计三天结束作战。

这一作战计划,与其说显示出严重的轻敌,不如说表现出令人惊讶的草率。

相对于台湾海峡东侧的台湾岛而言,大金门岛可谓是海峡西侧的前哨阵地,是台湾岛最后的防御前沿,国民党军如果不想有一天被从台湾岛上赶下大海,必须死守桥头堡阵地金门。而这就意味着,攻取金门的战斗势必会是一场苦战。

但是,如此至关重要的战斗,战场最高指挥权被托付给了军长和政委都不在位的第二十八军军部。之所以造成这样的局面,是因为第十兵团刚刚攻占厦门,指挥员们正忙于接收和管理这座风景如画的城市。而第二十八军军长朱绍清因严重的胃病,在部队南下时留在福州治疗。那时,第二十八军八十三师奉命驻守福州,担任警备和军管工作;八十四师的两个团奉命赴闽北参加剿匪;八十二师及八十四师二五一团奉命继续南下。一个军在一个省内被拆成三块,军政治委员陈美藻因此也留在了福州,以便主持"第二十八军全面工作"。还有,第二十八军参谋长吴肃在部队进入福州前就已被调走,而这一重要的军事指挥岗位一直无人接替。

与此同时,承担攻打金门岛作战任务的部队,来自不同建制的两个军四个师,即使在解放军官兵擅长的陆地作战中,于并不开阔的战场如此配置部队也有零乱之嫌,更何况是各部队仍感生疏的渡海登岛作战。渡海作战需要作战部门、情报部门、后勤部门的密切协同,而且一旦登陆,上岛部队与后续部队将被大海分割在两个联系脆弱的区域里,这就更加需要指挥与准备的充实和完备。遗憾的是,第十兵团指挥员没有参加作战指挥,第二十八军前指只有一位副军长负责,至于登岛后对不同建制部队的指挥,干脆交给了八十二师——如此零乱的部队和如此单薄的指挥,已不是"轻敌"二字便可了断的。

战后,第十兵团司令员叶飞说:"金门尚未解放之时,我即将兵团部移驻厦门,这是一个失策。因为这影响了解放金门的准备工作……我为什么发生这个失误呢?这是因为轻视了金门,认为金门没有什么工事,金门守敌名义上是一个兵团,即李良荣兵团,实际只有两万多人,而且都是残兵败将;厦门是有永久性设防工事的要塞,守军是汤恩伯集团,兵力充足,已被攻克了,则认为攻取金门问题不大。厦门是通商口岸,如果接管工作不搞好,发生混乱影响很大,对海外都有影响。所以我才作出将兵团指挥所移驻厦门、协助厦门市委主持接管工作的决定,而把解放金门的任务交给第二十八军执行……"——这是叶飞的遗憾,也是历史的遗憾,因为在金门战斗基本平息之前,第十兵团的其他指挥员也没有亲临前线。

第十兵团轻率地将作战指挥任务交给了军政主官都不在位的第二十八军军部,第二十八军军部又轻率地将登岛作战指挥任务交给了八十二师,八十二师师长钟贤文开始只知道八十四师的二五一团将配合作战,当十八日作战命令下达的时候,他才知道还要指挥第二十九军八十五师和八十七师各一个团。钟贤文师长没有任何思想准备,因为之前军部关于攻打金门的作战计划,都是直接布置到团一级,所以他没有机会与各团指挥员取得必要的战前联络——"兄弟部队各团领导都没有找过我,我也没有到兄弟部队各团去过,我同这些团的领导同志毫无联系。"在这种情况下,登岛后由八十二师统一指挥的作战命令,"仿佛是一纸空文"。

对于渡海作战来讲,"有兵无船,等于无兵"。第二十八军副军长萧锋为找不到足够的船焦急万分:"我们报告兵团首长,我们以往哪次战前准备,都没有遇到这么多困难。"厦门刚刚解放,百姓对解放军不甚了解,"沿海渔民有的弃船逃跑,有的带船藏匿"。即将渡海的部队要么"找到船找不到人",要么"找到人又找不到船"。而且,"靠新区群众开船打金门实在没把握。船开到海中间,他们可能跳下海就走,让我军自己同敌舰去撞,打大练岛打平潭都有这种教训"。但是,第十兵团对于第二十八军提出的问题"未置可否",只是一再嘱咐萧锋"抓紧找船找船工"。没有海军和空军支援,渡海作战就不可能占据优势,况且攻取金门岛的部队只能依靠木船。官兵们到处找船,军侦察营副营长郑培唐好容易在泉州湾找到五条船,亲自带着船工往回开,经过金门岛附近的时候,船工们借口风大不肯前进,于是被迫中途休息一夜,等早上醒来时,船工全部逃走,五条船谁都不会掌控船,郑培唐只有丢下船步行回来。便衣连成绩不小,找到二十多条船和六十多名船工,全连小心伺候着船工,每天好酒好菜款待,虚心向他们请教驾船技术,但是,因为绝大多数官兵听不懂闽南话,双方交流起来十分困难。

由于缺乏必须的船只,原定二十日发起的攻击一再推迟。

时间一再推迟的结果是可能打下金门岛的时机最终丧失。

战机丧失的重要标志是国民党军增援部队已在金门岛登陆。

问题是,关于金门岛上到底有多少守军,这一个本该在战前搞清的问题,在攻击开始之际依旧是一笔糊涂账。

第二十八军指挥所从福州南下时,没带侦察电台,于是战役情报只能靠兵团负责收集,第二十八军则负责战术侦察。但是,军侦察科长兼侦察营长张宪章说,他们在陆地上搞侦察十拿九稳,面对人海他的侦察兵无用武之地。隔着大海的金门岛戒备森严,渡海上岛侦察没有任何可能,远远地用望远镜观察,只能看到岛上汽车来来往往,海岸到处是守军挖工事翻出来的土堆。八十二师通讯科长吕会英偶然侦听到守军电台的通话,敌人兴致很高地说,"来了几船活的",又"来了几船死的"。经过分析,第二十八军前指认为,活的可能是指增援部队,死的可能是指武器弹药——"我们把这些情况都向上级报告了,但没有引起上级的重视。"

实际上,在打大嶝岛的时候,副军长萧锋就发现,俘虏中竟然有胡琏的第十二兵团第十八军十一师三十一团的官兵。当时他便疑窦丛生:胡琏的第十二兵团不是在潮汕地区吗?怎么到了这里?他亲自审问了两名被俘军官,军官说第十八军十一师是十月九日到达金门的,兵团的其他部队还在调动之中,但具体调往哪里不清楚——汕头之敌已经增援金门,说明金门之敌打算死守。萧锋立即把这个情况报告给兵团,兵团指挥员对此表示怀疑:"不大可能吧,胡琏还在潮汕地区未动。"

叶飞开始关注胡琏的动向,最终得知第十二兵团确实已从潮汕地区撤出。叶飞赶紧问参谋人员,胡琏兵团是否已到金门?得到的回答是,胡琏兵团正在海上徘徊。就在这时候,机要部门送来一封截获的电报,电报显示胡琏向蒋介石请求将第十二兵团撤回台湾。叶飞的判断是:想撤回台湾的胡琏不愿意增援金门,正在海上磨蹭呢,最好趁他还没增援的时候,迅速攻占金门——历史在这一瞬间造成的不幸是:情报部门送来的那封电报是之前截获的。而更严重的是,情报部门没有截获蒋介石给胡琏的回电,回电的内容恰恰是严令胡琏坚决而迅速地增援金门。

叶飞给萧锋打电话的时间是二十二日上午十一时。由于船只准备严重不足,原定的攻击时间已经推迟两天,叶飞的担心是有道理的:"老萧呀,广东潮汕地区胡琏兵团几个军,已乘船向东北方向撤退,有的船停在金门、厦门东南海域。他们究竟要往哪里撤,还搞不清楚,我们要抢在胡琏登陆之前攻击金门。"

第十兵团的攻击决心十分坚决,但是攻击部队搞到的船还是不够。被藏在渡海起渡地的船,只有一百二十条,连第一梯队全部乘载都不够。如果第一梯队上岛兵力不够,或是没有船只保证第二梯队跟进,那么整个渡海作战必会凶多吉少。在萧锋副军长的请求下,第十兵团决定再推迟一天,二十四日夜发起战斗。

二十四日上午,第二十八军前指召集攻打金门前的最后一次作战会议。

至此,登岛部队已经准备了三百只船和维持三天的粮弹。

而实际上,仅运载第二十八军的攻击兵力就需要六百只船,且三天结束战斗的预想没有任何依据。

各师团指挥员在发言中显然喜忧参半:部队求战情绪很高涨,已经做好竹制救生器材,二五三团还缺一个营的船,二五一团还有三分之一的船帆没有修好……而说得最多也是心里最没底的是:胡琏兵团到底上了金门岛没有?一个半小时的讨论之后,大家都同意"今晚发起攻击"。萧锋强调说,今晚发起攻击是必要的,战斗估计有三种可能:一是按设想打下去,二十六日解决战斗;二是敌人增兵,战斗遇到困难,不怎么好打;三是最坏的情况,那就是遇到艰苦的战斗,付出四五千人的伤亡,但是为了解放台湾,付出代价是值得的。"渡海作战我们没有经验,主客观条件很勉强,我们要凭着英勇战斗打好这一仗"。

会后,萧锋向第十兵团作了汇报,叶飞司令员表示,只要第一梯队能上去两个团,船来回两次,再上去第二梯队,就可以拿下金门县城。萧锋说大家最关心的是金门守军兵力问题。叶飞回答说,据内部电台侦察报告,岛上兵力还没有增加,胡琏兵团的三个军还坐船停在海上,到金门去台湾尚未决定,"我们一定要抢在胡琏兵团的前头拿下金门"!

叶飞随即批准了第二十八军于当天夜晚发起作战行动。

第二十八军没有呈报作战命令,叶飞也没有要求审核作战命令。

战后,作为兵团司令员,叶飞说:"这是当时我的疏忽,参谋机关也疏忽了此事。"

事后得知,叶飞司令员和第二十八军前指得到的敌情情报严重有误。此时,在大金门岛上,除了原有的国民党守军外,胡琏的第十二兵团第十八军十一师和一一八师已在十月十日登陆。至于情报所说的"胡琏正在海上徘徊",那是国民党军第十九军的三个师,离开汕头开至金门海域,因为风浪太大无法登岛而在"徘徊"。二十三日夜,第十九军军部和十三师的两个团登陆;二十四日白天,第十九军十八师师部和一个团登陆;二十四日黄昏,第十九军十四师师部和两个团登陆,海面上还剩下四个团也在不断地登陆中。于是,在第二十八军发起金门作战的那个晚上,大金门岛上的国民党守军已经增加到三个军,即沈向奎的第二十五军、高魁元的第十八军、刘云瀚的第十九军,实际兵力至少在六个师以上。更令人惊讶的是,二十四日下午,登陆的国民党军增援部队还在海岸上举行了反登陆作战演习,演习的地段正是第二十八军作战计划中第一梯队将要登陆的地点——无法判断这是国民党军的情报格外准确,还是纯属巧合。但第十兵团的作战情报落后于实际情况是无疑的,而这种迟误对于前线作战部队来讲意味着灭顶之灾。

二十四日十八时,攻击金门的第一梯队部队:二四四、二五一、二五三团和二四六团三营,共八千人登船待命。十九时半,心绪不宁的萧锋来到莲河起渡地,再一次检查了部队的登船情况,然后他向金门方向看了一眼:"天色暗淡,用肉眼还隐约可见大金门岛的轮廓。"二十时,警卫员朱亮宏气喘吁吁地跑来报告:"有新情况!请副军长赶快回指挥所!"跑回指挥所的萧锋听到了他最不愿听到的消息:今天下午胡琏兵团在大金门登陆一个团,在小金门登陆一个团。但是,第十兵团表示:攻打金门的决心不变,今晚出击计划不变——"我们要和胡琏抢占金门岛"。

尽管兵团指挥部获得的情报,与胡琏增援的实际兵力相差很远,但终究是察觉到胡琏已经增援金门岛了。萧副军长命令第一梯队原地待命,他决定再与兵团指挥部商量一下是否发动攻击。

等待渡海作战的官兵显然对取胜信心不足,这种信心不足很大程度上来自敌情不明。得知胡琏已经在金门岛登陆的消息后,二四四团团长邢永生给八十二师师长钟贤文打来电话:"再见吧!我们可能再见不着啦!你再见不到我,我也见不到你啦!我们回不来啦!"钟师长听了心里万般难受——"邢团长一贯作战勇敢,接受战斗任务毫不含糊",连他都准备牺牲了,可见部队对战斗缺乏信心的程度。八十二师党委当即召开会议,参加会议的钟贤文师长、王若杰政委和龙飞虎副政委一致认为,大金门岛上援兵已到,出战对我不利,应该向上级建议暂缓攻击。但是,师党委的一致意见最终还是没被反映到军里。战后,钟贤文师长说:"从当时的情况看,即使我们打了电话,上级也不会同意。"

萧锋给兵团政治部主任刘培善打电话,这是避免金门作战严重后果的最后一次机会:

> 我说:"刘主任呀,您是第二十八军的创建者,是第二十八军的老首长,历来关心第二十八军。在关键时刻,你要帮我们说话呀!现在可是关键时刻啦,是关系第二十八军命运的重要关头。现在敌人到底增加了多少?十多天以前,我们打大嶝岛,就发现胡琏兵团的一个团啦!看来敌人增兵是师的单位了。"刘主任回答说:"大嶝岛歼灭的敌人,说是胡琏兵团的,恐怕不确切,敌人一贯会吹牛撒谎。据侦察,胡琏兵团在大小金门各登陆一个团,是今天下午才上岛的,什么工事也没有筑,情况没有大的变化。兵团已经研究过了,我们要抢在胡琏兵团之前占领金门,今晚攻击金门的决心不要改变,按预定方案打吧!"听到兵团首长决定不改变作战决心,我当时把心一横,就向刘主任提出:"这个仗肯定不好打啦,我要求随第一梯队过海指挥战斗,同胡琏兵团拼个死活……"刘主任回答:"老萧你不要过海,还是按预定方案由第八十二师师长他们过海统一指挥岛上战斗。只要我们第一梯队三个团能上去,船只来回两次,运过去五个或六个团,就能打下金门县城!老萧呀!你在莲河很好地组织第二梯队过海,明天我就到莲河来协助你指挥。"我对刘主任说:"刘主任你来,我欢迎。说实话,您要深思熟虑。情况不明,准备不足,打下去后果不堪设想。"听我话说得如此严重,刘主任问:"你的意见怎么办?"我明确地回答:"我建议停止发起攻击,待查清敌情,筹备足够的船只再打……"听我这么说,刘主任只

说了声"按原定计划执行,决心不能变",就放下了电话。

二十四日二十一时三十分,近三百只木船载着第一梯队八千名官兵冲进波涛汹涌的夜海。

这八千名官兵中的干部和老兵起到了主心骨的作用,他们绝大多数是山东人,许多人在来福建之前连大海都没见过。他们身经百战,出生入死,勇敢坚定,尽管在战争接近胜利结束的时候,他们会对遥远的家乡和未来的日子有各种各样的憧憬,但是只要战斗命令下达,他们便决心与敌人血战到生命的最后一刻。八千人的率队干部是:团长邢永生、参谋长朱斐然、政治处主任孙树亮率领二四四团,副团长刘汉斌率领二四六团三营,起渡地点是莲河和大嶝岛的阳塘;团长刘天祥、政治委员田志春、副团长马绍堂、参谋长郝越三和政治处主任王学元率领二五一团,起渡地点为大嶝岛的东蔡和双沪;团长徐博、政治委员陈利华和参谋长王剑秋率领二五三团,起渡地点是后村。

按照计划,各部队在海上会合,然后联合登岛。

但是,船只刚一出海,战斗序列即被打乱,因为木船靠风行驶,受风向和水流的影响很大,同时又是夜间行驶,各船和各营、连之间都没有通讯工具联络,只有团一级指挥员才可用步话机通话,但团指挥员只在一条船上,而且事先有规定,夜渡不得使用步话机和一切有声响的联络工具,结果各船既不能彼此联系,也相互看不见,更谈不上统一调度,只能靠船工的经验各自向金门岛靠拢。

风向变了,北风变成了东北风。

渡海第一梯队乘坐的木船开始向西偏移,二四四团二营和三营的部分船只偏移得最远,插到了二五三团的方向,而二五三团一营的船不知为什么向东偏移,插到了二五一团的方向。

大金门岛在漆黑的夜色中出现了,海浪拍击岛岸的声音越来越响,船队遭到守军炮火的猛烈拦截。午夜时分,没被击沉的船只先后撞上金门岛的龙口、胡尾乡和古宁头滩头,战斗随即开始。二四四团由于严重偏离登岛地点,导致兵力分散,在遭到守军的反击后,团长邢永生紧急呼叫炮火支援。邢团长发出呼叫的时间是二十五日凌晨一时半。萧锋急令大嶝岛上的炮兵团开炮,三个炮群的榴弹炮和山炮全力轰击,掩护第一梯队抢滩登陆。而金门岛上的守军也开始了更加猛烈的炮轰,刚刚靠向滩头的船只纷纷中弹起火。凌晨二时,二四四团报告,抢滩成功,要求炮火延伸射击;二五三团报告他们也即将开始抢滩。但是,以后的几个小时内,大金门岛上火光闪闪、炮声隆隆,却不见各部队报告进展情况。第二十八军指挥所里气氛紧张。

凌晨三时到六时,三个小时内,登陆部队在金门岛北岸,从东到西突破了大约十五里左右的滩头,占领了龙口、西山、观音亭山、胡尾乡高地和古宁头北山等要点。二五一、二五三团并不知道敌人兵力已经增加,依旧按照预定作战方案向纵深发展,直指金门县城。大金门一线守军二〇一师的防线被摧垮,二五一团抓了不少的俘虏,但混乱的暗夜里无人看管因此跑了不少。在金门岛的西面,二五三团团部和三营已经控制古宁头滩头阵地。

天亮了,登陆部队各团先后恢复了与前线指挥所的联系,包括萧锋在内,所有的人都松了一口气——"虽然二四四团登陆时受了些损失,而且情况不大明了,可从整体上看,第一梯队的登陆是基本成功的。"萧锋命令二五一团抓紧时间收拢部队,二五三团继续向金门县城实施突击。

但是,放松下来的心情没有持续多久,接下来传来的都是不利的消息:二五一团三营在岛的西部安岐附近遇到守军的猛烈反击,由于登岛时遭遇炮击,弹药随着船只沉没,战斗进行得十分艰苦。加入战斗的二营伤亡严重,而一营登岛时官兵分散一时难以收拢,团里已经无力支援苦战的三营。在二五三团方向,先头部队二营在埔头以南与守军激战,团里正设法组织后续部队支援二营,因为只有保持住现有阵地,才有可能向金门县城继续攻击,但是组织后续部队的兵力已捉襟见肘。

更严重的问题发生得出乎预料。

八十二师指挥员并没有跟随第一梯队出发。

也就是说,登岛各部队现在没有统一的战场指挥。

出发前,由于各团的船只都不够,尤其是二四四团,团长邢永生急得火冒三丈。他先把跟随二四四团出发的军侦察营的人赶下了船,让他们跟随第二梯队登岛,弄得侦察营副营长郑培唐很不高兴,认为二四四团看不起侦察营。最后还是萧副军长做了工作,才让已经上船的侦察兵们下了船,把船让给先行登岛的二四四团。侦察营下船的时候,因为船都泊在浅海里,通信员只好在齐腰深的海水中,一条船一条船地通知,通知到最后,发现侦察营二连指导员崔芹芳带领的那条船不见了,那条船上除了崔指导员外,还有军侦察参谋王刚和三个步兵班、一个重机枪班和一个六〇炮班。找不到索性就不找了。事后得知,崔指导员带的那条船,为了争取时间,人员上船之后先行划到深海中去了,结果这条船上的官兵最终跟随二四四团登岛。两天后,指导员崔芹芳被俘,参谋王刚下落不明。即使把侦察营赶下去,二四四团的船还是不够。于是,邢团长请求八十二师的指挥员把他们乘坐的那两条船腾出来,而八十二师的指挥员们竟然答应了。邢团长的部队驶向了大海,把师长、政委和参谋们留在了海滩上——"当时,我们还没有把这个问题看得多重",师长钟贤文说,"因为当时设想,第一梯队的船很快就会返回,不出四五个小时,不等天亮,我们师指挥所就能跟随第二梯队登上金门。"

但是,第一梯队的船一条也没回来。

船只没有回来运载第二梯队的原因,除了被金门岛守军炮火击中,船只或受损或沉没以及船工伤亡之外,最重要的原因是:第一梯队在涨潮时靠岸,为了避免在抢滩中出现更多的伤亡,每一条船都随着上涨的海水尽量前驱,但是部队登岛之后大海退潮了,所有的船都被搁浅在金门岛的滩涂上,不但在下次涨潮之前不能动弹,而且很快就在守军的炮击下燃烧起来。

战斗进行到此时,攻取金门岛的部队暴露出极度缺乏渡海作战的常识:首先,第一梯队的重要任务不应该是"向纵深发展",而是要全力开辟登陆场和坚守登陆滩头阵地,为迅速到达的第二梯队创造有利的登岛条件,待后续部队登岛集结后才可向纵深推进。但是,从登岛部队的行动上看,急于向纵深发展而忽视了登陆场的巩固,这显然并不符合登陆作战的一般规律。其次,对于渡海登陆作战而言,关系胜败的重要因素,是第二梯队能否迅速地实施后续登陆。如果后续部队因某种原因行动迟缓,甚至是无法实施继续登陆,那么登陆作战就不会有取胜的希望,因为兵力有限的第一梯队必将受到以逸待劳的守军的猛烈反击。在得不到任何加强和背水作战的脆弱境况下,孤军作战的第一梯队显然是无法支撑到底的。问题是,导致船只无法返回的原因,不是不可避免的战斗损耗,而是自然规律所致——在发动渡海作战的准备中,第二十八军忽视了可以预见的、有固定规律的潮汐涨落,而这一忽视造成了作战中的一连串灾难。

船只无法返回,第二十八军前指所有的人都手足无措。

后悔没有跟随第一梯队出发的钟贤文师长急得倒在了师指挥所里。

萧锋和李曼村紧急研究补救措施,临时指定登岛的二五一团团长刘天祥统一指挥部队作战,同时命令第二梯队各部队赶快找船,并且请求兵团在厦门帮助搞船。

二十五日上午九时,天空晴朗,阳光耀眼。心急如焚的萧锋来到海边,用望远镜向大金门岛观察:大金门岛的西北部海岸还在发生战斗,守军的坦克正向滩头阵地冲击,飞机轮番俯冲扫射轰炸,海面上的国民党军舰艇也在开炮。看样子,第一梯队各部已经陷入守军的全面反击中。敌人正在恢复海岸防线,以防止第二梯队的登岛。十一时,二五三团团长徐博报告,他的部队在埔头以南遭到金门县城方向守军的反攻。接着,二五一团团长刘天祥报告,他们团搁浅在滩涂上的所有船只都被炮火击中焚毁,上船准备等潮水上涨后向后转移的伤员全部牺牲。同时,从俘虏口中得知,胡琏兵团已经上岛,台湾的李延年兵团也在向金门增援之中。

仅从登岛各团团长的报告上分析,增援金门的国民党军部队比想象的多很多:二四四、二五一团当面守军是第十二兵团第十八军一一八师;沿着海岸线攻击而来的是第十八军十一师和第十九军十八师;二五三团当面守军是第十九军十四师。萧锋打电话问兵团指挥部,金门岛上到底上来了多少援军?回答是:确悉已经增加了一一八师——直到二十五日中午的时候,第十兵团指挥部对金门敌情依旧不甚清楚。萧锋请求兵团在厦门动员几条机动船,以便赶快把第二梯队和八十二师指挥所运上去。兵团答应立即找船,同时命令登岛部队坚持到天黑,天黑后开始向大金门岛增援。

下午,二五一团在守军步兵和坦克的联合冲击下伤亡巨大,副团长马绍堂负伤。二五三团已无力攻击前进,退守在几个村庄里等待第二梯队到达。二四四团联系中断,团长邢永生等人下落不明。大金门守军夺回观音亭山、胡尾乡高地和龙口等要点,把登岛的解放军官兵全部压缩在滩头附近。接着,二五一团刚报告说,敌人的坦克已经离我们只有几百米了,通话就中断了——此时,负伤的副团长马绍堂和政治处主任王学元指挥官兵拼死抵抗,王学元中弹阵亡,团长刘天祥带领所剩官兵向古宁头转移。黄昏,二五一、二五三、二四四团官兵都撤退到古宁头海边。二五一团恢复了与前线指挥所的联系,要求第二梯队夜间一定要登陆,他们准备在海边接应——刘天祥团长无法得知,第二梯队永远也来不了了。

终于又搞到几条船之后,就是否增援的问题,第二十八军前指内部发生分歧,有人说:"不能再添油似的增援!敌人兵力那么多,增援上去一两个营能解决什么问题!"也有人建议说,如果有船能开过去,不如接登岛部队回来,接回多少算多少。晚十九时半,叶飞司令员来电:"只要有一线希望,就要派兵增援,同胡琏打到底!"接着,兵团从厦门方向开来一条机动船和几条木船,大约能运载四个连的兵力。

夜色中,增援的官兵上船了。

奉命带领部队增援的二四六团团长孙云秀正在患病,咳嗽得厉害。但是,这是一个真汉子。孙团长把自己的钢笔和手表摘下来,递给军侦察营长张宪章,说:"我这次革命成功啦!我没有别的东西,只有一支笔和一块表,我老家在洛阳。我如果回不来,叫我老婆愿随部队就随部队,愿回家就回家。"

然后,他头也没回上了船。

同时,二五九团二营也出动了两个连,由代理营长梅鹤年率领。

四个连,对于增援来讲兵力实在是太少了。

代理营长梅鹤年带领的两个连,由于船只在中途被风吹散,在古宁头登陆的只有四个排。孙云秀团长带领的两个连,于二十六日凌晨二时在古宁头以东海岸登陆。

看到增援部队,退守古宁头海岸的官兵短暂的兴奋之后便是沉默:不但来人太少根本无济于事,而且他们终于知道大部队已无增援可能,现在只剩下用自己的牺牲最大限度地换取敌人更多的伤亡这一条路了。

二十六日,大金门岛上血光迸溅。

早晨的时候,登陆官兵只控制着金门岛北部古宁头附近的林厝、北山和南山三个村庄,范围不足两平方公里。他们依靠村庄里的石头房屋与国民党守军逐屋抵抗,几小时之后,南山和林厝村丢失,残存官兵退守北山和海边。

十一时,国民党军第十二兵团司令官胡琏亲自到前线指挥。

与此同时,第十兵团政治部主任刘培善由厦门到达第二十八军前线指挥所。

萧锋在报告战况时流了泪,但此时第十兵团已拿不出任何办法。刘培善命令八十五师师长朱云谦过海指挥战斗,但因为没有船只命令随即被取消。更重要的原因是:金门岛上的战斗已基本平息。

午后,萧锋和李曼村联名致电大金门岛上的登陆官兵:

> 敬爱的邢永生同志、孙云秀同志、刘天祥同志、田志春同志、徐博同志、陈利华同志并转全体指挥员、战斗员和船工:敬爱的同志们,自十月二十四日晚二十一时,为了解放祖国东南沿海岛屿,你们乘坐木船战胜八九公里的惊涛骇浪,在金门岛西北岸十公里海滩实行坚决的突破。为歼灭蒋介石的残余溃兵,付出了宝贵的鲜血,不少同志牺牲了年轻的生命。我英勇善战的人民子弟兵,在后无船只援兵的情况下,血战两昼夜,给数量大大超过我军的敌人以惨重的杀伤,摧毁了敌人很多军事设施。由于领导错误判断了敌情,我十个战斗建制营遭到失败,写下了极壮烈的史篇。目前还活着的同志们,正抱着有我无敌的决心,继续战斗。为保存最后一分力量,希望前线指挥员机动灵活,从岛上的每个角落,利用敌人或群众的竹木筏及船只,成批或单个越海撤回大陆归建。我们在沿海各地将派出船只、兵力、火器接应和抢救你们。

没有任何史料表明岛上还活着的官兵收到了这封电报。

下午十五时,二五三团发来最后一次报告:敌人三面进攻,情况严重……话说到此,一声爆炸,自此,第二十八军、第十兵团与登上大金门岛的官兵失去了联系。

事后得知,二十六日晚,岛上尚未阵亡的团级干部曾开过一次会,决定分散打游击,并且利用一切工具渡海归建,"回一个算一个"。

直到二十八日,隔海依旧可以听到岛上传来零星的枪声。

第二十八军副军长萧锋长时间地看着大海那边的金门岛——"我心痛如刀绞,我的眼被泪水遮住。通信员小苏在我身边劝,副军长别看啦,进屋休息吧。这时敌机又飞到莲河上空,轰的一声,一颗炸弹落在指挥所附近。我想,这颗炸弹如果落在我身旁,让我追随那些牺牲在金门岛上的战友,我的心就永远不会痛苦了!"

今天,我们所能知道的大金门渡海登岛作战的第二十八、第二十九军各团指挥员的情况是:

二四四团团长邢永生,二十五日中午负伤,二十六日被俘,被押送台湾嘉义陆军医院,十一月因叛徒告密,团长身份暴露,遂被害。

二四四团参谋长朱斐然,登岛前渡海时即负重伤,二十五日上午被俘,被押送台湾后牺牲。

二四四团政治处主任孙树亮,二十六日被俘,被关押于台北内湖集中营。一九五〇年被遣返回大陆。

二五一团团长刘天祥,二十八日晨负重伤被俘,绝食而死。

二五一团政治委员田志春,二十七日晨被俘,被关押于台北内湖集中营,一九五〇年初被害。

二五一团副团长马绍堂,二十七日晨被俘,被关押于台北内湖集中营。一九五〇年被遣返回大陆。

二五一团参谋长郝越三,二十七日夜阵亡。

二五一团政治处主任王学元,二十五日下午阵亡。

二五三团团长徐博,在大金门岛的山中藏匿三个月之久,于一九五〇年一月被俘,关押于台北内湖集中营,一个月后被害。

二五三团政治委员陈利华,在转移中于二十七日失踪。

二五三团参谋长王剑秋,二十六日负伤被俘,关押于台北内湖集中营,后下落不明。

二四六团副团长兼参谋长刘汉斌,二十五日登岛抢滩时阵亡。

二四六团团长孙云秀——那个在明知不可为而为之的时刻率队增援的汉子——二十八日转移至大金门岛的中部,被敌发现,拼死抵抗后拔枪自尽,时年二十九岁。

金门岛一战,我军官兵阵亡六千人,被俘约三千人。

战后,第二十八军副军长萧锋、第十兵团司令员叶飞,直至第三野战军司令员陈毅和副司令员粟裕,都主动承担了作战失利的责任。特别是叶飞司令员表现出共产党人的磊落,他不但作了严肃的自我批评,而且要求承担主要责任并请求处分。

二十九日,毛泽东将第三野战军副司令员粟裕、代参谋长袁仲贤和副参谋长周骏鸣于二十八日发给第十兵团司令员叶飞和副参谋长陈铁君及福建省委的电报,转发至各野战军前委和各大军区:

> 据第三野战军粟裕、袁仲贤、周骏鸣三同志十月二十八日致第十兵团叶陈及福建省委电称,十月"二十七日八时电悉。你们以三个团登陆金门岛,与敌三个军激战两昼夜,后援不继,致全部壮烈牺牲,甚为痛惜。查此次损失,为解放战争以来之最大者。其主要原因,为轻敌与急躁所致。当你们前次部署攻击厦门之同时,拟以一个师攻占金门,即为轻敌与急躁表现。当时,我们曾电你们,应先集中力量攻占厦门,而后再转移兵力攻占金门,不可分散力量。但未引起你们深刻注意,致有此失。除希将此次经验教训深加检讨外,仍希鼓励士气,继续努力,充分准备,周密部署,须有绝对把握时,再行发起攻击。并请福建省委,用大力为该军解决船只及其他战勤问题。至失散人员,仍望设法继续收容"等语,特为转达,请即转告各兵团及各军负责同志,引起严重注意。当此整个解放战争结束之期已不在远的时候,各级领导干部中主要是军以上领导干部中容易发生轻敌思想及

急躁情绪,必须以金门岛事件引为深戒。对于尚在作战的兵团进行教育,务必力戒轻敌急躁,稳步地有计划地歼灭残敌,解放全国,是为至要。

金门岛一战,是共产党领导的军队在解放战争中损失最大的一仗。

胡琏向蒋介石报告,金门岛守军伤亡九千人。

蒋介石说,台湾安全了。

交战双方近一万八千名官兵血拼金门岛,战后,蒋经国上岛视察——"俯瞰全岛,触目凄凉,车至汤总部途中,尸横遍野,血肉模糊。"

金门岛之战的结局一直影响着中国当代史。

而从战争的角度讲,金门岛是一个永远的惆怅之地。

给解放军长官磕个头

被国民党人视为"革命根据地"的广东,是中国南方的重要门户。

一九四九年初,蒋介石任命薛岳为广东省府主席,余汉谋为广东绥靖公署主任——内战爆发以来,在国民党军内部派系争斗中,薛岳和余汉谋都是因不得志而郁郁寡欢的人物。蒋介石的这一任命也是无奈之举,因为,多年来不断与他对立的粤系只对这两个人还算买账。

余汉谋自一九二〇年便在粤军供职,是粤军中老资格的将领。一九四八年五月,在何应钦和顾祝同的举荐下,他出任国民党军陆军总司令,但上任仅仅半年,即在蒋介石下野前被任命为广东绥靖公署主任。虽然可谓衣锦还乡,但余汉谋并没打算为蒋介石死守广东:

我以前没有做过京官,很少接触党国要人,总以为他们对国家大事会有一套办法。去年我在南京搞了几个月的陆总(陆军总司令),与他们接触多些,才使我认识到这帮官僚饭桶,二三十年来,他们除了树立私人势力,争权夺利,对国家大事确实毫无办法,根本谈不上为国家人民做好事。照我看,只要共军渡过长江,势必马上解体,可以肯定是无法再支持下去了。我这次回来为桑梓服务,希望团结广东军政人员,进而与广西合作,支持李宗仁收拾残局。如不可能,只好认输,决不陈兵边境做最后挣扎,使广东同胞重受战祸,加重我的罪责。

余汉谋所能指挥的部队,为十一个军三十三个师,加上地方保安部队,总兵力约为十五万。余汉谋知道这点兵力根本无法抵挡解放军的进攻,因此他和薛岳都非常欢迎白崇禧的桂军进入广东——从国民党军的历史上看,两广联合与蒋介石闹别扭已成惯例。十四年前,中央红军撤离苏区开始长征,最先进入的就是广东,广东军阀陈济棠在白崇禧的点拨下,居然命令粤军留出通道让红军大队人马通过,蒋介石怒言此举乃"贻我国民革命千秋万世莫大之污点"。此刻,白崇禧也希望自己能够早日控制广东,因为富庶的珠江三角洲能够解决桂系的兵饷问题,同时还可拥有便利的出海口以得到美国的补给支援。

蒋介石在广东问题上心绪复杂。他一向自称是孙中山事业的继承者,如果轻易放弃孙中山的革命大本营,政治上极为不利。但是,他又担心历史上两广军队联合谋反的事件重演,所以不得不以防范桂系威胁为第一要义。所以,蒋介石将防御重点放在了台湾和西南地区,对广东防御始终持迟疑不决的态度。由于国民党政府位居广州,代总统李宗仁对此愤愤不平:"何应钦、白崇禧曾一再电请蒋先生将精锐部队由海道调至汕头,北上布防,以阻共军入粤,而蒋氏不听。待共军攻大庾时,胡琏兵团竟由汕头乘船退至厦门,最后渡海撤至金门、马祖等岛屿,使粤东完全空虚。行政院长阎锡山为巩固广州防务计,屡请蒋先生把刘安祺兵团从海南岛调至广东增防,蒋先生虽口头答应,刘兵团却迟迟不来,终至粤局无可收拾。"

桂系认为,无法突破蒋介石的阻挠,根本原因是没有实权。于是,白崇禧声称如果要保卫广州,桂系必须进入广东,前提是由他出任国防部长。但是,阎锡山不肯,说他兼任国防部长是蒋介石决定的。粤系将领又想出个把广州改为省辖市的主意,因为当时广州税收几乎占全省的一半以上,粤系以为这样就可以把广东的财权从蒋介石那里拿过来。蒋介石亲自飞到广州,对余汉谋、薛岳等人大发雷霆:"你们以为你们可以反对我咯?谁反对我,我就叫谁死在我面前!"——这个细节如果不是出自李宗仁的回忆,很难令人相信蒋介石会用此种口吻说话。粤军元老张发奎建议把蒋介石扣押起来,这位曾经率领叶挺独立团参加北伐的将领认为,蒋家的天下是广东人打下来的,蒋介石竟然在最后时刻置广东于不顾,那么要保卫两广就必须先除掉这个掣肘。李宗仁认为这样做"徒招恶名,无补实际"。张发奎则认为李宗仁的胆子太小。李宗仁的解释是:"我们所需要的,第一是兵,第二是钱。蒋先生把兵调走,把钱存在台湾。我们纵然把蒋扣起来,第一不能把兵调回,第二不能把钱取出,扣蒋又有何用?固然,蒋的一连串拖垮两广局面的毒计是罪无可逭,把蒋扣起来宣其罪状于天下,可以泄一时之愤,但处理国家大事,应以国计民生为出发点,不可徒为泄一时之愤。现在失败的局面已定,我们既有'宁人负我,毋我负人'的雅量,就应任其全始全终,不必于败亡前夕做无补于大局之事,为天下笑!"

李宗仁的"雅量",最终令桂系走向覆灭之路。

八月二十三日,李宗仁召集两广军政首脑余汉谋、薛岳、白崇禧商讨,决定改广州绥靖公署为华南军政长官公署,由余汉谋统一指挥广东境内的军事力量,配合桂系军队"巩固粤北、确保广州"。

蒋介石随即让参谋总长顾祝同表明了他的守粤原则:"应集中现有驻粤兵力,保卫广州革命根据地,为目前剿共军事革命战略之最高指导原则。如有余力,则可扩大范围,以期保卫华南,万不可再蹈保卫长江全线,而放弃京沪重地,以至江防部队几遭全部被歼之覆辙。故对现驻粤中之第五十、第三十九、第六十三、第一〇九军之建制,切莫再分割使用,以免陷于被动,为匪各个击破,今后一切部署,均应准此原则实施,切莫举棋不定,俾确保革命基地。"

"集中现有驻粤兵力",意味着桂系军队还是不得进入广东。

余汉谋将广东守军部署在北起韶关南至广州一线,以阻止解放军南下。同时,他在湛江和海南岛也部署了部队,以确保广州守军的退路。

这个准备好退路的防御计划,足以证明余汉谋并不准备"确保革命基地"。

第四野战军命令进军广东的部队是:第四兵团第十三、第十四、第十五军,第十五兵团第四十三、第四十四军以及两广纵队,总兵力达到二十二万,由第四兵团司令员兼政治委员陈赓统一指挥。

为了加强两广地区的军政领导,中共中央批准成立新的华南分局,以叶剑英为第一书记,张云逸为第二书记,方方为第三书记,受华中局领导,负责解放广东和经营两广。

九月二十八日,陈赓、郭天民(第四兵团副司令员兼参谋长)、刘志坚(第四兵团副政治委员兼政治部主任)签发广东战役作战部署。

秦基伟的第十五军四十五师自江西西部一路南下,歼灭国民党军第六十三军一八六师一部,占领从江西进入广东北部的重镇南雄。在南雄以南,国民党始兴县长兼自卫队长饶纪绵率部起义,起义部队调转枪口袭击了国民党军第三十九军一四七师一部,为南下广东的第四兵团侧击韶关打开了通路。

此时,衡宝战役已经开始,由于白崇禧试图反击,驻守湘南的第

四十八、第九十七军和驻守粤北的第四十六军奉命北调,所谓的"鄂湘粤联合防线"瞬间便不存在了——这就是蒋介石不许桂军进入广东的后果,因为此时白崇禧没有理由顾及广东是否安全。他致电余汉谋,认为广东所能做的是:"竭力掩护广州政府人员之撤离","以雷州半岛为后方,竭力于珠江三角洲地区,争取半年以上之迟滞时间,以待有利之时机到来"。明知陈赓的二十多万兵力正在南下广东,白崇禧为了他的衡宝防线,竟将紧邻粤北的三个军火速北调。那么,一旦广东失守,白崇禧打算让国民政府"撤离"到哪里去?让得不到任何增援的余汉谋如何等待"有利时机"?

果然,余汉谋的部队大多未战先逃。

十月六日,第四兵团第十四军占领广东北部的要道乐昌,左翼第十三军占领仁化。第二天,位于第十三军左翼的第十五军占领韶关。驻守粤北一带的国民党军第六十三军逃得无影无踪。由于韶关地理位置重要,第十三军奉命留下守备,第十四军向西直插乳源,官兵们冲进乳源县城的时候,不见一个国民党守军的身影。第十四军没有停留,沿着纵贯广东中部的北江继续南下,十三日到达距广州咫尺之遥的清远。第十五军四十五师占领南雄后,沿粤汉铁路南下,十日到达韶关至广州间的英德县城,抢占了穿城而过的渝江上的铁桥。

虽然一路没有遇到严重的作战,但第四兵团的官兵宁可遇到战斗,也不愿意承受翻越五岭山脉的苦楚。绵延数百里的大山中白茫茫一片,无法分辨是雾气还是细雨。峭岩陡壁上的羊肠小路,人行其间不见天日,山谷里闷热异常,森林里阴气逼人。翻越大庾岭的岭子坳时,官兵们不得不用炸药开路,因为根本无路可行。五岭山的顶峰之一是胸膛山,炮兵们扛着沉重的车轮和炮身,几乎要贴在山道上爬行,当他们从山上下来的时候,当地的百姓惊讶不已,说祖祖辈辈都没见胸膛山上能过人马。

邓华的第十五兵团位于第四兵团的左路。第四十三军一二七师追到翁源的时候,侦察员带着两名俘虏向师长王东保报告,再往南,前面的佛冈和花县有敌人防守,守军是第三十九军一〇三师三〇七团,全副的美械装备。国民党军第三十九军于一九四八年在烟台组建,曾在辽沈战役和淮海战役中擦了个边,并没有与解放军打过大战,三〇七团团长王家桢年轻气盛,说他指挥的这两千多人是"钢铁团"。第四十三军一二七师经过七十公里的奔袭,于十一日下午接敌。当时,王家桢正在隐蔽部里与军官们推牌九,他认为共军三五天之内打不到这里,但是一二七师的第一发炮弹就把隐蔽部的顶盖掀翻了。黄昏,三〇七团团长以下官兵五百余人被毙伤,副团长以下官兵两千余人被俘。

至此,广州外围已无险可守。

就在陈赓已经接近广州的时候,由于衡宝战役进入白热化阶段,林彪连续致电中央军委,建议陈赓兵团放弃攻击广州的计划,从现地转向西直插广西的桂林和柳州,将白崇禧桂系部队的退路最终封堵。

林彪的建议出自对衡宝战役紧张局势的担忧。

桂系的四个师被包围在湘南祁阳山区,而白崇禧已命令各路主力迅速北援,林彪担心白崇禧部队战斗力强,衡宝战役没有绝对取胜的把握,因此希望陈赓兵团加入对白崇禧的作战:"建议陈赓兵团即由现地[英德、韶关线]沿公路直向桂林、柳州之线前进,借以加大消灭桂敌计算。目前似应以集中兵力歼灭白兵力为主。否则,今后兵力分散各省,而敌兵力反形成集中(指粤军退入广西,与桂军合为一股),则使战局甚为拖延。"林彪分析了白崇禧部队"流窜不定"的作战特点,认为即使"我层层反复堵击,敌仍能突围一部",对付这样战斗力强又"行动甚快"的敌人,必须集中绝对优势兵力,实施多方面和多层次的迂回、包围、堵击、攻击才能取胜。至于广州,林彪认为:从韶关至广州沿线敌人都在撤退,广州必将被余汉谋主动放弃——

如目前我们拿下广东,由于粤汉路沿线桥梁遭受严重破坏,山地桥梁工程浩大,绝非短期内可以恢复交通,则将使广州煤、粮发生严重困难,财政上开始时期也要亏本,在军事上也要分散我军力量,而促成敌力量之集中,仅仅只有在政治上能有较大的收获。但实际的得失相当,并不合算。

中央军委回电同意林彪的意见,命令陈赓兵团"即由韶关、英德之线直插桂林、柳州,断敌后路,协同主力聚歼白匪"。中央军委认为"此计划如能实现,可以大大缩短作战的时间"。

但是,陈赓认为,他们已得到来自香港方面的情报,余汉谋并没有去广西的打算,而是准备抵挡一阵之后逃往海南岛。如果第四兵团不去占领广州而让余汉谋跑掉,不但甚为可惜,对今后的作战也是不利的。再说,第四兵团的前锋已经到达广州以北的清远地区,这时候转向广西的桂林和柳州,直线距离有一千三百多里,从路程所需的时间上计算无法赶在桂军的前头封堵其退路。如果战局需要立即直下广西,从目前战场上各部队的分布情况看,位于湖南西南部的程子华的第十三兵团也许来得更快些。第四兵团如果必须转向桂林和柳州,"则一方面路远赶不上;另一方面,广州不能获得迅速解放,有两头失塌的顾虑"。

陈赓致电中央军委报告了自己的意见,但在电报的最后他表示:"也许这是偏重局部的看法,你们从全局打算认为必要,命令一到,我们坚决执行。"

陈赓签发电报的时间是十月十一日十三时。

十一日晚二十一时,衡宝战役接近尾声,被包围在祁阳以北的桂系四个主力师基本被歼,林彪所担忧的问题已不存在。但是,林彪依旧建议"暂时不夺取广州","以免促成粤桂之敌集中"。只是,他的想法也稍微发生了变化:"如敌守广州或我军有可能在广州或广州以外求得消灭敌人的有生力量时,则陈(陈赓)邓(邓华)两兵团仍继续向广州前进,达到歼敌目的。"

十一日午夜,中央军委复电,同意林彪的建议。

然而,当毛泽东得知白崇禧最终没有北援,衡宝战役已经胜券在握时,于十二日凌晨三时给林彪发出一封电报,要求他慎重考虑在衡宝战局发生变化的情况下,坚持让陈赓兵团不打广州而西进广西可能带来的不利后果。只是,在电报的最后,毛泽东表示,陈赓兵团最终如何行动,须待林彪考虑成熟时再作决定。

林彪同志:

因为据你们十日七时电,白崇禧全力增援祁阳以北之敌,该敌已完全陷入被动状态,有在湘桂边界聚歼白匪主力之可能,故我们同意你们以陈赓兵团由现地直出桂林抄敌后路之意见。但据你们十一日十时电,敌原拟增援之兵力现已停止在东安、冷水滩、零陵之线,并未北进。似此,无论祁阳以北地区之敌被歼与否,白崇禧均有可能令其主力退至广西中部、西部和西北部,背靠云贵,面向广东东北部及东部,采取游击战术,不打硬仗,与我相持,我军虽欲速决而不可得。此时,因陈赓已进入广西,广东问题没有解决,广西问题亦不能速决。如我军向广西中部、西部及西北部迫近,则白匪退入云贵。如四野跟入云贵,则不能分兵解决广东问题。如四野不入云贵,则解决白匪的责任全部落在二野身上。因此请你考虑这样一点,即在桂林、柳州以北、祁阳、宝庆以南地区采取围歼白匪的计划是否确有把握,如有把握,则你们的计划是很好的;否则我军将陷于被动。为了使问题考虑成熟起见,目前数日内陈赓兵团以就地停止待命为宜。

毛泽东

十月十二日三时

林彪放弃了自己的想法,致电陈赓"要该兵团继续向广州前进"。

他在给毛泽东的复电中表示:"大约还有六至八天可占广州。"

十三日凌晨二时三十分,国民党军参谋总长顾祝同宣布:国民党中央政府移至重庆,中枢各部院和各地区党政长官移至海南岛,华南军政长官公署移至湛江,广东省府移至广西南部沿海的合浦。

随后,广东境内的国民党军全面向西江地区撤退。

十四日,广州海珠大桥被炸毁。

当天下午,第四野战军第十五兵团第四十三军一二八师三八二团和第四十四军一三二师三九六团先后进入广州市区。

一九四九年十月十四日二十一时,广州解放。

国民党方面迅速放弃广州出乎陈赓的预料。

陈赓判断,广州守军因为没有那么多船,不会从珠江口逃跑,陆路逃跑只有两条路:一是沿着海岸逃向雷州半岛,控制半岛后,策应白崇禧残余部队逃至海南岛;二是直接逃向广西境内。陈赓命令第四兵团各军一律不进广州,继续向西南方向追歼逃敌。陈赓怕不让部队进城官兵会有意见,先给第十五军军长秦基伟打电话,秦基伟回答得很痛快:"我们坚决执行!"他再给第十三军军长周希汉和第十四军军长李成芳打电话,两位军长的回答都是四个字:"坚决照办!"兵团副司令员兼参谋长郭天民很是感慨:"我们这个部队太好了!"

十六日,第十四军追上了国民党军第三十九军一〇三师,这个师的三〇七团已被歼灭,剩下的部队逃至广州以西的四会、高要地区,因为深感绝望四千余人投诚。军长李成芳从一〇三师师长曾元三口中得知,余汉谋已经逃到湛江,其部队正向广东西南方向的阳江逃跑,企图经过阳江地区逃至雷州半岛。陈赓命令第十四军军长李成芳统一指挥第十四、第十三、第十五军的六个师快速追击。官兵们当日就追上了国民党军第三十九军一四七师四四一团和第七十军的警卫营,并将其全歼。与此同时,位于鹤山附近的国民党军第三十九军九十一师被迫接受和平改编。李成芳军长问九十一师师长刘体仁,为什么之前不肯向截住他们的粤中纵队缴枪？刘体仁说："他们是土共！"李成芳军长一下子火了："胡说！共产党只有一个，哪有土共洋共之分！"

十七日，陈赓重新编组部队，以第十四军四十二师一二五团和四十师的一二〇团、一一九团为右路，由四十师师长刘丰、政治委员张子明指挥；以四十一师和四十师一一八团为中路，以四十一师师长查玉升指挥；以第十五军四十三、四十四师为左路，由四十三师师长张显扬和四十四师师长向守志指挥，三路平行向广东阳江方向追击。一天之后，右路部队歼灭国民党军广东暂编第三总队，中路部队俘虏国民党军第六十三军的一千多名逃敌。陈赓通过截获的国民党军电台通话得知，被海运广东的刘安祺的第二十一兵团部正拥挤在阳江以北的恩平附近，他立即命令各路部队进行合围。

二十四日，刘安祺发现被围后，一面请求余汉谋派军舰从海上接应，一面组织部队向西面的雷州半岛突围。突围的部队刚一动身，迎头撞上了急速赶来的第十四军四十二师一二五团。团尖兵连指导员王之江当机立断，率领一个排抢占要点后对逃敌开了火。逃敌认为阻击他们的是"土共"，叫喊着拼命向前冲，但很快就发现当面的阻击火力异常猛烈，不但冲锋被击退，一个师参谋长还被捉走了。逃敌重新组织部队，先后投入一个整团加一个营的兵力，并集中所有的火炮向一二五团二营和三营的接合部猛烈轰击。一二五团政治处主任武建率领增援部队到达，与突围的敌人展开殊死搏斗。战斗中，一二五团副政治委员李珍之、一营长张太子、教导员刘一峰，三连长王福有和一排长张小生等先后阵亡。一连司号员郭虎生在连队干部大部伤亡后，主动站出来指挥作战，团长周力率领警卫连的一个排和一个侦察班冒着弹雨增援一营。逃敌在转换攻击目标之后，二营阵地出现危机，六连副指导员卢建吉、四连副连长高绪兰相继阵亡。三营长石占标命令一个排拼死增援二营，指导员程钱垒冲在最前面，身负重伤。

二十五日凌晨,第四兵团向被围之敌发动夹击,国民党军集中兵力向白沙圩方向突围,连续冲锋八次都被阻击回来。下午,逃敌转向大海方向,企图乘船逃跑。第四兵团各部队全力向海岸压缩,并用炮火封锁海面,一部分逃敌已经上船,遭到炮火的猛烈轰击,除小部分乘军舰逃走外,被击毙和溺水死亡者达万人以上。没有乘船逃脱的敌人,被压缩在南北十公里、东西五公里的狭小区域内,至二十六日中午被全歼。

阳江围歼战共歼敌四万,其中俘敌三万。

国民党军广东守军丢盔卸甲的重要原因,是他们的最高军事指挥官余汉谋根本无心作战。陈赓兵团刚入广东,余汉谋就带领部队一路狂逃,既不抵抗也不起义。最后,他自觉面临绝境,便自掏腰包给长官公署每人发了三个月的饷,让他们各自寻找出路,然后自己带着几名随从从虎门乘海轮逃至海南岛。

广东战役,陈赓兵团以顽强的作战意志,进行了超出常人忍受极限的长时间、长距离的昼夜追击,付出伤亡一千七百人的代价,歼灭国民党军余汉谋集团共六万余人。

第四野战军下一个作战目标是白崇禧的老巢广西。

尽管共产党人一再向白崇禧发出和平信息,但白崇禧的最后表态是:"失败就失败,算了,投降起义我不来。"白崇禧之所以坚不妥协,除了政治立场之外,手中拥有兵权和地盘是重要原因。桂系在国民党军中相对独立,蒋介石从来很难指挥。当年桂系第七军尾随中央红军,总是以两天的路程距离徐徐跟进,蒋介石急令第七军昼夜追击,第七军的答复"容请示白副总司令允许",蒋介石恼怒地感叹道:"这是外国的军队了!"无论时局如何变化,李宗仁和白崇禧都把桂系牢牢握在手中,这也是他们在与蒋介石的多年争斗中始终不倒的保障。同时,自内战爆发以来,桂系军队与共产党领导的军队少有大规模正面作战,直至战争即将结束时部队基本保持完整。桂系在广西盘踞二十多年,根深蒂固,坚如磐石,所以非到万不得已,白崇禧不会放弃他苦心经营多年的广西,他抱有的唯一侥幸是:林彪要在与桂系的作战中取胜,不仅需要付出代价,还需要付出时间,而在时间的拖延中,时局或许会发生变化。

白崇禧撤退到桂林之后立即备战。在政治上煽动全省"空室清野","反共保乡",同时极力扩充军事力量,除重新整编现有部队之外,推行"一甲一兵一枪"制度,大量组建地方民团武装。经过整编和扩充,白崇禧在广西的防御部队拥有五个兵团十二个军三十二个师。只是,包括白崇禧在内,所有的桂系将领都明白,一旦解放军大举进入广西,最终逃亡的结局不可避免。

桂系将领预想的逃亡路线有云贵、雷州半岛和海南岛,或者干脆越境逃到越南去。进入越南,确实是白崇禧的设想之一,他甚至向第四十八军军长张文鸿交代,让他派一个师先期前往边境处的龙州,努力收罗精通越语和熟悉越南地形的人,了解将来入越的路线和补给问题。按照张文鸿军长的说法,精明过人的白崇禧已经没有了昔日的风采,"处事慌乱是二十多年从没有过的"。他虽然在大力备战,但始终没有制定出一个完整的防御作战计划。

十月二十七日,李宗仁突然电召白崇禧去重庆,原来蒋介石又向桂系发难了——蒋介石通过总统府秘书长吴忠信向李宗仁转达了一个建议:李宗仁应该知难而退,公开呼吁让蒋介石复位。李宗仁听后不禁勃然大怒:"礼卿兄(吴忠信,字礼卿),当初蒋先生引退要我出来,我誓死不愿,你一再劝我勉为其难;后来蒋先生处处幕后掣肘,把局面弄垮了,你们又要我来'劝进'。蒋先生如要复辟,就自行复辟好了,我没有这个脸来'劝进'!"李宗仁本想让白崇禧来商量对策,但白崇禧却想到这是一个只有他出面才能调停的机会,也许可以用李宗仁的下台换取他取代阎锡山出任行政院长兼国防部长。于是,白崇禧草拟了一个妥协的方案交给吴忠信:第一,蒋介石复职;第二,李宗仁出国;第三,白崇禧出任行政院长兼国防部长。几天之后,蒋介石答复:第一,同意复职;第二,李宗仁不能出国;第三,白崇禧出任行政院长,但不能作为蒋李合作的条件。蒋介石之所以不允许李宗仁出国,是怕他在国外利用自己的影响进行反蒋活动;至于把拥有军权的国防部长一职交给桂系,根本就是不可能的事。

有人从旁警告李宗仁,如果再不主动辞职,就可能有生命危险。

李宗仁以出巡为名迅速离开了重庆。

第四野战军兵临广西,什么也没有得到的白崇禧回到桂林,立即召集华中军政长官公署副长官李品仙、夏威,参谋长徐祖贻、副参谋长赖广大以及第一兵团司令官黄杰、第三兵团司令官张淦、第十兵团司令官徐启明、第十一兵团司令官鲁道源、第十七兵团司令官刘嘉树开会。除了李品仙和黄杰主张按照国民党军国防部的意见向西转移,进入云贵与宋希濂、胡宗南会合之外,其余的将领都赞成白崇禧提出的向广西南部转移的意见,以便不得已时经钦州撤退到海南岛——面对兵力数倍于己的第四野战军即将发起的进攻,白崇禧和他的军事将领们所能计划的只是短暂的抵抗之后往哪里跑。

"第四野战军的司令员穿得就和他的任何一个战士一样"。苏联作家西蒙诺夫从北京来到湖南衡阳见到林彪,"一件草绿色的布制棉军服,柔软的草绿色军帽。这个个子不高,非常安详,非常严肃,轻易不微笑的人,清瘦的脸上有一双又大又非常专注的黑眼睛,动作既敏捷又镇静。"窗外细雨蒙蒙,室内"从地板到天花板"挂满、铺满了各个作战地区的地图。林彪告诉西蒙诺夫:"第四野战军现在正由左右两翼,猛插到国民党军主要兵团的后方去,力求将现在的半包围圈在最短的时间内完成全部的包围,并且将包围圈在西南、在云南与越南的边界上合拢。"西蒙诺夫表示,有消息说,国民党正在与法国人沟通,以使国民党军队能够进入越南,国民党甚至向法国方面暗示,这些军队可以用来对付越南境内的共产党。"林彪第一次微笑了一下",他的回答是:"我们将做一切努力,以求比国民党军先赶到越南边境,虽然现在我们离越南要比他们远得多,要远几乎一倍的路程……我们在广西境内加以围歼的敌人,有近十八万正规军和十二万地方部队。指挥他们的是白崇禧。"西蒙诺夫还在北京时,就听共产党人谈起过白崇禧,他们告诉他这个国民党军高级将领不肯投降的原因,是他在广西"保存着自己的主要资产,而对于这位将军极为不利的是他拥有的这些资产,与其他国民党军将领的资产不同,主要的是不动产,这也就促使他要特别疯狂地保卫广西"。林彪没有回答关于白崇禧的资产问题,却对白崇禧的军事才华赞誉有加:"我认为白崇禧是国民党军将领中最有才干的一个,而这句话可以说并非过奖。他不用说有多年的军事经验,他的指挥也比其他国民党军将领高明,可是因为他的军队现在是非常明显而且公开地在与人民为敌,而作为一个政党的国民党也已经四分五裂,且军事上的各方面形势也对他完全不利。因此,白崇禧的那一点或多或少的军事才干,实质上在这里也就起不了什么作用了。"

　　林彪的作战计划是兵分三路,首先切断白崇禧所有的逃跑路线,然后大军实施合围,将其聚歼于广西境内:一,西路第三十八、第三十九军,首先歼灭位于湘南与桂北交界处的第一〇〇、第一〇三军,然后南下向广西西部的河池、百色方向前进,切断白崇禧逃往云贵的道路;二,南路军陈赓的第四兵团从广东西进广西南部沿海,防止白崇禧退入海南岛;三,中路军第四十、第四十一、第四十五军,待西、南两翼完成大合围之后,从中路实施猛烈的突击。而第四十九军在中路军的后面,负责接受和管理沿路被解放的所有城镇。

　　广西作战,是共产党领导的军队与白崇禧的桂系军事集团的最后一战,但此战已无任何悬念。

　　十一月六日,西路第三十八、第三十九军开始奔袭湘南与粤北交界处的通道和靖县,广西战役打响。

随着第四野战军三路大军挺进广西,白崇禧开始实施他的"南路攻势"计划,即南下钦州、转运海南:第十兵团转向柳州以南,阻击正奔袭南下的第三十九军;第一兵团掩护桂林、柳州的物资向南宁转运;第十七兵团从湘南向东兰、百色地区转移。但是,计划刚一开始实施,立刻演变为各路部队的纷纷南逃。

二十二日,第四十一军占领桂林;二十四日,第三十八军占领思恩;二十五日,第三十九军占领柳州,第四十军占领梧州——第四野战军已突入广西腹地,截断了白崇禧集团西撤云南和贵州的退路,从西、北、东三面对其形成了包围之势。而南路的陈赓兵团,从广东阳江等地向广西秘密开进,二十三日控制了粤桂边界一百七十公里的地带,封闭了白崇禧集团经雷州半岛逃往海南岛的通路。

西蒙诺夫跟随着第四十一军在广西的大山中奔袭,没有车辆的解放军士兵高昂的斗志令他万分惊讶:

> 需要首先忘掉人世间有四轮车、两轮车以及一般的车辆的存在,车辆是没有的。在路上走的只有人,有的步行,有的骑马,还有就是驮东西的骡马。骑马的很少,有时从队伍旁边疾驰过传达命令的通信员。团长和营长们都是和战士们一道步行的,连长们就更不用说了。驮东西的骡马也不怎么多:它们驮着山炮、大口径的迫击炮、工兵器材的最庞大部分、一些通讯器材——主要是笨重的电话线卷、炮弹箱,有时候还有烧饭用的大锅。所有其余的东西战士们都随身带着:机枪——中型的和轻型的、迫击炮、工兵器材的主要部分、背包、电话器材、烧菜用的锅、弹药箱、小炮弹。小炮弹四个四个地缚在一根棍子的两头,棍子则像步枪似的扛在肩膀上。给养是用中国农民常用的办法挑的——用一根竹扁担,两头缚上要挑的东西,放在肩上挑着走,而笨重的东西——杀好了的猪或是饭锅——则是两个人抬

的，把要挑的东西缚在扁担中间，两个人一前一后地抬着走。那些无须扛机枪、迫击炮或任何特殊物资的步兵，也是背着够重的东西的：每一个人都有一支步枪或自动枪、装满在一条布的子弹袋里大量的弹药、有棉被打在里面的背包、饭包、水壶、装满了米的带子、还有棉衣——在这样热的天气里，棉衣常常或是塞在背包后面，或是就挂在步枪的枪筒上面。

沿途很少看到老百姓和国民党军——百姓们都被白崇禧赶跑了，而国民党军队则望风而逃——在被丢弃的工事和路边的残垣断壁上，两种政治立场截然相反的标语口号排列在一起："国民党将作战到底"的口号旁边，是一幅讽刺画，蒋介石被画成一只狐狸，李宗仁则是一只兔子；在"蒋介石是中国的救星"的标语边，写的是"活捉丧家狗白崇禧"；在"结束战争，解放两广"标语的下面，是"共产党要杀掉六十岁以上的老年人，要强迫兄弟与姊妹结婚，强迫寡妇嫁给先夫的兄弟"。西蒙诺夫说："国民党的标语是如此可笑，如果不是我亲眼目睹的话，我真难以相信天下能有白痴到如此程度。"

第四十一军进入桂林后，官兵们看见了白崇禧撤退前印刷出来的最后一期《广西中央日报》。报纸的大标题为：白崇禧司令继续坐镇桂林　与共党和谈谣言不值识者一笑。报道写道："本报记者曾走访华中最高统帅部，据统帅部发言人姚修琼将军见告如下：前线情况现时极其稳定。谈判谣言不值识者一笑，且与世界著名战略家白崇禧之坚决抵抗共产主义之伟大理想相抵触。"另一篇报道说："李宗仁先生正患十二指肠溢血。护理李宗仁先生的医生已经给他做了预防注射。"其他的新闻还有："贵州某军长因贪污及作战无方以致贵阳失陷被枪决"、"为国军赶制军服的被服厂一群人在一条基督教箴言之下积极工作着：'为了给自己赚一块面包，你应该汗流浃背'"。

随着桂林、柳州失守，残余桂系被压缩在广西南部沿海一带。

十一月二十日,李宗仁从南宁飞往香港。

阴润的南宁那一天阳光炫目,白崇禧送李宗仁到机场,两个人相对无言。李宗仁登机前望着白崇禧还是无话,白崇禧问:"德公,还有何吩咐?"李宗仁紧紧抱住白崇禧的双肩流出泪来,他最后告诉与他共同走过近三十年纷乱岁月的白崇禧:"健生,世界上哪都可以去,就是不能去台湾。"白崇禧答应了。

两天后,白崇禧要求各部队不惜一切向南攻击,把从广东西进至广西南部的陈赓兵团压进海里,迅速打开撤往海南岛的通路。二十六日,白崇禧部主力张淦兵团第七、第四十八军与陈赓兵团先头部队交火,在飞机的火力支援下,桂军向陈赓兵团的第十四、第十五军发动猛攻,但攻击数次损失数百人却不得前进一步。同时,邓华兵团的第四十三军在右翼开始攻击桂系第五十八军,第五十八军主力放弃阵地逃跑,致使张淦兵团的侧翼完全暴露。陈赓抓住战机,立即命令对桂系第七军实施合围,李本 的第七军无心作战向西逃跑。

到了这时候,白崇禧才明白,这一次桂系必失广西。

白崇禧命黄杰的第一兵团掩护长官公署撤往钦州,命令张淦的第三兵团、鲁道源的第十一兵团和徐启明的第十兵团向钦州、北海撤退。

林彪立即命令各部队猛烈追击。

第四十三军一二九师连克容县、北流,歼灭鲁道源的第十一兵团部和第五十八军一部共五千余人,毙伤兵团副司令官胡若愚;一二七师三七九团和一二八师三八二团向南猛进,逼近张淦兵团指挥部所在地——博白县城。

三八二团自进入广西以来总在跑路,部队一直没有打过像样的仗,官兵们一路走一路念叨:"七八天一口气走了六七个县,人家兄弟部队连副司令官都解决了。"因此,当他们从逃难的百姓口中得知,第三兵团司令官张淦还在博白县城时,两个小时内急行军二十公里,先头部队三营七连首先赶到博白。七连官兵化装成国民党军骗过守城哨兵,然后用五块银元诱使一个小个子国民党兵带他们去找张淦。七连副连长卢福山和他率领的官兵胆子奇大,他们跟着那个小个子国民党军兵,顺着大街径直来到张淦的兵团司令部。突然来了这么多人,引起司令部哨兵的怀疑,哨兵大喊:"解放军进城啦!"兵团作战处长跑出来呵斥道:"胡说!肯定是自己兄弟!"话音未落就被下了枪。七连官兵一拥而上,将张淦兵团部里的大部分官兵俘虏。司令部里的喊声惊动了在后院睡觉的张淦。他起身对身边的值班参谋说:"前边有四个军守着,东北方向的共军至少还在一百八十里之外,怎么还会冒出来共军?"但是,轰然一声巨响,后院的大门被炸开了,卢福山冲进张淦的房间,喊:"张淦快投降!解放军宽大俘虏!"然后,他一步冲上去,把已经躲到床下的张淦拖了出来。

张淦的头破了,三八二团医生崔廷贵进来给他包扎。张淦突然看见解放军官兵带着他的女儿进了屋。女儿抱住他放声大哭。赶到现场的三八二团政治委员王奇说:"只要你不再与人民为敌,做有益于人民的好事,我们是会宽待的。"张淦对女儿说:"来,孩子,给解放军长官磕个头。"王奇政委连忙上前制止,流着泪的女孩已经跪地磕了个响头。王奇政委问:"你想怎样立功?"张淦说:"白崇禧把他的三个兵团比作车马炮,我就是他的车。车是骨干,车完了,棋就没法下了。"张淦起草电报,命令第七、第四十八、第一二六和第一二九军放下武器。

十二月二日,第十三军解放北海;四日,第三十八军占领南宁。

就在国民党军华中军政长官公署向钦州撤退的时候,白崇禧本人乘飞机撤往海南岛。然后,他乘坐军舰,率领着用黄金租来的十条轮船,抵达广西北海对面的涠州岛海面,一面组织桂系的总撤退,一面等待撤向大海的官兵。

那时,桂系的第一、第十、第十一兵团残部正拼命朝钦州海岸方向奔逃,但很快就被追上来的几十万解放军官兵包围。这是桂系前所未有的大溃败,通往海岸的各条路上,到处都是奔逃的官兵。他们把枪扔了,把军官们的财物抢了,然后朝着各自的家乡跑去。那些被成群的士兵抢劫一空的军官,连身上的衣服都被扒光了,他们只能从田野上拔些稻草把自己围上,他们的样子被追上来的解放军官兵称为"广西装备"。为了不被溃兵抢劫和欺辱,与丈夫失散的桂军军官家眷忍受着疲惫和饥饿,一步不落地紧跟在解放军的队伍后面,无论爬山过河都不敢掉队,追击中的官兵偶尔回头喊一句"别跟着啦",还是赶不走她们。解放军开饭的时候,她们走过来要,可怜的样子令官兵们不忍,于是把米饭倒在她们手里。第三十九军官兵往广西边境追击的时候,发现跟在后面的家眷行列里有两个男人,一问两个人都自称是商人,但不久就被俘虏兵认出来了,其中的一个竟然是桂军第一兵团第七十一军军长熊新民,另外的那个是他的副官——难道这两个人也怕被溃兵扒光了不成?没多久,前面有敌人要求投降,一问,是第七十一军副军长鲍志鸿。

白崇禧在涠州岛海面等了两天两夜,没有等到桂系的一兵一卒。

桂系第一兵团黄杰部大部被歼,其中第七十一军军长熊新民、副军长鲍志鸿,第九十七军副军长郭文灿被俘,残部逃到越南谅山。桂系第三兵团张淦部被歼,兵团司令官张淦、副司令官王景宋、第七军军长李本一、第四十八军军长张文鸿、第一二六军副军长王卫苍被俘。桂系第十兵团徐启明部大部溃散,残部逃往越南,其中第四十六军军长谭何易在钦州附近被俘。桂系第十一兵团鲁道源部在容县被歼,兵团司令官鲁道源逃往越南,副司令官胡若愚在岑溪战斗中受重伤死去。桂系第十七兵团刘嘉树部被阻于贵州,后窜至中越边境被歼,兵团司令官刘嘉树被俘。

十一日,第四野战军第三十九军占领镇南关,十四日占领边境要地龙州。

至此,广西全境解放,广西战役结束。

第四野战军发动的广西战役,以伤亡和失踪两千四百七十七人的代价,歼灭国民党军白崇禧集团主力和余汉谋集团残部共十七万两千九百人,其中俘虏十六万余人。

中国历史上的桂系永远消失了。

一九四九年十二月三十日,白崇禧从海南岛飞往台湾。此后除了与旧部下棋,就是与何应钦打猎。一九五二年的一天,蒋经国派人对他的宅院进行搜查,大量的黄金和美元被搜走。蒋介石对此的解释是:"每个人都应该这样来一次。"从此,白崇禧在蒋介石面前小心谨慎。在台湾岛上闲居十七年后,白崇禧在台北去世,享年七十四岁。

在席卷广西的征途中,解放军官兵曾在一座小庙的墙角看见一块陈旧的匾额,上面用金字写着蒋介石的几句话:"中国之命运应操于中国人民自己手里。此命运有赖于人民之强大与独立。唯有强大而独立的中国人民,始能建成新的中国。"——不知是什么人出于什么动机制作了这块金匾,也不知是谁把它遗弃在破败庙宇的角落里,那个背阴的角落里落满灰尘——无论如何,话的意思还是不错的,特别是有关国家命运的格言般的铿锵之词。

大陆的最后一战

一九四九年夏末初秋,坚持到最后时刻的两个国民党军高级将领——胡宗南和宋希濂——在他们各自结束自己战争生涯的前夕,曾有过一次推心置腹的谈话,地点是在胡宗南据守的陕西汉中。

谈话从晚上八点开始,一直持续到凌晨两点。两个人试图从国民党政府二十多年的统治中,寻找三年来与共产党作战失败的原因:"在政治上,没有做出一点成绩,贪污成风,腐败无能,弄得民怨沸腾,民变蜂起;经济上没有一点建设成就,而且弄得通货膨胀,物价飞涨;党务上更是一团糟,国民党员号称几百万,毫无组织力量;军队内部矛盾重重,中上级军官大多腐化堕落,士气消沉,指挥紊乱。"接下来,私密的谈话集中在四个问题上:第一:第三次世界大战是否会于短期内爆发?两人都认为可能性很小,因为即使美国想与苏联打,因为西欧国家在二战中损失严重,没有再打一场世界大战的力量和意愿,他们决不会与美国一起干。第二:中国共产党内部是否有分裂的可能?胡宗南认为有可能,理由是:共产党并不团结,过去内部整风激烈,一些人从陕北跑出来就是实例;且共产党在抗战时期发展了许多游击根据地,这些力量壮大后势必要扩展,互相摩擦是不可避免的。第三:就目前形势看能否保有西南和台湾?两个人的估计是,共产党领导的军队至少在四百万以上,地方武装也已达到一百万人,而国民党军现在只剩下百万左右,因此大陆上的任何一块地盘都难以保住,只有台湾、海南岛和舟山群岛等几个海岛有保住一个时期的可能,因为解放军要拥有渡海作战必需的海空力量,至少要三五年。第四:我们能不能在西南与共产党决战?如果不能应该怎样办?两个人用了很长时间统计川、黔、滇、康、鄂西、鄂西北和陕南地区的国民党军实力,结果是加上保安部队在内,大约还有九十万人左右,其中一半以上的兵力归他们指挥。但即使如此,决战也不可能,因为大部分部队是新编成的,装备不全,缺乏训练,战力脆弱,且西南地域广大,地形复杂,道路破旧,既无法迅速集结兵力,也无法便捷机动兵力。最后,宋希濂提出:"在共军尚未向西南采取大规模军事行动以前,应设法将主力转移到滇缅边区","只要能保存力量,则前途仍是大有可为的"。胡宗南立即从座位上站起来,拍着宋希濂的肩膀说:"老宋!这个计划好极了!好极了!"

几天后,两个人带着这个"好极了"的计划到重庆,面见从台湾飞来的蒋介石,却受到蒋介石的一顿训斥。蒋介石认为:在大陆必须保有西南地区,将来才可能与台湾及沿海岛屿配合进行反攻;如果再将西南完全放弃,国民党政府在国际上将完全丧失地位;西南地势险要,物产丰富,尤以四川人力物力均很充足,必须使其成为复兴基地——蒋介石要求胡宗南和宋希濂必坚守西南。

两个月后,即一九四九年十月中旬,人民解放军进军大西南。

令宋希濂没有想到的是,进军竟是从他的湘鄂川边区开始的。

攻击突然而至,宋希濂对全局没有判断,认为这是一场局部作战。他迅速调集优势兵力,由来凤、龙山地区(位于湘西与鄂西南交界处)向湘西永顺方向推进,目标是把第四野战军第四十七军合围消灭。宋希濂曾对胡宗南说他不了解共产党,那么他就更不会了解自己的作战对手林彪。林彪命令第四十七军一四一、一三九师停止在龙山以南、永顺以北一线,同时致电刘伯承、邓小平,希望第二野战军抽出两三个师的兵力迅速进占酉阳(位于川东南)——"如敌确实以主力进攻永顺,则可由酉阳向黔江(位于川东与鄂西交界处)前进;如敌不攻永顺地区,由酉阳直出彭水(位于川东南)及其东北断敌退路"。为此,林彪表示将第四十七军的两个师交由第二野战军统一指挥。

林彪的作战意图不在永顺,而在将宋希濂的部队分割围歼。

根据这一作战计划,右翼第四野战军第五十军主力和湖北军区部队从湖北的宜昌至秭归间南渡长江,重创宋希濂的第一二四军后,向鄂西南急速推进,占领重镇恩施,截断了宋希濂北退四川的通路。左翼第二野战军第十二军沿川湘大道迅速西进,占领酉阳后,主力直取乌江东岸的龚滩(位于酉阳以北);第十一军则从湘西出发,直插湘鄂川交界处,将宋希濂的主力部队截成南北两块。第四十七军为隐蔽战役意图,冒着连绵阴雨翻山越岭,取捷径从第十一、第十二军之间向黔江急进,以迂回到敌人的右侧。

宋希濂对共产党军队对他的合围始料不及。

十一月七日早晨,宋希濂和他的副参谋长罗开甲、第二十兵团司令官陈克非在大雨中来到来凤城,与第十四兵团司令官钟彬一起商议对策。所有的人都预感到了被包围的危险,危险来自湘鄂川交界处那块由黔江、咸丰、来凤城、龙山组成的三角地带,这里是从鄂西南和湘西南退四川的咽喉之地,驻守着钟彬的第十四兵团部,北面就是宋希濂的绥署司令部和陈克非的第二十兵团部。几个人正一筹莫展之际,驻守黔江的部队打来电话,说今日拂晓解放军攻占了秀山。秀山位于川东南的一角,但从这里向西可达乌江东岸的彭水,向北可经酉阳直抵黔江。宋希濂意识到,以秀山为迂回出发地,解放军将形成一个更大的包围圈,那样一来,自己必将面临全军覆没的厄运。宋希濂立即命令部队沿着川鄂公路西撤四川。

八日,得知敌人开始撤退,林彪要求第四十七军一四一、一三九师"不顾一切疲劳,立即日夜沿公路猛追,每日行程必须超过一百里",协同第二野战军将敌人全歼于黔江与彭水之间。

第二野战军第十一、第十二军也以日行百里的速度开始了追击。刘伯承、邓小平特别电告第三兵团司令员陈锡联和政治委员谢富治:

……我四野已令四十七军等部队兼程[每日百里以上]前进,捕捉战机。因此,你们应同时令轻装行动之先头军兼程急进,打破近来屡次行军之惯例,最低限度应距四十七军不迟至两日路程,争取配合四十七军。如迟至戌(十一月)真(十一日)才到黔江,则有使四十七军孤立作战之危险,或敌人先我占领要点,望特别注意。此次四兵团在解放广州后十天左右都可以超百里以上之行程星夜急进,故能取得歼敌四个军之胜利,望以之激励所部……

十日,右翼部队截住宋希濂的第七十九军两个师,第十五军、第一二四军各一个师,经过六天激战,全歼敌军,俘虏第七十九军副军长萧炳寅;左翼第十一军击溃宋希濂第一一八军五十四师和第二、第十五军各一部,并突破乌江;十六日,第四十七军在彭水地区强渡乌江;第十二军突破乌江后继续西进,与宋希濂的第二军九师和第十五军二四三师遭遇,第十二军在四天的时间里连续发起攻击,敌军被重创后于二十日晨撤逃。

宋希濂被裹在撤退的乱军中。他弄不明白解放军向西南地区的进攻,为什么不从胡宗南那里开始却偏偏选择了他。他从咸丰撤到黔江,县城里见不到一个百姓,搞不到任何吃的东西——"回想一九二四年到一九二七年那个时期,国民革命军统一两广,出师北伐,百姓对军队的热烈欢迎、积极支援的情景,与今天对比起来,真是不可同日而语。"十二日上午,有报告说解放军已追至黔江,正在西北方向渡唐岩河,宋希濂立即命令司令部撤离。大队人马刚上公路,第一一八军五十四师师长董惠追上来了。五十四师因为撤退的距离远,一连几天都落在大部队的后面。董师长说部队实在跑不动了,刚到唐岩河边倒下便睡,结果全师被追击来的解放军缴了枪。宋希濂没有时间责备董惠,因为枪声已经越来越近,大队人马拔脚向彭水撤去。到达彭水,正在布防,第一二四军军长顾葆裕来了。顾军长说他的部队被截成几段,然后分别遭到围歼,只有大约两千人逃了出来。接着,宋希濂又接到第七十九军军长龚传文的消息,龚军长以超出其他部队的速度此刻已经撤到长江边了。宋希濂粗略地计算了一下,仅在几天的撤退中,他指挥的六个军中,第一二二军在湘西大庸被歼,第七十九军和第一二四军也损失得差不多了,第一一八军五十四师在唐岩河被歼,第十五军一六九师也损失了大部,第一一八军二九八师师长傅碧人正带着残部往成都跑呢,自己能指挥的部队,只剩了第二军和第十五军的大部。

逃过乌江,宋希濂到达江口。在这个位于川东的小镇上,他见到了特意从重庆乘吉普车赶来的蒋经国,宋希濂这才得知,蒋介石已于十四日从台湾飞到重庆。蒋经国带来了蒋介石的六封亲笔信,除了一封给宋希濂外,湘鄂川边区绥署下辖的六个军长每人一封。宋希濂颇感蒋介石的苦心,他给宋希濂写了五页纸,大意是他虽然引退,但为救党救国,必须和大家一起"进行生死存亡的斗争"。否则"党国陷于万劫不复之地,吾辈亦将死无葬身之所"。蒋介石勉励宋希濂抱着"有匪无我,有我无匪"的决心,"巩固川东战线,给共军以迎头痛击"。

晚上,蒋经国与宋希濂进行了一次私密谈话,与几个月前与胡宗南的谈话一样,也是从晚上八时谈到凌晨一时,只不过宋希濂的心情已大不如前,他用"相当激愤的语气"分析了自己失利的主要原因:一、共军实力雄厚,尤以指战员战斗意志旺盛,不怕任何困难,作战时猛打猛冲,经常从一些崎岖小径抄袭我军侧背,弄得许多部队被节节截断,分别被包围消灭。二、绥署指挥的六个军,除第二军较有战斗力外,人多残破不堪,尤以自国军主力部队在东北、徐蚌、平津一带被歼后,官兵对与共军作战完全没有信心。三、鄂西山地粮食产量有限,部队补给主要依靠重庆运输,但由于路程远运力差,前线官兵常常吃不饱;鄂西川东一带崇山峻岭,现在已经相当寒冷,但各部队所领到的棉服仅有半数。吃不饱、穿不暖,当然严重影响士气。从根本上来说就是打不赢。

蒋经国对宋希濂的一番话"有些惊愕",沉默了一会儿后,他也总结了国民党军失败的原因:"二十年来,国民党既没有领导政治,也没有领导军队,只有彻底改造国民党,使每一个政治干部军事干部,都能真正为党的主义而奋斗的时候,才能产生伟大的力量。"——面对宋希濂说出这番话,蒋经国可谓推心置腹。但当宋希濂问及关于目前局势,总裁是什么态度时,蒋经国却没有确切的答复:"现在打算把宗南的第一军调过来,希望这方面能撑持一个时期。"宋希濂终于明白,蒋介石除了要求他抵抗外,已没有任何别的办法。临别,他对蒋经国说:"我只有一句话,尽人事以听天命而已。"

此时,第二野战军杨勇的第五兵团和第三兵团杜义德的第十军已突进贵州,国民党军贵州绥靖公署主任谷正伦和驻守贵州的第十九兵团司令官何绍周放弃贵阳向四川方向撤退,第二野战军西进昆明和四川的大门就此敞开。

蒋介石这才发现自己对于共产党军队的入川方向一直判断有误。

刘伯承和邓小平都说:"毛泽东主席就是要这种气氛,这很好。"

毛泽东对于如何解决西南问题煞费苦心。

首先,必须让蒋介石判断解放军的入川方向是陕南。为了达到这个目的,周士第的第十八兵团在秦岭边缘不断出击,把胡宗南和蒋介石弄得十分紧张。同时,第二野战军部分主力乘坐火车北上,以造成大军向陕南开进的声势。火车从江苏的浦口发车,沿津浦路转陇海路,车到郑州时还举行了盛大的欢迎会。其次,在第四野战军横扫中南战场之际,命令第二野战军部分主力,以大迂回的方式向湘鄂黔边界集结:杨勇的第五兵团从江西上饶秘密开进湘西,陈锡联的第三兵团则由郑州秘密南下。第二野战军参谋长李达回忆说:"在武汉,我们和四野的同志在解放电影院那样小的场所联欢,等过了长沙,就连这种场合都要避免,越秘密越好。我们正是要在四野行动的掩护下,实现出奇制胜的意图。"

毛泽东决策的基本点是:首先把四川的国民党军稳住,秘密地从川黔边界直插川南,堵住川敌向云南和西康逃窜的退路。然后第二野战军从东、北、南三面全线压上,把大陆上的国民党军最后全歼于四川境内。

蒋介石之所以判断毛泽东必从陕南、川北进入四川,是因为川黔方向山势险峻,道路崎岖,关隘林立,江河纵横,交通极其不便。而从北面沿川陕公路进入四川,便于大部队机动展开;北面又有陇海铁路,运输兵力和装备快捷;还有老解放区作后盾,可以解决补给问题。为此,蒋介石在制定死守西南的作战计划时,尽管在川东地区部署了宋希濂的部队,但是从整体态势上看,他还是把战力更强的胡宗南的部队放在了陕南、川北。

一九四九年人民解放军进军江南后,从各个战场逃亡的国民党军几乎都跑进了四川,四川盆地因此成了国民党军残余部队的大杂烩。虽然番号繁多,建制混乱,军心涣散,但聚集在西南地区的国民党正规军和地方武装的总兵力,仍然达到九十万。当时,第二野战军总兵力约为五十万,加上位于陕南地区周士第的第十八兵团,承担解放西南作战任务的人民解放军总兵力约为六十万。

西南,是国共两军在大陆上的最后战场。

第二野战军向川黔进军的作战要点是:"本野战军主力[除四兵团]之任务,在于攻略贵阳及川东南,以大迂回之动作,先进击宜宾、泸县、江津地带之敌,并控制上述地带以北地区,以使宋希濂、孙震及重庆等地之敌,完全孤立于川东地区,而后即聚歼这些敌人,或运用政治方法解决之,以便协同川北我军逐次解决全川问题。"

巴山蜀水,山高路远。

第二野战军从华东向西南进军,路途近者两千余公里,远者在四千公里以上。部队路过长沙的时候,专门等候在这里的西蒙诺夫,见到第二野战军司令员刘伯承,并随刘伯承一起参加了长沙警备部队的欢迎晚宴——"他有着圆圆的、头发剪得短短的灰白的头,带着沉静得惊人的表情的脸,穿着没有任何职级标志的黑色制服——与其说他像中国人民解放军中最老练的将领之一,不如说他更像大学中的一位老教授"。"这位已经毫不间断地战斗了三十年,负过十多次伤,好多次被国民党报纸说他死了,又好多次复活了的刘伯承将军,是谦逊的人之中最为谦逊的人。他坐在为他而设的晚宴间,似乎这天晚上所发生的一切全都与他无关,似乎他是一位偶然光临的客人,比谁都更希望不受人注意"。晚宴结束后,刘伯承对西蒙诺夫说:"我明天就要走了。当南方作战结束了时,请上我们部队里来——如果您来得及的话——我们也很快要发动攻重庆了。"

蒋介石刚刚过完他的六十三岁生日,那一天他在日记中写道:"过去之一年,实为平生所未有最黑暗、最悲惨之一年。"在发现解放军主力并没有顺着川陕公路入川之后,蒋介石立即意识到毛泽东的目标是重庆,于是他急促地调动部队重新布防:赵子立的第一二七军开赴川东与鄂西交界处的奉节和巫山,以阻止解放军沿长江北岸西进;孙元良的第十六兵团移至川东万县至丰都一线;宋希濂集团余部防守重庆以东的涪陵地区;罗广文的第十五兵团在重庆以南的綦江、南川地区,郭汝瑰的第七十二军开赴川东南的叙永,以加强对贵阳、遵义方向的正面防守。同时,命令胡宗南的部队由秦岭、大巴山以南撤入川,其陈鞠旅的第一军和许良玉的第三军迅速开到重庆附近加强防御。

针对蒋介石的军事部署,十一月二十一日,刘伯承、邓小平致电第三兵团司令员陈锡联和第五兵团司令员杨勇:"从战役全局着眼,我军左翼迂回部队极为重要。判断敌人于南川、綦江掩护收容后,或退守重庆,或向西退至泸州、宜宾、毕节、昭通迄昆明地区,而以后者可能最大。因此,我十六、十八、第十等三个军,如能先敌到达叙永、筠连、盐津地区(位于川东南与滇东北交界处),即可完成断敌退滇后路而各个歼灭之"。"因此,除五兵团及十军应确实计算行程与时间[包括战斗],求得先敌占领土城、叙永、盐津之线争取主动外,三兵团以从正面多拉敌人几天为有利"。"十一、十二两军在进至南川有粮地区后,如敌仍集守綦江地区,你们可以停止休息一下,以便后梯队和炮兵赶上,特别是等我五兵团、十军迂回到预定位置而后前进"——第二野战军的这一行动计划,仍是对中央军委大迂回大包围战略意图的实施。

陈锡联的第三兵团和杨勇的第五兵团昼夜兼程,直插川南宜宾方向——一九三六年初,毛泽东曾率中央红军在这一地区辗转良久,试图北渡长江进入川陕根据地而不成,最终被迫返回贵州四渡赤水河以寻生路。此刻,山河依旧,共产党人已可以任意驰骋。第四野战军第四十七军截住宋希濂的部队,一日内竟歼敌俘敌两万余人。二十五日下午,一三九师四一六团三连一排追到乌江边,排长韩喜看见从上游驶来四条船,一排的战士喊:"停下来,不然就开枪啦!"船上的国民党军军官也喊起来:"弟兄们,我们人太多,坐不下啦!"一排的战士笑了,说他们把咱们当自己人了。船近了,一排的冲锋枪响了,四条船被迫靠岸。一排官兵一看,船上坐着军官太太,还堆着两麻袋光洋、六千斤大米、大批的美国香烟以及五万双胶鞋。一问,军官里还有第七十九军的参谋长。这边的俘获还没查完,那边又来了五条船,船上的两百多名国民党军即刻成了俘虏。韩喜发现船上的一个军官趁乱悄悄跑了,而且越跑越快,大盖帽都跑掉了,他立刻命令四班追上去。四班把这个小个子军官抓回来,韩喜才知道他是第十四兵团司令官钟彬,因为他身上有一封蒋介石的亲笔信。至二十八日,第四十七军主力会同第二野战军第十一、第十二军,将宋希濂的第二军和第十五军大部以及驻守在綦江、南川地区的罗广文兵团大部,歼灭于南川以北地区。

二十九日,重庆被三面包围。

重庆全城陷入巨大的混乱中。蒋介石从台湾调来的"特种破坏队",忙着布置对全市重要目标,包括发电厂、钢铁厂、军火仓库以及其他重要城市设施实施爆炸破坏。从广州迁到重庆不久的国民党政府各机构再一次开始大搬家,行政院长阎锡山和西南军政长官公署长官张群飞往成都,接着各部门的大小官员们也开始"紧急疏散"。

就在阎锡山和张群逃出重庆的那天,一群衣衫褴褛的政治犯在卡宾枪和机枪近距离的扫射中爆发出绝望的呐喊,他们集体冲向中国当代史上那座最著名的监狱的围墙,围墙开裂的地方随即被交叠在一起的躯体堵塞,这些血肉模糊的躯体在彻夜轰鸣的解放炮声中流尽了最后一滴血——那座监狱的全称叫渣滓洞,以关押政治立场最为强硬的共产主义信仰者闻名。在接连被屠杀的共产党人中,有一个名字至今为我们所熟知:江竹筠,中共川东地委地下联络员。她的同事和战友都称她为"江姐",今天的中国人依旧这样称呼她。有资料显示,江姐被杀害的时间是一九四九年十一月十四日,那一天蒋介石从台湾飞抵重庆。无法得知这位饱受酷刑而骨硬如钢的共产党人的生命终结,与蒋介石的到来有什么必然关联,但这两件事发生在同一个日子,令当代中国人永远不能释怀。可以肯定的是,那一天的重庆"充满了恐慌、惊怖和死寂的空气"。从牢房里被押解出来的江竹筠已被折磨得步履艰难,当西南朦胧的月色映上她清瘦而沉静的脸庞时,身后的枪响了——这位共产党人没能看见她为之付出生命的新中国,她在年仅二十九岁时被枪杀于重庆解放前夕。

二十九日,在蒋经国的催促下,蒋介石动身离开他居住的林园——"林园后面已枪声大作"。由于道路被混乱的溃兵和汽车堵塞,蒋介石不得不三次下车步行,最后改换吉普车前行,午夜时分才到达白市驿机场。他在专机上一直等到三十日六时,当获悉重庆防御已全部崩溃后,飞机离开重庆飞往成都。而这时候,从江口方向渡过长江的曾绍山的第十一军"已迫近重庆白市驿机场之前方二十华里"。

三十日,第四野战军第四十七军官兵乘三艘商轮,从巴县的广阳坝顺着长江驶来,黄昏时分,商船猛地靠上山城门户朝天门码头。与此同时,第二野战军第十一军渡江之后占领了重庆全城的制高点浮图关;第十二军在江津渡江,攻占成渝路上的要地来凤驿。

自抗日战争以来中国西南最著名的城市重庆解放。

以重庆为轴心扩大战果的行动随即展开,第二、第四野战军入川部队日夜兼程冲入成都平原。

第四十七军向重庆东北方向发展,占领长寿后翻越华蓥山占领广安;第十二军向重庆的西北方向发展,占领大足和内江,直指成都南面的彭山;第十一军向重庆的北面发展,占领铜梁和合川;第五十军和湖北军区独立一师渡过长江,阻截从万县地区逃跑的国民党军,之后沿长江占领忠县;第四十二军一二四师沿三峡西进,占领川东重镇万县。与此同时,杨勇的第五兵团和杜义德的第十军已迂回川南:第十六军渡过赤水河,翻越营盘山,于十二月一日占领川东南要地叙永,之后继续向北渡过长江,进入泸县以西的南溪地区;第十八军从贵州毕节经云南镇雄,穿越乌蒙山小路进入川南,直逼宜宾;第十军从遵义和桐梓向北连续六天急行军,十二月二日进入四川,渡过长江后进入泸县地区,然后以昼夜一百二十里的速度兵分两路追击国民党军第四十四军,终于迫使该军军长周青廷以下三千余名官兵在泸县以北投诚。

至此,川境国民党军逃往贵州和云南的通路被彻底截断。

此刻,即使云南的通路依旧敞开,国民党军残余部队也不敢往那里退了,因为国民党云南省府主席兼云南绥靖公署主任卢汉已经宣布起义。

卢汉,彝族吉迪家族后裔,参加过辛亥起义的滇军元老。抗战胜利后,曾作为第一方面军司令官,率几乎全部滇军部队进入越南,在河内接受北纬十六度以北地区日军投降。而蒋介石趁此机会剥夺了"云南王"龙云的省府主席职权,将滇系势力从根本上加以扼制。一九四六年,蒋介石命令越南境内的滇军开赴东北,离开湿润的亚热带地区的云南人,跨越近万公里路途,来到寒风凛冽的东北战场——自蒋介石打算瓦解滇军的那天起,就注定了滇军对他的一次又一次反叛。滇系部队进入东北之后,先是第六十军一八四师师长潘朔端在辽宁海城起义；接着，第九十三军被歼灭于锦州城内，兵团司令官卢浚泉、军长盛家兴弃城逃跑被俘；最后，第六十军军长曾泽生在吉林长春起义。一九四八年底，龙云从南京逃入香港，派人进入昆明联络卢汉，决心共同反叛蒋介石。人民解放军攻入四川后，卢汉眼见着川东与川南重地一一失守，他拒绝了蒋介石把西南地区的军事首脑机关由重庆迁入昆明的命令，于十二月九日通电全国宣布云南起义。在卢汉行动的同时，驻守川康地区的川军将领刘文辉、邓锡侯和潘文华也开始了行动。十一月三十日，蒋介石从重庆飞到成都，曾要求他们前来面见，以期配合胡宗南进行"川西决战"，但是三人皆"避不应召"，与卢汉抱病不见"如出一辙"。蒋介石的无奈与绝望难以言表，他在这种境况下仍坚持留在成都只是为了胡宗南："本人一旦离蓉，彼等或可联合发表宣言，共同降共。故仍继续留蓉，必使胡宗南的部队部署完妥后再定行止。"然而，没等蒋介石离开，九日，在卢汉通电起义之后，国民党西康省府主席刘文辉、西南军政长官公署副长官邓锡侯、潘文华率领国民党军第二十四、第九十五军和二三五师在四川彭县通电全国起义。

　　蒋介石宣布国民党政府迁往台湾。

　　一九四九年十二月十日十四时，蒋介石离开成都飞往台湾。

　　直到一九七五年四月五日二十三时辞世，蒋介石再未踏上中国大陆一步。

　　此刻，在四川的北面，周士第的第十八兵团右翼第六十二军从甘南出发，向江油、绵阳攻击前进；中路第六十军沿川陕公路过广元、剑阁直指绵阳；左翼第六十一军翻越秦岭，直下川东重镇巴中，继而攻占南部，逼近潼川。第十八兵团的十万大军即将突进成都平原，与从重庆向西推进的陈锡联的第三兵团，从贵州向北推进的杨勇的第五兵团一起，对国民党军最后的残余部队形成南北夹击态势。

　　宋希濂被从左右两翼迫近的解放军挤压到川西南地区。

十二月八日下午,宋希濂听到了对他来讲可谓致命的消息,驻守宜宾的第二十二兵团司令官兼第七十二军军长郭汝瑰起义了。

宜宾,在宋希濂的身后。

而宋希濂的眼前是山高水急的大渡河谷。

宋希濂对各位军官说:"我们在军事上是被共军彻底打垮了,我们剩下的力量很有限了。目前的处境,坦率地对大家说,是十分艰苦,甚至是十分危险。但是我们不愿做共军的俘虏,不愿在共产党的统治下过残酷可怕的生活,我们是三民主义的忠实信徒,是忠党爱国的军人,有一分钟的危险,便应尽一分钟的责任。现在,我计划越过大雪山,走到遥远的地方去,找个根据地,等待时机。今后的日子越过越艰苦,走的是崎岖难行的小道,吃的有时候可能很粗糙,甚至不够吃,如果情况紧张的话,可能一天要走一百多里。你们自信有勇气有决心愿意随我一起去干的,便同生共死,一往直前;不愿意干下去的,就由此分手,当酌发遣散费。"二千人的队伍中,几十名军官领了遣散费走了。宋希濂把携带的金子散发给各部,有的发一百两,有的发五十两,发完了金子队伍再次上路。

十四日下午十四时,走到犍为县城西南一个名叫清水溪的小镇时,部队正要停下来生火做饭,镇子上的人突然纷纷向镇外跑去,有人喊:共产党离镇子只有五里地了!宋希濂急忙率领队伍向南跑,刚跑出五六里路,清水溪已枪声一片。

四十二岁的湖南人宋希濂正值壮年。他十七岁考入黄埔军校一期,先加入国民党,再加入共产党。加入国民党的入党介绍人是蒋介石和廖仲恺,加入共产党的入党介绍人是他的黄埔同学陈赓。一年后,宋希濂退出共产党,他说这只是因为军队成员不能跨党,但他保证不做有损国共合作的事。只是,作为蒋介石的门生,他还是率部参加了对共产党苏区的第五次"围剿"。特别是,一九三五年六月,身为国民党军三十六师师长,宋希濂执行蒋介石就地处决瞿秋白的命

535

令,将这位共产党重要领导人枪杀于福建长汀中山公园内。抗日战争爆发后,宋希濂以三十六师师长之职率部参加"八一三"战役,在近三个月的浴血作战中,部队因伤亡巨大,在战场上接连四次补充兵员,每次一千五百至两千人,最终,上战场时近九千兵力的三十六师,以一万二千人的伤亡代价重创日军。一九三八年,三十一岁的宋希濂出任第七十一军军长。之后,他率部参加武汉外围会战,率领三个师鏖战日军第十三、第十四师团,歼灭其各一部。一九四一年冬,他以第十一集团军总司令兼昆明防守司令之职入缅作战,当时的《纽约时报》称:"宋希濂将军及史迪威将军,在中国云南省及缅甸发动之攻势,动人心魄,而未被注意,惟彼未被歌颂之英雄,在未被歌颂之战役中,克服雨季之障碍击败日军,在此次战争之历史上,用鲜血写下英勇之一页。"一九四六年十月,宋希濂出任新疆省警备总司令。一九四八年夏,在南京国民党军最后一次全体军事会议上,蒋介石告诉他,不用回新疆了,即刻上任华中"剿总"副总司令。由于与白崇禧之间的矛盾,宋希濂最终还是回到了湘鄂西,蒋介石要求他经营好湘西与鄂西借以屏障四川。

逼近宋希濂的是第二野战军第五兵团第十八军五十二师一五五团。

由于地形的限制,这支部队始终无法超越宋希濂的部队实施迂回,官兵们们只能在后面昼夜不停地追,决心不把宋希濂追上绝不罢休。

突进清水溪镇的时候,发现宋希濂已经跑了,一五五团团长兼政治委员阴法唐在营以上干部会上说:"活捉宋希濂,向新中国的第一个元旦献礼!"

十五日早晨,一五五团追上了宋希濂的警卫团、工兵营和通讯营以及后勤辎重部队,歼敌两千一百余人。还是没有抓到宋希濂。由于不熟悉道路,二营在追击时沿着一道山梁走上了绝壁,从绝壁上往下一看,宋希濂正骑着一匹白马沿着下面的马边河跑呢,绝壁上的二营下不去,官兵们惋惜得直跺脚。

一五五团连背包都扔了,电台跟不上也不要了,官兵们只有一个念头:追!

十五日下午,二营再次追上宋希濂的后卫部队。副营长王永祥带领五连迅猛出击,国民党军瞬间就溃散了,五连在乱木丛中捉到一个大胖子军官,军官的身边有一匹大白马。王永祥以为这一定是宋希濂了,谁知大胖子像明白解放军的心思一样,不停地喊:"别开枪!千万别开枪!我可不是宋希濂!大白马确实是宋希濂的!我是绥署中将高参!宋希濂就在山下的黄丹镇!"

山下确实有个小镇。但是,当官兵们准备冲下去的时候,身后却响起了枪声。阴法唐担心后面兵力少,既要看管两千多俘虏,还要保证电台和机要密码的安全,如果受到袭击将会损失严重,于是命令部队后撤接应。

十六日黄昏,一五五团等来后卫部队,一起突进黄丹镇,获悉宋希濂已于昨日下午离去。

阴雨连绵,山高路险,沿途到处都是宋希濂部掉队的官兵和伤员,这让追击中的二营官兵脚步总是迈不开。

十八日拂晓,三营上来接替二营成为前卫。

进入毛坪镇的时候,宋希濂突然听到身边那个名叫万朝生的卫兵嘟囔了一句:"七十二战,战无不利,忽闻楚歌,一败涂地。"他浑身打了个寒颤。毛坪镇坐落在大渡河湾处,北临激流,南靠峻岭,东面是大渡河的一条支流,名为小河,小河的东岸有一个山垭口,是进入大渡河谷的咽喉之地。宋希濂决定停下来阻击,以与解放军的追击部队拉开距离,赢得时间渡过前面的大渡河。

下午,一五五团追到山垭口,正准备渡小河,遭遇对岸火力阻击。九连冲在最前面,十几个战士倒下了。三营长朱兴镇急忙命令重机枪压住敌人火力。七连增援上来,同时,二排长吕建光带领官兵向敌人的侧翼迂回。傍晚,二排从侧后干掉了敌人的重机枪手。俘虏说,十几分钟前,宋希濂还在这里指挥重机枪射击,刚刚向西跑了。阴法唐团长命令二营迅速渡河追击。

十九日凌晨,大渡河谷浓雾弥漫,一五五团在毛坪以西渡河。过了河一路向西,他们终于追上了。宋希濂的残部正在一个叫沙坪的渡口渡河,部队被河水分隔在南北两岸。追到南岸的一五五团立即发起猛攻,将留在南岸的这股敌人全部俘虏。宋希濂已经渡到北岸,南岸的枪声一响,他带领警卫排便往西跑。但是,北岸也突然响起了枪声。当一股解放军官兵从山上冲下来时,宋希濂和他的警卫排全部被俘。那一瞬间,宋希濂掏出手枪想自杀,被他的警卫排长袁定侯阻止了。

河南岸的一五五团听到北岸枪声大作,立即用火力封锁北岸,北岸的机枪顶着南岸的火力也开始了射击。宋希濂在两岸互射的混乱中趁机逃脱,躲进半山腰的一座小庙里。经过号音的反复联络,一五五团才知道河对岸的部队是第十六军四十六师一三九团。一三九团本在沙坪以北,获悉宋希濂残部向大渡河逃来后,全团立即沿大渡河推进,终于在沙坪渡口截住了敌人。

误会解除之后,两支部队开始搜山,宋希濂再次被俘。

宋希濂穿着一身士兵棉军装,自称叫周伯瑞,是一名军需官。

一三九团政治委员王尚要求俘虏们指认谁是宋希濂。

没有人吭声。

宋希濂和俘虏们坐在岸边的一间民房里,度过了一个惊恐不安的寒夜。第二天俘虏集合的时候,宋希濂准备在转运途中再次逃跑,但是一个人的出现让他彻底绝望了。这个人叫王尚述,在宋希濂办的军政干部学校工作,实际上是一名共产党的地下人员。一九四九年八月被发现真实身份后,干部学校准备枪毙他,但是,宋希濂亲自找他谈了话,将他留在干部学校继续工作。宋希濂部一路撤退,王尚述在中途掉队,现在追了上来。在这个弥漫着寒雾的早晨,他一眼看见了俘虏群中的宋希濂,然后向解放军干部的住房走去。

很快,一个解放军干部站在了宋希濂面前。

宋希濂说:"我是宋希濂。"

"一九四九年,对于我来说,可以说是有生以来最不幸的一年。"宋希濂的父亲和妻子在这一年相继去世,而他自己"打了败仗,弄得身败名裂,家破人亡"——黄埔一期中最年轻的军官,国民党军中最年轻的战将,在四十二岁的这一年花白了头发。

被俘后的宋希濂,先被关押在重庆白公馆,一九五三年移至重庆松林坡监狱,一九五四年转到北京功德林监狱。与他同在这里的还有杜聿明、王耀武、范汉杰、廖耀湘、陈长捷、李仙洲、邱行湘……一九五九年十二月四日,宋希濂被中华人民共和国最高人民法院特赦释放。一九八〇年他赴美国与二十一年未见面的五个子女团聚。荣辱功过都已过去,定居美国时,宋希濂已是七十三岁的耄耋老人,他说:"人的生命是有限的,民族是永存的。"

就在宋希濂西逃大渡河谷的时候,第二野战军已将成都包围。

二十日,代理西南军政长官的胡宗南决定放弃成都,所有的部队向南突围。但是,他已经无法控制部队了:二十一日,国民党军第十六兵团副司令官曾甦元率四万余人在什邡起义,司令官孙元良带警卫人员乘飞机逃往台湾。二十二日,国民党川陕边主任喻孟群、第二路军总指挥许绍宗、第七军军长周树德率四万余人在广汉、什邡起义;西南第一路游击总司令王瓒绪率四万余人在成都起义。二十三日,国民党军第二十兵团司令官陈克非和第十五兵团司令官罗广文分别在郫县和安德起义。二十五日,国民党军第七兵团司令官裴昌会率近三万人在德阳起义。二十六日,国民党军第三兵团司令官朱鼎卿、第二十军军长杨汉烈在金堂起义;第一二七军军长赵子立率万人在巴中起义;第五兵团司令官李文在新津地区率残部投诚。二十七日,国民党军第十八兵团司令官李振率两万余人在简阳起义;第三十军军长鲁崇义率部在巴中起义。

一九四九年十二月二十七日成都解放。

此时,国民党军残余部队全部逃到了四川西南部的西昌地区,人数约为三万五千人。

蒋介石给胡宗南的指令是:固守西昌三个月,等待国际变化;同时收拾部队并加以整顿,绝不放弃大西南。

然而,胡宗南已经万念俱灰。

几个月前,还在秦岭南麓与周士第的第十八兵团对峙的时候,胡宗南见到了他曾经的部下张新。张新于一九四八年清涧战役中被彭德怀部俘虏,那时他是整编三十六师二十四旅旅长,而此时他已是第一野战军联络部的工作人员,奉共产党方面的指令前来劝说胡宗南起义。胡宗南立即命令宪兵将张新关起来。之后,心神不安的胡宗南又三次把张新从监狱里接出来谈话,谈话全是在后半夜进行的——

你不怕共产党整你吗?

张新说,共产党有政策,不整人。

彭德怀身体怎么样?

张新说,很好,他说和你是老朋友。

那边怎么称呼我?

张新说,不叫胡匪,就叫胡宗南。

那边对文天祥这样的人认为好不好?

张新说,共产党人尊他为英雄。但国民党做的是对不起人民的事,不可能成为文天祥。

士为知己者死。你,想到过校长没有?

张新没说话。

张新后来被从汉中押解到四川,人民解放军逼近成都时越狱。

而胡宗南,成为国民党军在大陆最后一战中的最后一个将领。

西南军区司令员贺龙和政治委员邓小平决定,以第十四、第十五、第六十二军各一部,配属滇桂黔边纵队一部,从南北两线向西昌发起进攻。

一九五〇年三月二十三日,北线第六十二军一八四师的三个团,分别从泸定、雅安、乐山渡过大渡河,然后向南攻占冕宁、越西;南线第十五军四十四师的三个团渡过金沙江,占领会理、宁南、德昌;第十四军四十师和四十二师三个团以及滇桂黔边纵队的两个团,从西南方向迅速北上,攻占盐源。至此,散落在西昌周围的胡宗南部已处于南北夹击之中。

胡宗南收到蒋介石的电报:"如西昌不能不放弃,吾弟是否仍将领导各部队行游击作战,继续与匪斗争,否则弟离部后,何人可代为领导,速告知。"——所有的国民党军高级将领除了被俘、起义和被打死的之外,此刻都已跑到海外或台湾,凭什么独让胡宗南上山打游击?第二天,胡宗南回电:"为简化机构,减少目标,便于机动起见,遵于此间留置简单机构,由参谋长罗列负责领导,职率非战斗人员,拟本月二十六日飞琼转台。"

二十七日晨五时,胡宗南乘飞机逃往台湾。

胡宗南走后,罗列化装潜逃,残部于西昌以北的喜德地区被歼。

至此,西南地区的川、黔、滇、康四省全部解放,国民党军近九十万部队全军覆没。

回到台湾的胡宗南因丧失西南而备受指责,最后在蒋介石的袒护下才免于"议处"。在度过了十七年郁郁寡欢的日子后,六十六岁的胡宗南因突发心脏病在台北去世。这位追随蒋介石征战二十五年、曾经统兵几十万的将领,不知他离世前是否知道,当年蒋介石为了西昌这块最后的地盘,决心无论战死或是被俘都必须舍弃他,只是有人从旁直言：送一个像胡宗南这样的将领给共产党人做俘虏，既违背国民党的利益又违反指挥道德时，蒋介石才派飞机将他从大陆的最后一个战场上接回。

就在人民解放军即将解放整个大西南之际，蒋介石在台湾对国民党军的失败进行了战略检讨：一、军队高级将领的八大问题："本位主义；包办主义；消极被动，推诿责任；大而无当，粗制滥造；含糊笼统，不求正确；因循苟且，得过且过；迟疑犹豫，徘徊却顾；主观自大，固步自封"。二、国民党军队已成为"六无"军队："无主义、无纪律、无组织、无训练、无灵魂、无根底"。于是，几百万的军队，"没有同共军作过一番较量，就被解决了；无数优良的装备送给了共产党，用来消灭我们自己"。蒋介石最后的结论是——"非失败不可。"

士兵的山河

就在人民解放军即将进军大西南之际，一位名叫胡风的文艺理论家创作的长诗在《人民日报》上发表，长诗的题目是：《时间开始了》。胡风以澎湃的激情穷尽壮美的想象，描绘了刚刚诞生的新中国：

> 海！
> 欢呼的海！
> 歌唱的海！
> 舞蹈的海！
> 闪耀的海！
> 从一切方向流来的海！
> 向一切方向流去的海！
> 劳动着、战斗着、创造着
> 从过去流来的海

劳动着、战斗着、创造着
向未来流去的海！

这是中国当代史上罕见的激情四溢的时刻。

身上硝烟未散的共产党领导人，日以继夜地筹划着这个新生国家的构架：政权的维系要领、政治的民主样式、民族的和睦团结、经济的复苏建设和外交的斗争策略；成千上万的共产党干部废寝忘食地学习和实践着复杂的城市接收和管理、工商业的复工和增产、金融体系的稳定和重建、失业者和战争流民的安置、农业和畜牧业生产的统筹规划；而人民解放军必需继续作战，以巨大的兵力清剿残存在这片国土上的近四十万土匪，处理国民党正规军与非正规军的俘虏，仅在西南地区这一人数就"不下九十万"。另外，还有一些官兵开始参加经济建设，同时给自己的部队修建永久性的新营房；再有一些官兵接到了复员回家的命令，能够在战争结束之后活着回家，回到属于自己的那块土地上春种秋收，这让他们在极度的兴奋之后抱着他们的班长哭个不停。

新中国的第一茬庄稼正在灌浆，大地上弥漫着谷物生长的清香，老人们坐在自家的地头，用慈爱的眼神望着在微风中摇曳的麦穗，一遍遍地计算着可能的收成，他们认定交了公粮之后，不但全家不会再挨饿，还可以让娃娃吃上几顿白面馍馍。农村里的年轻人不多了，跟着解放军走的青年还没有回家，没有参军的青年也大多忙着公家的事，从清剿土匪到修复被战争破坏的公路和铁路。姑娘媳妇们都参加了扫盲班，不但已经学会了几百个汉字，而且能够算清楚过去地主收地租是如何不合理。还有些年轻的后生和女子，被国家招收到新建的工厂去了，他们对反对自己离开土地的老人说，将来都要用机器种田哩！

"蒋介石是被激情，而且主要是被激情搞垮的。"美国记者杰克·贝尔登说，"投入战争与革命中的热切的希望和刻骨的仇恨，化成巨大的激情的能量,像在中国社会中爆炸了一颗原子弹似的,几乎把中国社会炸得粉碎。"

一九五〇年初,第四野战军第四十、第四十三军准备攻打海南岛。

之前,毛泽东致电林彪,特别强调了如何接受攻击金门失利的教训:

> ……
> 渡海作战完全与过去我军所有作战的经验不相同,即必须注意潮水与风向,必须集中能一次运载至少一个军[四、五万人]的全部兵力,携带三天以上粮食,于敌前登陆,建立稳固滩头阵地,随即独力攻进而不要依靠后援。因为潮水需十二小时后第一次运载船只方能返回运第二次,而敌人可用空海军切断我之运输,故非选择时机一次载运一个军渡海登陆,并能独力攻进,建立基地,取得粮食,便有后援不继,遭受重大损失之危险。三野叶飞兵团于占领厦门后,不明上述情况,以三个半团九千人进攻金门岛上之敌三万人,无援无粮,被敌围攻,全军覆灭。你们必须研究这一教训。海南岛之敌,可能较金门敌人战力差些,但仍不可轻敌。请告邓(邓华)赖(赖传珠)及四十军、四十三军注意,并望你向粟裕调查渡海作战的全部经验,以免重蹈金门覆辙……

海南岛,面积三万四千多平方公里,海岛的北面隔琼州海峡与雷州半岛相望,海峡平均宽约近三十公里,最窄处宽约二十公里。如果从雷州半岛起渡,乘木帆船一夜可达,如遇顺风顺流则只需五至七小时。海峡每日早晚两次潮起潮落,北岸与南岸涨落相反,因此当海峡南面的海水向东流时,北面的海水则向西流。每年十二月至第二年的三月,海峡刮北风或西北风;四月谷雨之后,就变成了东风或东北风。后一时节,风向最适于木帆船向南行驶。

盘踞在海南岛上的国民党残余部队海陆空种类齐全:陆军为五个军十八个师以及装甲旅第四总队四十二大队五中队,兵力约为十一万人;海军为第三舰队和陆战第二旅四团,拥有军舰和炮艇二十五艘;空军为第一、第二、第十、第二十大队,拥有战斗机、轰炸机和运输机四十五架。

国民党海南省府主席是陈济棠,防卫总司令是薛岳。

那个在战争中穿越大半个中国的美国记者西默·托平,此时到达海口机场,他见到粤军出身的老资格将领陈济棠——"他邀请我一道坐在面向共产党占领区的机场候机室的阳台上,他在等候年轻漂亮的妻子从香港飞来。"——显然,妻子再年轻漂亮,也不足以抚平陈济棠此刻复杂的心绪,他抱怨蒋介石不给他所需的经费和物资,只派来一些飞机和军舰,为了缓解资金紧张,他不得不在岛内自己制造含银量不足的银元。陈济棠认为,蒋介石不应该独吞美国的援助,美援应该在台湾与海南岛之间平分。为了引起美国人对他的兴趣,陈济棠特别说明海南岛资源丰富,蕴藏着大量的铁、锡、铜、铅、银、煤、石墨、锑、钨和水晶,而且几乎没有被开采过,农作物产量高且种类多样,可以养活三倍以上的海南岛人口,因此"非常欢迎美国私人到海南岛投资"。

陈济棠讲述的是一个美丽的海南岛,但西默·托平却感受到这座岛屿正面临着一场不可避免的战斗,因为国民党军的飞机不断地"从头顶呼啸而过",前去执行轰炸"岛内共产党游击队的所在地"的任务——"一名叫冯白驹的老资格共产党人领导的武装力量,在这座岛屿上坚持了二十多年,控制着岛上的很大面积的区域,岛上红色政权的干部们就在离国民党军仅几英里的村子里办公。"

接着,西默·托平见到了岛上国民党军的总指挥薛岳。薛岳估计解放军的大部队很快就会登陆,而最更令他担忧的是:蒋介石可能已经决定放弃海南岛。

出生于广东乐昌普通农家的薛岳,现年五十三岁,他的老资格在同级别的国民党军将领中绝无仅有。他十五岁加入孙中山创办的同盟会,先后毕业于武昌陆军预备学校和保定陆军学校,曾是孙中山警卫团的三个营长之一,另外两个营长分别是叶挺和张发奎。北伐时,出任国民革命军第一军第一师师长。一九二六年蒋介石开始"清党",薛岳被认为"具有左倾迹象"。他对蒋介石的不信任极其不满,导致日后在两广联合反蒋时深陷其中。中原大战期间,粤桂联军北上支援冯玉祥、阎锡山作战战败后,薛岳终于知道国民党军内部凶险复杂,于是辞职回家赋闲。一九三三年,蒋介石任命他为第五军军长,要求他率部参加"围剿"中央苏区的作战。薛岳尽心竭力,中央红军开始长征后,他率部从江西一直追到金沙江边。据他自己说,他追击中央红军的总里程超过了两万里。抗战期间,他以第九战区司令长官兼国民党湖南省府主席一职,指挥四次长沙会战,虽然最终长沙失守,但中国军队却以必死犹战之势震惊中外。战后,他获得美国总统杜鲁门颁发的"自由勋章"。内战爆发后,薛岳出任徐州公署绥靖主任,他人生中的一连串倒霉自此开始,先是整编六十九师师长戴之奇被围自杀;接着,整编二十六师师长马励武被俘。很快,薛岳被蒋介石撤了职。他闲居在上海,旁观时政军机。人民解放军即将打向江南时,他再次被蒋介石起用,出任国民党广东省省长。但是,仅仅八个月后,他就不得不逃出广州跑到海南岛上。薛岳在岛上建起三道防线,自称是坚不可摧的"伯陵防线"——薛岳,字伯陵。

"伯陵防线"的防御原则是:"把握当面外匪与内匪尚呈分离之不利态势,依各个击破要领,一面以海、空军协力巩固海防;一面以陆军有力之一部,尽速歼灭本岛土共,彻底消灭内在之威胁,安定内部,再举全力,歼灭来攻之外匪。"防线的构成是:海空军大部置于岛的北面,用以封锁琼州海峡,防止解放军渡海进攻。其余部队分四路对岛内进行"清剿"与守备。薛岳知道蒋介石要固守的是台湾而不是海南岛,无论从政治还是军事上,他都无法与蒋介石的意志抗衡。他唯一的希望是:没有空军和海军的林彪不敢轻易发动进攻。

林彪说,坚决歼灭残存在海南岛上的国民党军势在必行,"这是一个完成革命和使全国进行建设与走向繁荣的绝对必须条件"。同时,他对海南岛作战采取了十分谨慎的态度。

林彪致电第四十三军军长李作鹏:

……渡海作战我军全无经验,目前渡海的具体条件如何亦不明,因此我们此刻尚无具体意见。盼你们就近弄清各种情况,细心研究作战条件和方法,并向兵团和我们提供建议。本日我们已派尹健同志(第四野战军司令部第二处副处长)去南京向粟裕同志处调查渡海作战经验。

最大的问题还是筹备船只,因为按照第一批要渡过去一个军的要求,需要能载三十人的船一千多只,可雷州半岛的船只大部分被国民党军销毁或带走了,第四十、第四十三军收集到的船仅有四百多只,且其中只有一半的船能一次运载三十人。第四野战军后勤部政治委员陈沂,装扮成富商从深圳进入香港和澳门买船,原本认为繁华无比的这两个地方却街头昏暗,商业萧条,显然受到了内地战争的严重影响,陈沂除了买到些防晕药品、罗盘和救生圈之外,一只船也没有买到。

中共中央华南分局下达了全力支援海南岛作战的决定:

……我军为肃清该岛敌人,必须渡过海峡,登陆作战,这是一个极端复杂而且艰巨困难的任务……因此特作如下决定:

一、以支前司令部为中心,在军区指导下,应集中全力筹划海南作战必须的各种器材、船只、燃料。

二、凡公家工厂[钢铁厂、工业厂、农具厂、八十兵工厂、汽车修理厂等]均有义务担任制造、改装船只必须机件,必要时抽调一部干部、技工、工程师到前面协助装设船只。

三、不论公私登陆艇、救生器材,全部征用或借用。

四、不论任何机关部队,有空余柴油机、汽油机全部借用。

五、海南岛作战所必须之各种经费开支,统由省(广东省)财委会预支,经分局核准报销。

总之,一切为着争取海南岛战役的胜利,希各级党委负责保障执行。

东自珠江口,西至中越边境,沿着漫长的海岸线,渔民们把他们的船贡献了出来。为了提高船只的运输效率,尽可能少受风向和海流的影响,船工们还把不少木船改装成了机帆船。第四十军军长韩先楚甚至有了一艘指挥"旗舰",当他走在这只改装过的大帆船甲板上时,很兴奋:"如果天气好,我们就能一路顺风直放海南!"

显然,参战官兵的心境要比物质准备复杂得多——从解放战争的战史上看,海南岛作战确实是最后一场大规模战斗——参战的第四十、第四十三军都是来自东北的部队,官兵们一路从北方打到南方,本来认为打下广州就"革命到底了",向广西边境追击的时候,就有官兵说"底漏了",而现在对海南岛的攻击,更不在大部分官兵的预料之内——"南下的时候我们打头阵,仗快打完了又让我们包尾,怎么吃苦总是我们?"

疑问的核心清晰而尖锐:在最后一战中生或者死。

经历了无数次作战的官兵,目睹了太多的死亡和伤残。在战争进行到最为艰难和残酷的时候,每个人都必须准备去死,因为你只要有一丝畏死的恐惧,你在阵地上的须臾犹疑和胆怯,都会成为敌人先射中你的机会,你必须以最勇猛的速度和最果敢的态势,在敌人的子弹射出之前将他击毙。况且,你的班长、连长,与你家在同一个村的战友,他们刚刚在敌人的火网中倒下,仇恨的怒火会让你情愿赴汤蹈火,乃至粉身碎骨。但是,此刻,所有的人都知道,战争就要最终结束了,新中国已经诞生了,他们的兄弟部队一部分在剿匪,一部分在大城市里警备,还有一部分甚至已经回返北方开始种庄稼了——第四十三军政治部总结了官兵中的七怕:一怕海上无风三尺浪,浪大船小过不了海;二怕晕船呕吐,失去战斗能力;三怕不会游泳,没有救生器材,翻船被淹死在海里;四怕海上航行迷失方向;五怕登陆时水深下不了船干挨打;六怕敌人飞机在海上轰炸无处藏身;七怕敌人军舰在海上挡住去路闯不过去。"把这'七怕'概括成一句话,那就是'跨海南征,九死一生'"。但是,这支部队里的老兵们却说,人,窝窝囊囊地活着没意思,能得到认可和信任是一大快事。上级把海南岛作战任务交给我们,是相信只有我们能打下来,我们的部队是支硬邦邦的部队,每个人都是条好汉子。人谁不死?谁能王八活千年?那么多的仗都打过来了,最后一仗当胆小鬼,对得起自己和死去的战友吗?当了逃兵活着回了家,这辈子你出门不出门?人活一场,就是活一口气,一个脸面,不然,活着和死了,有什么区别?

第四十三军一二八师三八二团四连一排在海上训练,由于船是官兵们从海边捡来的一条木船,既没有橹也没有桨,只有两张破烂的帆篷,因此训练结束的时候,别的船都摇着橹划着桨回去了,但是大海突然风平浪静,他们这只只能靠风吹帆篷行驶的船不动了。副排长鲁湘云决定睡上一觉,等风来了之后再回去。一排一直睡到第二天天亮,风来了,大家赶快拔锚起舵升帆,可谁也不知道这时刮的是东北风,他们的船被向西南吹去,一直吹到了国民党军占领的海区。很快,木船碰上一艘国民党军军舰。大家顿时紧张起来,木船打军舰结果可想而知。

木船上一共九名官兵,排长鲁湘云认为包括他自己在内,这九个人打过四平,攻过锦州,解放平津,挺进广州,个个都不是平庸之辈,于是决定死也要拼一下。军舰开火了,打了四炮,海水被掀起一丈多高,船舵被打坏,篷绳被打断,小船在炮弹炸出的海浪中摇摇晃晃,一直靠到舰炮的死角距离。国民党军认为,木船上的这几个士兵只有投降,他们不可能拿自己的性命开玩笑,但是木船上的枪响了。鲁排长喊了一声"打",木船上的子弹就射在了军舰的甲板上。柴玉林的自动步枪只打了一梭子就卡了壳,他急忙换枪继续射击;万殿臣把自动步枪往肩上一靠,瞄准军舰的舷窗就是两梭子;孟宪芝掌控着被打坏的船舵,努力保持着木船的平衡;王金秀连发四颗枪榴弹,每一颗都准确地在军舰上爆炸了。军舰开始向后倒退,退到距离木船四百多米远,然后再次开炮,炮火在木船边激起巨大的水柱,让军舰上的国民党兵害怕的是,木船竟然摇摇晃晃地再次朝着军舰靠上来了,看起来船上的这几个解放军要和他们一起去死。

军舰转向走了。

一排的官兵喊起来:"打军舰就和打地堡一样,只要往上一靠,它就完了!"

木船已经漏了,大家拼命地往外舀水,他们一边舀海水一边往船里涌,直到听见枪炮声前来接应他们的船只到达。

一排与军舰打了一仗,九个人无一伤亡,这不但证明了木船可以与军舰一拼,而且还向所有参战官兵证明了一个道理:人只要不怕死,就可以让自己活着,让敌人去死。

林彪要求第十五兵团司令员邓华、政治委员赖传珠、副司令员洪学智速至雷州半岛前线,"亲自指挥一切准备工作"。他不断致电第十五兵团:"盼查告琼崖纵队能实际出动参战的战斗兵员数目有多少"?并特别表明"不是指番号有多少"。"由雷州半岛我上船处,到敌海防不特别严密又不太远而易登陆的地方,航程时间约多少,共有几处"?"我军在夜间渡海的中途遇敌海、空军的可能情况如何,你们预定的对付方法有哪些"?

第十五兵团在不断完善的准备中,逐渐形成了攻打海南岛的作战方案:"积极偷渡、分批小渡与最后登陆相结合"。决定:第四十、第四十三军在春节前争取各偷渡一个团,取得经验,以利再战;以一次运载三万人计算,改装机帆船六百只,修理和购买登陆艇三十艘,准备工作在五月前完成,六月开始大规模登岛作战。为了对付国民党的海空军,建议调高射武器和重炮于海峡沿岸地区,掩护船只和部队的作战行动。

三月,薛岳的岛上防御部署基本完成,开始对琼崖纵队发动猛烈"清剿"。为支援琼崖纵队作战,加强岛上的接应力量,同时摸索渡海作战的经验,第十五兵团决定,第四十、第四十三军各派一个加强营,分别在海南岛的西北、东北地区实施偷渡,琼崖纵队以第一总队和独立团在上述两地区接应。

率先偷渡的两个营是:第四十军一一八师三五二团加强营,官兵七百九十九人,带队指挥员是一一八师参谋长苟在松、三五二团团长罗绍福、营长陈勇康、营教导员张仲先。第四十三军一二八师三八三团加强营,官兵一千余人,带队指挥员是三八三团团长徐芳春,团政治处主任刘庆祥。

五日十九时,三五二团加强营从雷州半岛西南端的灯楼角海岸,上了十三只木船,七百九十九名决心"有进无退"的官兵扑向暗海之中。

船队驶出,顺风顺水,也没有遇到敌人的舰艇。但是,不久,船边海浪的哗哗声逐渐减弱了,干部们掏出手帕高高地举起来,心情一下子紧张起来:没有风了。没有任何机械动力的帆船没有风不能前进,这就意味着不能按时登陆。这样一来,不但可能无法得到接应,还会在天亮之后被敌舰发现。船上的船工说,如果风停了,再起风得在明天下午。指挥船发出了"强行前进"的信号。各船官兵开始奋力摇橹,用枪托和铁锹划水,甚至把补漏用的木板劈开当做船桨。天亮了,还没看见登陆的海岸,却发现船队的阵形完全乱了,清晰地散落在一片海面上。神情严峻的官兵已满手血泡,还在拼命地划船。突然,一声爆炸声,船边耸起水柱,岛上的国民党守军和海面上的军舰发现了船队。接着,国民党军的十一只船分三路迎头驶来。指挥船命令各船向敌船靠近,尽量与敌船混在一起,让敌机和岸炮不敢轰炸射击。这一迎头相撞的决死举动,让国民党军有点摸不着头脑,眼见着解放军的船队快速冲过来,敌船立即转向避开,只是在船头插上了小红旗,好让天上的飞机辨别。但是解放军的船只上也插上了小红旗;敌船接着又改插上小白旗,解放军也把小红旗换成了小白旗。天上的飞机一次次俯冲但不敢投弹,军舰和岸炮也沉默着,敌我双方竟在这样古怪的情形下混杂在一起,向海南岛的海岸靠近。

韩先楚军长在雷州半岛上的指挥部里,隔一会儿看一眼门外悬挂在竹竿上的那块布,当那块布不再飘动后,他陷入焦灼之中。上半夜接到的"风向好,船速快"的电报,参谋们计算,拂晓前肯定可以登岛。但是,"午夜风停,船行很慢"的电报接着到了。第二天上午,船队报告遇到敌机和敌船后,指挥部与船队的联络就中断了,数次讯问岛上负责接应的琼崖纵队,回答都是"情况不明"。昼夜不眠的韩先楚甚至想从敌人的广播中寻找船队的下落,但依旧是一点消息都没有。

接应三五二团加强营的琼崖纵队到达预计登陆点后,在国民党军的眼皮底下潜伏到天亮也没见海上有船来。碉堡里的国民党军发现了接应部队,双方立即交火。是撤退还是继续等?官兵们商量之后决定就是和敌人拼光了,也要等下去!

三五二团加强营已经不是偷渡了,他们必须面对强行登陆的生死之战。在接近海岸的时候,天上的敌机俯冲轰炸,岸上的守军跟着开火——不可避免的伤亡开始了。二连指导员带领的那只船中弹,船上的十几名官兵伤亡,剩余的官兵向海岸方向顽强前进。在基准船上负责掌舵的战士傅世俊,由于必须站立着而被子弹击中,这是一位山东籍的老战士,从长白山跟随部队一直打到海南岛,中弹的那一刻,他知道自己真的是"革命到底"了,他对身边的官兵说"登陆就是胜利",说完即倒下掉进大海里。船上的官兵一齐站在摇晃的木船上,机枪手端着机枪横扫,炮手抱着炮筒发射,赵连有连续发射五十四发迫击炮弹,炮筒打红了,手掌被烫得吱吱冒烟,除了一发炮弹落在海里之外,其余的五十三发全部落在敌人的海岸阵地上。

船队开始先后靠近海岸,海水清澈见底,官兵们跳了下去。一连长毕德玉的身后是旗手王忠,司号员小赵刚把军号举到嘴边就被子弹打倒了,他躺在沙滩上仰面吹号,号声颤抖而尖厉。三连在指导员郑明德的率领下,边涉水边射击。后面还在海面上的木船,在参谋长苟在松的指挥下,全力掩护已经登陆的官兵。当最后一只船撞上滩头的时候,教导员张仲先看了一下手表,是六日十三时四十分。

接应他们的琼崖纵队官兵冲了过来,三五二团加强营穿越海岸封锁线进入五指山区。

第四十军一一八师三五二团加强营,第一批登上海南岛的九百九十七名官兵中,伤亡五十多人。

几天后,第四十三军一二八师三八三团加强营的一千零七名官兵,在海南岛东海岸文昌附近的赤水港登陆。由于敌人的大部兵力被三五二团吸引到岛的西边去了,在琼崖纵队独立团的接应下,登岛后击溃国民党守军的防域线,最终进入海南岛东面的根据地。

至此,第四十三、第四十军第一批登岛部队已至海南岛的东西两线。

二十六日,第四十军一一八师三五二团二营、三营以及三五三团二营组成了两千九百九十一人的加强团,在一一八师政治部主任刘振华、琼崖纵队副司令员马白山的率领下,分乘八十一只木帆船和机帆船,从灯楼角起渡向海南岛西北的临高角驶去。船队仅仅开出半个小时,东北风就停止了,官兵们奋力划水,但潮水也起了变化,海面上浓雾弥漫,船队难以保持队形,各船随着潮水漂移,竟有一半的船只偏离了预定的登陆点。拂晓时分,只有一部分船在玉抱港附近登陆,大部分船只散落在玉抱港两侧的海面上。这一线是国民党军正面防御的地段,接应部队尚在一百里之外,官兵们在强行登陆时,陷入守军陆地、军舰和飞机的三面阻击中。虽然没有建制完整的攻击配合,没有统一的作战指挥,但冲向海滩的官兵迅速自动组成战斗小组,哪里有枪声就往哪里打。由于登陆时电台人员牺牲,琼崖纵队官兵无法得知偷渡部队因风向改变了登陆地点,他们依旧按计划在预定登陆点向守军发动了攻击,因为兵力有限、武器简陋,付出巨大伤亡后也没有把登陆地段的突破口撕开。让他们更为焦急的是,天亮了,预计的登陆时间到了,海面上却没有一只船,反而在东面的临高方向传来了激烈的枪炮声。琼崖纵队立即决定:迅速通知靠近临高的澄迈县委,组织当地群众接应;部队赶往响着枪炮声的地区;这边的战斗也要打下去,而且要不惜一切牺牲硬拼硬冲,争取把国民党守军缠在这里。

在第四十军加强团的船队中,二营四连两只船上的官兵还没有登上海南岛就全部阵亡了。当时,正在登陆的他们发现两艘国民党军军舰正向登陆的主力部队冲去,于是决定掉转船头前去阻挡。无法得知这是谁的命令,很大的可能是根本没有人命令,因为当时各条船都在各自为战,这个举动只能是他们自己的决定。两只木船终于冲到了两艘军舰的前面,船上所有能使用的武器一齐向军舰开火,枪榴弹、手榴弹和掷弹筒飞上甲板。两艘军舰无论如何射击、开炮,都无法摆脱两只木船的纠缠,木船上官兵的决死气概,令从没与共产党军队作战的国民党海军水兵目瞪口呆,他们集中了所有火力向两只木船开火,两只木船上的官兵全部阵亡,遗体和碎裂的船板漂荡在海面上。

三月三十一日二十二时三十分,第四十三军一二七师三七九团和三八一团一营共同组成的三千七百三十三人的加强团,在师长王保东、政治委员宋维栻的率领下,分乘八十八只木帆船,从雷州半岛东南端的博赊港起渡,向海口以东的海岸前进。

他们预计的登陆点是岛上守军重点防御地段,虽然有出其不意的效果,但一旦遇敌必是恶战。果然,在接近海岸的时候,船队被黑压压的国民党军舰艇拦截,不同口径的火炮在海面上形成一道密集的弹幕。船队的护航船朝着国民党军军舰冲了过去。世界海战史上没有过这样的先例,后来的战争史也不会再有这般情景:一方是简陋的木帆船,船上是手持陆军装备的官兵;一方则是钢铁军舰,舰上是受过训练的水兵——从军事角度看,双方不同军种的官兵本不会以作战的形式相遇,所发生战斗也不是严格意义上的"海战",因为从常识上讲双方根本构不成作战的当量。陆军乘坐木船在海上与海军军舰作战,似乎是不可能的事情——但是,解放战争中的海南岛战役就是这样打的。所谓的护航船,只是些在改装后的木帆船上架设了几门迫击炮和几挺重机枪,解放军官兵称它们为"炮船",作为渡海突击作战中的绝对主力,它们必须迎着军舰而上,必须忘掉自己是木制的,而且与军舰相比火力微弱。

三七九团五连的第一、第二、第三号船,在副指导员呼永生的率领下,冲向距离他们最近的一艘军舰。三只单桅小木船向军舰发动冲锋的时候,船上官兵们都沉默着,看着前面体积越来越大的军舰,计算着可以开火的距离。一发炮弹在一只船的船头爆炸了,海水从炸开的洞口汹涌而入,船身开始倾斜沉没。负责修补的官兵堵着漏洞,其余官兵依旧沉默着,船依旧在向敌舰靠近。又一发炮弹击中了这只船,一班长张树昌倒下,鲜血流满船板。船板上,整齐地排列着美式的九十毫米火箭筒、六十毫米迫击炮、轻重机枪和步枪,武器的后面是沉默的官兵。在距离军舰只有百米左右的时候,呼永生"开火"的命令下达了,三只木船上的火器突然齐射。第一发出膛的火箭弹命中敌舰的侧舷,紧跟着一发迫击炮弹在甲板上爆炸了。军舰上的国民党兵猛烈还击,但是他们发现击沉木船需要很大的耐心,木船在海浪中上下颠簸使得命中率很低,而且木船越靠越近,机枪的子弹下雨一样扫来。

只有与木船拉开距离,舰炮才能发挥作用。

敌舰开始向后退,而木船拼命跟着。

军舰以更快的速度移动着,用大炮和机关炮向木船射击,不时有木船起火燃烧和沉没,但剩下的木船还是近距离地靠着军舰,船上的迫击炮发出吭吭的闷响,夹杂着官兵们如同在陆地进攻时发出的那种声嘶力竭的呐喊。

第四十三军加强团登陆后检查建制,发现三七九团的两个连没有了,这两个连的官兵都在护航船上。

两批部队相继登陆,加上琼崖纵队,海南岛上解放军的总兵力已达两万余人,大规模渡海作战的时机已经成熟。

四月十日,第十五兵团下达了渡海作战的命令。

十六日,潮汐平流,午后为东风,大部队开始起渡。

第四十军一一八师三五四团、三五三团两个营、一一九师和一二〇师三五八团,共一万八千七百人,分乘二百六十一只船,于灯楼角出发;第四十三军一二八师三八二团、三八三团两个营以及三八四团一个营,共六千九百六十八人,分乘九十六只船,于三塘出发。经过七个小时的航行,十七日凌晨三时,第四十三军主力在北面的玉抱港、雷公岛一线登陆,第四十军主力在西北方向的新村、临高角堤段登陆。天亮时分,两军突破海岸守军的封锁,向海南岛纵深发展。

薛岳调动部队分两路发动反击,企图将第四十、第四十三军登陆部队赶下海,但登陆部队的冲击与推进迅猛而坚决。第四十军在西部地区负责牵制守军,第四十三军一二八师主力则迅速东进,二十日在黄竹、美亭地区将国民党军二五二师包围。薛岳调集主力试图对一二八师实施反包围。邓华命令一二八师死守阵地吸引敌人,命令一二七师先遣团迅速推进准备打援,其他主力部队向黄竹、美亭地区靠拢,对薛岳的主力实施"反反包围",打一场具有决定意义的歼灭战。这场发生在海南岛上黄竹、美亭地区的混战,是解放战争中最后一场国共两军师以上规模的作战。一二七、一二八师官兵处于国民党军的夹击之中,渡海登陆时携带的干粮已经吃完,酷热的天气中没有干净的饮用水。在奉命死守的战斗中,阵地多次出现残酷的拉锯战,一二八师师长孙干卿认为,这是"一九四七年在东北四平攻坚战中也没有出现过的复杂的局面"。第四十三军军长李作鹏命令部队以一部兵力死死顶住敌人的反击,集中大部兵力首先歼灭美亭地区的敌人。二十一日,敌人的增援部队到达,一二八师再次受到猛烈围攻,战场上的建制都已打乱,每一个阵地都发生了肉搏战。傍晚十七时,第四十军主力赶到,并从东西两面迂回到敌人的侧后,国民党军受到夹击,开始向海口方向撤逃。

二十二日晨,薛岳逃离海南岛飞往台湾。

二十三日,第四十军一一八师和第四十三军一二七师占领海口。

海南岛上的国民党守军全线崩溃。

第十五兵团司令员邓华命令登陆部队兵分三路全线追击。

第四十军主力及第四十三军一二八师,沿着环岛公路向榆林方向追击:一一八师三五四团乘汽车从海口一路向南,二十六日追上国民党军二五二师残部和教导师,俘虏两千余人;二十七日,一一八师主力追上国民党军第三十二军等部,歼敌三千余人;二十五日,一一九师击溃国民党军第六十二军一五一师残部;二十八日,一一九师主力占领位于海南岛东南角的凌水;三十日,一二八师经过急促行军,与一一九师、琼崖纵队第五总队一起,在临海的榆林和三亚一带全歼已无路可逃的国民党军残部。追到三亚的解放军官兵,在大海边看见两块青灰色的巨石屹立眼前,上面分别写着:天涯,海角。

一九五〇年五月一日,海南岛解放。

解放战争中最后一场大规模进攻战结束了。

五十五天后,朝鲜战争爆发,攻击台湾岛的作战计划被迫搁浅。

新中国的和平的生活开始了。

仅仅一个月后,位于南方的中国人民解放军第三十八、第三十九、第四十军奉命向北进发,一直开进到国土北面那条纵贯中朝边境的鸭绿江边。除了少数高级将领之外,官兵们还不知道他们将要继续作战。

他们乘上火车,从这个国家的南方向北方行进。

南国的椰林在热风中摇曳,珠江丰沛的水系环绕着闪闪发亮的稻田。南岭的湿云绸缎一样飘浮,滴水敲打着芭蕉浸染出满坡青翠。湘江水天一色,长江白浪千叠,两岸是望不尽的一熟天下足的吴楚沃野。晨风迎面吹来,土地的芳香渐渐浓郁,成熟的麦子颗粒低垂,那条黄色的大河自天际而泻,大河边溽热的柳林里蝉鸣不止,太行山蜿蜒而至。著名的城墙垛口之外,黑土地上山高林密,河滩里的庄稼泛着深深的油绿,在挺立着的高粱的梢头上,天蓝得犹如南方的那片海水——这片国土养育的近千万儿女,从投身这场大规模战争的那天起,就怀揣着光荣回家的憧憬,他们想擦干爹娘眼角边的泪水,把自己的立功证贴在堂屋的墙上,然后去自家分得的那块田地里春种秋收,但愿风调雨顺收得好庄稼,但愿房上的草顶换新瓦,但愿娶上媳妇生了娃,但愿好日子红红火火年年岁岁地传下去……

山河锦绣,儿女情长。

英雄壮怀,天地沧桑。

    三年以来,在人民解放战争和人民革命中牺牲的人民英雄们永垂不朽!

    三十年以来,在人民解放战争和人民革命中牺牲的人民英雄们永垂不朽!

  由此上溯到一千八百四十年,从那时起,为了反对内外敌人,争取民族独立和人民自由幸福,在历次斗争中牺牲的人民英雄们永垂不朽!

2006 年 10 月至 2009 年 4 月
写于北京